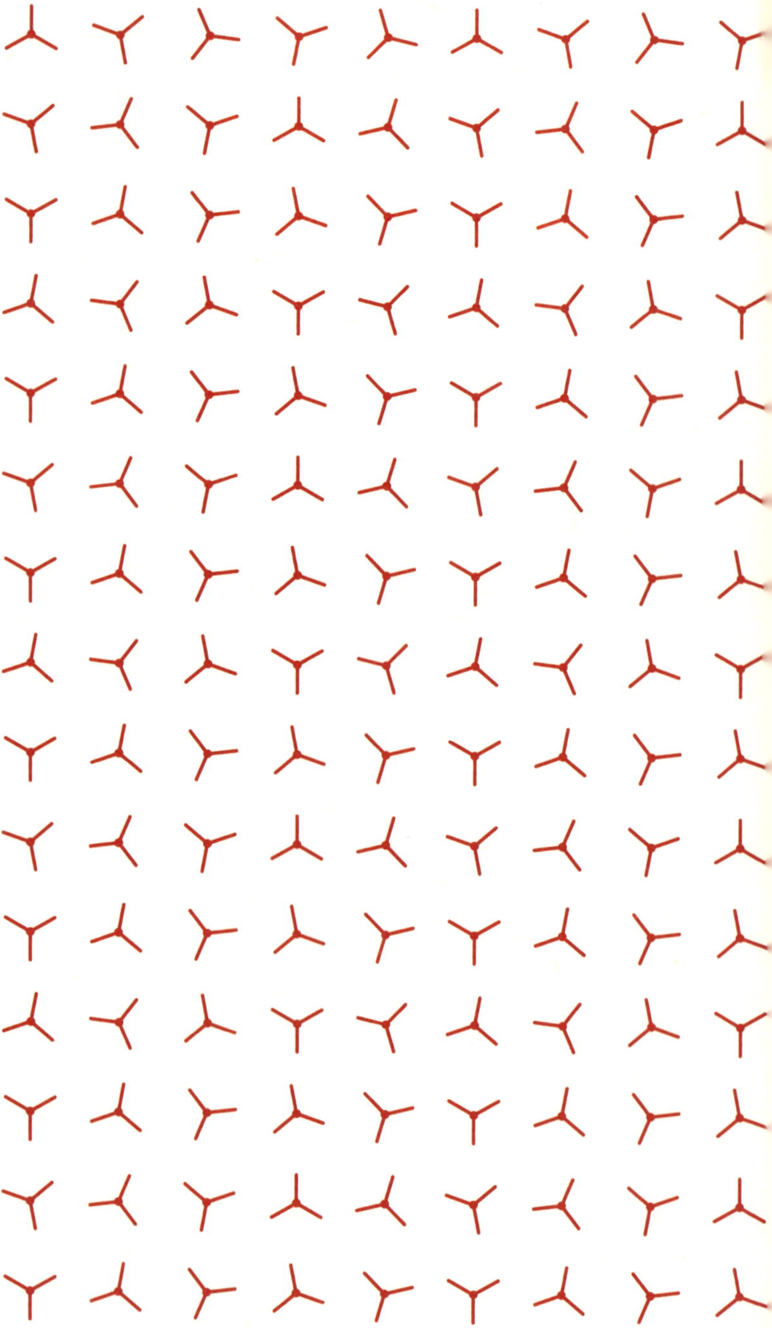

Al morir don Quijote

seguido de
El final de Sancho Panza
y otras suertes

Andrés
Trapiello

Al morir don Quijote

seguido de El final de Sancho Panza y otras suertes

Andrés Trapiello

Ediciones Destino
Colección Áncora y Delfín
Volumen 1357

Ediciones Destino

Primera edición, noviembre de 2015

PRÓLOGO

No recuerdo exactamente cuándo fue la primera vez que pensé en escribir una continuación del *Quijote*, hace ya quince o más años. Sí sé, en cambio, que no se lo dije a nadie, ni a amigos ni a editores, únicamente a mi mujer. Quería que se juzgara esa obra sólo al final, ya escrita. En cuanto a mi mujer, despejadas las primeras dudas acerca de mi salud mental, recuerdo que sólo alguna vez, de tiempo en tiempo, y viéndome trabajar con tanta ilusión en aquella empresa quijotesca, me decía con una vaga inquietud: «¿Estas seguro de lo que vas a hacer? ¿No tienes miedo de lo que puedan decir?.» La verdad es que pocas veces he estado tan seguro de algo y pocas he tenido menos miedo de lo que pudieran decir. Y no tanto porque confiara mucho en mí o tuviese una alta opinión de mis facultades de escritor; en absoluto. No me considero nada especial, pero tampoco he visto a nadie más generoso que Cervantes con aquellos que nos hemos acercado a sus obras de una manera amistosa, y estoy por decir que no he leído, oído o visto jamás ni un solo folleto, artículo, ensayo, poema, teatro, cine, ópera, tebeo, novela o tratado sobre él o sus obras que no contuviera algo valioso, de buena ley, incluso los más torpes y académicos de ellos tienen algo. Yo sabía que a poco que me dejara contagiar de su espíritu todo resultaría fácil, fuesen los resultados mejores o peores.

Sólo un libro me ha dado más satisfacciones, mientras lo escribía y después, que *Al morir don Quijote*: *El final de Sancho y otras suertes*. Aún me lo pasé mejor en este, dueño del tono, más libre y sabiendo que el susto que produjo en algunos *Al morir don Quijote* habría desaparecido.

Al tono me ayudó mucho la traducción del *Quijote* al castellano actual. La empecé precisamente a la par que *Al morir don Quijote* y la terminé un año después de acabar *El final de Sancho*. Ese *Quijote* traducido tampoco produjo demasiadas polémicas, exceptuando algún que otro enojo: «crimen de lesa literatura», dijo alguien el mismo día que lo presentábamos en la Residencia de Estudiantes y de una manera a todas luces melodramática. Me supo a poco. Lo cierto es que ni siquiera he sido muy original. Los libros, cuando no se entienden, se traducen, y antes que el *Quijote* se tradujeron Shakespeare, Dante o Montaigne a sus lenguas modernas correspondientes, y entre nosotros el *Poema de Mío Cid, El Libro del buen amor* o *La Celestina*. Y en poemas épicos o novelas, ¿qué decir? ¿No es la *Eneida* continuación y secuela de la *Ilíada*?

En estas dos que tienes por primera vez en un solo volumen (fueron concebidas y escritas como dos partes de la misma obra) se cuentan las historias que les sucedieron a todos esos personajes al morir don Quijote, a quien no he tocado yo un pelo en su tumba, quiero decir, ni un hueso, tal y como pidió Cervantes que no se le tocara, al contrario de lo que les ha sucedido a los suyos propios. En lo demás he tratado de hacer las cosas lo más cervantinamente que he podido, sin olvidar nunca que mi propósito y mi deseo fueron desde el principio que después de leer este libro mío volvieras corriendo al *Don Quijote de la Mancha*, que siempre será el origen.

Madrid, 27 de septiembre de 2015

AL MORIR DON QUIJOTE

Las aventuras y desventuras
nunca comienzan por poco.

Quijote, I, 20

El loco por la pena es cuerdo.

COVARRUBIAS, *Tesoro*

Forse altro canterà con miglior plectro.

Orlando furioso, XXX, 16

CAPÍTULO PRIMERO

El ama, que había ido a la cocina a preparar unos gazpachos, oyó aquel hondísimo suspiro, dejó las sartenes y corrió alarmada a donde estaban todos. Se abrazó a la sobrina y rompió en un penoso llanto.

Antonia quiso llorar, por no desentonar en ese trance, y acaso por haberse pasado ya tres días llorando, pero no lo logró y hubo de conformarse con la tristeza, aunque envidió aquellas lágrimas del ama. El fleco de un pensamiento sombrío rozó fugaz su frente: «¿Por qué el ama, que no es nada suyo, puede llorar, y yo, que soy de su misma sangre, ya no tengo lágrimas? Debería llorar yo y no ella».

Los demás se pusieron de pie y no sabían si acudir a consolar a la sobrina o entrar en el estrecho aposento donde yacía don Quijote.

Fue lo que hizo maese Nicolás, barbero, amigo de don Quijote desde hacía más de cuarenta años y partidario de la lanceta. En ausencia del médico, hizo la suerte él, y ganó de un salto la delantera, y entró y salió del mechinal en un punto. La gravedad de su rostro y las solemnes cabezadas con que se acompañó, certificaron el desenlace.

El primero en darle pésame y besamanos a la sobrina fue el escribano señor Alonso de Mal. Se veía a una legua que era escribano por la barba de cola de pato que lucía y la garnacha vieja, color algarroba. Era un viejo con cara de pocos amigos, en los huesos y con la tez moscada. Le llevaba a don Quijote las cuentas y asientos de la hacienda, pagaba las alcabalas y buscaba los abogados si pleiteaban en la Audiencia. Fue él también el que tres días antes había hecho traslado a su enrevesada letra procesal de las últimas voluntades de don Quijote.

Junto al señor De Mal se hallaba el bachiller Sansón Carrasco. Si el barbero era un amigo viejo de don Quijote, el bachiller lo era reciente, de ayer como quien dice.

Así como Antonia pareció darse prisa en soltarse de los abrazos del señor Alonso de Mal, no mostró ninguna acucia por salir de los del bachiller, que repetía la misma jaculatoria como si no se le ocurriese otra:

—Consuélese vuestra merced, señora Antonia, que su tío ha pasado a mejor vida.

No se entiende por qué le habló de aquella manera, ya que nunca gastaba con ella ese tratamiento. La llamaba de tú, nunca de vos, pero se conoce que debió de parecerle que aquel trago pasaría mejor circunstanciándolo un poco.

El señor cura don Pedro Pérez se había quedado dormido leyendo su breviario hacía unos minutos, cuando el sollozo de Antonia le despertó. Miró a todos lados con ojos saltones. Y gracias a que estaba leyendo su breviario y a que era puntualísimo y escrupuloso en sus devociones, sabemos que don Quijote murió durante la hora tercia, porque su dedo índice se había quedado metido en esa parte del libro. Y no le preocupó esa noticia; sabía que don Quijote había arreglado sus cuentas con Dios hacía tres días, en confesión. Lo que confesó don Quijote a don Pedro sí que no podrá saberlo nadie nunca, ni Cide Hamete ni Cervantes ni nadie, porque todo lo enterró el secreto del sacramento. ¿Para qué pecados suyos pidió clemencia y perdón don Quijote? ¿De ira, de orgullo? ¿Acaso confesó que en aquellos tres últimos meses de sus aventuras no había entrado en sagrado ni oído misa ni un solo domingo, como manda la Santa Madre Iglesia? ¿Se sintió eximido de arrepentirse cuerdo de los pecados que cometió loco? En cualquier caso no debieron de ser sus pecados ni muchos ni graves, porque la confesión fue somera, duró unos minutos y en ella don Pedro se limitó a humillar la mirada y mover la cabeza, como si le diera a entender a su amigo: «No, si ya me hago cargo. Siga vuestra merced». Así que a don Pedro la noticia de que había muerto don Quijote le dejó tranquilo, con el trabajo hecho.

Maese Nicolás Calderón se quedó un poco apartado, esperando junto al cura turno para formalizar el besamanos con la sobrina. Era barbero, sangrador, albéitar, colmenero y médico si no había uno cerca. Y como buen barbero, guitarrista. Era también corresponsal de cinco academias manchegas. Con esto último ya está dicho todo para saber que era un hombre buenísimo. Quizá porque él mismo era corpulento y estaba forrado de buenas mantecas, se mostraba muy partidario de sangrar a los enfermos. Y no sólo eso: durante unos días él se culparía de la muerte de su amigo por haber tardado tanto en sangrarle y dejar que los malos humores se le pudrieran, contra la opinión del médico, enemigo de las sangrías y con el que no se llevaba nada bien, hay que decir.

Juan Cebadón era el gañán que trabajaba desde hacía dos años como mozo de caballeriza y casa en la de don Quijote, y lo primero que hizo fue ponerse al lado de Quiteria, como quien sabe que muerto el capitán es el alférez quien toma el mando, y así, servicial y calculador como era, preguntó al ama:

—¿Ordena vuestra merced alguna cosa, ama?

Y el ama, sin saber muy bien lo que le decía ni para qué, lo envió a poner los corderos con sus madres y dar de comer al ganado y a sacar agua del pozo, porque de todos modos el agua nunca estaba de más en una casa grande como aquélla, y a los corderos tanto les daba que hubiese muerto el mismo rey para quedarse sin su pienso. Y cuando Cebadón se estaba yendo con la colodra del ordeño, recordó el ama lo más importante, y le ordenó que buscara al médico, que vivía en el otro extremo del pueblo, porque tenía ella desde niña un miedo cerval a las catalepsias, y a enterrar viva a la gente sólo porque pareciese muerta.

Aquella casa funcionaba gracias a Quiteria. De eso no había ninguna duda. El tiempo que don Quijote se pasó fuera llevando vida de caballero andante, se hizo la cosecha de casa, se recogió el grano, se vendimió, se condujo el trigo al molino y se pisó la uva, como si hubiera estado el amo allí. Como las dos salidas de don Quijote fueron en verano,

Quiteria le dijo: «Señor Quijano, ¿y no podría vuestra merced para dejarnos buscarse otras efemérides que estas en las que se cosecha el año?». Insinuaba que podía irse a fijar en otras fechas para sus correrías. Ni qué decir tiene que don Quijote ninguna de las dos veces respondió a esa pregunta, no por arrogancia, sino porque había llegado a un punto en el que ya no escuchaba lo que no quería oír ni oía lo que no podía escuchar, ni aun queriendo, pues tenía puesta la cabeza en más altos negocios.

En cambio Quiteria tenía el oído finísimo, y al contrario que todos, que conversaban en murmullos delante del muerto, ella habló sin bajar la voz, no por falta de respeto al difunto, sino para probar si don Quijote se despertaba, o cerciorarse de que en efecto había muerto.

Quiteria había dejado ordenado que cuando ella muriese le vertieran cera caliente en los párpados y luego aceite hirviendo por una oreja, y que sólo si no rebullía después de eso, la llevaran al cementerio. Tal espanto le causaba el que pudieran enterrarla viva, y lo que no quería para ella mucho menos lo hubiera deseado para don Quijote. Por eso envió a buscar al médico, no para que certificara que estaba muerto, que eso fue una cosa que pudo ver todo el mundo, sino que no iba a despertar cuando estuviera ya a dos metros bajo tierra.

De los presentes, sin embargo, quien más acusó la mala nueva, no por esperada menos penosa, fue Sancho Panza, el obediente escudero de don Quijote.

Se había pasado la noche apartado de todos, sin querer hablar con nadie, sentado en una sillita de costillas, al pie de la puerta, por si su amo lo llamaba o quería de él alguna cosa.

Tenía la cara desencajada y los ojos enrojecidos de haber llorado, los labios blancos y la garganta seca.

Esa noche Sancho Panza pensó en lo extraño que resultaba todo en esta vida, porque de las noches transcurridas con don Quijote, en venta, en castillo o al raso, aquélla había sido la única en la que él, a quien tan bien le cogía el sueño, se la había pasado en blanco, en tanto que su señor, que las había gastado todas, o la mayor parte de ellas, desvelado y mecido por las memorias de su amada Dulcinea, dormía como un bendito para no volver a despertarse.

Después de consolar a la sobrina, el cura, el barbero, el escribano y el bachiller rodearon a Sancho Panza, por entender que era el más afectado de todos, y quien más se resentía de aquella pérdida.

Se había arrinconado, volvía a llorar de una manera desconsolada y se limpiaba los mocos con la manga del sayo, al tiempo que meneaba la cabeza, diciendo: «No somos nada, no somos nada». Y le pareció que la muerte de su antiguo amo obligaba a quitarse la caperuza. Descubrió entonces una medio calva blanca como la leche, que contrastaba con lo atezado del rostro. Sin su capuz, Sancho parecía incluso otra persona, y costaba reconocerle.

Tras aquellos ceremoniosos y dolidos abrazos, pasaron todos al aposento donde reposaba muerto don Quijote.

CAPÍTULO SEGUNDO

Habían estado velando al enfermo esa noche estos amigos íntimos, el ama y la sobrina. La sobrina era la única familia que tenía don Quijote. Ni primos, ni tíos, ni hermanos. Si la sobrina no tenía descendencia, ahí se acabaría el linaje de los Quijano.

Se había temido que don Quijote pudiera morirse en cualquier momento. Lo había pronosticado el médico, aunque de manera difusa. Había dicho: «Este señor padece de sabrimientos, penas y disgustos, pero sobre todo melancolía y creo —añadió— que sé la causa: se ha pasado estos tres meses comiendo lechugas y ensaladas de los campos, que según Dioscórides y el doctor Laguna son buenas para mitigar el apetito venéreo, pero muy malas para el ánimo, que lo consumen y apocan». Y recetó unos defensivos y cáusticos, que no surtieron efecto.

Habían pasado la noche los veladores hablando de esto y de lo otro, y aunque les causaba mucha tristeza su muerte, se habían hecho ya a la idea y algunos incluso, pese a no atreverse a declararlo en voz alta, pensaban que era mejor que se muriese cuanto antes, si había de morirse.

Ya hacía un rato que había salido el sol.

—Vete a ver a tu tío, cómo sigue —le pidió el ama Quiteria a Antonia Quijano, la sobrina de don Quijote, al tiempo que empezaba a preparar los gazpachos—. Si duerme, déjale dormir; y si se ha despertado, pregúntale qué ha menester.

A Antonia Quijano, la sobrina, no le gustaba que el ama Quiteria le diese órdenes, pero le debía obediencia. El ama la había criado como una madre, y como a madre le había ordenado siempre su tío don Quijote que la quisiera, pero nadie manda en los afectos, y Antonia no conseguía querer del todo a Quiteria. La respetaba, la obedecía, la escuchaba, pero no la quería. Se preguntaba, «¿y por qué he tenido que tener esta madre y no la mía?». Y sabía que si perseguía hacer sufrir al ama, bastaba con decirle saltándose el debido acatamiento: «Tú no eres mi madre, tú en mí no ordenas, tú no eres nada mío, tú en esta casa no mandas».

En esos días que don Quijote andaba un si es no es que se moría, Antonia Quijano pensó que de morirse su tío, cambia rían algunas cosas en aquella casa. Ella era la sobrina, ella era la dueña, ella iba a ser la señora, ella daría las órdenes, y en su corazón se esponjó ese sueño secreto.

Pero la sobrina sabía que mientras don Quijote siguiera vivo, él era el dueño de todo aquello, y seguirían haciéndose las cosas tal y como él había dispuesto siempre que se hicieran.

Así pues cuando Quiteria le pidió que se acercara al aposento de don Quijote, Antonia obedeció.

Llevaba enfermo don Quijote nueve días y nadie sabía de qué. «Desabrimientos, penas, disgustos... ¿quién no los tiene? Tonterías», había contraatacado Quiteria, y trató de restablecer la salud de su amo con las yemas de una docena de huevos cada mañana. Pero tales cuidados se mostraron ociosos, porque se moría sin querer probarlas. Sólo pasaba consumados, caldos o una o dos cucharaditas de granzas calientes. Y cosa extraña, sin haberse quejado de nada en ningún momento. Ni entonces, que estaba postrado en el lecho, ni en todos los años de su vida. Ni un resfriado, ni un dolor de cabeza, ni desarreglos en la orina, ni el estómago delicado, ni el hígado colérico como cabría suponer en una constitución biliosa como la suya. El mucho ejercicio, en inacabables jornadas de caza y la moderación rigurosa en el comer y en la bebida (y nunca vino, sino aguapié, y muy rebajado), lo había hecho invulnerable a los achaques, como uno de esos cristos de ciprés de los altares en los que no puede meterse la carcoma.

Los últimos tres meses había llevado la durísima vida de los caballeros andantes, había dormido a la intemperie, le habían molido los huesos o se los habían sacado de su coyuntura, había comido pésimamente o no comido o a deshora, se había pasado las noches en vela, había perdido más de la mitad de los dientes y muelas, arrancados de cuajo en las refriegas y lances propios de su orden, había adelgazado una arroba más, lo cual casi era milagro porque no se hubiera podido adivinar de dónde se había quitado aquellas libras de carne, y nunca se había sentido más joven ni más entero, para sus cincuenta años. No, jamás se quejó de ninguna dolencia física don Quijote, y ni aun de las otras, porque sabía que la queja trae descrédito siempre para el quejoso. Se dolía, eso sí, de amores. Pero la queja de amores la encontraba él muy poética y decorativa, y sabía que en ella el exceso redunda siempre en pro del que se queja. Podría haber dicho lo que aquel alférez: «Yo no me quejo, sino que me lastimo». El caso es que se estaba muriendo, sin pronunciar un ay, y eso es lo que tenía engañados a casi todos, que confiaban en que saliera adelante.

De aquellos nueve días los seis primeros había sufrido el enfermo de calenturas, y los otros tres había estado destilándosele la salud en desmayos y sobresaltos que lo mismo lo sacaban de esta vida que lo volvían a traer a ella por horas. En uno de esos raros momentos de consciencia aprovechó para hacer testamento y confesarse, como se ha dicho, después de dar gracias al cielo una y mil veces de haberle devuelto el juicio y de poder morir cuerdo como Alonso Quijano el Bueno, cuando habría podido desdicharse Dios sabe por qué andurriales como don Quijote de la Mancha, el Loco.

Ésa fue la gran novedad, ésa fue una felicísima noticia, desde luego, que a todos sus amigos y a la sobrina y al ama contentó lo indecible: don Quijote había recobrado el juicio. Al mismo tiempo a algunos, como a Sancho o al bachiller Carrasco, esa mejoría, en cambio, les pareció sospechosa y les llenó de tenebrosos presentimientos, porque empezaron a ver que su amo y amigo, como también iba confirmando el médico, se moría sin remedio, y dieron en pensar que acaso se moría por cuerdo, cuando de loco había sobrevivido a tantos asaltos inesperados y desiguales.

Conviene decir también que cuando don Quijote dijo, «ya no estoy loco», casi todos pensaron, al menos al principio: ahora es cuando más loco está, porque ésa es una manía que les entra a los locos, la de decirle a todo el mundo que ya han cobrado el juicio. Pero no, todo lo que habló a continuación y en los raros momentos que le dejaban los desmayos era de una admirable sensatez.

Entró, pues, la sobrina, como le había ordenado Quiteria, en el aposento donde dormía su tío, pensando, por supuesto, que sólo estaba dormido.

¿Y cómo supo que don Quijote había finado?

Era una muchacha, pero eso no obstaba para que hubiese visto ya morir a mucha gente, de la noche a la mañana, por un cólico, por un aire traidor, por unas bascas negras, por unas súbitas calenturas, por un ahogo, por un sarpullido, niños, hombres, mujeres, viejos. Cuando menos se pensaba, caían enfermos y a los dos días los llevaban al cementerio. Todo el mundo se había acostumbrado a la muerte, pero a Antonia le angustiaba ver a su tío enfermo. El olor de la muerte le asustaba. La muerte olía de una manera acre, a vejez, a orines retestinados, a leche cortada, a almidón, a almendras amargas, a vinagrillo, a pozo alunado, a lobo muerto, a milanera, a sangre seca, a cenizos. No le gustaba entrar en el aposento del agonizante. Deseaba quedarse en la cocina, prefería que fuese el ama quien se ocupara del aseo y las comidas de su tío. Y de hecho era el ama quien corría con tales trabajos, pero le había enviado a ver si dormía, y ella obedeció.

Encontró a don Quijote vuelto de lado, con un gorro colorado, del tipo galocha, calado hasta las orejas, mirando la pared.

Ni siquiera tuvo que ponerle la mano en la frente para saber si persistían o no aquellas fiebres que se tomaron al prin cipio por un causón y luego por tercianas. Supo que estaba muerto porque la muerte dice las cosas sin palabras, mordiendo con sus dientes de rata una esquinita del corazón de los vivos, y comprendió la muchacha que a su tío se le había helado la vida, y así, como estaba, que parecía dormido más que muerto, vuelta la cara contra la pared, supo que estaba más muerto que dormido, y salió a comunicárselo a los amigos que durante aquellos últimos días habían querido acompañarle en el tránsito y lo velaban, esperando un desenlace funesto o la mejoría milagrosa.

Apoyó el brazo en el quicio de la puerta, como si quisiera encontrar fuerzas para seguir de pie, se colocó un mechón de pelo por detrás de la oreja con inadvertida coquetería, porque entre los presentes estaba el bachiller Sansón Carrasco, y dijo con voz evaporada:

—Ay, señores, que me parece que se me ha muerto mi señor tío.

Y aunque el ama Quiteria, por encontrarse en ese momento en la cocina haciendo unos gazpachos, no oyó estas palabras, sí advirtió el hondísimo suspiro que le siguió, y le dio un vuelco el corazón, y acudió desolada a donde estaban todos.

CAPÍTULO TERCERO

Al morir don Quijote el pueblo empezaba a despertarse y no se oía ni una voz, ni unos pasos, ni los cascos de las caballerías sobre las piedras, ni el atropellado menudeo de las pezuñas de las cabras, como caireles. Nada. Sólo los gallos. Y algún perro.

Luego sí. A media mañana se oyeron las campanas.

Al morir don Quijote la casa se llenó de un gran silencio, que únicamente se atrevieron a romper seis corderos que se guardaban en el corral. Dadas las circunstancias, habían olvidado echárselos a sus madres, y balaban dolidos y hambrientos.

Al morir don Quijote, y después de las primeras condolencias y la lógica agitación, los amigos allí reunidos, el ama y la sobrina no supieron muy bien qué tenían que hacer, aunque todo lo fueron haciendo ordenadamente a lo largo del día, como si improvisaran al mismo tiempo el ensayo general y el estreno de aquella triste y memorable jornada, e hicieron cosas que pensaban serían muy necesarias para el alivio del dolor de los demás, aliviándose de paso en el dolor de hacerlas.

Incluso la vida de ese pueblo, al morir don Quijote, quedó durante unas horas como ese mosquito que vemos apresado en un trozo de ámbar.

Pudo ser así porque era un pueblo pequeño. Para algunos era un pueblo pequeño, pero para otros, orgullosos de él, era un pueblo grande y señalado. Tenía médicos (dos), cura, albéitar, boticario, droguero y algebrista. También hombres de armas. Tenía un oficial del Santo Oficio, un corregidor, y dos corchetes de la Santa Hermandad, y cuatro alguaciles. Alcalde, regidores y servidores del Rey. En el pueblo vivían tres alcabaleros, uno de ellos en posada. Había, pues, posada. Tenía tres molinos, en el alfoz, y dos hornos, cada uno con su hornera y su anacalo. Tenía docena y media de hidalgos, de modesta hacienda, unos con más y otros con menos, un conde (que vivía en la Corte), y oficiales de más de veinte oficios, pelaires, boneteros, esparteros, tejedores, jubeteros, calceteros, olleros y alfayates, alarifes, carpinteros y tallistas, zapateros, pelliteros, melcocheros y dulceras, herreros (dos), aguadores (dos también). Llegó a tener un impresor, que al año de instalarla se llevó la imprenta al cercano Argamasilla, mejor comunicado con Madrid y Toledo. Y un laurente que hacía papel en tina y que siguió al impresor en su éxodo argamasillero. Tenía escribanos (dos), licenciados (tres), y por supuesto todos aquellos que se dedicaban a las labores del campo, labradores, pastores, jornaleros, podadores, talabarteros, guarnicioneros (uno), aperadores. Así que para unos podía ser un pueblo pequeño, pero había quienes pensaban, con razón, que no era tan pequeño.

Tenía una iglesia, con su torre y su reloj de sol, y dos conventos de monjas, uno llamado de Santa Águeda y otro Las Claras, que competían en devociones y gollerías.

Tenía un viejo caserón en la plaza de la Iglesia (llamado del conde, o Palacio), de fábrica colosal, y otras muchas casas, acaso no tan grandes o más escondidas, con su blasón. El cronista del lugar, un viejo que había sido secretario del conde, tenía inventariados veintidós blasones, algunos muy antiguos, todos de piedra, con más o menos literatura y más o menos estropeados. Este viejo estaba muy enfermo y murió un par de días después que don Quijote, pero su muerte, al lado de la del caballero, quedó completamente ensombrecida.

El resto de las construcciones del pueblo parecían acogerse alrededor de la iglesia como polluelos pegados a una gallina clueca, amontonadas y artríticas.

Tenía también dos calles airosas y concurridas (la que iba a la iglesia, la Ancha, y la que salía del pueblo, la Alameda), y todas las demás retorcidas, cortas, sombrías y estrechas, sobre todo las del barrio morisco.

A mediodía empezaron a oírse las campanas.

Los vecinos, los caminantes que venían al lugar o pasaban cerca, los labradores de los contornos y los pastores, las oyeron hiriendo a muerto, graves, lentas y profundas. Les parecía una hora muy insólita para doblar a muerto (la costumbre en La Mancha era tundirlas por la tarde, después de vísperas), y algunos llegaron a creer, supersticiosos, y así lo difundirían luego, que los bronces habían sonado solos ese día, como la célebre campana de Belilla, que se tañía de suyo en ocasiones de sucesos notables.

Y a la gente le extrañó que tocasen a muerto, porque nadie pensaba que don Quijote se encontrara enfermo, habiéndolo visto llegar hacía un par de semanas tan campante.

Es más, al principio muchos creyeron que quien se había muerto era el secretario del conde, el cronista del pueblo, el de los blasones, que llevaba muriéndose desde hacía lo menos cuatro meses. La noticia corrió como la pólvora: «El que ha muerto ha sido don Quijote». Y no lo podían creer. «¡Válgame Dios! —decían—, si no era tan viejo; si decían que había recobrado el juicio; si hace dos semanas lo vimos todos como si tal cosa.»

Se referían al día en que lo vieron llegar de su tercera salida, de vuelta de Barcelona. Dio alarma un chico que disputaba con otro en ese momento a cuenta de una jaula de grillos. Muchos salieron a verlo y otros se hicieron los encontradizos, para no pasar por curiosos e impertinentes. Venía como siempre, flaco, acaso un poco más viejo y desmejorado, con más canas y las encías mondas, pero firme sobre su cabalgadura. Don Quijote, que montaba a Rocinante, echó pie a tierra. No se sabe por qué se le cruzó por la cabeza que derrotado como venía por el caballero de la Blanca Luna era mejor hacer la entrada en su pueblo a pie firme, y no a caballo. Seguramente pensó que de ese modo daba a entender que no le temía a las murmuraciones, y que las arrostraría a pie, con quien hiciera falta. Y allí, en aquella era, echó un breve discurso a los chicos y a media docena de bausanes y baldíos que estaban cazando pájaros con liga y a unos que venían corriendo una liebre. Nadie entendió lo que decía. Luego se marchó a su casa, y algunos que no se habían atrevido a reírsele en las barbas, lo hicieron con pena en cuanto se alejó.

La casa de don Quijote estaba frente al Palacio, frente a la iglesia, frente a los soportales.

Fue caminando despacio por la calle Ancha, sin mirar a parte ninguna, sólo al frente, llevando el rocín de las riendas. Su expresión era de suma tristeza y aflicción causadas no tanto por sus quebrantos de cuerpo sino por tantos sinsabores como había conocido los últimos días.

Unos le saludaron y otros no, quizá por timidez, quizá por temor, quizá por respeto y no hacer leña del árbol caído.

Pasaron quince días de eso, y se murió.

Al morir don Quijote todo fue un poco más confuso y un poco más claro.

Al morir, don Quijote ya era don Quijote, y no era nadie, es decir, tenía mucha fama por aquellos pagos, pero no como para que hiciesen tañer las campanas a mediodía, privilegio, si acaso, del conde o de su familia, ni siquiera de su secretario, que estaba agonizando. Las campanas saben muy bien por quién tienen que doblar y a qué horas. Las campanas, como casi todo en esta vida, adoran las jerarquías. Y si no iban a doblar por el secretario, tampoco doblarían por don Quijote. Pero doblaron, y se oyeron. Y por eso algunos pensaron que habían doblado solas, como las de Belilla.

Aunque también es verdad que don Quijote, siendo nada y nadie, era mucho y todo por esas fechas.

Para empezar se había publicado ya la historia de sus dos primeras salidas, y muchas de sus aventuras, su lucha contra los molinos de viento o sus estocadas a unos odres de vino que había en una venta, a los que había tomado por gigantes, y otros dislates, se habían propalado también muy rápidamente por la Mancha, para regocijo general. Y aunque no viene ahora a cuento, hay que subrayar que en el pueblo podían haber leído ese libro algunos más de los que lo habían hecho, puesto que de alguna manera trataba del pueblo y de un hijo del pueblo.

Ya se ha dicho que había en él licenciados, algebrista, boticario, médico, escribanos y muchos otros que sabían leer, pero exceptuando al bachiller Sansón Carrasco, al cura don Pedro Pérez y a maese Nicolás, nadie más quiso leerlo, unos por envidia y otros por despecho o ignorancia; a unos les molestaba que se gastasen papel, dineros y trabajo en propalar las tonterías y repentes de un loco, y otros consideraban que sus vidas, mucho más atenidas a la razón y a los buenos usos de la república, eran más merecedoras de celebridad que la de un mentecato que había dejado arruinar su hacienda. Así que en el pueblo la mayoría de la gente, al oír las campanas a media mañana, no creyó que fuese por don Quijote, sino por alguien que habría dejado buenos ducados para misas y responsos. Y don Quijote era más bien tirando a pobre y ya se murmuraba que su hacienda estaba en bancarrota. De todos modos no tenía dineros para soltarlos en misas ni endechas. Ni en pagar al campanero. Más tarde, cuando la gente supo que doblaban por don Quijote, algunos lo explicaron de esta manera maliciosa: era amigo del cura.

El caso es que amigos o enemigos de don Quijote, partidarios y detractores no tenían la menor idea de lo que se les iba a echar encima con aquella muerte.

Más aún, no había muerto y ya habían empezado a verse no sólo por la Mancha, sino por buena parte de España y en algunos lugares de Inglaterra, Francia, Alemania, Portugal e Italia locuras más o menos parecidas de gentes que en traje de don Quijote salían al campo para emular sus gestas, y otros, sin llegar a tales excesos, se habían puesto en camino, un poco a ciegas, para topárselo y manifestarle su admiración y su respeto o, bien al contrario, para reírse un poco a su costa, como de hecho habían hecho tantos. También en los corrales de comedias habían empezado a menudear las salidas de representantes vestidos en trazas del caballero y del escudero manchegos para amenizar los entremeses, y bastaba que un comediante dejase asomar unas piernas escuálidas y un morrión sobre las tablas, para que, antes incluso de abrir la boca, la gente se desternillase de risa.

Y ocurrió también otra cosa. Al morir don Quijote, los más ingenuos pensaron que se cerraba su historia, de la misma manera que, aunque sea mala comparación, decimos: muerto el perro, se acabó la rabia. Los que sabían que la locura y las graciosas extravagancias de don Quijote eran la causa de que Cide Hamete Benengeli, el cronista árabe a cuyos oídos llegaron, las pusiera por escrito, y de que Miguel de Cervantes las mandara traducir, los que sabían esto, es posible que pensaran que, muerto don Quijote, todo había concluido. Pero no fue así, porque las historias responden al conocido símil del cesto de las cerezas, las cuales, cuando alguien quiere sacar una, se eslabonan, hasta arrastrar a todas las demás, no sólo de ese cesto, sino del mismo mundo de los cerezos, y de ese modo, tras la historia de don Quijote, estaba esperando la historia de Sancho Panza, y con la suya, la de Teresa Panza y la de sus dos hijos, Teresica y Sanchico, y la del cura don Pedro, y la de maese Nicolás, y la de Sansón Carrasco, y la de la sobrina y la del ama del hidalgo, y todas las historias de aquellos que en algún momento tuvieron que ver con el caballero, la historia, por ejemplo, tanto o más increíble, tanto o más aventurera que la del propio don Quijote, de Ginés de Pasamonte, el canalla galeote a quien liberó aquél y que no estaba resignado a desaparecer de la vida de Cervantes, o la del noble bandido Roque Guinard, que agasajó al caballero manchego en su manida, o la de Cardenio, conocido como El Roto o enamorado, o la de la dulce Dorotea, que el azar llevó a las profundidades de Sierra Morena, o las de la hermosa Luscinda y don Fernando, o la del cautivo capitán Ruy Pérez de Biedma y la morisca Zoraida, o la de su hermano, don Juan de Biedma, oidor que iba proveído a la Audiencia de Méjico con doña Clara su hija, o la del morisco Ricote, vecino de Sancho, que dejó enterrados dos tesoros en el pueblo cuando lo expulsaron de España como a todos los de su nación y a quien el propio Sancho y su familia iban a estarle eternamente agradecidos, o la de aquellos duques mentecatos que acogieron a don Quijote y Sancho durante un par de semanas con el único propósito de proporcionarle a sus tediosas vidas un poco de entretenimiento, como suelen hacer a menudo los ricos sin novela con los pobres con ella, o la novela de don Álvaro de Tarfe, que creyó que don Quijote era quien no era, y que luego se enmendó sin que le dolieran prendas en cuanto lo vio, o la historia de la pobre Dulcinea... La dulce, la triste, la abandonada Dulcinea, que tanto llegó a odiar a don Quijote, la trágica y un poco cómica historia de Dulcinea...

De modo que la historia de don Quijote, el mismo día que murió, despertó, a cada cual más admirable, otras cien historias que estaban a su lado haciendo la guarda para ser contadas, y que de no haber sido por don Quijote habrían permanecido eternamente en su limbo.

Y ni siquiera la novela de don Quijote se abrochó al morir él. Tampoco supo, cuando murió, los innumerables problemas que su mala cabeza dejaba concernientes a la hacienda. «Feliz don Quijote que se ha muerto en la completa ignorancia», llegó a decir don Pedro, haciendo referencia a tanto desarreglo. Sin saberlo y sin quererlo murió arruinado y lleno de deudas y con acreedores y voraces logreros dispuestos a despedazar aquellos bienes muebles e inmuebles que fueron de sus bisabuelos, de sus abuelos y de sus padres y que él creyó dejar limpios de polvo y paja, como se los dejaron a él, a su única sobrina, Antonia Quijano. Y así, ¿quién diría que la historia de Antonia Quijano era diferente de la de su tío y que podía empezarse sin que antes se contase, toda entera, la de su tío?

Pero no hay nada que llegue a mucho que no empiece por poco. He aquí, pues, los detalles exactos de lo que ocurrió ese día.

El día que murió don Quijote fue inusitadamente caluroso para ser octubre, acaso uno de los días más opresivos y pegajosos del año, como si se tratasen de unas secuelas del veranillo de san Martín.

¿A qué hora exactamente transió don Quijote de ésta a vida más favorable? Nadie puede asegurarlo. Ninguno de los que se hallaban presentes llevaba encima un reloj. No eran príncipes ni reyes para tener uno. Únicamente don Pedro, por aquella coincidencia del breviario, hubiese podido saber la hora exacta, pero tampoco deja de ser una suposición que a don Pedro le interesara tal pormenor.

«Para morir no hay hora buena», dijo Sancho Panza, un poco antes de que se supiera que don Quijote había muerto. Apenas acababa de opalescerse el cielo con las primeras luces. Las agonías suelen ser lentas. Como nadie de los presentes se tomó la molestia de responderle, añadió otro refrán: «Para todo hay maña, sino para la muerte». Quería decir que salía sobrando el dar coces contra el aguijón, y más cuando el aguijón era el de la muerte.

Quizá cuando Sancho Panza se acordó de este segundo refrán, su amo ya no estaba entre los vivos. No obstante, podría certificarse que la muerte de don Quijote tuvo lugar, como se ha apuntado, en el cuartel de tercia, la hora más risueña de esa mañana. Parecía harta de trinos y olores finísimos y campesinos, y pájaros y perfumes hacían coro a la tenebrosa sentencia de Sancho con otra bien diferente: «Para vivir, todas las horas son buenas», después de que durante unos segundos no se oyera nada, ni pájaros ni perros ni cabras. Como si el mundo se hubiese acabado. Y, cosa extrañísima, después de tales trinos y olores al rato, dejó otra vez de oírse nada y de perfumarse. Como si el mundo no existiera.

Pero a pesar de que don Quijote muriese esa mañana, la vida continuó para aquellos que con él la habían compartido.

CAPÍTULO CUARTO

Cuando murió, hacía algo más de un año que había hecho su primera salida a lomos de su rocín, el famoso y molido Rocinante. Esa vez salió solo. Todavía no había tomado a Sancho Panza a su servicio, porque no sabía aún lo necesario que era un escudero para la vida que pensaba llevar.

De no haberse marchado de casa se habría muerto de pena. Le consumía la melancolía. No se entiende bien esto, porque el pueblo que muchos creían pequeño era bastante grande, lleno de gente, con todos los oficios, ideal para un hidalgo que no tenía que trabajar y podía pararse hablando con unos y con otros, mientras los veía trabajar, con el herrero, con el carpintero, con el jubetero, hasta la hora del almuerzo. Luego la siesta, algo de lectura y a última hora, después de la cena, una tertulia con el cura, el barbero, otro hidalgo amigo suyo, en fin, las fuerzas vivas.

Pero se ve que no era bastante. Lo que era suficiente para el cura, para el barbero, para el jubetero, para el ama y para la sobrina, lo que a todo el mundo parecía contentar, se le convirtió a don Quijote en una comezón que le tenía el alma en carne viva. La melancolía le volvió loco y la melancolía le mató, cuando ya estaba cuerdo. Lo supo de una manera oscura. No dijo «estoy loco porque no puedo salir» o «si no me voy de casa, acabaré loco», ni «como estoy loco, me voy a hacer caballero andante». Tampoco fue que comiese culantro verde, como en un principio aseguró uno de los médicos. Sólo por eso dejó el ama de pasarle los avisos. «¿De cuándo acá va mi amo a comer culantro? ¿Es acaso él un borrego que pasta por los prados?», dijo Quiteria. No, sencillamente don Quijote pensó: «La vida está fuera de aquí, la realidad espera en cualquier parte, y todo esto que parece real, no lo es, sino un mal sueño, el de todos los días, algo que yo creo que es, pero no es, y así ni el ama es ama, ni mi sobrina, mi sobrina, ni yo soy yo, como no me vaya fuera. Yo sé quién soy, pero lejos de aquí, en otra parte. Soy viejo y me queda poco tiempo. O ahora o nunca, y dure la vida, que con ella todo se alcanza». Eso fue lo que ocurrió, y se tiró al campo solo, sin sus galgos barcinos, con determinación de no volverse atrás y morir, como suele decirse, en el empeño.

Lo de la caballería andante y todo eso, de lo que se ha hablado mucho, fue una excusa. Si no hubiese sido la caballería andante, habría sido otra cosa. Se hubiera podido ir con una tribu de gitanos, o en una compañía de milites, o de romero. Sucedió que le gustaban las novelas de caballería y por ahí se volvió loco, porque la locura y el agua siempre buscan la flojera. («¡A quién se le ocurre decir que fue por el culantro verde! —repitió el ama a todo el que quiso oírla—; ese médico nuevo no tiene ni idea».) ¿Y qué iba a hacer un hidalgo en ese pueblo sino leer novelas? Y, claro, al leerlas, quiso ser caballero. ¿Qué, si no, hubiese podido ser? ¿A quién, en su misma circunstancia, no le hubiese pasado lo mismo?

En esa primera salida llegó a una venta que tomó por castillo, a tres o cuatro leguas de su casa.

Lo razonable es que al verlo hubieran sabido quién era, pero a don Quijote no le conocía nadie, porque no tenía la costumbre de salir a ninguna parte ni dejarse ver. Para cazar se iba al lado mismo del pueblo, al alijar, y si se quedaba una noche por ahí, dormía al sereno. Allí había conejos, había liebres, había perdices para no acabar. Y la mayor parte de los días comía solo, en una mesa de pino, contra la pared. De modo que es natural que en la venta nadie le hubiera visto antes, ni les sonase su cara de nada. Allí veló sus armas y se hizo armar caballero como lo habían hecho los que para él eran los hombres más esclarecidos, generosos y enamorados del mundo, Esplandianes, Palmerines, Lanzarotes, Arturos, Galaores y demás campeones del Febo. Don

Quijote quería poner como ellos en su escudo un gran lema que hablara de humillar al soberbio y poderoso y ensalzar al humilde, amparar viudas, huérfanos y pupilos y socorrer a los menesterosos y apaleados injustamente, y a esas alturas se propuso desfacer agravios y enderezar tuertos. Hablaba de esa manera tan apolillada y primorosa por fantasía. Le parecía que con palabras antiguas y sonoras se llegaba más lejos y se levantaba más el espíritu que con otras de moderna invención, por lo mismo que con sus armas viejas y orinecidas pensaba poder reducir con más facilidad los desmanes inicuos y recientes, y que los follones y malandrines se someterían a su guerra galana en cuanto las vieran tan viejas, diciendo: «Si esas armas tan llenas de roña han sobrevivido hasta hoy, es porque vienen de épocas gloriosas; nos rendimos. ¿Hay que ir al Toboso a hincar los hinojos ante Dulcinea? No se hable más».

En realidad, con aquellas hazañas don Quijote se había propuesto alcanzar fama eterna y no morir, cuando ya estuviese muerto, porque le acometió en la vejez tediosa que llevaba lo que a otros suele sucederles incluso en la juventud; a saber: tenía miedo de desaparecer sin más, sin dejar rastro. Le aterraba ser menos incluso que una sombra en una pared. Observaba a los viejos del pueblo, y se veía reflejado en ellos. Si eran hidalgos como él, con más razón se amohinaba con desconsuelo. «Somos el acabóse. ¿Qué hemos hecho no sotros digno de memoria?» Así que un día se dijo: «No es un hombre más que otro, si no hace más que otro, y yo voy a hacer por todos lo que ninguno hemos hecho hasta el presente».Y lo mismo que se dijo antes de esa caballería tan famosa, puede decirse ahora de la fama. Si la hubiese podido alcanzar de otro modo, componiendo relojes como Juanelo Turriano, o dando la vuelta al mundo como Magallanes, o conquistando los reinos peruleros, le habría parecido bien. Pero siendo un hidalgo manchego no tenía muchas posibilidades donde elegir, y aquella de hacerse armar caballero andante era tan honorable como otra cualquiera. Incluso más.

La gente que le vio al principio pasar con aquellas reliquias herrumbrosas y hablando solo, pensaba, ¿y éste, de dónde se ha escapado?, y se acercaban a él para mirarlo más detenidamente y escucharlo. Y unas veces decía cosas de loco y otras no, hoy tenía un genio vivo y pésimo humor, y al día siguiente en cambio era un hombre profundo, afable y melancólico y daban ganas de no apartarse de su lado porque siempre se le venían a la boca historias muy ocurrentes.

No habían pasado ni doce horas y el mismo ventero que ideó la burla de armarle caballero, le recomendó que volviese a casa por dinero y alguna muda, porque no se podía salir al mundo sin ir provisto de ambas cosas. Y eso pensaba hacer, cuando lo apalearon y lo dejaron tirado y medio muerto en un camino. O quizá fue al revés, le pegaron antes y le armaron caballero después. Da un poco igual. En esta historia es un poco irrelevante cómo han sucedido las cosas, se amontonan como las cerezas, da igual el orden en que lo hacen, y suceden porque sí, como en la vida, y una vez que han sucedido, ya no se puede evitar que hayan sucedido. El caso es que lo apalearon, y quiso la suerte que pasara por allí al rato un vecino suyo, que lo conoció, lo atravesó en la caballería y se lo llevó al pueblo.

En el pueblo se repuso de esa tunda y aprovechó para vender un pegujal, porque no tenía dineros en casa. Todos se los llevaban el señor De Mal y su desmedida pasión de comprar libros. Según su sobrina, el ama y sus amigos el cura y el barbero, esa pasión era la causante de aquella locura que le había entrado de querer hacer como los caballeros de las novelas. Y no el culantro verde, como aventuró el médico nuevo. Incluso el ama hubiera encontrado más escandaloso que don Quijote se hubiera vuelto loco por comer culantro verde, que por leer libros de caballeros andantes. Lo primero que hizo don Quijote fue hablar como ellos, y vestir lo más parecido a ellos y dar en creer que también estaba enamorado de una dama, porque era forzoso que un caballero andante se enamorase de una. «No se habrá leído en ningún libro señalado donde no aparezca un caballero que no esté rendido hasta los tuétanos de una doncella a la que no haya hecho señora de su corazón.»

La idea de quemarle los libros fue en realidad del cura, muy buena persona aunque muy partidario también como muchos curas de las hogueras, pero la sobrina, rabiosa de ver que su tío iba a acabar con el patrimonio familiar si no se le ponía coto a su novelería, se sumó entusiasta a esa iniciativa, lo mismo que el ama, aunque ésta obró como lo hizo por otras razones. Tenía lo menos dos mil libros. En lejas teñidas con nogalina y puestas contra una pared. No había tantos ni en la iglesia ni en los dos conventos ni en ninguna casa del pueblo. Y los hubieran quemado todos, de no ser porque lo estorbaron el cura y el barbero, con los que el ama y la sobrina no se atrevieron a porfiar. Se hizo una buena hoguera y salieron volando por encima de las bardas del corral un millón de pavesas negras, como murciélagos. El cura y el barbero se alarmaron un poco de su piromanía, y salvaron a algunos de aquellos mamotretos. Les parecía poco piadoso, poco ejemplar que pagaran justos por pecadores. Llevaron luego los libros indultados al aposento donde se guardaban y a continuación lo tapiaron, aprovechando que don Quijote seguía convaleciente de los palos recibidos. Cuando se levantó y buscó los libros, le contaron que los libros y el aposento se los habían llevado por los aires unos encantadores, explicación que encontró él muy lógica, porque además de loco por la caballería tenía manía persecutoria, haciendo bueno aquel dicho de que las locuras nunca vienen solas. Y cuando vio en el corral las piedras chamuscadas y un tapiz de cenizas, ni siquiera preguntó.

Aunque lo de los libros en el fondo le dio lo mismo, porque se los sabía al dedillo todos, y hubiera podido recitar de carrerilla, de la cruz a la firma, más de la mitad de los que tenía, sin equivocar una sola palabra, porque su memoria era tan portentosa como su locura.

A continuación buscó por el pueblo quien quisiera ir con él. Preguntó a unos y otros, y así fue como dio con Sancho Panza, que tenía unos cuarenta años, diez menos que él, y que vivía en la calle de Zurradores, cerca de la Alameda, en una de las casas pobres del barrio, a la salida ya del pueblo.

Todo lo flaco y cecial que era don Quijote, era Sancho

craso y lucido. Tenía una figura extraña. Era largo de piernas, pero de brazos cortos, y con un abultado abdomen. Por las piernas se le hubiera tomado por alto, pero en todo lo demás parecía achaparrado, con aquella cabeza suya de una esférica perfección y pegada al tronco por un cuello ancho y corto. Su ojos, grandes, negros y abultados, le hacían la mirada triste, no obstante la fama de gracioso y reidor que se había granjeado. La fama era cierta, desde luego, pero si permanecía en silencio, su expresión era de tristeza, como la de algunos sabuesos. Siempre vestía de la misma manera, porque sólo tenía un traje, sayo corto, camisa, calzones abiertos y alpargatas. Eran ropas viejas, con chafallos y soletas por todas partes, exhumaciones de otros andrajos. Se cansaba mucho al andar y se quedaba sin fuelle en cuanto hacía el menor esfuerzo. Le habría gustado ser barbero, todo el día hablando y sin mover las piernas. Para muchos Sancho era un gandul que no valía para nada, incluso sin gracia, pero fue emplearse con para don Quijote y descubrió su grandísimo talento para la conversación, como uno de esos elementos de alquimista que sólo pueden probar y precipitar su verdadero valor en contacto con otro elemento extraño.

En un primer momento Sancho Panza no supo muy bien qué es lo que le estaba proponiendo su vecino el hidalgo, ni cuáles iban a ser sus cometidos ni su salario. Tras mucho perorar y extrema filatería, quedó concertado que el escudero se ocuparía de ensillar y desensillar a Rocinante y darle el pienso, y de ayudar a su amo a ponerse y quitarse la armadura, lo mismo que a llevar la maleta con las mudas y el matalotaje. De los gajes no habló, pero sí de que don Quijote le haría gobernador de una ínsula en la primera ocasión que se terciara, y conde por añadidura, porque era lo que les solía sobrevenir a los personajes que salían en las novelas que leía.

Sancho halló el trabajo, en principio, prometedor: decapitar dragones y ensartar endriagos, enamorar doncellas y administrar ínsulas. Por eso al escudero, con tales perspectivas, le pareció una rapacería concretar salario.

Los que conocían a Sancho Panza, empezando por su esposa, no se explicaron cómo un hombre receloso como él, que ajustaba los tratos al cuartín, se dejó convencer de ese modo. Tampoco entendieron que Teresa Cascajo de Panza, una mujer fuerte y de muchísimo argumento, se lo hubiera consentido, y más de uno llegó a la conclusión de que se había avenido con don Quijote porque, aunque no lo pareciera, estaba ya tan loco como su amo, y hubo quienes maliciaron otras causas, como que por entonces no estaba a bien con su mujer, cosa de todo punto falsa, porque diecisiete años de casado le ponían en ese particular por encima del bien y del mal, y se llevaba con su mujer, y su mujer con él, ni peor ni mejor que la inmensa mayoría de los que hayan apurado hasta ese punto los cálices del casamiento.

La realidad fue otra, sin embargo. Don Quijote le propuso la salida a Sancho en mitad del estío, cuando empezaban las labores del campo más duras. Todo el pueblo vivía volcado en la cosecha. Se segaba, se trillaba, se aventaba, se ahechaba, se llevaba el trigo a los alhorines o al molino, se dormía en las eras junto a las parvas para disuadir a los ladrones, se trabajaba de sol a sol en días ya de por sí de noches muy cortas, y se comía en los campos, al aire libre, aplastados por el calor, acosados por los mosquitos y desconcertados por la fanfarria de las chicharras. Sancho, de por sí algo poltrón, vio la posibilidad de orillar esas fatigas, y de apañarse con un amo que no le iba a mandar otra cosa que la de acompañarle y servirle de réplica, y le dijo: «De acuerdo, incluso sin jornal, sólo con la promesa de la ínsula esa famosa, me conviene; y si aquí o allá vamos despertando tesoros, mejor que mejor».

Así que salieron y anduvieron errantes menos de dos semanas, sin meta precisa y con ilusionismo vario.

En esos casi quince días les pasó de todo, bueno y malo, sucesos de gentes que entraban, que salían, que tan pronto se manifestaban sin historia como se desvanecían con ella. Entre lo bueno Sancho Panza encontró una maleta que parió más de cien escudos, y para lo malo hay que referirse a la mañana en que unos mozos guasones lo mantearon con malas artes. Ahí, según el escudero, don Quijote no estuvo ni a la altura de su nombre, ni detrás de su valeroso brazo, ni a la par de su mote, porque cobardeó y no lo socorrió, contra el parecer del propio don Quijote, que sostuvo haber hecho lo que había podido. Conocieron igualmente a otras muchas gentes, algunas muy granadas, pero también villanos y mujeres del partido, arrieros y clérigos, enamorados, cuerdos, locos, en fin, el vistoso surtido del mundo.

Las aventuras que tuvieron lugar durante esa breve salida fueron muy celebradas, principalmente la de los molinos de viento, la de los carneros y la de la bacía de barbero que don Quijote creyó yelmo, aunque acaso la que más alarmó a las gentes de aquellos lugares fue la de Ginés de Pasamonte, galeote de muy malas pulgas a quien liberó don Quijote junto a otros penados, contra el consejo de Sancho y de los alguaciles que los llevaban custodiados a galeras.

Estas gestas se propalaron en uno o dos meses por toda la comarca. Y en dos o tres meses más llegaron a conocimiento de un tal Cide Hamete Benengeli, un zapatero de Toledo, muy amante de los cuentos, que las trasladó al papel por pasar el rato él y hacérselo pasar a sus amigos.

Pero no todo en la vida viene bien trabado, y al zapatero se lo llevaron por delante unas fiebres furiosas que le atacaron la vejiga. Lo primero que hizo la viuda, una cristiana llamada Casilda Seisdedos, en cuanto lo enterraron, fue vender los libros y papeles de su marido.

Y aquí es donde entra en escena Miguel de Cervantes, vecino del pueblo de Esquivias.

Se encontraba éste mercando una pieza de seda para su mujer Catalina de Salazar en la tienda de un sedero del Alcaná, donde se situaba el mercadillo o rastro toledano, cuando llegó allí vendiendo unos cartapacios un muchacho. Era el hijo del zapatero.

Cervantes compraba aquella pieza de seda para su mujer porque quería enternecer los enfados que presumía iba a tener con ella. Se había pasado en Sevilla más de cuatro años sin haberse dejado ver por el pueblo, y ése era el día en que regresaba. Todo el mundo hablaba cosas. Les parecía muy extraño que aquel hombre que doblaba casi en edad a Catalina, se hubiese ido por ahí, sin llevarla consigo. Decían: eso no se hace con una recién casada, tan joven. Y la gente se puso, en general, y aunque no conocían la rebotica, de parte de Catalina, que era del pueblo, y no de Cervantes, que era el forastero. Venía a pedir unos avales sobre el patrimonio de su mujer, que le eran requeridos para poder seguir con su empleo de alcabalero o recaudador, y no sabía muy bien cómo hacerse perdonar las dos cosas, el haber tardado cuatro años en volver a casa y el tener que hacerlo únicamente porque necesitaba unos avales por valor de cuatro mil reales. Por eso se le ocurrió viniendo de Sevilla detenerse en Toledo, en casa del sedero, antes de llegar a Esquivias, y llevarle aquella pieza de seda. En ese momento fue cuando apareció el hijo del zapatero con los cartapacios.

Cervantes amaba más que ninguna cosa todo lo que tuviera que ver con papeles. Se detenía incluso en medio de la calle cuando se tropezaba uno caído, por no pasar sin leerlo, y quiso echarles un vistazo a los que traía el chico. Cuando advirtió que todos ellos estaban escritos en arábigo, salió y volvió con un morisco aljamiado que sabía leer tan angostos caracteres. Éste hojeó los papeles y leyendo aquí y allá algunos trozos, se topó con un pasaje donde se hablaba de Dulcinea del Toboso. Fue oír ese nombre y saltársele los pulsos a Cervantes con el hallazgo, porque se le alcanzó que ésa no podía ser otra que la historia de don Quijote, de la que habían llegado ya a sus oídos muchas, entretenidas y variadas anécdotas. Mandó entonces esperar al morisco y se llevó con disimulo al hijo del zapatero a un rincón, y puenteando al sedero, le compró todos aquellos papeles por medio real, encubriendo en el trato su excitación como un consumado zarracatín. Aunque le pagó al chico lo que el chico le pidió, ni un maravedí menos, no hubiera estado mal haberle dado un poco más, porque el chico qué sabía. Le costó más traducirlos que los papeles propiamente. Luego se llegó donde el trujimán y apalabró con él la traducción completa, sin faltar palabra, a cambio de dos arrobas de pasas y dos fanegas de trigo, y en poco más de un mes, aquél le devolvió los papeles vertidos a lengua romance. De su coleto añadió Cervantes algunos episodios más que él había oído referir y que Cide Hamete o no los conocía o no había querido ponerlos o no pudo, porque se murió antes, como por ejemplo el de la liberación de Ginés de Pasamonte; y debió ser que Cide Hamete conocía a ese matachín, y sabía cómo se las gastaba, y prefirió ni en broma incluirlo en la relación general, por si acaso llegaba a sus manos publicada aquella crónica, y le buscaba las vueltas. Cuando Cervantes tuvo listos y traducidos los papeles, los llevó a un impresor amigo suyo de Madrid. El impresor los leyó, y acordó quedárselos. Cervantes no tenía hacienda propia y además de necesitar los avales (que Catalina, por cierto, aconsejada por su hermano, un cura avariento, no firmó), había contraído unas pequeñas deudas, no todas de juego. No quiso satisfacerlas con la tantas veces tentada bolsa de su mujer, y pidió al impresor dos mil reales por el libro. Después de un breve regateo en un bodegón de puntapié de la Costanilla de los Desamparados, cerca del famoso Mentidero, habitual en las gentes de ese mundo, quedó fijada la suma en mil seiscientos reales. Como se ve el negocio que hizo Cervantes fue pingüe, porque lo que le costó medio real, dos arrobas de pasas y dos fanegas de trigo, se centuplicó de tal modo.

A partir de ese día las prensas del librero no reposaron ni de día ni de noche, y unos componiendo, otros corrigiéndolo, otros imprimiendo los diferentes pliegos, el libro quedó listo para los libreros y mercaderes en menos de un mes.

Uno de los ejemplares encontró incluso a don Quijote, cuando se reponía de su segunda salida.

Estaba a la sazón el hidalgo esperando que llegara el buen tiempo para volver a armarse. La vida de los caballeros se lleva mejor con buen tiempo que con malo, mejor en verano que en invierno, teniendo en cuenta que la mayor parte de los días se ha de dormir al raso y que la lluvia o la nieve deslucen cualquier alarde caballeresco. Aquel invierno se le hizo larguísimo, y no se le cocía el pan, como suele decirse. Ya no salió a cazar, porque después de haber conocido aventuras reales, lo de cazar conejos le parecía un ejercicio pueril, y sin libros, que era su único entretenimiento, no veía el modo de que amaneciese el día de la salida, que al fin llegó y lo hizo para los anales de esta historia con la inmarchitable fecha del cinco de junio del año del Señor de 1614, octava del Corpus.

Esta tercera salida, segunda de Sancho, duró mucho más que la anterior. Anduvieron caballero y escudero tres meses, día más o menos, y el destino les llevó hasta Barcelona, donde les aguardaban el fin de las aventuras, la derrota y, sin que nadie pudiera predecirlo, una herida mortal que llevaría a la tumba a don Quijote y el desconsuelo a parientes y amigos, por una muerte, que fue, para los amantes de los detalles exactos, como sigue.

CAPÍTULO QUINTO

El mechinal donde murió don Quijote no fue propiamente su aposento, sino otro de la parte baja al que le trasladaron para que no sufriera aquellos calores tan desusados. El camaranchón se había llenado de moscas otoñales que zumbaban enloquecidas y pegajosas, sin resignarse a morir. Se le posaban en los labios entreabiertos, en los párpados, le recorrían el cuello, y en eso se veía que estaba bien muerto, porque lo sufría todo sin mover una pestaña. De todos modos no fue suficiente para el ama, que espiaba a su amo por el rabillo del ojo y esperaba quedarse a solas con él para verter, cuando nadie la viera, cera caliente en sus párpados y unas gotas de aceite hirviente por el oído.

La expresión que el hidalgo había tenido en vida, de combate interior, el cejo fruncido, el rictus melancólico de la boca, así como la mala color del rostro, un tanto olivácea, habían desaparecido, y su semblante sugería una inconmensurable paz, al fin alcanzada, de magnífica estatua de alabastro.

El ama Quiteria corrió a buscar un pañizuelo orlado de randas, más tenue que el humo, lo perfumó con unas gotas de algalia, y cubrió con él el rostro de su amo, que quedó a resguardo de las moscas y no oculto, sino velado, proporcionándole aún mayor serenidad.

Se diría que todos sabían lo que tenían que hacer, y en un momento quedó armada una escena como si fuese la de un retablo.

A los diez minutos se presentó el médico. El de toda la vida, no el que supuso que todo aquello estaba motivado en parte por comer lechuga, no el de ideas novedosas que había dicho lo del culantro verde. Era un hombre de unos setenta años, alto, de rostro cetrino y ojos pequeños, sagaces y algo erráticos.Traía ropa de levantar negra por donde asomaba el cuello no demasiado limpio de la valoncilla. Parecía llegar con prisa, anunciando sin duda que no se quedaría allí más que los minutos precisos. Al saludarlo todos le llamaban don Frutos.

A diferencia del aposento habitual en el que siempre había dormido don Quijote, y antes que él don Bernardo Quijano y Justa de Arce, padres de don Quijote, y aun antes que éstos sus abuelos y tatarabuelos, a diferencia de aquél tan ancho y despejado, aquella improvisada enfermería era angosta y algo tenebrosa, y apenas cabían en ella tres personas, de modo que cuando llegó don Frutos, tuvieron que salir dos para que el galeno pudiera acercarse al lecho donde las formas del difunto sobresalían del fazoleto de randas. Ni siquiera le tomó el pulso. Se limitó a preguntar cómo y cuándo había ocurrido todo, y aunque no era propiamente un amigo de don Quijote, a pesar de conocerlo de toda la vida, parecía sincero queriendo averiguar esos pequeños e insignificantes detalles.

Era una persona seria, que detestaba las novelas y sólo leía tratados de medicina, sobre todo el Dioscórides y al doctor Laguna, a los que interpretaba de modo muy distinto que su joven colega. Cuando don Quijote cayó enfermo después de volver de Barcelona, les dijo: «Déjenme morir en paz, no quie ro ver ningún médico, y menos que a ninguno a don Frutos».

Entonces el ama hizo venir al joven, que se llamaba don Servando, que salió con aquello del culantro verde. El ama hizo en ese momento propósito de no volver a llamarlo en la vida, y ordenó que avisaran a don Frutos.

Para entonces don Quijote estaba ya tan mal que cuando vio aparecer a don Frutos no dijo nada, se dejó reconocer y ni siquiera se molestó en preguntarle qué tenía.

—¿Cataléptico?

Don Frutos no era un hombre sutil, y tranquilizó al ama con irrevocables palabras, molesto de hablar con una ignorante:

—Créeme, Quiteria, éste no resucita hasta el día del Juicio.

Maese Nicolás, animado por la presencia de su rival, se decidió a cruzarle al muerto las manos sobre el pecho, subrayando de ese modo, ya que no su jurisdicción sobre los enfermos del pueblo, sí al menos sobre las manos de su amigo.

Las manos de don Quijote no eran ya más que un montoncito de palos secos, largos y descarnados, con las uñas no demasiado cortas ni limpias, aunque manos desde luego delicadas y finas, de persona decente que jamás las había puesto en cosa que no fuese la espada, la escopeta o los libros. También en esas manos husmeaban las moscas, que Quiteria espantaba con una pluma de ganso, la misma con la que don Quijote había escrito tantos versos, la misma de la que se sirvió para poner su rúbrica a las disposiciones testamentarias que redactó el señor De Mal.

Parece que ésas fueron las últimas palabras del hidalgo: «No me dé vuestra merced su pluma, porque no me hallo con ella. Quiteria, vete a mi oficina y tráeme de allí la mía, acaso peor cortada pero hecha a mis silenciosas melarquías, y me conoce, y es mandible». Esta manera de hablar tan gótica y solemne que tenía cuando se volvió loco, fue la que hizo dudar a algunos momentáneamente de la veracidad de su cordura. Después, don Quijote no dijo nada, y estuvo dos días muriéndose. Así que Quiteria estaba secretamente conmovida de que el último nombre que pronunció don Quijote hubiera sido precisamente el suyo. Y se quedó la pluma como reliquia.

Terminó el médico de preguntar, el cura desmigó los latines de un responso en un susurro, y al acabar el responso, salió don Frutos y entró Sancho, que cayó de rodillas. Se hubiera dicho que aquella muerte le había aniquilado. Nadie tenía la menor noción de lo que ocurría en el alma de aquel ganapán, pues él, tan hablador, no despegaba los labios. A continuación salió el barbero y pasó el bachiller, y su corazón de poeta quedó impresionado por el espectáculo de la muerte, y no apartaba los ojos de quien hasta hacía unos días había entretenido sus prolongados ocios en aquel pueblo con algo que no habían sido rezos, sino libros y cosas de la fantasía, de las que el bachiller gozaba también como el que más.

Y si maese Nicolás sintió secretamente que quizá hubiera podido remediar aquella muerte, de haber sangrado al enfermo a tiempo, algo parecido sintió también el bachiller Sansón Carrasco en lo más íntimo, y se le encapotó el ánimo por haber vencido a don Quijote en la playa de Barcelona y haberle impuesto aquella cláusula tan rigurosa de recogerse en el pueblo durante un año, prohibiéndole las aventuras, que se había demostrado funesta. Se preguntaba: «¿Qué derecho tenemos a apartar a nadie de la vida que quiera llevar, si en ella es dichoso, y no haciendo daño al prójimo? ¿A quién menos cababa don Quijote? ¿No fue más feliz don Quijote en estos últimos meses de locura que en todos los años de su cordura? Quizá hiciera mal venciéndole...».

Su pesar, en cambio, no le impidió que allí, cuando todos parecían elevar al cielo una oración por el eterno descanso del alma de don Quijote, pronunciase el primer encomio fúnebre del caballero.

Los que cuchicheaban en la puerta, el barbero, el médico, el escribano, el ama y la sobrina, así como Cebadón el mozo, venido ya de sus recados, y algunos vecinos que se habían enterado de la muerte y habían pasado a soltar los pésames, guardaron silencio, y se dispusieron a oír a Sansón Carrasco, que tenía ya mucha fama en el pueblo de ser un hombre elocuente, que hablaba por lo fino.

—Pobre don Quijote —dijo con la voz encarrujada por la emoción, y abrochándose la sotanilla de chamelote—, te ha llegado la muerte en mala hora, si no es que la muerte nunca suele llegar en buena, como decía esta noche nuestro buen Sancho Panza. Cuando más prometía tu jornada, más sin piedad te han segado la vida, cuanto más larga la necesitábamos todos, más corta han dispuesto los cielos que fuese. Y si como don Quijote has dejado prueba de hazañas famosísimas, como mayoral bucólico tus vagidos de enamorado habrían preñado los aires y las nubes, aunque ninguna fama que dejaras como loco se comparará a la que dejas, entre nosotros, como Alonso Quijano el Bueno, que a bueno nadie se te igualó. Y te llamaste el Bueno, pero podríamos llamarte el Cuerdo, y a ello contribuimos tus amigos, que ahora, sin embargo, enloquecemos de dolor. Viéndote así, ruines las carnes y la pelleja amarilla, los ojos abismados en las sombras del más allá y la nariz afilada y vidriosas las pupilas, con la barbas huecas y deshiladas sobre el pecho hundido, muerto y bien muerto, podríamos decir que te has consumido como un gorrión, tan dócil te mostraste para seguir tu estrella. Pero sabemos que fuiste hidalgo como un gavilán. No hay entre las aves ninguna de mayor hidalguía, y todos hemos visto cómo en las noches frías de invierno, a la puesta de sol, prende esta ave un pajarillo que se lleva consigo a la dormida, abrigándose con él el pecho, para soltarlo libre a la mañana siguiente, sin lesión ninguna, y como gerifalte mostraste gran corazón y ánimo, e igual que él te pegaste con cualquier ave, quiero decir, gigante, follón, encantador o endriago, por valiente y descomunal que te pareciera, aunque hubieras de morir en la disputa, y así tú nunca miraste, como el mismo gavilán, si con quien peleabas era más que tú en fuerza, en hacienda o en cuna, sino sólo si lo era menos en razón; y por ponerla en su justo punto, te ves así ahora, vencido por la mayor sinrazón de todas, que es la muerte. He dicho.

—Ay, ya lo creo —gimió Sancho comiéndose las lágrimas, desde el suelo—, que no hace todavía dos días se lo dije. No se me muera vuestra merced, señor mío, y tome mi consejo y viva muchos años, que con la salud todo se alcanza, y la mayor locura que puede hacer un hombre es dejarse morir sin más ni más, sin que nadie le mate ni le acaben otras manos que las de la melancolía. Y es esta maldita tristeza impertinente la que se lo ha llevado, y nos deja ahora a todos en este de samparo. No me hizo caso, y aquí está la prueba. Él, cuerdo, y nosotros locos. Él gozando ya la gloria, y nosotros aún purgando la vida.

CAPÍTULO SEXTO

La muerte de don Quijote no afectó, como es natural, a todos de la misma manera.

Para el ama Quiteria fue un verdadero cataclismo. Después de aquellas primeras lágrimas, mientras abrazó a Antonia, no se volvió a verla llorar en todo el día, y de ello podría sacarse una impresión equivocada.

Era una mujer reservada y adusta. Vestía mitad de ama y criada, mitad de dueña, con camisa, basquiña y delantal, y, aunque no tenía los años para ello, llevaba las tocas negras de las dueñas desde que don Quijote se salió la primera vez al campo de sus quimeras. Acaso por hacerse respetar de los criados, a falta de amo.

Ese día, después de que el bachiller pronunciase aquel elogio y cuando todo el mundo se marchó a su casa, aprovechó un momento para correr a buscar una vela.

La encendió, esperó un rato que se calentara la cera, y vertió con sumo cuidado una gota en cada párpado de don Quijote. Luego aguardó a que la cera se enfriara y desprendió con la uña de su dedo meñique aquellas dos lágrimas, que podrían haber sido suyas, y las envolvió en el pañizuelo, lo plegó con cuidado y lo escondió en la manga de la camisa. El éxito de aquella comprobación le hizo desistir de probar con el aceite hirviendo. Agitando el mandil con las dos manos, ahuyentó las moscas que había dentro, y cuando no quedaba ni una, salió del mechinal y cerró la puerta.

Envió a continuación a Antonia al convento de Las Claras a pedir un hábito, pues sabía que ése había sido el deseo de don Quijote, ser enterrado con las mismas sargas terciarias que su padre, su abuelo y todos los hombres de la familia, y ella se quedó en la cocina terminando aquellos gazpachos que se habían quedado a medio hacer.

Estuvo allí un rato, y mientras guisaba, lloraba, y aunque trataba de evitar que las lágrimas cayeran dentro de la sartén, no siempre lo conseguía, y chisporroteaban sobre el aceite. Cuando terminó, dejó Quiteria las sartenes, y regresó al mechinal, cerró por dentro para que no entraran las moscas y allí donde antes había vertido dos gotas de cera, depositó ella dos besos, y se sentó a los pies de don Quijote, en un extremo del camastro, porque dentro no había ninguna silla.

Ah, si la hubiera visto alguien dejando aquellos dos besos tan amorosos e inopinados en la cabeza de don Quijote. ¿Qué hubieran dicho de aquellas confianzas?

—¿Cómo se ha dejado morir vuestra merced? Y ahora, ¿qué será de mi vida?

Y siguió haciéndole al muerto otras mil preguntas, todas a media voz, no porque pensara que iba a respondérselas, sino como si quisiera dormirle, igual que cuando se sigue contando un cuento a un niño que hace ya un buen rato se ha hundido en el insondable mundo de la almohada y los sueños.

Y con sus manos gordas y sonrosadas y ardientes acariciaba las de don Quijote, aquel montoncito de palitos secos y fríos, que parecía que fuese a desbaratarlos.

En el tiempo en que el ama permaneció en el camaranchón, marchaban uno al lado del otro el bachiller y Antonia, él a su casa y ella a Las Claras.

Hablaban los dos de lo que había sido don Quijote, pero eran palabras que salían un poco solas.

En la esquina de la calle Ancha y la del Azucaque, frente al convento, se despidieron.

«¿Qué me ha dicho Sansón?», se preguntó Antonia cuando se vio sola, en el torno, mientras llamaba. «¿Nunca se va a fijar en mí? ¿Es que no se ha dado cuenta de que me he puesto la camisa de lino nueva? ¿Es que no notó él cuando me dio el besamanos que me apreté contra su pecho con más fuerza de lo usado y que me quedé mirándole a los ojos? ¿Por qué no me sostiene nunca la mirada, por qué cuando le miro se azora de ese modo? No le gustaré.»

—Ave María Purísima.

La voz que salió del torno era, a un tiempo, aniñada y aviejada, y lo mismo parecía invitar a la cháchara que atajar cualquier circunloquio.

Explicó Antonia tímidamente quién era y lo que quería.

No se atrevió a decir que no importaba que fuese un hábito viejo, porque al fin y al cabo tanto daba que fuese nuevo o viejo, de sarga, de lanilla o de chamelote, porque iba a durar lo mismo en la tumba. Le pareció que algo tan juicioso no había de decirse por respeto, y se lo guardó.

—Es para mi tío, que ha muerto.

La monja preguntó: «¿Y quién es tu tío?», y cuando Antonia dijo, «Alonso Quijano», la monja se disculpó, porque, al ser forastera y llevar poco en ese convento, no lo conocía. Dijo: «Soy de Valladolid».

—Quizá le suene más por don Quijote —admitió la sobrina, a quien no gustaba referirse a su tío por ese nombre. En eso era igual que Quiteria. Su tío era Alonso Quijano, no un loco que se decía don Quijote, y llamarle por ese mote lo encontraba ella un escarnio para la familia. La sola idea de que la llamaran «la quijota» hubiera sido tan oprobioso como si la hubieran dicho «la jifera» o «la judía» o cualquier cosa peor.

La monja admitió que por ese nombre tampoco le conocía, y con la mayor indiferencia, se fue a buscar el hábito o a pedirlo a quien pudiera dárselo.

Se quedó sola Antonia en aquel zaguán vacío mirando el torno sobre el que había clavada, en la pared, una cruz de palo. Pasaban los minutos y no llegaba nadie, y Antonia seguía pensando: «¿Nunca va a mirarme, nunca va a requebrarme como hacen otros? ¿Nunca se fijará en mí? No, no le gusto».

Oyó al fin al otro lado del muro unos pasos, y un cuchicheo. Alguien, acaso la tornera, explicaba a otra aquel negocio del hábito. Oyó también que esa otra monja le decía que el tal don Quijote era un loco y que ignoraba si era o no prudente darle aquella ropa santa. También oyó que la misma monja que parecía tan enterada le decía a su compañera que el loco tenía una sobrina con la que no se llevaba bien, una muchacha de genio muy vivo, como su tío, y oyó que la tornera, o quien fuese, le chistó y, apagando la voz, oyó Antonia que le decía: «No hable alto, vuestra maternidad, que me parece que me ha dicho que era la sobrina, y nos va a oír; está ahí fuera esperando. ¿Qué la digo?».

Al fin le entregaron un hábito, muy bien doblado y atado con el mismo cordón de la cintura, depositó en el torno los reales que ajustaron por él, y se volvió Antonia a casa tras poner en el torno los cuarenta reales que le pidieron por él. Se decía: «¿Y esas monjas cómo sabrán si mi tío y una servidora nos llevábamos así o asá? ¿Será verdad que me parezco a él? Entonces ¿por qué Sansón era amigo de mi tío y no quiere serlo mío?».

La mayor parte de las cosas que pasaron por la cabeza de Antonia estuvieron pensadas con atropello. Cuando llegó a casa, el ama Quiteria, que había vuelto a encerrar a don Quijote en su mechinal, le preguntó:

—¿Cómo has tardado tanto?

Antonia no le contó nada de lo que había oído a través del torno, porque creía que al fin y al cabo don Quijote era su tío, y ella no era nada de Quiteria, y aquellas cosas debían quedarse en la familia. Sólo le dijo: «Fui hablando con el bachiller Sansón Carrasco», y le pareció que de esa manera decía mucho más de lo que en realidad quería o podía decir de los dos.

A propósito de Antonia es raro que Cide Hamete no descubriera nada de su belleza, cosa más extraña todavía en quien jamás solía pasar por alto esos detalles en las doncellas lozanas y hermosas como la sobrina, que lo era en grado sumo.

Era más bien menudita y delgada, pese a lo cual le gustaba ponerse un cuerpo bajo, porque de ese modo sus camisas blancas realzaban un escote muy ponderado por las miradas de los hombres que pasaban por casa.

Tenía en el rostro tres lunares como tres soles, uno sobre

el labio, otro en la mejilla y otro en la sien, y sus labios finos y rosados se plegaban en un rictus de tristeza que humanizaban algo unos ojos de color miel, que podían hablar solos, si se lo proponían. Los ojos eran bellísimos desde luego, pero no lo serían tanto sin aquella boca que se desbordaba a menudo en ingenuas invitaciones y sonrisas, maliciosas e irresistibles, cuando no estaba enfadada por algo.

La gente decía, a sus espaldas, «¿y esta muchacha, siendo tan galana, por qué tendrá ese carácter, por qué parece que está siempre de tan mal humor? Eso va a ser la casa, con ese loco dentro, desquiciándolas todo el día».

Al contrario que a su tío, que había vestido de cualquier manera, siempre igual, en invierno con un balandrán que no se quitaba ni para comer, y en verano, con aquel jubón viejo, a Antonia le gustaba ir muy lavada y planchada, con la ropa limpia, que cuidaba con esmero, como un tesoro, lo mismo que las cintas de seda de color rosa, blanco, rojo, que se ponía en el pelo, que en ella era muy negro y undoso.

A menudo pensaba, mirando a su tío: «Yo no puedo ser nada suyo, yo me parezco a mi padre; no he sacado nada de mi madre ni de mi tío ni de la familia de mi madre. Yo soy de la de mi padre». A menudo pensaba en él, lo tenía en las alturas de su imaginativa.

Lo extraño es que a pesar de esa belleza, se consideraba fea y poco agraciada, y su natural destemplanza y desasosiego le hacían tenerse por una mujer que se quedaría sola como el ama Quiteria. «Si no soy de Sansón, no seré de nadie», se dijo ese día también, al tiempo que se asustó de su propio discurrir: «Se ha muerto mi tío y yo no debiera estar pensando en estas cosas. No hoy, por lo menos». Pero apenas pudo tascar el freno de las desbocadas ensoñaciones que siguieron a los minutos que le acompañó el bachiller camino de Santa Clara. «¿Por qué no habrá sido primo mío Sansón? ¿Por qué no habría ido yo a vivir a su casa? Pediríamos una dispensa, y podríamos casarnos. Pero he tenido que venir a la casa de mi tío.»

Sansón Carrasco no era tan diferente a Antonia como creía ésta. Es posible que él no supiera mucho de asuntos de amor ni les dedicara demasiado tiempo, como no fuese sobre un papel componiendo versos, que en eso era único. En aquel momento no podía pensar en otra cosa que en la muerte de su amigo. Le impresionaba la muerte. Pese a su juventud sabía que con don Quijote se había evaporado algo más que un hombre. Lo intuía oscuramente. Estaba muy afectado, de modo muy diferente a como podía estarlo Sancho, aunque en aquellos pocos meses le había tomado un gran cariño. Se dijo al dejar a Antonia a las puertas de las Claras: «¿Qué hubiera sucedido si don Quijote hubiese sido mi padre?». Esa pregunta no le llevó a pensar que habría sido primo de Antonia. Reconoció que se había llevado y entendido mejor con don Quijote en un año que con su padre en toda su vida. Don Quijote era todo lo contrario que su padre, y lo deploró el bachiller por Tomé Carrasco.

Su padre, al verle entrar en casa el día que murió don Quijote, después de haberse pasado la noche velándole, no pudo reprimir un gesto de fastidio y una frase hiriente. Claro que no sabía que había muerto, porque las campanas no empezaron a hablar sino a mediodía, y cuando él entró eran las nueve de la mañana.

—¿Tan temprano y ya perdiendo el tiempo, señor estudiante?

—Acaba de morirse don Quijote —proclamó triunfal Sansón Carrasco, con mucha gravedad en el rostro, consciente de que aquella respuesta no se la esperaba.

—Ah —dijo su padre, pero como no era hombre que se dejara vencer, y mucho menos por su hijo, añadió—: Qué lástima de hombre.

Sansón Carrasco no respondió a ese comentario, porque lo había dicho únicamente para molestarlo, y subió directamente a su aposento. Allí se lavó, se puso ropa limpia y tomó algún alimento que le llevó una criada de su madre.

A Sansón Carrasco todos lo creían el mozo más feliz de la tierra.

Tenía entonces veinticuatro años. No era muy grande de cuerpo, aunque sí de talle rocoso, de piel oscura y muy buen entendimiento. Su aspecto era característico, de nariz chata, boca abultada y ojos pequeños y vivos, señales de que era de condición maliciosa, tracista y amigo de burlas. De hecho cuando vio a don Quijote el día en que éste preparaba su tercera y definitiva salida, publicado ya el libro con la primera parte de su historia, se arrojó de rodillas delante de él y empezó a echarle grandísimos bombos. Cualquier otro que no hubiese sido don Quijote se habría amoscado con aquel turíbulo y hubiera descubierto en la pantomima la insolencia de un fatuo o una simpleza de necio. Pero don Quijote era un ser puro que veía muy natural que hubiese alguien que hincase la rodilla en el suelo no tanto para rendirle pleitesía como por honrar en él a toda la caballería andante, y tratándose de tal cosa le hubiera parecido incluso poco que hubiesen lanzado a su paso cohetes y triquitraques.

Comiendo el refrigerio que le trajo la criada, se acordó el bachiller de aquella primera vez que vio a don Quijote y de las chufetas que le dijo, y sintió un poco de vergüenza por haberle escarnecido. Pensó: «Le hemos matado entre todos, sin quererlo; no creímos que estuviese tan mal como estaba y quizá no nos hemos portado con él como buenos cristianos».

Todo el mundo pensaba que Sansón Carrasco había terminado ya su grado de bachiller, y que iba a recibir pronto con la tonsura las órdenes que le faltaban.

Pero llevaba dos años de dilaciones y demoras. Su padre le apremiaba de continuo para que tomase estado, pero el mozo no se decidía, apoyado en parte por su madre, a la que tenía sorbido el seso. Su padre se enfrentaba a ella: «Tú ríele las gracias», decía malhumorado.

¿Y qué hacía Sansón Carrasco en la vida? Nada. Salió dos veces a buscar a don Quijote para traerlo a casa.

La primera se vistió con una casaca de color amarillo. Cosió en ella muchas lunas pequeñas de resplandecientes espejuelos, y se puso una celada de la que volaba una gran cantidad de plumas verdes, amarillas y blancas. Al verlo así en el patio, su padre entró furioso en casa, buscó a su mujer y la arrastró a la vista del mozo:

—¿Puede explicarme alguien qué hace vestido de esa guisa mi hijo, como un mamarracho?

El hijo le informó que se trataba de una obra de caridad, que era la de devolver a su casa a un hombre que andaba por el mundo perdido el juicio, y que a ningún buen cristiano debía parecerle mal. «¿Quién?», preguntó el padre. «Don Quijote», respondió el hijo. La cólera del padre subió de punto: «¿Te refieres a nuestro vecino Alonso Quijano? ¿Ese iluso, ese novelero? Cuanto más lejos se vaya, mejor para la sobrina, que se va a quedar sin nada como siga comiéndose la hacienda en libros». Sansón no se rindió y agregó que lo había consultado con don Pedro, y don Pedro era un cura juicioso y le parecía bien. Don Pedro tenía mucho ascendiente en la casa de los Carrascos, y Tomé Carrasco, por esa vez, no dijo nada.

Pero quiso la mala fortuna que Sansón Carrasco encontrase a don Quijote, y que éste le venciera.

Cuando su padre le vio llegar de vacío y con dos costillas rotas, estuvo pensando qué decir, pero el recuerdo de don Pedro le contuvo. Se tiró sin hablar todo ese día. Cuando estuvieron sentados a la mesa, cenando, se ve que o hablaba o reventaba, y dijo, sin que se supiera a quién o a qué se estaba refiriendo:

—¿Hasta cuándo va a durar esto?

En cuanto se repuso de las costillas, el bachiller Sansón Carrasco volvió a hacer los preparativos para una segunda búsqueda. Enfundó la armadura con unos ropones blancos, de los pies a la cabeza, y pintó con albayalde el yelmo y el escudo, sobre el que clavó también una luna brillantísima hecha de azófar.

Su madre palmoteó de entusiasmo, porque lo encontraba más apuesto y galán esta segunda vez que la primera, pero el padre, para no verlo salir, se estuvo tres días sin aparecer por la casa, de caza en unas dehesas suyas, con dos monteros improvisados entre sus pastores.

En esa segunda ocasión tuvo que ir hasta Barcelona, porque don Quijote ya había atravesado media España, pero no le fue difícil dar con él. En todas partes o habían oído hablar del caballero loco, o lo habían visto o conocían a alguien que lo había visto.

Cuando llegó de vuelta al pueblo, victorioso y ufano, Tomé Carrasco, harto de chilindrinas, le lanzó la terminante:

—Basta de perder el tiempo. Decídase, señor bachiller, y haga por recibir las órdenes y hacerse clérigo como mi señor cuñado —se refería al hermano de su madre, obispo de Sigüenza, que se había ofrecido hacía años a favorecer a su sobrino—, pero se acabó el comer en mi mesa la sopa boba. O las órdenes, o ya sabéis dónde está la puerta.

La madre, ante el ultimátum, rompió a llorar y Sansón Carrasco no se atrevió a decirle que se encontraba negado para las cosas de Iglesia.

En esas andaba cuando murió don Quijote. El padre, en consideración al difunto y a la amistad que parecía haber reinado entre su hijo y aquel mentecato, le otorgó, al menos tácitamente, un aplazamiento.

Y aplazamiento fue igualmente para Sancho la muerte de don Quijote.

Llegó a casa con los ojos enrojecidos y taciturno. Dio la noticia y se echó a dormir, porque no había dormido ni un minuto en toda la noche. Dijo a su mujer: «Despiértame de aquí a un rato». Pero Teresa, su mujer, le dejó dormir todo lo que quiso, que no fue mucho, porque le despertaron sobresaltado las campanas, doblando a media mañana.

—¿Qué hora es? ¿Cuánto he dormido? ¿Quién toca las campanas?

Estaba bañado en sudores fríos y tenía la boca seca. En los escasos minutos de reposo había tenido profundos y espesos sueños en los que andaban él y don Quijote por esos mundos, en su vida caballeresca.

Mandó Sancho a comprar un poco de vino a su hijo, Sanchico, y sin que nadie le dijera nada, Sanchica, la mayor, la preferida de su padre, se puso a freírle unos torreznos.

Bebió algo de vino, pero no probó los torreznos, y en eso estaba cuando apareció Cebadón con un recado del ama Quiteria.

Cuando se quedaron solos Teresa Panza y sus dos hijos, les dijo:

—Ay, hijos, a vuestro padre os lo han cambiado. No ha tocado estos torreznos. ¿Cuándo se ha visto algo así? Los meses que ha pasado con don Quijote han hecho de él otra persona, y no se le conoce. Antes era socarrón y alegre, amigo de dichos y de burlas, de pitos y chirigotas, y aun de tientos, y ha vuelto un hombre taciturno. Hasta le encuentro más delgado. ¿No habrá enfermado? ¿No habrán contraído los dos una de esas enfermedades raras que andan sueltas por el mundo? ¿Habrá probado culantro?

—Será —dijo Sanchica—, porque la muerte de su amo le ha llenado de pesar. Pasará el tiempo y todo se remediará. No hay mal que cien años dure y no hay nada que no remedie un jarro de vino. No tenga vuesa merced cuidado y déjelo de mi mano, que en dos días le voy a devolver el marido como se usaba.

—Ojalá sea como dices. Pero te aseguro que es muy otro del que era. Ayer mismo, antes de salir para la casa de don Quijote, se me quedó mirando, y me dijo: «Ven acá, Teresa. Dime: ¿Qué quedará de mí en este mundo? ¿Seré dueño de mi vida, dueño de mi fama? ¿Se habrá escrito todo lo que de mí convenía saber o me queda aún por vivir vida memorable? Mira que se muere don Quijote, ¿y qué será de mí? ¿Me espera nueva vida o habré de languidecer aquí esperando la muerte, contando mis aventuras con don Quijote, como un soldado viejo? ¿Se acabó todo? Al morir don Quijote, ¿no me he quedado a medio hacer? Yo antes no era así, a mí antes no me preocupaban estas cosas».

—¿Y tú qué le dijiste, madre?

—¿Qué querías que le dijese? Que de cuándo acá la vida de un pobre se acaba con un amo. Cambian los amos, pero los criados son los mismos. ¿Adónde irá el buey que no are? Le dije, quítate cuervos de la frente, ventílate el ánimo, orea el pecho y tus cuidados, levanta la cabeza y mueve los pies, que amanecerá Dios y medraremos, y bien se está San Pedro en Roma.

—¿Y él te dijo más?

—Sí me dijo. Me dijo: «Tienes mucha razón, Teresa mía, pero dime, dime: ¿Me espera nueva vida o habré de apocarme aquí aguardando la muerte, contando mis aventuras con don Quijote, como un soldado viejo? ¿Se acabó todo?». Y me contó que no podía figurarme lo mucho y bien que había estado esta segunda vez con su amo, y que en nada se había parecido a la primera, y no tanto porque hubiera llegado a ser gobernador, como por haber descubierto en don Quijote un verdadero compañón como no lo había tenido antes, y que sólo ahora que se moría, sabía lo que se le moría a él por dentro, y que a todo parecía que le estaba perdiendo el gusto. Os digo, hijos, que vuestro padre me preocupa.

No le podía oír Sancho ninguna de estas razones, porque se había ido con Cebadón a la caballeriza, detrás de la casa, y estaba poniéndole la jáquima al rucio.

Mientras se atareaba Sancho y Cebadón le echaba una mano, empezó éste a cantar unas coplas. Tenía una voz barnizada y donosa.

—Cebadón, ¿no vas a guardar ni un minuto de luto por tu amo? ¿Cómo puedes cantar un día como hoy?

Cebadón era un mozo y, ante la autoridad de Sancho, suspendió el sonecito.

Cebadón era el único a quien aquella muerte le había dejado indiferente. No sólo porque llevara poco tiempo en la casa. Tampoco había tenido demasiado trato con su amo. Cuando él llegó, don Quijote vivía los días de mayor exaltación y frenética actividad, ejercitando las armas detrás del corral y leyendo en voz alta, encerrado en su aposento, aquellas novelas de las que le gustaba hacer todas las voces. Imitaba la voz de las princesas, cuando eran princesas las que hablaban, o la de los gigantes cuando lo hacían éstos o, en fin, la de los caballeros, y se servía para ésta de la suya propia, que ponía en un punto que ni el más asenderado de los comediantes se le hubiese igualado. Y Cebadón pensó: «¿En casa de quién he entrado a servir? Está como un cencerro».

Y la verdad es que tampoco tenía en mejor consideración a Sancho, pero le obedeció cuando le afeó la conducta.

Al cabo de unos minutos, como se hacía incómodo el silencio entre los dos hombres, Sancho le dijo:

—Canta si quieres, Cebadón; cantando y más cantando, la pena se va aliviando.

—No. Ya no tengo ganas.

—Y tú, Cebadón, ¿qué piensas hacer ahora que tu amo ha muerto?

—¿Yo? —respondió alegremente el mozo—. Se sorprendería voacé, señor Sancho, de las cosas de las que soy capaz. A mí me espera el mundo, y me lo voy a poner por montera.

CAPÍTULO SÉPTIMO

De allí a un buen rato aportó por la casa de don Quijote maese Nicolás. Traía en una mano la bacía y en la otra un saquito con la navaja, las tijeras, un peine y algunos pomos con aceite de estoraque, agua de rosas, jaboncillo de Venecia, solimán y otros lucentores para amortajarlo. No le parecía decoroso que su amigo se presentara con aquellas confusas barbas ante las de Dios el día del Juicio.

Se encontró cerrada la puerta del mechinal donde lo había dejado, y por no armar escandalera en la casa de un muerto llamó con la voz apagada al ama Quiteria, y se llevó un gran susto cuando la vio aparecer precisamente del cuarto donde yacía don Quijote.

El ama ni siquiera se entretuvo en saludarlo, sino que se fue a su aposento, como urgida por algo. Ya a solas en él, abrió un arca, y guardó entre sus tesoros de tela blanca el pañizuelo que acogía las dos gotas de cera que habían estado en contacto con los párpados de don Quijote.

Cuando salió, vio llegar a Antonia con el hábito de Santa Clara.

—¿Cómo es que has tardado tanto? —preguntó.

Oyeron a maese Nicolás que pedía un poco de agua caliente.

Y de allí a un rato, empezaron a llorar las campanas el clamor de los difuntos. En ese instante ordenó Quiteria a Cebadón que fuese a buscar a Sancho.

Fueron aquellas campanadas las que dieron pie a que pasados los años tomase cuerpo la leyenda de que se habían puesto a tocar solas, porque en aquel entonces la iglesia no con taba con sacristán y don Pedro ya era muy viejo, flojo y achacoso como para ocuparse él de ese menester. Había que subir por una escalera medio podrida, y don Pedro ya no estaba para tales escalas.

El cura, compungido como la mayoría por aquella mala noticia, había llegado a la rectoral y a medida que pasaban los minutos se entristecía más y más. Sabía que había muerto cristianamente y confesado y que había sido ungido por el santo óleo, pero no le bastaba. No se resignaba a que hubiese muerto. No era sólo uno de sus mejores amigos, sino de los más antiguos, y con él había jugado cuando Alonso era un niño aún, recién llegado don Pedro al pueblo con las órdenes apenas estrenadas, y con él había cazado con visco pájaros, y leído con él, a menudo en los mismos ejemplares, las primeras novelas. Y de pronto, con los ojos bañados en lágrimas, en la soledad de su casa, y sin que nadie le viese, rezó por el alma de su amigo más de dos horas seguidas, y le parecía que rezando por su alma, lo hacía por la suya propia, y empezó a creer que el siguiente en seguirle a la tumba sería él mismo.

Le daba vueltas la cabeza y hasta en el hecho de sentarse encima de los anteojos y romperlos vio una premonición.

Cuando acabó de rezar no lo pensó más, y subió los más de ciento cuarenta traveseros. «¡Don Quijote muerto!», se iba diciendo. Llegó arriba, se quitó la correa de la sotana, lió con ella el badajo de una de las campanas, y pudo así, a dos manos, hacer sonar, con lastimoso acento, el lloro por el caballero, como queda dicho. Se pasó más de media hora tundiéndolas a muerto, aturdiéndose con aquel sonido y con la magnífica llanura manchega que tenía a sus pies, delante de los ojos. «¡Pobre don Quijote! ¡Muerto!» Aunque en realidad parecía que estuviese diciendo: «¡Pobre don Pedro!».

Aquella música campanil fue sin embargo el mejor acompañamiento para que el bachiller Sansón Carrasco ensayase en el estudio de su casa el epitafio que habría de acompañar el cuerpo de don Quijote en su correspondiente filacteria. No le costó traer del éter la primera estrofa:

Murióse al fin quien puso con su espada
un orden nuevo de justicia y sueño,
devolviéndole al mundo en loco empeño
su más cuerdo valor, como si nada.

Siguieron a éstas otras estrofas no menos inspiradas y cuando ultimó y pulió sus versos, quedó tan a gusto con ellos, que se levantó con el ánimo espumoso y, sin pensarlo, salió camino de la casa de don Quijote, con el propósito de enseñárselos a alguien y cosechar los primeros parabienes.

Encontró la puerta abierta y la casa, al contrario de lo que supuso, reposada, el patio despejado, la sala sin gente, y la enfermería donde había muerto, desalojada. Únicamente las moscas volaban desesperadas y aún más belicosas, sin encontrar nada donde posarse, porque habían desaparecido del mechinal el muerto, el trasportín y el colchón, y cualquier otro vestigio de lo que allí había sucedido esa mañana.

Quedó atónito con tal mudanza y buscó el cadáver de su amigo por toda la casa, sin hallarlo, ni abajo ni arriba.

Era una casa grande, de dos plantas, patio empedrado con tabas de cordero, testimonio del antiguo esplendor, corral, establo, caballeriza, bodega y sobrado o desván. Pesquisó primero los aposentos que se destinaban a los moradores, y no encontró a nadie. En el sobrado reconoció entre algunos viejos armatostes y tejas viejas puestas contra la pared, las armas del hidalgo, condenadas a aquel encierro por el juramento que don Quijote de la Mancha le hizo, cuando disfrazado como caballero de la Blanca Luna le exigió reposarlas durante un año y recogerse en su pueblo. Volvió al mechinal, no tanto para saber si habían devuelto allí el cuerpo de don Quijote en ese rato, sino para cerciorarse de que había mirado donde lo había dejado, y no en otro. El hecho le dejó confuso. No podía figurarse qué había ocurrido o qué estaba ocurriendo, y aunque no quería pensar en ello, sintió un vago desasosiego. Y por más que se decía, «ea, ánimo, Sansón, que los muertos no van a ninguna parte por su propio pie», no quería quedarse a merced de los fantasmas, si los había.

Los minutos le parecieron siglos. Oyó como murmurios en el piso superior, y el corazón se le apretó. Los oyó fuera, pero pasaron de largo. Ni la sobrina ni el ama dieron señas de vida ni ninguno de los amigos que hacía dos horas habían estado con él velando a don Quijote ni nadie que le contara lo que allí estaba sucediendo, como si a ellos también los hubieran hecho desaparecer algunos verdaderos encantadores.

CAPÍTULO OCTAVO

Con el cuerpo de don Quijote no hubo ningún misterio ni caterva de encantadores que lo secuestrara ni nada parecido. Se lo habían llevado en andas el barbero y el mozo Juan Cebadón, entre los dos, tan poco pesaba, sobre el mismo jergón en el que había muerto, y lo dejaron en la iglesia.

No pudo evitar la elegía el académico barbero, mientras lo llevaban, cruzando la plaza.

—Pide a Dios, Juan Cebadón, que no se levante viento, porque si soplara como suele soplar en esta calle, arrancaría el cuerpo de tu amo de estas andas y se lo llevaría dando tumbos como seroja. No pesa lo que una avecica. Hay que ver en lo que nos convertimos, y todo, como quien dice, de la noche a la mañana. Nos lo va a aventar el aire, igual que la paja de las eras.

—Lleve vuestra merced mucha cuenta, señor barbero —le advirtió el mozo—. Y mire dónde pone los pies y vaya más avisado, que a punto ha estado el cuerpo de rodar a un lado, y no se nos ha caído de milagro.

El cura, que les vio llegar desde lo alto del campanario cruzando de lado a lado la vacía plaza, dejó de tocar las campanas, y les lanzó una voz:

—Vayan entrándolo en la sacristía, que yo bajo.

La iglesia era una gran mole de piedra roja, con un atrio porticado, un portal de filigrana y una torre de desmedida altura para la irrelevancia del lugar. Lo más notorio de aquella torre, aparte de las dos campanas fundidas en Toledo y que acababa de tocar el señor cura, era su reloj de sol, labrado en piedra berroqueña. Hacía un siglo que se había caído el estilo que marcaba las horas y hacía exactamente un siglo que no pasaba un solo día sin que alguno de los vecinos del lugar no recordase que alguien tendría que subir a la torre o descolgarse del campanario y reparar la falta.

La decisión de trasladar a don Quijote fue acertada, pues con el calor del día ya había empezado a oler algo, y no precisamente a ámbar.

—Poco ha tardado en cebarse la muerte en este pobre cuerpo —dijo el ama, tapándose la nariz disimuladamente con el mandil—, menos que en subir su alma al cielo, donde sin duda estará ya gozando de la gloria.

En cuanto Cebadón vino de avisar a Sancho, el ama lo envió a decirle al cura si podían llevarse el cuerpo a la iglesia, más fresca y apaciguada, y don Pedro ordenó:

—Tráiganlo, que como buen cristiano no querría estarse en ningún lugar mejor ni más santo que éste.

De ese modo quiso también el cura honrar a su amigo en aquel lugar sagrado, antesala apropiada para el otro mundo.

Antes de sacarlo de su casa, le vistieron entre el ama y maese Nicolás con el hábito de los frailes menores, y lo llevaron a la iglesia. Era la sacristía una habitación amplia, de tres altas bóvedas, que olía a una mezcla rara de setas y suero, cera e incienso, y en ella se hizo el modesto mortuorio. Por allí fue pasando, desgranándose después de mediodía y de oír las campanas, todo el pueblo, para ver al insigne hidalgo. Milagrosamente en aquella fresquera no había moscas, cosa sabida en toda la región, ya que las moscas jamás habían entrado en aquel templo por una especialísima intercesión de san Cristóbal con el Altísimo, y Quiteria no tuvo que ir a buscar de nuevo el fazoleto de randas que había guardado ya como una joya.

Se le había quedado a don Quijote un ojo medio cerrado, o fue que se le medio abrió, por el traqueteo del traslado, y por más que el barbero trató de bajarle el párpado, no lo consiguió. Parecía que el hidalgo dormía con un ojo y con el otro estaba avizor, sin que nada de lo que sucedía y se decía a su lado se le escapara.

Se acordó entonces la sobrina de que no habían advertido a Sansón Carrasco de aquel traslado del difunto, y envió a su criado Cebadón a casa del bachiller con el aviso, para que no se extrañase si llegaba allí y se encontraba la casa vacía.

Cuando Cebadón llegó a casa del bachiller, le dijeron que ya había salido. Mientras, Sansón Carrasco, cansado e inquieto por la espera, había dejado la casa de don Quijote, sin saber muy bien dónde buscar.

Era ya la hora más calurosa de un día que amenazaba serlo también de todo el año, contra la lógica de las fechas y de estar en mitad del otoño.

Los pájaros raros que aún no habían emigrado debían de haber perecido, al igual que los perros y los animales, porque no se oía nada, ni un trino, ni un gorjeo, ni un ladrido, ni un baladro. Nada. Era un silencio sobrehumano. Como si el mundo no existiera, en verdad. Las piedras de la calle quemaban como puestas al fuego y no era posible dejar la vista en las paredes enjalbegadas de las casas sin dañarla. Hasta respirar aquel aire abrasivo producía fatiga.

No se veía un alma y el pueblo parecía abandonado. Lo atravesó Sansón Carrasco de un lado a otro. Todo parecía muerto, las casas cerradas, los cortiles vacíos, los pájaros fugitivos, los hombres idos, los talleres mudos, los hornos apagados, los molinos inmóviles, los perros sombras y las mujeres enterradas en lo más hondo y fresco de sus casas.

—Ay —se dijo lleno de inquietud el bachiller—. El pueblo está vacío, el ama y la sobrina voladas, el cura escondido y ya no se oyen las campanas, la casa del barbero, que acabo de ver, cerrada, y yo aquí, sin comprender nada, como debe de pasarles a los difuntos. ¿A quién voy a leerle mi soneto?

Llegó en esto el bachiller, de vuelta de su estéril borneo, a la iglesia. Le caía el sudor por la frente como fuente de doce caños, y unos de esos sudores le quemaban la cara, y otros se la helaban, sin que pudiese distinguir lo que era calor de lo que era miedo. Pero al fin, doblando el contrafuerte del templo, advirtió que había allí un burro que ronzaba unos cardos, con su albarda puesta y el cabestro recogido, única criatura viva de aquella hora, y reconoció con secreta alegría que era el rucio de Sancho Panza.

«Si aquí está el rucio —pensó más tranquilo el bachiller—, no debe de encontrarse lejos el amo.»

Confirmó sus barruntos el asno con un sostenido y majestuoso rebuzno. Quiteria, que pilotaba aquellas primeras horas con extremo tino, dispuso el gobierno a su modo.

—Mira, Sancho, tal como vienen las cosas, no vamos a poder retener con nosotros a don Quijote esta noche velándolo ni siquiera en la fresquera de la sacristía, porque se nos va deprisa, y será mejor enterrarle cuanto antes. Hay que avisar a Pedro Angulo, que está trabajando en las bodegas del conde.

Se refería el ama a Pedro Angulo, el enterrador, y a unas bodegas, llamadas del conde, propiedad del mismo conde del Palacio, que se encontraban en Quintanilla, a dos leguas y media de allí, y en las que estaba Pedro Angulo trabajando ese día como bracero haciendo vino. En el pueblo se hubieran hallado desde luego peones que habrían podido abrir una fosa para enterrar a don Quijote, pero el sepulturero era Pedro Angulo, el más pobre de aquel lugar, como solía serlo siempre el enterrador de los pueblos manchegos, y no que rían quitarle de ganar su jornal ni el almud de trigo, la media hoja de tocino y la arroba de vino que según costumbre so lían dar los labradores ricos, o sus deudos propiamente hablando, a quien les ponía la proa mirando a la eternidad.

Pedro Angulo, como otros braceros, apuraba hasta el límite aquellos días de otoño cada vez más cortos, y era lo más probable que no volviese aquella noche.

—Eso voy a hacer —le confirmó Sancho al bachiller—, como si fuera el mismo don Quijote quien me lo ordenara, que mientras él esté sobre esta tierra, yo lo tengo por vivo, y sabiendo lo buen amo que fue conmigo, acataría yo sus órdenes incluso después de muerto si pudiera oírlas, mejor que las de ningún vivo, porque quien fue considerado y juicioso en vida, raramente podría no serlo de muerto.

—Considerado desde luego lo fue siempre, pero juicioso, Sancho, no lo fue hasta hace una semana, cuando ya se moría.

—Le engañan, señor bachiller, todos sus latines y tantos

libros. Ahora empiezo a ver que mostró don Quijote más juicio en su locura que muchos en sus bien adobadas razones, y no digo más porque ni son estas cochuras para orear la palestra ni horas de ajustar opiniones, sino de ir a buscar a mi compadre Pedro Angulo. Ahí se quede con Dios.

CAPÍTULO NOVENO

Llegó la tarde, y con ella, de vuelta, Sancho, al que acompañaba Pedro Angulo.

Entre los dos, uno cavando y otro apartando la tierra, uno en un cabo y otro en otro, dejaron lista la sepultura de don Quijote en el pequeño cementerio que se acostaba en uno de los muros de la vieja e imponente iglesia.

Mientras trabajaban le hablaba Sancho a Pedro Angulo y le iba relatando historias y episodios ya famosos de su vida con don Quijote, y lo que a éste debía y lo que de él aprendió, que, según le confesó a su compadre, y no podía mentir allí, al pie mismo de la sepultura que le estaba abriendo, no había tenido en todos los días de su vida un amo como don Quijote ni creía lo podría volver a tener, y que eso en un pobre es cosa muy triste, porque era como saber que se ha llegado al cénit y ya todo va a ser rodar hacia al oscuro crepúsculo viviendo de memorias tristes y de pasadas glorias.

Pedro Angulo se admiraba de oír hablar con tanta discreción a su vecino, pues lo tenía por hombre ameno pero de poco discurso y paniaguado. No se daba cuenta de una cosa, y es que de haber estado sirviendo a don Quijote, a Sancho se le había pegado mucho del buen sentido de su amo, cuando éste lo tenía, e incluso un poco también de sus manías, fantaseos y quimeras, y a don Quijote se le había pegado también un poco de los refranes y la visión de su escudero, y puede decirse incluso que al término de su vida don Quijote soltaba ya casi tantos refranes como Sancho, y lo llamaba «hermano», y más, «compañero del alma», y «ven acá, amigo mío, verdadero y leal como ninguno».

Por eso Sancho hablaba a veces que parecía un teólogo. Y esa manera de hablar de Sancho que admiraba al enterrador, también le fastidiaba. E igualmente verle tan mejorado, porque era de naturaleza algo envidiosa. Llegó a pensar que Sancho quería pre sumir delante de él, cuando tantas veces habían destripado terrones juntos. También se había corrido por el pueblo que Sancho había traído tanto y tanto dinero esta vez, quilmas repletas de monedas, joyas, perlas y cadenas de oro que no partiría Hércules con su maza, así como escrituras de tierras en Aragón de la ínsula gobernada, y que dejaba en Barcelona media galera con un socio argelino renegado y reconciliado, que dedicaría al corso.

—Pero ¿fue para ti, Sancho, este don Quijote —le preguntó el enterrador con la sonrisa un poco biliosa— bueno porque te aconsejaba y enseñaba, o bueno porque te permitía que asentaras tú mismo la cuantía de tus jornales, como me acabas de decir, y porque, según todo el pueblo, te ha dejado en testamento la hijuela?

—Si me pagó bien, mal o regular, poco o mucho, no entro ni salgo a declararlo, que fueron asuntos nuestros, ni creo que haya que darle tres cuartos al pregonero, pero mejor me aconsejó, cuando tuve necesidad de ello, y ahora te diría que si viviera, sólo por servirle me quedaría a su lado, aunque no pudiera pagarme.

Sancho lo decía de corazón, pero Angulo era un ser oblicuo y desconfiado y halló esa respuesta engreída y presuntuosa, y arguyó que decir eso era brindar al sol, porque lo sabía muerto y bien muerto, y a continuación se estuvo un buen rato sin decir nada. Empezaba a molestarle mantener aquella plática con Sancho, y en el fondo le mortificaba que fuese precisamente Sancho quien le hubiera ido a avisar, quedándose como testigo de sus necesidades y penurias, teniendo en cuenta además que ese Pedro Angulo fue una de las personas a las que primero propuso don Quijote que le sirviese como escudero. Conociendo Pedro Angulo la locura de su vecino, lo había tratado con desdén y mofa y le había dicho que antes se pondría él a servir al ciego bulero que entrar a su servicio, y ahora, suponiendo rico a Sancho con un oficio que él había desechado, Pedro Angulo no lo podía sufrir.

La tierra, seca de todo el verano, se mostraba dura como una piedra, y al cavar se levantó un polvo fino y blanco que secaba las gargantas.

—Yo prefiero con los amos —dijo al cabo de un rato el enterrador— mantenerme a un lado, y no entrar en sus cuestiones, porque tarde o temprano hacen valer ellos su autoridad, cuando dejan de tener su razón, y por eso nada como ponerse a jornal con un amo rico y partir la cena con un compadre pobre, y tú, que tanto te gustan los refranes, acuérdate de aquel que decía que ni en burlas ni en veras con tu señor no partas peras, o dame dineros, no me des consejos.

—Te equivocas mucho, vecino —le respondió Sancho—, porque quien te da un ducado y un consejo te da cien veces más que quien te da sólo un ducado, y si el consejo es bueno, vale más que cien ducados, y otro gallo te cantara, si buen consejo tomaras, y quien bien se aconseja, nunca yerra. Y yo sé que si por don Quijote hubiera sido, me habría cedido toda su hacienda, por tenerme regalado con él. Y más te digo: al final la hubiera partido conmigo si con ello no hubiese dejado desamparada a su sobrina.

Desde la sacristía, por un ventanuco, se oía el lúgubre golpeo de los legones, envuelto en los animados coloquios del escudero y del enterrador, lo que dio origen a otros que tuvieron lugar en presencia del cuerpo de don Quijote.

El ojo mal cerrado del caballero parecía no perder ripio.

—Me van vuestras mercedes a perdonar lo que ahora voy a decir, y en primer lugar me lo ha de perdonar mi querido don Quijote, que debe de andar a estas horas más arriba de donde le llevó el caballo Clavileño.

Y el señor Nicolás, a quien el mismísimo don Quijote había relatado esa aventura del caballo Clavileño, a cuyos lomos creyeron Sancho y don Quijote, más aquél que éste, que habían llegado volando a las regiones hiperbóreas, el señor Nicolás dio una solemne cabezada dirigiéndose al finado, como si le pidiese la venia para continuar, tal y como hacían en las sesiones de la academia, cuando alguno de los cofrades pedía el uso de la palabra.

Le escuchaba con atención el cura, que no se había apartado del muerto ni siquiera para comer, y que andaba un poco perdido, con unos anteojos viejos que encontró, con un cristal estallado, como huevo frito. Y estaban allí también el bachiller Sansón Carrasco y Pedro Pérez, el vecino que había recogido medio muerto a don Quijote hacía un año, cuando se lo encontró después de que lo apalearan los mercaderes toledanos que iban a Murcia. A veces llegaba alguien del pueblo, se plantaba delante del cuerpo sin vida del caballero, rezaba un padrenuestro, y se marchaba. La sobrina y el ama se habían ausentado, y preparaban en casa del hidalgo unos llamativos, para entretenerles el hambre hasta la hora del entierro, tras del cual pensaban también celebrar el banquete mortuorio, que igualmente iban metiendo ya en las ollas.

—El caso es —prosiguió maese Nicolás— que no sé muy bien a quién echaremos más de menos, si a don Quijote o a Alonso Quijano. Si en Alonso Quijano nosotros perdemos a un buen amigo y la Iglesia a un buen cristiano, en don Quijote perdemos mucho más, un modelo de caballero. Todos trabajamos desde el principio de su locura por devolverlo al redil de los cuerdos. Cierto que a menudo nos juntamos con él y le aguijoneamos con el único afán de oírle disparatar y alegrarnos el tedio que se destila en un poblachón como el nuestro, pero Dios sabe que nada fue hecho con malicia ni el perjuicio de terceros, al contrario, a todos nos guiaron los buenos propósitos. Le abrasamos los libros que le habían despertado esa manía suya, cuidamos de su hacienda y velamos de sus mujeres cuando él corría por ahí detrás de la que nunca fue suya ni podía serlo, lo buscamos en la serranía donde lo sabíamos más demenciado y frenético que nunca y por él hicimos, poniendo nuestra reputación y buen nombre en hábitos de mojigangas y representantes, lo que no está escrito. Peor aún, lo que ya está escrito y publicado a los cuatro vientos, que se habrán de reír de nosotros mucho más que de don Quijote o de

Sancho, vestidos como salimos de la venta, vuesa merced, don Pedro, ¡un cura!, ¡y a sus años!, en hábito de doncella andante con sayas, tocas, fajas de terciopelo y corpiños que no le estaban nada bien a la gravedad de esa sotana, con aquel birretillo de lienzo colchado que llevaba para dormir por la noche, y la liga de tafetán negro haciéndole de antifaz para cubrirse las barbas y la cara y que no le conocieran, y yo... Todavía me da risa recordarlo, y me reiría de no ser porque sería una cosa bien fea hacerlo con don Quijote de cuerpo presentísimo entre esos cuatro cirios. Y no estuve yo mejor que vuestra merced, escondido detrás de las barbas que nos prestó la cola de aquel buey barroso. Ay, Señor, y qué pronto se pasan las burlas y qué pocas ganas le quedan a uno de reír. Y es lo que digo: que, loco, don Quijote nos enseñó a ponernos, con razón o sin ella, al lado del que más la necesita, por faltarle la justicia, y a ninguno de cuantos conoció hizo mal a sabiendas. Al contrario, el número de aquellos a los que socorrió es infinito, tanto si le estaban engañando con burlas y chufetas, igual que hicimos nosotros, como si lo buscaban de veras para remediarse, que lo que a un hombre honra no es el fin que casi nunca alcanza, sino la rectitud de su intención y la pureza de corazón en alcanzarlo, aunque se lo estorben.

—Bien cierto es, barbero, lo que estáis diciendo —le confirmó el cura, que aprovechaba el largo velatorio para ir escribiendo, sentado a la mesa de aquella amplísima sacristía, unas cuantas cartas.

Las dirigía a los conocidos como don Fernando, a Luscinda, a Cardenio, a don Ruyz Pérez de Biedma y a su hermano don Juan, que habían conocido a don Quijote y simpatizado con él, admirándose de su estampa y su discurso, y a los que maese Nicolás y él mismo, el cura, habían conocido cuando salieron a buscar a su vecino y amigo. Todos ellos, al despedirse cuando enjaularon a don Quijote para traérselo consigo, le habían rogado que les escribiera contándoles en qué paraban aquellas prisiones del caballero de la Triste Figura y aquel suceso. Y el cura, con buen criterio, pensó que quien apreció en vida a don Quijote sentiría su muerte y agradecería que se le comunicase. Y a esas cartas añadió el cura dos más, una, por especial deseo de Sancho, y otra, por discreta indicación del propio don Quijote, que así se lo pidiera en confesión. La de Sancho iba dirigida a los duques. Sancho le rogó que pusiese en la suya algo más de lo que iba metiendo en las otras, ya que vio, mirando por encima de su hombro, mientras las escribía, que éstas eran demasiadamente cortas, y reputaba Sancho a los duques, que tuvieron en su castillo a don Quijote y le dieron a él la ínsula, muy importantes señores que no habían de conformarse con las cuatro letras con que los demás quedaban despachados; la otra la dirigió el cura, anunciando la triste nueva, a un caballero llamado don Diego de Miranda, modelo de caballeros, y al decir del don Quijote cuerdo, el único que se condujo con don Quijote loco con tanta suavidad y ponderación que no podría olvidarlo así hubiese vivido siete siglos, sin tener en cuenta si estaba o no loco, como tampoco hubiera olvidado aquella casa suya sosegada con un maravillado silencio, ni a su hijo el poeta, ni a su esposa, que tanto y limpiamente les regaló mientras estuvieron recogidos por su hospitalidad; y recomendaba don Pedro a todos aquellos correspondientes el libro que recogía la puntual y todavía parcial crónica de las cosas sucedidas a don Quijote, anunciándoles que también formaban parte ellos de ella, aunque les señalaba que si lo adquirían, advirtieran que se trataba del de Miguel de Cervantes y no uno que circulaba con embustes afrentosos y vulgares, bajo la férula de un tal Avellaneda; así que don Pedro, mientras escribía estas cartas podía escuchar lo que decía su amigo el barbero, y aun responderle como lo hizo:

—Bien cierto es, amigo Nicolás, eso que decís. Y no ha tenido tiempo su cuerpo todavía de enfriarse, y ya sabemos algo que quizá habríamos de haber sabido cuando vivía, y no haber andado tan a la ligera. No querría que nos juzgaran mal en los siglos venideros, viendo las proporciones que esta historia va cobrando, y que nos tomaran por los causantes de haber abreviado una vida que freía gracias como buñuelos, en cuanto abría la mano. Pero me temo que nos ha dado que pensar mucho más el don Quijote loco que el Quijano cuerdo, y dijo aquél cosas más juiciosas y verdaderas en año y medio de loco, que en todos los que había vivido cuerdo entre nosotros, antes de que le diera por las andanzas caballerescas, pues les recuerdo a todos, y lo saben vuestras mercedes tan bien como yo, que don Quijote, que siempre fue de natural melancólico, era además, antes de abismarse, un hombre taciturno y de poquísimas palabras, que costaba arrancarle. Fue enloquecer, y descoserse a hablar como no lo había hecho nunca, y con más coraje se entregó a su ideal estando loco, que estando cuerdo, si acaso ese ideal suyo de reparar los tuertos de la vida sólo parece posible tenerlo si se está un poco loco. Y hemos de reconocer que él ganó lo que buscaba, que fue nombre y fama en este mundo y gloria por sus buenas acciones en el otro. En aquél habrá de rendir cuentas no de sus obras, de las que no pueden pedírselas, por haberlas hecho encadenado a la locura, sino de la rectitud de su corazón. Pero nosotros ¿qué hemos hecho en este mundo? En el ejercicio de mi ministerio, no debería decir lo que voy a decir, y fuera de esta reunión de amigos negaría haberlo dicho. Pero todos estamos aquí unidos por la misma empresa, que es honrar a don Quijote como don Quijote honró al género humano. Nos hemos dejado engañar, señores, por las apariencias, y si don Quijote por fuera, con aquellas trazas que llevaba, era un loco de remate, bastaba que se le plantearan cuestiones peliagudas, para que partiera el campo como no lo habría hecho ni el mismo Salomón, y tonto hubiera sido quien le metiera el dedo en la boca. Y si él llevó a Sancho al gobierno de una ínsula, como sabemos, nosotros tendríamos que haberlo levantado emperador de un reino, o como poco, de nuestras haciendas, porque nadie las habría guardado mejor que él.

Escuchaba con atención y en silencio Sansón Carrasco las palabras de sus amigos, un poco desasosegado por no haber encontrado aún el momento oportuno de leerles su soneto, y se conoce que no pudo sufrir las del cura, y saltó de su asiento como por resorte.

—¡No, no y mil veces no, señores! Díganme entonces qué hicimos devolviéndole de nuevo a esta aldea. Parece que están vuestras mercedes hablando de san Quijote de la Mancha. Tanto como a vuestras mercedes, me preocupa a mí lo que se diga de nosotros el día de mañana. Y aún está el rabo por desollar y hasta el rabo todo es toro, y no tardando mucho, antes pronto que tarde, vamos a ver impresas las últimas y nuevas andanzas de don Quijote, todas las que se corresponden a estos últimos tres meses, desde que salió en junio hasta que lo traje hace quince días rendido desde Barcelona, con el juramento de que aquí se recogería durante un año. Y no me digan cómo, ni yo quiero saberlo, por parecer cosa esta, sí, verdaderamente, de encantamiento, pero hasta estas mismas palabras que ahora estoy diciendo llegarán a la estampa y se darán a conocer, como se conocieron las otras, y tan por lo menudo que es mejor no meneallo. No sé quién será esta vez el historiador, el rabino Muscardino o don Lope de Vega. No sé vuestras mercedes, pero yo, pudiendo, me resisto a quedar en esta crónica como un necio, no siéndolo, o como culpable de haber robado al mundo, como insinúan ahora vuestras mercedes, uno de los siete sabios de Grecia o el dechado de todos los eremitorios de Egipto. Así que pongamos atención en lo que decimos y hacemos, porque de todo lo hablado ahora se está ya registrando, punto por punto, como hacen los imagineros, o mejor dicho, sin faltar coma, y yo defenderé aquí y en el día del Juicio lo que hice, como lo único y mejor que cabía hacer. Y es cierto que la primera vez que salí a buscar a don Quijote me traje, con dos costillas rotas, la pena de ser vencido, y la segunda, venciéndole, la pena de ver a mi amigo tan escabeche y acabado, porque también a mí se me desborcilló el alma al ver el fuste de un hombre firme y valedero como él, estropeado y roto. Pero peor hubiera sido dejarlo suelto. No le vieron vuestras mercedes como le vi yo en Barcelona, donde los muchachos lo seguían, escarnecían y cercaban propinándole sosquines y chasqueándole el colodrillo, que era cosa de echarse a llorar de pena, porque si vestido de armas causaba espanto y risa, con su balandrán causaba tal tristeza que los niños que lo vejaban se reían por no llorar. O con aquellos señores que lo tuvieron en su casa, sin más propósito que el de ponerle en el disparadero y entretener a sus aburridas damas con sus penosos donaires, que hasta le colgaron, como si fuera un sambenitado, un cartel en la espalda que despertó en todos los que lo vieron burlas y escarnios. Era el hazmerreír de la Mancha, de su estirpe y de su memoria, y maldita la gracia que tiene que a partir de ahora se conozca nuestra patria por lo extenso de la tierra no como cuna de un Alejandro, de un César, de un Ptolomeo, sino de un pobre lunático como hay miles sueltos por los caminos, y que se le tenga a él por un pobre hombre. No hagamos cuestiones antes de tiempo ni leyenda. Don Quijote estaba loco, y a los locos, con amor y caridad, hay que recogerles, para que no lo volteen todo. No acataba otra autoridad que su disparada locura, y así le saliera al encuentro la Santa Hermandad con sus leyes y sus cohortes, él se los ponía al retortero como perinolas, liberaba galeotes y a hombres culpados, confesos y convictos, arremetía contra los alguaciles, se endeudaba con los mesoneros y venteros, arruinaba pellejos de vino, degollaba corderos, y donde no le llamaban se entrometía para derrocar lo que ya estaba levantado o entronizar lo que no valía la pena sacar del albañal. Y no sólo no desfacía tuertos, como él repetía, sino que al que lo era, a poco que se le diera bien la aventurita, lo dejaba ciego para todos los días de su vida. El cojo de una pierna quedaba, después de tratarlo, quebrado de la otra, y el triste de un lado, de los dos. La venta que estaba reposada, la volvía castillo, al castillo lo creía un palacio de la estratosfera, y de las mismas estancias de San Pedro habría hecho una jaula de grillos. Era un peligro no sólo para el gobierno de esta tierra, sino para sí mismo. Allá donde llegaba, asombraba su figura, desde luego, pero movía a risa, y la fama tiene un precio, y es bien triste llegar a viejo para ver en un minuto cómo se le astilla a uno la honra forjada duramente a lo largo de una vida, y que no le respeten a uno, y que los muchachos del lugar acudan a donde está y le sigan en procesión y le pitocheen y coreen, llamándole de todo, y le suelten cantazos como a perro comido por la sarna. De los cincuenta que vivió don Quijote, cuarenta y ocho los pasó como tantos otros hidalgos de esta tierra en la mejor ocupación posible, entregado a sus ocios, a sus galgos y a dejar correr la vida sin mayores cuidados. Él además fue honesto y no avasalló viudas ni mancilló doncellas ni burló casadas. Cierto que yo también dudo a veces, amigos, y creo que el precio de su locura fue pequeño en consideración de lo que con ella nos dio a todos. Pero antes que el arte está la vida, antes que el ingenio, el buen sentido, y antes que los donaires, la razón, aunque se suela vestir ésta con sus severos atavíos. Nada, señores; hicimos lo que cualquier alma caritativa y cristiana hubiera hecho con quien teníamos en tanta es tima, reducirlo, comprometer su palabra, traerlo a casa y sujetarlo, si era posible, en ejercicios honestos que fuesen en aumento de su hacienda y de su buen nombre, no de su descrédito, y si nos pusimos en trance de parecer tanto o más locos que él fue porque no hubiera habido otro modo de domar el potro de su imaginativa, por la misma razón que al niño se le envuelve la medicina en arrope. Y así debe entenderse también que hasta ayer yo le alentara diciendo que íbamos a hacer vida pastoril, en cuanto sanase. Sólo quise darle la esperanza que había perdido y el gusto por esta vida. Sólo por eso. No para hacerle disparatar como pastor bucólico lo que le atajé que disparatara como caballero ambulante. Fue nuestro postrero acto de caridad para con él.

—¿Y ha dicho vuestra merced que todo lo que hablemos aquí, saldrá algún día en letra impresa? —preguntó el cura, que parecía haberse quedado en ese paso de su alegato, con la pluma en ristre y la mirada suspensa y los ojos, tras los cristales estrellados, vagamente soñadores—. ¿Va a decirnos que contamos entre nosotros con otacustas y delatores?

La verdad es que apenas habían prestado atención a la soflama del bachiller.

En cambio aquella insinuación de que los presentes saldrían en los papeles les inquietó lo indecible, y se abrió allí un murmureo de conjeturas, discusiones y advertencias.

Hubo quien, el barbero sin ir más lejos, vivió con ilusión esa posibilidad de saltar a la fama, sin necesidad de pasar por la locura de don Quijote, y empezó a maquinar en su interior las palabras que a partir de ese momento pronunciaría. Vio maese Nicolás, y lo vio el cura, que lo que el bachiller decía tenía su lógica, y supusieron, por haber leído la primera parte de la historia, que la segunda no le iría a la zaga a la primera en cuanto a exactitud se refiere, y unos de una manera y otros de otra, todos se atusaron el pelo y se retocaron el vestido como para quedar en una pintura.

Otros en cambio, como Sancho, que ya estaba de por sí muy confuso y harto inquieto con la fama, miraron esa posibilidad llenos de miedo, recelo y franca hostilidad.

—Déjenme de famas de hoy, denme las de mañana. Ya no le tengo miedo a nada ni a nadie, que he sido gobernador, y aquello no fue cosa de brujería.

CAPÍTULO DÉCIMO

—No es cosa de brujería —protestó el bachiller—.Ya han visto cómo han salido vuestras mercedes con pelos y señales en la primera parte de esta historia. Se diría que llevaron pegado a los talones una espía de cámara, y hasta yo mismo hubiera figurado en esa crónica de haberme encontrado el año pasado en el pueblo cuando hizo don Quijote su primera salida. Si no me hubiese hallado en Salamanca haciéndome ostiario y exorcista, ahí figuraría mi nombre en letra impresa. ¡Y qué tendrá la letra impresa que a todos subyuga como la luna llena! Y del mismo modo que se ha publicado esa primera parte, habrá una segunda. De eso no les quepa la menor duda. En ella se relatarán todas las cosas que al loco de don Quijote y al no menos loco de Sancho, y sabes Sancho que lo digo sin ánimo de ofender, les han sucedido estos últimos tres meses, y en la que se asiente en libro todo esto mismo que ahora está teniendo lugar.

—No me ofendo, señor bachiller, porque sé que apreciasteis a mi amo y sé que me apreciáis a mí. Pero pensad que de no haber mediado este loco, como me llamáis, y de no haber cuidado de él, quizá estaría don Quijote a estas horas criando malvas en un barranco, como el estudiante Grisóstomo, y no por manda. Y en cuanto a que todo ande justo en esa historia es cosa dilucidada hace más de un año por vos y por mí, en aquel careo que tuvimos delante de don Quijote. Y ahora seguid con lo que estabais diciendo.

—Y a ese día voy, Sancho. Decía —prosiguió el bachiller— que me verán vuesas mercedes en ese segundo tomo que no tardará en ver la luz departiendo con don Quijote y contigo, como lo hice, cuando le traje la primera parte de su historia, *El ingenioso hidalgo don Quijote de la Mancha*. Yo mismo lo había comprado recién impreso, estando en la librería de Hernán Rato con mi amigo el licenciado don Tomé de Pisa, que es también gran amigo de su autor, Miguel de Cervantes. Y también saldré en esa segunda parte hablando con don Quijote aquella noche en el bosque, en que a cuenta de su Dulcinea y de la dama que me inventé sobre la marcha y a la que llamé Casildea de Vandalia, lo reté a duelo, confiando en vencerle, venciéndome él. No tengo la menor duda de que en el nuevo libro que está por aparecer me verán vuesas mercedes vestido como caballero de los Espejos, y quizá se diga en sus páginas que me hizo el traje el alfayate de este pueblo, Mateo Halcón, cosiéndole los espejuelos a una sobrevista amarilla, y allí se dará cabal cuenta de la conversación que don Quijote y yo tuvimos emboscados, antes de cruzar nuestras lanzas, y cómo se me rompieron dos costillas del costalazo que recibí, y no una ni tres, sino dos, que así son de exactos los historiadores que nos han tocado en suerte. Y saldrá también lo que sucedió en Barcelona todavía no hace ni un mes. Todo ello vendrá también en ese libro que acabará por ver la luz tarde o temprano, más temprano que tarde. Y si no, al tiempo. Se ha muerto don Quijote, amigos, pero nos queda Sancho que nos confirmará con puntualidad la exactitud de tales pasos, cuando salgan de las prensas estas nuevas aventuras, de la misma manera que por nuestros propios ojos veremos entonces la realidad de ahora, ya esfumada. Y se contará no como lo han hecho el historiador apócrifo que se dice de Tordesillas, sino el verdadero Cide Hamete de la primera parte, y el trujimán de ese nuevo Cide Hamete y el señor de Cervantes, que es quien ha puesto en danza todo este tinglado, hasta, ya digo, estas mismas palabras mías de ahora, todas, sin olvidar una; y hasta que acaba de entrar ahora mismo por esa puerta Antonia Quijano, sobrina de don Quijote, va a venir allí puesto con letras bien grandes, y declarará lo que trae vestido, una basquiña de color uva y una camisa con los picos de randas, y cuerpo bajo bien ligero, que le está dando no poco calor, con su cara bonita, blanca como la harina, y un escote que envidiaría la aurora.

Era blanca como la harina hasta ese momento, pero cuando oyó que el bachiller Sansón la requebraba sin venir a cuento y al asalto, delante del muerto, en la sacristía, se puso como la misma grana, y aunque llevara años esperando que aquel bobalicón colocara los ojos en ella o en su escote, que lo hiciese tan manifiesto, presentes el cura, el barbero y los otros deudos, la llenó de cólera. Y sí, así era en efecto. Llegaba en ese momento algo sudorosa Antonia Quijano, sobrina de don Quijote, vestida como acaba de decirse.

Traía la muchacha una bandeja con diferentes frutas de masa, recién sacadas de la sartén, amarguillos de almendra, sequillos y algunos dulces, así unos vasos de aguapié fresco con que entretenerles el hambre y la sed. Iba a preguntarle a don Pedro dónde podía dejar aquello que no fuese delante del muerto, por parecerle poco adecuado, pero así como oyó hablar al bachiller Sansón, se le encendió el genio.

—¿Pero es que no les da sofoco estar hablando de estas cosas con mi señor tío de cuerpo presente? —reprochó la muchacha—. ¿Estamos acaso en día de mercado? ¿Es que no se respeta nada? Y usted, don Pedro, ¿no ve en todo esto que acaba de decir este señor estudiante de pacotilla materia más que de sobra para que lo encerraran en los palacios de nuestro Santo Oficio? ¿Es que no hay un poco de cordura ni siquiera en la sacristía de un lugar tan sagrado como éste? Vamos a ver, ¿quiere alguien explicarme que los fantasmas que le volvieron loco a mi tío son diferentes de estos otros que al parecer se están apoderando, tomándolo de memoria, de lo que decimos, para correr luego a llevarlo a una imprenta? ¿Acaso les ha sorbido el seso a vuestras mercedes el mismísimo demonio?

Y la muchacha les abrasó a todos con su mirada de fuego, dejó la bandeja sobre las cartas que estaba escribiendo don Pedro y salió corriendo, que lo mismo podía ser de contrariedad que de furia, si es que no era de hiperestesia y agotamiento y de que tenía los nervios a flor de piel por aquellos nueve días de agonía pasados en vilo al pie del lecho de don Quijote.

Y se hubiera salido de la sacristía, de no haber estado cerrándole el paso, junto a la puerta, el ama Quiteria.

—Sosiégate, niña —le dijo—, y no te vayas, que estos señores me van a oír.

Traía Quiteria más surtidos peteretes, melcochas, unas como suplicaciones o barquillos y garrapiñadas, que dejó al lado de la otra bandeja, y poniendo las manos en jarras, exclamó:

—¡Válgame Dios, y qué vergüenza! ¡Y qué desgracia también! ¿Les parece bien asustar a una niña como ésta el día que ha perdido los mismos ojos por los que veía? ¿No se apiadan de quien acaba de quedarse más sola que la torre de esta iglesia? ¿No les enternece? Es como si este buen hombre —y sacudió la cabeza para señalar la momia de don Quijote—, muriéndose, se hubiese llevado con él el poco juicio que tenían vuestras mercedes en la mollera. Ya una vez le quemamos los libros y le tapiamos el aposento donde quedaban los que se salvaron de aquella hoguera, pero díganme qué hemos de quemarles a vuestras mercedes para que no disparaten como disparataba el señor Alonso, que en paz descanse. No asusten a las criaturas, no nos metan dudas en el ánimo a los buenos cristianos, no nos lo apoquen, no nos hagan creer en fantasmas que no existen, y recen por el alma de este buen hombre que si vivió como vivió, tuvo la gracia de morir como lo hizo, que no todos tendremos acaso tal merced.

Y dicho esto, la sobrina y el ama se salieron y volvieron a sus fogones, y quedaron el cura, el bachiller, Pedro Pérez y el barbero, y tres vecinos que habían venido a velarlo un rato, sin decir palabra, royendo en silencio los dulces que les habían traído, de espaldas al muerto, en la otra punta de la sacristía, que era casi tan grande como la iglesia, y Sancho no, porque se había salido hacía más de media hora a preparar el entierro.

Y así se pasó la tarde y fue llegando la noche.

CAPÍTULO UNDÉCIMO

Con el sol desangrándose en el horizonte se apaciguaron aquellos ardentísimos calores, y en cuanto se quedó serena la tarde, entre dos luces, sacaron el cuerpo de la sacristía, lo metieron en un cajón hecho de tablas y lo bajaron con dos cuerdas a la sepultura. Los mismos que habían abierto la fosa, la fueron cerrando.

Las paletadas de tierra sobre el ataúd sonaban de modo siniestro, pero no lograban acallar ni el parpadeo de los luceros vespertinos, que acababan de salir de sus madrigueras, ni el tartamudeo alegre de los grillos más madrugadores, que aún quedaban por el campo y no se habían extinguido, pese a que el verano hacía ya mucho que había pasado. Silenciosos y caprichosos los murciélagos garabateaban el cielo deslucido con sus alborotados y fúnebres gallardetes. Vencejos, aviones y golondrinas habían dejado en el cielo el vacío de su partida.

Era un cementerio angosto, sin un árbol, cerrado como corral con bardas en las que crecían jaramagos y otras yerbas raquíticas. Esparcidas por el suelo había hasta seis docenas de tumbas, con sus cruces de forja o de palo, algunas caídas o torcidas, lo que hacía que aquello pareciese un poco un almacén de bujerías. Las de hierro, estaban enmohecidas; las de palo, podridas o deslustradas, aspaban sus brazos con desaliento entre ortigas y vistosos cardos que parecían haber florecido a deshora. Vestían las tumbas hierbas hermanas de las que se esbozaban en las bardas, y junto a las tapias y barbacanas se espigaban algunas malvas polvorientas comidas por las orugas, y voraces zarzamoras mostraban sus rozagantes y orientales racimos negros y rojos, ya medio secos y pasados. También contra la pared estaban, en sus corazas de alcornoque, las cinco colmenas de don Pedro, cuya miel repartía a los pobres, una miel muy famosa porque decían que estaba hecha con las flores del cementerio, y las flores, con los sueños de los muertos, y que todo eso contribuía a hacerla más célebre que la de la Alcarria y a competir con la que ordeñaba el otro maestro de esas artes que era el barbero.

Había venido a darle el adiós a don Quijote todo el pueblo, hubieran pasado antes por la sacristía o no, viejos, hombres, mujeres y niños, desde el alcalde con sus regidores y alguaciles, hasta el último ganapán, boticarios, braceros, incluso un mercader de lana que había llegado esa tarde a comprar género al pueblo, se sumó al duelo.

Se había corrido la voz y todo el mundo sabía que lo que fuese a suceder esa tarde en el cementerio lo recogerían puntuales y puntillosos escribanos, con pelos y señales, y que saldría a la luz en libro, y unos por amor al difunto y otros por amor a la posteridad, nadie quiso perderse aquel suceso, hasta el punto de que la mayor parte se vistió con sus mejores galas, y así parecía aquello más una boda que un entierro.

En primer término estaban, junto al cura, los amigos del hidalgo. El bachiller se había puesto su cuello de lechuguilla y se había colgado la espada de un talabarte de ante nuevo, y parecía un apuesto matasiete, sobre todo con aquel sombrero a orza que nadie supo de dónde sacó. Tampoco el barbero se había olvidado de vestir calzas y ferreruelo, y sólo su porte, y una lechuguilla desusada por grande y ensortijada, le hubieran acreditado como miembro no ya de cinco academias, sino de cien. Incluso Sancho, no teniendo otras prendas con que pudiera honrar mejor a su amo, echó mano de aquel traje verde, de finísimo paño, que le dieron los duques para la montería. En medio de aquel cortejo funebrísimo, sobresalía y admiraba a todos los vecinos la figura del escudero vestido de pies a cabeza con greguescos, jubón y montera verdes, que parecía un papagayo.

Cuando se dieron por concluidas las obsequias fúnebres

de don Quijote, insistió de nuevo el cura con el escribano, señor De Mal, para que dejara constancia de que metían en tan angosto y profundo agujero al mismo caballero que había salido a la luz en letras de molde como don Quijote de la Mancha, con el fin de que nadie viniera a aquella sepultura a remover sus huesos con nuevas honras ni aventuras impresas.

—Dé fe por escrito de que Alonso Quijano el Bueno, llamado comúnmente don Quijote de la Mancha, ha pasado de esta vida presente a otra mejor y que queda muerto de muerte natural, estorbando con este testimonio, firmado por los testigos, que nadie le resucite falsamente y vuelva a imprimir inacabables historias de sus hazañas, así se llame el historiador como quisieran llamarlo todos los demonios.

Después de esto, se disponían a marchar de allí, cuando, sin que nadie lo advirtiera, se arrancó el bachiller Sansón Carrasco en un gesto inaudito. Sacó de debajo de un capotillo negro que llevaba la adarga que había sido de don Quijote, o lo que de ella quedaba después de la derrota de la playa de Barcelona. La había descubierto en el montón de armas viejas del sobrado esa misma mañana, mientras vagaba por la casa buscando su cadáver, y allí, sobre la marcha, como hombre de recursos que era, se le ocurrió la traza. Sobre el cuero de ese famoso escudo había escrito el bachiller con un poco de pez caliente, de la que se usa en la Mancha para aderezar los odres y pellejos de vino, estas palabras enigmáticas:

Quien puede, quiera.
Quien quiere, pueda.

—Ahí quede eso —dijo el Bachiller apoyándolo sobre la cruz que el enterrador había clavado a la cabecera de la sepultura, y a continuación rescató de la faltriquera el sonetico, y lo enjaretó con los responsos.

La gente dijo: «Ha tenido un entierro de primera, no lo podía haber soñado mejor nadie de este pueblo, ni el conde», y al propio don Quijote, que tanto le preocupaba lo que la gente decía o no de su valentía, de sus hazañas y de su cortesía, le habría placido ver el concurso del vulgo deslenguándose en sus alabanzas, porque si en vida habían dicho de don Quijote que era un grandísimo loco y Sancho un mentecato, muerto ya el caballero, aquélla fue la hora de las loas. No obstante como es imposible hallar unanimidad ni siquiera en los entierros, algunos, mirando a Sancho, con aquellas galas de papagayo, murmuraron a los oídos de sus vecinos: «A ése se le ha subido a la cabeza». Pensaban que hacía ostentación de todos los dineros que traían desvividos a los envidiosos.

Después del entierro, se marchó todo el mundo a su casa, comiéndose su trozo de oblada y en general un poco desencantado, porque nadie vio por ninguna parte los encantadores que decían que habrían de venir para levantar la crónica de todo lo que allí había sucedido, sino que estaban los mismos de siempre. Y ni siquiera el señor De Mal, el escribano, llevó con él la péñola, y todo lo que le dijo el cura que tenía que poner, lo de que quedaba allí bien muerto don Quijote, prometió trasladarlo luego de memoria para que el alcalde le pusiera los sellos.

Era ya de noche y apenas se veía dónde poner los pies.

La sobrina, el ama, y los amigos más estrechos del finado se habían dado cita en la que fue casa de don Quijote.

—¿Y a quién perteneció la tal enseña? —preguntó el cura luego, cuando ya estaban todos reunidos, esperando el convite—, porque no la he oído jamás.

—A ningún otro podía pertenecer que a don Quijote —respondió el bachiller—. Yo no me hubiera atrevido a escribir sobre su escudo un mote que no hubiese sido suyo.

—Pero es algo que conviene precisar —indagó el barbero— si esas palabras os las dijo don Quijote, en compañía de quién y cuándo, ya que un día, como decís, van a hacerse públicas.

—Que me las dijo él —respondió el bachiller— acabo de declararlo; el dónde, en su mechinal, cuando me encontraba a solas uno de los momentos en que le venía la consciencia estos últimos días, y hace tres responde al cuándo.

—Pues no logro entender lo que con ellas quiso decir, y más estando ya como estaba, o sea cuerdo. ¿No sería que volvieron a volteársele las cosas en la cabeza? —preguntó el barbero.

—No —le respondió Sancho Panza, que les había estado escuchando atentamente—. No puede ser eso, pues es manifiesto que lo que dicen esas palabras es que el hombre que quiere y no puede es tan desdichado como el que puede y no quiere. El que quiere hacer el bien y no puede, se desespera y se desvive. Pero no lo pasa mejor el que pudiendo hacerlo, no lo hace, porque el corazón se le volverá de pedernal y todos lo aborrecerán, como al tirano. Por eso esa consigna es de un hombre no sólo cuerdo, sino muy bueno, como don Quijote era, que sólo pedía poder hacer lo que quería y ajustarse y acomodarse en lo que podía, o sea, el ser libre y el ser justo. Y lo mismo que ahora figuran en su escudo, hubieran podido campear en el de Alejandro el Grande.

—¿Y tú qué sabes del Magno Alejandro? —preguntó alguien que a falta de amo quería oír disparatar al escudero, pero nadie le secundó esa broma, y tampoco Sancho se molestó en responderle, porque estaba inapetente, de no haber dormido, de haber tenido que ir a buscar a Pedro Angulo y de haber cavado la sepultura de su amigo. Y, claro, de habérsele muerto la mitad del alma.

Siguieron a éste otros coloquios. Por su animación se hubiera podido creer que ya no se acordaban de don Quijote y que en todo se estaban holgando, pero fue aquel entierro como muchos otros entierros, en los que se da sepultura a hombres que dejando tras de sí gran consternación y desconsuelo, dejan también entre los vivos un alivio, de ver que la vida podría haber sido para el difunto, de no haber muerto, un larguísimo calvario de penurias.

Y eso pasaba desde luego en aquella ocasión. Con don Quijote se iba, cierto, un hombre bueno. Pero don Quijote, al morir, era también un viejo de bien cumplidos cincuenta años, con la salud quebrantada y el juicio tan precario que aunque los cielos se lo hubieran retornado, nadie hubiese podido asegurar que sus malos pasos y sus devaneos fuesen a conservárselo para siempre. Así que, tal y como lo sintieron todos íntimamente, don Quijote había muerto en el mejor momento, cristianamente y dejando un testamento que a todos contentó y admiró por su sensatez. A todos menos a la sobrina. Era el secreto de la sobrina. Uno de ellos al menos.

CAPÍTULO DUODÉCIMO

¿Por qué había tenido don Quijote que dejar aquella cláusula? ¡Qué viejo extravagante! ¿Por qué quería hacerle pagar a ella sus pecados librescos? ¡Qué ganas de seguir disponiendo las cosas desde la otra vida! Desde luego entre Sansón y todo lo que le dejaba su tío, si tuviera que escoger, ella no lo dudaría, y que el demonio se llevase la casa, los pegujales, los viñedos, el ganado. ¡Maldito loco!

Antonia estaba deseando que se terminara aquella larga jornada y que se fuese todo el mundo a sus casas, pero antes tenía que cumplir con la tradición y ofrecer aquel convite a los más íntimos. Lo habían estado preparando durante todo el día Quiteria y ella, personalmente en su cocina, y otras cosas, como los dulces, los trajeron de Santa Águeda, y los asados los mandaron a Justina, la hornera, que tenía su horno a la vuelta de la calle.

Al final, entre unos y otros, entre invitados y los que se invitaron por su cuenta y a los que nadie se atrevió a decir, «¿y tú por qué te quedas?», se reunieron lo menos veinte personas.

De algunas se ha hablado ya, pero de otras no tanto.

Se encontraban presentes el escribano señor De Mal, Sancho, el muchacho de Sancho, que acompañó a su padre, el bachiller, el barbero y el cura, y otros cuantos de los que apenas se sabe nada, como por ejemplo Bartolomé de Castro, que había sido alférez en los tercios, al mando del famoso capitán José de Velasco. El alférez que decía siempre aquello de «yo no me quejo; me lastimo», refiriéndose a su pobreza y a verse lampando después de haber peleado por el Rey en más de cuarenta batallas. Este Castro había tenido mucho que ver en la locura de don Quijote. Fue él quien primero le calentó los cascos. Le relataba, fantaseándolas a gusto, toda clase de aventuras militares y campañas de Italia y Flandes, y luego le decía: «No sé cómo vuesa merced, que podría dotarse como corresponde a un caballero y buscarse cartas, no se va a la milicia como capitán»; o Marcelo García Menores, herrero que herró por última vez a Rocinante, y que sólo por ese viático algún día entrará en la nómina de los inmortales; y Mateo Halcón, sastre, del que se decía que más que halcón era lince, que le avió a don Quijote en una noche dos ropillas, un jubón y unas calzas, prendas de las que no cobró la hechura ni el hilo, por parecerle de mal cristiano favorecerse de la locura de un vecino, y que fueron ropas con las que Sancho hizo maleta; y Valeriano de la Flor, boticario, a quien don Quijote encargó la preparación del famoso y genuino bálsamo de Fierabrás, milagroso específico y panacea de todos los males, con el objeto de llevarlo consigo en la tercera salida (boticario que, compadecido de la locura de su amigo, le dio únicamente un suero catolicón hecho con hidromiel, y muy aguado, engaño que descubrió don Quijote, pese a lo cual no dijo éste nada ni habló nunca mal de don Valeriano, limitándose a verter ese mejunje detrás de la puerta del corral, en cuanto llegó a su casa, para evitar usurpaciones infamantes, con el propósito de hacérselo él mismo en la primera ocasión que pudiera); y Albino Casariego, cautivo cinco años en Argel. Éste llevaba hablando desde su liberación, hacía más de veinte, de armar una gran flota que liberase a todos los cautivos cristianos que allí quedaron, en la cual quería enrolarse, cómo no, el mismo don Quijote; y así hasta juntarse en casa del hidalgo veinte personas o más.

Las asistían a todas Quiteria y Antonia, a las que se sumaron Teresa Panza y la hija de ésta, Teresica, que ayudaban.

Con la impresión del cementerio estaban al principio todos un poco apagados, pero en cuanto empezó a circular el vino y la mistela, la ratafía y la aloja, el aguardiente de anís y el orujo, aquello fue animándose y las conversaciones se avivaron. Todas versaban sobre el difunto, y los mismos a los que don Quijote traía a mal traer cuando vivía con sus locuras, lo echaban de menos cuando ya no podía cometerlas.

Lo recordaban cuando se llamaba Alonso Quijano y se hubiera asegurado que aquello era un torneo para dilucidar quién lo había tratado de antes o con mayor intimidad, pues todos de una u otra manera empezaban a sentirse orgullosos de haber sido amigos suyos.

La alegría y la locuacidad se apoderaron de la reunión, pero contrastaban con el aire sombrío y taciturno de Sancho, quien, pese a su sobriedad de los últimos días, dio en beber con probado ofuscamiento y la mirada perdida en las migas de la mesa.

El bachiller Carrasco, que estaba sentado a su lado, lo advirtió.

—Sancho, ¿estás bien?

—¿Habría de estarlo? Se nos ha muerto algo más que un amo o un amigo. En poco más de un año se nos ha ido el siglo mismo, y acaso ha llegado él loco más lejos en ese tiempo, que logremos nosotros llegar cuerdos en lo que nos queda de vida. ¿Es para estar bien?

El calor hacía tener las ventanas abiertas. La animación de aquel cabildo trascendió, y algunos vecinos más se animaron a sumarse a ella. Hubo necesidad de ir a pedir sillas a dos o tres casas, que Cebadón trajo presto.

El cielo, cargado, anunciaba tormenta, pero no acababa de romper por ninguna parte, y el aire erizaba el pelo de los gatos y perros que se daban el festín entre los pies de los presentes comiéndose lo que se caía de los platos.

—Ea, señores —dijo el ama Quiteria poniendo una fuente de humeantes viandas, como para dar de comer a un regimiento—. Sírvanse vuestras mercedes y que nadie quede con hambre. Que no se diga que en el entierro de mi señor Quijano se acordaron de él más por su tacañería que por su liberalidad. Coman, y que les aproveche.

Se personaron, como en una ordenada comedia, por turno o en tropel, una olla cuyo caldo habían espesado tres gallinas canónicas y doce pichones; media docena de uñas de vaca y la lengua de esta misma vaca, que habló mucho y bien en aquella hora tristísima de su buena disposición, y medio carnero que no se quedó atrás en hacer el ditirambo del difunto, y un cabrito lechal que puso ojos de mucha tristeza, más dolido también por la muerte de don Quijote que por la suya, tres conejos en pebre y cinco francolines en conserva, una fuente de tajadas truchuelas y una orza de adobadas longanizas sin contar todas las frutas de sartén que vinieron a los postres nadando en miel y otros menudos pasteles. La comida y el vino soltaron las lenguas y ayudaron a disipar la tristeza de haber enterrado un hombre tan irrepetible como don Quijote, y al rato, muy animados, ya hablaban todos, y a voces, de las famosas hazañas del muerto. Algunos se las habían oído referir al mismo don Quijote, otros a su escudero, otros las habían leído en el libro de Cervantes, y otras, en fin, las habían protagonizado algunos de los convidados.

—Y cierto es que ninguno de los presentes en aquellas aventuras hubiera podido recogerlas mejor ateniéndose a la verdad, de donde se sigue que en la vida tanto como vivirla está el saber contarla, y felices quienes conocieron la edad de oro, pero más felices aún cuyos nombres fueron sacados de ella y puestos en el mármol de la página de un libro para ejemplo y suspiro de quienes fuesen a vivir en la de hierro, y si como don Quijote tuvo su Cide Hamete, daría yo mi hacienda por tener un Amed Marfucio cualquiera que mostrara el florido pensil de mis cuidados.

El académico maese Nicolás, que estaba ya achispado con el vino y amaba la retórica, pronunció estas palabras de pie, levantando su jarro de vino, y rizó el rizo, como suele decirse, y añadió de su coleto que no sólo era así, sino que a la mayor parte de las vidas les bastaría con alguien que las metiera en una crónica para no tener que vivirse.

—Y si yo contara —añadió— con la suerte de tener para mí un historiador escrupuloso como Cide Hamete o uno tan clemente como Cervantes, les daría carta blanca para que hiciesen y dijesen de mi vida lo que quisieran, no menoscabando la honra, porque en el haberlo dicho bien estaría ya la verdad que uno, como académico, ha buscado siempre. Y no sería yo quien fuese a sacarles mentirosos. ¿Que decían que yo era un gigante como García de Paredes y más hermoso que Apolo, siendo como soy mantecoso y deslucido? Bueno estaría. ¿Que mi porte era marcial? Bien también. ¿O ruin y estevado? Allá penas. ¿O que fui amamantado por una loba en el monte Aquilón? Bueno también. ¿O que yo le enseñé a Alonso Quijano a cazar pájaros con liga, como es cierto? Mejor que mejor... Señores, brindemos por don Quijote, que nos ha hecho a todos famosos, pues no hay hombre sin nombre ni nombre sin renombre. ¿No crees, Sancho, tú que sabes de refranes?

A Sancho le había dado llorona y no hacía más que suspirar, hipando, entre gemidicos y lloramicos:

—¿Famosos? ¿Y a quién le importa eso ahora? Un hombre son sus obras, y de nada sirven los libros, si no están sustentados en una verdad. ¿Quién nos dice que no seamos todos nosotros en ese libro como papel mojado?

Nadie hizo caso a Sancho Panza, porque no querían que les aguara la fiesta y porque empezaban a darse cuenta de que Sancho sin don Quijote decía muchas menos cosas graciosas que cuando estaba con él.

Se contaron una y diez veces cien sucesos referidos al recién finado caballero, y cada cual añadía a cada una de ellas matices y nuevos pelos, vistiéndolas y adornándolas hasta la exageración.

Volvieron a referirse los episodios antiguos de los molinos de viento contra los que arremetió don Quijote creyendo que eran gigantes, o el de los carneros que don Quijote tomó por los ejércitos de Alifanfarón, o el de los leones que venían regalados al rey por el general de Orán y que él quiso liberar, y otros nuevos y recientes sucesos, como el de la cueva de Montesinos o el de la ínsula Barataria, este último del que se enteró todo el pueblo, porque lo pregonó la venida del servidor de los duques que trajo a Teresa Panza la sarta de corales y el ruego de que le enviase una arroba de bellotas.

Corría el vino por la mesa y los comensales levantaban sus jarros y tazones, y dirigiéndose a Sancho, le preguntaban joviales:

—¿Y para cuándo emperador, Sancho?

Y el antiguo escudero sonreía un poco bobaliconamente, por no parecer descortés, y acertaba a decir sin saber muy bien lo que decía:

—¿Y eso a quién le importa ahora?

Y si en la historia era un molino el que le había volteado a don Quijote, allí se dijo, y todos hicieron como que lo creían, que se lo habían pasado de aspa en aspa lo menos veinte molinos, puestos en la cuerda de un teso, peloteado de uno a otro como si el hidalgo fuese un muñeco de trapo. Y si a Sancho le habían manteado, se exageró tanto el lance que parecía que, de tan alto como había subido, pudo tocarle los cuernos a la luna, lo cual contribuyó a que al propio Sancho se le olvidase por un momento toda la tristeza en que le había sumido la muerte de su amo, y él mismo se animó a relatarles a sus vecinos algunos de los curiosos lances de cuando fue gobernador, como cuando tuvo que juzgar el caso de aquella mujer que variaba en la cama a su marido con un vecino, a cambio de las vacas de éste, o el caso más agudo de aquel que quería saber si mentía o decía verdad cuando decía que mentía.

Al cabo de un rato, hasta Sancho olvidó la pena que sentía. Porque, sí, acababa de morirse don Quijote, y, con todo, comía la sobrina, brindaba el ama, y, pese a su dolor, se regocijaba Sancho Panza en una casa que estaba, tras el entierro, alborotada y llena de afanes.

Hasta el ama Quiteria o Antonia, que tanto habían deplorado las locuras de su amo y de su tío y tanto las habían combatido, tenían que hacer esfuerzos para no quedarse oyendo aquella montaña de disparates y acababan por aceptarlos con una risa indulgente, como travesura de un niño que tanta más gracia hace cuanto más aspada e inocua es.

El bachiller Sansón Carrasco, acaso el que llevaba la voz cantante en aquel póstumo homenaje a don Quijote, se dio cuenta de ello, y se atrevió a decirle al ama:

—Quiteria, se diría que todo lo severa que fuiste con tu amo en esta vida, lo eres ahora piadosa con su memoria, y hasta yo aseguraría que te resultan graciosas las mismas locuras por las que hace dos semanas te llevaban todos los demonios. Y a ninguno se nos ha despintado de la memoria el recio rapapolvo que no hace ni horas echaste a todo el mundo, a cuento de esas locuras. ¿Tan pronto se te han olvidado las cosas que decías?

—¿Y qué, si así fuera, señor bachillerillo? —respondió crispada.

Todos rompieron a reír de ver aquella suspicacia.

—No he terminado aún —prosiguió ella, rehaciéndose—. Desde luego, siempre quise a mi amo mejor que loco, cuerdo, y me dolía que vuesas mercedes le espolearan sus desvaríos, pero no soy tan mala como para preferirlo muerto a loco, y fíjense en lo que voy a decir: si por mí fuera, le retornaría a la vida aunque con ello volviera a perder la cordura que recobró los últimos días, y Dios me perdone esta blasfemia. Y claro que me río de esos disparates. ¿Cómo no había de reírme, si no los habrá tan graciosos en ninguna parte ni criatura tan inocente ni menos lesiva que él? Sólo que ahora ya no pueden hacerle daño, ni nadie se le reirá en las barbas, ni le faltarán al respeto. ¿Y qué es este nuevo uso de llamarle a todas horas don Quijote, cuando él era y no podía ser otro que el señor Quijano? ¿Qué es eso de llamarle con su nombre de loco, cuando tenía uno bien cristiano de cuerdo? El día en que nos dijo a todos, ya soy cuerdo, y enterró todas sus locuras pasadas, sabed, señores, que ahorcó su nombre de don Quijote, y harían vuesas mercedes muy mal si siguiesen llamándole como a él no le gustaría que lo llamaran ya más, de haber vivido. Ay, y qué bueno era y cómo nos trataba entre los algodones de su finura.

Y llegado a este punto el ama dio un profundísimo gemido y rompió a llorar desconsolada y súbitamente. Se tapó la cara con una rodea, dio media vuelta y salió de la sala.

Nadie entendió tan brusco cambio de humor, ni cómo se había pasado de las risas y el jolgorio al rompimiento de lloro.

La salida inesperada del ama les estropeó a todos el banquete, y no hubo nadie tan poco piadoso que no pensara si la habían ofendido o en qué, y a todos se les acordó que estaban allí porque había muerto un hombre, y no estaba bien no honrarle con alguna seriedad y más reposo.

De todos modos, Sansón Carrasco, el más malicioso de todos, trató de descargar la culpa y dijo no hallar entre las cosas que allí se habían dicho ninguna que le faltara el respeto a la memoria del finado ni a ninguno de los deudos. Antes al contrario, todos los presentes lo tenían por una bellísima persona que harto bien había muerto mirando los últimos meses de vida que había llevado. Así que se sorprendieron de ver llorar al ama, pero no se hubieran extrañado de haber sabido las razones por las que lloró y sus sentimientos hacia su señor.

Siguió el banquete. Se hicieron algunos esfuerzos por animarlo de nuevo, y lo probó Sansón Carrasco, y lo intentaron otros, pero sin éxito. Acabaron lo que quedaba de vino, se dio cuenta de los últimos pasteles y se partió todo el mundo a su casa, donde se recogieron con un sentimiento ambiguo.

Cuando marchaba cada cual hacia su casa en medio de una noche oscurísima, rompió a llover lo que no había llovido en cien años, acaso para que nadie olvidara aquella noche.

Y siguió lloviendo incluso durante una semana seguida, con frío y viento, pasándose así del verano al invierno sin antesala, como quien abre una puerta de una patada y dice: aquí estoy yo.

CAPÍTULO DÉCIMO TERCERO

Llovió tanto y tanto que los caminos se llenaron de barro y lodo y la gente, si podía, excusaba tener que salir de casa.

El hueco dejado por la muerte de don Quijote en las vidas de sus amigos y parientes se hizo bien patente en ese tiempo, sobre todo ante la imposibilidad de trabajar los campos. Se estaban todo el día dando vueltas por la casa como hurones a los que se les hubiera tapado la boca de su madriguera, pensando y pensando.

Como los días de su enfermedad habían discurrido apaciblemente, ni al ama ni a la sobrina les hubiera importado volver a tenerlo así, en la cama, llevando pía la vida y alimentado con caldos de gallina, sin que nada le doliese y sin quejarse de nada. Sólo que se murió, y aquellos días tristes, encapotados, con el cielo entoldado y cada vez más cortos, se encargaban de recordarles que había muerto, llenándoles la cabeza de obsesivos temores tristes, pensando y pensando.

El grandísimo caserón de los Quijano quedó más silencioso y reposado que nunca. Y tuvieron las dos mujeres tiempo de vaciar el aposento que había sido del hidalgo, limpiarlo de polvo, regalar a los pobres del pueblo las ropas y zapatos que no podían ellas aprovechar, y hablar de don Quijote y de lo que iba a sucederles en adelante.

—Porque hay que ver —advirtió la sobrina— que son cosas que acaban de suceder, y ya le bailan a una en la cabeza, como si nunca hubieran pasado.

—A ti te bailarán, niña —dijo Quiteria—, que a mí no se me despintan, y no pasa minuto que no me acuerde de tu tío y piense para mis adentros, «ahora se hallaría en el patio, sentado, acariciando a sus galgos barcinos; ahora se estaría en el aposento de los libros, ahora miraría desde el palomar si venían o no lluvias, o cortándoles las alas a los palomos...». Desde que se nos escapó de casa la primera vez, hoy hace un año y dos meses y trece días, y aún te diría los minutos, podría señalarte todo lo que nos ha sucedido, paso por paso. Primero los tres que estuvo perdido por ahí, en la Venta de los Astures. Esa vez vino mucho peor que salió, asegurando que ya era caballero y con el don puesto, él, que nunca lo había tenido ni falta que le había hecho tenerlo. Luego los veinte días que lo tuvimos en casa, sin que se mejorara en nada, o por mejor decir, cada día peor, aunque le quemáramos los libros y le tapiáramos el aposento donde los posaba, metido entre estas cuatro paredes todo el santo día como un lobo enjaulado, hasta que dio con el sandio de Sancho Panza y volvió a salirse a voltear el mundo, por donde anduvo otros diez días...

—¿Sólo diez días estuvo con Sancho esa primera vez? A mí —dijo la sobrina con desenvoltura— se me hizo que anduvo más tiempo fuera. Habrá que preguntarle a él, que habrá llevado la cuenta aunque sólo sea para cobrarse los jornales.

—Esa cuenta le salió más que bien, porque a los tres pollinos que tuviste que darle sumó los muchos dineros que al parecer se encontraron en una maleta, y que tu tío, como era así de ilusionista y dadivoso, en vez de guardárselos como dueño que era de la aventura y señor de Sancho, permitió que éste los embaulara en su faltriquera. Pregúntale, pregúntale a Sancho cuanto quieras, que no te dirá nada que no te confirme yo de los días que se estuvieron fuera, que bien llevaba yo la cuenta aquí —y Quiteria se aporreó la frente con el dedo, aunque hubiera debido golpearse con él no la cabeza, sino el corazón.

Se acercó en ese momento Cebadón. Traía la colodra con la leche. Quiteria selló la boca y no volvió a abrirla hasta que el mozo, después de dejar la leche y llevarse una quilma de salvado, no se hubo alejado hacia el corral.

—¿No has notado, Antonia, lo jaranero que anda este mozo desde que murió tu tío?

—¿Y qué he de notar, sino que es un atolondrado de tomo y lomo, y simple, todo el día cantando por los rincones, llueva o haga sol? ¿Qué le has visto tú de extraño?

Los barruntos que el ama Quiteria tenía eran todavía lo bastante oscuros y confusos, y se encogió de hombros. Cuando comprobó que el mozo se había alejado definitivamente, siguió su coloquio donde lo había dejado:

—¡Y qué invierno tan triste fue este último! ¿Es que ya no te acuerdas, Antoñita, cómo lo pasó el pobre, sin un libro en la casa, paseando arriba y abajo todo el día, desabrido y hórrido, que ni quería ocuparse de su aseo personal? ¿No lo recuerdas? Hasta perdió las ganas de sacar a cazar a los perros. Qué tósigos por ver cómo se consumía, cuánto desasosiego, como una avispa en un frasco, tú lo viste igual que yo, él, tan cordero como había sido, y saberlo con aquellas ganas de que llegara el buen tiempo para escaparse, como los segadores, a cosechar sus aventuras, notando a toda hora el cielo, pulsando las estrellas, como los navegantes, para averiguar la mejor circunstancia para levar el aparejo.

—¡Sí que es verdad! —admitió la sobrina—. Que ni yo, con todo lo que me temía, conseguí que se sentara a la mesa, ni arrancarle de la cama por las mañanas; tan postrado estaba. Todo el día en camisa o con aquella almilla de bayeta verde, con el bonete colorado toledano calzado hasta las cejas, las piernas flacas al aire y los pies metidos en aquellas zapatillas viejas y más rotas que un serón. Qué estampa, ama, qué pintura. Ay, si lo hubiesen visto como lo vimos nosotras todos esos que se dicen ahora sus partidarios, sus paladines, sus espoliques. ¡Se les hubieran quitado las ganas de admirarlo! Y ahora que lo pienso, si no se hubiera salido, se nos hubiera muerto en esta casa de todos modos.

—¿Por qué crees que lo dejé ir esa tercera vez? ¿No te acuerdas que llevaba lo menos nueve meses rumiando esa idea? Dos o tres días antes, por el Corpus, me dijo, con el brillo aquel suyo en los ojos: «Ay, Quiterilla, y cómo adelanta este año el verano y cómo están esperándome mis venturas!». ¿Sus venturas?, le pregunté, y me respondió: «Quien no ha aventura, no ha ventura, decían nuestros abuelos, Quiteria, y eso me abre el apetito». Y él, que no comía nada, me hizo que le friera media docena de huevos. Lo conocía como si lo hubiera parido, y bien sé que quien no la corre de joven acaba corriéndola de viejo. Recuerdo el día que se bajó de nuevo las armas del sobrado. Las guardó sin decir nada debajo del lecho, y se pasó las noches en blanco amolando y acicalando la espada con el esmeril, que no me dejaba pegar ojo. Luego debió de aderezar el morrión sacándole los bultos, encajar la celada que tan mal parada había llegado de Sierra Morena, reponer las presillas que faltaban y componer con cartones y latones lo que se había llevado su mudanza. Comprendí que si le estorbábamos, lo mataríamos de pesar, y además, ¿cómo podría una pobre mujer contener al señor de la casa ni mandar en su voluntad, y quién ha nacido que sepa ponerle puertas al campo? Puedes creerme que cuando yo digo que lo prefería loco, fuera de casa, que muerto en ella, es la pura verdad. Y que por lo menos la corriera, como la corrió. Y de los tres meses que ha estado fuera este verano, ni un solo día pasaba que no me acordara de él, a todas horas en vilo, temiendo que lo apalearan o lo ensartaran con una lanza. Y me iba a las eras del pueblo, por si lo veía volver por el camino, o me subía al sobrado por columbrar el horizonte, con el corazón encogido temiendo que nos lo trajeran atravesado sobre una bestia, o metido en una jaula, o me encaramaba en el palomar; y desde la misma hura por donde él afilaba su catalejo por descubrir las estrellas o denunciar nublados, miraba yo para ver si le veía de vuelta.

—Ay, yo no —se excusó la sobrina—. Le quería más que tú, porque al fin y al cabo era de mi sangre, pero yo estaba bien tranquila. Y no entiendo que pienses que le querías más tú, que no fuiste nada suyo.

—No digas, Antonia, que le querías más que yo, porque nadie sabe lo que en cada casa se cuece, y estoy por asegurarte que cada palo que recibió en esos meses, los sentí yo en las entrañas, por cómo se me salía el corazón por la boca, sin venir a cuento, a cualquier hora, y yo me decía: Ay, señor Quijano, ¿qué os han hecho ahora?

—Yo sabía que mi señor tío era bueno para valerse, siquiera fuese por hacer honor a su linaje. Bien se conoce en esto que el tuyo es plebeyo, y hay cosas que no podrás entender y que todo te amilana.

Quiteria, acostumbrada a tales alfilerazos, no los tomaba en consideración, y había aprendido a responderle en el mismo tono:

—No sé lo que podré o no comprender, pero algo me dice que si no sentías lo mismo que yo sentía, eso sería porque no le querías lo mismo que yo le quise.

—Lo mismo y aun más —se defendió Antonia—, porque la sangre tira de otra manera, y por sus venas y las mías corría la misma, sin contar con la de mi señor padre, don Felipe, que algún día volverá, me llevará con él a Madrid y sabrá ponerme donde me corresponde, fuera de este pueblo y lejos de este caserón viejo y acabado que huele a freza. Pero dejemos estar esta cuestión de mi padre. De mi tío, yo casi prefería que anduviera por esos mundos, a que nos trajera de cabeza todo el día. Ya sabes lo que se dice, al loco y al aire, darles calle. Que cuando no vendía un majuelo para comprar más y más libros, repartía sus cuartos sin tino, e invitaba a unos y a otros a sentarse a su mesa, con tal de que le hablaran de la soldadesca. Hubo meses, y lo sabes mejor que yo, que no parecía sino que aquí viviera el señor Bartolomé de Castro, que no es precisamente un gorrión al que contenten cañamones y alpistes y el agua de la fuente, y lo que mi tío no se permitía comer, se lo daba a sus huéspedes con tal de que le regalaran los oídos con las cosas que quería oír, y lo que no bebía él, se lo trasegaban todos esos regalones, hambrones y tagarotes. Cuántas mentiras no le habrá adobado mi señor Castro de su milicia, con tal de poder agasajarse de gorra, con qué embustes le embaucaba más fácilmente que a un niño. Y cuántos gazapos a cuenta de una estocada, y qué pollos con alcaparras se llevaron sus asaltos, y qué bandadas de palominos rindió la punta de su lanza, y cuántos besugos como la leche domaron sus patrañas, y qué primorosos pucheritos de natas le ablandaron sus memorias de nada. Y dolor de cabeza me daba verle tan a merced de pícaros, aprovechados y soldados viejos. ¡Y ese bellacón, golosazo y gumia de Sancho, que el diablo pierda! No estaba sino queriéndole sonsacar a la vida, y perderlo por esos andurriales. Así que yo pensaba, aire, aire, fuera de casa menoscabará su honra, y su honra es suya, pero la hacienda queda, dentro de lo que cabe, como siempre estuvo, y no porque viva aquí, va a recobrar el seso ni la honra, pues bastante desgracia era tenerle como le tuvimos. Lejos, perdía su honra, y en casa perdía doblemente su honra y su hacienda, que es la mía. A una casa de salud habría que haberlo llevado, con los señores locos. Y Dios me perdone a mí también por lo que voy a decir, Quiteria, que mejor es que Dios lo haya llamado a su seno, que dejárnoslo a merced de la tropa que lo sangraba o de los amigos que con él hacían burlas. ¿Y el cura, hurgando en la llaga de su locura, con la excusa de saber si había o no sanado? ¿Y su amigo el rapador maese Nicolás? ¿Qué necesidad tenía él de meterse en danza? ¿No le bastan sus academias? ¿No le basta el cuervo que tiene en su barbería? ¡Mejor hubiera sido que se hubiese entretenido en enseñarle latines y más tranquilo hubiera dejado a mi tío! Ha muerto, y bien muerto está en lo que a nosotras respecta. Mujeres somos, Quiteria, solas estamos, y para llorar sus penas, cualquiera se vale. Así que te lo digo bien claro: mi tío tenía su vida ya cumplida y la había gozado, era viejo, no tenía mujer ni hijos a los que haya dejado huérfanos, pero sí una sobrina amantísima que va a destinar la hijuela en misas que lo saquen cuanto antes del Purgatorio y que pondrá su hacienda en el mismo punto, si no más, de como él la tomó de sus padres, mis señores abuelos, si me dejan.

Mientras duraba esta plática estaban las dos mujeres escogiendo lentejas, sentadas a la mesa, y Quiteria dejó su tarea y levantó la vista de aquellas áridas semillas, para clavarla en Antonia. Se lo pensó antes de hablar, y Antonia, sabiéndose mirada, también dejó quietos los dedos y sostuvo la mirada de Quiteria con impasible tristeza.

—Cuánta pena me da, Antonia, oírte decir esas cosas y que creas que tu tío se andaba mejor por esos mundos, pobre, roto y burlado, que aquí sujeto con nosotras. Quiero pensar que se trata de tu puericia, que te hace hablar de esa manera, como si no tuvieras entrañas, o como si pensaras que la juventud y la vida van a ser cosa de siempre. Pero antes de lo que te piensas, tú misma te verás vieja y acaso loca como tu tío, que esas cosas he oído yo decir que se pasan de padres a hijos, por la sangre.

No creía Quiteria lo que acaba de decir, ni lo sentía, pero le devolvía en esas palabras el réspice de la hidalguía. Lo hacía, digamos, que con claros fines pedagógicos, más que por vengativa o rencorosa, que nunca lo fue.

Se conocían bien las dos mujeres. Muchas veces antes se habían zaherido.

Acogió esas palabras Antonia con una sonrisa sarcástica, y se puso a rumiar una respuesta adecuada, por lo que es casi seguro que ni siquiera oyó lo que Quiteria seguía diciéndole.

—Para mí, mientras vivió el amo, aunque anduviera lejos, por esos mundos, la casa seguía viva, y notaba su presencia en todos estos aposentos, corrales y sobrados. Y se ha muerto él, y se diría que ya nada me retiene aquí, y digo lo de aquél, que donde no está mi dueño, está mi duelo.

Y hubiera llorado Quiteria de no haber sido Antonia, la fría, la dura, la empedernida Antonia, la que estaba delante, así que se contuvo las lágrimas.

Antonia seguía buscando algo que molestara a Quiteria, pero no lo encontró, y pensó: ya tendré ocasión.

Anduvo Quiteria inquieta unos días. Hacía en la casa sus tareas taciturna y ausente, cuando no estaba en bregas y enojos con Antonia. Nada en apariencia había cambiado. Se levantaba y se acostaba a la misma hora que lo había hecho siempre, pero su corazón se marchitaba antes de tiempo.

Consideró:

—Ya soy vieja.

En cuanto a Antonia, esperaba no sabía qué, entre torbellinos azarosos que la tenían también a ella asustada y medrosa, con su secreto, y pensaba a su vez:

—Si no lo remedio pronto, me convertiré en alguien igual que Quiteria. ¡Qué triste es la vida!

Y concluyó la muchacha en el fondo de su corazón que su señor tío Alonso Quijano había obrado con harto egoísmo dejándose morir antes de haberla casado, negocio este para el que un hombre valía, según ella, más que una mujer. Y con aquella manda absurda en el testamento, que hizo que pensara de nuevo: «¡Viejo loco!».

CAPÍTULO DÉCIMO CUARTO

Lo dicho por Antonia el día anterior respecto de la hacienda y de que ella la pondría en su punto, si la dejaban, fue una mera fantasía, un bonito juego de pólvora. Ella sabía, lo sabía Quiteria y lo sabía todo el mundo, que el estado en que don Quijote la había dejado era calamitoso. Y lo supieron no precisamente en el último minuto. El desmoronamiento de las fortunas escasas suele ser por lo general tan lento como rápido suele serlo el de las grandes. Aunque el pobre don Quijote no pudo sospecharlo, primero porque estuvo loco mucho tiempo, y en segundo lugar porque los pocos días en que cobró la razón nadie, por no entristecer esas últimas horas, se molestó en advertírselo, y así había testado a favor de su sobrina en el pleno convencimiento de que ella iba a heredar tanto al menos como en su día heredó él.

A Antonia, sin embargo, con preocuparle lo suyo, no era lo que más inquieta la traía, sino aquella manda que añadió su tío en el testamento y que parecía condenarla sin remisión. O perdía la hacienda de una manera o la perdía de otra.

El señor De Mal concedió, con la hipocresía de los administradores rapaces, dos semanas de tregua después de que muriera don Quijote. Se dijo: «Así son los negocios, y yo no tengo la culpa de que don Quijote fuese un manirroto y su sobrina una niña».

Lo cierto es que el señor De Mal, viejo de unos sesenta años, viudo y sin hijos, pensaba en quien cuidara de su vejez. Y con esa facilidad que tienen algunos para arreglarse los deseos a conveniencia, pensó en Antonia. «Yo seré su salvador, y ella se casará conmigo».

Pasados esos días, el señor De Mal fue dando curso a las demandas y pretensiones de aquellos que habían prestado dinero al caballero. La pasión libresca del hidalgo y su ociosidad habían ido sangrando su patrimonio sin que se notase demasiado. Al morir don Quijote, como cucarachas, empezaron a salir de todas partes agiotistas y prestamistas, algunos venidos incluso de pueblos cercanos, con sus correspondientes documentos y libranzas. El señor De Mal convenció a todos de que la ruina del caballero era aún mayor de la que se veía a simple vista, y les persuadió asimismo de que le dejaran satisfacer una parte de esas deudas de su propio pecunio, a cambio de que le cediesen el documento en el que don Quijote se obligaba. Aquellos usureros de poca monta, asustados por el señor De Mal, de tan acicalada probidad, y ante el temor de quedarse sin cobrar, aceptaban cancelar sus deudas a cambio de esas pequeñas satisfacciones. De ese modo en pocos días el escribano se hizo dueño de todas las deudas del hidalgo por un tercio de su monto, lo que equivalía a decir que pasó a serlo también de todas sus tierras, viñedos, bodegas y ganados.

Mientras, no tanto para tranquilizar a la sobrina, como para poder maniobrar a su gusto, el escribano la abordó con lagotero confusionismo. Le hizo creer que aquel embrollo acabaría desliéndose tranquilamente de la noche a la mañana, y un buen día, cuando no había transcurrido ni un mes de la muerte del hidalgo, el señor De Mal presentó las cuentas.

Estaban con el escribano Quiteria y Antonia. Teñido con la jerga de los abogados, el señor De Mal vestía el pésimo estado de las cuentas con galas vistosas e ilusorias. Aún necesitaba unas semanas para asestar el golpe definitivo, que esperaba de la Audiencia de Toledo con resoluciones terminantes.

Quiteria estudiaba en la cara de la sobrina si aquello de lo que hablaban era o no bueno, porque no comprendía las palabras del escribano.

Pero bien pronto lo comprendió la sobrina. Le entraron ganas de llorar de rabia y furia, y lo hubiera hecho, de no haber estado presente Quiteria, porque no quería que pensara que ella, que no había sido capaz de llorar la muerte de su tío, lloraba ahora por su hacienda.

—¿Heredo humo? —le preguntó al señor De Mal.

Y el señor De Mal, que tan buenos negocios había hecho a cuenta de don Quijote, no se atrevió a otra cosa que a ir poniendo ante la sobrina los documentos que probaban que la mitad de las propiedades iban a tener que irse una detrás de otra, para pagar a todo el mundo, aunque ese «todo el mundo» se limitaba ya únicamente a él sólo, cosa que ocultó no tanto por vergüenza como por interés. Acaso hubiera desbaratado los últimos chanchullos todavía en los registros.

—Al judío le debemos —y en aquel «le debemos» se hubiera dicho que ponía el señor De Mal a disposición de Antonia Quijano toda la lealtad que había servido a don Quijote— tanto y tanto, y es preciso vender tal tierra y tal otra, y las tres yeguas y aquel viñedo.

Se marchó el señor De Mal, dándole unos días a Antonia para que lo pensara. Se dijo el escribano: «Estas cosas es mejor llevarlas a cabo por las buenas que por las malas, y mejor así que entrar en pleitos. Y que a la niña se le vayan bajando las ínfulas. Si quiere, ella conmigo será princesa».

Quiteria, asustada por lo que había visto, preguntó a Antonia:

—¿Es grave lo que sucede? ¿Qué nos espera?

—A ti nada —respondió de una manera seca Antonia—. La que está en apuros soy yo, no tú, el que tenía un tío loco era yo. Mi tío no era nada tuyo.

Quiteria se tragó el orgullo, y dijo:

—Mira, Antonia, que eres una niña aún y yo soy una ignorante y no puedo ayudarte. Aconséjate del cura, del barbero, de Sansón, ellos fueron los albaceas de tu tío.

—¿Ésos? Saben de mi hacienda lo que yo de la suya. Estése cada cual en su casa, que cada uno en la suya es rey.

Toda la locura de su tío se le destiló a Antonia en algo parecido a fiereza y astucia. Se diría que al que se le acercara en ese momento no sólo le mordería con la fuerza del tigre, sino con la fatalidad de la víbora. Antonia sospechó la trapaza de aquellos negocios.

—El escribano ha estado robando a mi tío, y seguramente quiere robarme a mí, pero va listo. Es un hombre repulsivo. Me dan asco sus babas y cómo me reboza con miradas de viejo verde. No me rendiré. Guarda esos papeles, Quiteria. He de estudiarlos. Salvaré lo que se pueda.

Obedeció Quiteria por vez primera a su nueva señora con un sentimiento extraño, y salió de la estancia con aquellos documentos que había dejado el señor De Mal. Pensó: «Antonia lo perderá todo por orgullosa». Pensó también: «Lo tendría merecido», pero fue este último un pensamiento tan fugaz que la bondad de Quiteria se hubiera negado a confirmar que se le había pasado por la cabeza.

Ya a solas, Antonia, demasiado joven, empezó a temblar de arriba abajo. El escribano había logrado asustarla. Por orgullo no rompió a llorar. Y si siempre se había sentido huérfana en aquella casa, se sintió por vez primera pobre y no se atrevía a imaginar lo que le esperaba.

A partir de ese día Antonia, malhumorada e irritable, apenas dirigía la palabra al ama, quien a su vez no podía sufrir el carácter de la muchacha.

Al morir don Quijote, algo quedó por dentro de imposible compostura, como un cántaro roto. Eso fue algo que pensaron una y otra, el ama y la sobrina.

No se habían dicho cosas más graves o ofensivas de las que acostumbraban a decirse cuando vivía don Quijote, que arbitraba, limaba y suavizaba las disputas y rencillas entre las dos mujeres, pero se diría que faltando éste ya no podían soportarlas de la misma manera.

No entendía Quiteria a su nueva ama Antonia, y no se preocupaba Antonia por saber qué pensaba hacer Quiteria. Antonia se decía: «Estoy a un tris de perderlo todo, ¿y cómo me ayuda Quiteria? Malhumorándose por todo. Es una vieja maniática, como mi tío». Y pensaba Quiteria: «Se ha muerto el único que me protegió estos años, ¿y qué voy a hacer ahora, tanto más si Antonia lo pierde todo? ¿Adónde voy a ir?».

Y acaso esperaba Antonia que Quiteria se marcharía en algún momento de aquella casa, si finalmente lo perdía todo, y Quiteria esperaba que Antonia le ordenara, incluso antes de perderlo, «vete». Pensaba Quiteria: «No se atreverá. Y si se atreve, quiero ver con qué cara me lo dirá, a mí, que llevo en esta casa desde muchos años antes de que llegara ella».

Pero ni la una se iba ni a la otra la echaba, de modo que seguían las dos viviendo bajo el mismo techo, peor que cuando don Quijote vivía, con el cuervo de la miseria sobrevolando la hacienda y con aquel encono entre ellas royéndoles las entrañas.

Dejaron Antonia y Quiteria pasar los días. Se habría dicho que habían decidido olvidarse de sí mismas. Eran dos naturalezas diferentes y opuestas, y si una decía: «Habrá que tejer un poco de lino», la otra respondía: «Más necesario nos es amasar»; si una ordenaba «vete al corral y mata una gallina», la otra pensaba «¿no sería mejor mirar por esta hacienda, que tan descabalada está, y no este trasiego en el corral?»; si una decía, «habrá que llevar trigo al molino», la otra corregía, «más valdría hacer mañana la colada».

La muerte de don Quijote fue, pues, no por menos esperada o temida, menos cruel, y lo mismo que un rayo partiendo un olmo centenario, recorrió, partiéndola por la mitad, el solar centenario de los Quijano, levantado hacía más de ciento cincuenta años por el tatarabuelo de don Quijote.

La muerte de don Quijote, y el invierno, que se metió con más celeridad de la deseada, enfriaron pronto sus muros y estrecharon sus días, más cortos e inhóspitos. En cuanto se ponía el sol, el ama y la sobrina se quedaban a solas como acaso no lo habían estado nunca. Echaban de menos a don Quijote y sus paseos, arriba, abajo, por los corredores. Los tueros de la chimenea se quemaban de uno en uno, y aquellas llamas no eran suficientes para disipar la humedad, el frío y la sensación de miseria que se respiraba allí. Después de los primeros días, y como suele ocurrir tras la muerte, empezaron a espaciarse las visitas del cura, del barbero, del bachiller y de otros vecinos, hasta que ya nadie acudía a visitar a las dos mujeres, salvo el señor De Mal, que se daba una vuelta de vez en cuando por allí, más para comprobar el estado de lo que daba por suyo, que por compasión. No le había hablado todavía de matrimonio a Antonia, pero pensaba: «El asalto a su tiempo. Y a la muchacha parece que no le caigo del todo mal. Le conviene un hombre como yo, con experiencia, que sepa y quiera regalarla como se merece».

La vida continuaba para todos.

—¿Qué habrá sido de Sancho? —preguntó una tarde Quiteria, por tener algo de que hablar entre las dos.

Antonia ni contestó. No le importaba lo que sería de ése o del otro. Cada cual debía mirar por lo suyo. Al menos si Quiteria le hubiese preguntado por el bachiller, tal vez hubieran podido hablar de él. ¿Lo habría hecho Antonia? ¿Con Quiteria? ¿Y Quiteria? Otra tarde, y más que por hablar, Quiteria le dijo a Antonia:

—¿No podemos ser amigas y contarnos nuestras cosas?

Antonia le respondió:

—Ya lo somos, y ya nos las contamos. ¿Qué querrías contarme tú? ¿Qué quieres que te cuente yo?

Quiteria guardó silencio unos instantes, y dijo:

—No, lo decía por hablar.

Pero sabía que se mentía, lo mismo que Antonia supo que se mentía cuando le respondió...

—Lo mismo me pasa a mí, que no tengo nada que contar.

Y se mentían y ni siquiera podía la una sospechar los secretos de la otra, pasándose el día juntas.

Cosa que no ocurrió con el secreto de Cebadón, el mozo.

Hubiera podido llamarse a aquella casa la casa de los secretos.

Y el secreto de Cebadón era que...

No había ido muy descaminada Quiteria cuando, hacía días, le había hecho notar a Antonia el extraño comportamiento del mozo, que se movía por allí caracoleando y suficiente, como un potro.

Cebadón era joven, ambicioso, reflexivo y se había hecho una composición de lugar que le convenía. Cierto que cantando a todas horas podía uno llamarse a engaño, pero esa de cantar era en él una manera de pensar. Silbar, tararear, cantar le ayudaba a pensar en otras cosas. Sus pensamientos necesitaban ese acompañamiento.

Sí. Cebadón también tenía su secreto: estaba enamorado de Antonia Quijano. Secreto a medias, porque lejos de quererlo mantener para su coleto, parecía estar exhibiéndolo, convencido de su valía y del buen término al que llevaría las cosas.

Estaba enamorado. Lo decían su semblante risueño, aquel andar erguido, sacando pecho, sus cánticos. O se enamoró perdidamente de ella, o se lo creyó, y lo creyó con hinchada desmesura a raíz de la muerte de don Quijote. Se dijo, «esta moza es para mí o no será de otro; o mía o muerta». Como los amadores de teatro. Aquella resolución tremebunda contrastaba sin duda con la jovialidad de sus perpetuas melopeas, y para él no ofrecía la menor duda. Estaba determinado a conquistarla, porque creía que su buena estrella tenía que ver con la determinación de su carácter. «Es —se decía— la historia de mi vida. Nací en un chozo como los bandoleros, y mi destino era ser uno de ellos; por mi voluntad y maña, he llegado a servir en una casa buena como ésta. Muchos envidiarían ya mi suerte, y la vida ha querido adornarme con partes que otros codician en secreto: tengo planta, canto como los ángeles, soy discreto y sé cómo enamorar a las mujeres. De aquí arriba, todo lo que se quiera, pero quedarse en esta medianía toda la vida, como gañán, es pensar lo excusado. El porvenir me sonríe; Antoñita, ahora que has heredado, eres rica, y brava, pero a mí me gustan así, porque cuanto más fiera, más se valorará mi doma; necesitas más que nadie de un mastín que defienda tu hacienda de todos esos lobos que dicen te la quieren comer. Si quieres echarlos a patadas, aquí me tienes. Al que pase esa puerta, lo rajo. De modo que, Antoñita, conmigo, o muerta».

De una manera oscura imaginaba Cebadón que aquel bien había de arrebatarlo por la fuerza, porque de grado no lo obtendría nunca. Incluso se hacía la ilusión de esos arrebatos teatrales. Y eso le enardecía y ponía alas a su imaginación, que ya le pintaba dueño de todo aquello. Probaría a la sobrina la necesidad de arrimarse a un hombre que mirase por lo suyo. Ella era una niña.

Quizá la ambición de casarse con Antonia fuese en Cebadón anterior a la muerte de don Quijote, pero ésta le dio alas, y se dijo: ancha es Castilla. Porque una cosa, según pensaba Cebadón, eran las comedias y entremeses y otra bien diferente, como él decía, «la estrecha realidad»; una cosa, celebrar el triunfo del amor en las novelas o en los cánticos y madrigales, y otra, descender a los casos concretos de la familia propia, y Cebadón, atribuyendo a don Quijote su propia previsión, estaba convencido de que el hidalgo habría estorbado la unión de un gañán con su sobrina, incluso en el caso de que ella le hubiese favorecido con sus amores, y por eso jamás se le hubiera ocurrido en vida del hidalgo acercarse a la muchacha. Pero una vez muerto, nada le impedía soñar con ocupar un lugar preponderante en el corazón de Antonia, en su lecho y, desde luego, en aquella casa, los majuelos, las tierras y el ganado.

Y tales cosas le participó Cebadón a un amigo suyo, con el que había guardado los rebaños muchos días, un cabrero al que se le conocía en el pueblo por el nombre de Juan y el sobrenombre de Montés, porque era un hombre que como los gatos monteses era de difícil presa, y siempre lograba escabullirse y hallarle una gatera a todas las cuestiones y parlas que se hablaran, por donde fugarse. Pero precisamente por ello, todo el mundo le consultaba los casos graves y peliagudos, para los que tenía, a pesar de su extrema juventud, una razonable salida.

A Juan Montés le habló Cebadón:

—¿Qué justicia hallas tú en el mundo, Juan, que nos hace a unos desde la cuna pobres y a otros ricos, a unos con castillo y a otros sin más techo que las estrellas, sin haber puesto de nuestra parte nada?

A Juan Montés mientras le hablaban le bailaban los ojos en la cara, a uno y otro lado, como si vigilara por dónde le habría de atacar la paradoja, y aunque vio que Cebadón tenía propósito de seguir adelante con su prólogo, le atajó allí mismo.

—Así es, pero ¿hallas tú alguna justicia en que el Rey nuestro señor no duerma tranquilo porque sus ejércitos han de defender a sus vasallos? Y cuando tú duermes a pierna suelta, ¿hallas justo echarte sobre una hormiga, a la que tu peso quitó la vida? Sabes que soy de los que piensan que estamos mal, pero que podríamos estar mucho peor.

—Y mucho mejor. Y ahí es a donde quería ir a parar. Porque con tus teologías nunca llegarás a nada, y a mí con las mías me esperan las esferas siderales. Mira lo que voy a confiarte, y me has de guardar el secreto.

—Te lo guardaré, pero secreto bien guardado es el que a nadie se ha confiado.

—Éste no puedo guardarlo conmigo, porque malamente me podrías dar tú un consejo, sin que lo supieras. ¿Tú me encuentras galán y apuesto?

—Yo, y todas las mozas del lugar, Cebadón. Y ahí voy yo también. Ahora respóndeme tú si hallas en ello justicia, que a ti el cielo, sin que pusieras de tu parte ni un adarme, te hizo alto y fuerte como un olmo, y de talle tan gentil que estás a todas horas en boca de las mozas y doncellas no sólo de este pueblo, sino de estos contornos, mientras a mí ya ves cómo me hizo el cielo, pequeño, desmedrado, feo, con estas afrentosas orejas de soplillo, y si no fuera bastante, con tanta flojera de vientre, que cualquier día se me lleva con los pies por delante un cólico. A tu boca no le falta un solo diente, y todos ellos son sanos y blancos como los de un muchacho, que cuando sonríes parece que viniera el sol a darnos los buenos días. ¿Has visto los míos, ruines, negros y picados como con una perdigonada de pólvora? ¿Hallas tú justicia en esto? Y qué me dices de ese don que tienes, que cantas como una mirla? ¿Y quién hizo que tocaras el rabel como lo haces? Sin que nadie te enseñara la solfa, un día tomaste en las manos el rabel, y parecía que hubiese sido pensado para que tus manos lo rasgaran con las melodías más dulces y lastimosas. Así, cuando cantas, las mujeres se te derriten y te envuelven en miradas melosas y soñadoras, porque les parece que has bajado del cielo por una escala. ¿Me has visto a mí cantar alguna vez? No, por cierto, ya que soy juicioso, porque si una vez quisiera hacerlo, espantaría de mi lado hasta las mismas fieras, si acaso no las irritara tanto que viniesen todas a descuartizarme para no tener que oírme. ¿Ésa es la justicia de la que me hablabas?

—Dios te hizo, sin embargo —admitió Cebadón un poco corrido— más discreto y agudo que ninguno de nosotros.

—Así puede ser. Pero ¿has visto tú a alguien que coma su pan por discreto? ¿A cuántos conoces tú que por agudo y gracioso le den gratis el vino? ¿Respeta la muerte más al listo que al zoquete? Haces mal en quejarte, Cebadón. Echa cuenta de que estás bien, y que podrías estar mucho peor.

—Y mejor. No me resigno a acabar mis días como los empecé, en un chozo. Y ahora se me presenta la ocasión de mejorarme para siempre.

—¿Cómo? ¿Te pasas a las Indias, te marchas a la milicia, va a tomarte un cardenal como criado, alguien principal ha reconocido en su lecho de muerte haberse acostado con tu madre y haberte engendrado?

—Nada de esto, sino que la suerte se me ha entrado por la ventana y se llama Antonia. Y ya has oído aquello de al buen día mételo en casa.

—¿La sobrina del señor Quijano? Además de necio estás tan loco como su tío si crees que esa moza zahareña va a fijarse en un azacán como tú, por mucho que se apague el sol cuando sales con las ovejas. Hazme caso, cásate con una igual y no tendrás rival, y ya sabes que en casa de mujer rica, ella manda siempre y tú nunca. ¿Quieres tener vida regalada o en paz, prefieres andar a diario en grandes disputas por un faisán o vivir apaciblemente con tus sopas de ajo? Y dime, ¿crees tú que una mujer hermosa ha de amar a uno feo, porque éste la ama? ¿Amaría él a otra más fea, porque lo amaba? ¿Amarías tú a una fea, sólo porque te amara viéndote tan hermoso? ¿Vas a decirme que Antonia te querrá por pobre sólo porque tú la estás queriendo por rica?

No le hizo el menor caso Juan Cebadón a su sabio amigo Juan Montés; todo lo contrario. Le pareció un desafío someter a aquella hembra tan capitana, y se propuso no cejar hasta hacerla suya.

«O mía o muerta», repetía alegremente, como silbando. Y de ese modo buscaba andar cerca de donde estaba Antonia, a la que rondaba con curvas de jineta.

El ama Quiteria, por vieja, husmeó en el aire el peligro, solo que no acertó a ver de dónde provenía.

Al día siguiente de la tercera visita del escribano, se presentó la ocasión al mozo. Justamente la mañana en que no estaba Quiteria en casa. ¿Lo tenía ya planeado para ese día o fue ese día, viéndose solo en casa con Antonia, el que le dio la idea?

Ya había Cebadón ordeñado las cabras y, como se lo había dejado dicho la víspera la sobrina, fue a llevarle la leche a la cocina, donde la esperaba, pues pensaba hacer unos quesos. No había nadie más en la casa que ellos dos, la sobrina y el mozo, ni se esperaba a nadie. Quiteria había salido antes de amanecer hacia su pueblo, y ésa fue también gran novedad. Sin anunciarlo, la noche antes, se lo comunicó a Antonia: «Mañana, si no mandas otra cosa, me voy a mi pueblo. Por la tarde estaré de vuelta», le informó. Y lo dio por hecho, porque Quiteria, que no pedía tales asuetos al tío, consideró que no tenía por qué pedírselos a la sobrina. Pasaría el día visitando a su madre y a sus hermanos y sobrinos.

Supo Cebadón que acaso no se le presentase mejor coyuntura en toda su vida, cuando la víspera Quiteria le ordenó que madrugase para ponerle la albarda a la burra, porque pensaba irse a su pueblo.

Se encontró Cebadón a Antonia majando en un mortero un cardo para cuajar la leche, distraída, pensando en su secreto, cuando le vino el mozo con el suyo.

—Antonia —le dijo, dejando en el suelo la colodra y pasándose la palma por el jubón, para limpiársela—. Lo que tú decidas, ése será el veredicto que voy a acatar como si me lo mandara el mismo rey.

Pero Antonia no era amiga de tener coloquios con sus gañanes, y le atajó sin contemplaciones.

—Mira, Juan, hoy voy más retrasada que nunca porque Quiteria se ha ido, y no sé a qué veredictos te refieres. Di lo que tengas que decir, rapidito, y márchate a tus labores, que desde que murió mi señor tío parece que ésta es la casa de la solfa.

El tono desabrido de la muchacha no desanimó al mozo.

—Es como si se te pegara algo de la condición de esos cardos cuando hablas conmigo, que parece que tienes palabras amables para todo el mundo menos para quien bien te sirve y mucho más te serviría si tú se lo pidieses. Sé muy bien que por cuna y por fortuna tú aspiras a más altos vuelos. Y no descarto que hayas puesto los ojos en quien siendo rico te saque de estos apuros que sufres, aunque te sé decir que no encontrarás en toda la Mancha nadie que defendiera lo tuyo con colmillos más afilados ni que te quiera mejor que yo ni céfiro que más blandamente sople que yo, y si me dejaras trastearte como mi rabel había de sacar yo de ti sones más dulces que la miel.

—Ay, Jesús —exclamó Antonia con enfado—. ¿Y desde cuándo se gastan esos modos de apearle el tratamiento a la señora de la casa, señor faquín? ¡Y que nos ha salido poeta el cabrero! De tanto cantar romances se te han pegado los usos de los galanes, señor mío. Mira que no estoy para andar en adivinanzas, Juan Cebadón, de modo que si lo que acabas de decir no es un requiebro en toda regla, yo soy becerra y pido teta. Vamos a dejarlo, Juan, en este punto, y no sigas por ese camino que te despeñarás, porque como tú bien dices, no está bien que dos tan desiguales fortunas se junten, porque tarde o temprano uno de los dos iba a sentirse desgraciado por eso, y lo mismo da que se rompa el cántaro con la piedra que la piedra rompa el cántaro, en cualquier caso, mal para el cántaro, y tú me entiendes. Que otra más destemplada que yo y menos fingida, mandaría ahora mismo darte de azotes por esa desfachatez de hablarme como lo has hecho. Vete, y déjame hacer lo mío, y haz lo tuyo bien y hayamos la fiesta en paz. Ésta va a ser la primera y última vez que tú y yo tratemos de un negocio que tanto me enoja. Así que ya sabes, aire, y cada oveja vaya con su pareja, y de ovejas sabes tú quintales.

En el tono de aquella respuesta apreció Juan Cebadón ecos espumosos que le hicieron decir para sí: «Tate, muchacha; para respuesta, es demasiado larga, para tajo, muy insistido; a ti no te disgusta el peligro de estos cerros ni las palabras picantes. De lo contrario no te brillarían los ojos. Yo sé mucho de ojos, y los tuyos brillan como tú misma no te puedes imaginar». Así que animado por ello, y haciendo poco caso a su joven ama, que lo acababa de rechazar, insistió el mozo.

—Muchas querrían haber oído lo que sólo a ti podría decirte.

Acogió Antonia aquella salida de su gañán con una carcajada demasiado estentórea para no parecer teatral.

Cebadón pensó: «Ya has caído, ya has mordido el anzuelo. Te ha gustado saberte preferida a las otras mujeres. Ahora sólo es cuestión de tiempo, pero te veré en la orilla, sobre las piedras, dando las boqueadas».

La juventud de Cebadón conocía ya resortes que otros, más viejos, no llegan a conocer en toda su vida, y advirtió que Antonia no era tan corta que no se sintiera halagada viéndose cortejada por el mayor galán de aquellos reinos, y bien por vanidad, bien por curiosidad, bien por andar aquellos días tan agobiada y sin sosiego con las calculadas rondas del escribano, hizo Antonia lo que acaso no debiera haber hecho, que fue entrar en danza y contradanza, enredándose con las palabras.

Y allí, con la gran mesa de la cocina de por medio entre los dos, empezaron a bailar de unos labios a otros una zarabanda de sobrentendidos, que se encendían en el aire como las pavesas y le abrasaban en vergüenza las mejillas.

Aquel fuego ya no iba a poder apagarlo nadie. El color encendido en el rostro de la doncella, el brillo de sus ojos y su sonrisa, le hicieron sentenciar para su coleto al joven, que de mujeres sabía lo suyo: «Te has delatado, corza mía.

Sé quién eres, a mí no me engañas. Te oiré suplicar antes de lo que te imaginas».

Y así, en aquel saleroso toma y daca lleno de dobles sentidos, chocarrerías y galanteos, se llegó a la frase fatídica que pronunció la joven:

—No te sabía yo tan descarado, Juan Cebadón, ni que tuvieses la osadía de abordarme sabiendo que estamos solos tú y yo en la casa.

No fue tan tonto Cebadón para alcanzársele que aquella alusión era un recordatorio que le venía a hacer su ama de que Quiteria estaba ausente, y ellos, solos; más una invitación que una advertencia y un «todo el monte es orégano, si tú quisieras». Así que se acercó a ella por detrás.

No se movió Antonia. Se le aceleraron los pulsos de tal modo que trató de ganar tiempo preguntando:

—¿Qué vas a hacer, Cebadón?

Tan evaporadas le salieron aquellas palabras que no las oyeron ni las randas de su camisa. Hizo como que no sabía lo que iba a suceder, le dio la espalda y se dispuso, como si tal cosa, a verter la leche de la colodra en un gran lebrillo, aparentando seguir con su tarea, cuando era lo cierto que el corazón le golpeaba con tanta fuerza el pecho y le desmembraba los brazos, que temió se le derramara la leche.

Aprovechó Cebadón que su joven ama no podía defenderse, por tener ocupadas las manos, y le puso las suyas, grandes, fuertes y seguras, en la cintura.

Lanzó la joven un grito que ahogó en suspiro. Cuando ya todo hubo sucedido y pensara Antonia en lo ocurrido, iba a parecerle inexplicable lo que a partir de ese momento sucedió en aquella cocina. Porque Antonia jamás se había fijado, al contrario que tantas mujeres, doncellas, viudas y casadas, en su gañán Cebadón. Ni tenía más pensamiento desde hacía años que para Sansón Carrasco. Y en el afán de justificarse, llegó a concebir un vago rencor contra el bachiller, al que hacía y no hacía culpable de lo que allí había sucedido. Se preguntó una y mil veces: «¿Y por qué no sería Sansón? De haber obrado Sansón hace tiempo de esa manera, no habría sucedido lo de Cebadón, porque yo ya sería del bachiller». Pero Antonia se dejó envolver en las palabras magas del gañán. También pensó que como el cordero prendido entre unas zarzas, podría salir con un pequeño impulso; acaso dejando una vedija, pero no el pellejo. No, no se explicaba por qué había sucedido todo aquello, cómo había permitido que sucediese. Se dijo también: «Aunque hubiese gritado, nadie nos hubiera oído». Pero no había gritado. Y eso lo sabía también Cebadón. También pensó: «Cebadón es un hombre fuerte, y no habría servido de nada resistirse; es una infamia la que ha cometido conmigo». Pero tampoco se había defendido como acaso debiera.

Y sucedió todo tan deprisa, y fue todo tan extraño, que cuando acabó, Antonia creyó que no había ocurrido nada ni supo qué había ocurrido.

Cebadón la envolvió en una mirada de triunfo, y sin despintar la sonrisa de su semblante quiso, después de ajustarse las pedorreras, dejar en el pelo de la muchacha una caricia, que ella esquivó, con una mirada de odio, más hacia sí misma por no haber sabido, querido o podido evitar aquello, que hacia Cebadón, a quien consideraba, además, un vanitonto.

—Como quieras, Antonia, pero piensa si no será mejor que anunciemos nuestra boda cuanto antes, porque la palabra de matrimonio que te daba hace un rato, cuando no tenía nada, te la reitero ahora, que ya tengo lo que en más valor debiera considerar una doncella, y no podría retirarte esa palabra aunque quisiera, y menos que nunca en este momento, que me has rendido la posesión que ninguna mujer debiera tener en tan poco aprecio como tú has mostrado, juzgándolo por el modo ruin de defenderlo.

Volvió a encenderse el rostro de la que ya no era doncella, sólo que esa vez fue la ira la que le impidió decir nada, como hubiese querido.

—Te mataría —acertó a balbucir.

Sin dejar de abotonarse el corpiño pero sin apartar sus ojos de los de su conquistador, Antonia Quijano, con una mirada fría y temible, admitió al fin lo que allí acababa de suceder.

—Echa cuenta, Cebadón, de que aquí no ha ocurrido nada.

—Antonia —dijo el mozo levantando la herrada que había rodado minutos antes por el suelo—, conviene además que sea como yo digo y no como dices tú. Esta casa es grande, la mala cabeza de tu tío la ha puesto al borde de la ruina; todos lo saben. En el pueblo se dice que entre el judío y el señor De Mal se han repartido ya vuestra hacienda, y sola ¿adónde irás? ¿Quieres recuperar la casa, los pegujales, la viña? Déjalo de mi cuenta. Meteré tal susto a ese viejo avaro, que no le verás aquí en tres años. Yo daré mi vida por ti. Quiteria es una vieja gruñona y tú, mi dulce bien, eres demasiado tierna para que no te engañen unos y te devoren otros. Y después de lo sucedido, nadie mejor que un hombre cabal como yo sabrá defenderte de todos los peligros a los que vas a estar expuesta, mi corderilla, mi tórtola.

—No son ésas cuestiones que haya de tratar el amo con los criados. Te lo repito, Cebadón, aquí no ha pasado nada —dijo una Antonia cada vez más dueña de la situación—. Y ni tú eres nadie para hablar mal de mi señor tío y de su cabeza, que la tuvo loco mucho mejor de la que tú la tengas cuerdo, ni te voy a consentir que hables mal de Quiteria, que es a quien debes obedecer como a tu principal. Y si vuelves a acercarte a mí, estando sola, juro que te hundiré en las entrañas la misma espada de mi tío y te dejaré esos humos y arrogancias con más cuchilladas que un jubón. Y ay de ti como se te ocurra ir contando a nadie la villanía que hoy has cometido con quien no ha podido defenderse.

—Más bien querrás decir sabido, Antonia.

—Nadie te creería.

Cebadón se arrancó del pecho una risa de galán, como las que había visto a los comediantes que pasaban por el pueblo.

—Di lo que quieras, Antonia, pero tú y yo sabemos lo que ha ocurrido, y con eso a mí me basta. Y te digo más aún: yo podría olvidarlo, pero no creo que tú puedas.

Salió de la cocina el mozo con aires apoteósicos, se sentó Antonia junto a la mesa en la que acababa de ver sacrificado lo que en mayor consideración tenía, tomó distraída uno de los cardos que le habían sobrado, y lo estrujó a propósito en la mano. Quiso también esta vez llorar, pero no le brotaron las lágrimas, aunque sí unas gotas de sangre fueron a caer en el lebrillo de la leche, tiñendo aquella inmaculada blancura como un símbolo.

Hasta entonces había tenido Antonia un solo secreto, el estar enamorada de Sansón Carrasco, pero después de aquel día tuvo dos.

CAPÍTULO DÉCIMO QUINTO

¿Y qué estrella lo había dispuesto, dónde estaba escrito que la mañana en la que sucedió aquello entre Cebadón y su joven señora, Quiteria estuviese lejos?

Nunca se alejaba el ama ni dos pasos de sus fogones y raramente se quedaba la casa sin nadie, pero tuvo que suceder de aquella manera.

El ama Quiteria, que de tal modo persiguió, descubrió y condenó las quimeras de su amo, con el brazo secular de las llamas incluso, creyó a pie juntillas las disposiciones de las estrellas que la habían traído a servir en aquella casa hacía veintitrés años, y por nada del mundo hubiera dejado de confirmar que su llegada a casa de don Quijote no hubiera sido providencial y ordenada por la disposición de los astros.

En cambio no hubiese creído providencial el hecho de tener que abandonarla, alejándose de todo lo que le recordaba a don Quijote, sólo porque Antonia hubiese mostrado hacia ella aquel fondo de indiferencia y extrañamiento.

¿Qué le había hecho ella?

La había criado como si fuese una hija, desde mucho antes de que la niña pudiera recordar. ¡Y cómo la había querido! Se hacía a veces la ilusión de que era hija suya, fruto de su amor con don Quijote. ¿Cómo no lo habría advertido aquel hombre? ¿Por qué siempre había tenido metida la cabeza en un libro? ¿No se dio cuenta de que la vida era superior a cualquier novela?

«Ay, Antonia —iba diciéndose Quiteria, y sentía que la pena le atosigaba el alma—. ¿Qué haré yo ahora? Aquí está mi vida, aquí mi casa y ya sólo puedo esperar un corto morir.»

El paso cadencioso de la borrica pareció agitarle por dentro los recuerdos, que le afloraban uno detrás de otro.

«¿Qué años tenía cuando llegué por primera vez a esta casa de los Quijano? ¿Trece, catorce? ¿Quién le dijo a mi pobre padre que aquí iba a tener yo acomodo perpetuo? ¡Y cómo me recuerdo de aquellos días, flaca como una cañaheja! Los que me veían por primera vez, me decían, "rapaza, ¿no vas a dejar de crecer?". La gente me miraba al pasar, y yo siempre con la cabeza gacha, como si hubiese sido mi culpa haberme espigado tan sin por qué. Cómo me avergonzaba ser tan alta, Altea.»

Altea era el nombre que le había dado don Quijote a aquella borrica, y llamándola Altea y yéndola a ver a la caballeriza tenía Quiteria la sensación de que lo seguía teniendo vivo, porque era además la borrica que montaba don Quijote cuando salía en primavera a un soto cercano a buscar ninfas. Y a veces le gustaba repetirlo diez veces seguidas, para embebecerse de un nombre tan sonoro, y evocar a su amo.

Metió Quiteria el talón en la panza de la borriquilla, para avivarla el paso.

No era el ama Quiteria una de esas personas que idealiza sus recuerdos con los años, por conveniencia o fantasía, sino que se atenía a la realidad, punto por punto.

En efecto, llegó donde los Quijano la primera vez cuando no había cumplido aún los catorce años. Venía descalza y llevaba en una mano el atillo con su ropa, todo lo que había podido sacar de su casa, todo lo que le pudieron dar sus padres para ponerla a servir, una camisa de lanilla, una saya algo más buena que nueva de color pardo, un par de alpargatas y otro de zapatos que no usaba para no gastarlos, y un peine, un trozo de espejo poco más grande que un doblón, y unas ligas, regalo especialísimo de su hermana Magdalena.

Se le fue la imaginación en ese momento a Quiteria a la liga, al peine, al espejuelo... Ésa, sí, fue toda la hacienda que trajo consigo Quiteria. Vino buscando a cierta prima de su madre que conociendo las necesidades de su parentela hontoriana, la había reclamado. Pero todo debió de ser un equívoco, porque en cuanto llegó, comprendió Quiteria que pasaban allí aún más calamidades que en Hontoria. Aguardó unos días, y cuando esperaba retornar a su pueblo, moría de un cólico una de las criadas que servían en casa de don Quijote. Entonces sí que la casa era próspera: pastor, gañanes, mayoral, podadores, cavadores, cinco criadas, hasta carpintero propio tenía la casa y aperador, que también entendía de cosas de fragua. ¿Dónde habían ido a parar tantas riquezas? Así que fue el azar lo que le llevó a llamar en aquella puerta, cuando más desesperada estaba.

Quiteria nunca había sido hermosa, ni siquiera de muchacha, y, acaso porque no lo era, Alonso Quijano, tan compasivo siempre, la admitió a su servicio. Otros, menos piadosos que él, pensaban viéndola: «¡Qué lástima que Quiteria sea tan fea! ¡Terminará de moza de mesón, de mano en mano!». Y la frase hizo tanta fortuna, que acabó circulando como muletilla de boca en boca, cada vez que salía su nombre. Hasta la propia Quiteria lo oyó una vez a dos mozos, inadvertidamente, mientras estaba oculta por una parva de garbanzos, y se pasó tres días seguidos llorando, sin poder quitárselo de la cabeza.

Nadie podría conjeturar lo que pensó Alonso Quijano al ver por primera vez a la muchacha, si era así o asá. Vería lo que todos, que tenía la nariz partida y grande como una berenjena, y la cara llena de manchas rojas, y el pelo fosco y sin brillo y una expresión equina y triste, y los pies anchos y las manos como los pies, descomunales, y que estaba cargada de hombros para no parecer alta como un alcacel, y que tenía unos dientes tan grandes y salientes y una boca tan pequeña y sumida que se esforzaba siempre para mantenerla cerrada, porque si no se le quedaba ligeramente abierta, y le hacía cara de inope. Pero don Quijote tuvo que verle también algo bueno, porque le causó una gran impresión; debió pensar que era una muchacha seria, despierta, trabajadora, dulce y buena.

¿Qué le decidió a emplearla? ¿La manera en que le miró, con la barbilla metida en el pecho y los ojos levantados con asombro, ante la figura de aquel joven tan pálido y melancólico, aquellos ojos tan bonitos y tristes? ¡Y cómo le impresionó a Quiteria la manera en que vestía aquel apuesto hidalgo, qué cuidado en su camisa, y cómo olía a agua de azahar, a benjuí, a violetas!

«¡Y cómo me gustaron aquellos ojos de mi joven amo, tan negros, brillantes y profundos, tan misteriosos y discretos, Altea, no lo sabes tú bien! ¡Y la elegancia y cortesanía de su porte, y el esmero y limpieza de sus vestidos, tan fuera de los tristes harapos que yo siempre había visto! ¿Cuándo empezó a descuidar la policía de su persona? No me acuerdo. Todo eso suele venir rodado. ¡Cómo me impresionó aquel caserón con aposentos tan amplios y techos tan levantados! ¡Y aquella chimenea de casa rica en la que ardían a todas horas las encinas enteras, y no las humildes lumbres de la casa de mis padres donde apenas se sacrificaban dos o tres astillas del tamaño de una cuchara!»

Nunca olvidaría Quiteria las primeras palabras que don Quijote le dirigió.

—Y bien, Quiterilla. Así te llamas, ¿no? ¿Qué sabes hacer? Te tomaré de fregona, y veremos qué sale de ello, si vales o no —y le prometió que en aquella casa si valía para algo más que para fregar los suelos, se le enseñaría a hacer labor y a coser, y se le daría de comer, de beber, cama y ropa lavada.

«Quiterilla, Quiterilla»... Llamarla con ese nombre, siendo ella tan alta, con aquellas manos, con aquellos pies. Nadie, recordó el ama, le había llamado nunca con ese nombre, ni su madre cuando le limpiaba los mocos ni nadie, hasta que apareció Alonso Quijano.

«Haré lo que vuestra merced me ordene y sea de razón», recordó Quiteria que le respondió callando, y no lloró de gratitud por parecerle que acaso le molestara a su joven señor verla llorar, y pensase que era pánfila y desustanciada, y dijera: devolvedla a su madre y cuando no llore, que me la traigan de nuevo.

Nunca una respuesta tan discreta se atuvo a mayor verdad. Desde ese mismo día entró al servicio de Alonso Quijano, y no dejó de hacer, y hacerlo con la mejor disposición de ánimo, todo cuando se le ordenó. El tiempo y otras muertes la colocaron al frente del gobierno de una casa que empezó, sin embargo, a desgobernarse, consecuencia sobre todo de aquella manía tan tonta que tenía su amo de leer sin ton ni son a todas horas unos libros de los que nadie podía obtener el menor provecho. No venían en ellos ni modos nuevos de roturar la tierra, ni el siempre útil de componer relojes, o enjambrar colmenas, o el bien oportuno para un hidalgo de multiplicar los lances de la caza. Eran libros extraños aquellos para Quiteria, que sin embargo no sabía leer. Y supo pronto que la hacienda se venía abajo, desmedrada, que los rebaños menguaban, que las tierras no se labraban, que las viñas no se podaban a tiempo, y que cuando se despedía o moría un criado no se traía otro que lo remplazara. De nada de eso se hablaba en los libros que él tenía. De ninguna de estas materias trataban, sino de vírgenes y doncellas que ordenaban a caballeros armados los más tontos propósitos, las más descabelladas empresas de ir a conquistar reinos a Trapisonda o retar al preste Juan de las Indias, los más inútiles combates con dragones y camuesos que nadie había visto nunca.

Todos esos recuerdos los iba desgranando Quiteria a su borriquilla, por hacer más corto el camino. Hablaba con Altea, como si fuese persona, o un juez severo ante el que expusiera los graves sucesos de su vida.

«Has de saber, Altea —siguió contándole—, que cuando entré a su servicio, tu amo, que entonces era más joven de lo que eres tú ahora, vivía con su madre. Pobre mujer, Justa de Arce. Al padre le decían Bernardino Quijano. Acababa de morir cuando yo llegué, y todo lo que sé de él lo supe de oído, por las cosas que oí contar a unos y otros. Mi amo y tuyo fue el único varón, y bien por varón, bien por haber sido el menor, bien porque se quedara en casa cuidándola, su madre lo quiso más que a Elvira, la otra hija, la hermana de Alonso, la madre de Antonia. Eso se veía de lejos.»

Y la borriquilla sacudía la cabezota, en su cadencia, como dándole a entender que no se le iba ripio de aquella crónica. El sol ya marchaba alto, pero como había llovido tanto aquel mes, todo estaba lleno de charcos y lavajos, y el aire era gélido, y Quiteria sintió un poco de frío en la espalda. Sacó una mantellina de las alforjas y arreó con un palito la albarda, para que el asno lo oyera y alegrara sus andares.

«El secretario del conde de Montones, y no me preguntes quién era ese señor, pasó un día por el pueblo, conoció en la puerta de casa a Elvira y se prendó de ella. Tenías que haber visto a Elvira, qué hermosura, qué cabellos como el oro, qué labios hechos de coral, qué cuello de garza, qué hombros de marfil, y qué manos y qué pies tan chiquititos, y qué nariz tan graciosa, como un pellizco. La nariz de Antonia es de su madre. Antoñita es hermosa, pero si se pudiera ponerlas a las dos una al lado de la otra, los jueces iban a tenerlo difícil para saber cuál era más hermosa. El de Montones le doblaba en edad. Era un hombre temible. El suyo sí que era genio, y qué cólera a todas horas. Yo creo que el genio de Antonia no viene de su tío, como ella cree y como ella le reprochaba, sino de su padre. Estaba lleno de deudas y lo traían y llevaban por los caminos unos negocios movedizos que todo lo devoraban, pero la apariencia la tenía magnífica, como su atavío. Qué presumido, qué cadenas de oro, qué guantes siempre nuevos, qué zapatos de Cremona, qué diamantes en el cintillo del sombrero. Se quedó en el pueblo un mes, y rondándola y llenándole la cabeza de pájaros, y los brazos de manillas y ajorcas y el cuello de sartas de perlas, la rindió. Recuerdo que la señora Justa le decía a su hijo: "¿Vas a dejar que se la lleve?" "¿Y qué —le respondía su hijo— si quiere irse tras de él? Que cada cual vaya donde mejor le pruebe." ¿Si se llevaban bien los dos hermanos? Ni bien ni mal. Alonso a lo suyo, con sus libros, y Elvira con su tontera, su albayalde, su carmín y su palmito. ¿Quién le pone puertas al campo? Elvira sólo quería salir del pueblo. Veía también que su madre quería más a Alonso que a ella, y corrió tras su enamorado a Madrid, con la promesa de que la haría su esposa, lo que firmó en un documento donde le prometía además tres mil ducados. En Madrid desde luego se casaron, pero no parece que aparecieran nunca los tres mil ducados por ninguna parte ni supimos bien de qué vivieron los tórtolos los meses que pasaron juntos, aunque lo hicieron, según escribió ella una vez, en casa grande, con criado, coche y tres o cuatro mujeres que los asistían, y paje y un esclavo morisco. En vista de eso, la primera providencia que se tomó la muchacha fue trocar su nombre de Elvira Quijano en Doña Elvira de Arce, esposa de don Felipe Melgar»...

Al llegar a este punto, Quiteria, que iba hablando sola con la mayor naturalidad sin advertir siquiera que lo fuese haciendo, enmudeció como quien hubiera tropezado con algo. Aquel nombre, don Felipe Melgar, secretario de Montones.

¿Qué será de don Felipe?, se preguntó Quiteria. Su historia sería seguramente tanto o más apasionante y aventurera de lo que resultó la de su cuñado Alonso Quijano, si acaso se llegara a saber un día, porque el de Montones, a cuenta de seguir a Montones, que marchó a Nápoles con embajada del Rey, desapareció para siempre. Al saberlo, la madre dijo a su hijo, por todo comentario: «El que lejos va a casar, o va engañado o va a engañar», pero le prometió que nada de aquello le diría a Elvira.

Empezaron a recibirse en el pueblo cartas de la abandonada. En una de ellas decía: «No sabiendo nadie si en Italia se lo llevó la peste [a mi marido], o si la galera en la que volvía cayó en manos del turco o si conoció a quien le convino más servir, me hallo ahora sin poder tomar partido. Se fue y no me dejó dineros más que para días, a cuenta de otros que prometió enviarme, y no llegaron y no sabemos mi hija y yo cómo vamos pudiendo vivir. Para el día en que hubiere necesidad de ello, me encomendó llamara a la puerta de un caballero muy principal de esta Corte, a quien dan el nombre de don Tomás de Izcategui. Así se hizo, pero el tal señor no quiso proveer otra cosa que no fueran consejos [...]. Así que hago el caso que don Felipe tomó las del humo, aunque lo espero y rezo a la Virgen para que nos lo devuelva pronto, sano y salvo, a mí y a mi hija. Hasta una docena de cartas, con sus costas pagadas, han salido ya para Italia, y ninguna ha venido de allá. He cambiado de casa y tomado aposento en una visitación de la calle de la Trinidad. De los tres mil que prometió darme, no he visto ni un real hasta la fecha, y unas fiebres nos tienen a mí y a mi hija quebrantadas. Mi leche es mala y pago a un ama. Díganme vuesas mercedes cómo haré y dónde se me remediará. No hay una sola hora que no piense en volverme, y lamento el día que de allí me vine engañada con tanta promesa».

Suspiró Quiteria ante los tristes recuerdos. No hacía ni dos semanas que había visto la carta por última vez, cuando guardó los documentos en la bujeta de los papeles. Desde luego la hija la había leído una y mil veces. Era todo lo que conservaba de su madre. Y a pesar de saber la verdad de lo ocurrido, aún se podía oír a Antonia decir cosas como: «¡Mi madre vivía en casa palacio», o «la servían doncellas y amas y criados», o «tenía coche, y caballos, y verdugados, y saboyanas y mantos bordados, y chapines de seda». Y don Quijote y el ama, que conocían la verdad de todo, por no disgustarla asentían y no le quitaban la razón.

«Pobre Elvira, pobre Antonia —se dijo de pronto Quiteria, tomando de nuevo el curso de su coloquio con la borriquilla—. No tuvo otra que morirse de un mal ferino, Altea. Le tomó el pecho y se lo deshizo en sangre. De no haber sido así seguramente lo habría hecho de estrecheza, porque todo lo fue vendiendo, sus alhajas y sus saboyanas, los verdugados y las alfombras, las sartenes y las ollas, y quedó tan pobre como la llama de una candileja, sin más valedor que un criado viejo que la robaba. Cuando llegamos ya no le quedaba nada, más que miseria.

»A Madrid fuimos yo y mi amo, y aquí las trajimos a las dos. Tú, Altea, todavía no habías nacido. La pobre Elvira murió en cuanto entró por la puerta, que se hubiera dicho que estaba deseando llegar a su casa para descansar, y nos quedó el consuelo de su buena muerte. Murió como un apóstol, sin decir ni mu, la pobre, como su hermano. Eso debía de ser cosa de la familia.»

Se ve que en ese recuerdo tan penoso y funéreo, se despertó uno jovial, como a veces ocurre con ese sueño que abre una puerta que lo comunica con otro sueño. Y fue que Quiteria recordó aquel viaje a Madrid.

«Tenías que haberlo visto, Altea. Fue la primera vez que salí yo a una ciudad. Y que salía él. Qué poco le gustó Madrid. A mí en cambio me gustó muchísimo. Quiso la suerte que fuésemos a dar a la calle del Lobo, frente a un burdel. «¡Cuánto alboroto!», decía él: "¡Qué inmundas, angostas y pestilentes estas calles! Para calles, Quiterilla, la nuestra o la Alameda, allí entra el sol, allí corre el aire, allí se huele a tomillo y a cantueso, a aciano y a orégano, a manzanilla y a mentas! Las casas huelen a alcamonias, a alcaravea y orégano, ¿Y la confusión de la posada, y el guirigay de los criados y mandaderos, y las tercerías de las dueñas, y la tristeza de los que llevan en la Corte semanas, meses, años, buscando favorecerse sin conseguirlo, y esta desesperada alegría de los soldados sin destino y sin blanca! Quiterilla, mañana mismo nos volvemos al pueblo con Elvira y la niña". Pero a mí me gustaba ver a tanto caballero en sus caballos y tantas damas en sus coches. ¡Cómo vestían, Altea, qué talle, qué porte el suyo!».

«Ay.» Volvía Quiteria a suspirar y a meter el talón en el ijar de la burra, porque Altea, para burra, ya no era joven y se iba durmiendo por el camino, hasta quedarse quieta, y había que despertarla de vez en cuando con el pie y un golpe de la vara en la albarda para que siguiera, y esos meneos bastaban para que entendiera.

Siguió un rato Quiteria sin decir nada, regustándose en el recuerdo. Le había hecho sonreír lo poco que le había gustado Madrid a su señor Quijano, con lo que iba a gustarle Barcelona, y lo mucho que le había gustado a ella. «¡Lo que no hubiese dado él por viajar de muchacho, cuando quiso marchar a Alcalá a estudiar, y va a Madrid, y no le gusta!», y recordó Quiteria cómo su madre, que no se podía separar de él, le ordenó que no se fuese a estudiar, como quería, y él, que era un buen hijo, allí se quedó baldío a no hacer nada.

Mucho había oído hablar el ama de todas aquellas cosas que habían sucedido antes de que ella entrase en la casa. No había sido Alonso Quijano nunca un hombre rencoroso; quedarse ni le amargó ni cobró por ello inquina a su madre. Fue poniéndole, eso sí, poco a poco, triste, como rodado.

Recordó también Quiteria que cuando entró a trabajar con los Quijano, y más después de que murió Elvira, Alonso no hacía otra cosa que leer, cazar y soñar con poder salir algún día de aquel oscuro rincón, y conocer los confines del mundo como su compañero de juegos Bartolomé Castro había hecho. Pero no se fue, y su tristeza fue rodando, y al rodar, creciendo. Decía: «Antes por mi madre, y ahora por mi sobrina, ¿adónde me voy a partir? Voy a ser un triste rodado».

Pero la madre de Alonso Quijano vivió muchos y buenos años junto a su hijo, y al morir, éste era otro ya muy diferente de aquel joven que tanto había soñado, y no salió ya del pueblo.

Cuando murió la madre, Quiteria le dijo:

—Ahora vuesa merced váyase a Alcalá, o donde quiera, que yo me ocuparé de la hacienda, y criaré a Antonia.

Pero don Quijote le dijo:

—Quiterilla, ya soy talludo para ponerme la beca y echarme encima el vademécum. Aunque me gustaría volver alguna vez a Madrid, porque no puede ser que no me gustara. Madrid es Madrid, y algo tiene el agua cuando la bendicen. Debió ser que como llegamos con aquel negocio y nos metimos en la calle del Lobo, todo se torció. Pero no puede ser Madrid como la vimos nosotros. Madrid, Quiterilla, tiene que tener algo.

Y sí, ¡lo que no hubiese dado por pisar los famosos corrales de comedias de Madrid, donde re presentaban a su entender «los mejores autores del mundo»! Pero no, no volvió a dejar el pueblo, hasta que ya se volvió loco del todo. ¿Por qué no salió a ver mundo, cuando aún estaba sano él y la hacienda junta, y a correr los orbes? «Altea, tengo para mí que si mi amo la hubiese corrido entonces, nos habría ahorrado su desquicie», se dijo el ama tratando de buscar una explicación y remedio a lo que ya no lo precisaba.

Todos estos pensamientos se desvanecieron súbitamente como por ensalmo, porque chilló un cuervo cerca, y siguió Quiteria un buen trecho del camino con la mente en blanco, moliéndose en su corazón tanta tristeza. Al cabo de una hora, se preguntó de nuevo: «¿Y cómo será que Antonia no me quiere?». Empezó a llorar, pero como pensar en Antonia le hacía daño, viró su pensamiento hacia el difunto don Quijote, que le hacía bien.

«Nunca se arrepintió de haberme tomado a su servicio, ya lo creo», dijo en voz alta otra vez, sorbiéndose la pinganilla en la nariz con un brusco movimiento, muy orgullosa.

Y desde luego que no se arrepintió. Aprendió tanto y en tan poco tiempo, que llevó la casa ella sola, asistió la larga enfermedad de la madre de don Quijote y acabó también ocupándose de la gañanía, porque ya entonces empezaban las cosas a marchar mal, y no corría en la casa el oro de los buenos años y no se metían más criados.

¿Y las veces que a ella, cuando ya la conocían en el pueblo, lavando en el río, comprando, trabajando, le dijeron, «Quiteria, deja esa casa y vente a ésta mejor acomodada»? Pero siempre dijo no y no y no. ¿Cómo hubiera podido separarse de Alonso Quijano? Le tentaban: «Ganarás más». Y ella respondía, «seguro». O: «En la casa de los Quijanos haces el trabajo de cuatro, aquí estarás más regalada». Y ella repetía, «seguro, y lo agradezco, pero yo estoy bien». Y cuando a don Quijote empezó a conocérsele la manía, y decían «déjalo, está loco», ella, furiosa, se encaraba con todos: «Mi amo no está loco, sólo es tristeza y una pena muy honda que tiene por no haber podido salir por ahí a correr el mundo». Y si le preguntaban, «¿y de qué está triste, si no hace nada?», ella respondía, «de eso precisamente, de no hacer nada».

Veintisiete años sin dejarlo ni a sol ni a sombra. Sólo una vez dudó, al principio. Fue en el viaje a Madrid. El dueño de una venta habló con Alonso Quijano y viendo la condición de Quiteria, le dijo, déjemela vuesa merced sirviendo aquí, le daré cien reales por ello. Alonso miró a Quiteria y le respondió después de meditarlo, «pregúntele a ella». Recordó Quiteria que miró a su amo y pensó con angustia, ¿será capaz de dejarme aquí? Pero a su señor Quijano le hablaron los ojos, y ella leyó en ellos, y recibió una de las alegrías más señaladas de su vida. También influyó aquella ocasión en que oyó a los mozos decir detrás de la parva que acabaría en un mesón de mano en mano, y dijo al ventero, «no».

A partir de entonces los días que se levantaba ella mal o se le torcían las cosas, amenazaba a don Quijote, a la sobrina, o al lucero que se le cruzase delante: «Cualquier día me voy; no me faltarán casas donde me llamen», pero don Quijote y la sobrina sabían que eso no sucedería nunca.

Esos recuerdos la pusieron triste y le alegraron el viaje hasta Hontoria. Por momentos le gustaba empezar a recordarlos y al momento le amargaban la boca, cuando ya era tarde y tenía que acabar de recordarlos todos, y pasarlos como una cucharada de un jarabe amargo.

«Tantos años en esa casa, y se ve una en el camino sin más bienes que el pan comido, menos dientes y los huesos más viejos. Mientras vivió mi bien, mi protector, mi dueño, mi amo, mi cuidado, mi desvelo, mi reposo, mi afán de cada día, mi confín, mi Alonso Quijano, viví feliz. Siempre me tuvo en la mayor consideración, y me habría tirado yo de lo alto del campanario, si me lo hubiese rogado él. No era necesario ni siquiera que nos hablásemos, ni que él me ordenase nada ni que yo preguntara, porque nos adivinábamos el pensamiento. Falto él, ¿a quién voy a deberle yo respeto? ¿De qué iré colmada, muerto él, si no es de pesares? ¿Cómo me reposaré, si ya no puedo más que vivir en un puro desvelo? El día para mí se ha nublado, vivo en una tiniebla sin resquicio, no pasan las horas sin quitarme cada una la vida, los días se vuelven noches y las noches no acaban, y cada día que pasa parece una sepultura que se me abriera a los pies, y ya ni el pan me sabe ni el agua me quita la sed, y hasta que no nos resuciten a los dos, no podré decirle a la cara todo lo que no pude o supe o quise decirle, que de haberme dado el cielo la mitad del donaire que él ponía en explicarlo todo, habría entendido que no iba a encontrar entre todas las mujeres ninguna que le quisiera como yo lo quise, ni ninguna que lo atendiera y cuidara como yo lo cuidaba y asistí, y quitándole de correr para contentar con hechos y gestas a una Dulcinea improbable, le habría apartado para siempre de la locura. Así que en parte yo he sido la culpable de que su buen juicio se echara a perder. ¡Cómo habría entendido él que debía quedarse conmigo, y aunque el cielo no me hizo hermosa ni blanca de cara, pocas me ganarán a honesta, limpia y leal! No, y mil veces no, yo no soy moza de mesón, no soy moza de venta. ¡Ay, y cómo ese día tenía que haberle dicho esto y más!»

Si Altea hubiese sido persona, tampoco se hubiera enterado de qué hablaba Quiteria en esta última confidencia, porque se refería a cierto día, de hacía dos años, en que venciendo su recato y la grandísima timidez que la atenazaba, le declaró su amor, para sorpresa de don Quijote.

Llevaba amándole ya más de quince años. En realidad le amó desde el primer día, desde que la llamó Quiterilla como nadie se lo había llamado nunca. Pero al principio, se decía: «¿Cómo se lo diría? ¿Y cómo me mirará, siendo tan fea? Pero somos viejos ya los dos, y esas cosas, a nuestra edad, ya no importan, ni la cencerrada si nos la dan». Y teniéndole cerca, a la vista, y sin que él mirara a otra, se contentaba.

Concibió la idea cuando murió Justa Arce, la madre de don Quijote, y quedó Alonso Quijano solo en este mundo, con la niña Antonia, y sin que se le conociesen amores con nadie, y pensó Quiteria, «nos casaremos y la criaremos como a hija con nuestros hijos, porque no es bueno que esta niña crezca en esta casa grande, siempre sepultada en silencio».

Hasta le dio a Quiteria un poco de vergüenza recordar cómo había sucedido todo.

Se encontraba don Quijote leyendo ese día uno de sus libros, a la luz de un velón de tres luces. Era uno de esos días de invierno húmedos y tristes en los que no cesa un minuto de llover. Estaba ya entrada la noche y dormía la niña Antonia en su aposento. Se acercó Quiteria a don Quijote por detrás, sin dejarse sentir, como la gata Malva, la gata de don Quijote, y le dijo:

—¿Sabe vuestra merced cuánto hace que sirvo en esta casa?

Levantó don Quijote la vista del libro, extrañado de que el ama le interrumpiera, pues le tenía ordenado que mientras le viese recogido en su estudio nadie, ni ella ni la sobrina ni ningún otro de la casa, huésped, asalariado o amigo, tenía licencia para venir a sacarle de sus cogitaciones.

—¿Cuántos años, dices? Lo sé muy bien; no pocos, desde luego —le respondió, sin entrar en detalles.

—Veintisiete años, tres meses y quince días —señaló Quiteria, siempre escrupulosa para sus cuentas—. ¿Recuerda vuesa merced el día en que llegué, alcanza a recordar las palabras que me dirigió y lo que yo le contesté?

—¿Y a qué viene, Quiterilla, tanto puntillismo? ¿Te debo alguna mesada, he dejado de comprarte alguna saya prometida, no vas calzada como conviene al ama de una casa hidalga como ésta?

Quiterilla... Se turbó el ama de oírse nombrar como aquel lejano día. Sí, tenía que acordarse, aunque no lo dijese.

—Dime, ¿te falta algo que se te deba?

—Nada de eso, señor Alonso. Gratis trabajaría yo en esta casa, y hasta vestiría harapos con tal de estar a vuestro lado, como bien sabéis, y nunca podré dejar de estarle agradecida por todo lo que hizo por mí recogiéndome del arroyo, como quien dice, y apartándome de la jurisdicción del hambre, como suele decirse.

—Ah —exclamó don Quijote—. Yo no hice nada.

—Sí hicisteis. Pero me ha sucedido algo que no puedo excusar de deciros, y sin embargo no encuentro el modo. Ay, si tuviera vuestro salero, que habláis cuando queréis y no estáis amorugado todo el día, como los poetas. No parece sino que os han hecho la lengua las propias potestades.

Don Quijote la escuchaba atónito, sin adivinar lo que su ama quería decirle.

—Mira, Quiterilla, ya ves que estoy ocupado y no sé bien a dónde quieres ir a parar; abrevia —la acució con aquella paciente dulzura que a veces sabía poner en sus palabras.

—Ay, señor —exclamó Quiteria—, si yo pudiera parar en alguna parte. Por dentro estoy azogada, sin sosegarme un punto. Ahí voy. No sé cómo, desde el primer día en que le vi a vuestra merced... Y es que no puedo seguir. Todavía tenía vuesa merced todo el pelo de la cabeza en su sitio, y la barba bien negra, y aquel porte pulido, y la manera gallarda en que me ordenaba que hiciera las labores, que aspara o que lavara el lino o que secara higos o que partiera almendras, y la paciencia con la que me corregía... ¿Cómo no iba a despertárseme en mi corazón un amor tan verdadero? Todo este tiempo lo tenía sepultado bien dentro, y me lo hubiera llevado a la tumba, de no haber empezado a ver en esta casa cosas que quitan el sosiego y no dejan apaciguarme, viendo el peligro en el que estáis poniendo la salud.

Miró don Quijote al ama con descosidas cejas y los ojos fuera de órbita.

—¿Salud, dices, Quiteria? —preguntó—. En todos los días de mi vida me he sentido más sano.

Y dicho y hecho, sin soltar el libro, se puso de pie, y de admirable corcovo, a pies juntos y formidable impulso, como hubiera hecho la gata Malva, se plantó don Quijote encima de su mesa, y de otro volvió al suelo, mientras abrió los brazos al modo de los saltimbanquis, y repitió la cabriola dos veces más, arriba y abajo, disparándose al techo el bonete colorado que acostumbraba traer puesto por abrigarse la cabeza.

—¿Te parece ésta la salud quebrada de un hombre?

—No, sino a que no duerme, no reposa, no come... Me refería, señor, a estar viéndoos como os veo estos últimos meses hablando solo, sin sosiego, leyendo a todas horas y pronunciando en sueños, cuando dormitáis al lado del fuego, el nombre de una rival mía...

—¿Una rival, dices? —exclamó don Quijote, que no dejaba el libro de la mano, sino que lo mantenía cerrado, con el dedo entre las páginas para no perder el hilo de lo que llevaba leído—. ¿Una rival? No sé de qué me estás hablando. ¿No será que hablan por mí mis enemigos los duendes y encantadores?

Ésa fue, que recordara Quiteria, la primera vez que su amo habló de duendes y encantadores, la primera vez que se asomó al pozo real de su locura.

—¿Qué duendes, qué encantadores? ¿No fue vuestra merced el otro día, a cencerros tapados, a averiguar qué hacía o no, y en qué o no se ocupaba una tal Aldonza Lorenzo, del Toboso? Vive Dios y Nuestra Señora de Hontoria, patrona de mi pueblo, que de no haber sido por ese bien funesto nombre, jamás habría dicho yo nada, y hubiera padecido los rigores de este amor hasta el mismo día en que me hubieran untado el santo crisma. ¿Acaso vais a negarme que...?

Ni terminar le dejó don Quijote a Quiteria. Se puso en pie, encendida la color de la cara, no se sabía si de indignación, de cólera o de vergüenza. Temió Quiteria un arrebato de su señor, y ya lamentaba haber dado aquel paso.

Pero no. Paseó don Quijote el aposento arriba y abajo media docena de veces, antes de decir nada, meditando cada una de las palabras que iba a decir. Y como no se decidía a replicarle nada, continuó Quiteria diciendo, ya como excusa:

—Bien lo sabe el cielo, y lo puede saber vuestra merced, que yo no pido nada para mí, y que como he estado, seguiría siempre, de no haber visto que otra habrá de quitarme el bien mío, que ya comprendo que una persona de mi calidad no ha venido a este mundo para amar a quien en fortuna y cuna le sobrepasa, ni mucho menos a ser amada por él, y menos aún a quien como a mí no le señaló el cielo con hermosura. Pero cuando supe de quién se trataba, y que era Aldonza Lorenzo, a quien conozco desde que ella era una niña, y no aventajarme ella, en lo que yo modestamente veo, ni en linaje ni en nada de lo demás, sólo entonces me he atrevido a veniros con ésta para mí gravísima cuita; y para disculpar la falta de mi indiscreción, y conociéndome como me conoce, imagine cómo me siento para hablarle ahora como le hablo.

Ya se había calmado algo don Quijote, y había vuelto a sentarse. Enternecido por esas palabras que jamás hubiera imaginado oír, rumió lo que iba a decirle, y al fin sus palabras, como nieve, se fueron posando en las ascuas de un corazón como el del ama:

—Has de saber, mi buena Quiteria, que de esa Aldonza de la que has oído hablar, yo jamás osaría pronunciar su bellísimo nombre entre las modestas paredes de mi casa, estando como está siempre el suyo en boca de reyes, emperadores y duques y en palacios todos cubiertos de pórfido y mármoles marinos, y conviene que te vayas haciendo a la idea, Quiteria, que esa Aldonza es la mujer a la que he entregado todo mi corazón. Y no de ahora, sino ya desde hace luengos años, doce o catorce, si no me sale mal la cuenta. Y que si no hubiera sido ella la ladrona de mi corazón, en este mismo punto te lo daría a ti, porque no he conocido a ninguna otra mujer más buena que tú ni más solícita ni discreta. Pero entra tú misma en mi pecho, Quiterilla, y lo verás vacío, porque aquella Dulcinea se lo ha llevado a su nido como la codiciosa urraca.

Empezó a llorar Quiteria, que, como pobre que era, apenas tenía otros gozos que aquel de llorar.

—Y así como tú has guardado tu secreto durante este tiempo —siguió diciendo don Quijote, a quien las lágrimas de su ama conmovieron y le hicieron bajar el tono de sus palabras hasta dejarlas en un puro murmullo—, yo no hubiera publicado el mío de no habérmelo arrancado en sueños los encantadores y magos malignos. Así lo habrás oído, cuando me quedo dormido al lado del fuego. Sea, y ya que tú lo sabes, lo proclamaré a partir de hoy a los cuatro vientos y no lucharé sino para merecerlo y hacerle proclamar a todo el orbe que ella es la más gentil, hermosa y delicada señora de todas cuantas hoy habitan este mundo, y que ninguna otra se le iguala en importancia ni porte ni donaires. Canta como las rosas, y toda ella está perfumada como los ángeles. Aunque no puedo decir que esté enamorado de ella sino de oídas y figuraciones mías, porque el otro día apenas me pareció verla de lejos en El Toboso. Y conviene que sepas que no es Aldonza Lorenzo, como tú crees, sino que los encantadores le habrán dado esa apariencia, pero su naturaleza es de princesa genuina, y no quita ello para que sea mi encarnizada enemiga, y por ella y para rendirla voy muy pronto a acometer tales empresas que serán el orgullo de las naciones presentes y el pasmo de las venideras, porque ningún caballero enamorado, ni el mismísimo Lanzarote de su Ginebra, ha podido estarlo tanto como yo de ella. No sabes tú bien cómo me duelen estas palabras, si con ellas te causo algún mal. Ítem más te digo, que sabiendo ya, u oliéndome lo que contra mí empiezan a maquinar ciertos encantadores que me malquieren, estoy por creer que ese sentimiento que tú dices que es amor te lo han infundido esos enredadores únicamente con el propósito de hacerle el mal a quien yo mejor quiero, que eres tú, mi buena Quiteria, sin quien esta casa se habría echado al traste. Y no casa, sino huerto y vergeles es lo que aquí hay, entre estos cuatro muros, por cómo lo tienes todo de ordenado y dispuesto. Y darte un sí en esta ocasión yo lo tendría como dárselo a una hermana, y como a hermana te he visto siempre y como hermana quiero que sigas llevando esta casa y ocupándote de mi sobrina Antonia, para la que has sido padre y madre al mismo tiempo, y a quien, por cierto, habrá que atar corto porque la niña está espinándose entera, como las zarzas, saliéndole en la cara las locuras de su padre y la locura de su madre, con tantas figuraciones como mi pobre hermana traía en la cabeza, que yo no sé de dónde le vendrían a ella. Así que mi respetada Quiteria, mi casta Quiteria, mi benditísima Quiteria, sigamos cada cual en lo nuestro, sin salirnos de los cauces naturales que cada una de nuestras vidas tiene marcados, y váyase cada cual a su mancera, tú a tu rueca y yo a mis meditaciones, que hay muy mucho aún que labrar, y en mí, como no sea para requebrar amores, hallarás siempre a quien te defienda. Y no digo más. Vete, que aún me queda mucho por saber de este buen y gran amigo Amadís.

Abrió el libro don Quijote por la página en que lo había dejado y siguió leyendo como si tal cosa.

Salió de su estudio Quiteria un tanto conturbada, triste y alegre, al mismo tiempo, tranquila y asustada, y de aquello no volvió a hablarle a don Quijote nunca más, ni don Quijote se lo recordó, pero no por ello dejó de sentir la mujer en su corazón aquel fuego que la abrasaba y el dolor que le producía ver al príncipe de sus sueños cada día más loco y haciendo cosas cada vez con menos asiento en esta vida.

«¿Y qué que me hubieran despertado este amor los malditos encantadores y el mismísimo Belcebú señor de las moscas, Altea? Lo padece mi corazón, y aunque en ese amor me hubiese muerto, más me hubiera muerto de no sentirlo. Ay, tonta mía, y cómo supe entonces que no era la tal Dulcinea la que le separaba de mí, sino aquellos libros habían sido el estorbo que entre los dos se levantaba, y más aún, entre él y el mundo, y los que le volvieron triste, él que no lo era, y que de no haber mediado aquellas tías Ginebras, Belisas y Amarilis que tenían de princesas lo que yo de emperatriz de Constantinopla, no habría llegado a la que luego llamó él su Dulcinea del Toboso, otra que tal, pues tiene ésa de dulce lo que yo de tobosana. Pero buenos quedaron todos sus libros en la hoguera que les hicimos en el patio, que de habérsela podido hacer en su mollera le habrían dejado cuerdo en su casa, atendiendo a su hacienda y cuidando de nosotras dos, que fuimos, al fin, peor o mejor avenidas, la única familia que le quedaba en este mundo...»

«Y ahora, ¿qué haré?, Altea, Alteílla», y la llamaba así, porque le recordaba el Quiterilla con que don Quijote la había llamado tantas veces.

Ese pensamiento que le colmó ciertos turbios pasajes del alma en el arranque, en el arribo se la colmaron de más triste y penosa realidad, porque no quería irse de casa. «¿Adónde iré? —se repetía asustada—. ¿Quién va a querer a Antonia más que yo?», y acaso pensó, como ya lo había pensado otras veces, que ésa podía haber sido la hija que no tuvo con don Quijote. Pero Antonia era una muchacha orgullosa y ni siquiera le preguntó la razón por la cual quería ir a Hontoria, cuando no era el día de Santiago el Mayor.

Al fin avistó, doblando el camino, detrás de unos álamos que ya habían perdido la hoja, su pueblo, tras la tenue celosía de las ramas desnudas. «No tiene una mujer sola y vieja como yo en estos tiempos, Altea, sosiego para pensar sus cosas. Ni tampoco a quien decírselas.»

Y repetía un arre, arre, y tamborileaba con el palito sobre la albarda, para que Altea avivase el paso, ya que Quiteria quería llegar cuanto antes a su pueblo, aunque no sabía para qué y tampoco lo sentía ya su pueblo, porque su pueblo ya sólo podía ser aquel en que vivió y murió su amo.

El escaso caserío de Hontoria, suelto, en dos barrios, subía por la suave loma de un montecillo como un puñado de cabras. De los humeros, en el azul frío y ceniciento de la mañana, se colgaban algunos hilos blancos que tardaban en disiparse. Y ante la visión de su pueblo, se le apretó el corazón, porque no sabía en realidad muy bien a qué había vuelto allí ni cómo iba a explicar a los suyos lo anómalo de aquel viaje, tan desacostumbrado.

Porque ¿cómo explicar que no venía a ese lugar sino para huir de otro?

CAPÍTULO DÉCIMO SEXTO

Quiteria, que tenía que estar de vuelta de Hontoria ese día, no apareció. Cebadón, después de que sucediera todo lo que sucedió, todo lo que para Antonia no había sucedido, fue a buscar un guitarrillo con el que solía acompañarse cuando cantaba, y allí mismo, en el patio, para que la muchacha le oyera bien, empezó a templar ásperos y alusivos sones.

En las galernas de amor
el que manda es el querer
y por eso nunca digas
de esta agua no beberé,
porque podría ocurrirte
que te murieras de sed.

Desde su aposento, en el primer piso, donde había subido la muchacha a lavarse, lo oyó enfurecida, sin atreverse a mandarlo callar. Siguió el mozo, más y más enardecido, cantando unos buenos ratos, sentado en el patio, apoyada la espalda contra una pared y las piernas extendidas sobre aquel pavimento de guijos y tabas que formaban curiosas trenzas y dibujos.

Al rato bajó Antonia y se plantó delante de él, esperando que dejara de pulsar la guitarra para hablarle. Lo hizo el mozo, pero no tan deprisa como le obligara el decoro, retando a la muchacha con la mirada. Se medían los dos, por ver quién salía victorioso de aquella justa, y sin perder la paciencia ni la compostura, le ordenó Antonia con inusitada firmeza, inexplicable en alguien tan joven, que se levantase y se marchara a sus labores, porque no eran horas de estarse cantando. No tuvo otro remedio Cebadón que rendirse a la fuerza de aquella orden, y con una sonrisa de bravo en el rincón de la boca, se levantó muy despacio. Luego, y sin dejar de mirarla a los ojos, añadió con cinismo:

—Ay, Antonia, me estás matando. ¿Y el ama no va a volver? ¿Tenemos la casa para nosotros solos todo el día?

Quiteria enamorada de don Quijote, ya muerto. Cebadón conquistador de Antonia, y Antonia conquistada... del bachiller Sansón Carrasco. Al modo de las de Plutarco, eran las de todos ellos vidas paralelas en formación combinada. Todos parecían haberse enamorado de quien no debían. ¿Y el bachiller?

Para Antonia, el mejor del mundo. A su lado se empequeñecía y se sentía como la niña que acaso jamás había sido, lo cual decía mucho y bien de esa muchacha. Ni Quiteria, que presumía de conocerla tanto, podía barruntar aquellos arrebatos. Sí, Antonia era desdichada, «y nadie que lo sea por cuitas de amor puede tener un fondo malo», recordó que solía decir su tío. ¿No le había dicho Quiteria en una de sus últimas disputas que ella no era buena? ¿Cómo no iba a serlo, enamorándose de Sansón Carrasco?

Pero no estaba a la sazón Sansón Carrasco para pensar en Antonia Quijano, porque le sorbían el seso otras más graves cuestiones.

Por ejemplo, ahorcar la sotanilla de clérigo y dejar para siempre la carrera eclesiástica, a la que su padre le había destinado. Durante un par de años había pospuesto el recibir las órdenes mayores, pero no podía dejar pasar más tiempo sin comunicar su decisión. ¿Y cómo proceder entonces? Sin duda su padre trataría de convencerle para que se hiciera cargo de tierras y ganados, pero no, Sansón Carrasco no era tampoco un hombre agropecuario. Ya había probado el veneno de los caminos, la jalea de la fantasía, el vergel inagotable de los libros como para resignarse a llevar en aquel lugarón una vida languideciente que acabaría haciendo de él un pobre orate como su recién fallecido amigo don Quijote. No, marcharía a Sevilla, a Nápoles, a Génova, a cualquier lugar donde floreciese el arte. Y aunque a nadie había participado aquellos deseos, los llevaría a cabo. Era un hombre resuelto. O pasaría a las Indias. Pediría al padre la parte de su hacienda, la vendería y se proveería de lo necesario para emprender nueva vida donde decían que los árboles manaban leche y las montañas oro, si se sabía ordeñarlos. ¿No tenía su madre un hermano en Arequipa? Era libre, joven, y nada ni nadie le ataba a aquella tierra.

Nadie hasta que se cruzó en su vida don Quijote de la Mancha, y como consecuencia de lo uno, lo otro: Antonia Quijano.

Ésta, mientras tanto, le dio muchas vueltas para hacerle saber a su enamorado todo lo que sentía por él y cómo ponía lo suyo a sus pies, pero por mucho que lo pensó, no dio con la manera de hacerlo. Por eso tomó la decisión de hablar con Quiteria, en cuanto se presentase la ocasión. ¿A quién, si no, podría consultarle? ¿Qué familia tenía ella en el pueblo para dilucidar tan peliagudas cuestiones?

Pero no pensó Antonia que en ausencia del ama sucediesen las cosas que sucedieron y lo más grave aún, que el ama Quiteria no apareciera esa noche. Ya cuando empezó a ponerse el sol, y después de aquel día tan triste para ella, en el que sucedió lo que ella creyó que no había sucedido, salió impaciente a la puerta de casa por si la veía llegar. Le inquietaba pasar la noche a solas con Cebadón y que volviese éste a las andadas.

¿Le diría Antonia a Quiteria lo que había ocurrido, cuando era la primera en creer que no había ocurrido?

Pasaron las horas, se echó la noche encima y Quiteria no llegó. Subió Antonia a la sala a esperarla, y oyó cómo el mozo rasgaba su guitarrillo de nuevo, y encadenaba coplas y romances, a cada cual más impertinente y mortificante para ella.

Sintió Antonia que necesitaba un hombre que viniese a ocupar el lugar que don Quijote, loco y todo, tenía en aquella casa. En cierto modo todos creían algo parecido, ella, Cebadón y el señor De Mal, el escribano. Todos, menos Carrasco. ¿En qué estaría pensando el bachiller?, se preguntó la muchacha. También ella necesitaba un hombre que la defendiera de aquellos que pretendían atropellarla por el hecho de estar sola en el mundo. Pero no Cebadón. Y no el señor De Mal, de cuyos planes sinuosos ni siquiera sabía nada Antonia todavía. Y Antonia tomó la determinación de que antes de casarse con Cebadón se ataría una piedra al cuello y se arrojaría a un pozo.

Esa idea tan descabellada de tirarse a un pozo la llevó a pensar que quien acaso la hubiera llevado a efecto hubiese sido el ama, al ver que ni ese día ni al otro dio señas de sí. Antonia empezó a temer que le hubiera sucedido en verdad una desgracia. Y no supo muy bien qué hacer ni a quién acudir, por no dar publicidad a sus desavenencias y disputas con el ama, y para que no la culpasen a ella de una desgracia que cada hora que pasaba cobraba más y más visos de realidad en las procelas de sus sobresaltos y sospechas.

Al tercero que faltaba, Antonia, a quien se le hacía ya insostenible estar todo el día a solas con su gañán, le ordenó ensillar a Rocinante y llegarse a Hontoria para recabar noticias de Quiteria.

El mozo, antes de partirse, preguntó muy jacarandoso sobre su caballería:

—¿Serás mía, Antoñita? Porque sabes que sé cosas que conviene callarse, y de esta casa se van todos. Ya lo ves. Menos yo, que espero el sí delante de don Pedro.

CAPÍTULO DÉCIMO SÉPTIMO

Se hubiera dicho que Rocinante se había enterado de la muerte de su amo, porque parecían haberle caído encima todos los infortunios, y estaba más depauperado que nunca, lo que alargó lo indecible el camino y la llegada a Hontoria.

En la entrada de este pueblo unas mujeres que hacían la colada en un lavajo encaminaron a Cebadón a la casa de la madre de Quiteria, y en ella le confirmaron varias cosas, todas de interés. Que, en efecto, había llegado Quiteria a Hontoria, fuera de la costumbre, por no ser el día de Santiago, hacía tres días, y que lo había hecho a media mañana; que había pasado ésta con su madre; que había visto a sus hermanas y hermanos y demás familia, y que en cuanto hubo reposado el almuerzo, había vuelto a subirse a la borrica, sin que hubiese declarado a qué o a qué no había ido al pueblo, y se había salido de él contando a todos que se volvía a su casa, porque en ese momento Antoñita, la sobrina del difunto don Quijote, la precisaba más que nunca. Y que todos creían que estaría ya de vuelta sirviendo en la casa donde servía. Aunque preguntando más, se supo, por el molinero de Hontoria, que Quiteria había sido vista, pero no en el camino que debería llevarla de vuelta a la casa de don Quijote, sino en el contrario, que llevaba a Quintanar, y de Quintanar a Sierra Morena, y que allí, parados en el camino, el tal molinero y Quiteria habían estado hablando un buen rato, por ser ambos del mismo tiempo y haber jugado juntos de niños. Y que al molinero le extrañó verla en aquel camino de Quintanar, y no en el suyo, pero no preguntó nada, por si era cosa que no le incumbía.

Picó Cebadón a Rocinante, y todo lo trotado que pudo, llegó con aquella extraña nueva, contento de ver que le despejaban el campo para sus propósitos.

Encontró el mozo sentados en un poyo que había en el patio de la casa, entre dos tinajas, a quienes habían sido los amigos de su amo don Quijote, el barbero, el cura, don Frutos, el escribano y el escudero, que acompañaban a Antonia. Todos menos el bachiller, que se había ausentado del pueblo por unos días, según le dijeron. Al fin se había decidido Antonia, y los había hecho llamar, para relatarles la misteriosa desaparición del ama. Esperaba de ellos consejo.

Al principio temió Cebadón que estuvieran allí por algo relacionado con su desmán, y pensó si salir huyendo. Pero se sobrepuso a la primera impresión. Pronto comprendió que Antoñita nada les había contado. Esto le reafirmó en su idea, pensando para sí como si hablase con ella: «Antoñita, tarde o temprano serás mía, y más te valiera que fuese pronto, no sea que el después saque a la luz tu antes».

Los presentes querían saber, todos preguntaron a un tiempo y a todos fue contestando el mozo, que no era tonto. Expuso Cebadón el resultado de su negocio y contó lo que a él le habían contado en Hontoria. Nadie adivinaba la razón de aquella fuga intempestiva, lo cual dio paso, como cabe imaginar, a las suposiciones. Hubo quien aventuró la idea de que Quiteria quizá se hubiera partido hacia La Asunción o Potosí, donde tenía un hermano, cosa que descartaron al punto, pues para ello hubieran sido necesarias ejecutorias de linaje, cartas de la Casa de Contratación y otros papeles que no hubieran podido cosecharse en secreto ni venir tan callando como para que nadie los hubiera visto o sentido, y más para quien, como el ama, no sabía leerlos.

El cura fue de la opinión de que la muerte de don Quijote había trastornado a Quiteria porque algo se barruntaba él de su secreta pasión y había encaminado sus pasos a un convento, porque conocía su condición devota, pero fue Sancho Panza quien más cerca se anduvo de la verdad, aunque a ciegas y tomándose como modelo, al decir que quizá se había marchado de aquella casa, porque ya nada la retenía en ella.

Antonia guardaba silencio y ni siquiera destapó las conversaciones que había tenido con Quiteria los últimos días, por no descubrirles a aquellos señores su aspereza para con el ama. ¿Qué habría pensado su bachiller cuando sus amigos le contaran que ella, una muchacha, lo primero que hacía apenas se veía dueña de su hacienda era despedir a quien tan bien la había cuidado durante veintisiete años?

Fue aquel sínodo de la opinión de que a Quiteria no debía de haberle sucedido nada malo, porque de lo contrario se habrían enterado, ya que las malas noticias vuelan siempre y no hay ninguna que no suela llegar a su destino, y acordó también que no podían ellos hacer otra cosa que dejarla en paz, allí donde hubiese ido a parar, porque a diferencia de don Quijote, Quiteria no estaba loca, y sabría cuidar de sí; cuando había dado aquel paso, sus razones tendría, si bien todos temieron en lo hondo de su corazón, sin atreverse a descubrirlo, que quizá no volvieran ya nunca a ver al ama, y concretamente Antonia pensó, «yo la he matado; todo ha sido por mi culpa».

Sólo Cebadón, a quien aquella desaparición inquietó menos aún que la muerte de don Quijote, insinuó ante la insigne asamblea y por mostrar su condición inoportuna y soez, que quizá aquella fuga tuviese relación con algún tropiezo deshonesto del ama, aunque ni sus años, ni sus tocas, ni sus verrugas favoreciesen esa sospecha.

—Tal vez haya querido —concluyó el mozo, al que lo único que le importó en ese momento fue subrayar la palabra tropiezo mirando a Antonia—, tal vez, digo, lo único que quiera encubrir con esta fuga sea el fruto de sus devaneos y se nos presente dentro de nueve meses con un sobrino o el hijo de una comadre muerta de sobreparto.

Se enfureció el cura con el modo licencioso de hablar del mozo, y exclamó:

—Más tiento, majadero. ¿Qué desenvolturas son esas de levantar falsos testimonios? ¿No has visto cómo ruborizas a Antonia, que no tiene hechos los oídos a oír las inmundicias de un mozo de mulas como tú? Aquí declaro la inocencia de Quiteria y su virtud. Si se ha ido, sus razones habrá tenido y las sabremos a su tiempo, pues no hay secreto que al cabo esté quieto.

Se marcharon todos al rato con las mismas dudas que los habían congregado. Desconcertada e irresoluta, pasó Antonia los días que siguieron. Ni se atrevía a despedir a Cebadón, cada vez más remontado e insolente, ni a enviarle como veredero a buscar al ama, pues precisaba de él para las sobradas tareas que había que hacer en la casa.

Ya habían traído los jornaleros la uva de las viñas al lagar, la habían pisado y se había guardado el mosto en doce grandes tinajas. Había sido buena la cosecha, y de todo se ocupó el señor De Mal como de viña propia, pagó los jornales, lo anotó todo en un libro de asientos y ordenó que se limpiara el corral del escobajo. El olor del mosto avinagraba el aire y lo saturaba de efluvios dulzones que emborrachaban hasta a los perros.

Y aprovechando las horas que el mozo bregaba en el lagar, el escribano se coló en la casa, para hablar con Antonia.

La lascivia del viejo le hacía andar con requilorios empachosos cada vez que hablaba con la muchacha. Ésta lo advertía y no lo advertía, se daba cuenta de ellos y no quería dársela, por no tener que tomar cartas en el asunto, y tenía bastante con disimular el asco que le producía aquel viejo de boca babeante y caspas perpetuas sobre la garnacha.

—Antonia, sabes bien el aprecio que me tuvo siempre tu tío y lo mucho que confió en mí. Yo, porque conservaras lo tuyo, haría lo indecible, pero no va a ser fácil, que los acreedores y prestamistas quieren llevarse ya sus tajadas. No te puedes figurar lo que me cuesta mantenerlos a raya. No me importaría ayudarte, pero he de velar también de lo mío. Claro que sería cosa distinta si lo tuyo y lo mío fuese uno, y tú y yo selláramos ese compromiso en la iglesia.

Ante tal revelación, Antonia hubo de reprimir un gesto de repulsión, y actuó como si el escribano le estuviera leyendo uno de aquellos papeles legales que siempre traía bajo el brazo.

—¿Qué puedes perder? —continuó diciendo—. Yo soy viejo, y pronto te librarás de mí, soy rico, y te sacaré de la pobreza, que sin duda te espera. Y para que veas la rectitud de mi intención, quiero corroborarlo de este modo.

Antes de que pudiera advertirlo y evitarlo, sintió Antonia el cuerpo de aquel hombre encima, y su boca temblona y húmeda sobre la suya, y sus manos huesudas aferrándole los hombros. Lo apartó de sí como pudo.

—¡Cómo os atrevéis, señor De Mal, con una pobre huérfana! Os agradezco la intención, pero sabed que la muerte de mi señor tío me tiene consternada, y no puedo pensar sino en él a todas horas. Os prometo que pensaré lo que acabáis de decirme, y algo os diré. Pero no volváis a hablarme de matrimonio ni mucho menos a hacer lo que acabáis de hacer.

El escribano, que debía de ser un sentimental, se dio por contento y salió de aquella casa creyendo que en pocos meses rendiría aquella fortaleza.

Antonia, sin embargo, se abatió más y más. Se preguntaba: «¿Por qué todos los hombres quieren hacerme suya, menos el que yo quiero?».

Pasaron dos, tres semanas, y Quiteria siguió sin aparecer. Nadie daba noticias de ella.

En el pueblo, propalada por el mismo Cebadón, empezó a correr la noticia de que el mozo se casaría en breve con su joven ama, y de ello se hacían lenguas en todos los hogares. Los pobres envidiaban su suerte, decían: «Nació en un chozo y será el dueño de la casa de los Quijano, de los pegujares, de los campos de labor. El escribano podrá robar a la sobrina, pero con Cebadón no se atreverá, porque es capaz de matarlo. Lo que priva una estampa como la suya. A la quijota se le ha venido a aparecer la Virgen».

No había nada más lejos de la realidad. La primera vez que Cebadón había querido volver a acercarse a Antonia con su viejo propósito, ésta le había amenazado: «Juan, ándate con ojo, si me tocas, te mato», y le mostró una lezna de la que no se separaba desde el día en que sucedió lo que aún creía Antonia que no había sucedido. El mozo, que tenía fama de bravo, se lo tomó en serio, pero no depuso su actitud retadora, y le decía en cuanto se encontraba a solas con ella, en el corral, en la cocina, en las caballerizas, en la majada, entre dientes, sin perder la sonrisa: «Antes te mato yo, si vas a ser de otro.» Quizá sospechara lo del señor De Mal. Parecía pensar: «No me canso, y la naturaleza, con un poco de suerte, obrará a mi favor».

Pero pasaron los días, hasta dos meses, y las cosas no se resolvieron. Y bien la huida de Quiteria, bien el percance con Cebadón, algo cambió de manera determinante en Antonia. Por primera vez en su vida se encontraba irremediablemente sola. Rezaba para que Quiteria apareciese. No tenía a nadie Antonia de quien fiarse. Hizo repaso en su interior una y cien veces y no halló en todo el pueblo una sola persona a la que pudiera abrirle su corazón. ¿No era bien triste? ¿Los amigos de su tío? Todos ellos eran viejos, hombres tan locos en cierto modo como el propio hidalgo. ¿No había que estar mal de la cabeza para seguirle la corriente como se la siguieron, disfrazados como cómicos de la legua? ¡El cura, de doncella, y el barbero, todo un académico, de sacasillas!

Mucho había lamentado Antonia haber sido huérfana, pero nunca tanto como entonces. Ya no pensaba que fuese su padre el que viniera a librarla de aquel terrible trago, porque las desgracias verdaderas no quieren sino un poco de realidad, y suspiraba por ver aparecer de nuevo al ama. «¿Qué voy a hacer con el hijo que espero?», se decía, sin creer que aquel día hubiera ocurrido lo que ocurrió. Comprendió cuánto necesitaba al ama en esa hora, cuánto la quería, ahora precisamente que ya era tarde.

Mientras tanto, admiraba en el pueblo al cura, al barbero, y a todos los vecinos, que una muchacha que no pasaba de los diecinueve años y que no había tenido padre ni hermanos en los que aprender y cuyo único maestro había sido el loco don Quijote, hubiese sacado aquellas dotes de administración y mando y buen sentido, y no se dejase arrebatar la hacienda tan como así. No sabían desde luego que todo era una tregua del escribano. Leía y escribía de corrido como un secretario, administraba drogas a los animales con la sagacidad de un herborista, tejía el copo como una dueña, cuajaba los quesos mejor que sus pastores y no había cosa que le interesase saber en la que no fuese maestra después de dos o tres lecciones. Todos auguraban que en poco tiempo el solar de los Quijano volvería a conocer el antiguo esplendor que las locuras del hidalgo había empañado, y a saldar las cuentas con los acreedores. Trataba a jornaleros, asentadores, pelaires, vendimiadores, mozos y pastores con tal desabrimiento y rigor que todos empezaron a temerla y respetarla. Y sin que nadie se pusiera de acuerdo, empezaron a llamarla, tanto en memoria del caballero su padre como de aquel porte que tenía, doña Antonia de Arce, como se hizo llamar su madre.

El propio Cebadón se burlaba de aquella moda.

—Mucho doña, Antoñita, pero yo sé bien del pie que tú cojeas.

Cada nuevo día era un calvario para la muchacha. Se pasó las noches en vilo, mordiendo la almohada y resolviendo en su interior salidas que se le antojaban locuras mayores que las que cometió su tío. Algunas noches, en su desesperación, el pozo o la soga le parecían una salida, pero al punto los descartaba.

—No dirán que fui más loca que mi tío. No consentiré que se diga nada malo del linaje de los Quijano.

Pero nada de lo que se le ocurría le parecía sensato; y todos los días cruzándose con Cebadón, y éste recordándole: «Por las buenas o por las bravas, doña Antonia, serás mía».

Tampoco el tiempo favorecía. Después de haberse prolongado aquel verano de abrasadoras y pertinaces sequías, los días, cortos y fríos, se encapotaron lo indecible y prácticamente todos llovía. Antoñita decía: «Como no salga el sol, me moriré de pena. ¿Es que nunca va a dejar de llover?».

Aquellas tardes de otoño la melancolizaban especialmente. Le trajeron a la memoria algunas antiguas de las pasadas en ese mismo caserón, junto a su tío, en la niñez. ¿Cómo hubiera sido su vida de no haber desaparecido su padre? Habría transcurrido en Madrid, en Nápoles, en algún palacio, entre los servidores de un noble. Ah, la Corte. ¿Cómo sería la Corte? En su imaginación se pintaban los corrales de comedias, los vestidos y tocados de las damas, los coches elegantes de los caballeros, el bullicio de las calles, el boato de las iglesias, los cantos de figones y tabernas. «Tu madre tenía coche», había oído contar en cierta ocasión a Quiteria, contra el criterio de don Quijote, que prohibió que nadie le devanase con fantasías a su sobrina, él, que llenaría su cabeza hasta rebosar de todos los disparates imaginables. Pero no quería que su sobrina pudiera sentir, como la sintió él un día de su lejana juventud, la nostalgia del ancho mundo. Y sin imaginar que era un terco resentimiento, Antonia no perdonaba a su madre el haberse muerto tan joven, y a su padre el haber desaparecido sin la cortesía de dejar dicho a dónde se había ido, aunque hubiese sido al fondo del mar (una de las hipótesis), dejándole en manos de su señor tío. Sí, había querido a don Quijote, porque como loco no lo fue tanto como bueno, pero no estaba ella hecha para pudrirse en un lugar ovejero como aquél, rodeada por gañanes y pobres gentes como el cura, el barbero y todos aquellos que se decían amigos de su tío y ahora de ella. Sólo Sansón Carrasco se libraba de ese escrutinio. Pero qué mal se llevaban en ese instante pensar al mismo tiempo en aquel bachiller y en el hijo que llevaba en su entraña. No podía ser; si pensar en cada una de esas dos realidades por separado le producía congoja, hacerlo al mismo tiempo le clavaba una docena de puñales, y se creía morir. El bachiller... Y ella, tan severa juzgando a todo el mundo y hallando un enjambre de tachas en su prójimo, encontraba limpio de ellas a su bachiller. Él había salido del pueblo, él conocía Salamanca, había estado en Madrid, había pisado las calles de Barcelona y conocido sus playas... El mar... ¿Daría miedo mirar el mar? ¿Daría miedo cruzarlo? ¿Lo cruzaría si se lo pidiera el bachiller? No, nunca. Ni aunque lo pidiera el bachiller, lo cruzaría ella. Había oído ya incontables historias del corso, de los piratas. No quería caer en manos de los berberiscos, como su vecino Albino, que se estuvo cinco años en unos baños de Argel. Esclava de un arnaúte, mujer de un bajá... La sola idea le erizaba el espinazo con terrores oscuros. Haría cualquier cosa que le pidiera Sansón Carrasco, menos esa de cruzar el mar. ¿Por qué no la miraría nunca, por qué jamás había sorprendido una mirada suya posada sobre sus ojos? ¿No la encontraba hermosa, no la hallaba lo bastante rica?

Y en una de esas largas y penosas tardes de otoño, fugada Quiteria y mantenido Cebadón a raya, Antonia sintió la verdadera soledad, y le quemaba el alma el remordimiento por no haber sabido darle a Quiteria ni siquiera una parte de lo que Quiteria la había entregado a ella en todos aquellos años. Y Antonia, que no había llorado en el entierro de don Quijote, y que no conocía las lágrimas, lloró amargamente.

Era, creía recordar, la primera vez que lloraba en su vida de ese modo. Le entraron lágrimas en la boca. Le supieron saladas. ¿Sabría así el agua marina? Y en medio de su dolor, pensó que no era tan mala como a veces la había dicho Quiteria, porque podía llorar como lloró el ama el día que murió su tío. Quiteria la había enseñado a comer, a vestirse, a lavarse, le había descubierto los secretos de la rueca, la sirga de la aguja, la industria de los guisados y la cisoria. La había traído hacia sí con desvelos, y cuando pudo, la puso a salvo de aquellas manías de don Quijote, que hubiera querido convertirla en una culterana. Cómo le agradecía que la hubiera salvado de esos delirios de su tío.

Y tal recuerdo llevó a Antonia a otro, cuando don Quijote la había enseñado a leer en los mismos libros en los que él acabó perdiendo el juicio. De entonces databa el asco que tomó la muchacha a todas las letras, así fueran minúsculas o capitales; y tanto si los libros eran de caballeros andantes, como si eran pastoriles, los envió uno detrás de otro con parejo entusiasmo a la hoguera, cuando tocó hacer con ellos auto de fe. Y lo mismo habría hecho con los piadosos si por ella hubiera sido, tal aborrecimiento cobró a todo lo que se pareciese, aun de lejos, a un libro.

No, nunca se había llevado demasiado bien con su tío.

Cuando era niña dio en pensar que él había tenido la culpa de que su padre se alejara de España y de su vida para siempre. Sólo cuando Quiteria le explicó que fue al revés, que únicamente cuando su madre murió y su padre no apareció, su tío se hizo cargo de ella, Antonia empezó a tenerle ya que no un gran amor, que reservaba en su imaginación para su padre, sí respeto y obediencia, incluso en las decisiones disparatadas, como cuando en aquella primera de pollinos ordenaba que se le dieran al maldito Sancho Panza tres de los cinco que había en la casa.

Alguna vez Quiteria, cansada e impacientada por los caprichos de la niña, que llegó al pueblo cuando ni siquiera había cumplido un año, le decía, «de acuerdo, váyase vuesa merced, doña Antonia, con la familia de vuestro padre, que os recojan vuestros tíos paternos», o aquel otro día que don Quijote, jugando con la niña (y no debía de tener ella más de siete años), delante de Quiteria, le dijo: «Antonia, ¿y por qué has de llamarme siempre tío? Me holgaré mucho de que me llames padre, porque lo soy y me huelgo en serlo». La niña se le quedó mirando, y sin ninguna malicia, le respondió: «Pero vuesa merced no es mi padre. Mi padre es don Felipe Melgar y vendrá un día y me llevará con él». Don Quijote no dijo nada, pero se fue apenujado, y Quiteria, que lo conocía bien, tomó por banda a la mocosa y le soltó aquello de «si tu padre te quería tan bien, ¿dónde están aquí todos esos parientes de tu padre que se hayan hecho cargo de ti?».

Y a pesar de su corta edad, Antonia entendió lo que Quiteria le decía, pero ni llamó padre a quien era tío ni hizo nada para que el tío la llamara hija, sino sobrina, hasta el mismo día en que murió. Pero desde su muerte mudaron algunas cosas. ¡Su tío! Sintió por él en ese instante, y en ausencia de Quiteria, un tierno afecto, como jamás hasta entonces lo había sentido. Antes rameaba demasiado, como para poder quedarse sosegadamente pensando en lo que se sentía o no. Y en ese momento, era ya demasiado tarde para hacérselo saber. Pero al fin descubría el fondo de bondad de aquel hombre, su delicadeza en tratar a todos, en especial a los más débiles, a los niños, a las mujeres, a los criados, a los pastores, a los viejos, y todo el amor que le tenía. ¿Cómo le soportó él sus malos humores, sus repasos, sus réspices? «Basta que desparezca alguien —se dijo—, para que advirtamos lo que perdemos.» Era la primera lección que le dejaba aquella muerte. Sintió el peso real de su orfandad. ¿Por qué razón habría tenido su padre que morir? ¿Dónde, por qué razón había desaparecido su padre? ¿Por qué aquellas cartas tan frías y distantes de sus tías, hermanas de su padre, cuando le habían escrito? Sí, su tío había hecho lo que nadie por ella. ¿Por qué no le había podido querer como él sin duda la había querido?

La regaló como a hija y la educó como a hijo. ¿Tan difícil era reconocerlo? Cierto que no había sacado la afición suya para los libros y las historias, y sin embargo si alguien alguna vez fue comprensivo con ella, ése había sido don Quijote. Ni siquiera le conmovían a la niña las novelas de princesas y caballeros, pero no le importó. Le dijo: «Este mundo es cosa de caballeros; a ti te ha tocado ser la dama de alguno; labra por merecerlo», y se olvidó de catequizarla. No estaba dotada de una imaginación ardiente, en verdad. Al contrario, se ufanaba de tener un gran sentido de la realidad. Ella era, sí, realista, como su tío era fantasista. Si su tío encontraba motivos para arreglar el universo, ella los tenía para arreglar los de su casa. Cuando don Quijote hizo su tercera salida, la sobrina no pudo contenerse, y le espetó con bien amargo tono: «Mejor se estaría, señor tío, quedándose en este castillo nuestro y arreglando todos los tuertos que vuestra salida va a ocasionarnos y a ocasionaros, y no arreglando los ajenos. Quítesele de la cabeza lo de amparar viudas, que aquí quedamos dos mujeres más viudas que la luna. Y no quiera convencerme a mí de que va a socorrer huérfanos, precisamente a mí, que lo soy de antes que me destetaran».

Don Quijote no siempre encontraba fuerzas para estos litigios de carácter con su sobrina, y solía responderle paciente y amorosamente, pero otras veces le daba la callada por respuesta, y se iba, lo cual aún encolerizaba mucho más a la joven, que cuando le veía retirarse sin pelea, le reprochaba de lejos: «Eso, hágase vuestra merced el loco, y déme disgustos, que duraré menos en esta vida que mis señores padres».

Así que a don Quijote se le fueron quitando las ganas de intervenir en los negocios caseros, y los dejó en manos de la sobrina, quien a su vez ignoraba las maniobras del escribano para endeudarlos, quedando todo lo demás, que no era poco, en manos de Quiteria, quien a su vez ignoraba todo lo que no fuesen las cosas prácticas y cotidianas.

Si don Quijote vendía un majuelo para pagarle a Tomás Álvarez Mediavilla, librero de Madrid, los libros que durante un año le había estado enviando, Antonia Quijano se las apañaba para que las cuatro yeguas que había en la casa se quedaran preñadas de un gran burro, y vendiendo los muletos se restañaban las heridas que continuamente sangraban su hacienda los belianises y demás figurones. Don Quijote ordenaba al señor De Mal que vendiese antes de tiempo la aceituna o sus majuelos, porque tenía falta de dinero, y Antonia Quijano convencía, por detrás, al mismo señor De Mal para que le dijese a su tío que no había podido venderla, mientras esperaban ocasión más propicia para hacerlo, al tiempo que el señor De Mal obraba a espaldas de la sobrina, y le engañaba en los pesos y en los precios. Y aunque ponía la mejor voluntad y toda su perspicacia, Antonia se ocupó de que el molinero no les sisara trigo (pero lo sisaban los aparceros), de que sus aparceros rindieran cuentas puntuales (pero se conchababan con el escribano), de que el pastor de sus ovejas no encubriera los partos y escamoteara los corderos (pero la engañaba hablándole del lobo, e iba a medias con el señor De Mal, que veía aumentar de ese modo sus propios rebaños), todo lo cual le permitió a Antonia acuñar una frase que don Quijote había tenido que oír hasta la saciedad, con indecible tristeza. «Ay, tío, qué sola me deja vuestra merced. Ya me gustaría a mí estar tan loca como vos y que me importara todo un ardite y que la hacienda se la llevaran los demonios y quedar nosotros en la calle, como desamparados. No loco vos, sino loca es lo que yo querría ser».

Si don Quijote le respondía, como de hecho así le respondió no pocas veces, un «yo no estoy loco, sino triste», le replicaba ella, «más triste estoy yo de teneros en casa todo el día leyendo novelas, y no me quejo. Bien está que vuesa merced consuma su vida, pero ya le tengo dicho que no quiera consumir su hacienda y consumirnos a los de esta casa».

¡Su tío! Por primera vez le vio como un pobre ser desvalido, y de lo más hondo de sí misma le afloró sentimiento de delicado afecto. Pensando en estas cosas, se quedó adormilada en su escaño Antonia. Tres meses habían transcurrido ya desde la muerte de su tío, dos desde la desaparición de Quiteria, y los mismos desde la partida de Sansón. ¿Se acostumbraría a la una, se acostumbraría a las otras?

Y en ese punto, adormilada en su escaño, oyó violento estruendo y golpes alarmantes en la puerta de la calle.

—¡Quiteria! —exclamó sobresaltada Antonia, que corrió escaleras abajo a abrirla.

No era Quiteria. De haberle dado crédito a un corazón que ya sólo hablaba la lengua de los presentimientos, Quiteria y nadie más hubiera tenido que ser. Se encontró en cambio, alumbrado por una linterna, al bachiller Sansón Carrasco que venía preguntando por el ama, y para saber cómo se encontraba la sobrina.

CAPÍTULO DÉCIMO OCTAVO

De todos los amigos y conocidos de don Quijote, el bachiller fue el último en ponerse al corriente. Al fin se había decidido a visitar a su tío el obispo de Sigüenza, como exigía su padre, y de allí acababa de volver, con cartas para su hermana, todavía lacradas, donde les anunciaba la mudanza del mozo en relación a sus órdenes. Y sólo a su regreso supo que el ama había desaparecido, de lo que ya estaba enterado todo el pueblo. Sin demorarlo más, se personó en casa de Antonia. Aún vestía la sotanilla con su cuello sin almidonar, por lo que nadie podía adivinar el propósito que traía de Sigüenza de ahorcar la sotana.

En pocas palabras le puso al corriente Antonia de lo que había ocurrido, cómo Quiteria, contra su costumbre, le había anunciado que se marchaba a Hontoria a pasar el día con su familia y cómo, alarmando a todos, no regresó esa noche, y cómo a los tres días envió a Cebadón a buscarla, y ya había desaparecido.

—¿Qué dicen el cura, el barbero, el escribano?

—Unos creen que se corrió hacia Sevilla, para embarcarse; otros, que se habrá quedado en una venta, sirviendo; otros la suponen ya en un convento y hay quien sostiene, incluso, que se habrá subido a un monte y en una cueva estará haciendo vida de ermitaña, como es el gusto ahora. Pero, ay, yo a veces doy en imaginar que se habrá tirado a un pozo, y habrá muerto.

—¿Por qué dices eso, Antonia?

—No sé. Son cosas que me vuelan por dentro, como los murciélagos.

La noticia sorprendió al bachiller, el hecho le admiraba, la suposición le impresionó y el desenlace le dejaba suspenso. Se quedó pensativo, y nada dijo tampoco. Luego se levantó, se despidió y se dispuso a marcharse.

—¿Qué prisa tiene vuesa merced en irse, apenas ha llegado después de dos meses? Aquí me encuentra sola, esperando lo excusado, porque creo que Quiteria no va a venir nunca más, ¿y no tenéis tiempo más que para coger la puerta y marcharos? ¿Os doy miedo?

—¿Y yo qué podría hacer?

—¿No me preguntáis cómo va la hacienda, si salgo de rica y entro de pobre o salgo de pobre y me hago rica? ¿Puedo confiaros un secreto?

Y acaso por darle celos, y cuando el bachiller le prometió guardárselo, le confió Antonia la proposición del señor De Mal.

—Apenas dejo el pueblo y todos se desmandan. ¡Viejo asqueroso, liendre, sanguijuela!

Antonia reputó aquellos denuestos de su bachiller como el primer augurio favorable en tres meses. «Le importo», pensó ilusionada, y eso le animó a proponerle lo que en la soledad de aquellos días había pensado tanto:

—Sansón, ya dos veces salisteis a buscar por esos mundos lo que a esta casa se le había ido.

Era difícil adivinar si aquello estaba dicho por la muchacha como una orden, como una súplica o sencillamente como lo que era, apenas una manera delicada de que siguiera apareciendo por aquella casa, aunque don Quijote hubiese muerto.

—¿Quieres que salga una tercera a buscar lo que se va de esta casa, Antonia?

Se dispuso entonces el bachiller a volver a sentarse en el poyo, pero la muchacha, mirando que la noche era fresca como para estarse fuera, le invitó a que subiese con ella a la sala.

—¿Y estará bien hacerlo, estando como estás sola en casa? —preguntó un Sansón todavía cortado por los patrones eclesiásticos—. Mira que la murmuración tiene mil ojos y espías en todas las esquinas, y tú eres, hoy por hoy, una doncella sin familia.

Se ruborizó Antonia al oír la palabra doncella, y así lo advirtió el bachiller, que recibió contento de ello, aunque no hubiera podido explicar por qué.

Permanecieron los dos un momento sin saber qué decirse, azorados, hasta que al fin Antonia se aventuró a decir:

—¿Y qué nos importa a nosotros lo que puedan decir? Súbase conmigo, que he de contarle algunas cosas que le admirarán.

Así lo hicieron. Subieron la oscura y pina escalera alumbrándose con el lampión.

Era una estancia amplia, con su estrado y su alcatifa. En una pared había colgada una vieja sarga pintada, como las que se usan en las aldeas; en la otra, solo, un viejo contador, sobre su mesa negra. Ése era todo el ornamento que allí había. Apagó el farol Antonia y encendió una lámpara que dejó sobre la mesa. Su luz, temblorosa y dorada, parecía mantenerles unidos, como apresados en una misma red. Era una luz silente, balsámica y oleosa, la verdadera luz de las confidencias.

—¡Qué injusta he sido con Quiteria! Ahora lo veo, porque si yo estoy sola en este mundo, sé de sobra que más sola ha de estar ella. En esta casa encontró lo que en la suya no había o no pudieron o no quisieron darle nunca. Pero aún encontró más...

Y en breves palabras le contó al bachiller cómo después de cierta conversación que mantuvo con el ama, ella, Antonia, la había maltratado de palabra y con tal desdén y tal ingratitud que la tenía apenumbrada desde entonces.

—¡Qué egoísmo el mío y más cuando mi corazón estaba aún más maltrecho que el suyo!

Y se asustó Antonia de haberse referido a su corazón delante del bachiller.

—¿Y qué quieres decir, Antonia, con eso del corazón maltrecho, que no te entiendo? —preguntó Sansón Carrasco.

Le miró con tristeza Antonia, pero no se atrevió a ir más lejos. Y le estuvo sosteniendo la mirada y llevando a sus ojos un «lee en ellos, bobo, y no creas que estaba maltrecho mi corazón por la muerte de mi tío. Bueno, también; pero de otro modo. Lee la letra pequeña». ¡Qué complicados le parecieron entonces a Antonia sus sentimientos! Pero se alegró de que fuese aquélla la primera vez que Sansón Carrasco, el bachiller que estudiaba para clérigo, le sostuviera la mirada. Aunque al bachiller le habían enseñado a leer Salustios y Horacios, no en los ojos de las jóvenes.

—En fin, algún día lo sabrá vuesa merced —dijo muy enigmática Antonia—, y no digo más. Ahora urge traer de nuevo a esta casa a Quiteria, si sigue aún con vida y si está a la vista, porque si estuviera penando, no podría perdonármelo en todos los días de mi vida.

—De acuerdo, dame unos días —dijo el bachiller— y de la misma manera que me traje a casa al tío, así traeré al ama, si ha echado el ancla en estos reinos, y si no, noticia al menos de donde se halle, tanto si se ha partido al nuevo mundo o al otro.

Y para quitar gravedad a ese propósito, vistió el bachiller esa última frase de cierto tono jocoso.

—¿Es que van a pasarse vuesas mercedes haciendo burlas toda la vida hasta con la vida del prójimo? ¿No hay jerarquía que les imponga respeto? Y aunque haya sido yo quien le diese la idea, no os quiero oír decir nunca más que Quiteria ha muerto, porque creeré que fui yo la causante. Así que, mozo, un poco más de formalidad.

—Así te lo prometo yo, y levanta ahora esa murria, Antonia. Fuera presentimientos; aire, penas y tristezas, y sacude a escobazos ese moho melancólico que se te está poniendo. Y ahora, y ya que estamos metidos en harina, querría yo saber algunas cuestiones sobre vuestro tío, para ciertos papeles que tengo pensado escribir.

—Ay, uno se nos volvió loco leyendo, y ahora tendremos otro que se volverá loco escribiendo —y no dijo esto Antonia precisamente en tono festivo, sino en otro muy distinto de inquietud.

—No tengas cuidado, que hasta que llegue ese momento hay muchas cosas que tengo pensamiento hacer. Hoy quiero que me cuentes algunas cosas de aquel hombre que se nos ha ido.

—¿Y qué quiere saber de él quien acaso sea quien mejor lo conoció estos últimos tiempos? ¿O es que acaso quien vence a alguien no necesita conocerlo bien para vencerlo, como vos le vencisteis?

—Te equivocas en eso, Antonia —respondió Sansón—, porque quien dispone las cosas de este mundo es el azar, unas veces, y otras, el destino, triunfos que baraja un ciego, y a ese ciego lo llamamos tiempo. ¿No me entiendes? Apenas pude tratar a tu tío más que un año, y siempre a salto de mata, según lo consentía su humor voltario. Estaba yo en Salamanca, estudiando. Tenía de él un recuerdo claro, de su figura, de su gravedad, de su terneza para tratar a los muchachos que lo seguíamos admirados. Quién sabe si los recuerdos los ha hermoseado ya ese ciego que te digo, llamado tiempo. La verdad es que si hubiera vivido más en el pueblo, habría sido amigo suyo. Sólo cuando el año pasado volví, y vio él lo mucho que había leído y mi afición a las novelas, se franqueó conmigo y me honró con sus sueños y su ciencia, que era aguda, aunque estuviera loco. Si bien cada día que pasa empiezo yo a poner más y más en duda esto. Ya sabes lo que se dice, todos somos locos, los unos por los otros, y el loco por la pena es cuerdo. No he conocido a nadie más consternado y triste que aquel hombre. Y he de confesarte algo que ni mis padres saben. Les escribí desde Salamanca. Les conté que había estado enfermo y que me convenía volver al pueblo a mejorarme. La vida de estudiante es pésima y lo de mi mal no fue del todo cierto, aunque estuve allí enfermo de una fiebre nerviosa. La verdad fue otra, sin embargo. Por aquellos días me había encontrado un libro, el más hermoso de cuantos yo haya leído, el más gracioso y el más triste, el más levantado a las alturas y el que mejor corre sobre la tierra, el que más juiciosas palabras contiene y el que inventa las más disparatadas historias, el único hasta entonces que me sació la sed, despertándola, de modo que cuanto más leía, más quería leer, y si llegaba al final, me desesperaba y quería volver al principio, por que aquello no tuviera fin nunca, que en eso es un libro como la vida misma; quiero decir, que no habrás visto tú a nadie que llegando a viejo, y por mal que haya pasado la vida, no quiera volver a vivirla, incluso por los mismos angostos barrancos. Y vi que igual que yo me embebecía con su historia, los niños la manoseaban, los mozos la leían, los hombres la entendían y los viejos la celebraban, y que todos encontraban en ella la medida de sus deseos, el molde de sus sueños, la vereda de sus ahíncos, la cumbre de sus desvelos. Y que como vestido mágico a todos les sentaba bien. Al melancólico le alegraba, al alegre le espumaba el ánimo y se lo reposaba, al despierto le apaciguaba y al torpe le daba luces. Todos hallaban en él el modo para mirar las cosas no con tanto despego, y esta gran enseñanza: que es difícil equivocarse poniéndose del lado del menesteroso, del débil, del pequeño, del pobre, del enfermo, del loco, del huérfano, del galeote, de la doncella, haciéndolo con dignidad y sin menoscabo de su honra, porque el poderoso ya tiene de suyo leyes y cortesanos que lo guardan y defienden. Aquél fue un gran día para mí, fue mi Damasco en el que caí de mi caballo, si no estuviera mal traída esta imagen aplicada a un medio clérigo que entonces comprendió que ya nunca lo sería entero. Recuerdo que venía yo del estudio del gran López Corbacho, y entré, como tantas veces, en casa del librero Hernán Rato, en la Calle de los Libreros de Salamanca. Había recibido Rato esa misma semana algunos libros nuevos, entre ellos ese de Cuesta en el que se cuentan las dos salidas que tu tío había hecho la primera vez. En cuanto puse los ojos en ese Quesada o Quijada, como se le llamaba, me dije, éste no puede ser otro que mi paisano y tu tío, Alonso Quijano. Y así lo confirmé cuando empezaron a desfilar por sus páginas todos los vecinos que yo conocía, Pedro Pérez, el cura, el barbero, Sancho, que tanto ha trabajado para mi padre y a quien yo conozco desde muchacho, Teresa y Sanchica, Juan Haldudo y su rabadán Andrés, con todas las otras cosas que en el libro se cuentan. Y qué envidia sentí de don Pedro el cura y del barbero, cuando se salieron a buscarle a Sierra Morena. ¡Con qué gusto les habría acompañado yo a esa aventura, y cómo no estaría yo ahora de ancho y gustoso viendo mi nombre impreso para toda la eternidad! Pues no has de dudar, Antonia, que ese libro llegará más lejos de donde ninguno de nuestros linajes pueda llegar, perdidos por el camino o devorados por la tierra como el Guadiana. No puedes figurarte la alegría y la ilusión, cuando se está lejos de casa, de ver en letras negras registrar personas, casas y hatos de tu mismo lugar. Me bebí el libro en dos noches completas y en el día que ellas emparedaban, que no le valieron fiebres nerviosas y penurias, y a la mañana siguiente, tras la segunda noche, escribí a mi padre pidiéndole licencia para venirme aquí con el secreto propósito de conocer a quien ya había probado las mieles de la celebridad. ¡Y lo que debe de ser morirse y dejar tras sí una cola de luz, como el cometa! Sabía que más pronto que tarde volvería don Quijote a las andadas y yo me quedaría sin haberle arrimado toda mi admiración y mi respeto, así como mi entusiasmo por la historia de sus aventuras, aunque entonces no había concebido el deseo de arrancarle de aquella vida que tantas mofas le proporcionaban. Eso vendría luego. Me pregunté cómo sería de discreto quien de loco decía tales cosas, y cuando ya lo vi por mis propios ojos y a sabiendas de que arrancándole de aquella vida de aventuras acortaba su majestuoso viaje por los Campos Elíseos de la fama, salí a buscarle después de no pocos combates habidos en mi ánimo, porque lo mismo un día pensaba que había que dejarlo suelto, y al otro, que había que traerlo entre barrotes, como lo enjaularon el cura y el barbero. Porque toda la pena que me daba saber las locuras que había cometido arremetiendo contra los comerciantes toledanos, o los rebaños de borregos o los molinos de viento, lo borraba el contento de oírles a Sancho Panza y a él concertar razones tan peregrinas o ingeniosas, según pintaran las cosas. Fue un arrebato el querer volverme aquí, un repente superior a todo. Contaba también con convencer a mi padre de que lo mío no eran las cosas de Iglesia. Venía resuelto a que me diese su bendición para acabar mis estudios y acabados buscar empleo con algún señor de la guerra, porque yo, al igual que don Quijote, sentía entonces, enardecido por la lectura de tantos hombres ilustres, la llamada de las armas, el fuego de las aventuras y las ansias de ver mundo tanto como las letras, porque a quien se le ha ventilado la cabeza con otros aires, este de aquí le parece poco y áspero.

No supo Antonia dónde atender en ese discurso, en el que el bachiller le había dicho de corrido tantas más cosas y referido tantas más intimidades que en todos los años que llevaban de vecinos. Así que empezó por aclarar aquella que más le convenía.

—¿Y le ha dicho ya al señor Tomé Carrasco, vuestro padre, que queréis ahorcar la sotana y todos los planes que acabáis de relatar? —preguntó la sobrina, para quien las historias de su tío eran ya agua pasada y muy pasada.

—Ésa es la cuestión. No sé cómo hacerlo. Después de enterrar a don Quijote les pedí que me mandaran a Sigüenza, donde es obispo un hermano de mi madre. Mis padres creen que he ido allí movido del negocio de ultimar mis órdenes y allanar el camino que me lleve a la capellanía que mi tío prometió a su hermana que me daría. Pero en realidad para lo que allí he ido es para pedirle al señor obispo cartas en las que le explique de buena manera a mi madre que yo no he sido llamado por ese camino, y que mejor seré cristiano a pie que clérigo en una mula, y que como dice san Pablo mejor dejarlo que abrasarse. Conmigo están las cartas. Sólo miro el momento oportuno de entregarlas a mi padre, de quien puede esperarse cualquier tremolina cuando se entere, cosa que no me conviene nunca, pero menos que nunca, ahora, que llevo la cabeza puesta en otro negocio.

Vio Antonia abiertos los cielos para llevar la conversación por donde quería, y le preguntó a boca de jarro:

—¿La cabeza en otro negocio? En otra dama querréis decir, a quien habréis dejado en Salamanca, y que habrá sido causa de esa mudanza.

—Ay, qué ocurrencia —respondió holgándose de muy buena gana el bachiller—. No hay ninguna que me quisiera a mí.

Y Antonia ya no pensaba en don Quijote ni en Quiteria y le observaba con ojos de novilla.

—No me digáis eso, porque más de una estaría esperando oírle requebrar, eh, tú, morena, para hacerse esclava vuestra sin condiciones...

Si Sansón Carrasco hubiera sabido de la vida tanto como de libros, habría adivinado lo que significaban aquellos puntos suspensivos que pareció dejar colgando Antonia en el aire como un gallardete. Pero el bachiller, que conocía bien la gramática, lo ignoraba todo del corazón de las mujeres, y para desesperación de Antonia, viró el coloquio, y a ella se le puso sobre el corazón una gran pesadumbre, porque no sabía cómo iban a resolverse sus penas. Y cuando ya el bachiller le estaba contando algo de un viaje que pensaba realizar, y viendo que se alejaba de su vida su bien, inopinadamente se puso de pie, y alisándose la saya, rogó al bachiller que se fuera, pues aún le quedaban algunas cosas por hacer. Y lo mismo, Antonia tampoco hubiera comprendido por qué obraba ella tan en contra de sus propios deseos, pues nada ansiaba ella menos que se partiera su amigo el bachiller.

Pensó el joven que la noticia de que se iba a marchar del pueblo la había contrariado. Quizá le recordara a ella la triste vida que le esperaba, y así lo dijo, poniéndose en pie y mirando la puerta.

—No me quiero meter donde no me llaman. Pero se comenta en el pueblo que toda tu hacienda está en manos de los prestamistas y usureros. ¿No tenías otros parientes de tu padre, Antonia? Mándales cartas, marcha con ellos. Vete tú también de aquí, sal de este pueblo o busca aquí marido que te convenga.

¡Cómo se le clavaron en el corazón a Antonia aquellas palabras! ¡Marido que te convenga! Se le encendieron las mejillas y le miró asustada, porque sus pocos años eran suficientes como para saber que lo que le estaba diciendo de otro modo era: lejos de aquí y no conmigo.

—Qué fácil lo veis, bachiller. Bien se nota en ello que sois hombre. ¿A dónde irá una doncella desamparada sin que le siga la sombra de una sospecha? Y será cosa de familia este no saber decidirse. Más de una vez le dije a mi tío que se estaba volviendo loco por no salir y orearse. «Olvídese de aventuras, váyase vuesa merced de aquí, ande romero a Roma, y venga nuevo», le dije, aunque otras veces le hubiera pedido que no se fuera.

—De esto venía a hablaros, Antonia, para ciertos papeles que estoy escribiendo, pero veo que tienes prisa.

—Ya no —se precipitó a enmendarse la sobrina y a sentarse de nuevo—, y el diablo se lleve ya esta tarde, echada a perros, y que se queden sin hacer mis labores. Pregunte vuesa merced, que lo que sepa le diré.

Despabiló la torcida de la lámpara y pidió a Sansón que, oh gran dispendio, echara dos ceporros en el fuego en vez de uno.

—¿Nunca admitió don Quijote su locura? ¿Nunca se acercó a ti y te dijo: sobrina, me parece que no rijo?

—¿Habéis visto vos a nadie que diga «estoy loco»? Todos los delitos pueden cantarse en el potro, pero si amenazas a un loco arrancarle un brazo si no confiesa su locura, te ofrecerá el otro incluso para probar que no lo es. «Admitamos que estoy loco», me dijo cierto día mi tío, pero «¿quién es el tonto que quiere volverse loco?», y a continuación me refirió lo que acabo de referiros del potro y el brazo. Y le causaba mohína que todos le creyeran loco y que no viéramos cosas que para él eran tan claras, y conjugaciones de encantadores tan manifiestas. Él estaba por encima de todas estas razones materiales que le decíamos yo y el ama, y a las dos nos aseguraba que iba a ser difícil que se le entendiese ni en este tiempo moderno ni por quienes únicamente miran por su provecho, y que nunca había habido en el mundo más hospitalario tiempo que el pasado, ni caballeros más enamorados ni damas más virtuosas a quien servir. Pero yo le rebatía y le decía, mire señor tío que le he oído decir cien veces que a vuesa merced sólo le interesa ponerse en ocasiones y peligros para cobrar eterna fama y nombre, y no arreglar los asuntos desmangados de la vida ni socorrer viudas y huérfanos y necesitados, y que en lo suyo hay mucho más de vanidad que de caridad, más el propio relumbre, que sacar de las sombras a los ajenos. Esto le enfurecía especialmente y me llamaba necia y me decía que si yo no sabía que todas las cosas señaladas empiezan por poco y que el hombre no hace nada noble que no tenga en el arranque su impulso de egoísmo, y que así era cierto que buscaba eterno renombre, pero que la suerte de los caballeros iba emparejada al infortunio de los más necesitados, y que le importaba un bledo que le comprendiéramos o no, porque su corazón lo movía el noble impulso de hacer el bien para lograr tal fama y el de lograr tal fama haciendo el bien, y que lo mismo le daba cómo y en qué orden se hicieran las cosas si las cosas quedaban hechas, los tuertos enderezados, las viudas desagraviadas, los huérfanos socorridos y las injusticias del mundo reparadas y su fama cumplida. Y que una de las cosas, me dijo, que más contento debía de dar a un hombre virtuoso y eminente era verse, en vida, andar con buen nombre por las lenguas de las gentes, impreso y en estampa.

Sacó el bachiller su librillo de memoria que siempre traía consigo en la faltriquera y un tintero talaverano, tapado con un corcho. Mojó la péñola y garrapateó todas esas razones que desmenuzaba la sobrina.

—¿Y a qué viene ahora, señor Sansón, toda esta colada quijotesca? Yo diría de mi tío lo que del Cid se dijo, que hasta muerto viene a ganar batallas, porque no se hace otra cosa, o a mí me lo parece, que hablar de él a todas horas.

—¿Dónde se va a hablar de don Quijote, sino en su casa, y en su pueblo? ¿Eso te molesta?

—Molestarme no, pero aquí hemos quedado otras criaturas a las que no nos ayudará mucho perder el tiempo hablando de quien ya podrá socorrernos poco. Y mejor hubiera hecho no muriéndose tan presto cuerdo, teniendo en cuenta que esperó mucho estando loco, porque nos hubiera ayudado a enderezar el entuerto en el que dejó su hacienda. Y ésta sí que hubiera sido gloria perdurable, si en vez de ir a buscar aventuras por ese mundo, las hubiera sabido encontrar aquí procurando nuestra ventura.

—¿No te das cuentas, Antonia, de que tu tío se volvió loco precisamente por no saber ver lo que tenía delante? Él era hombre de inacabable visión y de amplios mundos. No era hombre de rincón, sino de orbe, no era hidalgo de patio, sino patricio de logia pública, y le sentaba mejor un mal camino, pero largo, que los cortos corredores de un palacio, y mucho más feliz estaba en campo abierto y pobre, que en estancia cerrada y bien repostada; y con más provecho comía las ensaladas de las veredas y bebía el agua de las fuentes, que las ollas sazonadas o los redomados vinos. Y a todo esto, dime, si te acuerdas, ¿cuándo conocisteis que tu tío empezaba a marchar mal de la cabeza?

—Déjelo estar, señor bachiller. Lo que a vos parece haceros gracia a mí me hace daño. ¿Os holgaría de la misma manera si en vez de mi tío fuese el señor Tomé Carrasco el que empezara a desvariar? Para mí no es don Quijote, entended lo, para mí es sólo un pedazo de mi vida, y mi carne y mi sangre, la única que me unía a este mundo, porque pensar en la parentela de mi padre, son gollerías. Y así os respondo a lo que decíais antes. ¿Es vuesa merced, por casualidad, como una de esas dueñas que no pueden hilar su copo sin sacar a plaza las desdichas ajenas? Además, no creo que nadie pudiera responderle a eso. ¿Cuándo empezó a ser loco? Las cosas no empiezan a suceder en un punto, sino que vienen de atrás con su cortejo, y rodadas. Hasta los mismos súbitos relámpagos parecen siempre dejarse ver en el cielo unos segundos antes de que el ojo los vea, y aún quedan entre las nubes uno o dos segundos después de haber sucedido, y lo mismo ocurre con la nieve, que siempre que se pone a nevar, parece que ya estaba nevando antes, con ese silencio de la nieve, sin antes ni después.

—No quería ofenderte. Acabo de confesarte cómo y qué hondamente me concierne todo lo de tu tío. Si no tuviera en la cabeza pergeñado mi propio libro, no probaría a remover tanta desdicha. Pero, dime, ¿no hubo un día, un solo día, en que el ama o tú dijerais, «el amo, mi tío, se está volviendo loco»?

—Ahora que vuesa merced lo dice, sí. Hubo un día en

que mi tío se lo pasó en el desván, y por más que le llamamos para que bajase a almorzar, no lo hizo, sino a la tarde, cuando se estaba poniendo el sol, y no bajó solo, sino cargado con un montón de armas. Antes había hecho cosas que juzgamos extravagancias. Miradas a la luz de su locura, ya no nos parecieron sino de loco. A partir de ese día dejó incluso lo que de más sagrado había en su jornada, que era leer sus libros, y se dedicó a recomponer, cinchar, amolar y reparar sus armas. Las untaba con aceite y fabricó con unos cartones una media celada, a falta de una de encaje, y se paseaba por el patio vestido con una armadura para ejercitarse y acostumbrarse a ella, haciendo aspavientos y levantando los codos, por ver si le asentaba. Y si hasta entonces su cabeza regía normalmente, en días, en muy pocos días, se le fue del todo. De eso nos dimos cuenta ya cuando se salió por la primera vez, o sea, cuando ya nadie podía remediarle. Y lo gracioso es que aunque nos había amenazado cien veces con escaparse, el día que se fue, lo hizo con tal sigilo que no lo conocimos sino hasta pasadas ya unas horas. Y ni siquiera aquella primera vez pensamos que fuese tan grave la cosa, puesto que algunas veces, al irse de caza, se quedaba en el monte durmiendo, si el tiempo acompañaba. Pero a la mañana siguiente le teníamos en casa almorzando. Recuerdo que Quiteria dijo, «esta chiquillada la ocasionan estos calores insufribles de julio; hasta yo misma estoy a punto de enloquecer». Porque la verdad es que aquellos días en los que don Quijote se salió al campo, hasta las bestias estaban inquietas e irritables. Las mulas coceaban el suelo de las caballerizas, los perros gruñían a quien se les acercaba, y la gente se enganchaba por cualquier bagatela. Y así fue como, sin decir nada a nadie, como hacía cuando llevaba sus galgos a cazar, se salió de casa en el mayor secreto. Ensilló a Rocinante y desestimó el macho, mucho mejor. Debió parecerle poco apropiado ir montado un caballero como él en mulo, asiento de villano, de comerciante o de clérigo. Quizá pensó que si se lo llevaba, causaría un grave perjuicio a la casa. Ató los perros al rejo de un arado que había en el patio, para que no le siguieran, cerró con llave el aposento de los libros, tomó la lanza y todas las otras armas que había estado preparando, y caballero de su quimera nos dejó varados a los demás en la nuestra.

El bachiller iba anotándolo todo, y procuraba no perder una sola palabra, mientras decía entre dientes: «Estos pequeños detalles no los recogió la historia de Cide Hamete, por ser poco significativos, pero son justamente los que a mí me interesan. Encuentro en ellos tanta o más enjundia que en los otros».

—Le esperamos Quiteria y yo —continuó diciendo la sobrina— todo el día. Quiteria que le conocía de lejos, decía, «en cuanto le apriete el hambre y la sed, volverá. Y no se ha llevado dineros, porque no los había. Ayer mismo le pedí dos cuartos para comprar un trozo de carnero, y no los tuvo». Y ya al día siguiente esto no era lo mismo, le faltaba como su espíritu a la casa, el jugo como quien dice. Solía levantarse mi tío de siempre, desde que yo recuerde, no muy temprano, cuando Juan Cebadón, o el mozo que entonces sirviera en casa, ya había asistido el ganado, y mucho después de que el ama Quiteria, la primera en ponerse en danza, hubiera encandelado el fuego, rezado sus oraciones, dispuesto las cosas del desayuno, metido el pan en el horno, si había amasado, o hecho la colada, si tocaba ese día, o fregado los suelos. Se levantaba don Quijote ni tarde ni pronto, porque ni era madrugador ni era remolón, cuando no decidía salir al campo a cazar, que entonces salía antes que el sol y que ninguno, o si se había quedado toda la noche leyendo, en cuyo caso se levantaba cerca del mediodía. En su aposento se lavaba la cara y las orejas en un aguamanil, porque era muy pulido para su persona, se vestía allí mismo ropas más viejas que nuevas, y todavía a puerta cerrada daba cuenta de sus devociones, para llegar a continuación a la cocina, donde, de pie, como si tuviese prisa, comía con desparejados dientes un regojo de pan, sobrante de la cena, mojado en leche, con su nata. La mañana se le iba en no se sabe qué. Se daba una vuelta por las caballerizas, hablaba con el mozo, barzoneaba por el pueblo, a veces se metía en el mechinal del barbero, más para alargar la mañana que por pelarse, intentaba enseñarle una o dos palabras al cuervo de maese Nicolás, coloquiaba con unos, con otros, se interesaba por los negocios del común y de los particulares, trataba de rentas, se ajustaba con pastores, se enteraba del precio de las cosas con talabarteros, con guarnicioneros, con boteros, con herreros, discutía con alguno sobre el mal paso de los tiempos y la marcha de la monarquía del mundo, cosas de las que los hombres reciben tanto gusto en tratar, y a eso del medio día volvía a casa para hacer un almuerzo frugal, del que daba cuenta solo y deprisa en la sala, mirando a la pared. No era laminero ni gargantón, quiero decir, que no hacía melindres con la comida, todo le daba lo mismo, guiso nuevo o ropa vieja, ni era tampoco tragaldabas que comiera mucho, sino más bien tirando a poco, y siempre lo mismo, olla de vaca o de carnero, menos los duelos y quebrantos de los sábados y las lentejas viudas de los viernes, alguna tajada de abadejo o el broche de una truchuela, o su caldo de hierbas, o sus granzas calientes en invierno, su escudilla de almendrada y el huevito mejido. Se reposaba luego una hora así lloviese o hiciese sol, en verano o en invierno, encerrado en su aposento y más que durmiendo, soñando en el son sueño, porque nunca se dormía del todo. Se echaba sobre la cama, y tapado hasta la nariz con una frazada, allí digo yo que se dedicaría a fantasear la realidad con la imaginación en carne viva. Pensaría, supongo, en lo que era su vida y en lo que su vida debería haber sido, en lo que pensó para ella, cuando era joven, y en lo que se había convertido. Y a veces salía de aquellas siestas con el ánimo desmazalado y sombrío y nos repetía lo que tantas otras veces nos decía al paso, «cualquier día ya no me veis el pelo, porque sería una cosa bien triste que yo me terminara sin haberme ventilado un poco, loco de tanta tristeza como se respira en esta casa; qué tristes sois las dos. Quiteria —decía al ama—, cuánto has trabajado, cómo te has estropeado». Y a mí me decía, «Antonia, ¿y a ti con quién te casaremos? ¿Quién te va a querer con ese carácter que tienes de ortiga, de cardo, de zarza?». Y le preocupaba lo que de él quedaría en esta vida.

Esto último sacaba de sí a Quiteria, la única que podía levantarle la voz sin que se lo tomara a mal. Le decía a veces Quiteria, «señor tonto, ¿cómo que qué va a quedar de vuestra merced en este mundo? Lo que de todos, un montón de huesos, y trabaje para que queden por lo menos limpios». Tenía muy mal genio y no le gustaba que sobre ese particular nadie le llevara la contraria ni que tampoco le discutiera nada, y le decía a Quiteria, «¿Serás acémila? ¿Y qué sabes tú de estas ansias de no morir del todo?». Y entonces Quiteria le decía que condenaría el alma por esa soberbia, y que si tanto quería pasar a las lenguas de la gente, que lo industriara a través de los altares, haciéndose santo y dando mejor vida a quienes tanto le querían. Pero en el fondo mi tío era un hombre tranquilo y resolvía tantos sinsabores encogiéndose de hombros, y riendo. Nos tomaba el pelo y decía, cuando estaba de humor: «¡Mira que sois corderas! ¡Todo os lo habéis creído!». Y era entonces cuando pensábamos que una locura se le iba y otra se le venía. Pero luego, cuando se volvió loco del todo, ya no chanceaba y le costaba reírse, y ay del que se tomaba a chirigota esas ínfulas suyas de remediar el mundo y socorrer a los menesterosos. Se violentaba y arrollaba a quien se le pusiera delante. Pero se le iban esos accesos, y resultaba el hombre más bueno que un bernardo. Había gastado como quien dice toda la vida en pensar esas cosas, sin haber llegado a ninguna conclusión, pero no se desesperaba. «Ah —solía decir—, no es fácil saber lo que tenemos que hacer, lo que se pide de nosotros. Y con todo, yo haré lo que de mí esperan los siglos venideros.»

—Todo eso que me cuentas —le interrumpió el bachiller Sansón Carrasco—, podría certificarlo yo palabra por palabra. A veces hablaba de eso mismo con nosotros, sus amigos, con el barbero, con el cura, conmigo, y nos exponía sus tribulaciones, sus sueños, la venenosa melancolía que iba infiltrándosele en el corazón. A menudo nos dijo el último invierno, «aquí me ahogo, he de salir a conquistar el renombre de mi nombre, he de realizar grandes proezas, voy a descabezar a todos los gigantes de esta tierra y a hacerla más habitable, y con la fuerza de mi brazo tornará a ella la armonía entre las partes, y ya muerto, viviré todavía en el recuerdo piadoso y agradecido de las gentes, que cuando vuelvan los hombres a desajustar sus leyes, aún, como nosotros de Licurgo o de Solón, se acordarán de mí. Mis huesos, donde estén enterrados, sentirán ese calor de la fama, y en ellos fraguará eterna primavera». Y nosotros, a sus espaldas, decíamos, «pobre hombre, ¿adónde creerá que podrá irse? Nació aquí, aquí vivirá y aquí se quedará hasta que se muera, y aquí lo enterraremos, y Dios quiera que sea mejor pronto que tarde, si tardando va a dejarle sembrar por el mundo los disparates de su estropeada cabeza». Y aquí está enterrado ya. Pena nos daba. Y lo cierto es que si al principio nadie le creyó capaz de lo que hizo, tampoco yo lo creí. Y cómo me arrepiento ahora de haberle prestado el libro donde se publicaron sus historias. Yo creo que fue eso lo que aún le espoleó más para quererse salir esa tercera vez, verse tratado en él como un loco. Y de eso le entraron ganas de salir de nuevo al mundo y demostrarnos a todos que los locos éramos nosotros, por no creer en las universales y resplandecientes leyes de la caballería. De no haberle prestado yo la historia del *Ingenioso hidalgo don Quijote de la Mancha*, quizá le hubiera dado tiempo a sosegarse durante todo el invierno, pero verse en letras de molde y en estampa y querer pulirse como caballero y acometer gestas aún más asombrosas, fue todo uno. Pero bueno, todo esto es muy largo.

—¿Y qué modo tan desaforado es éste de copiarlo todo, bachiller? ¿Qué libro decís que queréis hacer ahora? ¡Vaya un cuento! ¡Otro libro sobre mi tío!

—Ahí está el busilis. Si, como yo creo, sale a la luz el nuevo libro con las aventuras de tu tío, como ya apareció el primero, no tendré mucho donde escoger. Y acaso me anime yo a contar la historia de lo que sucedió, muerto él, a todos nosotros, antes de que cubran nuestros despojos las leyes del olvido.

—Ay, Sansón, que por ahí empezó mi señor tío a desvariar. ¿Y qué tienen de malo las leyes del olvido? ¿O qué interés tienen las cosas que nos suceden a nosotros, después de muerto el tío, cuando tampoco las que le sucedieron a él tienen para mí el menor busilis, como vuesa merced dice, ni otra importancia que la que tienen esas hojas que ahora están en el árbol y dentro de un rato en el suelo? Mire vuesa merced que nosotros somos decentes.

—Unos más, otros menos, no parece que nadie se resigne a acabarse. Los hombres conciben sus hijos y los sueltan por el mundo, y ellos dan testimonio de su estirpe. Otros, como tu tío, a falta de hijos, dio sus obras, porque sólo existe lo que obra, y existir es obrar. Y mientras nosotros vivamos sin memoria, tendremos vida a medias. Moriremos, ¿y qué recordarán de lo que fuimos? Ahora empiezo a entender a tu tío cabalmente. Así, mientras no pasemos a estampa, tendremos sólo media vida. Y te digo más. Imagina por un momento que ni tú ni yo somos reales, que somos como uno de esos fantasmas que perseguía tu tío en los libros. Imagina que él o que nosotros no fuéramos de carne y hueso. De no haber salido tu tío en crónica, con haber sido real, lo sería mucho menos que todos aquellos merlines y palmerines que le volvieron loco, y pasados los siglos tan realidad tienen ya para nosotros Homero, Eneas o los dioses paganos. Lo que fue y ya no es, no es más que lo que no es pero será algún día, y no seremos ese día si las leyes del olvido nos ponen bajo su jurisdicción.

—Ay, Sansón, no me asustes, que soy demasiado joven para comprender nada de todo lo que dices ni tampoco si quieres decir algo con todo ello.

Se rió de buena gana el bachiller de los temores de Antonia, y quitándole importancia a todo aquello, le dijo:

—En cualquier caso es verdad que no va a ser una empresa fácil, porque se ha dicho que nadie es buen juez de su propia causa, ni se ha visto que un rey sea su propio cronista, quitando a nuestro sabio rey Alfonso. Y también es posible que se quede todo en nada, Antonia, porque así como en las armas, el que estoquea estoquea, el que mata mata y el que vence vence, en esto de las letras nunca son suficientes los buenos propósitos, y no se sabe si un libro fue o no discreto y digno de elogio, o lo contrario, hasta pasados muchos, muchos años. Para entonces uno ya ha muerto, y no puede disfrutar de esos laureles. Y no te digo censuras y vituperios, porque nadie, puestos a soñar, sueña catástrofes ni cosecha chiflas. Al contrario, le gusta imaginar los futuros aplausos que no oirá y mil coronas de laurel que habrán de coronar su calavera. Así es el hombre de ilusorio. Si fuese por los elogios y vituperios del día ni un solo hombre se molestaría, no siendo un necio, en mojar la pluma.

CAPÍTULO DÉCIMO NOVENO

Hasta muy tarde estuvieron hablando aquella noche Sansón y Antonia, sin otra cosa que reseñar, sino que a la hora de la cena, vino Cebadón y allí, delante del bachiller, pidió a Antonia que saliese a servírsela.

Miró Cebadón muy impertinente al bachiller, y sólo porque éste pensaba en otras cosas no lo tomó en cuenta.

Comprendió Antonia que su mozo sólo quería medir la fuerza de su poder y forzar su voluntad, y le dijo:

—Entra tú, Cebadón, y sírvete de lo que haya.

Masculló algo entre dientes el gañán, y viendo que el bachiller se enfrascaba en sus papeles, aún tuvo arrestos de mover en un susurro sus labios, sin apartar su mirada de la muchacha:

—Antes muerta que de otro.

Esa noche, ya a solas, pensó Antonia que no podía seguir de aquella manera y que necesitaba más que nunca a su Quiteria, o de no hallarla, saber a qué se atendría, y al día siguiente, ordenó a Cebadón que fuera a avisar al bachiller.

También hizo Antonia aquello de una manera calculada, pero el mozo lo entendió, y dándose la vuelta, dijo a su dueña:

—A ése, si quieres, le avisas tú.

Esperó Antonia que viniese uno de los zagales, y con ése mandó el aviso. No se atrevía a contar nada de lo que sucedía en aquella casa como no fuese a Quiteria.

Vino al rato Sansón, y le subió a la sala principal Antonia pasándolo por el patio, para que lo viera Cebadón, que lañaba en ese momento una tinaja, y no tanto para encelarle sino dándole a entender que tenía ya a alguien que velaba por ella.

—Fuisteis amigo de mi tío —empezó diciendo Antonia—, y acaso podías cumplirme esta merced tan grande. Ayer quedó dicho a medias, y querría saber si podíais salir a buscarme a Quiteria y traerla con vos si la encontráis. Decidme sin tapujos si podréis o no hacerlo, o fue sólo lo de ayer un hablar por hablar, porque soy capaz de salir yo misma y no parar hasta encontrarla y traerla conmigo, pues no puedo un día más vivir aquí sola, sin aconsejarme de ella, de lo que tengo mucha necesidad, y de presentarle mi arrepentimiento y de enmendar mi trato. ¿Cómo no lo vi antes? No os preocupéis del dinero del camino, que yo os proveeré de lo necesario, y mirad que tanto me va en ello como la vida.

—Extraña casa esta —respondió alegremente el bachiller, que parecía siempre bien dispuesto a cualquier aventura—. Se diría que he de pasarme la vida entera devolviéndole todos los que de ella quieren alejarse. Pero este negocio me place.

—Cuanto antes salgáis —siguió suplicando Antonia, sin hacer caso de las burlas del joven—, más posibilidades tendréis de encontrarla, o en caso de que se haya partido, de recoger noticias de su partida, sin esperar a que se evaporen en el aire como la memoria de un vagamundo. Y si disteis con mi tío, quizá con un poco de suerte, topéis con Quiteria.

—¿Y si cuando la encuentre no quiere volver? Porque a un loco es fácil engañarle, pero con un cuerdo, si no quiere torcer su voluntad, no servirán todas las razones del mundo.

—Quiteria volverá —arguyó con firmeza la joven—, si alguien le dice que soy yo quien se lo pide, y que no hay orden en mis palabras, sino un ruego nacido del deseo de volver a tenerla conmigo, porque ella es toda mi familia y yo soy toda su familia para ella, como se ha visto. Y contadle que ya se esfumaron de mi cabeza los humos de mi grandeza pasada, y que he dicho adiós a coches, verdugados y saboyanas, a perlas y perendengues, ella lo entenderá; y que ya sólo espero el día que vuelva conmigo a aconsejarme, y de estarme reposada en mi casa, y que de esperarla tanto vivo en un continuo sobresalto, oyendo a cada paso el ruido de la puerta que se abre con ella.

Prometió Sansón Carrasco a Antonia que se saldría en busca del ama en cuanto entregara a sus padres las cartas que traía de su tío el obispo de Sigüenza, y eso era algo que tenía que hacer cuanto antes, pese a quien pesare.

Pero Antonia sólo podía pensar con su deseo: «¡Ay, si se fijara en mí! —decía—, a mi lado, ¿para qué iba él a necesitar a su tío el obispo y a su padre, el energúmeno?».

Buscaba el bachiller ocasión propicia desde hacía dos días para darles aquella noticia a sus padres, pero todas le parecían malas y a todas les ponía un reparo. Se decía una y otra vez, «a diario pasan por este mismo trago otros muchos, y el mundo no se acaba por clérigo de menos. ¿Qué temo yo?».

Así que después de hablar con Antonia, se llegó a casa y sacando de su maleta la carta del señor obispo, esperó a que se terminara de almorzar. Y cuando le pareció, anunció la misiva, al tiempo que la deslizaba sobre los manteles. Pidió el padre sus anteojos, se los trajeron y principió su lectura recorriendo pausadamente la sala donde se comía. El silencio era grande, subrayado por los pasos del anciano, que retumbaban en el tillado de madera como graves sentencias.

La madre, a quien el hijo había confiado ya su decisión, miraba inquieta a uno y a otro, hijo y marido, esperando de éste el trueno. Y no por esperado asustó menos a la madre, que se estremeció toda ella al oír el primer grito.

—¡Cómo! ¿Y tú te dices hijo mío, ladrón? ¿Ahora sales con que Dios no te ha llamado por ese camino? ¿No podías haberlo sabido antes de que me gastara en ti cinco años de estudiantina, que has comido, vestido y librado en Salamanca la herencia tuya y de tres hermanos más?

Oyó el bachiller aquella descarga con los ojos clavados en el suelo, no porque sintiera lo más mínimo el fuego graneado, sino por parecer respetuoso con la ira paterna.

Contó el padre a su esposa, resumiendo la carta de su hermano, lo que en ella venía, a saber, que el hijo no sólo había tomado la determinación de abandonar los estudios eclesiásticos, que tan buen oficio le aseguraban a la sombra de su tío, sino que había viajado a Sigüenza con el único propósito de arrancar a su pariente aquella carta en la que rogaba a su cuñado y a su hermana le pagaran a su hijo los estudios que aún le quedaban por hacer para salir licenciado y poder emplearse como abogado o en cualquier otro oficio en los que eran menester los estudios de leyes, ya que el muchacho apuntaba maneras. Y viendo que la madre no decía nada, aún profirió atronadoras acusaciones.

—Y vuestra merced, señora, estaba al corriente de esta mudanza, y lo estaba mi señor cuñado. De modo que aquí yo soy el último en saberlo, como marido cornudo.

Pidió tímidamente la madre que no se le faltase al respeto, pero ciego de cólera, el buen viejo profirió toda clase de dicterios, mientras los criados corrían a ponerse a resguardo lejos de la sala, no fuese a alcanzarles a ellos alguna de aquellas temibles andanadas.

Duró la tormenta aún tres horas más, pero finalmente el padre acabó aviniéndose de mala gana al nuevo estado de cosas, y por las súplicas de la madre, que esgrimía la autoridad de su hermano el obispo, se concertó que el bachiller Carrasco saliera del pueblo y volviera a Salamanca, donde esperaba acabar sus estudios en dos años.

Así lo acordaron, pero antes pidió el bachiller licencia a su padre para cumplir la palabra dada y salir a buscar a Quiteria, tal y como había prometido a Antonia, lo cual era un deber de cristiano. El padre, derrotado por la camarilla que entre su mujer y su hijo parecían haber hecho, se inhibió de todo y encerrado en su estudio dijo que en aquella casa hiciera cada cual lo que quisiera, que no le hablaran de deberes cristianos si no querían verle de nuevo colérico, y que dejaran de molestarle.

El bachiller, que únicamente quería poner tierra y tiempo de por medio, dispuso de Rocinante, ya que su propio caballo se encontraba entonces saliendo de un cólico esparaván que lo había tenido una semana coceando en la caballeriza, y al día siguiente de que se lo pidiera Antonia, a quien comunicó los extremos de la conversación habida con su padre, se salió del pueblo a la búsqueda de Quiteria, con dineros y repostería que le proveyó la sobrina y otros que le dio su madre.

Quedó Antonia en su casa muy triste y muy alegre. Alegre, sabiendo que Sansón ahorcaba la sotana, y triste, pensando que se iría a Salamanca, donde sin duda encontraría a quien desposar, alguna doncella de buena familia, acostumbrada a la vida de la ciudad, con hermosos trajes, carruajes y sirvientas como los tuvo su madre. Sansón, sin embargo, se fue con el ánimo ligero que cabe suponer, porque nada le ponía de mejor humor que dejar su casa y aquel pueblo.

Como no sabía por dónde empezar a buscar, hizo el bachiller en su salida lo mismo que don Quijote en la suya, que fue dejarle las riendas sueltas al rocín, para que éste decidiera por qué punto cardinal empezaría, y como entonces, Rocinante, tan humano, volvió a encaminar sus pasos según costumbre a la misma querencia, y siguiendo ese camino, arribó el bachiller a la venta a la que llegaron don Quijote y Sancho después de la aventura con el vizcaíno, que tan malamente trató al caballero.

Y como lector de la primera parte de la historia escrita por Cide Hamete y Cervantes, reconoció al punto Sansón Carrasco aquella venta, aunque no hubiera hecho falta tampoco haber leído ese libro, porque en el mismo portalón el ventero, un hombre de grandes recursos y muy vivo para sus negocios, había hecho colgar un papelón en el que todos podían leer en letras bien grandes y coloradas: «Aquí posó el verdadero don Quijote de la Mancha».

Se quedó más que admirado el bachiller, y se propuso enterarse de qué quería decir con todo aquello y qué propósito seguía el ventero anunciándolo de ese modo.

Mandó Sansón Carrasco que desensillaran y asistieran a su caballo y envió a llamar al ventero, a quien preguntó por el sentido de aquel extraño aviso puesto en la puerta.

—¿Es vuestro ese rocín? ¿Es vuesa merced de la secta? —preguntó el ventero examinando a Rocinante—. ¿No he visto yo antes ese caballo?

—No sé de qué me habláis —respondió el bachiller.

—Desde hace meses, habréis de saber que esto empieza a convertirse en un jubileo de quienes se dicen seguidores de don Quijote. Vienen de todas partes en peregrinación buscando el lugar de donde salió el hidalgo, y como los historiadores no lo declaran, dan más y más vueltas, sin saber a dónde dirigir los pasos... Y mientras lo averiguan, aquí suelen quedarse, y buen gasto me hacen. Eso explica lo del cartón de la entrada. Y porque me aseguráis que no sabéis nada de esa cofradía, de lo contrario os aseguraría que el rocín que traéis, y no lo toméis a mal, es de todos los Rocinantes que han pasado por aquí, el que más se le parece.

Y seguía el ventero estudiando a Rocinante y haciendo muecas de desconfianza.

—¿Seguro que vos no venís buscando a don Quijote?

Antes de responder, se le pasaron por la cabeza a Sansón Carrasco los perjuicios que podrían sobrevenirle si le contestaba la verdad a aquel hombre, a saber, que no sólo era de la secta, sino que había sido muy amigo del caballero, y quien lo había vencido en las playas de Barcelona. Y eso, sabido por el ventero, le daría pie a preguntarle el nombre del lugar del que eran, y tendría que declarárselo, con lo cual vería lleno su pueblo de impertinentes y otros más locos que don Quijote, que lo tomarían como a los Santos Lugares, en busca de reliquias.

—De veras, no sé de qué secta me habláis —respondió el bachiller— ni quién es ese tal don Quijote ni lo he oído nombrar en todos los días de mi vida, aunque también soy manchego. Yo vengo buscando por estos caminos a cierta persona que me importa, y no sé nada de don quijotes ni demás sectas y herejes.

—Pues es una lástima —replicó el ventero—. Yo lo conocí y puedo aseguraros que era uno de los hombres más locos que he visto nunca y más graciosos, aunque en esa materia nada como abrir una venta al lado de un camino para que os lleguen cada día no uno, sino diez quijotes, a cada cual más extravagantes y disparatados, y si yo me pusiera a ello, compondría cien novelas que dejarían en ripio a esas que dicen que circulan ya con sus historias y en las que al parecer salgo yo también.

—¿No la habéis leído ni habéis tenido curiosidad en hacerlo?

—Ah no, señor. No sé leer, y aunque supiera no creo que lo hiciera, que según tengo entendido, ese hombre se volvió loco justamente leyendo novelas como la suya.

—¿Y dónde se ha visto, señor ventero, que un loco sea una novedad para armar tanto revuelo? Tontos y locos hay en cada pueblo de España, por pequeño que sea, media docena, y no hay más que darle un cuartín a un muchacho para que éste os los vaya mostrando uno a uno, y si le dais medio real, os los podrá descalabrar allí mismo de una buena pedrada, mientras le dice, ¡cantazo al tonto!, ¡cantazo al loco!

—De esa misma opinión soy yo. Y si por locos fuera, en estas tierras hay tantos, que no se podrían juntar en un solo día. Aunque creo que no me habéis entendido, porque yo —dijo el ventero— hablaba de loco, pero no de tonto, porque, según en qué, razonaba don Quijote mejor que yo y acaso mejor que vuestra merced, dicho sea sin ánimo de ofenderle.

Pero como el bachiller Sansón Carrasco no tenía ganas de hablar más de ese asunto, preguntó si querría darle un aposento para pasar esa noche.

—Sí querría, pero no lo tengo. A cuento de don Quijote andan sueltos por los caminos gentes sonámbulas, en su busca, unos, creo yo, para burlarse a su costa, y otros, para sumarse a su hermandad y establecer en la Mancha nueva orden de caballeros, y me han ocupado la casa. Podréis ver esta noche, si os quedáis, lo menos veinte personas cenando...

—Luego quiere decir que al menos podréis darme de cenar —dijo el bachiller.

—Tampoco —le aclaró el hostalero—, pero si traéis algo de comida, por muy poco coste la señora ventera, mi mujer, os lo aviará de mil amores, y podéis luego de cenar quedaros en el pajar, a donde llevaré un camastro en el que podéis dormir lo mismo que en un palacio. Tendréis que compartir esos confortes con una cuadrilla de vendimiadores que van de paso hacia su tierra, después de haber estado trabajando estos meses de atrás por estos contornos, pero a todos los conozco, y son buenas gentes.

—Lo último me conviene, y en ese pajar dormiré, porque ya no son horas de salir por el camino buscando donde pasar la noche, pero lo primero va a tener peor remedio, pues al mediodía di cuenta de la merienda que traía conmigo.

—No habrá nada que no pueda arreglarse en esta venta, señor, y por muy poco dinero os venderán aquí al lado, a media legua, en la tienda de un consuegro mío, con qué cenaros. Dadme dinero, y yo enviaré por lo que más gustéis.

Se concertaron el bachiller Carrasco y el ventero para la cena, y después de eso, el ventero se marchó y quedó el bachiller sentado en un rincón de la cocina que servía al tiempo de hostería y sala.

La venta era un ágora. Había en esa sala lo menos siete caballeros, unos con sus criados y otros solos, y todos ellos discutían acaloradamente a propósito de don Quijote, de cuya vida parecían conocer pelos y señales, más y mejor que el propio don Quijote, Cide Hamete y Cervantes juntos.

CAPÍTULO VIGÉSIMO

—Yo he visto, señores, a don Quijote el otro día, hace tres, en una venta del Campo de Cariñena, no muy lejos de una villa principal que allí llaman La Almunia de doña Godina, y con él me senté a una mesa, como estoy ahora con vuesas mercedes, y hablamos más de cuatro horas, mientras cenábamos unos huevos fritos con torreznos, y puedo aseguraros que no se hallará en todos los reinos de España un caballero tan pulido como él. Iba don Quijote a la referida Almunia llamado por su alcalde. Cuando se enteró este alcalde de que don Quijote se hallaba en la comarca, mandó llamarlo para que juzgase un caso enredadísimo y ya muy célebre que allí se tienen las dos familias principales. Acudió don Quijote, se alojó en la venta donde yo estaba, supe que era él, y al rato ya estábamos conversando. Le bastó saber que yo había leído la primera parte de su historia y que, como él, era un gran partidario de la instauración de la nueva república de los caballeros andantes, para que me tratara con extrema cortesía y me acogiera igual que a un viejo y querido amigo a quien pueden hacerse extremas y bizarras confidencias.

El bachiller Sansón Carrasco, que se había sentado con los demás y escuchaba admirado lo que en la sala se decía, se hizo propósito de no intervenir y dejar hablar a quien ni siquiera sabía que don Quijote llevaba más de tres meses muerto.

Y quien hablaba era un caballero de hasta treinta años, alto, vestido muy ricamente, con jubón acuchillado de ante, camisa y randas a la moda de Holanda y unas botas de camino nuevas, de la misma piel amarilla que el ancho tahalí del que colgaba una espada cuyo trabajo de filigrana hablaba de la importancia de su dueño.

—Porque yo, señores, soy don Santiago de Mansilla y volvía de Zaragoza de ultimar dos grandes negocios, como lo es haber vendido a una señora muy importante de esa villa seis gatos persas enteramente amaestrados por mí, los primeros que nadie haya visto que respondan a la voz de su amo, que se sentaban cuando se les ordenaba y acudían cuando su domador lo exigía, y que eran capaces de hacer otras mil monerías como armar naumaquias, sin temerle al agua, y andar erguidos, como gozques. Y el otro, fue venderle a un vidriero de aquella ciudad el secreto, que yo compré a un turco, de un vidrio que se deja trabajar, como el oro, a martillo, sin quebrarse, templándolo con un zumo secreto, hasta doblarlo. Regresaba, digo, a mi tierra bastante contento y ganancioso. Me paré en la venta, y al ver las trazas de don Quijote, tan bien descritas en el libro de sus historias, y comprobar que le acompañaba un escudero que respondía por el nombre de Sancho Panza, me acerqué y le pregunté si en verdad eran uno y otro quienes yo suponía que eran. Me preguntó quiénes creía yo que eran, y cuando lo supo, me respondió: «Gentilhombre, antes debéis decir con qué don Quijote queréis hablar, porque habéis de saber que hay ahora andando por el mundo, que yo sepa, otro don Quijote, y no descarto que pudiera haber un ciento, porque la fama de mis hazañas está incitando a mis envidiosos enemigos, los cuales se encargan de sembrarlos por todos lados, allá donde voy, suplantadores que dicen ser yo, no siéndolo, y éstos cometen tales desaguisados y tantas aventuras pueriles que malo será que no me tengan todos no ya por loco, como a veces he oído motejarme, si no por rematadamente tonto. De modo que si el don Quijote que decís conocer, lo conocisteis en el libro de Miguel de Cervantes, que lo tradujo del verdadero historiador de nuestras aventuras, el moro Cide Hamete, entonces aquí lo tenéis en vuestra presencia. En el caso de que lo hayáis conocido en uno de un tal Avellaneda, que Dios confunda, o en cualquier otro, que no dudo se habrá impreso, a tal cota llega ya mi fama, os diré que de mí no sabéis absolutamente nada, o peor aún, que lo que conocéis es tan contrario a mi naturaleza y mi temperamento, que incluso es posible que esas patrañas os estorben tanto, que os será difícil desterrarlas de la cabeza, que por eso se ha dicho aquello de que calumnia, que algo queda». Y así lo confirmó el escudero que llevaba con él, y que no podía ser otro que Sancho Panza, quien en un minuto llovió tales gracias, como no las hubiera soñado ni muerto el tragón, tagarote y borrachín que sale en el del autor tordesillesco. Les confesé yo entonces que no conocía su historia sino por la de Miguel de Cervantes y que no sabía de qué otras me hablaba, aunque en eso le mentí, por no enfadarle, pues también he leído la de ese Avellaneda, y entonces pasó a referirme con harto dolor todo lo que los magos encantadores hacían por desbaratar sus hazañas y confundir a quienes pudieran honrarle por ellas. Me preguntó a continuación quién era yo, se lo declaré, así como el negocio que me había llevado a Zaragoza, y se dolió mucho de no ver a mis seis gatos, porque, dijo, eso iba a ser cosa notable. Luego tornó a preguntarme qué derrota iba a tomar, y como le dijera que íbamos mi criado y yo de vuelta a nuestro lugar y que éste no se hallaba lejos del Toboso, pareció encandilarse todo él. Después de algunos requilorios me preguntó si yo querría llevarle una larga epístola a su dama, la famosa princesa Dulcinea, encantada ahora al parecer en forma de grosera campesina. Le dije que yo haría eso con sumo gusto. Pidió al ventero si por casualidad había en la casa recado de escribir y un poco de papel, de todo lo cual le proveyó un alguacil que también posaba esa noche en la venta, y se apartó de nuestra compañía. Dos horas se encerró en su aposento y cuando a punto estábamos de retirarnos a descansar, volvimos a verle. Traía don Quijote una larga epístola. La agitaba en el aire como un ventalle, por secar la tinta, todavía fresca, y pudimos ver todos que había enjaretado en ella unas octavas de las llamadas reales, que allí mismo nos leyó a todos, maravillándonos de que un hombre tan esforzado con las armas fuese al mismo tiempo tan consumado y cumplido con las musas.

Estaban oyendo hablar a don Santiago, además del bachiller, dos caballeros y un comerciante en campeche y cacao de Soconusco, así como los criados de todos ellos que, sentados en un rincón, se distraían a veces de esa conversación de la que nada entendían, hablando de sus asuntos.

De los caballeros, uno era un hombre de hasta doce pies de alto, de porte grave, vestido con muy elegantes ropas, un coleto de ante sobre un jubón bordado con hilos negros y perlas, y un bohemio de pelo rojo que no se había quitado, porque el día andaba frío, y tampoco le había quitado el ojo en todo el tiempo que habló don Santiago. Cuando vio que éste había terminado de hablar, dijo:

—Mi nombre es don Álvaro de Tarfe y os he escuchado, don Santiago, con sumo interés, en cuanto oí el nombre de don Quijote. Vengo de Granada, mi patria y la de mi linaje, que es la de los moros Tarfes de Granada, y voy a Madrid dos veces al año, porque en la Corte se siguen mis negocios y es cosa que me conviene. No hace todavía un año, pasando por Argamasilla de Alba yo y otros cuatro caballeros principales, camino de unas justas de Zaragoza, conocimos a quien se hacía llamar Alonso Quijada o Quijano, conocido también como don Quijote de la Mancha. Era este don Quijote uno de los hombres más descomunales que conocí y su escudero uno de los más glotones y dignos de lástima entre los de su género. Vimos enseguida que el tal don Quijote era alguien que había perdido el seso, creyendo ser un caballero andante, y su escudero no le andaba a la zaga. Por no relatar ahora todo el rosario de las aventuras que protagonizaron aquellos dos sandios, abreviaré diciendo que nos acompañaron a Zaragoza, que luego les perdí de vista y que al cabo de un tiempo volví a encontrármelos a ambos en Madrid, a donde tenía que ir, como he dicho, con harta frecuencia. El paso del tiempo no había mejorado mucho el estado de aquel hombre, que se hacía llamar el Caballero Desamorado, porque ya nunca pensaba enamorarse de nadie, habida cuenta de la mala fortuna de sus amores. Y así fue como, antes de partir a Córdoba, a donde yo iba, lo dejamos encerrado en la casa del Nuncio de Toledo, con otros locos, donde se mejorara y procurase su cura, y se le pasase esa porfía de creerse don Quijote de la Mancha, del que, sin duda, también había sabido leyendo el libro de Cervantes, del que yo entonces, por cierto, no tenía noticia, como tampoco del verdadero don Quijote. Pasó un tiempo y quien supo y pudo contar aquellas nuevas aventuras de don Quijote, se las contó a un amigo suyo, un hombre del que nada puedo decir por el momento, gran enemigo de Cide Hamete, de toda la nación morisca y de Cervantes, recopilador éste de la primera parte de las aventuras de don Quijote. Y le contó el caso de aquel hombre que se había vuelto loco y dio en creer que era un caballero andante que se llamaba don Quijote, que a su vez era un loco que se creía cuerdo. ¡Rara querencia! Este enemigo, que dio en llamarse Alonso Fernández Avellaneda, envidioso de la fama y dineros que con la primera parte había logrado Cervantes, hizo cuento con una segunda historia, y presentó como verdadero lo que era falso, y allá salimos todos los que nos emparejamos con el caballero y su escudero camino de Zaragoza, en libro que ha visto la luz hace algo menos de un año en Tarragona. El libro nos dejó a todos suspensos y apostábamos unos y otros si le habrían o no de responderle a Avellaneda Cide Hamete o Cervantes con nuevas y más insólitas y nunca oídas aventuras, y ahí habría acabado mi cuento de no haber sido porque no hace ni cuatro meses, volviendo a mi tierra granadina, me encontré en cierto mesón a un caballero y a su edecán. El caballero era un hombre alto, delgado, triste...

Se interrumpió aquí don Álvaro de Tarfe para beber un poco de vino y seguir con un relato que a todos, incluidos los criados allí presentes, tenía encandilados.

—El espolique —prosiguió don Álvaro— era un hombre rudo y atezado, de zancas largas y mirada triste. El amo, ya he dicho, más que hombre, efigie depurada de sí mismo. Oyó este caballero mi nombre y quiso saber si yo se lo confirmaba, porque, me confesó, era cosa que le importaba saber. Me preguntó luego si yo había conocido a don Quijote de la Mancha, y así se lo confirmé, diciéndole que era gran amigo mío y que yo lo llevé a ciertas justas que habían tenido lugar en Zaragoza, y que no hacía todavía ni un año que lo había dejado en la casa del Nuncio, en Toledo. Me escuchaba con atención el caballero, estudiando mis palabras, mis ropas, mis ademanes. Y después de sopesar estos detalles, quiso saber si ese tal don Quijote y él tenían en común algún parecido. Yo le dije que no, por cierto, y que en nada se parecían. Preguntó también si ese don Quijote traía consigo un escudero llamado Sancho Panza. Y sí traía, le dije, y le confirmé que aunque tenía fama ese escudero de gracioso, nunca, la verdad, le había yo oído ninguna gracia. El criado que acompañaba a este caballero, y que nos había oído departir sin abrir la boca, se metió en ese preciso momento en nuestro coloquio y confirmó que seguramente así era, porque no todos pueden ni saben decir las gracias, y que aquel hombre debía de ser un grandísimo bellaco, y un frión y un ladrón juntamente, porque el verdadero, único, irrepetible y contrastado Sancho Panza era él, de la misma manera que el verdadero, famoso, valiente, discreto, enamorado, desfacedor de agravios, tutor de huérfanos y pupilos, amparo de las viudas y rompecorazones de doncellas, el que tenía por única señora a la sin par Dulcinea del Toboso, era el allí presente don Quijote, y que no había en el mundo ningún otro sino aquél, ni ningún Sancho más que él mismo. Lo confirmó el caballero, y lo rubricó con una gran cabezada: «Así es, don Álvaro, no hay otro yo en el mundo». Mi sorpresa fue tan grande como mi contento, pues me di cuenta allí mismo, sobre la marcha, que aquellos eran los genuinos, los destilados de la verdadera cepa, los inconfundibles don Quijote y Sancho, porque en aquellas cuatro razones había más gracias que en todas las que le había escuchado a los otros dos en tantos días. Y dejé hablar a mi corazón, y le pedí excusas, porque los mismos encantadores que perseguían a don Quijote el bueno habían querido perseguirme a mí con don Quijote el malo, y le encarecí diciendo que sólo deseaba que a éste no le soltaran en todos los días de su vida de la Casa del Nuncio de Toledo donde le dejé con los loqueros, y di gracias al cielo de haberme permitido conocer a don Quijote el auténtico, a don Quijote el bueno. Me dijo entonces: «Yo no sé si soy bueno, pero sé decir que no soy malo; para prueba de lo cual quiero que sepa vuesa merced, mi señor don Álvaro de Tarfe, que no he estado en Zaragoza en todos los días de mi vida; es más, al enterarme de que ese don Quijote fantástico se había hallado en las justas de esa ciudad, no quise yo entrar en ella, por sacar a las barbas del mundo su mentira; y así, me pasé directamente a Barcelona, archivo de la cortesía, albergue de los extranjeros, hospital de los pobres, patria de los valientes, venganza de los ofendidos y correspondencia grata de amistades firmes, y única en sitio y en belleza. Y, aunque los sucesos que en ella me han sucedido no son de mucho gusto, sino de extrema pesadumbre, los llevo sin ella, sólo por haberla visto. Finalmente, señor, yo soy don Quijote de la Mancha, el mismo que dice la fama, y no ese desventurado que ha querido usurpar mi nombre, honrarse con mis pensamientos y decorarse con mis hazañas. A vuestra merced suplico, por lo que debe a ser caballero, si no le importa hacer una declaración ante el alcalde de este lugar, de que vuestra merced no me había visto en todos los días de su vida hasta ahora, y de que yo no soy el don Quijote impreso en esa segunda parte tarraconense, ni este Sancho Panza mi escudero es aquel que vuestra merced conoció». Y eso hicimos. Después de comer se llegó el alcalde de aquel pueblo al mesón, y delante de él certifiqué que aquel caballero no era de ningún modo el don Quijote de la Mancha que andaba en la *Segunda parte de don Quijote de la Mancha*, compuesta por ese tal Avellaneda, y así lo proveyó el alcalde jurídicamente. Esa misma tarde partí hacia mi tierra. Apenas habíamos estado juntos unas horas, pero bastaron para sacarme de un error tan señalado. Y aún recorrimos juntos esa jornada un buen trecho del camino, y en ese poco espacio me contó don Quijote del encantamiento de Dulcinea y del remedio para desencantarla, que fue que hubo de darse Sancho Panza tres mil trescientos azotes, y de la desgracia de su vencimiento en Barcelona, a manos de un caballero que le había impuesto la penitencia de no volver a armarse ni a salir de su lugar en un año, a donde iba a recogerse. Y aquí es a donde quería llegar con esta larga historia, don Santiago. Y es que no creo que el don Quijote que vos habéis asegurado encontrar en La Almunia de doña Godina sea el verdadero don Quijote, pues creer que este caballero torcería un juramento dado, sería pensar lo imposible. Más bien creed que a quien visteis será el que yo conocí en muy mala hora para mi infortunio, que lo hayan soltado de la Casa del Nuncio, teniéndolo por cuerdo, o que, como sospecho, se haya escapado, y ganas me dan de correrme hasta La Almunia, darle caza y volverlo a recluir, aunque sólo sea por que no vaya por esos mundos emporcando el nombre de alguien a quien no llega a desatarle la loriga. Y como creo que no debo de andar muy lejos de donde creo tiene su pueblo el verdadero don Quijote de la Mancha, porque muy cerca de aquí nos despedimos la primera y única vez que nos vimos, tentado estoy de salir al encuentro del verdadero y advertirle de lo que pasa, para que transcurrido el plazo de su penitencia, vaya en busca del falso que le suplanta, lo rete, lo venza, y sin piedad le traspase la lanza entre los ojos, como solían hacer Héctor, Aquiles y cuantos pelearon al pie de las murallas de Ilión con sus enemigos.

Quedaron los presentes muy asombrados con aquellas aclaraciones de don Álvaro de Tarfe, que recibieron con murmullos de aprobación, y permanecieron pendientes de lo que dijera don Santiago Mansilla. Pero el joven de la espada de filigrana no acertaba sino a un mirar torvo y a un mascullar razones inaudibles.

Aunque nadie se asombró tanto como el bachiller Sansón Carrasco. Oyéndose nombrar como el caballero del vencimiento de don Quijote, dio por bueno y fiel todo el relato de don Álvaro. Conocía también la existencia de aquel segundo libro con el falso Quijote por el propio y verdadero don Quijote que así se lo había confesado a su vuelta, con todas las demás historias a las que se acababa de referir don Álvaro de Tarfe, y a éste pensó enterarlo discretamente luego, en un rincón, de quién era él y cuál había sido el fin de don Quijote. Pero no quiso privarse de hacer algunas preguntas al joven don Santiago, para tratar de adivinar a quién había visto él en La Almunia y qué propósitos le movían a ése con tal de usurpar un nombre que no era el suyo.

—Ah, caballeros, cuánto gusto recibo en oíros hablar como lo hacéis...

Todos miraron a aquel joven que aún vestía de estudiante y a quien habían visto entrar hacía un rato. Sansón Carrasco se vio en la obligación de declarar quién era, no diciendo lo que de don Quijote sabía él, y no temió dar su verdadero nombre ya que en la primera historia circulante no aparecía y nadie podría, por consiguiente, reconocerle.

—Me llamo Sansón Carrasco y vengo buscando a cierta persona que se partió de mi lugar hace algunos días, para darle un mensaje en que ha puesto la vida una amiga suya. También yo he leído, amigos, el libro del primero y verdadero don Quijote y lo que sé del segundo, lo sé de oídas. El primero lo encontré sumamente entretenido e impar, como no se ha escrito otro igual en nuestra lengua, y del segundo nada puedo decir, porque como acabo de aclarar, no lo conozco. Pero si lo que don Álvaro ha dicho es verdad, y no lo pongo en duda, y lo dicho por vos, don Santiago, también lo es, sólo puede querer decir que hay ahora sueltos por el mundo dos don Quijote, uno bueno y otro malo, y siendo así que el bueno está recluido en su lugar cumpliendo la penitencia, es el malo quien anda por ahí usurpando su nombre y poniéndole a su nombre andanzas que no merecerían ser tales, sino verdaderas malandanzas. Ahora bien. Pensemos seriamente esta cuestión. Si don Quijote el bueno es quien yo creo que es, no puede haberle vencido nadie ni él se dejaría. De modo que ese que dice haberse retirado descabalgado a su lugar no debía de ser sino el malo, y el que sigue cabalgando no ha de ser sino el bueno. Por eso querría saber, don Santiago, ¿dónde exactamente aseguráis que visteis a don Quijote? Porque si no me desvía mucho de mi camino, allí iré yo por verlo y entrar en el número de quienes se rozaron con su persona. Yo, pues, me declaro del partido de don Quijote visto por última vez en La Almunia de doña Godina.

Don Santiago, aturdido por las palabras de don Álvaro pero enardecido por las del bachiller, cobró el aliento y animó al bachiller a que emprendiese ese camino en busca de don Quijote, y dijo:

—Es todo muy extraño, don Álvaro. Y ahora os diré por qué. Y vos, señor Carrasco, hacedlo, id en su busca, de lo que recibirá don Quijote mucho contento, y sabed que a quien vais a encontrar es al bueno y no al malo. Y decidle también que os cruzasteis con don Santiago de Mansilla la víspera de la entrega de su carta, ya que según tengo entendido ese pueblo llamado del Toboso está muy cerca de aquí.

—Y contadnos, ¿cómo le habéis encontrado de salud y de ánimo? —volvió a preguntar malicioso el bachiller.

—De lo primero, algo achacoso, por los duros trabajos que dice llevar adelante, pero de lo segundo nadie podría hallar un caballero más espumoso en medio de sus melancolías que él, ni a nadie más hablador ni tan entretenido, y tampoco menos presumido y ufano, pues aunque en todas aquellas comarcas había quienes conocían sus historias, jamás se le veía sacar provecho de ninguna, al contrario que los soldados fanfarrones, ni aumentaba hablando de ellas la calidad o cantidad de sus enemigos por sobresalir de ellos en sus victorias, antes al contrario, gustaba referirse sobre todo a aquellas otras ocasiones en las que las circunstancias y los encantadores le habían jugado la mala pasada de confundir sus enemigos con molinos de viento o con rebaños de ovejas, sin que él pudiera adivinar el modo de contrarrestar tales ilusiones malignas, y atended, don Álvaro, porque aquí viene lo que al principio tanto me ha desconcertado de toda vuestra historia. Porque entre las cosas de las que le encontré quejoso a don Quijote fue, en efecto, de ese sosias que le ha salido, y al que habéis aludido, y que va emparejado por el mundo con otro Sancho haciendo sandeces y ensartando aventuras tales y tan desustanciadas que ni están sustanciadas en razón ni en el ingenio, ni en el valor ni en la audacia, ni en el ideal ni en la fe, sino en la pura y llana tontería. Y me dijo, en efecto, que ese don Quijote mendaz que iba por el mundo usurpando su nombre era el mismo que había historiado el tal autor tarragonino. Pero que él era el único y verdadero don Quijote de la Mancha de quien habló Cide Hamete Benengeli y que dio a conocer el señor Cervantes en volumen ya famoso, como habría de serlo la segunda y verdadera historia de sus hazañas, cuando se publicara.

No pensaron ni el bachiller Carrasco ni don Álvaro que las cosas fuesen a ponerse de ese modo, ni que fuera don Santiago un consumado embustero, de modo que sólo preguntando pensó nuestro bachiller que llegaría a menos movedizas verdades, y así quiso saber igualmente si en las pláticas que había mantenido don Santiago con don Quijote, le había mencionado éste el lugar de donde era, y la gente que en él había dejado, entre otras, sobrina y ama, y una hacienda que había de ser abultada para permitirle llevar esa vida ociosa, y si se había acordado de preguntarle la razón por la cual el autor de su historia no quiso acordarse del lugar de donde había salido para alcanzar eterna fama.

—Nada me dijo de ese nombre ni a mí se me alcanzó a preguntárselo, pero sí mencionó todo el tiempo perdido en tal lugar, lamentándose de no haberlo abandonado mucho antes, cuando aún era mozo, dejando para la vejez trabajos que quizá debería haber acometido de joven, y así yo diría que se le veía con una sed infinita de aventuras, temiendo que su tiempo era breve, y que sabido eso, no le quedaba mucho que perder. Y ahora que aludís a ello, de nadie de los de su pueblo habló, ni tampoco de su familia. Nunca mencionó quiénes son o fueron sus padres ni el ama ni la sobrina, que aparecen en la relación de sus hechos. Se diría que sólo le preocupaba su vida andantesca, como si hubiese empezado a ser persona únicamente en el momento en que salió de allí, y no antes. Un hombre con dos vidas. Una, antes de hacerse caballero, de la que poco o nada recordaba o de la que nada tenía que decir; y otra, aquella que llevaba a la sazón, la buena, la breve, la penosa, la difícil vida de los caballeros andantes.

Ya las palabras de don Santiago habían encendido una controversia, y la reunión se tajó en dos, partidarios de un don Quijote y de otro, como de una cuestión teológica, con argumentos que hacían buenas las dos verdades, cosa imposible, porque sólo una de las dos podía serlo, si acaso no eran las dos mentira.

Se refirió a continuación el encantador de gatos a la relación que entre don Quijote y Sancho tenían.

—Yo creía —prosiguió don Santiago, cuando se hubo apaciguado el concilio—, por lo leído, que el caballero don Quijote no siempre era considerado con su escudero, y que se pasaba el día reprendiéndole y amonestándole, y mandándole callar y corrigiendo sus palabras y sus modales, y que el escudero unas veces de grado y otras con disgusto, acataba tales trepes con la sumisión de un buen criado. Pero se diría que ahora llevan su suerte a la par, más como compadres de la misma milicia que como señor y vasallo, y parece que hablan los dos de las mismas cosas y comparten los mismos puntos de vista, como si don Quijote hubiera contagiado su locura a su escudero, y éste todo su buen sentir y decir al caballero, de modo que si ya en la primera parte que conocemos confortaba y entretenía asistir a sus coloquios, ahora embelesan de tal modo que yo les pondría a decir lo que quisieran y a hablar de lo primero que se les viniere a las mientes, porque todo parecen ellos resolverlo a las mil maravillas.

Aquellos embustes de don Santiago (porque no podían ser sino embustes, ya que él, Sansón Carrasco, había enterrado al verdadero y único don Quijote, y la broma de que hubiesen enterrado a un don Quijote falso ni siquiera la imaginaba el bachiller, por no tener que admitir que en ese caso él mismo sería igualmente un Sansón Carrasco apócrifo), todas aquellas mixtificaciones admiraron y divirtieron al bachiller. Y puesto que siendo tan discreto y gentil el caballero al que se refería don Santiago, no podría tratarse del necio don Quijote avellanado, ni de don Quijote el bueno, por haber muerto, supuso el bachiller que algunos imitadores guasones habían salido por broma y diversión a correr la tierra vestidos en tales disfraces, y con ánimo de tal perfección que se podrían comparar en eso a los comediantes capaces de imitar a la perfección voces y semblantes de gentes conocidas, pareciéndose a los verdaderos más que los verdaderos mismos. Y sin embargo hubo algo que le dejó pensativo al bachiller, y fue que todo lo que acababa de declarar don Santiago de cómo se comportaban don Quijote y su escudero, de cómo al caballero el vencimiento le había vuelto más cuerdo y cómo la retirada le había vuelto más loco al escudero, animando a su dueño en la quimera de llevar vida pastoril, todo aquello él podía darlo por bueno, pues los días que mediaron entre su regreso y la muerte de don Quijote así habían pasado.

Por ver a dónde llevaba todo aquello y qué patrañas se inventaba, siguió el bachiller Carrasco preguntando al alcarreño:

—Y, mi señor don Santiago, puesto que habéis tenido la suerte de tratar a don Quijote en La Almunia de doña Godina no hace ni siquiera una semana, y aunque sólo fuera durante una noche, ¿podéis decirme si os ha contado las nuevas aventuras que han sucedido y que sin la menor duda veremos pronto en libro, como salieron las otras y el propio don Quijote da por hecho?

—Algunas os referiré, y con mucho gusto, que nada me lo da tanto como tratar de esas cuestiones —respondió el hombre—. Pero ya os dije que no se hallará caballero más discreto ni menos vanidoso que él, y si se le pregunta por sus aventuras, se limita a guardar silencio, por no dar a pensar que se envanece o alardea de sus conquistas, y es entonces Sancho Panza quien las refiere, y son en verdad increíbles de no saberles a los dos incapaces de mentir. Y así nos contó el escudero no sólo las aventuras de su primera salida, sino muchas recientes, como que acababa él de dejar, en un lugar llamado Barataria, la gobernación de una ínsula que le proporcionó un duque, admirador de su señor don Quijote, que a los dos, a amo y escudero, los había tenido a mesa y mantel por más de tres semanas alojados en su castillo como a verdaderos príncipes.

Fue oír eso, y el bachiller Sansón Carrasco, que conocía como todos en el pueblo esas nuevas, saltó de la silla y se puso en pie, pues si aquel hombre era un farsante declarando que acababa de encontrarse con don Quijote en La Almunia de doña Godina, cuando era bien patente y notorio que había muerto hacía tres meses y los mismos llevaba enterrado, no lo era en absoluto declarando que Sancho había sido gobernador, cosa que sólo podía saber de primera mano o por quien conociera tales hechos. Y el mismo efecto hizo tal revelación en don Álvaro de Tarfe, que había oído referir aquella aventura insulera de labios del propio Sancho. ¿Se habría publicado acaso la segunda parte del verdadero don Quijote y andaba ya por ahí, y ellos no lo sabían? ¿Habría llegado a manos del apócrifo y marfuz Quijote tordesillesco un ejemplar de las nuevas aventuras y se había apropiado de las segundas, como sin escrúpulos se apropió de las primeras, y se habría salido al campo, escapándose de la Casa del Nuncio?

De cuajo se le arrancaron las ganas de diversión al bachiller Carrasco, y si alguna de sus burlas y enredos había imaginado para desengañar y correr a don Santiago, se lo pensó mejor. Se dijo: «Aquí hay industria, y no acierto a ver de qué clase; o engaño, y no sé con qué objeto, porque a nadie beneficia; o ha querido el cielo, y tampoco se me alcanza a descubrir la razón, propalar la enfermedad de don Quijote y contagiar con ella a todos los desdichados de la tierra», y así se atrevió a preguntar Sansón Carrasco, con mucha menos pompa y más grave continente:

—¿Y decís, señor don Santiago, que al fin Sancho ha logrado su ínsula y que ya obtenida ha renunciado a ella? ¿Cómo puede ser una cosa así, después de lo que penó por alcanzarla?

—Yo no sé sino lo que él me dijo, que el gobierno no era para él y que más había nacido para ser libre que para sujetarse y quitarles la libertad a los demás, como quería quitársela de comer a su gusto un tal doctor Tirteafuera, que lo mantuvo en tan estrechas hambres mientras duró su gobierno que a punto estuvieron de llevárselo consumido al otro mundo, y que no sabía si se llamaba Tirteafuera de suyo, por ser del lugar de ese nombre, o porque se pasaba todo el día estorbándole, cada vez que le presentaban un manjar, con un tirte afuera, o sea, un quita allá.

Se quedó pensativo Sansón Carrasco dándole vueltas en la cabeza a todas aquellas cosas que acababan de relatarse, sin ganas ni siquiera de seguir lo que había empezado como un vaniloquio y era ya cuestión de metafísica, y por temor acaso de estar en un coloquio con el mismo Satanás, conocedor de tantas cosas ocultas e imposibles, guardó silencio.

Entró en ese momento el ventero con un cofín lleno de higos, y le anunció al bachiller, y a todos los presentes, que sus cenas estaban en camino, y ni siquiera había terminado de decirlo, cuando vieron aparecer a la criada que traía una gran fuente, lo que fue recibido por todos los presentes con patente alborozo, menos por Sansón Carrasco, que se quedó mudo por la sorpresa de reconocer en aquella sirvienta al ama Quiteria.

Al ver al bachiller, a punto estuvo ella de que se viniera al suelo la fuente en la que humeaban media docena de manos de vaca. Se llevó disimuladamente el bachiller su dedo índice a los labios, dando a entender al ama que no descubriese quién era, y por gestos la hizo saber que de allí a un rato, cuando pudieran encontrar mayor sosiego, hablarían a solas.

Y puestas las cosas en aquel término, dudó el bachiller Sansón Carrasco durante la cena si declararle a don Álvaro de Tarfe con la mayor discreción quién era o no, así como la muerte de don Quijote. Porque las verdades que creyó oírle referir quedaban en entredicho con las mentiras oídas a don Santiago, y amigo de burlas como era, empezó a sospechar que quizá fuera todo una combinación para reírse a su costa. Había oído allí tantas verdades y mentiras por junto y al revoltillo, que si unas cosas le admiraban, otras le ponían en guardia.

Vio el joven Carrasco al caballero granadino trasegar en silencio su cena, sin hablar con nadie, pensando acaso en todo lo que se había hablado, y si por un lado le resolvía a desvelar quién era el hecho de que no tuviese a don Quijote por alguien que había quebrantado un juramento, no haciendo con ello honor a su nombre, por otro, el buen juicio le aconsejaba quedar tapado en aquella reunión y que no le tuviesen a él mismo por otro de aquellos orates que al parecer empezaban a multiplicarse por la Mancha con los propósitos más pintorescos, como era bien notorio por las muestras que en aquella venta se habían dado a conocer. Meditaba: «Si le digo que don Quijote ha muerto, el honor de mi amigo habrá quedado a salvo, y no irá contando don Santiago por ahí que conoció una vez al verdadero don Quijote, y que éste resultó más falso que el primero; pero me tendría a mí por loco, y no está claro que me creyese, puesto que parece cierto que él en La Almunia ha estado con un don Quijote que él tiene por verdadero, con lo cual seguirá asegurando que el don Quijote bueno, el mío, el nuestro, el que se nos ha muerto, era tan malo como el malo; y si no digo nada, mi reputación no habrá sufrido nada, pero habré consentido que la fama de don Quijote empiece a resquebrajarse y acabará viniéndose abajo como una pared apandada».

Se encomendó el bachiller a que don Álvaro acabara leyendo la segunda verdadera historia, cuando fuese publicada. «Cuando se publique —pensó el bachiller—, estará en ella recogido lo sucedido esta noche en esta venta, y la verdad saldrá sin menoscabarse ni menoscabar a nadie, dejando a cada uno de nosotros donde cada cual ha querido ponerse o donde le puso la Providencia», y de ese modo decidió no decir nada a nadie sobre sí mismo y de cómo él, sí, había sido no sólo amigo verdadero de don Quijote, sino quien le había vencido en Barcelona.

Terminaron de cenar los caballeros, se dieron las buenas noches, los que tenían aposento se recogieron en él y el bachiller esperó a que la casa se quedara sosegada para hablar con el ama.

El fuego languideció, y de blandones, velones y candiles sólo permanecía encendida una pequeña candileja, en un vaso de barro, sobre un generoso lecho de aceite.

Apareció Quiteria secándose las manos en el mandil.

—¿Qué hace vuesa merced tan lejos de nuestro lugar y por qué no me ha permitido que le hablara sino a hurto? ¿Huye acaso?

—No huyo, tú eres la huida y vengo en tu busca —declaró el bachiller—. Mañana te vuelves conmigo al pueblo. Y no quería que me descubrieras, porque ya has visto el revuelo que ha organizado nuestro buen don Quijote, que se diría que por allí donde ha pasado o a donde llega su historia escrita, levanta los cascos de la gente y les hace disparatar tanto como disparató él.

—No lo sabe vuesa merced bien, que ni Guadalupe tiene tantos peregrinos como locos llegan a esta venta tras el husmo de mi señor.

A continuación pasó a relatarle todas las razones, sin olvidar palabra, que le había encomendado Antonia que le dijera, los agravios de toda una vida y el desabrimiento que se traía con ella la muchacha desde que había desaparecido.

Quiteria se desbordó llorando con tanto ahínco que se hubiera dicho que llevaba todo aquel tiempo de su fuga esperando un momento favorable para poder hacerlo. Sansón Carrasco dejó que se desahogara, mientras se enjugaba las lágrimas con la punta de la saya. Cuando al fin recobró el aliento, dijo:

—No puede ser. Aquí me quedaré, yo ya no puedo volver, y si lo hiciera, me moriría. Mi intención era llegar hasta Sevilla y buscar el modo de llegar a La Asunción de Perú, pero al pasar por esta venta, me enteré que con todo este trajín de mi buen señor Quijano, necesitaban quien les ayudara a asistir tanto bureo. Sabido esto, hablé con el ventero, el ventero con su mujer. Me preguntaron si estaba limpia, les dije que sí. Volvieron a preguntarme cómo era que andaba sola por los caminos, sin maleta ni alforja, y les dije la verdad, que me había pasado la vida sirviendo en la casa de un hidalgo que acababa de morir. Dios mío, y si mi amo supiera de qué hidalgo se trata, me pondría en un cadalso para que me vieran bien de lejos, como atracción de feria. Le dije que no venía huyendo, sino buscando ganarme el sustento, y que era cierto que no traía maleta por pobre, a lo que me dijeron que no sabían ellos que los pobres trajeran una borrica tan buena, y quisieron saber si la había robado, y les dije que no, y que en la primera ocasión que se me presentara, mandaría por alguien que la tornase. Y quisieron saber si era a mi familia a quien había que tornarla, y dije que no, porque no tenía familia.

—¿Y en eso dijiste la verdad, Quiteria? —le interrumpió el bachiller—. ¿No tienes familia en Hontoria, no fuiste precisamente el día de tu fuga a verla? ¿No te ha dicho cien veces Antonia que tu casa es la suya, y que allí debías de quedarte?

—Si lo piensa, y no lo piensa, ya me lo habría hecho saber en todos estos años —admitió pesarosa el ama, entre sollozos—. Y vos no podéis hablar, porque no la conocéis. Antonia es mala, caprichosa, cruel, antojadiza, y si con el amo era ya ingobernable, sin él será una tirana. Es avara y nada compasiva. Ninguno de nosotros tiene la culpa de que su madre se muriese, de que su padre huyera y de que la niña no se haya criado en un palacio. Mientras vivió su tío, me obedecía o fingía respetarme. Pero muerto él, ¿qué me espera a su lado? Me han tratado en esta venta con más respeto el tiempo que llevo en ella, que en la casa, donde he pasado veintisiete años, desde que murió mi amo.

—Ahora te ciega el rencor, Quiteria. No hay nadie que sea tan malo como lo pintas, y las personas cambian. Antonia es muy tierna, y está asustada. ¿Y no tienes madre y hermanos en Hontoria? De acuerdo que no quieras volver con Antonia, si tan mal te va con ella; pero vuelve con tu familia. ¿Cómo vas a terminar tú de moza de mesón?

—Allí son tan pobres que ni siquiera podría ganarme el sustento, aun queriendo. Las penas que se le reservan a una mujer sola e infortunada, más vieja que joven, más fea que hermosa, más callada que graciosa, más áspera que dulce, nadie las sabrá nunca del todo. Fui a ver a mis hermanos, es cierto, y a mi madre, y no llevaba pensamiento ninguno, ni de estarme en mi casa ni de ir por los caminos. Sólo quería ventilarme la cabeza. Allí me recibieron los míos con los brazos abiertos, y mi hermano me dijo, ésta es tu casa y si a ella quieres volver, te recibiremos con los brazos abiertos, pero corren malos tiempos y tarde o temprano habrás de buscarte donde ganarlo, porque aquí nos juntamos demasiadas bocas. Y así es la verdad, porque aquélla es casa donde se comen los piojos. Cómo me apenó oírles decir aquello. «He venido con lo puesto —les dije—, y con lo puesto me iré esta tarde. Necesitaba un poco de sosiego. Allá se ha quedado todo lo mío, que me basta y me sobra, porque mi amo don Quijote tampoco se ha olvidado de mí en su testamento.» Y fue cosa triste que los mismos que hasta ese momento no tenían sitio donde tenerme, en cuanto oyeron la palabra testamento, quisieron saber por lo menudo lo que me había dejado, porque no se habrá visto a nadie que lleve mejor cuenta de los caudales ajenos que los pobres. Les dije que quiso mi amo satisfacer el salario que se me debía por el trabajo realizado en todos estos años, y que añadía veinte ducados para que me hiciera un vestido.

—Ah, ya entiendo —exclamó el bachiller—. Ahora se me alcanza la razón de la disputa. Habéis reñido tú y Antonia a cuenta de esa herencia, que no te habrá podido satisfacer, porque no le queda ya en el arca ni un maravedí.

—No queráis saber más de lo que pasó. Jamás disputé con Antonia por un ochavo, ni lo haría. ¿En qué se mejora una desgracia por vestido de más o de menos? El caso es que me dolió saber que en la casa donde no tenían ni cama ni mesa ni plato un minuto antes, se me abrían de pronto todos los aposentos cuando supieron que acaso viniera con dineros. Les dije que me había llegado a Hontoria no para quedarme, sino por ver a mi madre, que me habían dicho que había estado enferma, y cuando salí de mi pueblo, y sin saber por qué, me puse en camino. Ya sólo tenía deseos de alejarme de allí, y por primera vez comprendí muy bien a mi señor Quijano y lo que debió de sentir, porque a medida que iba dejando atrás lo que yo ya conocía, fue algodonándoseme el alma, pues nadie puede ser más feliz que aquel que con libertad hila sus pasos.

—¿Tan mal te trataron en tu casa, Quiteria?

—No me haga decir más de la cuenta ni quiera saber más de lo debido, porque cada hombre ha de llevarse a la tumba secretos que ni harían bien a nadie si los supiese, ni mejorarían en nada, sacándolos de su corazón, a quien los guarda en él. Decid a Antonia que agradezco sus intenciones, pero que aquí me quedo, y vuesa merced no olvide lo que le digo: no es buena esa muchacha y si su tío hizo locuras, las que hará ella dejarán pequeñas las de él, porque las cosas vienen de lejos cuando son graves.

CAPÍTULO VIGÉSIMO PRIMERO

Durmió esa noche el bachiller en el pajar, como tenía concertado, y poco antes de amanecer se levantó con la determinación de llevar consigo de vuelta a Quiteria, con su consentimiento o sin él, por la fuerza o de buen grado, y para ello lo fió todo de su ingenio y de las trazas que se daba para desencadenar en un momento los sucesos.

Encontró sin embargo ya levantada a Quiteria. Le esperaba, lavada su cara y con la borriquilla lista, en el mismo patio de la venta, sentada en un poyo, aguardando que el bachiller la tornara a su lugar. Se había despedido del ventero y de su mujer, que lamentaban perder tan buena borrica y tan bien mandada criada, intrigados tanto por la causa de aquella marcha precipitada, que no quiso referirles, como de su misteriosa y nunca aclarada venida.

—Lo he pensado mejor, señor Sansón —le dijo el ama—. No es ésta vida para una mujer como yo, acostumbrada a gobernarse sola. Si en aquella casa hubo un loco, lo hubo genuino. Por aquí se pasan cada día lo menos diez, y todos falsos. Y esto no ha hecho más que empezar. Si yo contara lo que he visto estos meses. Me quejaba de mi pobre señor Quijano. Éstos hacen de él un Salomón. Llévenme, y disponga el cielo que todos esos encarecimientos de Antonia sean ciertos. Yo la quiero como de mi propia sangre, y no podría ser de otro modo sabiéndola además de la de mi amo. Cuando me ordene, yo estoy lista.

Al rato fueron despertándose los huéspedes y la venta se alborotó con las voces de los que se aprestaban a irse.

Mandó el bachiller a Quiteria que le esperase y buscó a don Álvaro de Tarfe, y lo halló vestido de camino y esperando que sus criados le enjaezaran su caballo. Durante la noche, y después de meditarlo, había determinado hablar con él. Quizá esto es lo que a don Quijote le hubiera gustado que se hiciese, se dijo. Se lo llevó a un rincón del patio, y a solas, le habló con reserva:

—Amigo don Álvaro, la vida ha querido ponerle a vuesa merced en dos historias, una buena y otra mala. En una figuráis con un don Quijote falso, pero la suerte quiso que el verdadero os desengañara. No todos conocen la fortuna de tener a mano los dos extremos donde elegir ni dos caminos para desestimar uno. Y la vida es posible que quiera haceros aún parte principal de otra historia más, de la que aún queda por ir a las prensas, mezcla de la buena y la mala, porque todos hemos visto que ni el mal es puro ni lo es el bien, y no hay bien que no tenga un poco de mal, y un mal, otro poco de bien, ni libro tan malo que no contenga algo bueno. No sé quién será el don Quijote que don Santiago dijo encontrar en La Almunia de doña Godina. Podrá ser el que vos conocisteis primero, falso y ordinario, o tal vez otro. No me fío de ese hombre, no me gustó su catadura, esa bizquera y el chirlo sobre la ceja. Las malas imitaciones, y aun las buenas, son mucho más fáciles de obtener que los originales, y un monigote es harto más sencillo de fabricar que un retrato verdadero, de ahí que don Quijote sólo haya habido uno, y a partir de ahora nos vamos a tener que ir acostumbrando a ver una legión de ellos. Y si las de don Quijote el bueno fueron locuras, suyas fueron. Cierto que también la locura suele ser una verdad a medias, y que más fácil es vivir de medias verdades que de una sola entera. Pero la locura de nuestro don Quijote era tan genuinamente suya, tan propia, tan fundamentada, tan razonable y comprensible, tan decantada, que no podemos tomarla como una media verdad, sino como la entera verdad que le llevó a querer armonizar el mundo, amparando a los débiles y sometiendo los desmanes de los poderosos gigantes, follones y malandrines. Y si es una locura arremeter contra unos molinos de viento, no lo es la razón que le movió a ello. Quiero decir, que la parte de locura de su hazaña es como todas las locuras, pero no la parte de razón, que es solo suya, genuina y respetable. Otra cosa es toda aquella injusticia que su afán de justicia iba sembrando por donde iba, aquel defender a quien se azotaba injustamente y a quien, como consecuencia de su defensa, se le redoblaba el castigo, redoblando con ello la injusticia que ya reinaba en el mundo antes que don Quijote interviniera. Y eso fue lo que me llevó a mí a intervenir en su vida, como os voy a contar. Así pues, yo le diría al falso Quijote que vos redujisteis en la Casa del Nuncio en Toledo, o al que por la plana de La Almunia propala la confusión, que no bastan locuras para ser don Quijote, como no bastan refranes y gracias para ser Sancho. A don Quijote le movía su buen corazón y su tristeza, sus ansias de no morir y de llevar esta vida allá donde partiera después de la muerte, así como traer algo de eternidad y de alegría a este mundo nuestro, tan triste, tan pequeño, tan breve. Fue un loco, pero si alguna vez se le recuerda en los tiempos venideros no será por haber embestido a unos carneros o haberse aspado en unos molinos, sino por haberlo hecho creyendo que no lo eran, y sí muy principales enemigos del hombre y de la razón, y sabiendo que no podría vencerlos. En cuanto a Sancho cabe decir que hasta el rabo todo es toro, por usar uno de sus refranes, y aún está él para contarnos lo que crea oportuno, porque no creo que sea hoy Sancho el mismo que era cuando empezó sirviendo a su amo. En fin, don Álvaro, no quiero deciros más. Si don Quijote luchó contra toda evidencia, haced lo propio ahora y no creáis que rompiera su promesa de no salir al campo, como así llevaba propósito de hacerlo, si no fuese que la muerte le tomó por la mano. No sólo no la rompió, sino que se rompió él por la mitad la vida, muriéndose. Don Quijote ha muerto, y muerto sigue, enterrado en su lugar, que es el mío. Recordad mi nombre y buscad la segunda parte de esa historia, que no dudo habrá visto ya la luz, puesto que el falso don Quijote de La Almunia va propagando aventuras de las cuales sólo ha podido tener conocimiento por ella, y para mí tengo que este de La Almunia debe de ser otro que el que vos encerrasteis en la

Casa del Nuncio, porque aquél era desamorado y éste, por lo que se ve, es partidario de las cartas misivas y las estrofas líricas. Y no olvidéis mi nombre, Sansón Carrasco, que iba para clérigo y no sabe todavía a ciencia cierta en qué se empleará su lego talento. Si, como me imagino, esa segunda parte está llevada a término con la misma escrupulosidad que la primera, en sus páginas me veréis, pues sabed que fui yo quien venció a don Quijote en las playas de Barcelona, y si Dios nos la da larga, acaso alcancéis a la tercera parte, que yo mismo he de escribir, haciendo la crónica de todos estos sucesos algún día, porque nadie tiene la última palabra de nada ni pueden dos hombres mirar las mismas cosas de la misma manera.

Don Álvaro de Tarfe estuvo muy atento a todo lo que el bachiller le contaba, y si al principio pensó que no era más que otro de los muchos locos que habían empezado a llenar los caminos reales de la Mancha, buscándole los pasos como Jasón el vellocino, quiso hacer prueba de ello, y conociendo de labios de don Quijote el nombre del enemigo que le venció en Barcelona, le preguntó ese detalle, y el bachiller le respondió:

—Allí lo vencí llamándome el Caballero de la Blanca Luna. Pero no dejéis de leer esa segunda parte, que ya, como sospecho, ha de andar corriendo por el mundo, porque en ella ha de venir también sin duda el relato de la vez que intenté, con el nombre del Caballero de los Espejos, vencerlo y traerlo derrotado a nuestro lugar. Pero entonces don Quijote venció al Caballero de los Espejos en una lid si no del todo justa, sí honrosa y limpia. Me encontró, me embistió en un mal trance, su lanza me topó con desorbitada furia, volé sobre las ancas de mi caballo y di tan descomunal costalada que me creí muerto. Me levantó la celada y halló el rostro de su amigo Sansón Carrasco, que era yo, de lo que se maravilló lo indecible. Por embromarle le había dicho la noche anterior que ya había vencido en otra ocasión a don Quijote de la Mancha, lo que él, con muy buen juicio y mejor memoria, negó en toda regla, advirtiéndome que a quien acaso yo creí haber vencido era a alguien que teniendo su efigie, fuera, encantado, alguno de sus enemigos, que con el único propósito de malbaratar su fama se dejaba vencer por el primero que pasaba. Y ya estaba dispuesto a traspasarme con la punta de la lanza la garganta cuando mi escudero, vecino del lugar también y compadre del suyo, acudió corriendo para desengañarlo del crimen que iba a cometer, dando en creer que yo sería uno de esos enemigos y encantadores, que pasándose por mí, había querido vencerle. Me perdonó la vida, me hizo jurar que marcharía a presencia de Dulcinea para declarar mi vencimiento a manos de su amador, y me dejó libre con dos costillas rotas y la vergüenza de ser vencido.

Ya habían venido los criados de don Álvaro a decirle que su caballo estaba listo y pagado el ventero, y que sólo le aguardaban a él para partir, pero no quiso hacerlo el caballero granadino sin despedirse encarecidamente de Sansón Carrasco.

—No se me olvidará vuestro nombre y buscaré donde pueda, a la primera ocasión, ese libro. Y ya sólo quiero saber cuatro cosas, brevemente, si gustáis decirlas. ¿De qué, cómo y cuándo murió don Quijote? ¿Y cuál es el nombre de la aldea, por si algún día quiero presentarme en ella para dar los pésames a su sobrina y al ama, y conocer de paso a tantos y buenos amigos como tuvo?

—Murió de melancolía, porque los médicos no le hallaron ningún mal que le acabara; sabed el cómo también, que fue recobrando su cordura, muriendo cristianamente y confortando a su familia y sus amigos, animando a unos y consolando a todos, y el cuándo fue hace tres meses, y allí quedó enterrado en nuestro pueblo. Y para declararos el lugar, os pediré que, mirando el número de locos que allí irían en jubileo antes de que nos diéramos cuenta, debéis jurarme no revelar su nombre a nadie en todos los días de vuestra vida.

Sacudió don Álvaro de Tarfe su cabeza, dándole a entender que lo diese por jurado, y allí le dijo el nombre Sansón Carrasco.

—Si alguna vez queréis pasar a hacernos una visita, tendré harto gusto en acompañaros y presentaros a quienes compartieron vida y muerte con el gran caballero. Pero no olvidéis que el nombre de nuestro lugar es hoy mayor secreto que el del Santo Grial, porque depende de ello nuestro sosiego y el no acabar como acabara don Quijote. Y quiero deciros también, para que os asombréis un poco de cómo la vida se encarga de escribir nuestra historia sin esfuerzo, mejor que en la más pintiparada novela, que esa mujer que ahí me espera sentada en el poyo, y que ayer os sirvió la cena, es Quiteria Romero, que fue ama de don Quijote y la persona que tal vez mejor le conociera. Algún día, si pasáis por el pueblo, os contaré su historia, si es que no la leéis antes en cualquiera de los muchos libros que ya estarán ahora imprimiéndose en el mundo con la de don Quijote, en la que por fuerza saldrá entera o a pedazos, como parte principal de ella o como fleco.

No tenía don Álvaro tiempo para quedarse allí sabiendo lo que quizá se supiera a su tiempo, abrazó al bachiller dándole las gracias por tales confidencias, montó en su caballo y celebró que, como había dicho su nuevo amigo, la vida le hubiese compensado poniéndole un día a don Quijote el bueno en su camino.

Se salieron de la venta juntos, los del Tarfe tiraron para Granada, y Sansón y Quiteria hacia su pueblo. Y así, sin más detalles dignos de mención, llegaron a él cuando el cielo tenía ya más de noche que de día, y en el horizonte no quedaban sino brasas nimbadas de un amarillo claro. La visión de los tejados del lugar, entrando en él, arrancó del ama, de fácil y placentero llanto, nuevas y silenciosas lágrimas, que llevaron al bachiller a consolarla.

—No seas una chiquilla, Quiteria. Has hecho el viaje llorando. Deja de llorar, porque éste es un día feliz. Piensa en lo que sería de ti por esos mundos. Aquí tienes todo lo que Dios ha querido darte, poco o mucho. Techo, comida, bebida, amigos, ropa limpia y labor en la que ocuparte, y cerca de aquí la que es, para bien o para mal, tu familia. No tienes otra ni ibas a encontrar otra. Deja que los quijotes del mundo lo busquen donde no está, y tú, quédate donde sabes de cierto que estuvo, y donde te van a querer. ¿Qué ibas a encontrar fuera que no tuvieras ya aquí, centuplicado y mejorado? Tú ya has encontrado lo que ahora tantos buscan por ahí peregrinos y descaminados.

Quiteria no decía nada y le dejaba hablar, gustosa de oír lo que quería oír. Pero su corazón le hacía otras preguntas, que ella enterraba como en ceniza, tanto le quemaban las entrañas. ¿Cómo iba a recibirle la niña Antonia? ¿La trataría en adelante como la trataba antes, o peor, a causa de aquella huida? ¿Desabrida, áspera, cardosa? Todos iban a querer saber por qué había huido. ¿Les diría la causa verdadera? ¿Iba a poder confesarles que una vez muerto su don Quijote no la retenía nada en aquella casa? ¿Y que saber que ya nunca vería en ella al que había sido su sol, la había enloquecido de dolor? «Ay —pensaba Quiteria—, si llegase a saberse que la desgarbada, la altaricona, la poco hermosa Quiteria llevaba enamorada de mi señor Quijano media vida.» La de chacotas que sufriría, las cencerradas que se armarían debajo de su ventana, las risas que movería, las chuflas que los muchachos artillarían a su paso. No iba a poder salir de casa: «Ahí va —dirían— la loca Quiteria, más loca que el loco de su señor». ¿En qué pensaba cuando dejó entrarse esos amores? ¿Y cómo iba una mujer recatada y honesta a descubrirles su dolorido sentir?

Encontraron la casa del hidalgo reposada y el portalón cerrado. Llamó Sansón Carrasco y esperaba Quiteria muy agitada la aparición de su ama. Tardó Cebadón un rato en abrir y no supo qué decir al ama ni cómo conducirse con ella, pero aún tuvo tiempo de mirar mal al bachiller, al tiempo que llevó a Rocinante y a la borrica a la cuadra. Al momento apareció Antonia en el patio, y corrió a abrazar a Quiteria, pero antes de que las dos mujeres llegaran a tocarse, ya lloraban, y llorando siguieron abrazadas un buen rato.

Y aquel llanto inaudito de Antonia lo tuvo Quiteria por un buen augurio, mientras miraba a Sansón, arrepentida sin duda de los pésimos conceptos en que tenía la víspera a Antonia, y como si le estuviera pidiendo: «Todo lo que le dije ayer a vuesa merced de esta niña, olvidadlo; fue un repente».

—Bien, señoras —dijo un Sansón Carrasco bien humorado, que trató de apaciguar las emociones—, sosiéguense, y miren de preparar algo de cena, aunque sea fiambre, que vengo hambriento, y en mi casa ya no habrá nadie levantado.

A ello se aprestó Antonia, que no consintió que Quiteria se levantara y la ayudara, porque tenía ella ese gusto en servirla. Se admiró tanto el ama con aquel cambio, que ni siquiera se atrevió a protestar. ¡Ser servida ella por Antonia! ¿Cuándo se había visto? Sólo después de un rato de ver trajinar a la muchacha en la cocina, se levantó Quiteria, y llorando y riendo al mismo tiempo, que no se sabía si quería llorar o si quería reír, obligó a Antonia a sentarse con el bachiller, mientras ella experimentaba el placer de volver a encontrar en su sitio cada uno de los platos, vasos, cubiertos y cazuelas que tan familiares le habían sido durante los últimos veintisiete años.

Cenaron los viajeros unas tajadas de abadejo frías y dos rajas de queso, después de lo cual dejó a las dos mujeres solas con una noche por delante que se presentaba larga en confidencias, y se fue a lo suyo.

Volvió la casa a reposarse, dormían las bestias y el ganado en establos y caballerizas, fermentaba el mosto en las tinajas, se secaban el orégano y muchas otras alcamonias montunas en unos ramitos que alguien había suspendido bocabajo de una viga, y los gallos y los perros respetaban el sueño de las cosas muertas.

—Déjeme vuesa merced que le cuente —empezó diciendo Quiteria.

Estaba frente a ella Antonia y tomaba sus manos como cuando era niña, aquellas manos descomunales entre las cuales desaparecían las suyas.

Habían acercado dos sillitas de costillas junto al fuego de la chimenea. Ardían dos tueros de encina con llama difícil y me nuda. No había alrededor ceniza. Todo en aquel hogar estaba limpio, barrido, fregoteado. Decía mucho aquel fuego de las economías estrictas de la casa. Fue Antonia a buscar una capellina de lana y se la echó sobre los hombros al ama. Mientras lo hacía, la mano de Quiteria, áspera, maltratada por tantos años de lejías, trébedes y penalidades, buscó la de su querida niña.

—Todavía me acuerdo cuando tu tío y yo fuimos a buscarte a Madrid. No eras más grande que un gazapo. Y has crecido tan deprisa que me cuesta creer que ya seas una mujer. Tú y yo nunca hemos hablado de nuestras cosas. Me heriste con tu despego. ¿Por qué nunca me has querido, Antonia? ¿Qué culpa tengo de no ser tu madre? ¿Qué culpa tuvo el señor Quijano de no haber sido tu padre don Felipe?

Hizo un gesto de protesta Antonia y quiso hablar, pero no la dejó continuar el ama.

—Yo era en realidad la que estaba herida de muerte, la que sufría, la que me moría cada día. Mientras tu tío vivió, incluso en estos dos últimos años de su locura andante, me decía, «Quiteria, ¿qué más me da que no sea tuyo, si como tuyo lo tienes, y lo ves cuanto quieres y hablas con él como no hablaría nadie?». Porque has de saber que desde el primer momento en que lo vi, cuando tenía yo catorce años, se me prendó el corazón con un amor que no ha hecho sino subir de punto desde entonces, hasta que al fin bajó él al sepulcro, y no morirá ese amor sino conmigo, cuando al sepulcro baje yo. Todo lo hallaba yo bueno en él, la apostura, ese reposo al andar, el pensar en aquello que decía, y toda su ciencia. Que fuera, al principio tan callado, tan soñador, siempre en su estudio, sentado delante de la mesa, apoyada la mejilla en la mano, soñando con los ojos abiertos. Y como era una niña, le veía como un príncipe, y yo me creía una princesa, hija de señor muy principal, del rey incluso, que me había llevado a casa de unos labradores para mantener el secreto de mi nacimiento. ¡Las cosas que piensan las chiquillas! Me decía, cualquier día veremos aparecer en el pueblo una carroza, y será mi señor padre y les dirá a todos, esta Quiteria es hija mía. Y así el señor Alonso podrá casarse conmigo. Pero bajaba de mi nube avergonzada, y me decía que era eso soñar lo imposible. En todos los años en que he estado en esta casa ni un solo acto ni una sola palabra se salió de los límites del decoro y de la honestidad, ni por su parte ni por la mía. Yo, porque he sido siempre muy vergonzosa, y él, por estarse embebecido en sus libros a todas horas, y porque quién se iba a enamorar de la pobre Quiteria, y porque al final le dio por decir al muy tonto que se había enamorado de una princesa del Toboso. Eso sí que fue una gran majadería, pues hasta donde yo sé él debió de enamorarse de ésa de oídas. Los míos por él eran, sin embargo, amores muy de veras y muy reales, que me mataban, y al mismo tiempo me daban la vida. Dicen que después de que van enfriándosenos los huesos en el cuerpo, va desapareciendo el amor, pero yo debo de ser la excepción a esa regla, porque cuanto más tiempo pasaba, más parecía quererle yo. No aspiraba a cautivarle, porque si cuando era joven no logré nunca que pusiera en mí los ojos ni me viera como otra cosa que el ama que le llevaba la casa, de talluda no iba a conseguirlo. Me acostumbré a esa vida. Para mí él era la razón de todo lo que yo hacía, le regalaba cuanto estaba en mi mano, lo llevaba limpio como una patena, cuidaba de su ropa como de un tesoro y aunque no fuese de mucho plato, siempre guisé como sé que le gustaba. Hasta los libros se los limpiaba al principio para que no se los comiera el polvo. Pero la locura se le metió un día en la cabeza. Yo imagino que la locura tiene que ser como un potro en la mollera, y allí le coceó los sesos a su antojo, hasta dejárselos picaditos como gazpachos. ¿Y qué me importaba a mí? Cuando murió, creí que me volvía loca de dolor, porque se me iba en un punto mi amo y dueño. Y si al menos hubiera tenido a alguien a quien contarle todo eso. Ni siquiera la confesión. Imagínate qué vergüenza decírselo a don Pedro, que venía todos los días por casa. Si no lo cuento, reventaré, decía. Pero ¿a quién? ¿A ti? Nunca me has visto con buenos ojos, por más que yo he tratado de ser tu amiga. Jamás consentiste que fuera tu madre. Cómo me hubiera gustado que me hubieras visto como una madre. Y al fin murió mi buen Alonso. Descansó él, pero me metió en el cuerpo yo no sé qué desasosiego, que me trae enferma. Pensé que acabaría resignándome a esa muerte y sobreponiéndome, pero los días se me hacían más y más largos. ¡Qué suplicio! Y entonces fui a Hontoria. Allí todos me parecieron extraños y sin porqué di en imaginar que si me alejaba de aquí, acabaría por olvidarme de la causa de mi tormento. Pero cuanto más huía, más cerca parecía estar con el pensamiento en esta casa, y más a tu lado y al de todos los recuerdos que aquí se quedaban. He ahí todo mi secreto. Tú, y tengo que decírtelo, si vamos a vivir juntas, no has sido buena conmigo ni lo has sido contigo. Quiero pensar que tampoco fue culpa tuya, sino que en estas cosas de los quereres el corazón anda suelto como un perro, al sol que más calienta. Pero también te digo que la razón de mi huida no fuiste tú, sino él, y que él había muerto, y no lleves mal que una tan pobre mujer soñara con alcanzar una prenda tan imposible como su hidalguía, pero ya me has oído que el amor es como un pobre perro que va buscando un amo, sin pensar si le conviene o no.

Se quedó Antonia suspendida, y tanto como la naturaleza de aquella revelación le admiraba que hubiera podido mantenerla el ama en secreto tantos años, sin que nadie advirtiera nada. Y aunque ella sabía todo lo que quería Quiteria a su tío, y de ello habían hablado una vez después de muerto él, pensaba que era de otro modo muy distinto aquel amor.

—Me dejas, Quiteria, de una pieza, como se dice. Válgame Dios, si yo ni nadie en este pueblo hubiera podido adivinar nada de lo que estás contando. Y quiero decirte una cosa: ojalá mi tío hubiera sabido corresponder a tus sentimientos, porque de haber sido así, lo tendríamos ahora vivo entre nosotros, lirondo y cuidando de sus hijos, porque eres buena y a cualquier hombre le convendrías. Sé muy bien de qué hablas cuando dices que el corazón de una mujer es un perro que va buscando amo, y que a menudo, después de hallarlo, cuando es tarde, cae en la cuenta de que no le conviene. Espera a oírme y compara mi pena con la tuya, y a lo mejor me compadeces luego, pues por lo que veo, voy yo a recorrer, uno por uno, tus mismos pasos, sólo que a ti te cupo el consuelo de poner los ojos en quien te superaba mucho y yo en quien siendo mi igual podría corresponderme si quisiera, y no lo hace, y si a mi tío tú te hubieras atrevido a abrirle tu corazón y mi tío te hubiera rechazado, no habrías visto en ello desdén o un alma empedernida, sino los buenos usos que rigen nuestra república, que dice que si quieres bien casar, casa con tu igual, y ni hidalga con villano, ni villana con hidalgo.

Iba a decirle Quiteria que andaba muy confundida en eso de los casamientos, ya que ejemplos de bodas desiguales los había por todas partes, y felicísimos, y seguiría habiéndolos le pesare lo que le pesare a la república y al refranero, y que en lo otro, en lo de haberse declarado a su tío, iba errada también porque se había declarado a él cierto día, no hacía ni dos años, y don Quijote la rechazó muy caritativamente. Pero consideró Quiteria que quizá en otra ocasión acabaría de revelarle a Antonia toda la verdad de su triste caso, porque ni los secretos están hechos para revelarse todos de una sentada ni los caminos de la reconciliación han de hacerse de una galopada, sino al paso, y dejó que la muchacha continuara con lo que estaba diciendo:

—Ay, qué desdichada soy, Quiteria, y cómo agradeceré que hayas vuelto y pueda enseñarte mi corazón, que si no le da el aire, se me va a pudrir en su retrete. Tú tuviste la mala fortuna de ir a enamorarte de quien te excedía en linaje, y yo la de hacerlo de quien siendo mi igual me rechazaría también, si por casualidad un día llegara a sus oídos lo que siento por él.

—No es justo que te compares conmigo, Antoñita. Eres joven, eres tan hermosa que por aquí pasan en procesión todos los mozos del pueblo para verte. Podrás elegir donde quieras. Eres hija de quien eres y sobrina de quien acaso esté llamado a ser el más famoso hijo de este pueblo por las cosas que he visto estos dos meses, estás sana y tienes ahora, para ti sola, sin que nadie mande en ella, una buena hacienda.

—Ay, no, Quiteria, no digas que buena, porque no sabes tú cómo anda eso.

Y en pocas palabras le contó cómo estaba ya todo en manos del señor De Mal, quien esperaba un sí en la iglesia para sacarlas de pobres.

—¿Y has pensado qué hará? —preguntó Quiteria.

—Son cosas esas que no hay que pensar. Pero me temo que o cedo yo o no va a ceder él, y se quedará con todo.

—No me asustes, Antonia.

—De menos nos hizo Dios y menos aún traje yo a esta casa, y aquí me ves, que no me he muerto. Y sigue con lo que estabas contando, Quiteria, que te he cortado el hilo.

Pero inopinadamente para quien no tenía costumbre de malgastar sus lágrimas, Antonia rompió en un profundísimo llanto, incontenible y angustioso.

—A ti te ha pasado algo —dijo alarmadísima el ama.

Incapaz de articular una sola palabra, sollozó Antonia, negando y afirmando al mismo tiempo con la cabeza, sin que se supiera qué le hacía llorar, el sí o el no, lo que sucedió con Cebadón, sin haber sucedido nunca, o lo que no sucediendo con Sansón Carrasco, tendría que haber sucedido.

—Espera, ama, que todo irá saliendo poco a poco —pudo decir al fin la muchacha.

Le costaba recobrar el resuello a Antonia, y en vista de ello siguió hablando el ama.

—Te decía que en el pueblo hay mozos que te convienen, escoge, tú que puedes. Ahí sin más tienes al bachiller, que me ha dicho que ahorca su sotana. Es bueno y discreto. Lo he visto en este viaje. Él te conviene.

—Ay, Quiteria —y sofocó un grito, alarmada, Antonia—. ¿Eres adivina? ¿Te ha dicho algo él, te ha pedido, te ha sonsacado, te confesó secretos? Por Dios que me lo digas, que me va la vida en ello.

—¿Es el bachiller Sansón entonces?

—Cada vez que oigo su nombre me siento morir. ¿Qué tiene que no tengan otros? Quiteria, ¿en qué es Sansón distinto a un Pedro, a un Tirso, a un Julián, a un Roque? ¿Que tienen las letras que forman el nombre de Sansón en ese orden, que no tengan los otros? ¿Por qué me suenan a flautas y chirumbelas? ¿Qué tiene que si lo oigo en sueños me despierto sobresaltada y cuando estoy despierta me llama al sueño y al sonsueño? Ese nombre es la dulce playa para un náufrago, la aurora del enfermo que ha penado de noche, la luz lejana del caminante que va descaminado, el alivio del triste, la fuente del sediento, el rosal del ermitaño, la sonrisa del niño para la soledad del viejo y el bálsamo para el herido, y todas esas cosas juntas. No entiendo cómo la gente lo trae a los labios, y no desfallece como me pasa a mí. Para mí ese nombre es la puerta del Paraíso, es un jardín cerrado, es todo un coro de ángeles, arcángeles, potestades y dominaciones. ¿Cómo es posible que al oírlo las nieblas no se disipen, y se amansen las fieras de los montes, y amanezca escampado y rían los torrentes entre los lirios? Es esa S la voluta del pebetero donde se quema la mirra de los deseos, y en la A me figuro la escala que yo le arrojaría desde mi aposento, como hizo la infeliz Melibea. Por él me mataría, por él, si me lo diera, bebería todos los venenos de la tierra. No habría secreto en mi corazón que no se abriese con la ganzúa de su N ni cepos y grilletes que yo llevara con más gusto si él me los pusiere con aquella S segunda que lleva. Y en su O me miro yo como si hablase a un pozo, por ver si me responde el eco cuando allá a lo hondo lanzo mis voces preguntando si me amará algún día. Y cuando al fin llego a esa N última, me desespero toda porque leo en ella, como en víscera de un ánade, el funesto presagio de los Noes que responden a gritos. Sansón, Sansón, Sansón, ay triste son de dulce son, qué dulce sonecito, y no me cansaría nunca de decir tal nombre a falta de otra medicina, y así lo tomo, como sello de boticario. Lo haría publicar en pliegos, porque el mundo viese lo hermoso de su fábrica, y lo sembraría a todo viento como el sutil vilano para que llevase la noticia desde el trópico al húmedo y sombrío Septentrión. Quiteria, qué desdichada soy. Quiteria, quiero morirme.

—¡Ay, Dios mío, Antonia! Que me ha parecido estar oyendo a tu tío, que en paz descanse. Que se levantaba lo mismo que tú cuando hablaba de esas cosas. ¿Y cómo habláis de la misma manera, que parece que le estoy oyendo a él! ¿Quién te ha enseñado a decir estos dechados, cuando nunca quisiste tomar sus lecciones? No entiendo de letras y no sé leer, pero qué primores tan boniticos, Antonia, pero qué miedo me da que en ti también se empiquen los pájaros de la locura, y no dejen en tu cabeza un solo grano de entendimiento, como hacen los gorriones en las eras.

—¡Y qué pinta aquí mi tío, déjalo! ¡Él era él, y yo soy yo!

—No, Antonia. ¡Qué falta nos haría el señor Quijano! ¡Y cómo concertaría él esa boda en un abrir y cerrar de ojos! ¡Cómo no iba el bachillerillo a querer ser tu esposo! ¿No te has dado cuenta del fuego que le sale de los ojos cuando te mira?

—Cuida bien lo que dices, Quiteria —le dijo Antonia—, no seas lisonjera, no me des un jarabe sólo porque es dulce, si me trae la muerte, no quieras traerme esperanzas por quitarme una pena, que aún podía ser peor el remedio que el mal. ¿Le has visto tú mirarme como dices o son sólo figuraciones tuyas? Porque yo no he visto nada, sino su inopia. En mala hora me enamoré de él. Si tú dices que mi tío se enamoró de oídas, yo debí de enamorarme a ciegas, porque casi ni lo he visto en estos años, siempre en Salamanca él y yo aquí esperando su regreso. Y ahí no para la cosa, porque todo este tiempo que le hemos visto y tratado, por más que me he insinuado y le he dado a entender de mil maneras que le quería, al derecho y al revés, rayando a veces en la indiscreción, el hombre sólo parece pensar en sus libros y sus correrías, que se diría que donde mejor está siempre es por ahí, o buscando a los que se marchan o marchándose donde no le busquen, y bien sabe el cielo que ahora no lo digo por ti.

—Ojalá, Antonia, todas las tribulaciones fuesen como esa tuya. Porque bastaría que sus padres conocieran tus intenciones, para que quisieran juntar vuestras dos fortunas, y más ahora que ya les ha anunciado que dejará la sotana. Si el señor Tomé Carrasco es como sabemos, querrá casarlo cuanto antes para sujetarlo aquí, y, con las hijas fuera, habrá creído que gana una nuera que vele de su vejez.

—No vuelvas a recordar lo de mi hacienda, que ya sabes como está. Pero ni siquiera en el caso de que me hiciera con ella, podría conservarla. Quiteria, soy, como suele decirse, pobre por los cuatro costados. ¿Recuerdas lo que mi tío dejó dicho en su testamento? ¿No? ¿No te acuerdas cómo le recalcó la manda al señor De Mal? Decía que si alguna vez quisiera casarme, se averiguase que el pretendiente no tenía la menor noción de lo que eran los libros de caballería, y si lo sabía y pese a todo yo persistía en la boda, perdería toda mi hacienda, que se quedaría en manos de los albaceas para hacer con ella obras pías. Bien. ¿Y de quién va esta tonta a enamorarse sino del único mozo que no le convenía, no ya bachiller Sansón Carrasco, sino licenciado y doctor en esos libros de todos los demonios? O muerta de pena con el escribano, o muerta de pobre con el bachiller, pero aun así ya me gustaría verme pobre con éste, que rica con el otro. ¿De qué me sirve ser joven y tener salud y tantos dones como dices que me puso la vida al alcance de la mano? Mejor me estaría ser como tú, que has tenido delante al hombre que amaste y lo veías todos los días, y para ti lo tenías, y aunque de poco te sirvió, te sirve de consuelo saber que a la que amaba con toda el alma, según aseguraba, no le dio más de lo que te dio a ti, y lo mismo hubiera sido que hubieses sido la princesa de Hungría que el ama Quiteria, porque tuviste a don Quijote como nunca lo tuvo otra.

Y Quiteria, que había logrado distraerse de sus melancolías, se quedó pensativa y acaso pensó que la sobrina llevaba razón, y dijo al fin, como esa madre que aún antes de saber lo que hará, con tal de tranquilizar a un hijo, le dice:

—No te apures. Déjame a mí, que ya se me ocurrirá algo.

«No, no se te ocurrirá nada, porque aún no te he contado lo peor», pensó con tristeza Antonia, y la muchacha dudó si desvelar lo único que en realidad la abrumaba de veras. Pero esa noche, abundante en abrazos, besos y lágrimas, quedó sin desatar el nudo de su verdadero drama: estaba esperando un hijo de Cebadón.

CAPÍTULO VIGÉSIMO SEGUNDO

Y a Cebadón la vuelta de Quiteria, lejos de inquietarle, le enardeció. Esperó que transcurriera esa noche y a la mañana, escrutando el rostro del ama, adivinó. «Antonia no le ha contado nada de lo nuestro», se dijo, y se las arregló para verse con la muchacha. Le dijo triunfal:

—¿Qué? ¿No te has atrevido a decírselo al ama? Será cosa de ir anunciándolo. Cuando tú me digas, voy a hablar con don Pedro. Recuérdalo, sólo habrás de ser mía.

—Antes me muero, Cebadón. Y con Quiteria en casa, no pienses en desmandarte porque será peor.

—¿Quiteria? ¿Quién es Quiteria? —respondió el mozo, muy jaranero.

Al día siguiente ya estaba todo el mundo al corriente del regreso de Quiteria, y fueron pasando por la casa las comadres y vecinas del ama y los antiguos amigos de don Quijote. Nadie, por discreción, se atrevió a preguntar las razones por las cuales había desaparecido tan misteriosamente, pero muchos lo hubieran querido saber, y se marchaban de la casa un tanto decepcionados, porque Quiteria no soltaba prenda.

—Mira que eres curioso, mira que eres curiosa —fue la frase que repitió a lo largo del día más de cien veces entre risotadas sinceras; de tan buen humor le había puesto saberse de nuevo en su casa—. ¿Pues dónde iba a estar, señora mía? Por ahí, corriendo mundo. No sólo el señor Quijano tenía derecho a orearse. Quién sabe si esas ganas de salirse por ahí no las darán las miasmas que se respiran en esta casa.

Si le preguntaban a Antonia dónde había estado el ama, ella, contagiada de la alegría de Quiteria, respondía.

—A mí tampoco ha querido decírmelo. Pregúntenselo a ella, que si quiere declararlo lo dirá.

Sólo a la tarde, cuando ya estaban reposadas las dos mujeres de todo aquel trasiego, y haciendo el repaso de los que se habían acercado o no a verla, preguntó Quiteria por Sancho Panza.

—Una cosa es no haberse llevado bien con ese poltrón de Sancho, y otra muy diferente que no haya querido acercarse a preguntar si me había muerto por ahí o no.

—No le culpes de nada, ama, que lo mismo me ha sucedido a mí con él y le ha sucedido a todos sus antiguos amigos. No se le ve el pelo. Ha dejado de vernos a todos. Tengo entendido que no sale de su casa desde hace tres meses, desde el mismo día del entierro. Enterró a su amo, y no quiere ver a nadie, y los que le han visto últimamente cuentan que está tan enflaquecido y consumido que no se le conoce, y que apenas habla, ¡con lo que ese hombre hablaba, Nuestra Señora de Hontoria, como tú dices! Tanto que muchos piensan que habrá de morirse pronto, como mi tío, aunque él asegura a todos que nunca ha estado mejor de lo que está ahora.

Y todo ello era verdad. No quería ver a nadie, porque, decía, estaba pensando en sus cosas, y afirmaba que nunca se había encontrado mejor de salud, aunque había perdido tantas carnes que parecía otro hombre, y la ropa le sobraba por todas partes.

Pudo, además, con lo que heredó del hidalgo, que lo mencionó especialmente en su testamento, tomarse un respiro en sus trabajos y poner coto a la impaciencia de su mujer, Teresa Panza, desacostumbrada a tener en casa todo el día sin hacer nada a su marido.

—No quiero que pienses de mí —le dijo ella el mismo día del entierro— que soy una mujer interesada y que no he llorado la muerte de tu amo, pero, Sancho, nosotros somos pobres, no estamos solos y tenemos una hija que casar y un hijo al que dar oficio o a quien buscar una buena colocación, y ambas cosas se hacen mejor con dineros que sin ellos. Dime, calor de mis entretelas, ¿cuánto nos ha dejado nuestro señor don Quijote? ¿Y cuánto nos queda de tus negocios con él? ¿O vas a decirme que sólo te movió el salir con él la golosina de una ínsula?

—No entiendo cómo el mismo día del entierro tienes cuerpo para hablar de estos negocios, como no sea que es más claro que la luz del día lo que siempre se ha dicho: el muerto al hoyo y el vivo al bollo. Todo el oro del mundo que nos hubiera dejado lo daría yo por devolverle la vida y lanzarlo otra vez a los caminos. Y te puedo asegurar que ahora, conociéndolo como llegué a conocerlo, le serviría no ya sin salario, sino sin la promesa de las ínsulas, porque ésa es cosa de la que ya gocé, y sabes muy bien que no me gustó. Tú no conociste a don Quijote como lo conocí yo, y no puedes juzgarle, y quien no vivió con él día por día, que no hable, porque errará mucho.

—No lo dudo, y es cosa que alabo, porque dice harto y bien de tu buen corazón, pero don Quijote ha muerto, lo hemos enterrado y nosotros hemos de velar para salir adelante. ¿Cuánto crees que tenemos entre unas cosas y otras, prenda mía? —insistió zalamera Teresa.

—Ay, mujer, ¿y no puedes pensar más que en el unto? Habrás llorado, como dices, la muerte de mi amo, pero las tuyas deben de ser lágrimas de heredero, como se dice, de las que no llegan al suelo ni mojan pañuelo. ¿Quieres cuentas? Las tendrás. No soy muy diestro en letras, como sabes muy bien, pero no habrá quien en números me gane. ¿Qué quieres saber? ¿Lo que gané en la primera salida o sólo en esta última? Y acabemos pronto. Nada me disgusta tanto ahora como este recuento. He comprendido al fin lo que por pobre siempre creí fantasía de rico: que no vale el oro lo que la libertad, y que el oro luce y la virtud reluce, y así mi amo fue pobre, pero sus virtudes resplandecerán, y el dinero sólo es dinero, y hace malo lo bueno, que es el oro la ganzúa del diablo para las puertas del infierno, como decían los antiguos, que siempre solían atinar.

—No te conozco, Sancho. Nunca fuiste de esa manera. Relumbraba un maravedí en un alcor, y allá lo columbrabas tú con vista de lince, y trepabas por él sin importarte nada.

Y si por casualidad había enterrado un doblón, lo sentías en las rodillas, que te temblaban como a zahorí, y hasta descubrirlo no dejabas de cavar. ¿Qué se hizo de aquel decir tú que te daba lo mismo la locura de tu amo si tú cobrabas tu jornal? No te conozco, ni quiero conocerte. Vamos a las cuentas. De lo pasado, pasado, que ya en los nidos de antaño no hay pájaros hogaño, y entre una saya que mandé hacer para nuestra Sanchica, otra que me hice yo y lo que se llevó el talabartero por componerle la albarda al rucio, y en vivir desde el invierno último, los cien ducados que encontraste en la maleta de Sierra Morena se volatilizaron —admitió Teresa—. Así que vete a las cuentas de ahora.

Mientras anduvo al servicio de don Quijote esa segunda vez, Sancho había ganado mucho. Y no sólo por el traje verde de montero, que se puso para el entierro, y del que pensaba Teresa hacer una saya para Sanchica, ni a las tres borricas que le había dado don Quijote hacía unos meses, una de las cuales vino ya preñada y las otras dos se preñaron después; no, se hablaba de lo contante y lo sonante.

—Nunca hubiera soñado —dijo Sancho— que iba a salir tan ganancioso de ningún negocio. Y no hablo de bienes espirituales y hechos que en principio me benefician a mí sólo, aunque por accidente también redundarán, digo yo, en quienes tengo más cerca, o sea, vosotros tres. Tampoco me refiero a las gentes que he conocido y tratado, y a las que conocí y traté únicamente por servir a quien servía, ni a los lugares donde he vivido, las casas que se me han abierto, las ciudades y villas que he visitado y el mundo que ahora traigo conmigo. Probablemente en este pueblo sea yo uno de los que, llegando a Barcelona, más lejos ha llegado, excepción hecha del bachiller Sansón Carrasco, que fue a buscarnos, y de Bartolomé de Castro, que sirvió en los tercios, y del cautivo Albino. Tampoco creo que ninguno de mis vecinos haya llegado a gobernador, como yo llegué. Pero no hablaba yo de tales venturas, sino de las que tú llamas verdades contantes y sonantes, mejor en oro que en plata, y mejor en plata que en cobre. Y te agradezco que hayas querido, Teresa, saber en qué estado quedaban las cosas, por lo que a continuación voy a decirte, que es una resolución que he tomado y de la que nadie me va a quitar, y que tiene que ver en cierto modo con esos dineros ganados o heredados con don Quijote. Así que atiende bien a ellas...

Desde que se había muerto don Quijote, Sancho había tomado la costumbre de pausar el habla, como hacía su amo, cosa que impacientaba más y más a Teresa, acostumbrada a que las palabras de su marido le salieran siempre como una perdigonada.

—Acaba, Sancho —le dijo Teresa—, que es para hoy.

—No sé qué prisas tienes, mujer. Yo no tengo ninguna, ni la voy a tener en unos cuantos meses. Vámonos a las cuentas. Sabes, como yo, que quien quiera tenerme a su servicio le bastan dos ducados al mes más la comida, y me tendrá más aficionado y leal que el perro de un chacinero. Desde el comienzo me apalabré con don Quijote en treinta reales al mes. Con treinta reales tengo yo, tienes tú y tienen mis hijos de sobra para ser honrados, no deber nada a nadie y esperar la luna debajo de un peral. Aunque en el trato no entraba la comida, el jornal no se menoscabó ni un maravedí, porque la vida caballeresca suele traer aparejados los banquetes y convites en los que uno no tiene más que extender la mano y traerse a la boca un carnero entero con las entrañas enternecidas por más de doce pichones y un zaque del mejor vino del mundo, y cuando no es así, se sustenta de borrajas, pamplinas y todas las otras tagarninas y piruétanos que va cogiendo en los ribazos, y del variado surtido de las fuentes. De modo que en ese trato con don Quijote salí un tercio mejorado que con Tomé Carrasco, que fue el último con quien trabajé a jornal, que me daba dos ducados al mes. Echa tú las cuentas y verás que en estos tres meses he ganado noventa reales, a los que habrás de sumar aquellos doscientos escudos que me dio el duque, cuando dejamos sus tierras, y los que se llevó el negocio discreto y personal que tuve yo con don Quijote y...

—¿Qué negocio es ése, Sancho, del que nada me habías contado?—preguntó su mujer.

—¿Y no recuerdas ya lo que te dije por carta, y que era mejor no darle tres cuartos al pregonero?

Teresa, aturdida por la visión de la sarta de corales con los extremos de oro que le envió la duquesa cuando Sancho era su huésped, había olvidado de la carta todo lo demás, no siendo lo de corresponder a su benefactora con un fardel de bellotas, a las que se mostró aficionada la señora. Del resto, lo había olvidado todo, de modo que Sancho hubo de pormenorizar lo referente al encantamiento y desencantamiento de Dulcinea.

—¿Y de cuándo acá has creído tú en encantamientos? Mira de estar lejos de brujas y cabrones, no te vayan a reconciliar el día menos pensado.

—Nunca dije que yo creyera en tales fábulas —se defendió Sancho—, pero don Quijote sí, y así ese señor Merlín que vino a casa de los duques le dijo que si quería ver desencantada a Dulcinea y devolverla a su porte principesco, borrando la apariencia de grosera labradora a la que la habían reducido, tenía que darme yo tres mil trescientos azotes.

—¿Pero no me dijiste el otro día que en ese punto de Dulcinea le habías tenido engañado a tu amo siempre? ¿No me contaste que la primera vez que te mandó a llevarle no sé qué cartas, no fuiste, y luego le contaste que sí la habías visto y añadiste además todo lo que un enamorado quiere oír siempre de su dama, diciéndole que Dulcinea era así y asá de hermosa, de gentil y de radiante?

—Todo eso es cierto, y no es cosa que me guste recordar, porque parece hacerme un pícaro. Pero ¿qué podía hacer? Si le decía que no había ido, contaba con su ira, y diciéndole que la había visto, qué daño podía causarle a quien ya la tenía presente a todas horas.

—No me meto en tus tratos, pero ¿qué tiene que ver todo eso con el encantamiento de Dulcinea?

—Tiene que esta última salida don Quijote hizo que fuésemos al Toboso. Yo iba bien corrido, pensando que cuando me preguntara que le llevara a la casa de Dulcinea, en la que él daba por supuesto que yo había estado llevándole las cartas, no iba a saber qué decirle. Así que la primera moza que nos topamos se me ocurrió señalársela como Dulcinea. Y él podía estar loco, pero no era tonto, y me dijo que cómo era posible que Dulcinea fuese una moza tan ordinaria, con aquella voz de mulero que tenía. Y ya sabes tú lo que dicen, más vale sostenella y no enmendalla; yo me hice fuerte en lo mío, y él dudó; le mentí, y lo creyó, y le pregunté cómo es que no veía a la mujer más hermosa de la tierra, y no supo qué responder. Él me decía: «Pues no la veo». Y yo le decía, «si está delante». Hasta que él mismo encontró la solución del enigma, que fue dar en pensar que, así como yo la veía tal como era, en su porte princesino, él tenía que conformarse viéndola bajo la apariencia de una campesina vulgar, merced a los encantamientos que con ella habían obrado sus malos enemigos. ¿Lo entiendes ahora? A partir de ese momento su terco desvivir fue el de desencantar a Dulcinea y volverla a su ser genuino, porque te diré que tanto como no poder gozar de su visión, le sumía en la desesperación más completa el que la reina de sus pensamientos tuviera que soportar sobre su delicada piel las burdas sayas de una pueblerina. Y ahí es donde entró en danza el señor Merlín con lo de mi zurra.

—¿Pero me vas a decir que tú crees en esas cosas?

—Mira, Teresa, en lo del encantamiento de Dulcinea no puedo creer, porque tampoco creí nunca en Dulcinea. Pero nada me hace pensar que Merlín no fuese Merlín, y anduviese o no tan errado como don Quijote del encantamiento, el caso es que yo debía azotarme. No quería yo, y no quería otra cosa mi amo. Llegamos él y yo incluso a las manos. Hasta que acordamos que me pagaría un cuartillo por azote.

—Espera, Sancho y no vayas tan deprisa. ¿Llegaste a darte todos esos azotes?

—¿Yo? ¿Me has visto alguna vez chuparme el dedo? Pero fue a mi amo a quien se le ocurrió pagármelos, porque el tal Merlín no dijo nada de pagarlos o dejarlos gratis. Y creo que no puede acusarme nadie de engañar a mi amo don Quijote. Acaso se podría reprocharme que no le desengañara diciéndole que aquellos azotes no servirían de nada, pues ni existía Dulcinea encantada ni existiría desencantada, pero ni le desengañé yo ni hubiera podido desengañarle nadie, ya que con mi amo tratándose de Dulcinea habría sido dar coces contra el aguijón. Lo demás, el que quisiera cobrarlos, estando él dispuesto a pagarlos, el amor que les tengo a mis hijos y a mi mujer hizo que me mostrara interesado.

—Bien hecho, marido mío, ahora sí te conozco. ¿Y a qué se llegó?

—Si los ricos pueden pagarse sus locuras y los locos gastarse su hacienda en los que somos pobres, ¿qué nos han de importar a nosotros los pobres las locuras de los ricos? Le pregunté cuánto me daría por cada azote que me diese, y me respondió que si él me hubiera de pagar conforme lo que merecía la grandeza y calidad de ese remedio, el tesoro de Venecia y las minas del Potosí serían poquísimos para pagarme, y me ordenó que tentara la bolsa con el dinero suyo que llevaba yo, y que tasara el precio a cada azote. Y eso hice, vi lo que había, y sin querer abusar de su largueza, porque la avaricia rompe el saco, le dije que un justiprecio sería el de pagarlos a cuartillo cada uno. Le pareció bien, y teniendo en cuenta que eran tres mil trescientos azotes, hablamos de tres mil trescientos cuartillos, que son los tres mil, mil quinientos medios reales, que hacen setecientos cincuenta reales; y los trescientos, ciento cincuenta medios reales, que vienen a hacer setenta y cinco reales, que, juntándose a los setecientos cincuenta, son en total ochocientos veinticinco reales, diez veces lo que gané en jornales, y con ellos mírate rica, Teresa mía, y a mí bien triste, porque me comen ahora los escrúpulos y no me parece del todo bien lo hecho, aunque por todo lo dicho, no se hubiera podido hacer de otra manera.

—¡Cómo no! ¿No lo dio tu amo por bueno en su testamento? ¿No dijo él «estamos en paz», dando a entender que lo que había hecho loco lo sancionaba cuerdo? Albricias y bienvenidos sean todos esos dineros, y qué gran numerista ha perdido el mundo!

—Quizá sea como tú dices —admitió Sancho con escaso convencimiento.

—No le des más vueltas. Pero ¿acabaste dándote esos

azotes? Porque aunque fuese una locura suya, no querría yo disfrutar ni un solo cuartillo que no lo sepa salido de un trabajo honrado...

—Eso, la verdad, es cosa que ni conviene a tu indiscreción ni le interesa a mi honra. Sí y no, te diría. Aunque repito, ¿en qué hubieran cambiado las cosas de haber sido de una o de otra manera, si Aldonza Lorenzo iba a seguir siendo Aldonza Lorenzo en cualquier caso? Pero como no quiero dejarte en ascuas, atente únicamente a lo que don Quijote dejó zanjado en su testamento, como acabas de decirme. Con o sin azotes, Aldonza nunca será Dulcinea, ni Dulcinea Aldonza, y piensa que por mucho pan nunca es mal año, y todos somos locos, los unos por los otros.

—Y dime una cosa más, Sancho, ¿tienes a mano todos esos dineros?

—Ahora lo verás —respondió el ahorrativo escudero.

Salió de la cocina y en un instante subió y bajó Sancho del desván de la casa donde guardaba, debajo de una baldosa, un esquero de cuero rojo con todos aquellos caudales que eran suma de los que quedaron del viático de don Quijote, de los dados por el duque, triste precio de las burlas que hubo de sufrir, los cuartillos azotados, y otros reales más que don Antonio Moreno, que los alojó en Barcelona, quiso darles; y aún debieran contarse aquellos que la munificencia de Roque Guinard no quiso robarles cuando cayeron en poder de su partida de bandoleros.

—Aquí comparecen, mujer —le dijo Sancho, poniéndolos en la mesa—, pero has de saber que la mayor parte de este dinero irá a parar a mi amigo Sansón Carrasco, y que no pienso trabajar en todo un año, el tiempo que he calculado puedan tomarme ciertos estudios y meditaciones acerca de la mudanza o no de mi estado.

La mueca de Teresa Panza al oír hablar de estudios al porro de su marido fue para no contarla, y a punto estuvo, del espasmo que la sacudió, de esparcir aquellos caudales por el suelo.

—Ay, Sancho; no te conozco. ¿Qué estás diciendo?

—No te apenes y no sufras, porque de aquí a un tiempo

podremos doblar este dinero con lo que hay escondido no muy lejos de nuestra casa, y de lo que ahora no puedo decirte más sino que será mucho, y si lo hallamos será nuestro. Mientras, hazte cuenta de que esto ni es tuyo ni mío.

—¿De quién si no?

—De la gramática.

—¿Y ese tesoro?

—De quien lo encuentre.

—No te entiendo, Sancho. ¿Y tú de quién eres?

—¿Ahora?

—Ahora —le apremió Teresa.

—Ahora yo ya no soy de nadie. Y podría decirte lo que Marcela: «Yo nací libre, y para vivir libre escogí la libertad de los campos».

—Ay, Dios, Sancho. No me asustes. ¿Y quién es esa Marcela? ¿Tu Dulcinea?

—No. Marcela es, como si dijéramos, una manera de hablar.

CAPÍTULO VIGÉSIMO TERCERO

Después de aquella conversación se fue Sancho a buscar al bachiller Sansón Carrasco, y quedó Teresa Panza inerte en su silla, donde se la encontró una hora más tarde, llorando, Sanchica, su hija, que venía de pastorear media docena de pavos que había llevado a comer la hierba de un hontanar no lejano del pueblo.

—Ay, madre, ¿qué ha sucedido aquí? ¿Dónde está padre? —preguntó alarmadísima la muchacha, sabiendo cómo estaban las cosas en su casa y las últimas manías de su padre, a quien no había vuelto a ver hacer nada desde que se muriera don Quijote.

—A tu padre se le ha contagiado la locura de su amo, que Dios confunda en los infiernos, y acaba de decirme que piensa regalarse y darse al solaz y a la conversación, como un hidalgo, metido en no sé qué estudios, y él, que nunca ha sabido distinguir un buenas de un amén en toda su vida, quiere dar en gramático.

Sanchica no sabía lo que significaba la palabra gramática, pero le sonó a peste, y alarmada por el lloro de su madre, rompió a llorar amargamente.

—¿Por qué todas las desgracias llueven sobre los pobres? ¿Qué pecado hemos cometido para que mi padre quiera ser gramata? Ya sabía que nada bueno podía sucederle, desde que después del entierro, donde la pescó buena, dio en no querer beber vino. ¿Y de qué viviremos, madre, todo este tiempo? ¿Dónde se quedó todo aquello de que iba a hacerme gobernadora y a casarme con un conde o un marqués? ¿Acaso mi padre cree que la vaca y el carnero los dan gratis en la tienda, y que el sastre da sus puntadas sin hilo? Tendré que trabajar de la mañana a la noche lavando lino o tejiéndolo, si no queremos morirnos de hambre. ¿Y no decía padre que había vuelto muy ganancioso de haber servido a don Quijote? ¿Dónde están esos dineros que dijo que traía? ¿Qué es ese dislate de ser ahora licenciado? Por su mal le nacieron alas a la hormiga. Y antes que lo piense, se habrá perdido, y doctores tiene la Santa Madre Iglesia. Pero calma, madre, que Dios proveerá. ¿No decía nuestro padre que venía esta vez muy cosido de dineros?

El recuerdo de los dineros que había traído Sancho serenó a Teresa Panza en sus hipidos.

—¿Dineros? —repitió abstraída—. ¿Quién sabe qué se harán?

Pero en su interior tomó la determinación Teresa de no dejarlos escapar, como no se abre solo el cepo que apresó al raposo.

Entretanto, había llegado Sancho a casa del bachiller.

—¿Y cómo en todo este tiempo ninguno hemos podido verte, Sancho? ¿Qué ha sido de tu vida? ¿Te cuesta encontrar un amo tan bueno como don Quijote?

—Como él no habrá ninguno. Y si he tardado tanto en salir de mi casa y en dejarme ver ha sido, quiero que lo sepáis, porque la decisión que había de tomar requería reposo y silencio. Sepa vuesa merced que el tiempo que serví a don Quijote me reportó algunos sueldos, con los que pienso pagar las lecciones que habéis de darme y yo recibir.

—No hables de dinero, Sancho, antes de que me digas qué lecciones son esas que he de dispensar con tanta acucia.

En breves palabras le expuso Sancho que venía pensando desde la muerte de su amo que la única manera de recordarlo, sería, para cuando le flojeara la memoria, leer en el libro donde se recogían sus comunes andanzas, y también en el que, según le confirmó el propio Carrasco, debería estar ya impreso en ese momento, con las nuevas, y que éste había pedido por carta a su librero en Salamanca.

Se asombró mucho el bachiller de esa pretensión del escudero, pero en su interior aceptó tomarlo como escolar, de modo que pudiera demostrar a su señor padre cómo sin ser clérigo alguien podía ganarse la vida abriendo un estudio en aquel pueblo, tan necesitado de él.

—¿Y tú estás seguro, Sancho, de que no te avergonzarás al verte tratado como un párvulo, ni te correrás al no comprender a tu edad las cosas que tan fácilmente aprende un niño con sólo mirarlas?

Negó Sancho moviendo la cabeza, sin despegar los labios, con verdadera aplicación de neófito, pero luego añadió:

—No está tan duro el alcacel para zampoñas; quiero decir, que hágame un agujero, sople y pitaré.

Su resolución era firme: quería aprender a leer. ¿Y cuándo concibió una idea que todos consideraron descabellada y algo presuntuosa?

Sin la menor duda, después de morir don Quijote. Nunca hasta entonces había mostrado interés ninguno por las cuestiones literarias. Al contrario, se hubiera dicho que se sentía orgulloso de que únicamente con su buen sentido y su memoria para acordarse de las cosas que se le referían o los refranes que se le venían a la boca por docenas, pudiera tratar con todo el mundo, de duques a pastores.

No, y tampoco le importó que algunos en el pueblo se descosieran murmurando, tildándole de pedante y culterano, porque la noticia se extendió rápidamente por todas partes, causando a todos asombro y a los más, risa. Ni que Teresa Panza estuviera sin hablarle mientras duraron aquellas lecciones, aviniéndose de mala gana a ponerle la comida en la mesa, o que sus hijos evitaran en lo posible hallarse a solas ante él o que cuando esto ocurría se pusieran a llorar como ceporros.

Algo había cambiado de manera profunda en Sancho. Y como a nadie podía confesarle los efectos de aquel cambio, a sí propio se los manifestaba: «Sancho —se decía—, tú ya no eres el mismo, tú eres otro. Pero no sé quién soy. ¿A quién ha de dar cuenta un hombre sino a su conciencia?».

—Mira, no te confundas, Teresa. No quiero ser más de lo que soy, pero tampoco menos de lo que podría ser —se atrevió a decirle un día, antes de coger su cartilla para ir donde el bachiller.

Pero Teresa, como sus hijos, cada vez que le oía hablar de aquella manera extraña, se echaba a llorar.

—Antes, cuando hablabas, yo te entendía, pero que me lleven todos los diablos si ahora comprendo una sola palabra de lo que dices. Ni sabes tras de lo que te andas ni sabes lo que quieres. ¿Y por eso renunciaste a ser gobernador? Habrá sido el primer caso en la historia que alguien tira el cetro y sale corriendo, el primero que respirando los aires de la abundancia, entierra la cabeza en el polvo de la miseria, el primero que llega a una cumbre, y se despeña por fantasía, el primero que halla una mina de oro, y esparce por el suelo las pepitas, como granos de cebada, para que se las coman los pájaros, el primer pobre que pudiendo ser rico dice sigo de pobre. No te conozco, Sancho.

—No sabes de lo que hablas. Yo no soy todavía el que soy, pero muy pronto voy a serlo, y no quiero ser más de lo que puedo, pero tampoco menos.

—Sí —le replicó con sorna su mujer—, ya te entiendo. Tú quieres ahora ser caballero y regalón, de los que miran el sol y dicen todo me sobra, si es que el día menos pensado no nos enteramos de que te has fugado con esa tal Marcela.

—Más o menos —respondió sardónico el escudero—. Sabes que soy paciente y de natural pacífico. Puedes quedarte ahí mil años metiéndome un aguijón, y sabré sufrirlo. Y te conviene saber que después de cierta pendencia que tuvimos don Quijote y yo en una venta con un barbero, de quien en justa batalla cobramos don Quijote una bacía y yo una albarda, como despojos, y viéndome pelear tan rudamente, don Quijote se propuso armarme caballero en la primera ocasión que se le ofreciese, por parecerle que sería bien empleada en mí la orden de la caballería. Dime tú qué madera no descubriría en mí aquel hombre tan fino ni qué antiguos linajes caballeriles, que seguramente si sacudieran el árbol de los míos, iban a caer pomas de oro y la misma canilla de la pata del Cid. Hombre de pro, me llamó. Sucedió esto hace un año. ¿Tú crees que no pasaron después entre nosotros ocasiones en que se hubiera podido llevar a efecto aquel deseo, a poco que yo se lo hubiera recordado, a poco que yo me hubiera mostrado ansioso de tal gloria, necesitado de ese honor? Has de saber que vulgo nací y vulgo moriré, porque ésta es mi condición, y de nada me avergüenzo, porque en mí toda intención es recta y todo pensamiento honesto y limpio. Que hablen, que digan. Murmura tú, desespera, llora y rabia, pero aquí el único que fue gobernador fui yo, y de la misma manera en que llegué a serlo, dejé de serlo por mi voluntad, y lo volvería a ser una y mil veces, si quisiera, porque hay una ínsula para cada deseo, pero yo ya no deseo, y nunca volveré a ser gobernador así se me pusieran como musas todas las ínsulas en fila, y nadie me desviará de mi camino. Lo anuncié el día aciago en que desengañado y vencido abandoné mi ciudadela a quien mejor quisiera gobernarla. Les dije, «señores míos, dejadme volver a mi antigua libertad; dejadme que vaya a buscar la vida pasada, para que me resucite de esta muerte presente. Yo no nací para ser gobernador, ni para defender ínsulas ni ciudades de los enemigos que quisieren acometerlas. Mejor se me entiende a mí de arar y cavar, podar y ensarmentar las viñas, que de dar leyes ni de defender provincias ni reinos. Bien se está San Pedro en Roma: quiero decir, que bien se está cada uno usando el oficio para el que fue nacido. Mejor me está a mí una hoz en la mano que un cetro de gobernador; más quiero hartarme de gazpachos que estar sujeto a la miseria de un médico impertinente que me mata de hambre; y más quiero recostarme a la sombra de una encina en el verano y arroparme con un zamarro de dos pelos en el invierno, en mi libertad, que acostarme, sin ella, entre sábanas de Holanda; más aprecio yo estos calzones rotos y mi caperuza, que un jubón de antílope y un sombrero de altos vuelos. Vuestras mercedes, les dije en aquella ocasión, se queden con Dios, y digan al duque mi señor que desnudo nací y desnudo me hallo: ni pierdo ni gano; quiero decir, les dije, que sin blanca había entrado en aquel gobierno y sin blanca salía, bien al revés de como suelen salir los gobernadores de otras ínsulas. Y créeme, Teresa, que así como lo dije, lo siento todavía. Y muchas cosas han pasado desde entonces. Ahora empiezo a ver lo que don Quijote fue para mí y para todos nosotros, lo veáis o no. Y quiero consagrar este tiempo no a solaz, como sé que andas diciendo por ahí, poniendo al mundo en mi contra. Yo ya no conozco el solaz, para mí se acabaron los largos sueños, yo vigilo, pienso y me quemo las cejas, y donde no lo espero, se andan mil pensamientos toda la noche arriba y abajo como un rebaño con sed. Nos morimos de un día para otro, la vida se va en un soplo, y no brillan las estrellas con tanto ruido como nosotros sin luz ninguna nos movemos por este mundo. Otros se marchan de morabitos a una ermita, y en la aspereza de una espelunca, rezan y meditan, o abrazan la regla de un convento; otros, para no acometer ni lo uno ni lo otro, se hacen bandidos, como el caballero Roque Guinard y el trozo de gente que le defendía, que conocimos en las sierras catalanas; y otros, en fin, se salen de su patria por correr aventuras en pos de venturas dudosas y muy hinchadas ambiciones que nunca verán cumplidas. Don Quijote fue loco y yo soy cuerdo, y de eso va lo que de la noche al día. Pero el secreto de nuestro buen avenimiento estuvo en que yo llevé paciente su locura y él llevó con no menos paciencia mi cordura, en lo que probamos los dos ser juiciosos. ¿Tú crees que no encontraba yo impertinentes su creerse caballero y todas aquellas trasmutaciones que le llevaban a ver castillos donde no había más que ventas y princesas donde no acechaban más que labradoras, y grandes enemigos en todos los vizcaínos que nos topamos? ¿Y acaso tú piensas que no le mortificaba verme comer con tan buen apetito como de ordinario me veía, o soltar refranes a todas horas, o hablar por cualquier cosa, que ya sabes tú que soy curioso y todo me desata la lengua? Así que él, por mí, y yo, por él, hubiéramos podido llegar a China y volver al cabo de veinte años, sin que entre los dos hubiera habido la menor cuestión. Me lo has oído decir muchas veces, todos somos locos, los unos por los otros. Y ahora empiezo a comprender que el buen gobierno de una nación no lo hace un loco, pero tampoco un hombre en exceso juicioso, que a fuerza de buen juicio acabe en demasiado riguroso y soberbio, y así de éste redimiría su juicio un poco de locura, como le redime a don Quijote un poco, y aun un mucho, de su cordura. Lo que yo pido ahora es bien poco. Paz, silencio, estudio. ¿Es un delito que un hombre como yo quiera saber qué hizo para saber qué hará?

Más que aquellas sublimaciones escolásticas, alarmó a Teresa Panza que su marido apenas comiera, cuando tan buen apetito solía tener, y que, conociendo el gusto y la buena disposición a descoser la lengua con unos y otros, la hubiera reposado, como difunta, hallándole todo el mundo casi siempre sepultado en silencio y con la frente fruncida en un pliegue sombrío y melancólico, que ya nada parecía poder contentarle. «He visto mucho, tengo mucho corrido», decía al que venía a verle. Se estaba todo el día solo, sentado en el corral, con una navaja en la mano sacándole punta a un palo, que podría decirse que se estaba como encantado. Nadie sabía qué pasaba por aquella cabeza, ni si sus pensamientos eran de ida y vuelta, o se perdían a lo lejos como la difusa línea del horizonte o no parecían cuajar, llegados, como la nieve demasiado precoz.

Empezó a acudir regularmente a la casa del bachiller, que le hacía subir a su torre, y allí, a vistas de aquel inabarcable campo manchego, imagen de una mente que se abría a nuevas luces, tenían lugar las lecciones.

—He de confesaros que ya don Quijote me dijo que el no saber leer y escribir parecía mal en quien iba a ser gobernador.

—¿Es eso, Sancho? ¿Y es que acaso piensas que va a volver la Fortuna a distinguirte con algún otro gobierno? —quiso saber su maestro.

—No, ni yo lo quiero, sino que vi por mis propios ojos cómo no sabiendo leer, todos pueden engañarte, como aquel desdichado doctor Tirteafuera, que quiso matarme de hambre citando no sé qué libros antiguos, siendo cosa imposible que un libro, y más siendo antiguo, quiera alargar la vida de nadie quitándole de comer y de beber, como hizo conmigo aquel galeno.

—No sé tampoco de qué médico me hablas, Sancho.

—Si se publica esa segunda parte de don Quijote, como vos asegurasteis, allí se dará cumplida cuenta, no me cabe la menor duda, de ese jifero empeñado en cerrar con buena llave mi andorga. Es natural que el letrado sepa de letras, el soldado de armas, el caballero de caballerías, y el rapador y cavador como yo, de rapar ovejas y de podar viñas, y no queramos que el letrado rape, el cavador entienda de leyes o el soldado escuche los pecados de los penitentes. Pero he de aprender a leer, y si, como he oído decir, a mi amo le sorbió el seso el mucho leer, a otros se lo dio, y digo que en eso serán los libros como los venenos, que administrados de poco a poco curan, y de mucho, acaban con la vida, y que al que uno gusta, a otros disgusta, y que el que aprovecha a uno, a otro le merma. Sucede como con los refranes. Es verdad que no hay refrán que no sea verdadero, pero no todos suenan a verdad, ni en todas las ocasiones, sino que hay que saber traerlos a colación. En boca de uno aburren, empalagan o fastidian. En cambio, los mismos en boca de otro, deleitan, divierten y enseñan. Así que enséñeme a leer. Y de escribir no hablo, porque eso es algo de lo que yo no voy a usar, de modo que podremos ahorrarlo, como no sea que me enseñe a hacer mi firma. Yo me he de conformar con leer de corrido, sin sufragio de nadie, y con saber poner en un papel, una tras otra, las letras de mi nombre Sancho Panza, por si alguna vez precisan de él alguaciles, jueces o regidores, que Dios no lo quiera, pues ni tengo testamentos que hacer ni bienes que dejar, y con la Justicia no he tenido ni quiero tener otro trato que el buenos días e id con Dios.

Le divirtió mucho al bachiller Sansón Carrasco que Sancho quisiese aprender a leer pero no a escribir, como si ambas cosas no vinieran juntas o fuesen contrarias.

—¿Acaso no quieres aprender a escribir, Sancho, porque piensas que te van a salir más baratas las lecciones? Pues has de saber que por lo uno sabrás lo otro, sin tener en consideración que ni por lo uno ni por lo otro voy a cobrarte yo nada.

—Mucho os agradezco la cortesía, y ya habrá lugar y tiempo para corresponderos, que siempre se ha dicho que es de bien nacido el ser agradecido, y así lo dirán los quesos, huevos y aceitunas aliñadas que harán la procesión de mi casa a la vuestra mientras me desasnáis. Pero no era ésa la cuestión que quiero aclarar con vos. Si nos fijamos bien, y no siendo escribiente, corregidor, memorialista, fraile, historiador, trujimán, secretario o mercader, a ningún hombre le hace falta escribir; con saber leer le basta. Y así tengo entendido que hasta el rey usa de esa costumbre, cuando manda a su secretario que le presente todo ya escrito, para poner al pie su «Yo el rey», y así, no precisaré yo más que el Rey, para poner, si me lo solicitan, un «Yo, Sancho Panza», declarando de ese modo que todo lo que antecede podría haberlo escrito yo mismo. Y aún le diré más a vuesa merced, y es que cuando fui gobernador comprendí bien a las claras que no debería estarle permitido a nadie salir de la puericia sin saber leer, pues no se basta un hombre para saberlo todo, sino que todo lo sabemos entre todos, y sí en cambio debería estarles a muchos prohibido el escribir. Unos, porque teniendo granjeada y alcanzada gran fama merecidísimamente por sus escritos, al darlos a la estampa la pierden del todo, o la menoscaban en algo, y otros, porque con malos libros echan a perder buenas y notables cabezas como la de mi amo, sin considerar el pernicio que los malos libros hacen sobre los buenos, envolviéndoles en su pésima fama y teniendo que pagar justos por pecadores, como creo que sucedió con cierto escrutinio que el padre cura y el barbero hicieron en los libros de mi amo, días antes de que los dos saliéramos por primera vez. Y así me sucedió que cuando yo me encontraba en aquella ínsula, me llegaron cartas de los duques y de don Quijote, y no pude leer ninguna a solas, en mi aposento, como hubiera deseado, sino que hube de pedir que me las leyesen allí en público, en la sala, sin saber si lo que ellas traían podía o no airearse, cegando así la estrella polar que ha de gobernar la derrota de un gobernante, a saber, la discreción. Y recuerdo que en aquella ocasión me avergonzó que mis súbditos descubrieran que el que les gobernaba tenía que admitir tal ignominia, tal infamia, que no supe si era más infamia por ignominiosa o más ignominia por infamante. Aunque también pienso ahora que quizá me convenga aprender a escribir, si decís que viene todo en el mismo lote, y que con parejo esfuerzo se aprenden ambas cosas. Imagino que tiene que ser eso como enseñar a andar a un niño, que sería absurdo hacerlo sólo sobre una de sus piernas, cuando puede hacerse sobre las dos, o enseñarle a nadar hacia adelante y no hacia los lados o hacia atrás. Y lo digo porque el otro día, mismamente, cuando le pedí a don Pedro, mientras velábamos el cuerpo de don Quijote, que escribiera por mí a los duques, que vi que lo hizo con breve amén y no como correspondería a señores tan señeros, sentí que de haber sabido yo hacerlo, lo habría hecho tan largo como las Diez Partidas, de lo que sin duda hubieran quedado mi señora la duquesa y mi señor el duque muy contentos, aunque fuese en ocasión tan triste como la de anunciarles una muerte. Nunca más volverá a ocurrirme una cosa así ni podrá nadie sacarme los colores a cuenta de mi ignorancia. Abra mi mente y moladla como cibera, para que podamos hacer con ella buen pan, quiero decir, buen entendimiento, bien metido en harina y mejor cocido. Y luego hagamos sopas o comámoslo en vino. Tiene vuesa merced delante, con mis bien barbados cuarenta años, al más tierno de los escolares. Asiente en él mano dura, cuando lo haya menester, o las ternezas, que yo he oído decir que la letra con sangre entra, y que hay que sacudir a la encina para desbellotarla, pero también que sin tiernos cuidados no crecen los árboles. Sancho aquí ha de entrar uno y ha de salir muy otro. Recuerdo que a menudo mi amo don Quijote solía decir, «yo sé quién soy», cuando todos dudaban de que lo fuera y de lo que fuese. Yo no llego a decir tanto, pero sí que sé quién quiero ser, y quiero, a partir de ahora, saber las cosas por mí mismo, y no voy a esperar que otros me las cuenten, y en cuanto pueda, voy a leer, en primer lugar, ese famoso libro que anda por ahí con nuestras andanzas.

—Me parece bien —le dijo el bachiller— que quieras leer esa historia que las recoge, y de ello ya te hablaré más adelante, pero quiero que sepas que no es ésa una puerta que se abre y se cierra a voluntad, sino que una vez abierta ya nadie podrá cerrarla, y después de ese libro, vendrán otros, y querrás leer uno y otro, y con ellos todos los que se han escrito, porque el leer es como la torre de Babel, que tiene fecha de inicio, pero cuanto más se eleva más confusión mete en las cabezas de las gentes y más nieblas las atacan, y allá en lo alto dicen los pocos sabios que han llegado a ella, que todo son truenos y relámpagos, pero también yo he oído decir que pasado ese estado reina en la cumbre inmensa paz y desde allí se contempla formidable infinito que ensancha el espíritu y lo sosiega, y que el hombre, como los dioses de la antigüedad, puede sentarse allí sin que le ataque la sed ni le pruebe el hambre ni el sueño, sino así, tranquilamente en su trono, ve pasar la vida, y que eso, sin pesar, es a donde más alto puede llegar un mortal en estas cuestiones. La prueba la tenemos en don Quijote. Sólo que don Quijote murió precisamente el día en que coronó su particular monte. Mucho penó. Gigantes, malandrines y follones fueron para él truenos y rayos. Pero dio un paso y allá, en la cumbre de su cordura, pudo sentarse apaciblemente. Recuerda, Sancho, con qué paz nos confortaba a todos. Aquella paz, sin la guerra que le condujo a ella, no habría sido la misma. ¿Vas a querer tú seguir ese camino? ¿Vas a leer esos libros de los que él te hablaba? Mira que por su mal le nacieron alas a la hormiga.

—¿Qué tienen las hormigas que a todo el mundo le da por recordármelas últimamente? No creo que vaya a leer esos libros, aunque ya no soy de los que digo de esta agua no he de beber. No me hace falta saber leer, de todos modos, ni haberlos leído, para comprender que todo lo que en ellos se contaba eran grandísimos disparates, pues no hay hombre ninguno que pueda esta mañana vencer unos gigantes en la China y estarse rondando esa misma noche a su dama en un castillo a más de tres mil leguas, ni aun en Quintanar por la mañana y en Argamasilla por la tarde, ni cortar de un solo tajo las cabezas de doscientos enemigos, ni tampoco he visto yo, con todo lo que he andado, gigantes por ninguna parte, y sí molinos, carneros y pellejos de vino, que a todos nos parió una mujer y todos salimos de la misma estrecha hura. Pierda vuesa merced cuidado, que yo no acabaré loco así venga ahora en su vera efigie el mismo Belianís de la mano de Alifanfarón. Nadie se vuelve loco por un solo libro. La locura se enciende con muchos libros, por lo mismo que no verá arder vuesa merced un libro solo, sino en compañía de muchos.

Sansón Carrasco, hombre curioso donde los hubo, emprendió la alfabetización de su amigo con entusiasmo, por ver si la ciencia despertaba aún más el talento y la gracia de Sancho o si, por el contrario, la arrasaba para siempre, pues suele el saber de los libros ser como un manto de sal para los cultivados campos del ingenio espontáneo.

Las lecciones empezaron a buen ritmo. Dedicaban el bachiller y Sancho la mañana a ellas. El escudero aprendió en una semana a distinguir todas las letras con su nombre, y recibió indecible contento que cosas como arado o jubón, pudieran ser leídas bajo el hábito de las letras, y fue gracioso verle como muchacho con chichonera irse dando en todas las esquinas del abecedario. Y en otra semana más, se soltó a leer de corrido, lo cual fue para muchos, pasando el tiempo, el primer milagro que hizo don Quijote y el primero que pusieron en la relación aquellos que acordaron subirlo a los altares, que, dicho sea de paso, los hubo, sobre todo los miembros de cierta academia alcarreña que acordó decirle una misa todos los años y mover sus hilos en Roma para que el Santo Padre lo canonizase. El milagro de Sancho, como se le conoció, lo corroboraba. Nadie podía entender que en tan poco tiempo alguien tan porro como el escudero y tan empedernido, mostrara tan tiernas y moldeables sus entendederas. Se imaginaban la mente del escudero como sumisa pella de barro en las habilidosas manos de un alcaller. Pero no llegó a escribir tan bien como leía, porque no se avino la rudeza de su mano con las mórbidas plumas de ganso, que acababan en el papel despuntadas y astilladas, y cuando lograba, entre borrones, trazar limpiamente algo, resultaba tan ininteligible, tenue y tembloroso como el pulso de un agonizante.

—Hasta aquí he llegado y no preciso más —dijo Sancho cierta mañana.

Aquello le pareció, en efecto, juego de niños. Y añadió:

—Y no entiendo que se haga llorar a los niños en las escuelas, sino que debe de ser que no todos tienen un maestro como lo he tenido yo. Y ahora quiero deciros lo siguiente, señor bachiller. Mientras don Quijote vivía, él era, por así decirlo, mis ojos, mi lazarillo. Él me guiaba por donde le parecía, y yo le seguía. Él me contaba los libros que había leído, que no todos eran de alocadas caballerías, y a su boca venían las enseñanzas de tanto trasiego libresco. Mi vida era una, y no llegaba más lejos de donde iba mi rucio, y yo con él. Hasta hace un año y parte de otro, poco me importaban a mí los libros que hubiera leído no sólo don Quijote, sino todos los que se juntaron en la biblioteca de Alejandría, que tanto le oí ponderar a él, porque entre ellos ninguno me hubiera sacado de pobre ni me habría traído la comida a la mesa. Entré al servicio de don Quijote y empezó él a pintarme con maravillosas palabras no sólo lo que tenía delante, sino lo que ya había pasado, y lo primero parecía que cobraba una vida que no tenía, y lo pasado volvía al presente a tener nueva y rebrotada vida. Qué modo de hablar y cuánto me equivoqué yo pensando que nada de lo que traían los libros podrían sacarnos de nuestro lamentable estado. Desde que murió don Quijote mi vida se ha visto menoscabada, y no hago sino pensar en lo que he vivido y en lo que ya nadie hará que viva. No volveré a tener un amo tan bueno como él ni a aprender más de lo que con él aprendí, sin que quisiera él enseñarme, porque no tenía ese ánimo. Me corregía cuando me equivocaba, haciendo conmigo obra de misericordia, aunque he de decir que tenía demasiadamente pronta la ira para romperme en la cabeza su lanzón o lo que tuviera a mano, y darme de palos, que en esto probó que tenía madera de maestro de escuela. Pero vos lo sabéis, y lo sabe el señor cura y maese Nicolás y todos los que alguna vez le oyeron, que sus locuras venían envueltas entre tales y tan sazonadas verdades que daba aún más lástima oírlas, porque le recordaban a uno de continuo que aquella buena cabeza la regía un loco, aunque, como ya os dije, aquellas locuras suyas quedaran en la redención de su buen juicio. Y yo diría aún más: don Quijote era loco cuando obraba, y no siempre; pero nunca de pensamiento, que pocos habrán pensado lo que él y como él. No hay día que pase que no me acuerde de todo lo vivido con él, y ando por los rincones llorando sin consuelo. Y haga lo que haga, me acuerdo de lo que haría o no mi señor don Quijote, que hasta en sueños se me presenta todas las noches, y de noche andamos nuevas jornadas y aventuras, como si siguiéramos en el camino. Ahora comprendo que pudiera perder conmigo la paciencia, que me apaleara y que me motejara de necio y sandio, de desagradecido y de villano, porque como tal me conduje a veces. Pero también sé decir que todo ello cambió cuando, dejado el gobierno de la ínsula, seguimos nuestras aventuras. Me dijo entonces, «Sancho, ha llegado la hora de hacerte caballero. Hinca la rodilla en tierra y yo te unciré a esta espada que tantas victorias ha cobrado. A partir de este día serás y te conocerán los orbes como el Caballero del...». Y no se le venía ningún nombre a la cabeza, como tampoco, según me confesó, se le vino la primera vez que lo buscó para sí, que estuvo varios días hasta dar con el bien sonoro e incumbente de don Quijote de la Mancha. Y así, paseó su vista al retortero y no halló cosa de más relieve que unas zarzas en las que habían dejado prendidas sus vedijas un rebaño de ovejas. Pareció inspirarse de pronto y me dijo, «mira ahí esas lanas. Señal es de muy buenos augurios, y no pudiéndote decir Caballero del Vellocino, será bien que te llames a partir de este minuto Caballero del Copo, dando a entender con ello que tras el Copo vendrá un día el Vellocino, enseña que a ambos nos conviene. Y con esto, Sancho, arrodíllate para levantarte como don Sancho del Copo». Yo, mohíno como me hallaba en aquel entonces con el fracaso de mi gobierno, le dije que no estaba para burlas y que no quisiera hacer de mí un hombre desdichado, y que había salido de mi casa sirviéndole y que algún día me gustaría entrarme en ella como criado suyo, y que le agradecía la fineza, pero que tampoco encontraba yo muy ajustado aquel don Sancho en quien no sabía ni poner su firma en un documento ni leer mi nombre si me lo presentaban. Y fue esto último lo que le decidió desistir, y me dijo «tienes razón, Sancho bueno, Sancho humilde, Sancho hermano; pero a la primera ocasión que puedas, aprenderás a leer y en menos que canta un gallo serás tú el Caballero del Copo en memoria de esta jornada y de todas las que harán inmortales nuestras hazañas». Y el recuerdo de aquel día, mi querido bachiller, ha sido en parte lo que me decidió a tomar lecciones. Yo no fui armado caballero, pero don Quijote no olvidó que algún día me haría profesar en esa orden, recordándome a cada paso que de la misma manera que puso a mis pies una ínsula, coronaría mi cabeza con los fulgores de la caballería. Y empezamos desde ese día a ser uno para el otro y el otro para uno, como dos hermanos, y ya no había tuyo ni mío, ni tú o yo, sino que todo lo partíamos por igual, él en lo mucho y yo en lo poco, él sobre un caballo, y yo sobre mi rucio. No había cosa que no juzgase él con tino, fuera de su locura, ni negocio humano del que no entendiera, y como no fuese en lo tocante a su manía, nadie partió mejor el campo de lo que él lo hizo, y cuando no podía él creer algo, como que subimos por los aires a lomos de aquel caballo de madera llamado Clavileño, lo creía sólo por darme crédito, como yo acabé dándoselo a todo lo que sucedió en la cueva de Montesinos, sólo por apreciarlo. Así que se comprende que después de haberlo conocido a él, todo me parezca a mí desustanciado y nabo crudo. Muchas veces le oí decir que en los libros se celaba el consuelo de todo solitario, y nadie puede figurarse la soledad en la que estoy, que yo, que era alegre, me muero de tristeza; era decidor, y cada palabra he de arrancármela de las entrañas; reía o estaba dispuesto a hacerlo por cualquier cosa, y lloro por los rincones; me gustaba comer, y ayuno en una hura sin hambre ni apetito, y el vino sólo me produce, cuando lo bebo, mayor tristeza; y si antes caía ya dormido en cualquier lecho, ahora doy vueltas en el mío, inquieto y atribulado sin encontrar una sola razón de tanto desasosiego. Si no pongo yo un remedio pronto, me moriré de contrariedades y melancolías como él, y lo sentiría, porque de todas, las únicas ganas que no he perdido son las de vivir y volver a mi primitivo estado, a ser amigo de mis amigos, a decir mis donaires, si se tercian, y a celebrar los de otros, a beber y comer como solía, a entretener a mi Teresa, a desbastar a mi Sanchico, que es un diamante en bruto, y a pulir ya al que es el más donoso del mundo, que es mi Sanchica. Déme, pues, ya ese libro. Me lo he ganado. Puedo leerlo, yo lo entenderé, él me consolará, juntos haremos nuestra jornada, y amanecerá Dios y medraremos.

—Que así sea. Tendrás el libro, como quieres. Déjame buscarlo, y será tuyo.

CAPÍTULO VIGÉSIMO CUARTO

Se fue Sancho a su casa alfabetizado, y esperó el bachiller Sansón Carrasco un buen rato en la suya, haciendo tiempo, en tanto se ponía a buscar el libro. No quería ir a hablar con el cura don Pedro, porque le avergonzaba confesarle que había dejado sus estudios de clérigo, y por lo mismo tampoco se había visto en todos aquellos días, después de venir de Sigüenza, con el barbero, pues con todo lo bromista y sazonado que era el bachiller para las fiestas ajenas, lo era apocado con sus asuntos, que no gustaba que salieran a plaza pública ni contarlos él a nadie.

Pero las circunstancias le llevaban a pedir consejo a sus dos amigos. En cierto modo le obligaba a ello el nombre de don Quijote.

La decisión de Sancho de leer aquel libro, manifestada por el escudero desde el primer día en que se puso a tomar lecciones, entrañaba no pocos riesgos. ¿Qué pensaría aquel pobre, ingenuo, inexperto, desavisado gañán leyendo ese libro y viéndose motejado en él de sandio, tragaldabas, gumia, porro, interesado, taimado, simple, bobo, sucio o cerril? ¿Qué diría cuando se topase con aquellos que sólo perseguían reírse y solazarse a costa de su simpleza y de su codicia o de su solercia para embaularse media docena de capones? ¿Cómo aceptaría que lo tratasen de glotón, perezoso y dormilón? ¿Qué desengaños no iban a amargarle el resto de su vida cuando viera que sus amigos del pueblo, a sus espaldas, lo tenían a veces por el hombre más simple del mundo? ¿Cómo explicarle que las cosas que se dicen a las espaldas de los amigos no siempre están dichas con ánimo de ofender y que no puede haber afrenta en lo que se ha dicho con reserva? Porque una cosa era la opinión que Cide Hamete podía tener del escudero, otra la que pudiera tener Cervantes y otra bien diferente la que Cide Hamete o Cervantes desvelaban de las que tenía el cura, el barbero y otros muchos del caballero y el escudero. ¿Cuántas decepciones, cuántas desilusiones y cuán tristes le esperaban a Sancho en el desvelamiento de tantos pensamientos ocultos, solapados o maliciosos?

Al principio, cuando Sancho le manifestó su deseo de aprender a leer para poder hacerlo algún día en el libro de sus aventuras, el bachiller dejó correr el tiempo, porque jamás pensó, sinceramente, que aquel hombre por muy agudo que fuese y con la buena memoria que tenía, sería capaz de domar la cartilla. Lo que no pensó él ni pudo creerse nadie es que el rústico Sancho leyese de corrido en menos de dos semanas.

—¡No es posible! —exclamó el barbero, a quien Sansón Carrasco encontró en casa del cura mientras ordeñaba sus colmenas.

—¡Es un milagro! —dijo don Pedro.

—¿Y cómo es que han andado vuesas mercedes con tanto secreto? —preguntó el cura sin apartar, goloso, la vista de aquel interminable hilo de miel que se iba destilando del panal a un jarro.

En breves palabras les puso al corriente el bachiller, y la angustia que le producía seguir adelante con aquella idea descabellada de entregarle a Sancho el libro, y les relató toda la conversación habida con el escudero.

—Señores, esto hay —concluyó el bachiller con el fuelle agitado.

—Sabrá, en efecto —intervino el licenciado don Pedro—, que no fuimos ajenos a algunas de las burlas, pero advertirá que no había en nuestro corazón deseos de mofarnos de él o menosprecio. Advertirá que aquellos meneos que le dimos sazonaban el propósito de restituir a su casa a su amo, con los suyos, y quitarle a don Quijote de su locura, y a él de querer servir a un loco, más que estorbarle su jornal.

—No podemos hacer nada—admitió un desolado maese

Nicolás, a quien como buen académico preocupaba la armonía del mundo y entenderse con todos—. ¿Se amostazará, dejará de hablarnos? Sancho tiene buenas hechuras, y en cuanto pase el tiempo se le olvidará. Aunque no estaría de más que vuesa merced, señor bachiller, fuese preparándole el terreno y advirtiéndole y enseñándole que una cosa es lo que se pone en los libros y otra muy diferente la realidad y la vida, y que en los libros se toman los historia dores licencias que no se corresponden punto por punto con las cosas que hemos vivido, y que eso las personas que tienen el hábito de leer lo saben y no les importa encontrárselas descomunadas y descomunales, porque ellos las tornan con su buen juicio a las proporciones humanas; y aunque leamos en autores divinos como Homero que Diomedes partía de un solo tajo el cuerpo de sus enemigos, o que Aquiles se ventilaba en un santiamén veinticinco troyanos a los que ensartaba con su lanza como si fuesen magras, sabemos que ésas son licencias para darnos a entender su extremo valor y la inconmensurable fuerza de su brazo. Y así habrá de sopesar Sancho, cuando leyere su historia, en su justo término lo que fueron los hechos y lo que puso el autor, para salpimentarlos, con las especias que le dan sabor, pero que no añaden un átomo de sustancia ni alimento a las presas, a saber, la hipérbole, el retruécano, la metáfora y todas las que podríamos considerar las alcamonias de la gramática, porque a menudo, sin ese arte coquinario, la realidad no se puede tragar.

CAPÍTULO VIGÉSIMO QUINTO

Está por ver si el cambio que experimentó el carácter de Sancho tuvo relación con su nuevo estado, o si tal estado fraguó justamente porque ya había cambiado tras pasar de iletrado a persona que empezaba a cultivarse; si la mudanza fue anterior a todo lo sucedido, o causante de lo que vendría a suceder y de aquellas novedades que tan alarmadas traían a Teresa Panza y a sus hijos, que no al propio Sancho.

Éste parecía, sin embargo, más y más tranquilo, en «su solaz», al que se refería sarcásticamente Teresa Panza.

Sólo esperaba que el bachiller le diera el libro. Para él aprender a leer no había sido nada mientras no leyera el libro para el que aprendió a leer.

Se pasó al día siguiente, como habían acordado, a recogerlo.

—Sancho —se justificó el bachiller—, he puesto la casa patas arriba, he revuelto Roma con Santiago, y el libro no ha aparecido. Perderlo, no puede haberse perdido. Voy a empezar a creer que se lo llevaron volando los encantadores. Don Pedro, a quien he preguntado y a quien en su día se lo presté, me aseguró que se lo había pasado a maese Nicolás. He preguntado al barbero, y así como éste ha reconocido que lo recibió de manos del cura, asegura que me lo devolvió. Has entrado en esta cofradía de los que leen libros, Sancho, y no olvides esto: nunca los prestes, porque no te lo devolverán, ni devolverás los que te presten, porque se parecen los libros a los perros de los gitanos: se están muy a gusto con el primero que no les echa de su lado, y si se les deja, se van también con el primero que pasa y les dice tus tus. Así que si algún día quieres preciarte de biblioteca, ni prestes libros ni devuelvas los que te presten.

—Dígame vuestra merced lo que vale, que yo lo mercaré gustoso. Ya sabéis lo ganancioso que quedé con don Quijote, y lo mínimo será gastarme unos reales en quien me dio tanto.

—No es ése el escollo, sino que es muy probable que ya se haya agotado, así, según tengo entendido, ha sido la fortuna que ha tenido, que no hay antecámara donde no se vea un ejemplar en mano de un paje o de un caballero. Pero déjame a mí, que puede que aún demos con él.

Advirtió Sancho que el bachiller Sansón Carrasco le hablaba de un modo diferente antes y después de su escolarización.

—De haber sabido yo —le dijo el antiguo escudero—, de haber imaginado que lo de aprender a leer era cosa tan parva, lo hubiera emprendido mucho antes y no me habría puesto en evidencia cuando tuve que gobernar la ínsula. Ítem más digo, de haber sabido yo leer y escribir como ahora sé, nadie se me habría desmandado en aquella plaza baratera, me habría aprovechado a mí, habría contentado con ello a mi mujer que habría sido gobernadora, por lo que se desvivía ella, y habría traído a todo el mundo más derecho que un huso, en primer lugar a aquel doctor Tentetieso o Tenteadentro que quiso matarme de hambre. Le habría dicho, venid acá, señor Borrajas y mostradme en qué libro halláis que no se dé de comer a las personas, y yo mismo, a poco que me hubiera puesto, le habría rebatido con otros mil escritos de doctores mucho más sabios, si acaso no los hubiera escrito yo con todo lo que ya tengo visto, vivido y oído por estos mundos. Y ahora me arrepiento también de no haber sabido escribir, contra lo que pensaba, porque hubiese podido pasar a pliego todo lo que mi señor don Quijote me ordenó que le dijera de su parte a su señora Dulcinea, que aunque sé que eso formaba parte de su locura, no está bien dar la palabra a nadie, y no cumplirla, aunque se trate de un loco. Porque si el loco está en su derecho de ser loco, tenemos los demás el deber de tratarle con consideración y respeto, y no por loco engañarle en cosas de su cordura, haciéndole creer que son de loco. Y don Quijote podía estar loco con sus caballerías, pero que sentía amor por Dulcinea era cosa probada, y al ser probada y no forzosa, no la compartió con nadie. Y no haberla visto nunca, no empecía para estar enamorado de ella y para que su amor fuese tan legítimo como el del más pintado Calixto, porque de lo que él estaba enamorado era del amor, y eso no era de locos, sino de hombre en su sano juicio, si no es que todos los hombres damos en loco en cuanto nos enamoramos, y de ahí que se diga, «mira, ahí va Mendoza loco de amor», o «Constanza, te amo con locura». Todo lo hubiese podido yo remediar, sí señor, sabiendo leer y escribir. Y ahora que ya sé, ¿me habéis apartado ese libro? Venga, que me estoy muriendo de ganas por leerlo.

—Vamos con tiento, Sancho. ¿Estás seguro de que vas a querer leerlo? Mira que no te he dicho antes nada, pero podrás tropezar en esa historia con cosas que no sólo no te gusten, sino que te den gran pesar y tártagos. Acaso las encuentres inexactas o mentirosas, y tal vez reputes que menoscaban tu honra. Advierte que ese que verás, serás tú, y al mismo tiempo no lo serás, y acaso no querrás serlo.

—Podría ser —admitió Sancho—, pero déjeme decirle dos cosas. Primera: no creo, por las informaciones que me adelantó mi señor don Quijote, que el moro Cide Hamete haya hecho otra cosa que dar cuenta puntualísimamente de los acontecimientos de nuestras correrías andantes. Tampoco el señor Cervantes habrá querido contar lo que no era, ya que como soldado que ha sido, no podría no ser un hombre que pusiera la honra suya y ajena por delante de la honra de los demás, pues deshonrando a unos se deshonraría a sí propio. Habrá, no lo dudo, momentos en que podrá uno no quedar en un paso como le gustaría, pero ¿a quién no le sucede eso? ¿Quién no pisa una peladura en la calle y viene a caer rodando al suelo, y a quién no causamos risa cuando nos confundimos o equivocamos en cosas de poca monta? Nos miramos en un espejo, y con ser espejo, la mayor parte de las veces no quedamos a gusto de lo que vemos, y no por ello lo rompemos. Si lo hiciéramos, obraríamos como grandes botarates. Así pues, écheme acá ese libro pronto, que me perezco por leerlo, y luego de leído, le pediré incluso ese otro en el se habla de un don Quijote que no fue el nuestro, y de un Sancho Panza que no soy.

—Ahí voy, Sancho, te repito que lo he buscado por todas partes y no lo he hallado.

—Después de lo oído, todo eso me suena a excusa. Creedme, hace ya mucho que no me chupo el dedo.

—No te miento; no lo encuentro. Y tiene que ser que se lo prestara a don Quijote, como recuerdo que hice, y no me lo devolviera. No obstante vamos a pesquisar de nuevo en este armario, porque ya que vas a ingresar en la cofradía de los bibliómanos, tienes que saber que muchas veces los libros no aparecen, estando delante de los ojos, como si estuvieran encantados. Y aunque si fuesen un perro te morderían, de tan cerca que los tienes, no los ves, y por eso hay que buscar una y mil veces en el mismo sitio.

Dicho eso, abrió una alacena donde guardaba lo menos cien libros, mientras Sancho, sentado frente a la mesa, se admiraba en silencio de ver todos aquellos volúmenes, algunos de tamaño infolio. Y como no era hombre que pudiera estarse callado mucho tiempo, picado como estaba por la curiosidad, acabó preguntando.

—¿Y habréis leído seguramente todos esos libros, señor Carrasco?

—Ésa es una de las preguntas más famosas que se les hace a los libros cuando se juntan más de ocho —corroboró alegre el bachiller—, pero unos se leen de la primera hoja hasta la última, y otros, como esos diccionarios, se consultan. Y algunos se compran y no se leen nunca, sino que se espían, y con eso basta, y a otros basta verlos de lejos para saber que no queremos acercarnos más de lo que ya lo hemos hecho, y a otros en cambio nos acercamos y nos hablan de modo que no entendemos. De los no leídos, o no leídos con gusto, lo mejor es llevarlos a los alfarrabistas, zarracatines y aljabibes o darles aceite y usarlos para tapar ventanas. Porque si los libros no han de leerse, ¿para qué querría uno tenerlos al lado? ¿Mantendrías tú en tu casa y alimentarías seis perros si no tuvieras ganado que guardar? Los libros son poco más o menos que un perro. Un libro, si es bueno, te defiende, mantiene lejos al indiscreto y al intruso; y, sobre todo, un libro te da la mejor compañía en los momentos de soledad, melancolía y tedio por los que todos atravesamos, y a diferencia de los amigos un libro, como un perro, se quedará a tu lado todo el tiempo que tú lo precises. Por eso, si un libro no te hace falta y ya no vas a disfrutar de él, lo mejor es darlo a otro o dejar que se vaya, porque lo que se dice del agua, puede decirse también de los libros, a saber, libro que no has de leer, déjalo correr.

—Yo en cambio —le interrumpió Sancho— siento ahora una sed infinita de esas aguas, y como si hubiera dejado correr a mi lado todas sin probarlas, todas me las bebería.

—Ten cuidado, Sancho, y no te vayan a hacer daño, porque así como a Felipe el Hermoso le mató un vaso de agua, algo parecido podría ocurrirte si te lanzaras sobre el primer libro que saliera a tu paso, sólo porque tienes una sed desaforada. Y tampoco pases fatiga por lo contrario, extremo que conocerás igualmente, a saber, que veas un libro y nada te diga, y que lo dejes correr; ello será señal o de que viste que ese agua no te convenía o que no tenías sed, y en cualquier caso, ¿para qué beberla?

—Y así ha debido de ser, que he vivido indiferente hasta ahora a la gramática y a los libros, sin que llevara pena por ello. Y es o porque no me convenía o porque no tenía yo esa ansia. Apenas había cumplido cinco años cuando ya mi padre me puso a guardar tres cabras que tenía, y no había cumplido los diez, y ya llevaba yo una yunta de mulas, y habría arado si no hubiera sido que no tenía fuerza para mantener clavado el rejo del arado, de modo que por unas cosas o por otras no pude ir a la escuela, ni siquiera a las lecciones que en mi tiempo impartía don Pedro a los zagales y mozos por la noche, en invierno, cuando se acababan las tareas, se echaba la noche encima y las tardes se hacían tan largas. Pero, decidme, ¿no encuentra vuesa merced el libro que busca?

Y así era. Había sacado de su armario todos aquellos libros y los había mirado uno por uno, pero ninguno resultó ser el que buscaba lo que al principio creía con malicia, se confirmó. Hasta que el bachiller Carrasco, súbitamente, se golpeó la frente con la mano abierta, como si tratara de fijar de ese modo un recuerdo al que tanto tiempo había costado emerger de las simas profundas donde llevaba enterrado casi un año.

—¡Ahora caigo! ¡Ya sé quién va a tenerlo! En cuanto terminé de leerlo y me repuse de aquellas fiebres nerviosas, no del todo fingidas, me planté en este pueblo con qué ganas de hallaros a todos los que figurabais en él. Luego viniste tú a darme la bienvenida, y te conté lo del libro, que había leído. Y tú corriste a contárselo a don Quijote, y él me mandó llamar. Quiso mi buena fortuna que en muy poco tiempo me hiciera muy amigo suyo, y me cobró pronto una grandísima afición, por tener en mí alguien con quien hablar de cosas de caballería, de lo que, sabes, sé yo tanto como el más docto en esos asuntos. Hasta me ofrecí a ser su escudero, y lo hubiese sido si tú al final no te hubieras decidido a ello. Reconozco que al principio me tomé a don Quijote un poco a chufla, y me hinqué de rodillas y quise hacerle ese cuento que había leído en el libro que todo el mundo hacía con él, pero él, aunque no se tomaba totalmente en serio aquellas burlas, las pasó por alto, y en cierto modo, como era un hombre bueno y nada vanidoso, las encontraba naturales venias y rendimientos no a su persona, sino a lo que ella representaba, quiero decir, el orden de la caballería. Le dije entonces que su historia andaba ya en los papeles. Yo pensaba que ya estaría él al cabo de la calle de que se había publicado y que quería abundar en la lisonja, como a veces les ocurre a los espumosos y pagados de sí mismos, que se hacen de nuevas de algo, con tal de que les vuelvan a relatar algo que se saben ya de memoria; pero no. Era su condición tan humilde y poco entretenida en esas rizadas pleitesías, que importándole mucho lo que dijeran de él los siglos venideros, le daba un ardite lo que en cambio decía el siglo presente, aunque me confesó que una de las cosas que más contento debe de dar a un hombre virtuoso y eminente es verse, viviendo, andar con buen nombre por las lenguas de las gentes, impreso y en estampa, y eso debía de decírselo a todo el mundo, porque hace unos días me lo recordaba Antonia. Lo cual no le llenaba de telarañas la cabeza, porque cuando ya llegamos a ser amigos, también solía decirme, «señor bachiller, sepa vuesa merced que la opinión de los contemporáneos hay que ponerla en cuarentena, porque las más de las veces la mueve el interés, y cuando no, el temor, y cuando no es uno o otro, suele ser la adulación, que siempre es taimada y logrera y la alcahueta de los otros dos. Y así encontrar un hombre que te diga la verdad, y más en un libro, es punto menos que imposible, pues la gente o bien no se atreve, y ahí aparece el temor, o bien lo hace pensando en sí propio, y eso es fruto de la vanidad». Y si no te has olvidado, recordarás que preguntó entonces don Quijote cuáles aventuras salían en el libro y cuáles eran reputadas como más célebres. Y yo le dije que unos se atenían a la aventura de los molinos de viento que a él le habían parecido Briareos desaforados, y otros a la de los batanes; unos, a la de los dos ejércitos, que resultaron ser dos manadas de carneros, y otros a la del fraile muerto que llevaban a enterrar a Segovia, o la de la liberación de los galeotes o la de los monjes benitos, con la pendencia del valeroso vizcaíno.

—Ay —suspiró profundamente Sancho, a punto de echarse a llorar, porque la muerte de don Quijote le había dejado muy flojo—. Y cómo me acuerdo de todo eso que decís como de las verduras de las eras y de los tiempos felices que ya no han de volver. Y cómo lo estoy viendo a él y a vuesa merced ese mismo día que hablamos todas esas cosas, y con ser de hace un año, parece que ocurrieran hace mil, y otras veces no parece sino que acabaran de suceder ayer mismo, y que dentro de un rato veremos aparecer a don Quijote vivo, en su verdadera planta, andando con aquel continente solemne que él tenía, con el pecho saliente, la barbilla hundida, la boca majestuosa y los ojos melancólicos mirando a tierra. Y cómo volvimos a reírnos los tres recordando la aventura de los yangüeses, cuando a nuestro buen Rocinante se le antojó pedir cotufas en el golfo, que todavía mi amo se reía algunas veces, y de las cabriolas que hice yo en el aire, sí, y aún más de las que yo quisiera, y volviera a reírme ahora después de todo lo que me pesó cuando ocurría.

—Pero aquello que te causó risas, quizá pueda enojarte ahora, porque has de saber, Sancho —le interrumpió el bachiller adoptando un aire de inusitada gravedad—, que el historiador que contó vuestra historia la cuenta por lo menudo, tanto los palos que recibió tu señor como las veces que a ti te escarnecieron. Y yo no digo si dijisteis tales y tantas tonterías, pero allí se os apuntan a vuestra cuenta como dichas.

—Desde luego —admitió Sancho— que tenía razón don Quijote, cuando ese mismo día que lo visteis os dijo que los palos no estaría de más callarlos por equidad, porque las acciones que ni cambian ni alteran la verdad de una historia, ¿para qué escribirlas, si van a deslucir a sus protagonistas?

—No sé yo. Es posible que Eneas no fuese tan piadoso como Virgilio le pinta, ni tan prudente Ulises como le describe Homero. Pero una cosa es escribir una fábula, que no ha ocurrido nunca sino en la cabeza de quien la escribe, y otra bien distinta hacerlo como historiador. El fabulista puede contar o cantar las cosas, no como fueron, sino como debían de ser. El historiador, no; el historiador las ha de escribir no como debían ser, sino como fueron, sin añadir ni quitar ni una coma a la verdad. Que los hechos, sabes tú muy bien, sólo son unos, se miren del lado que se miren, y todo lo demás son florituras y adornos. Así pues no sería de extraño que te encuentres tú con más adornos que hechos.

—No lo sé. Lo sabré leyendo el libro, y como vos, así pienso yo también —corroboró Sancho—. Y ya entonces os dije que si eso era así, que si el historiador se atenía a los hechos, tendría que ocuparse de mí, aunque en uno y en otro, en mi amo y en mí, pusiera acentos bien distintos, porque no suena, tañido con el mismo badajo, una campana que un cencerro, y yo soy más bien cencerro.

—No presumas, Sancho, ni te abajes, que no es preciso.

Aunque te recuerdo que si leyendo, te amohínas por verte zarandeado un tanto de más, no debes de olvidar que no hay libro tan malo que no tenga algo bueno.

—Yo no voy a juzgar un libro —le dijo Sancho—, porque no soy quién, sino a mirar una vida, y si esa vida, con sus más y sus menos, está bien metida, aunque me escueza, la daré por buena, porque todos sabemos que al pesar vidas humanas ha de ir todo junto, bueno y malo, y juzgarlas después de sumas y restas. Y en mi caso, si conozco mis restas, sé a dónde llegan mis sumas, sin empingorotarme y pecar de indiscreto e inflado.

—Si eso haces, Sancho —le replicó Sansón—, serás el primero de los hombres que no deciden venganza cuando se ven maltratados en un escrito. Porque las obras impresas se miran despacio y las gentes las rumian una y mil veces, antes de pasarlas, y pasadas, van poco a poco infeccionándoles la sangre con su veneno si lo llevara, y basta con que en una línea se le roce a alguien un callo, para que se olvide del resto, y aunque estuviera cincelado en oro puro por el divino Cellini, querrá en venganza acuchillar al autor en un callejón oscuro, o sólo piensa en que se lo lleve por delante un cólico.

—Y ya ve vuesa merced qué gran coladura. Yo he sido gobernador y atendí a las críticas de mi gobierno, y nunca me ha parecido mal que el que sabe nos enseñe, y el que pueda nos corrija. Por lo que yo he observado en esta vida, las varas de medir son distintas dependiendo del paño. Y así, no ha movido alguien un dedo ni salido de casa, y si tiene turiferarios cerca, le atribuirán las más heroicas empresas que no ha realizado, para contento del lindo que no se molestará en desmigar ese yerro; en tanto viene otro asendereado y molido de larga y heroica peregrinación, donde tuvo que vender cara su vida en mil peligros, y nadie le cree. ¿Cómo ocurre eso? No se sabe. Le hacen a uno tercer alguacil del alcalde de una aldea, y lo cacarea de tal modo que no parece sino que le hayan nombrado Archimandrita de los Pámpanos Orientales; y ha alcanzado otro por sus propios méritos el reino de Nueva España, y todos quieren tasárselo y mirárselo pelo por pelo, y aun así la mitad de los que lo tengan entre las manos y puedan probar su valor, dirá que es falso. Me hicieron gobernador, y eso está ya escrito con letras de fuego en la bóveda celestial y con letras comunes en las crónicas de aquellas tierras, y no goberné más porque ni quise ni me daba el ánimo para más, que allí me ahogaba, no por las críticas o comunidades de mis súbditos.

—Si por lo menos hubieras sabido entonces la gramática, habrías salido a flote —le recordó el bachiller.

—Posiblemente, aunque con sólo mi buen acuerdo hubiera podido sortear tanto escollo, que más vale onza de prudencia que arroba de ciencia. Pero dígame ahora, ¿encuentra vuesa merced o no ese libro que está buscando y que he de llevarme?

—Me pasa contigo, Sancho, que empiezo a hablar una cosa, y nunca llego a término. Te decía, o te quería decir, que don Quijote, después de que tanto le hablara yo de la historia que se había publicado de vuestras hazañas, y viendo que se echaba encima un largo invierno, el primero de toda su vida que no iba a poder distraer con la lectura, ya que los encantadores se le habían llevado sus libros y le habían tapiado el aposento, se arrimó una tarde a mi casa y, como un niño que cometiera una acción reprobable, me preguntó si acaso tenía yo un ejemplar del tal libro sabiendo que lo tenía, y teniéndolo, si podía dejárselo, jurándome que una vez leído, me lo devolvería, porque sabía él por experiencia que los libros que se prestan una vez, son como pájaros que ya no vuelven a encontrar su antiguo nido. Fui a buscarle, se lo di... y hasta hoy, porque con eso y con lo buen caballero que fue, no era diferente don Quijote del resto de la cofradía. No sé si lo leyó o no, si le gustó o si, por el contrario, le disgustó. Luego, como sabes, en cuanto se metió el buen tiempo, preparó su tercera y última salida y yo ya no volví a acordarme del libro, por creer que me lo había devuelto. Pero no te apures, yo iré a su casa, y allí buscaremos, que si Antonia o el ama no lo han quemado, en la casa estará, y no será difícil dar con él.

CAPÍTULO VIGÉSIMO SEXTO

Se fue Sancho a su casa y prometió Sansón Carrasco llevarle el ejemplar del *Ingenioso hidalgo don Quijote de la Mancha* en cuanto lo rescatara de la casa del hidalgo.

Y a casa del hidalgo marchó el bachiller Sansón Carrasco. Tres meses hacía, día más día menos, que don Quijote había muerto, y dos semanas fue el tiempo que duraron las lecciones de Sancho y que Antonia Quijano llevaba sin ver a Sansón Carrasco.

Se cruzó Sansón Carrasco en el zaguán con el escribano señor De Mal, que salía de la casa con tan pésimo humor que ni siquiera se entretuvo en saludarlo con algo más que un buenos días y un adiós.

Imaginó Sansón que el señor escribano habría estado tratando de la hacienda y de las deudas que la tenían en sitio.

Sintió Antonia la voz de su bachiller preguntando a Matías Barrientos, el nuevo gañán, quién era él y dónde estaba ella y el ama Quiteria. Le explicó el muchacho, de unos doce años, canijo y algo tartamudo, con la cabeza pelona y la rara costumbre de querer taparse las narices con los morros al ponerse a hablar, que él era el nuevo criado de casa, y que el ama vareaba un colchón en el patio y que Antonia suponía que se encontraba en la casa, porque no la había visto salir, pero que no sabía a ciencia cierta dónde se encontraría, cuando vio el bachiller que bajaba a la carrera la muchacha colocándose las tocas y sofocando el incendio que se le había prendido en las mejillas.

—Ay, señor bachiller, y qué caro se vende vuesa merced en esta casa. Y tú —ordenó al nuevo gañán— no te me quedes ahí parado como un pasmarote, y vete a hacer lo que tengas que hacer. ¿Y a qué se debe esta visita y a esta hora?

—¿Y Cebadón?

—No convenía, y se le ha dado licencia.

—No me apena, que cada día que pasaba, parecía que se insolentaba más y más. Y el señor De Mal, ¿mirando por vuestra hacienda?

La venida del mozo había puesto de tan excelente humor a la sobrina, que en apenas segundos había ya olvidado ésta los propósitos que habían traído al escribano esa mañana, como otras, a casa de don Quijote. Le había dicho: «Mira, Antoñita, que no soy uno de esos viejos a los que las promesas de una doncella avisada como tú pueden traer eternamente de la Ceca a la Meca. Si antes de un mes no me das una respuesta terminante y ésta es la que yo deseo, que es hacerte mi esposa, procederé con los alguaciles, vendré, ocuparé la casa y os dejaré en la calle a ti y al ama. Así que nada de tretas; que todos conocemos las argucias de Penélope».

Apesarada con aquellas advertencias, oyó al bachiller hablar con el nuevo gañán, y todos sus pesares se desvanecieron, hasta el punto de hacer uso de la retranca.

—¿Que si el señor De Mal mira por mi hacienda? ¡Si yo le contara! Pero dejemos de hablar de ese pájaro de mal agüero, y dígame qué de bueno trae vuesa merced a casa, y a esta hora.

—¿Lo dices, Antoñita, porque vais a comer?

—No, por tanto. Y ordenaré a Quiteria que ponga un plato más en la mesa y que os fría unos huevos recién puestos esta mañana por mis gallinas, antes de que se las lleven los usureros, leguleyos y rábulas y aún, si me decís que sí, corro a decirle a Matías que mate dos buenos conejos y hasta el buey, para corresponder a tan gran honor.

—Para estar perdiéndolo todo te veo de muy buen humor.

—¿Querría que llorara? Llévese esta hacienda el demonio, que de mucho menos nos hizo Dios a todos.

No se le pasó por alto a Sansón Carrasco la excitación y contento que llevaban a Antonia de un lado para otro de la cocina, ni la locuacidad que su presencia le había arrancado.

—No hay para tanto, y te prometo —le dijo el bachiller— que sabremos entre todos sacarles los picos de la tajada a esos buitres, y yo vendré a comer con vosotras cuando me digáis, que veo que aquí empieza a usarse el modo palaciego, y no sólo despedís al criado, sino que lo cambiáis por otro mejor.

Entró Quiteria a saludar al bachiller, y vio Sansón que todo lo secas y abruptas que habían sido las relaciones de las dos mujeres hasta entonces, se habían vuelto suaves y tiernas, como si al fin aquellos dos seres desvalidos hubiesen comprendido que no tenían en esta vida otra familia que la que ellas dos pudieran darse, de modo que cada una vivía en un desvelo perpetuo por la otra, y todo eran regalos, melindres y confites. Y si este hecho de la intimidad de la sobrina y el ama hubiese sido del conocimiento de quienes andando el tiempo quisieron llevar a los altares a don Quijote, lo habrían considerado el segundo milagro del hidalgo, y ni el propio Sansón Carrasco pudo creerlo, ni ninguno de los que conocían al ama y a la sobrina, cansados de verlas en la perpetua discordia. Aunque aquel tan extraño avenimiento tenía su explicación.

Pero ¿cómo podría contarle precisamente ella a Sansón Carrasco lo que pasó aquel día, el siguiente de que llegara Quiteria de vuelta de su fuga, que la oyó ésta sollozando tras la puerta, y entrando, la halló desnuda, subida a un altísimo trono, fabricado con dos sillones, desde donde iba a lanzarse sobre un haz de ortigas que había esparcido al pie? Bastó ver lo aparatoso de aquella fábrica, para que Quiteria comprendiera al punto lo que estaba sucediendo, y que no era otra cosa que la de desprenderse del vientre aquella semilla que ya había arraigado en él. Se arrojó la niña a los brazos del ama y le contó todo lo que había sucedido con Cebadón el día en que ella se había partido para Hontoria.

Consoló como pudo Quiteria a una desconsolada Antonia, culpándose el ama por haber dejado a aquella cordera sola con el lobo metido en la majada. Le decía a Antonia, «ya había notado algo que no me gustaba en este mozo tan jactancioso», y de paso se culpaba Quiteria de no haberse quedado aquel día en casa, porque de ese modo según ella la virtud de la doncella no se habría echado a perder; y sin declararlo, también Antonia se culpaba por no haber sabido defenderla con mayor determinación, vencida que fue de su propio miedo, si acaso no de su curiosidad o de su candor.

—¿Estás segura? —le preguntó Quiteria, cuando se hubieron serenado y después de cubrir sus carnes amoratadas por el frío.

Se refería el ama a si estaba Antonia segura de haber quedado preñada de Cebadón, y Antonia asintió con la cabeza. Tan seca tenía la boca que las palabras no le salían.

—No temas. Respóndeme una cosa más: ¿Te forzó, como me has dicho?

Movió Antonia la cabeza de una manera que siendo más sí que no, lo mismo podía ser no que sí.

Quiteria, que había determinado no espantarse de nada, siguió su preguntorio.

—¿Tú le quieres?

Antonia volvió a negar con la cabeza, esta vez vivamente, y aquel gesto no daba pie a ninguna suposición. Parecía muda.

—¿Y te ha dicho que te quiere?

La muchacha, con gran pesadumbre, y sacudiendo la cabeza admitió que así era.

—Bien, en ese caso, todo está arreglado. Te casarás con él.

—¡No!

Y esa palabra sonó como un tajo que le partía en dos el pecho.

—Aunque quisiera, ama —continuó diciendo Antonia—, sería para mí la peor de las condenas. Y sé bien que muchas querrían tenerlo por marido, pero la sola idea de ser suya me produce bascas. Y ni siquiera estoy segura de que él quisiera hacerme su esposa, de saber que nada llevaré yo como dote, que todo se lo quedará el escribano.

—No te preocupes por eso, niña. Engaño por engaño. Y

hablando de otra cosa. ¿Le has dicho algo de todo esto a alguien? ¿Lo sabe el bachiller?

Volvió a negar vivamente Antonia.

—Si lo supiera me moriría.

—¿Y Cebadón?

—Ése sería el último en saberlo.

—Bien, algo habrá que hacer —admitió al cabo de unos instantes Quiteria, aunque su voz titubeante delataba que era ella la última persona que sabía qué es lo que debería hacerse en aquel suceso—. Mañana mismo despediremos a Cebadón, y ya se proveerá.

Y eso se hizo, con pesar del mozo, que aun tuvo la majeza de buscar a Antonia y soltarle:

—Antes muerta que de otro. Antoñita, y no dirás que no te lo he advertido. No te vas a librar de mí así como así.

Quiteria, que lo oyó, se fue al mozo como una leona.

—Mira, Juan, Antonia se casará, pero no contigo, y como te vayas de la lengua diré que saliste de esta casa por ladrón, y no volverá nadie a quererte de criado. Así que tú verás.

—Antonia será mía o no será de nadie. Y antes la mato que dejar que se case con otro —amenazó el mozo con el más torvo de los semblantes—.Y de paso te me llevo a ti por delante, vieja alcahueta.

—Bien —acordó el ama—. Sea así. Haz lo que te parezca, pero no vuelvas a acercarte a esta casa.

—Me la llevaré por delante.

—Me parece bien —dijo Quiteria sin arredrarse—, pero si te veo aparecer por aquí, te clavaré la horca.

Se fue Cebadón, vino Matías, y por más que Quiteria repasó en su magín el nombre de todos y cada uno de los mozos, viudos, viejos solterones y demás albarranes de aquel pueblo, no encontraba ninguno que pudiera convenirle a Antonia. En unos casos porque eran menos que ella, y en otros más.

En ese punto de indeterminación estaban las cosas la mañana que Sansón Carrasco se acercó a la que había sido casa de don Quijote, a reclamar su libro.

—Tengo entendido, Antonia, y así se publicó en el libro

de Cervantes, que hace un año largo, antes de que tu tío y señor se desquiciara por completo, tuvo lugar en el corral de esta casa cierto auto de fe en el que se quemaron dos cerros de libros.

—Así fue. Y lástima me dio no quemarlos todos —admitió la sobrina—, y lo habría hecho de no haberse mostrado a última hora tan misericordiosos don Pedro y maese Nicolás, pues aquellos libros fueron, como quedó más que probado, los verdaderos causantes de los desvaríos del señor Quijano, que lo sacaron a plaza para reír ajeno y descrédito propio.

—Dejemos a un lado tales consideraciones, porque el mal no estaba en los libros, sino en la cabeza de aquel hombre bonísimo que conoció la gracia de volver a su cordura. No son nocivas las cosas, sino lo que con ellas pueda hacerse, y a nadie en su sano juicio se le ocurre enterrar el fuego porque con él pueda prenderse una ciudad como Roma, ni fundir los cuchillos porque en ellos duerme la muerte, ni en secar todo el agua del orbe porque en ella se ahogan los náufragos. Y así los libros, aun siendo nocivos, serán inocuos a los ojos de quien los lea, si éste es alguien discreto y de buenas luces. Y fue lástima que yo no me encontrara entonces en el pueblo, porque habría venido corriendo y me los habría llevado todos, antes que dejarlos quemar. Entre los libros que uno encuentra deleznables, puede otro hallar tesoros escondidos, y en las bellezas que se le muestran a uno, no hallar otro más que escoria. Así, mientras computaba las bajas de aquel famoso y sanguinario escrutinio leyendo el libro, me quedé con las ganas de recoger a los penitenciados y reformarlos en mi retiro. Y no hay libro, por malo que sea, que pasados unos años no se muestre mejor de lo que era, y si se muestra peor lo hace sin su penoso rostro, como veneno que ha perdido sus poderes. Yo me habría llevado gustoso, desde luego, palmerines, don duartes, amadises y belisardos, genuinos y apócrifos, nobles y fules, y ya sabría yo separarlos a mi diestra o a mi siniestra en el juicio final. Sé por experiencia que el libro que hoy te pareció bueno, entretenido y provechoso, leído al cabo del tiempo lo encuentra uno tedioso y desustanciado, y el que, por el contrario, reputó uno como hijo de un ingenio harto fatigado, lo halla, al cabo de los años, lleno de inauditas novedades. Y muy raro es aquel alimento que aprovechándote de joven, te deleite de viejo, que a todo acaba perdiéndosele el gusto, como no sean los manjares de los dioses, el maná del cielo y la ambrosía. Y ejemplos de libros inmortales hay bien pocos, y más cuando van cumpliendo su vida por siglos. De modo que en esto de los libros vi yo que obrasteis todos con mano demasiado ligera, porque quemados ya no pueden juntarse sus cenizas sino hasta el Juicio Final de los libros, en que suenen las trompetas y se recompongan todos los libros que en el mundo se han escrito y escribirán hasta el fin de los tiempos.

Le miraban las dos mujeres como si hubiese resucitado el mismo don Quijote, el ama con alarma y la sobrina con secreta congoja e inquietud, ya que aquella afición de Sansón a los libros de caballerías la alejaba más de él y estorbaba tanto su más íntimo deseo.

Pasó luego a contarles Sansón al ama y la sobrina lo del libro que le había prestado a don Quijote y su deseo de recuperarlo, con más razón ahora, a saber, porque había sido el libro que le descubrió a don Quijote, el que le hizo tomar la determinación de regresar al pueblo y el que el mismísimo don Quijote le había pedido.

—¿Sabes de qué libro hablo?

Por supuesto que Antonia sabía de qué libro hablaba, porque el último invierno, antes de que su tío saliese en su tercera y definitiva salida, se había comentado mucho en aquella casa de él y de las cosas que en él venían. Incluso el propio don Quijote les había dicho al ama y a la sobrina: «Señoras mías, llamadme loco, pero ahí anda mi historia en letras de molde, como no anda ninguna de las vuestras, y bien me río yo de todo lo demás, que será ese el modo de no acabarme del todo».

—¿Y para qué queréis ese libro ahora? —preguntó Antonia algo molesta de que la tuviera por una desinformada—. Después de que le quemamos los libros y le tapiamos el aposento donde los guardaba, puedo aseguraros que jamás volvió a entrar por esa puerta libro ninguno, o si entró, debió de hacerlo con mucho más sigilo que se volaron los otros, porque jamás he vuelto a ver, por fortuna, ni un libro más en esta casa, y me muera ahora si esto no es lo cierto.

—Calla, Antonia, que el señor bachiller lleva razón. Uno entró, y debe de ser ese que él dice —dijo el ama Quiteria, pero en este punto guardó silencio, como si pensara no declarar más.

—¿Y ese silencio quiere decir que lo usaste para encender la lumbre?

—Ese silencio quiere decir que no sé si haría bien en devolvéroslo, porque si hubiera mostrado a su tiempo severidad con mi amo, ahora quizá seguiría él entre nosotros, y nadie me quitará de la cabeza que él estropeó la suya en esos libros primero, y luego por esos caminos.

—Mira, Quiteria, los caminos están ya trazados y poco podemos tú y yo hacer para desviarlos o detenerlos. Hombre soy, tengo mi hacienda, compro mis libros y puedo leerlos. Si tú no quieres devolverme lo que tú sabes que es mío, eso te deshonra más a ti que a mí, que siempre podré comprar otro ejemplar a la primera ocasión que se me presente.

—No me llame ladrona, señor bachiller, no me ofenda, que los pobres sólo tenemos la honra, como para que venga el más menguado a faltarnos al respeto. Aguarde aquí, que yo lo buscaré donde lo puse, o mejor aún, ya que tanto interés tiene, súbase al desván, y allí junto a las que fueron armas del señor Quijano lo hallará. Allí lo puse yo el mismo día que murió. Cuando ya lo enterramos y devolvimos a su aposento el trasportín, mi mano dio con una dureza sospechosa. Pensé que sólo podía ser un tesoro, pues así lo celaba. Abrí el colchón, y allí, entre guedejas de carnero churro, hallé aquel libro. En mucho debía de estimarlo para esconderlo así. Y porque no sé leer, pero de haber sabido cuál era, créame que lo hubiera quemado, antes que ninguno, por borrar de esta tierra la triste historia de un hombre que tuvo la desdicha de ser loco, siendo el más bueno, y la más triste desdicha de tropezarse con unos historiadores más sandios que él, a quienes no ha importado alcanzar renombre a costa del nombre de mi amo. Pero bastó que acabáramos de enterrar a mi amo y que él lo estimara tanto como para esconderlo en el colchón, para que yo lo indultara y me lo llevara arriba, con las otras pruebas de su locura. Súbase allí, que allí lo encontrará, pues le aseguro que esta vez no se lo han llevado los encantadores.

—No te fíes, Quiteria —le dijo con guasa el bachiller al ama—, que los encantadores, una vez que han aprendido el camino, lo mismo vienen a llevarse otra cosa.

—No sé lo que me dice vuesa merced. Así que ande, suba y búsquelo.

Y el ama, que a veces se gastaba muy malas pulgas, salió entre un revuelo estrepitoso de sayas.

Quedaron solos Antonia y el bachiller, como la muchacha y el diablo querían, ya que el diablo debió de ser quien inspiró estas palabras al mozo:

—Llévame a ese desván, Antoñita, que en esta casa tan grande acabaré perdiéndome.

Sabía perfectamente el bachiller Sansón Carrasco dónde y cómo llegar a aquel desván, porque el mismo día en que murió el caballero, buscándole él por la casa, acabó subiendo y hallando entre las armas aquella rodela en la que escribiría la misteriosa enseña que le dictara el propio don Quijote, aquel «Quien puede, quiera; quien quiere, pueda». Sólo que entonces no pudo verlo porque lo puso allí el ama horas después de enterrar a don Quijote, como acababa de contarles.

CAPÍTULO VIGÉSIMO SÉPTIMO

Era aquel desván el sobrado de la casa con sus diez crujías, y ocupaba toda la planta. Jácenas y vigas travesañas, tirantes y palos voladizos hacían de aquel lugar algo fantasmal, como costillar de buque. Era preciso caminar con pasos atentados y la cabeza escondida entre los hombros para no descalabrarla en alguna de aquellas poderosas, firmes y descomunales maderas que sujetaban el tejado. No había guardadas en el desván demasiadas cosas, porque la casa era más bien austera. Sólo las armas famosas del caballero, orinecidas, abolladas y sin coyuntas yacían, como informe pelele, en un rincón, y, suspendidas de una viga, para que no se las comieran los ratones, había algunas piezas de chacina, longanizas y otras salazones de carnes ya tumefactas y secos encurtidos. Y en un rincón el pan de aquel año, una buena montaña de próspero trigo, y en otro, otra aún más abultada de bálago y trigaza. En el lecho de esta paja se acunaban unas frutas serondas, manzanas, peros pintones y cidros, que lo llenaban todo de un perfume exquisito y delicado. Lo demás, en tan vasto espacio, permanecía vacío y ese vacío parecía aún más grande en el silencio que ensanchaba ilimitadamente el zureo de una docena de palomos y dos de palomas buchonas, gordas como pavos, que en uno de los lados tenían sus nidales. De un ventanuco, practicado en el muro para dar luz a aquella lonja, entraba purísimo, recién fundido, un agudo y oblicuo rayo de luz que la atravesaba de parte a parte, sin lograr apenas convertir las compactas sombras que allí reinaban en una angosta penumbra.

—Déjeme abrir el camino, que yo conozco, y déme vuesa

merced la mano, no vaya a rodar por el suelo —le dijo Antonia, mientras subían por la empinada escala que conducía a aquel palomar, y bajando tanto la voz se hubiera creído que fuesen a cometer un delito o temieran despertar a alguien, tanto imponía la soledad y quietud de aquel lugar de la casa.

Y aunque ya no era preciso guiar por aquel sitio al bachiller, Antonia no le soltó la mano, antes al contrario, la apretó con tal vehemencia que transmitió al mozo un fuego que a él, por respeto a sus hábitos, le había estado vedado hasta entonces.

Se respiraba entre las recias vigas de pino un aire saturado de las especias de los adobos de la chacina y del guano palomar que allí se amontonaba desde los tiempos en que se cubrieron las aguas a la casa, hacía ya un siglo, y sobre todo uno especial, buenísimo, que procedía de aquel trigo, allí juntado, y de la paja y de las frutas que reposaban, melificándolos, todos sus azúcares.

También Sansón Carrasco se percató de que su mano llevaba más tiempo de lo razonable en la de la muchacha, y que sus pies y los de Antonia se movían con tal lentitud que parecía que no quisieran llegar nunca hasta donde Quiteria les había dicho que hallarían el libro.

Antonia hubiera podido asegurar incluso que el agitado atropello de su corazón espantaría a las palomas. Pero no. Miraban éstas las figuras de los dos intrusos con indiferencia, sin torcer siquiera la cabeza. Únicamente suspendieron durante dos o tres segundos su ahuecado, grave y mullido borboteo, para reemprenderlo en cuanto advirtieron que aquellas dos criaturas inofensivas estaban pendientes de otro negocio mucho más importante.

Se quedaron mirándose uno al lado de otro. Vestía Antonia un corpiño que dibujaba con infinita suavidad dos pechos del tamaño de aquellas manzanas. Toda la gracia de sus diecinueve años se le salía por el escote como un ramo de rosas, y el fulgor de sus ojos la hacía resplandecer de tal modo que no era fácil mantenerse a su lado sin deslumbrarse.

De haber sido Sansón Carrasco tan malicioso y sagaz para las cosas de la vida como lo era para las escritas y librescas, no tendría por qué barruntar que lo que allí estaba ocurriendo era una de aquellas escenas galantes que tantas veces había sorprendido al hilo de sus lecturas.

Y Quiteria, que les echó en falta a los cinco minutos, viendo que la casa se había quedado tan sosegada sin sus cháchara, imaginó al punto lo que podría estar pasando, y lejos de subir a llamarlos, puso su pensamiento en su Virgen de Hontoria, a quien rogó encarecidamente que dejara aquel negocio urdido como convenía y como ella tanto deseaba por el bien de la muchacha.

Por aquella mano que Sansón Carrasco tenía presa, se le vino al bachiller un fuego que le corrió las venas, y no supo cómo, pero mucho antes de que llegaran a donde estaban las armas, mismamente debajo de los trozos de chacina que pendían de la viga, se enternecieron tanto el uno con el otro que sin mediar palabra, sobre la paja cana, entregó Antonia al mancebo lo que hacía ya dos meses se había llevado Cebadón.

—Ay, desdichada de mí —rompió a llorar la muchacha, cuando ya los dos se habían sosegado.

—No se hable más, mi querida Antonia, prenda de mi corazón. Y si muchos hombres obtienen con promesa de matrimonio lo que acaso no se les daría de otro modo, y sólo con tal de conseguirlo, mira la rectitud de mi propósito, porque aquí, solemnemente, juro tomarte por esposa, con el fin de remediar lo que acabo de avasallar por la fuerza.

—Ah, no, Sansón, eso nunca. No te querría conmigo obligado, sino libre.

—¡Cómo! ¿Es que te parece mayor agravio la reparación que la afrenta? —preguntó asombrado Sansón.

—Ay, no me confunda, señor bachiller, y, hablando, vuesa merced me dará mil vueltas. Y nada querría más que verme convertida en vuestra esposa, porque...

Y allí, en pocas y sentidas palabras, le contó Antonia toda la verdad de su caso, o media, y cómo llevaba enamorada de él desde que tenía uso de razón, y que por amor se casaría ella, pero nunca por nada que le obligara a él.

Al bachiller le admiró mucho y le sorprendió el eterno argumento del amor y no podía dar crédito a lo que le sucedía, y recibió tanto contento de ello, que allí mismo creyó sentir que se le caían escamas de los ojos y que al fin veía lo que también en él le pareció soterrado durante muchos años.

—Albricias, Antonia, que me parece que venía sucediéndome a mí lo mismo que a ti, tú viéndolo y yo ciego. Esta mano que te ofrezco en matrimonio es amor, y nadie ni nada se nos opondrá. Juntaremos lo tuyo y lo mío, yo hablaré con mis padres y tú con nadie, porque a nadie tienes a quien debas obediencia; ellos te recibirán como hija, y tú los tendrás como padres.

Calló Antonia todas las cláusulas testamentarias, y no las recordó el bachiller, y por olvidar hasta olvidaban recoger el libro que habían subido a buscar, cuando salían.

Lo encontraron sobre el acervo informe de las armas, tal como había dicho el ama. Lo recogió el bachiller y sin desnudar su abrazo se bajaron donde esperaba Quiteria.

Le bastó a ésta una mirada para descubrir lo que allí arriba acababa de ocurrir, y subiendo los ojos al cielo, dio gracias en su corazón a la patrona de su pueblo por lo que creía había sucedido, gracias a su especial intercesión.

Muy alborotado, con palabras que se le amontonaban entre los dientes, farfulló unas cuantas disculpas el bachiller, y con su libro debajo del brazo, se despidió, prometiendo volver a hacerle una visita a Antonia esa misma tarde.

Solas ya las dos mujeres, dijo Antonia:

—Ay, ama, ¿por qué han de venir las cosas siempre mezcladas, buenas y malas? ¿Por qué soy tan desdichada? Ahora necesitaría yo a mi buen tío, que viniera no a imponer la fuerza de su brazo, sino a impartir la sabiduría de su consejo, porque todo lo veo yo más que negro.

Y contó al ama, hasta donde le permitió su recato, lo sucedido allá arriba y el coloquio que entre los jóvenes habían tenido, así como el amor que de improviso juraba el bachiller Sansón Carrasco sentir por ella.

—Te lo decía, Antonia, todo en esta vida tiene arreglo. ¿Y tú dices que vienen mezcladas las cosas? Éste es un día feliz. Amas al hombre que te ama. ¿Qué más puedes desear? No te lleves el sofocón, muchacha, porque no habrá sucedido hoy nada que no haya sucedido antes un millón de veces y que no vaya a suceder otro millón de veces más. Él es joven, fuerte, sano y puede, como hombre rico que es, escoger el camino que quiera seguir. Las letras que tiene le echarán, si él quiere, una toga sobre los hombros y con sus luces llegará a donde sueñe, y si no quiere seguir esa senda, le bastará quedarse aquí llevando las tierras y ganados de su mucha hacienda, que juntada con la tuya, os llevará a una vida de reyes. Porque no creo que don Pedro, hablando, quiera llevar adelante aquella manda.

—No mientes la hacienda, Quiteria, ni la manda, que ésa será nuestro Calvario.

—¿Es que acaso querrías ser pobre como yo y que nadie te quisiera por no tener dote? La suerte te ha puesto delante un hombre en inmejorable disposición, tómale, y sed felices, que la vida es muy corta.

—¿Y las mandas?

—Todos te queremos bien, Antonia, y te dejarán gozar tu hacienda. No será don Pedro quien te estorbe ese propósito.

—Dios te oiga, ama, pero algo me dice en lo más profundo que aún está por llegar lo peor.

—¿Lo peor? A tus años nada es irremediable.

—¿Te olvidas del escribano? ¿Te olvidas que el hijo que llevo en mis entrañas no es del bachiller?

—¿Y eso te preocupa? Si saliesen a luz pública las paternidades de todos, ni los reyes podrían reinar, ni heredar los herederos, ni presumir de linajes tantos presuntuosos. Acuérdate de nuestro vecino Pantaleón, a quien echaban en cara, cuando quiso medrar, ser de bajos padres; les dijo: por eso soy digno de más honra, porque de mí comienza mi linaje. Déjalo estar, hijo de Cebadón, hijo de Carrasco, allá se va a andar siendo hijo tuyo, que como tuyo, sabrás criarlo cristianamente y nadie podrá discutirle que viene de la pata del Cid, si se pone a demostrarlo.

—¿Pero el engaño? Nada que empieza con mal pie puede llegar lejos, y el matrimonio, que es sacramento indisoluble, debe llevar a dos hasta la misma sepultura, y todos queremos que ese camino sea largo, pues es el de la vida.

—Y lo andarás con él, si te lo propones, y en ese camino muchas veces cuenta el llegar, más que el cómo, si no haces mal a nadie. ¿Y qué daño harás tú al bachiller callando? ¿Qué daño te hace a ti él, guardando para sí sus galanteos en Salamanca o por el mucho mundo que ha corrido, si los hubiera tenido? Trabaja para que, casados, ya no tenga que mirar a otra, y sólo te mire a ti, y encandila su vida, y seréis felices.

CAPÍTULO VIGÉSIMO OCTAVO

Tras lo ocurrido en aquel desván, se fue Sansón Carrasco a su casa muy confuso, con el libro debajo del brazo.

No pensaba en el libro, no podía pensar en él. La literatura toda, ante la vigorosa vida, se había evaporado. Las descomunales y formidables caballerías andantes se habían empequeñecido por obra y gracia de un hecho común. Porque aquello que había sucedido entre él y Antonia, era común, ¿o no? ¿No era corriente que dos mozos, a los que la sangre se les atropellaba en las venas, siguieran la llamada de los instintos? Aquello que acababa de suceder, sucedía todos los días, había sucedido hacía dos mil años, y seguiría sucediendo. En los libros recibía su título: el triunfo del amor. ¿Y a lo que sentía no se le podía dar ese nombre tan famoso en tantos escritos leídos por él? ¿No era eso el celebrado amor, que abrasa y acendra, que levanta y abaja torres, que da esperanzas y las quita, que enaltece y precipita a los hombres a lo más hondo?

«¿Qué es lo que ha sucedido, en realidad?», iba preguntándose Sansón Carrasco camino de su casa.

En ella le esperaban sus padres sentados ya a la mesa para comer. En cuanto llegó, dejó su libro sobre un aparatoso contador con columnitas de marfil, hizo que le trajeran un aguamanil, se lavó las manos y, taciturno, esperó que la criada llenara el plato.

Hablaban los padres de los sucesos del día. Sansón Carrasco oía sus palabras, pero le resultaban tan lejanas, adventicias e inaudibles, que habría asegurado estar oyéndolas debajo de una campana de cristal.

Su pecho, agitado por lo que acababa de ocurrir, fue alcanzando poco a poco el reposo. Le parecía, a medida que transcurrían los minutos, un sueño, un extraño sueño.

«¿Qué ha ocurrido, qué ha ocurrido en realidad? Tendré que contárselo a mis padres. ¿Cómo reaccionarán? Con disgusto, sin duda. No les gustó nunca don Quijote. No les gusta Antonia. He oído muchas veces en esta casa que pronosticaban a la sobrina la locura del tío.»

Ésas eran cosas de familia que se habían oído en aquella misma mesa. Ya había sido una loca la madre de la muchacha, hermana de don Quijote, dejándose robar por aquel caballero. El cielo había castigado su pecado, llevándoselos jóvenes. Y la hija saldría igual al padre, se fugaría con el primero que quisiera llevársela. Las criadas de su casa, contagiadas por el ambiente, decían también de Antonia: «Valiente alhaja, menudo genio, ¿quién se habrá creído? Lo mismo podríamos llamarla Quijana que Inclusera». Estas frases resonaron en algún rincón de la memoria de Sansón Carrasco. Las había oído a menudo en el pueblo. Se habla mucho en los pueblos pequeños. Aquél acaso no fuera tan pequeño, pero todos lo son por las murmuraciones. Cuanto más se extienden éstas, más pequeño hacen el recinto donde se propalan. En los pueblos pequeños no hay muchas cosas de las que hablar. Nada queda en ellos por escudriñar. Le parecía estar oyendo a su padre: «¡Qué lástima de patrimonio el del don Quijote, malbaratado por su locura y su manía de leer novelas!». No han de leerse novelas. Mucho desconfiaba Tomé Carrasco de los libros que su hijo había metido en casa. Solía preguntarle: «Y tantos libros, hijo, ¿es menester?». Y él tenía que tranquilizarle, asegurando que eran libros de teología, de gramática, de leyes. Si el padre hubiera tenido curiosidad habría visto que la mayor parte de ellos eran, sin embargo, novelas. Las mismas que había en el aposento de los libros de don Quijote.

Le gustaban las novelas, las aventuras, los lances de armas, de amor. Y cuando no novelas, crónicas de aquellos que llevaban vida de caballeros andantes, en las Indias, en las que últimamente encontraba aún más gusto que en las novelas, por parecerle reales. Él no estaba llamado para la vida de santo. Lo sabía. Se abrasaba de deseos cuando veía una mujer. Por eso no podía mantener la mirada a ninguna, por eso bajaba los ojos cada vez que Antonia le miraba, por si le descubría los pensamientos. Algunas veces había visitado, en Salamanca, las casas de lenocinio. ¿Le contaría alguna vez aquello a Antonia? Se avergonzaba ahora de aquellos lances mercenarios. Sintió miedo, pensó que no podía engañar a su mujer en parte tan principal de su vida. ¿Cómo empezar con engaños un matrimonio que habría de durarles siempre? Se lo confesaría, determinó en un arranque de fogosa sinceridad. Pero al mismo tiempo escuchó una voz dentro de sí, alarmante, que le advertía: «Admite algo así, y la "perderás". Pero ya es mi esposa». Y el recuerdo de lo ocurrido hacía apenas una hora, le tranquilizó.

—Hijo, ¿te encuentras bien?

Era su madre la que le hablaba. Se deshicieron dentro de su cabeza todos esos pensamientos como sutiles pompas.

Respondió de una manera vaga, adujo para su ensimismamiento la disculpa del sueño y al levantarse los manteles, se retiró. Llevaba consigo el libro recién rescatado, y rogó que no le molestasen en toda la tarde.

Dormía Sansón Carrasco en el más apartado aposento del viejo caserón. Era éste una casa antigua, de piedra y mampuesto, con tejado a dos aguas. Su fachada principal, que abría cuatro balcones y otras tantas ventanas a la calle, defendidos por rejas voladas, daba a la plaza mayor del pueblo. Paredaño al Palacio del Conde, y tan importante como él, hacía que muchos tomaran el palacio por la casa de los Carrascos, y la casa de los Carrascos, por la del Conde. Los días de mercado la batahola, el vocerío, los trasiegos llenaban la casa de ruido. Sansón Carrasco gustaba entonces mudarse a la sala y avistar desde el piso superior aquellos afanes, las mercadurías, los tratos, la animación de las placeras. Se sentaba en una mesita al lado de la ventana y hacía que estudiaba. Pero en realidad se le iban los ojos tras aquella abigarrada colmena.

Entraban y salían de continuo en casa tan principal, como por la piquera, hombres que venían con sus negocios, aparceros, mieleros, queseros, merchanes, bodegueros, comerciantes, buhoneros, aperadores, albéitares, alarifes, jiferos, pelaires, pelliteros, gañanes, pastores, mendigos, visitadores, cada cual con su venta o su compra, cada uno con su molienda, y cualquier excusa era suficiente para que el bachiller interrumpiera su estudio y hablara con unos y otros. Era en eso, sabiéndolo o no, muy parecido a don Quijote. Quizá por eso lo había comprendido tan bien.

Cuando no había mercado, la plaza volvía a su silencio, y parecía muerta, y al bachiller su visión le producía una enorme tristeza. El día que nadie llamaba a la casa, la casa se le venía encima.

Unos días amanecía Sansón con deseos ardientes de emprender vida de soldado, o, siguiendo el ejemplo de los conquistadores que admiraba tanto, partir a América a conquistar nuevos reinos. Otros, especialmente envenenados por aquella melancolía manchega, imaginaba que se recluiría de por vida e inmolaría su juventud al estudio y la especulación. Tenía ya veinticuatro años y a menudo se repetía: «Soy un viejo, ¿qué he hecho de mi vida? La he desperdiciado», y tomaba en su fuero interno decisiones que a la mañana siguiente se le mostraban irrealizables. Cuando leyó el libro de su paisano don Quijote, se dijo: «Estará loco, pero ha hecho lo que yo no he sido capaz de hacer; dejó el pueblo y siguió la voz de su naturaleza. Es un hombre libre a la sombra del azar. ¿Y yo? Mi vida la rige la necesidad y el destino, y soy desdichado. La suya es hoy la de un hombre infortunado pero feliz. ¿Y quién no me asegura a mí que la libertad sólo la alcanza la locura?».

A dilucidar tan graves cuestiones había dedicado la mayor parte de aquel año. Para ello precisaba sosiego. Buscó de la casa el aposento más tranquilo y silencioso, subido a un torreón y alejado del trajín de las criadas y los bruscos andares de los criados, lo acondicionó y mudó allí sus libros y cartapacios. El padre, que hallaba más espaciosos y cómodos otros aposentos de aquella gran casa, lo tomó por una extravagancia de juventud.

Dominaba desde él toda la llanura de la Mancha, hasta

más allá de treinta leguas. Allí habían tenido lugar las lecciones que dio a Sancho. Era amplio y cuadrado, y tenía cuatro ventanas, cada cual orientada a su punto cardinal. No llegaban hasta allí arriba ni uno solo de los ruidos de los estrepitosos afanes humanos, y sí, únicamente, el de las palomas. Aquel zureo soñoliento de las palomas le impidió esa tarde conciliar el sueño, le recordaba lo que había sucedido en el desván de Antonia Quijano.

Si levantaba los ojos, enfrente, por la ventana, veía la casa de los Quijano: ¡Ay, la casa de los Quijano! ¡Qué diferente le parecía ahora de ayer! Veinticuatro años delante, y no le decía nada, y en una hora, todo cambiaba.

¡Qué modo tan extraño de sobrevenir las cosas!

¿Cómo era en realidad Antonia? La había visto a menudo el último año, cuando visitaba en la casa a su tío. Hubiera asegurado que no le era simpático a la muchacha, a juzgar por las caras que le ponía cada vez que le veía asomar por la puerta. «¿Otra vez viene, señor bachiller, a calentarle los cascos a mi tío? ¿No ve lo tranquilo que lleva estos meses? Déjenosle como está, no le hable de devaneos, no le galope la imaginación, que en él esas virutas le harán arder la cabeza cuando menos lo pensemos, y vamos a salir todos volando por el aire como las pavesas de sus libros».

«Antonia, Antonia, Antonia», se repetía una y otra vez Sansón, convencido de que en alguna de las veces que pronunciaba tal nombre, el nombre mismo le abriría los secretos que escondía en su seno la persona que lo llevaba. ¿Cinco años había dicho ella que llevaba enamorada de él? ¡Cinco años, toda una vida!

Estaba Sansón todavía bajo el hechizo de aquellos apasionados y arrebatados minutos. No se habían disipado aún los voluptuosos instantes vividos con ella. Antonia se dejó tomar en sus brazos. ¿Sería casquivana, sería una mujer que se daba al primero que quería tomarla? ¿Sería él el primero que gozaba de ella? ¿No debería haber sangrado? Lamentó no haber prestado mayor atención a tan valioso detalle. «Antonia es una mujer honesta, recogida, guardada», atajó. Esta idea tranquilizó al bachiller.

Y con esta idea, se durmió. El libro rescatado del altillo allí seguía. Ni siquiera lo había abierto. Mandaría decir a Sancho Panza por alguno de los criados de su padre que el libro con la historia de don Quijote ya obraba en su poder y que podía pasarse a recogerlo cuando quisiera. Se asomaría más tarde por casa de Antonia, si acaso no se quedaba dormido demasiado tiempo en la siesta.

CAPÍTULO VIGÉSIMO NOVENO

En el breve y confuso espacio de tiempo en que se quedó traspuesto sobre el lecho, tuvo Sansón Carrasco una parva de sueños a cada cual más revuelto e inextricable que le devolvieron a este mundo con un ánimo extraño. Se despertó de la siesta con un raro sentimiento. Durante unos instantes llegó a creer que la realidad era parte de lo soñado, y sólo después de un esfuerzo sostenido, comprendió que lo ocurrido con Antonia esa mañana había sido real. Se preguntó: «¿Haremos bien casándonos? ¿Habré hecho bien dándole mi palabra de matrimonio? ¿Seré yo el primero que ha estado con ella? ¿Cómo, cuándo, de qué modos se lo comunicaré a mis padres? ¿Qué dirá mi padre? Me desheredará, me echará de casa, no querrá volver a verme».

Antes de mandar llamar a Sancho, tomó de la mesa el libro del Ingenioso Hidalgo Don Quijote.

No estaba encuadernado de una manera apropiada ni guarnecido lujosamente, como algunos de los que él tenía encuadernados con vitela. El librero había adaptado un pergamino viejo de un librote latino, y las letras del antiguo título, goticenses y almenadas, raspadas en su día como un palimpsesto, asomaban aún entre las nuevas, veladas como ánimas que no acabaran de resignarse a abandonar este mundo.

La visitación de un libro que ya hemos leído, pensó Sansón Carrasco, nos produce placeres que la primera vez se nos vedaron, como volver a una ciudad ya conocida o regresar, tras un largo viaje, a la casa nativa. La primera vez va uno atento a no perderse, y la atención, demasiado aguda, nos estorba el deleite de callejear, extraviarse, detenerse, entrar o salir sin ningún concierto. El regreso nos reserva, de ese modo, los más sutiles goces. Esconde la vejez, que es vuelta, jardines que la ida ignora, y Sansón Carrasco se sintió un poco viejo con aquel libro en las manos. ¡Cuántas cosas habían cambiado! La principal de todas: don Quijote había muerto. Y alguna no menos importante: él se había comprometido a casarse con la sobrina. ¡Qué diferente todo para el mismo libro!

Lo abrió, y lo que vio le hizo incorporarse en el lecho y acercarse a la ventana por comprobar que no era la poca luz lo que le jugaba una mala pasada. Aquellas páginas estaban profusamente anotadas a mano con menudísima y ordenada letra, y no recordaba que él lo hubiera hecho. Detestaba a los que escribían en los libros. Los libros eran para él un predio demasiado sagrado como para que nadie tratase de hollarlo con ocurrencias ni escolios.

Era la letra de don Quijote menudita, como una procesión de hormigas. Era una letra gótica, apretada, adornada con infinitas torres. De modo que don Quijote no sólo hablaba a la antigua, sino que escribía según los usos desusados de los primitivos caballeros medievales. Y no sólo había leído aquel libro, sino que había ido, al paso de su lectura, dejando aquí y allá, en márgenes y riberas, la viva expresión de sus impresiones, interjecciones, desacuerdos o parabienes al autor, traductor y recopilador de su historia. Abundaban los «¡Voto a bríos, que el historiador ha estado en este pasaje muy puntual y verdadero!», los «¡Albricias, y cuánto donaire!», los «¡Qué gran verdades ésta y cómo Febo Apolo lanza sus rayos lo mismo sobre el palacio de un rey que en la zahúrda de su porquero!», pero también los «¡Cuán engañado estáis, señor cronista, en este paso!», los «Muy ligero andáis, me parece a mí, moro marfuz», los «¡Felones y fementidos!» o los «¡Majadero!», «¡Algarrobo!», «¡Belitres, follones, malandrines!», referidos no se sabía muy bien a quiénes, si a los autores de la crónica o a los personajes que en ella aparecían, y así unas veces se podía adivinar qué le había arrancado su aprobación o su condena, y otras no.

La sorpresa de aquel hallazgo fue extraordinaria, y la alegría que de ello recibió Sansón Carrasco, inmensa.

Fue el bachiller pasando una por una las hojas, y raro era la que no había recibido el pequeño tributo, recuerdo del caballero insigne a su paso por ella. Y al comprobar que todas o casi todas se habían enriquecido con aquellos comentos, serenó su pulso y fue refrenando sus ansias y leyendo aquí y allá, al azar, lo que allí había escrito. En algún caso, siéndole insuficiente el papel, había añadido don Quijote, pegándolo con engrudo, algunos trozos, igualmente sembrados, en apretados y ordenadísimos surcos, con su encajada labor de taracea.

Aquel descubrimiento hizo que el bachiller dejase de pensar en Antonia por unas horas. Mandó a su criado a decirle que no acudiría esa tarde, como había prometido. No le preocupó pensar lo que no pasaría Antonia con aquel mensaje, si se desesperaría o no, si querría morirse, si se echaría a llorar o qué. Sólo pensaba en don Quijote y en aquel novedoso hallazgo. Ordenó que le dijera: mañana iré a primera hora. Y gracias a que Sansón dijo que sería «a primera hora», pudo Antonia sosegarse un punto, aunque sin dejar de atribular al ama con innumerables presagios y dudas que el ama se encargaba de disipar, como si se tratara de los terrores nocturnos de un niño.

Ninguna de las dos mujeres hubiera podido sospechar, sin embargo, la causa de aquel aplazamiento. Sansón Carrasco estaba viviendo uno de los momentos más extraordinariamente intensos de su existencia. Encendió un velón de tres luces. Se estaba yendo el día. Apenas se veía. La mesa de su estudio expresaba el orden del muchacho. Era una mesa grande, sólida, de tabla nogaleña bien alisada, y recios y bien rubricados fiadores. A un lado, el tintero y dos plumas finamente cortadas, una vieja y otra no estrenada aún. Al otro, un candil. Separó los codos sobre la tabla, apoyó los brazos, la mano izquierda le ayudó a mantener abierto el libro, que tendía a cerrarse por haber sido cinchado con excesiva apretura, y se servía de la derecha para pasar las hojas.

En la pared más grande de su estudio Dido prometía amor eterno a Eneas, según la fina estampa que el bachiller había comprado a un papelista de Salamanca. En otra, sobre su cama, había colgado un crucifijo. A tal se reducía el ornato de su aposento. Y en ese momento, aquel libro, allí, abierto como un códice sagrado. Era como tener a la vista dos historias verdaderas de un mismo hombre, el precioso tesoro en el que quedaban completadas sus aventuras, vistas por el verdadero historiador y por el mismo protagonista.

Mucho le hizo reír a Sansón Carrasco ver cómo don Quijote corregía a menudo al autor del libro, y le hacía notar algo a propósito del rucio de Sancho Panza, que entraba y salía de la historia, como el río Guadiana, o, en aquel pasaje en que, impacientado por la historia que en el libro se cuenta del curioso impertinente, escribe don Quijote: «Certifico que todo lo que en estos capítulos se cuenta es la pura verdad, y que así ocurrió, en lo que hace al caso de cómo sacó el ventero la maleta llena de papeles y cómo se nos contó la historia de *El curioso impertinente*, pero que no todo lo que sucede en la vida ha de tener cabida en los libros, y que si está bien una historia para contarla, puede estarlo mal contada a deshora o fuera de sitio o calzada en el libro ajeno, todo lo cual declaro no por el menoscabo que pueda ocasionar en la memoria de mis aventuras, sino por no recabar toda la atención que mereciera de aquellos a quienes al entrar en este libro buscando una cosa, se les diera otra, y asimismo digo que no fue tan peregrina ni mal compuesta ni peor traída a la crónica general de esta historia como al parecer corre ya en algunas lenguas envidiosas».

Hasta bien entrada la noche estuvo leyendo Sansón Carrasco, y buena parte del día siguiente. No sabía qué pensar. Comprendió Sansón que a don Quijote muchos de aquellos pasajes debieron de producirle dolor, como sin duda se lo ocasionarían a Sancho, si éste persistía en la idea de leer el libro.

Pensó Sansón que lo que encontramos gracioso en otros, referido a nosotros mismos es fuente de sombrías consideraciones, el pasaje que a otros divierte, protagonizado por uno, le enfurece y le hace concebir contra el autor infinitos deseos de venganza. ¿Ocurrió así en el caso de don Quijote? En otro hubiera sido razonable y previsible. ¿Cuántas veces se le tilda a don Quijote de loco, mentecato, orate, iluso, disparatado, majareta, desvariante, insano, frenético o lunático a lo largo del libro? Pero don Quijote no era un hombre común, y su entendimiento podía salir indemne por cualquier inesperada gatera. Así lo sintió el bachiller. ¿Llegó a comprender don Quijote el alcance de las bromas que le hicieron sus mejores amigos, aquellos a los que él más consideraba y amaba? Y qué gran alivio sintió al pensar que cuando se publicase la segunda parte de la historia, en la que él, Sansón Carrasco, sin duda aparecería, don Quijote no tendría ocasión de más desengaños. ¿Advirtió don Quijote en esa primera parte que había sido objeto de mil engaños que se le enjaretaron con el único propósito de divertirse a su costa? ¿Qué pensaría viendo al cura don Pedro, su respetado amigo, vestido de doncella y luego enmascarándose las barbas con el rabo de un buey, y a maese Nicolás, con quien tanto había confidenciado, en traje de representante? Creería, sin duda, que una vez más eran los encantadores que tomaban la apariencia de sus amigos para buscarlo. ¿Y qué sentiría al descubrir las trapazas de Sancho Panza, todo aquello de que fue a llevar al Toboso la carta que le diera su amo para Dulcinea, cuando era lo cierto que ni la pasó a pliego ni se había movido de la venta donde halló al cura y al barbero? Que lo mismo que sus perseguidores no dejaron al cura y al barbero hasta confundirlos, tampoco respetaron a Sancho.

De todas las dudas que le asaltaron, no acabó de resolver el bachiller Sansón Carrasco una: cómo don Quijote, que leyendo aquella historia tuvo que conocer por fuerza el engaño manifiesto que con sus libros habían hecho el ama y la sobrina, tapiándole el aposento donde estaban, cómo se resignó a seguir sin ellos, y no trató de apoderarse de los que se salvaron, en medio de aquel último invierno que debió de resultarle tan largo, aburrido y penoso. ¿No se molestó con aquellas malas artes que todo el mundo empleó para reírse de él? Y nunca se sabrá si don Quijote prefirió seguir pasando por loco, y no hacer nada, por tener la fiesta buena y vivir en paz y haz, o si realmente buscó un subterfugio, que él encontraba pintiparado como nadie, para explicarse todas aquellas añagazas y embustes de los suyos. ¿O es que no le importó penetrar en los pensamientos y opiniones reservadas que sobre su persona tenía todo el mundo, empezando por Sancho Panza, el ama o su sobrina?

No, no debió importarle mucho porque, por ejemplo, a Sancho se lo llevó en la tercera salida, y siguió considerando amigos suyos al cura y al barbero y los frecuentó y siguió mostrándoles el más tierno de los afectos y la más alta consideración. Y debió de ser ello porque don Quijote leyó en sus corazones mucho antes que en sus palabras o en sus propósitos o en sus actos, y no pudo reprender a quien le tenía por loco, cuando los verdaderos locos y mentecatos y necios eran precisamente los demás, tocando esos asuntos de la caballería, si acaso no pensó que los encantadores que le traían a él a maltraer no habían engañado a los mismos Hamete y Cervantes, haciéndoles creer cosas que sus amigos no dijeron ni pensaron ni por pienso.

«No —concluyó Carrasco también—, don Quijote no leyó su libro como lo lee cualquiera de nosotros. De haber descubierto el escarnio y aquella desplegada mofa, lo habría destrozado, antes de darlo a las llamas él mismo. Y debió de ser, sí, —siguió conjeturando el joven— que como don Quijote era una bonísima persona, achacaría todas aquellas chirigotas a la inquina de los encantadores y magos para confundir a sus buenos amigos, a los que ponían de ese modo telarañas en los ojos para que no vieran resplandecer la gloria eterna de las novelas de caballería y el ideal caballeresco que él seguía. Y si es cierto que se rieron con gana de lo que ellos consideraban locuras y disparates, no se reían de él, ni mucho menos, sino de aquellas gloriosas aventuras que los tales enemigos suyos hacían que pareciesen descabelladas y ridículas, no siéndolo».

Y aún se diría que el papel mostraba en algunas partes huellas inequívocas de haber llorado don Quijote mientras leía, como poeta que era, conmovido seguramente no por sus propias palabras sino porque las musas lo hubiesen elegido a él para pronunciarlas, como cuando recoge la historia su arenga a los cabreros, aquella que empezaba diciendo: «Dichosa edad y siglos dichosos aquellos a quien los antiguos pusieron nombre de dorados... porque entonces los que en ella vivían ignoraban estas dos palabras de tuyo y mío».

Pero don Quijote ha muerto, se dijo el bachiller, y ya no podremos preguntarle lo que le pareció o no este libro estando loco, pero sí lo que le pareciera a Sancho, que no lo está. Esto será harina de otro costal.

Y cuando terminó su pesquisa, mandó llamar a Sancho Panza, con el recado de que aquella historia que tanto interés había despertado en el escudero ya había aparecido.

CAPÍTULO TRIGÉSIMO

Para desesperación de su mujer, Sancho había decidido meditar reposadamente, y se pasaba todo el día en casa, solazado, como ella decía, y allí se lo encontró el criado de Sansón Carrasco, sentado en el patio, trenzando, para entretener sus ocios, un cesto de mimbre.

No era precisamente una mujer paciente Teresa Panza, y tampoco se ahorraba los comentarios acuciantes e intempestivos, si pasaba a su lado.

—No es bueno, te lo tengo dicho mil veces, marido mío, que te pases el día mirando las sapas verdes, o maquinando en la mollera, porque no hay cosa peor que la de pensar a secas, sin otra salsa. Para qué queremos más cestos. Llevas hechos más de treinta. ¿Serás cestero ahora? ¿Dónde los venderás, quién va a querer comprártelos, te sumarás a una tribu de gitanos y los mercarás por esos pueblos de Dios? Y no me digas cómo, pero he oído decir que en las casas que recogen a los agitados suele haber dos clases de orates, los que se pasan el día gritando como desaforados, y los que, como tú, clavan la vista en el suelo, y no la levantan en todo el día, y por más que les pregunten, no responden nada, como tú, que no parece sino que los locos son todos los demás y no ellos. Ay, que terminarás tú como don Quijote, que mala sombra se lo haya llevado.

—Calla, perra, y no muerdas la mano que te ha dado tu regojo. Y yo todavía sé hablar, incluso a ti. No consiento que nadie hable mal en mi presencia de quien fue la florinata de la caballería andante y por quien comes el pan que ahora comes. Y si es cierto que yo, que fui quien mejor lo conoció, certifico los puntos de su locura, también puedo asegurar que nadie como él supo dar consejos al que los necesitaba, y tantas y tan buenas cosas salieron de sus labios, como inmejorables ideas de su magín. Y así te digo que vendrán tiempos que lo conozcan en los altares, y me parece que antes de que cunda la especie, hay que atajar la que lo presenta como alguien rematadamente loco. Pudo estarlo, no digo que no, en un principio. Pero yo he sido testigo de cómo cada día que pasaba decía más y más cosas juiciosas, y no recobró la cordura de repente, como ahora creen todos, sino que eso ya se había empezado a producir de antes, porque nada de lo que sucede, se improvisa, todo viene de lejos, y eso lo sabíamos mejor quienes más lo tratamos: que si no se le tocaban los asuntos de la caballería, nadie hubiera podido negar que tenía enfrente a uno de los más cabales hombres de este siglo. Y en lo de su locura no fue diferente de todos los hombres, incluido el papa y el rey, que si se buscara en las entretelas de sus cabezas no sería difícil encontrarle a cada cual su propia locura, tan subida, si no más, que la de don Quijote. Y le bastaba su conciencia para obrar, y a ella sola se atenía, y socorriendo al necesitado, a la viuda, al viejo o al niño, no se equivocaba nunca, porque nadie se equivoca ayudando al débil, al pobre, al menesteroso. No hay más santidad que la de la voluntad, y él quiso, e hizo el bien. Pudo querer y quiso poder.

—Jesús, Sancho —dijo bajando la voz Teresa, alarmadísima por lo que acababa de oír—. Que no sólo te llevarán por loco, sino que puede que te reconcilien o, peor, que te quemen por hereje y blasfemo, y seguramente llevas razón diciendo que don Quijote se fue quitando de loco poco a poco, de la misma manera que te vas tú quitando de cuerdo.

—No hay sino que saber de lo que se habla —replicó Sancho—, y tú, no siendo mala, eres una mujer ignorante, y a estas alturas he vivido y visto tanto como para saber que sazonados en su punto, hay muy pocos. ¿Empezamos? Cierto que yo, queriendo ser gobernador, fui el más loco de todos. Pero ¿y tú? ¿No llegaste a verte vestida con ricas saboyanas, no te imaginaste con coche propio, no soñaste con llamar a duques y reyes, eh, primos, venid acá a dar cuenta de estas gallinejas? ¿No habías encontrado ya para Teresa un marido entre los príncipes de la tierra, no corrían por los ríos de tu imaginación el oro y la plata, no se espumaban tales torrentes con mil sartas de perlas y de corales? ¿Y no fueron locos Sanchico y Teresica, creyendo las tonterías de su padre y dejándose remejer por las fantasías de su madre? ¿Quieres que siga, fuera de esta casa?

Se echó a llorar la mujer y éste fue el momento justo en que el criado de Sansón Carrasco llamó a la puerta, buscando al escudero. Se secó Teresa Panza las lágrimas de forma apresurada con el vuelo de un refajo, le abrió la puerta y salió con disimulo al huertecillo que tenían detrás de la casa.

No le hizo esperar Sancho, y se fue con el mancebo a donde el bachiller. Se lo encontró vestido con su ropa de recibir, una pluma en la mano y los ojos en las negras vigas del techo, de donde parecía cosechar, una a una, las palabras que estaba escribiendo, como racimos de una parra.

A diferencia de la mesa de don Quijote, que muchas veces había visto Sancho, le admiraba a éste la de Sansón, tan ordenada.

El bachiller escribía. Tenía el libro rescatado del sobrado al lado. Hizo que el mismo criado que lo había acompañado hasta allí, le trajera una silla, e hizo sentar al antiguo escudero.

—Has de saber, Sancho —empezó diciéndole Sansón—, que acabo de concebir la idea de una gran obra. Voy a ir poniendo en este papel una historia que será el pasmo de todos, y que trata de las aventuras que pasa un caballero emboscado, y su escudero, celebrando ninfas, persiguiendo náyades, sobornando musas por montes, campos y ríos, en tanto el caballero cumple cierto juramento de sujetarse en la vida rústica hasta no volver a la caballeresca.

—¿Ése no era el oficio que me tenía reservado don Quijote, durante un año, que fue lo que le prometió al caballero de la Blanca Luna?

Así como Sancho había llegado a descubrir que el Caballero de los Espejos era el mismo Sansón Carrasco, hasta la fecha no podía ni sospechar que el de la Blanca Luna, que había derrotado a su señor en las playas de Barcelona, fuera también su donoso amigo, que movido a compasión por la locura y sandez de don Quijote y creyendo que su salud estaba en su reposo, había ido a encontrarle tan lejos de su casa.

—Tú viste al caballero de la Blanca Luna, Sancho, y tú sabrás mejor que nadie si ese caballero de la Blanca Luna rindió a don Quijote y las capitulaciones que le impuso en la derrota.

—Tan lo vi como le estoy viendo a vuesa merced, si no fuese porque era dos veces más alto, y mucho más fuerte y su rostro resplandecía como me decía don Quijote que les pasaba a los héroes de Troya.

—Le viste entonces el rostro...

—No, porque llevaba la celada echada, y no suele ser uso que el caballero que luchó cubierto quiera, si salió vencedor, descubrirse, pero era tal el resplandor que de debajo de su celada salía, que parecía que se custodiara allí una antorcha de llama viva. Y después de vencerle habló como un verdadero caballero andante...

—Luego tú crees en caballeros andantes, Sancho.

—A medias. Dos he visto luchar con don Quijote. Dos y medio. A uno le venció él, y él quedó vencido por otro. Y el medio, fue aquel vizcaíno que debía de ser caballero, pero no andante. El primero, demasiado sabe vuesa merced quién fue, y no hay más que preguntar a mi compadre Tomé Cecial, que os sirvió de escudero. Del segundo nada digo, porque se presentó sin palafrén ni ayuda.

—¿Y te pareció loco también ese de la Blanca Luna como lo estaba nuestro don Quijote?

—Si lo estaba se mostró en la victoria enteramente cuerdo, y compasivo y nada jactancioso, habiendo podido extremar su rigor con las armas y ensañarse con la palabra. Sólo le pidió a mi amo que durante un año se recogiese, prohibiéndole que pusiera las manos sobre las armas. Y fue entonces cuando se le ocurrió a don Quijote que parar acortar ese tiempo, que tanto le apenumbraba y le llenaba de ansiedad, podíamos dedicarnos a la vida pastoril, como él y yo os contamos en cuanto llegamos al pueblo.

—Así es, y así es como se me ha ocurrido la idea. Escribiré nuestras aventuras en esos campos, en las riberas amenas de los ríos, en los sotos umbríos, en pos de zagalas de hermosura impar de las que nos enamoraremos y a las que yo haré cantar como los ángeles, mientras pongo en boca de todos nosotros versos que habrán de hermanarse a los del divino Garcilaso. Y de ese modo ya que la muerte nos hurtó a don Quijote, privándonos al mismo tiempo de verle cuerdo, le haremos gozar de aventuras que entretendrán sus melancolías allá donde se encuentre.

—¿Y no es eso un disparate, señor bachiller? ¿No creéis que allá donde esté don Quijote las que menos le irán a preocupar serán las cosas que aquí hagamos, tanto si goza de la gloria del cielo, por gozarla mejor, como si espera en el purgatorio el día de dejarlo? ¿No le vendrían más al pelo misas y responsos que versicos, por buenos que le salgan?

—No lo creas. Míralo como una licencia poética. Como cuando, comiéndonos una empanada, nos acordamos de un difunto y decimos: y qué bien se comería ahora Fulano esta empanada, si la catara. Yo creo que cuando al fin salgan a la luz todas esas aventuras bucólicas, no te quepa la menor duda de que harán suspirar a don Quijote por esta vida, que si la otra es buena, alcanzada, la nuestra, si se sabe vivir, es como la misma gloria, y yo te diría incluso que no quiero más eternidad que una hecha de estas mismas cosas, con todas nuestras cuitas y afanes, sólo que sin dolor ni muerte. Y pudiendo gozar de amigos y hermanos y padres en esta vida, ¡cómo no será el gozarlos eternamente en la otra, a mesa y manteles puestos! Y si aquí nos alivia una tarde calurosa de verano la tépida brisa, ¡cómo no será esa brisa allá en el cielo!

—¿Y para eso me habéis mandado llamar? ¿Para decirme que en el cielo nos han de convidar a todas horas a comer empanada o para concertarse conmigo en el jornal? Eso lo vería yo muy bien. Y muy buena cosa sería el irme con vuesa merced de pastor como me fui de escudero con don Quijote. Ya conozco la vida de escudero de caballero andante, y de ella no se sacan más que palos, burlas, hambres, calores y sobresaltos. De pastores no sería más que estarse todo el santo día en junta de rabadanes, tañendo el rabel, requebrando a nuestras ninfas y náyades y oveja va oveja viene del redil a la cazuela, y de la cazuela al baúl de nuestras personas.

—No hablo de eso, Sancho, sino de una entelequia. No me entiendes. Todo sucederá en un libro, sin que tengamos que sufrir las lluvias y los rigores del sol, sin padecer hambres, sin sentir dolor, y sin salir de nuestras casas. No habrá ollas de carnero ni de vaca. Bastará la imaginación para transportarnos allí donde quisiera el autor, o tú incluso. ¿Que no te gusta la ninfa que te asigno? No tendrás más que decirme: «Mire vuesa merced de cambiármela», y yo la pondré a tu gusto, alta, baja, jaquetona o escuálida, con los cabellos como el sol o las ojeras agarenas de la noche. Y si otros han podido ser los historiadores de vuestras hazañas reales por las tierras manchegas, yo voy a serlo de estas aventuras pastoriles imaginadas, honestas y sin peligro para la hacienda ni la cabeza de nadie.

—Llevo, amigo Sansón, un mes en esto de las letras, soy como quien dice novicio en ellas y no entiendo muy bien lo que vuesa merced quiere hacer, pero será como vuesa merced dice, atinado y bien traído. ¿Me pagaréis por ello?

—Sí, desde luego, y puedes ponerte tú el salario que quieras, que lo tendrás cumplidamente desde el primer día.

—Corro a decírselo a mi Teresa. ¡Y cómo se me enternecerá del gusto en cuanto lo sepa! No hace una hora me graneaba diciéndome que terminaremos en la miseria si yo no lo remediaba. Y que ningún provecho iba a tener de leer libros. No he leído todavía ninguno, y vos no los habéis escrito, y ya tengo el salario que quiera ponerme. Le dije a mi Teresa que tuviera paciencia, y ya veis cómo la fortuna no deja de son reírme. Corro a decírselo, mi buen bachiller, amo longánimo y gloria pastoril de los pastores, y sabrá que en menos que canta un gallo la habré hecho más rica que todos los ricos de estos contornos, con más ovejas que las encinas del conde y con tantos criados, que no habrá nadie que la tosa al pasar.

—Vuelves a no entenderme, Sancho. He dicho que te pagaré, pero será en letras de molde, y de la misma manera que nada de lo que en ese libro ocurra tendrá más realidad que la del papel, los escudos y ducados que por allí circulen habrán de tener la misma pasta, o sea, la del papel y la de la imaginación.

Se quedó un poco corrido Sancho y divertido Carrasco de ver que el pobre escudero seguía siendo tan candoroso.

—Pero hasta donde yo llego a entender —replicó Sancho Panza—, puedo comprender que alguien haga la historia de lo que ya ha ocurrido; incluso entendería que haga la que se está haciendo en ese mismo momento, como aseguró vuesa merced que ocurriría un día con todo lo que ha estado sucediendo desde que murió mi amo don Quijote. Llegaría a entender, aunque no le veo el propósito, que vuesa merced esté ahora escribiendo, como dijo que haría, nuestra misma historia, que sin don Quijote no tiene, al menos para mí, ningún interés. Lo que no alcanzo a entender es cómo vuesa merced puede hacer la historia de algo que sabe que no ha ocurrido ni podrá ocurrir nunca, porque ya una de las partes ha muerto, y bien muerta está y enterrada donde no podrá hacer otra vida pastoril que con los gusanos que se lo estén comiendo, cosa poco cristiana y nada piadosa. ¿No sería mejor para todos irnos de zampoñeo, y contar luego lo que ocurriera? ¿No hacen eso los pintores, que ponen a uno con traje de Judas y a otro de Arcángel, y les sirven de modelos? ¿No es una locura poner la albarda antes que el rucio?

—Por partes —concedió el bachiller—. La relojería del arte está para que las cosas sucedan como si fuesen reales sin serlo, lo cual no quita para que se falte a la verdad. Que muchas veces habrás visto tú cosas reales que parecen falsas, y otras, sueños que parecen vivos.

—Así es —admitió Sancho—. Que yo a menudo sueño que me sigue por el campo un toro que quiere atropellarme y cornearme, y me despierto bañado en sudores fríos, y otras, ante cosas que nos suceden en la vida, tengo que frotarme los ojos para asegurarme de que lo que veo no es un sueño. Y estos últimos días, con mi pobre don Quijote, que se me aparece y me sigue hablando como si no hubiese muerto, me tengo que despertar para asegurarme que todo es un sueño, porque yo lo siento como si fuese todavía parte de nuestras vidas.

—Pues de eso ha aprendido el arte, que no es más que un embeleco con el que hacer que corra el tiempo a nuestra conveniencia y gusto, y que las sombras parezcan vivas, y los vivos sombras, y que el pasado vuelva y que el presente no huya. Y así podemos hacer los poetas que tú estés en un segundo en los antípodas, y te encuentres de vuelta apenas un párrafo después. ¿Lo entiendes? Si yo digo, en este papel, la marquesa ha salido a las cinco, no tengas la menor duda de que la marquesa salió a las cinco.

—¿Qué marquesa? ¿Y de dónde salió?

—Es un modo de hablar, un ejemplo. Puedo escribir que estuviste ayer en Argel y que te encuentras hoy en Sonocusco, moliendo chocolate en un ingenio, y para todos los que lo lean, eso habrá sido, aunque tú no te hayas movido de aquí.

—Pero yo podría probar lo contrario.

—¿Con un pleito? No te lo aconsejaría nunca. Acuérdate de aquello, tengas pleitos y los ganes, y basta llevar una causa a un juez, por injusta que sea, para que recabe en ese punto unos partidarios, y aparecer en los papeles impresos y publicados, para que muchos ya lo den por bueno, real y verdadero. Así que me pondré a esa historia, y nos verás y leerás, ahora que puedes hacerlo, vestidos de pastorcicos y cortejando riscos y apacentando valles, y a don Quijote, vivo.

—¿Será más o menos como lo que nos ocurrió en la cueva de Montesinos?

—Algo he oído hablar de esa maravillosa cueva.

—Aún está por aparecer la crónica verdadera de la última salida que hicimos con don Quijote, señor bachiller —replicó Sancho—, pero saliendo a la luz, no me cabe la menor duda de que a ese episodio le dedicarán allí los historiadores más de un capítulo, por lo jugoso que fue, que bajamos con una cuerda a don Quijote, y allí se estuvo él no llegó a una hora, y salió de allí creyendo que había pasado tres días con sus tres noches, empleadas en hablar y tratar con toda la corte principal de los más famosos capitanes, a quienes aseguró había tenido tan a la mano como le tengo yo ahora a vuesa merced. Hubo incluso quien le pidió dineros, porque aquel es un reino donde gobierna no sólo la sombra, sino la pobretería. Cuando salga a luz el libro, ya se verá. Yo, sin embargo, me refería a si en esa crónica que asegura va a escribir vuestra merced salimos don Quijote y yo con nuestra misma naturaleza, yo vivo, y don Quijote muerto, o nos saca a los dos muertos, o vivos a los dos, pues digo yo que si vuesa merced es capaz de hacer que viva don Quijote en un libro, estando muerto, no le será tampoco difícil hacer que ande también por él como un muerto viviente, o a los dos como vivos muertos.

—No me voy a meter en otros jardines, Sancho, sino que os sacaré tal cual estabais el último día que os vi juntos y sanos, él como pastor Quijotiz, y tú como pastor Pancino, iguales entre vosotros, ya ni amo ni señor, sin tuyo ni mío, como él quería, sino uno con otro, dedos de la misma mano, y han de acompañaros los dos perros que compré a Marcelo Ladrón, el ganadero de Quintanar, y a quienes ya había puesto los nombres apropiados de Barcino y Butrón. Igualmente saldré yo, con el nombre que don Quijote me dijo haber encontrado para mí, unas veces como Carrascón y otras como Sansonino, y vendrán a hacernos compañía el pastor Miculoso, que no será otro que maese Nicolás, y hasta el cura, al que llamaremos Curiambro, acabará bendiciendo las uniones que hagamos con las pastoras de nuestras entretelas. Y andará todo tan ajustado, que aunque no hubiera sucedido nada de lo que allí se cuente, todos lo hallarán muy verdadero. Porque la verdad, como la virtud, no sólo tiene que serlo, sino parecerlo, y los libros se escriben con palabras, pero han de ir primera y directamente al corazón, que ha de darlas por buenas, hermosas y verdaderas. Yo te sacaré, Sancho, más discreto que un catedrático, y no habré inventado nada con ello, y así podrás verlo tú mismo.

—¿Y todo eso sin tener que dejar este pueblo, sin haber estudiado, sin mejorarme? Mirad que yo preferiría las cosas a la antigua usanza, a saber, que fuese todo ello cierto, que cosiéramos nuestras pellizas, que calzáramos nuestros gregüescos y capotillos, que afináramos chirimías y rabeles y nos marcháramos al monte, como aquel Cardenio que encontramos mi amo y yo en la serranía, y cuánto mejor sería que las corderas, pariendo, nos dieran buenos corderos, y los corderos buenos dineros o buenas ollas. Y hacer tiernos quesos, y matar una oveja al día, y preparar con ella abundantes pitanzas. Ni me atrevo a contarle todo esto a mi Teresa, cosas que pasan no pasando, o salarios que me dan, no cobrándolos, porque si ya me creía loco hace un rato, ¡qué no pensaría ahora!

—No tienes por qué decirle nada. Todo esto anda revuelto ahora en mi magín —y el bachiller se golpeó la frente con los nudillos, como si llamara a una puerta—, pero pronto saldrá ordenadamente a ocupar primero ese rimero de pliegos, y más tarde, si el parto fue afortunado, a hacer su jornada por el mundo entre las gentes notables y los espíritus más agudos, porque yo te digo que más reales son los personajes de un libro, a poco bien que estén traídos, que los autores que los destilaron del alambique de su cabeza, y más reales son ya para nosotros Calixto, Melibea y la vieja Celestina que el autor que los imaginó, industrió y pulió, y más nos importa hoy saber qué o qué no sintieron, dijeron, hicieron y pensaron ellos, que no su autor, del que apenas sabemos gran cosa, y del que lo mismo da que las supiéramos, para apreciar lo que aquellos señores de su imaginación sintieron, dijeron, hicieron y pensaron.

La verdad es que Sancho, a partir de un punto de estos coloquios, decidió guardar silencio, pues empezó a creer que quien se había vuelto rematadamente loco ahora era el bachiller Sansón Carrasco, y pidió, al cabo de un rato, licencia para irse, con el ya en sus manos.

Se la dio el bachiller, no sin antes hacerle una grave advertencia.

—Te llevas, Sancho, no un libro, no una historia, sino una reliquia, el crisol de todas las maravillas, el lucero de donde nace, como huracán, la aurora de estos tiempos modernos. De no ser tú quien eres, puedes creerme que jamás me desprendería de este libro, contraviniendo mi propia norma y mi deseo de que no han de prestarse libros, como no ha de prestarse ni la mujer ni el caballo ni la pluma. En este libro, que leyó nuestro buen don Quijote hallarás, anotadas por su mano, mil consideraciones atinadísimas y mil majaderías, mil sentencias ponderadas y mil sandeces. Ya nada puedo ocultarte, puesto que sabes leer. Sigue tu olfato, deja libre tu juicio, obedece a tu conciencia. Cada uno, leyendo, es juez de lo que lee, y la rectitud de su corazón, toda la ley. Hoy muchos de esos locos que pululan por la Mancha venderían su hacienda por tenerlo, y lo pondrían como oro en paño. También te digo, y he de encarecértelo mucho, que te hallarás retratado muchas veces como no te guste, pero has dicho que nada te importará y que estás preparado a ello.

—Todo me ha de gustar, si se ajusta a la verdad, y si no, ¿qué me importa a mí? Los que me conocen, saben quién soy, y no les importa que se les diga de mí cuentos y mentiras; y aquellos que las creen, y no los conozco yo, ¿qué me importan a mí? ¿Y quién más afortunado que yo? Dígame una sola persona en el mundo, en estos tiempos o en los antiguos, que haya empezado la andadura de las letras leyendo la historia de su vida en un libro... Así, que todo ha de parecerme de perlas.

—No hables de lo que no sabes, Sancho. Sólo te digo que te tropezarás con gentes que a menudo te motejarán de bobo y simple, y que, si no se es un simple, a nadie le gusta beberse esa medicina.

—No es ésa ninguna novedad, pero también sé deciros que a un hombre sólo ha de importarle que no le falten al respeto las personas a las que él respeta. La fama es cosa de príncipes y reyes, aunque una gran cosa es tenerla buena. Yo lucharé para que nadie me afrente ni ponga al baratillo la mía, y si en los papeles saliere otra cosa, averígüelo Vargas, y siempre se ha dicho que a palabras necias, oídos sordos.

CAPÍTULO TRIGÉSIMO PRIMERO

Ido Sancho, volvió Sansón Carrasco a la querencia, y está de más contar aquí la alegría que recibió Antonia de verlo aparecer por casa. Todo aquel día había andado ella esclava de sus congojas y temores, pues muchas veces había oído decir que las promesas que un hombre hace a una mujer en el lecho de los goces se mudan y desaparecen con la misma facilidad que los pliegues de una capa que huye.

Luminosa la vio Sansón Carrasco y a él mismo se le encendieron por dentro los deseos de estar a su lado, y no dejarla ni a sol ni a sombra.

Y así ocurrió desde aquel día, todos los otros, que no salía de la que fue casa de don Quijote sino para dormir.

De vez en cuando el bachiller y la sobrina, con sigilo y recato, acababan buscando la tranquilidad de aquel sobrado en el que se iniciaron sus amores, y allí, en aquellos montones de paja y grano supieron encontrar para sus abrazos un lecho más suntuoso y hospitalario que el de la reina Cleopatra.

—Antonia, con o sin el consentimiento de mis padres, anunciaremos nuestro casamiento. Le diremos a don Pedro que lea las amonestaciones, y con tu hacienda y la que me corresponda, viviremos. La tuya ha quedado diezmada y la mía es un diezmo de la de mi padre, pero he de echar cartas al conde y pedirle el empleo de secretario, que se le quedó vacante, y con eso y con tu buen juicio para administrar las cosas, en poco tiempo medraremos.

—¿Quién iba a decirme que un día sería tan dichosa? Será menestar que se lo digas a tus padres y contar con su bendición. No podemos ser sólo nosotros los felices. Han de serlo todos los que nos quieren, todos a los que queremos. ¿Verán esta nuestra unión con buenos ojos?

—La verán —respondió Sansón.

Pero sabía o temía que no iba a ser así, y lo cierto es que si anunciar a sus padres que dejaba la carrera eclesiástica le llevó más de un año, podía dejar pasar un lustro en anunciarles que quería casarse con aquella muchacha a la que en su casa tenían por loca como su tío, suelta como su madre, y, además, pobre y arruinada como un hidalgo.

Sansón Carrasco, sin embargo, no quería que nada ensombreciera aquellos primeros días de mieles, y no salía de aquella casa más que para dormir, quedándose en ella muchos días a comer y a cenar.

No le hizo falta ni siquiera llevarse libros que leer, porque convenció a Antonia de que echaran abajo el tabique que selló en su día el aposento que don Quijote buscó con ahínco y desconcierto la mañana que se lo tapiaron con los suyos dentro.

Era un cuarto más que mediano en el que al menos habían quedado dos mil libros, fabuloso tesoro y esponjas de la hacienda del hidalgo que se había dejado en ellos la hijuela.

Días enteros pasó allí Sansón mirando, clasificando y ordenando aquel botín en el que estaba lo mejor y lo peor que habían dado las prensas españolas. Se le pasó incluso por la cabeza pedir dinero prestado a sus padres para comprar el valioso legado, y aliviar, de paso, las maltrechas economías, todavía convalecientes, de Antonia. Le sugirió esa idea el bachiller, y la sobrina, con mejor acuerdo, le dijo:

—¿Y para qué quieres, Sansón, comprar lo que mañana va a ser tuyo, lo que sin esperar a mañana ya lo es, como yo misma?

La idea que Sansón Carrasco hubiera podido tener de la felicidad se aproximaba tanto a aquello, que el día que recibió cartas del conde encontró el mundo tan bien hecho que por un momento desconfió de su buena fortuna.

Cruzó la plaza en dos patadas y corrió a casa de la sobrina con la carta en la mano. Llegó a ella acalorado sin poder contener el gozo.

El conde le nombraba secretario y adjuntaba poderes que le ponían al frente de la hacienda, tierras, ganados, olivares, rebaños y toda la gañanía y la copia de hombres que para él trabajaban sus campos, y le asignaba por ello una renta de trescientos ducados, y aceite, trigo y vino para el año. Anunciaba en la carta que de allí a dos días llegarían al pueblo, él, la condesa, sus hijos y la servidumbre, y pedía al recién nombrado secretario que dispusiera las cosas de la casa para recibirlo.

Llevaba Antonia mucho tiempo dándole vueltas en la cabeza al modo en que le anunciaría cómo esperaba un hijo. Antonia estaba ya apremiada, porque no tardando mucho empezaría a notarse su abultamiento y a asomársele al rostro la redondeada hermosura de las mujeres encintas.

Quiteria, que favoreció y alentaba aquellas subidas al nido de amor de los amantes, de las que por otra parte estaba al cabo de la calle, era partidaria del método expeditivo. A saber: aparecer de improviso en el desván, sorprender a los dos jóvenes en alguna de sus apasionadas batallas amorosas, escandalizarse, pedir la justicia divina, llevar la noticia al cura y que éste, en el ejercicio de su ministerio, pusiera coto a aquella vida pecaminosa de la única manera decente, que era la boda. Él se encargaría de hablar con el temible y colérico Tomé Carrasco, y éste no iba a tener otro remedio que el de guardar su honra y la de su familia, consintiendo el casamiento.

Antonia, sin embargo, se mostraba cada día más y más indecisa.

—Quiteria —le decía—, no se te ocurra hacer eso. Tengo la sensación de que llevamos al bachiller al degüello, como un pobre cordero. Y yo le quiero demasiado como para engañarlo. Le diremos la verdad. Ahora te digo, que lo conozco, que lo entenderá.

—Hazlo —le advertía el ama—, y te quedarás sin marido, sin fama y con un hijo al que llamarán con los pingos más feos.

Ver a su hijo motejado y vilipendiado por el pueblo frenó a Antonia en sus ansias de claridad y ventilación sentimentales. Al mismo tiempo, las semanas corrían y le urgía dar prontísimo remate a aquel negocio que no la dejaba dormir.

La noticia de que el conde había tomado a su Sansón como secretario y administrador de su hacienda en el pueblo, tranquilizó a su padre, llenó de alegría a Antonia, e infundió ánimos en el propio bachiller, que se dijo: ahora o nunca.

—Se diría, Sansón —le dijo Antonia—, que las buenas noticias suelen venir envueltas en las malas, y si la que yo he de darte no lo es del todo, porque confío en la palabra de matrimonio que me llevas dada desde hace más de un mes, podría serlo, y mucho, para mi honra y la del hijo que espero.

La primera reacción del bachiller al oír tal anuncio, fue el de mirar a uno y otro lado, acaso buscando algún testigo que le confirmase que lo oído no había sido una alucinación. ¿Y había transcurrido tanto tiempo como para que Antonia tuviese esa certidumbre? La sombra de la desconfianza apagó momentánea mente el brillo de sus ojos. A continuación los puso en Antonia y pidió que le volviese a repetir lo dicho, por si hubiera habido alguna palabra que no hubiese oído o que hubiera tomado por otra, y aunque la intención primera de la muchacha fue la de declarar que aquel hijo no era del bachiller, algo le retuvo la lengua:

—Ay —dijo alarmada Antonia—, que no parece sino que esa nueva te ha espantado. Soy tuya y a tus brazos me he entregado cuantas veces lo has querido, porque a tu lado no tengo ninguna voluntad, y ahora pones esa cara de extrañeza. ¿Ya no te acuerdas de aquel juramento que me hiciste ni todas las promesas de matrimonio que renuevas cada vez que nos levantamos de nuestro dulce nido? ¿Ya no soy tu Antonia? ¿Por mi culpa se ha apagado tu mirada? ¿Qué se hicieron de todas tus promesas de amor eterno?

—Y a ellas me atengo —acertó a decir un empalidecido bachiller—. Los temores viven en nosotros como los murciélagos, y se despiertan sin por qué. ¡Un hijo! ¡Ahí es nada! Pero no temo más que a mi padre, que ha de ver en esta boda una unión muy desigual, y más ahora que me sabe ya secretario del conde y con una renta tan providencial. Vienen los hijos, en efecto, con un pan bajo el brazo. Yo le hablaré, yo le diré, yo le contaré y le haré ver que ya no puedo echarme atrás. De hoy no pasa, y no tengas otro cuidado, Antonia, que el de velar por ese hijo nuestro. Y el dolor de que estés sola en esta vida y no tener a nadie más que a mí y a Quiteria, va a facilitarnos las cosas. Tienes tu hacienda, tengo yo la mía y desde hoy el mejor oficio del mundo, como secretario; casa propia, que es la tuya, y por delante la vida. ¿A qué hemos de temerle? De hoy no pasa: el señor Tomé Carrasco va a tener exacta cuenta de nuestro negocio.

Y hablando de aquella manera Sansón Carrasco y oyéndole Antonia, se diría que ninguno de los dos quería volver a mencionar al señor De Mal ni sus amenazas ni la famosa manda del testamento de don Quijote. Como si no pensar en aquellos cánceres acabara librándoles de ellos.

Se marchó a su casa Sansón, pero en todo aquel día no halló ni el momento ni el modo de anunciarles que había de casarse con la sobrina de don Quijote. Imaginar lo que su padre diría al oír aquel nombre, tantas veces denostado por él, lo mismo que el de aquella casa y todo lo que la regía, le causaba pavor.

Volvió Sansón por la tarde a casa de la sobrina desolado:

—Antonia, no puedo. Le he cobrado tanto miedo a mi padre, que no sé cómo decírselo. Puesto que va a ser el tuyo, lo conocerás y le temerás como yo.

—Nos casaremos en secreto, y ante los hechos consumados no tendrá más que avenirse.

Y hablando de lo que harían o no, y de cómo, y del modo en que arreglarían su vida, se les fue pasando a los amantes aquella tarde, al lado de la lumbre de la chimenea.

Al día siguiente, en secreto, quedaron citados frente a la casa de Antonia. Caminaron hasta el convento de Las Claras y contaron como testigos con Quiteria y el barbero, a quien hicieron jurar que les guardaría el secreto, el mismo al que se comprometió el frailecillo descalzo que ceremonió la unión. Y allí, en la iglesia del convento, a las seis de la mañana quedaban casados el bachiller y Antonia, que aplazaron participar la nueva a todo el mundo hasta que encontraran favorable coyuntura. El bachiller seguiría viviendo en la casa de su padre y Antonia en la suya, como siempre.

Cuando las dos mujeres se vieron solas, Quiteria respiró tranquila:

—Habéis hecho lo propio, porque ese niño, cuando nazca, va a rozar los límites del crédito, así como va a salirnos sietemesino, y aún eso sería a estas alturas una bendición.

Antonia, sin ánimo para la chirigota, miraba angustiada al ama, como diciéndola: ¿cómo puedes chancear con algo con veras tan serias?

Se había echado encima el invierno, y entoldados los cielos parecían hundir las vastas llanuras de la Mancha con pesadumbres irrefragables. Todo lo calurosos y secos que habían sido el verano y el otoño últimos, estaban siendo fríos y lluviosos aquellos meses, y poco más podían hacer los vecinos del pueblo que estarse en casa junto al fuego o en tareas que admitieran ser hechas bajo techado, como había determinado Sancho con su fábrica de cestos, canastillas, argadillos y azafates.

Aunque no muchos más pudo hacer durante las dos semanas siguientes Sancho, porque enteras las consagró a leer su libro.

Lo hizo de una manera concienzuda, sin saltarse líneas, a menudo volviendo sobre lo leído una y otra vez, cuando no comprendía lo que en él se decía y otras, suspendiendo la lectura, abrumado por los recuerdos que aquellas palabras despertaban en él o la memoria de otras gestas que el historiador moro no había considerado dignas de figurar allí y que para él habían sido si no más, sí, al menos, tan significativas como esas otras que allí figuraban. Cuando lo acabó, buscó al bachiller, y en casa de éste lo encaminaron a la de Antonia.

Le invitaron los dos jóvenes a pasar y a que se sentara con ellos junto al fuego.

—¿Y querrá la señora sobrina del que fue mi amo tenerme a su lado? ¿Ya no pierde la paciencia cuando me oye hablar? ¿Ha olvidado que me decía que era yo quien le sacaba a su tío de su casa y yo el que le espoleaba la locura?

—Eso era cuando mi tío vivía. Muerto él, ¿a quién puedes tú hacer daño, que eres como un mendrugo de pan y mejor dispuesto que ninguno de los hombres de este pueblo? Siéntate aquí con nosotros, ahora que formas parte ya de los culteranos. Dime, ¿qué traes en la faltriquera que abulta como un queso?

—Mejor me ha sabido, Antonia, y no hubiera querido que se me hubiese acabado nunca. Jamás habría pensado que el terminar algo, no siendo la vida, causara tanta pena, y ha debido de ser que ese libro era como el maná, y cuando se me iba acabando, notaba yo que se me apagaba la vida misma, y estos días lo he leído tan despacio y tantas veces por no llegar al final, que ya no sabía cómo hacer. Y no saben vuesas mercedes cómo espero ahora su continuación, porque con un llamativo como éste no podría ser mala la olla. Y ya veis, señor bachiller, que andabais errado en decir que no han de prestarse los libros, porque éste lo devuelvo como me lo entregasteis, si acaso no viene algo mejorado, que en eso digo yo que los libros serán como las personas, que cuanto más trato tienen con sus lectores, mejores se tornan.

Y diciendo eso, sacó Sancho el libro de su faltriquera y se lo entregó al bachiller, que lo miraba con disimulo para calibrar el estado en que se lo devolvería.

—Debe de ser que como eres neófito todavía en esta cofradía de los letraheridos, tornas los libros. Pero dime, ¿qué te ha parecido, en qué te encontraste igual y en qué distinto o mejor, y en qué peor?

—La primera cosa que he sacado yo de su lectura es que es malo nacer siendo Sancho, pero que no es mejor nacer siendo don Quijote. Y que quizá el propio nacer es lo que es malo, porque no son sino trabajos e ilusionismos los que nos esperan. La segunda es que no hay nadie que no sea al mismo tiempo lo suyo y lo contrario, loco y cuerdo, pobre y rico. En lo que creo que anduvo equivocado el señor Benengeli fue en decir que no sabía si darme el título de hombre de bien, porque ninguno pobre suele serlo. Y eso lo dijo por pertenecer a la herejía mahometana, ya que no debió oír en la catequesis las bienaventuranzas, porque allí bien claro se dice que de los pobres será el reino de los cielos, y que es más difícil que pase un camello por el ojo de una aguja que ver enhebrar la puerta del cielo a un rico, y no creo que el cielo quisieran llenarlo de malhechores. Por lo demás, lo que cuenta el señor Benengeli está tan atenido a la verdad y a los hechos reales que habría pensado que fue cosa de brujería cómo llegó a conocerlos, de no saber que el señor Cervantes es muy cristiano y no querría mezclarse con nada que oliera a nigromancia. Cierto que, por lo que a mí se refiere, y en esto de los libros y las historias ha de decirse que cada palo aguanta su vela, cierto, digo, que muchas veces se me tilda de necio, simple, interesado, egoísta, gumia, descuidado, poltrón, un si es o no poco pulido y limpio con mi persona, y muchos disparates más, como el de presentarme como un hombre de escaso y ralo juicio, cosas todas ellas que no me han molestado, porque no se hallará luego nada, ni en mis palabras ni en mis actos, que no esté sustentado por el recto juicio y los sanos propósitos, y así he de decir que salgo favorecido demasiadamente bien en ese retrato, y en aquellos en que quedé mermado o perdidoso, lo achaco a que el señor Benengeli lo dijo por no conocerme. Pondré un ejemplo. Vuesa merced me conoce bien. Sabe que me gusta hablando acarrear dichos, gracias, donaires, burlas y toda clase de cohetería incumbente, y enfilar refranes como quien ensarta corales. Son para mí los refranes la filosofía del pobre, y a ellos me atengo. Y sin embargo hasta el capítulo XIX, según el libro, no se me cae ninguno de la boca, lo cual es poco probable que haya ocurrido, porque me despierto con uno en los labios, y me acuesto con otro, y sigo en sueños sacándolos de molde. ¿Qué quiere decir ello? Que aunque yo los dijera, el señor Benengeli no los oía, y si los oía no los encajaba. Y esto mismo vale para lo contrario, haciéndome decir cosas que no pudo oír, porque no las dije. Que en esto de las historias he visto que hay que tender a la verdad general del asunto, y poner de acuerdo a las partes en los detalles es cosa menos que imposible.

—¿Y no sientes sofoco de ver que hayan salido a la luz pública hechos y palabras que fueron sucedidos o dichos entre vosotros, para vosotros solos? —preguntó el bachiller.

—¿Se refiere vuesa merced a todas las veces que estando mi amo y yo a solas, me reprende él, me golpea y castiga, perdida su paciencia conmigo, o hace que me avergüence por mi mucha ignorancia, mis comentarios inoportunos o mis desaires? Al contrario. En el libro se me verá que siempre le he sido leal y que nunca hipocreteé con él, ni fue doblada mi conducta para granjearme su favor o su paga. Lo que pensaba lo pensé rectamente, y tanto derecho tenía yo en llamarle loco como tuvo él en decirme sandio o necio, y son ésas cosas que dos hombres pueden llamárselas, no faltándose al respeto.

Siguieron hablando de todo ello mucho rato, y se sorprendió el bachiller de la buena disposición que había mostrado Sancho para encajar las cosas que de él se dicen en ese libro, así como de aquellos sucesos cuyo recuerdo le habían hecho reír.

—Y más y con mejor gana hubiese reído yo de no saber que mi amo don Quijote estaba muerto. Y comprendo que el libro también le gustase a él, por el gran amor con el que se trata su manía.

Y estaban en estas pacíficas pláticas invernales cuando oyeron un gran griterío por las calles del pueblo, como de turbas que lo hubiesen asaltado por sus cuatro costados.

—Los condes —exclamó el bachiller—, que vienen.

Se oía piafar de caballos, briosos ruidos de cascos, metálicos choques de armas y el chirriante canto de pesadísimos carros y, lo más alarmante de todo, un agudo gañido nunca oído que causaba espanto y que nadie podía imaginar de dónde provenía. Salieron a la puerta de su casa Sansón, Antonia, Quiteria y el nuevo mozo Matías por ver qué sucedía, y vieron que todos los vecinos, agitadísimos y fuera de sí, habían ya hecho otro tanto, y aguardaban medrosos en los portales de sus casas a ver en qué paraban todos aquellos desconciertos inauditos.

No llevaban esperando ni un minuto, cuando vieron

asomar por la calle Ancha, abocando a la plaza, dos pajes vestidos a la moda morisca y en medio un elefante tan descomunal que la gente al verlo corría espantada a ponerse a salvo, temiendo que aquella fiera, enfurecida y nerviosa, se desmandase y atacase a quien se le pusiera delante.

El naire que lo conducía, sentado a la jineta, era un malabar de corta estatura vestido a la manera turquesa. Llevaba un alto turbante adornado con una espigada pluma de faisán, y su largo abrigo de terciopelo azul con drapeados dorados se derramaba por los lomos del animal a modo de gualdrapa.

La figura de aquel hombrecillo, estática y solemne, producía un gran efecto, mientras se inclinaba a uno y otro lado en un saludo cordial que era al mismo tiempo advertencia para que los curiosos o los insensatos despejaran el camino, no tanto porque el animal, viejo y medio ciego, fuese peligroso, sino porque el naire era un doncel conquistador que allá por donde iba tenía la fantasía, pasado el primer efecto, de cautivar a las doncellas, por un lado, y a los caballeros por otro; a las unas, tomándolas su mano y llevándola a la piel del animal, para que lo acariciaran, y a los caballeros principales de los lugares por los que iban pasando, vendiéndoles las duras y largas cerdas del elefante, asegurándoles que poseían las milagrosas virtudes de un poderoso afrodisíaco.

Completaban la comitiva dos grandes carros tirados por bueyes cornalones, hasta docena y media de magníficas mulas, montadas por criados, dueñas y criadas, tres hombres más, armados y con largas capas aguaderas, y, cerrándola, un coche en el que viajaban quienes por aquel aparatoso boato no podían ser sino señores muy principales.

Estaba a punto de hacerse de noche y los dos pajes corrieron a uno de los carros de donde sacaron dos lampiones que encendieron con iracundos pedernales. Llevaron las luces al coche, y de él vieron descender una dama y un caballero vestidos con suntuosos trajes de camino, él, con su ropilla, sus follados y una capa gascona de piel de oso, y ella con capotillo y sombrero, y una toca de rebozo rojo con la que se tapaba la boca. Y así como todos procuraban mantenerse alejados del elefante, se acercaron a estos dos raros y ricos personajes todos los lugareños; en primer lugar lo hicieron el regidor y sus alguaciles, y no faltaron a aquel encuentro ninguno de los hombres principales del pueblo.

Preguntó el alcalde quiénes eran y cómo viajaban con carga tan desusada. Tomó la palabra el que por el aspecto no parecía menos que un príncipe, y dijo:

—Venimos de Cádiz, de recoger este elefante, regalo del general genovés don Felipe Alberoni a su cuñada la duquesa, aquí presente y esposa mía, y lo llevamos a nuestra tierra donde pensamos tenerlo este invierno y emplearlo en las fiestas que en nuestro castillo solemos preparar. Hace unos meses tuvimos invitados allí a dos vecinos de este pueblo, y cobramos por ellos singular estima, un caballero que se llama don Quijote de la Mancha, y su escudero Sancho Panza, a quien di el gobierno de una ínsula, donde dejó muestras patentes y memorables de su buen juicio. Poco después pasó, dándoles caza, otro caballero, vestido de blanco, que iba preguntando el paradero de don Quijote, y a él también lo tuvimos como huésped, y él nos contó muchas cosas de ese hombre tan único, y así le prometimos que si algún día pasábamos cerca, no dejaríamos de visitarlo. Pudiendo hacer noche hoy en Argamasilla, a la duquesa y a mí nos entraron ganas de llegarnos a este lugar por ver a don Quijote, a Sancho y a nuestro amigo el bachiller Sansón Carrasco. Supimos por el propio Sansón, que a la vuelta nos trajo la noticia, que don Quijote había sido vencido en Barcelona por él, y que le impuso la penitencia de no salir en un año, y conociendo el alto valor que daba a su palabra, nos lo imaginamos cumpliéndola en este encierro. Así que pensamos que ya que don Quijote no podía ir en pos de las aventuras, le traeríamos una bien extraña a las puertas de su casa. ¿Dónde está don Quijote, dónde está Sancho Panza?

Por no decirle que don Quijote había muerto, de lo que seguramente iban a llevarse un gran disgusto, y porque quieren algunas noticias un dilatado prólogo, mandaron a llamar a Sancho Panza, que llegó al poco, asfixiado, seguido de Sansón Carrasco y de Antonia. Recobró el aliento delante de los duques, y echando la rodilla a tierra y tomando a un tiempo la mano de la duquesa y la mano del duque, y sin saber a cuál de las dos había de atender con más solicitud, las llenó de besos, y dijo:

—Nunca habría creído que Vuestras Excelencias se dejasen ver por estos perdidos caminos ni que el cielo me iba a conceder de nuevo la gracia de verlas. Ahora mismo mandaré llamar a mi mujer, para que ella dé personalmente las gracias a la señora duquesa con hartas bellotas por aquella sarta de corales que le mandó, y a mi Sanchica, a la que por fin se le hizo un vestido con el traje verde de montero que me regalasteis, lo mismo que a mi Sancho, que acaso lo queráis llevar con vos de criado cuando veáis que es un diamante de doce caras. Pero aquí os esperaba una noticia que habrá de entristeceros como nos ha entristecido a todos, si acaso no os la han dado ya: hace algo más de tres meses que don Quijote ha muerto. Enterrado está y mañana podréis ver su tumba y sembrar sobre ella unos responsos. ¿No recibisteis la carta que os envió nuestro cura don Pedro?

—Si llegó —respondió el duque, que se tomaba mucho tiempo al hablar, gustándose en la retórica de su voz de bajo profundo—, si llegó, allá estará esperándonos, que hace ya tres meses que nos partimos hacia Cádiz.

No pudo reprimir la duquesa una mueca de fastidio y contrariedad, pues se había prometido pasar en aquel pueblo una velada amenizada por los disparates del caballero. Traían preparadas incluso, como confirmaron después, algunas burlas notables, pues en su comitiva iba el lacayo Tosilos, la dueña doña Rodríguez, la doncella que se hizo pasar por la Trifaldi y la que respondió al nombre de Altisidora y otros más de los que habían participado en las consumadas burlas que se le hicieron a don Quijote y a Sancho y que resultaron un punto más levantadas de lo que hubiese sido preciso. Pero como la duquesa era una señora muy distinguida y cortesana, supo desviar el mohín de su fastidio a las buenas maneras, y allí sobre la marcha se destocó en una tan breve como dramática interpretación que hubiese hecho creer a todo el mundo no tanto que don Quijote se había muerto, sino que quien se moría en ese momento con la noticia era ella misma. No obstante, terminada aquella endecha, preguntó impaciente a Sancho:

—Dinos, Sancho, dónde podremos recogernos esta noche y si hay una posada que pueda darnos alojamiento al duque, a mí y a todos los que vienen con nosotros, así como un lugar donde dejemos acomodado al elefante.

Iba Sancho a responder, cuando vieron salir de su casa al conde, que hacía dos horas había llegado con su familia a recoger sus rentas y asentar en su secretaría al joven Carrasco, y a nadie había dicho nada aún de su llegada.

—Señoría —se presentó—, soy el conde de los Alcores y ésa de la plaza es mi casa. Acabo de llegar con mi familia de la Corte, donde vivimos, y aunque los aposentos no están dispuestos como convendría a la importancia de tales huéspedes, os ruego que lo seáis de mí y de mi familia mientras estéis en este lugar. En cuanto al elefante, podréis acomodarlo en uno de mis alhorines, donde se le preparará lo que haya menester.

Y aunque el duque no quería ocasionar trastorno alguno, tanto insistió el conde, que los duques y sus criados y dueñas se quedaron en la casa del de los Alcores, enviando a la posada al naire, al aprovisionador y el resto de los criados que se ocupaban del animal, tras de lo cual se fueron todos a sus casas, esperando impacientes el día siguiente para poder admirar a su gusto aquel fastuoso viajero de las selvas africanas.

Enterado sobre la marcha el conde de que su nuevo secretario había sido amigo y vencedor de don Quijote, del cual ni había oído hablar hasta ese momento ni por supuesto había leído su libro, quiso agradar a sus huéspedes y pidió al bachiller que cenara con ellos esa noche.

Fue una gran cena aquella, pese a la improvisación.

—Y así fue, después de vencerlo en Barcelona —concluyó el bachiller, tras haberles hecho pormenorizada crónica de esa derrota—, como mi amigo don Quijote se volvió a este pueblo. Traía la promesa de no salir en un año, que pensaba acortar él no de tiempo, pero sí de tedio, viviendo vida pastoril y de égloga como el pastor Quijotiz, acompañado de su amigo el pastor Pancino y de mí mismo, que los acompañaría con el nombre de Sansonino o Carrascón. Y a los pocos días de llegar a su casa, y sin que nada ni nadie lo presagiara, ni hubiera tenido tiempo como quien dice de quitarse el polvo del camino, cayó enfermo, y en menos de dos semanas se lo llevó por delante la melancolía y la tristeza de verse reducido en ese estado, comprobando acaso que ninguno de los trabajos que había hecho en sus salidas por el mundo le había reportado otra cosa que penas y desdenes, motes viles y burlas por todas partes. Pero habéis de saber que don Quijote murió cuerdo, pidiendo perdón por todas sus locuras y encomendando su alma a Dios y deseándonos a todos vernos presto en el paraíso.

Oyeron con atención los duques y el conde todas estas noticias, y una vez que acabó de hablar el bachiller, el duque, con patente contrariedad porque aquella muerte les había privado de una garantizada diversión, dijo:

—Es lástima, porque pensábamos llevárnoslos con nosotros a nuestro castillo, a él y a Sancho, y tenerlos allí todo el invierno como a servidores nuestros, y para ello habíamos incluso concertado un gran encuentro con Dulcinea. A tal propósito he enviado a Tosilos y dos de las dueñas hasta el Toboso, con el recado de traerse a Dulcinea con ellos, para lo cual el lacayo lleva dineros nuestros, joyas y otros presentes que sirvan para ablandar su ánimo si acaso éste se muestra remiso, y así los esperamos mañana aquí. Que habría sido cosa de ver ese torneo entre Dulcinea y don Quijote, y ya habíamos cruzado apuestas de que resultaría aún más interesante que cuando en un peleadero se muestran dos gallos que no se han visto nunca hasta entonces.

Los oía hablar el conde y no entendía cómo personajes tan importantes de España y de tan rancia raigambre se dejaban enredar con pasatiempos de muchachos, pero enseñado a la vida de la Corte y reconocido al honor que era tenerlos de huéspedes, los agasajó toda la noche con inequívocos des velos.

Quisieron también los duques saber de Sancho Panza y de la vida que hacía en el pueblo, y si trabajaba y en qué, y volvió la duquesa a manifestar su deseo de llevárselo consigo, si quería él entrar a su servicio, porque confesó que le había cobrado una grandísima afición a sus simplezas y repentes, lo mismo que a sus refranes, que tanto le habían distraído durante el último verano.

—Aunque he notado en él un gran cambio, que casi me le hizo irreconocible. Y no lo digo tanto porque haya perdido más de tres arrobas de su peso, como que me ha parecido un hombre de porte triste, lo cual en los Sanchos de este mundo resulta una enfadosa impertinencia. Para triste ya está una. No obstante, bien estaría hablar con él y hacerle decir alguna de sus simplezas.

Viendo el conde que deseaban hablar y tener allí a ese tal Sancho Panza, a quien ni conocía ni del que sabía otra cosa que lo que allí se estaba contando, envió recado a uno de sus criados a la casa del escudero para que lo trajera.

Mientras llegaba, contó Sansón Carrasco cómo Sancho Panza no había podido hacer ni hacía nada desde que don Quijote había muerto, con gran preocupación de su familia, a la que tampoco tranquilizó el hecho de que hubiese querido aprender a leer y de que hubiera leído ya la primera parte de su historia.

Oír eso y romper a reír los duques, y, por imitación, el conde, fue todo uno, pues encontraban muy gracioso y el colmo de la extravagancia que un gañán mostrase curiosidad por leer, y desearon entonces, más que nunca, tenerlo delante y ver cómo se despeñaba con aquellos tan recientes y poco digeridos estudios suyos.

Llegó Sancho a casa del conde y viendo allí sentada a la dueña doña Rodríguez, no pudo reprimir una elegía:

—¡Quién iba decirnos, doña Rodríguez, que volveríamos a vernos, y en estas circunstancias! ¡Cuánto rabiamos juntos y cómo daría yo ahora por volver a las andadas, y a aquella perpetua zaragata! Ahora entiendo cabalmente las palabras de mi amo cuando decía que cualquier tiempo pasado fue mejor, y suspiraba él por aquella edad de oro donde no había ni tuyo ni mío. ¡Qué pronto se va el placer, cuán presto llega el dolor! Y si ahora estuviese aquí nuestro don Quijote les admiraría tanto, que si mucho lo tasaron por loco, llegaría a los cielos lo que le tasaran por cuerdo. Y decidme, mi respetada dueña, ¿cómo le fue a aquella hija vuestra que casó con Tosilos? ¿Viven bien avenidos, no se arrepienten de aquel casamiento que les llegó de modo tan extraño y desviado? ¿Goza vuesa merced de buena salud? ¿Espera ya nietos vuestra persona?

Se admiró mucho la dueña doña Rodríguez de oír hablar de aquella manera tan comedida y rodeada al escudero, y antes de responderle pedía ella a sus señores, con rápidas miradas, si se le concedía la venia de satisfacerle la curiosidad y el interés. Se la otorgaron ellos y le dio ella cuenta exacta de lo que quería saber.

No se resignaba la duquesa a perder su momento de diversión, y por verle equivocarse y emplear unas palabras por otras, quiso saber cómo era que le había dado por aprender a leer, y refirió Sancho lo ya sabido, o sea que cuando había sido gobernador tuvo mucho pesar en no poder él ni leer las cartas que los duques le enviaron ni la que le envió su amo, teniendo que darlas a quienes sabían de ese negocio.

—Ah, y qué gran noticia es ésta, Sancho —dijo la duquesa, que ya empezaba a ver por dónde podía principiar la burla— que te traemos muy buenas nuevas de tu ínsula. Cuando te fuiste quedaron tan faltos de tu consejo y tan mal acostumbrados por tu buen gobierno, que aquella república anda ahora muy feamente, y nada nos placería más al duque y a mí que te volvieras allá, donde serías al punto aclamado y vivirías tan regaladamente como no pudiste por la brevedad de tu mandato.

Confirmó el duque con una gran cabezada las palabras de su esposa, y todos esperaron las de Sancho, quien, al contrario de lo que en él era uso, se tomó unos instantes para responder.

—Ya en los nidos de antaño no hay pájaros hogaño, y aunque se me traspasaran plenos poderes y estuviera en mi mano enviar al destierro al doctor Tentetieso por haber querido matarme de hambre, y aunque pudiera con el gobierno hacerme rico y vestir a mi Teresa como a una reina, y casar con condes y condesas a mis hijos, no volvería yo a levantar la vara ni vestir la toga. Pude ser caballero con mi amo, y no lo quise, y ahora digo lo que entonces le dije, cuando me encontró en aquel barranco en el que fui a caer. Después de tantear las cargas que trae consigo el gobernar, y las obligaciones, hallé por mi cuenta que no las podrían llevar mis hombros, ni son peso de mis costillas, ni flechas de mi aljaba; y así, antes que diese conmigo al través el gobierno, quise yo dar con el gobierno al través, y dejé la ínsula tan bonitamente como la encontré: con las mismas calles, casas y tejados que tenía cuando entré en ella. Mientras duró mi gobierno no pedí prestado a nadie, ni me metí en granjerías; y, aunque pensaba hacer algunas ordenanzas provechosas, no hice ninguna, porque supuse que hacerlas o no, iba a dar lo mismo, pues nadie habría de cumplirlas. Salí, pues, de la ínsula sin otro acompañamiento que el de mi rucio. Eso le dije a don Quijote esa mañana en la que me sacó de la sima, que de no haber sido por él, allí estarían mis huesos y los de mi buen rucio a estas horas. Y lo que os dije entonces, Señorías, lo repito: que mejor estaba comiendo mi pan y hartándome con don Quijote que gobernando no ya una ínsula, sino el mundo entero. Y bastará que esperen vuesas mercedes a que se publique la segunda parte de la verdadera historia de don Quijote, como nos tiene asegurado el bachiller que ha de publicarse, para que lean vuestras Excelencias que lo mismo que hablo aquí lo dije en su día a don Quijote, y que estas palabras no me las ha dictado ni la humildad ni la simpleza, sino el más recto veredicto del corazón. Así lo siento y conforme al sentir, digo y hago, que he aprendido ya a decir sólo lo que siento, sabiendo que si sé sentir sabré decir.

Ni la duquesa ni el duque reconocieron en este hablar a Sancho, porque no le encontraron ninguna sandez, y puesto que le oyeron hablar de esa segunda parte del Quijote, saltó la duquesa de su escaño, orgullosa de poder anunciar en aquella pequeña corte de lugareños la extraordinaria nueva:

—¡Y cómo lo has adivinado! Ese libro ya ha salido a la luz, y conmigo traigo uno que compré en Sevilla a un comerciante que los llevaba a América, donde lo esperan con no menos ansias que acá.

No pudo contener tampoco la emoción Sansón Carrasco de saber que allí, en aquella casa, estaba la deseada y esperada segunda parte de don Quijote, y quiso saber si ya lo habían leído el duque y la duquesa y si cumplía todo lo que en la primera prometía, y si era igual de gracioso e ingenioso.

—A mi marido, el duque, no le entretienen otros ejercicios que los de la caza, y no lee, porque o le da sueño, o se lo quita, y a mí leer me levanta dolor de ojos, y en este viaje no ha venido con nosotros ninguna de las doncellas que allí suelen leerme cada tarde por acortar los días, así que estoy deseando llegar a casa y hacer que me lo lean, por ver si en esta segunda parte se habla de nosotros y de todo lo que en nuestro castillo sucedió.

Dudó el bachiller si podía o no pedir a la duquesa la merced de que se lo dejase ver al menos, y mandó ésta a la dueña doña Rodríguez que lo sacase del arca en que venía. Lo trajo al rato y pasó a manos del bachiller, que lo abrió como si fuese una avecilla herida al que el menor roce pudiera quebrar del todo o ahogar su corazón. Tan entusiasmado le vio la duquesa con él, que le dio licencia para que se lo llevara esa noche y leyese en él lo que dieran de sí las horas de la vigilia, con la promesa de que al día siguiente, antes de partir, se lo devolviera.

Recibió tanto contento de ello el bachiller que no acertaba a encontrar las palabras con qué agradecerle aquel grandísimo ensanche, muy superior a cualquier otro que por él hubiere podido hacer, y sin despedirse de nadie, corrió a su casa por no perder ni un minuto, y tras él se marchó cada cual a la suya, se recogieron los condes, se aposentaron los duques y sus criados, y esperaron al día siguiente a que llegaran Tosilos, las dueñas y Dulcinea.

CAPÍTULO TRIGÉSIMO SEGUNDO

Mandó Sansón Carrasco a un criado que le subiera a su aposento un quintillo de aceite para el velón, una jarra de agua y unos amarguillos, y se dispuso a leer aquel libro con desusada voracidad.

No supo en un primer momento a qué páginas acudir, porque luchaban en él la curiosidad de buscar, floreándolo, aquellos pasajes en los que barruntaba se hablaría de él, y la disciplina escolar adquirida en Salamanca que le decía que el dos sólo viene después del uno y el tres después del dos.

Venció durante unos momentos la curiosidad y pasó algunas hojas, hasta dar con su nombre. Se le aceleraron los pulsos de tal modo que sentía el corazón ahogándole la garganta, y las rodillas le temblaban y sus ojos devoraban atropelladamente las palabras saltándose muchas, como ese perro hambriento cuyas fogosas fauces sacan de la gamella, derramándola, la mitad de unos despojos a los que ha de volver luego cuando ya ha dado cuenta del resto. Así le pasó durante casi una hora al bachiller, que iba y venía, de aquí para allá, sin saber dónde atender, si a la aventura del Caballero de los Espejos, a la del de la Blanca Luna o a las primeras páginas donde se relata el inicio de su amistad con don Quijote.

Sosegado al fin, y satisfecha esa curiosidad primera, engolosinado por lo que ya había leído y que tanto parecía contentarle, dio principio a la historia por los umbrales. No dejó de leer ni la tasa, ni la fe de erratas ni la dedicatoria ni el prólogo del autor ni ninguna de las aprobaciones que al principio se incluían, especialmente aquella del licenciado Márquez Torres.

Una gran pesadumbre recibió el bachiller al enterarle el licenciado que Miguel de Cervantes, a quien se debía la publicación del libro, era un viejo soldado, hidalgo y pobre que se estaba en Madrid padeciendo la pobretería de los ingenios a los que el público ha dado la espalda hace años, y mayor pena saber por el propio Cervantes en su dedicatoria al Conde de Lemos que el novelista se hallaba a la sazón «muy sin dineros», y en ese momento, poniendo por testigo al velón de tres luces, en medio de la más serenas y reposadas sombras de la noche, juró el bachiller que a la primera ocasión que pudiera se correría a Madrid para llevarle a un hombre de tan señalado talento el consuelo de algún viático y algunos cuartos.

Nadie, desde que se inventara la imprenta, ni aun antes, había disfrutado tanto con la lectura de ningún libro como disfrutó aquella noche Sansón Carrasco con la segunda parte del ingenioso caballero don Quijote de la Mancha. Sólo le apenumbraba e impacientaba saber que en su carrera tenía como contrincante al lampo de la aurora, y cada poco tiempo levantaba la vista del libro por ver si se anunciaban al fin en las ventanas las rosadas crines de sus corceles. ¡Y qué contagioso era el mundo de los caballeros andantes, que a él mismo le hacía pensar con tan levantadísimas palabras!

Y aun teniendo sobradas facultades y el bien musculado hábito de la lectura le llegaron las primeras claras del día en el momento en el que el Caballero del Verde Gabán, conocido también como don Diego de Miranda, lo presentaba a su esposa y a su hijo, don Lorenzo, que tan buenos ratos le dio a don Quijote con sus poesías y requiebros de amor, escritos a la dama ideal de los poetas. Y hubiera seguido leyendo hasta dar culmen al libro, si no se hubiera ajustado con la duquesa, su prestadora, en devolvérselo a la mañana siguiente.

Con gran pesar se dirigió entonces a la casa del Conde que encontró Sansón alborotada con una noticia que había llenado de inquietud a los duques.

A muy temprana hora vino a decirles el naire que el elefante no se había querido levantar de su granero, sino que allí, arrodillado, estaba tan triste y apocado que no se le podía mirar a los ojos sin sentir aguda pena, porque parecía salírsele por ellos el ánima y los deseos de comunicar su mal febril.

¡Y la aventura que se había perdido el mundo juntando a don Quijote, Caballero de los Leones, con el elefante! ¡Y la que ya no podría tener lugar entre el caballero y Dulcinea!

La duquesa, en ropa de levantar, recorría la casa gritando a sus criados y de un humor pésimo. ¡Morirse don Quijote! ¡Qué inconveniente desatención! ¡Y ahora el elefante! «¿Es que en este pueblo todo lo que lo gracioso quiere morirse?», decía a voces a quien quisiera oírla.

Fueron a ver a aquel animal majestuoso, y por más que lo aguijonearon unos y otros, no acertaba más que a levantar la trompa dos palmos del suelo y a desmayarla de nuevo con profundo abatimiento.

El conde, que no quería sino agradar a unos huéspedes tan importantes, aprovechó las circunstancias para rogarles que se quedaran en su casa el tiempo preciso, en tanto se reponía el paquidermo, y aunque en un principio pensaron partirse ellos y dejar con el elefante al naire y a los lacayos y ayudantes que precisaran, era tal el amor que sentía la duquesa por el animal, que no quería separarse de él, tratándolo con mayor mimo que si fuese la más cumplida y solícita de sus doncellas.

—Podéis quedaros por ahora con el libro, porque estaremos algunos días más aquí —otorgó la duquesa luego, cuando se tropezó con Sansón, y quiso saber si ya lo había leído entero y qué le parecía.

—Entero no sé cómo podría leerlo yo ni nadie en una sola noche —apuntó el siempre zumbón bachiller—, como no fuera en sueños, pero creo que si me dais dos días más, podré devolverlo comido y digerido. Aun así, por lo leído, puedo deciros de este segundo tan buenas o mejores cosas de las que se han dicho del primero.

Volvió Sansón a su torre, con el ruego de que nadie viniera a molestarle, como no fuese el conde, su señor.

Pero no precisó éste de ninguno de los servicios de su secretario en esos días, y pudo llegar al final del libro, que remató con lágrimas en los ojos, tanto porque con el acabóse se le terminaba el gozo de leerlo, como porque en ese crepúsculo desgarrador se narraba la muerte del caballero.

Necesitado de encontrar a un compañero con quien comunicar todo lo que había leído, se fue Sansón Carrasco a casa de Sancho Panza, y se lo llevó por ahí, a las afueras del pueblo, a pasear y a dejar que el aire puro y libre le ventilase la cabeza después de haberla tenido durante tres noches enfrascada en la crónica de don Quijote.

—Ningún libro se ha escrito como éste ni más humano, Sancho, y a Cide Hamete y a Cervantes debemos todos nosotros el quedar para la posteridad mucho mejor pintados de lo que somos, lo cual dice bien de su generoso pulso para idealizar las líneas de nuestro retrato. No hay en todo el libro ni una palabra que no haya salido del tintero de la piedad o que no la haya dictado la misericordia, y las cosas y nosotros mismos estamos esquiciados tan a lo vivo que es como si anduviéramos libres por entre sus páginas, y entráramos y saliéramos de ellas como de nuestras casas. Y si es cierto que las locuras de nuestro amigo mueven a risa todavía hoy, a mí han dejado ya de hacerme gracia, porque veo lo mucho que incomprendimos a don Quijote los que más decíamos comprenderle, porque sus locuras, siéndolo en la forma, nunca lo fueron en el fondo. Y sí, ahora me doy cuenta de qué equivocado andaba yo queriendo traerlo a casa, con la excusa de apartarlo de las burlas y los agravios que se le hacían en el ejercicio que él llevaba de deshacerlos en otros. ¡Qué necio fui, queriéndolo reducir a mi cordura! El loco fui yo y todos cuantos creen que los libros son cosa diferente de la vida, que se leen y se olvidan. Para él cada libro fue un sol o una luna, que le daban o le quitaban luz, y yo le dejé a oscuras para siempre. ¡Yo sí que fui tonto, por pensar que las burlas menoscaban el honor de nadie, cuando suele ser lo contrario, que quien se burla de alguien suele quedar en esa burla a la postre peor que el burlado! Mi propósito, al querer vencer a don Quijote, fue, como quien dice, humano. El de don Quijote, al querer vencer a los gigantes, sobrehumano y propio de un héroe. Yo me fingí caballero andante, y en eso anduve como impostor. Don Quijote no necesitó fingir con nadie, porque lo que era, lo fue siempre a conciencia, sin engaño. Y por mucho que lo escarnecieran, apalearan y burlaran, y en el libro se ve, jamás le alcanzaron el corazón, que obraba tan rectamente humillando al soberbio y ensalzando al humilde, que es la única enseña que ha de seguir un hombre de bien, y no al revés, como suele hacerse: decir viva quien vence. Y quiero decirte que si por arte de magia uno de aquellos encantadores en los que él creyó me propusiese el trato de arrancarme un brazo por traerlo de nuevo a la vida, lo haría, y me quedaría con ello igualado a su autor, de quien se diría perdió el suyo no en la más memorable y alta ocasión que vieron los siglos pasados ni esperan ver los venideros, militando debajo de las vencedoras banderas del hijo del rayo de la guerra, Felipe Segundo, de feliz memoria, sino dándolo por nosotros, por ti, por don Quijote, por Antonia y Quiteria y por cuantos en el libro aparecemos, a la manera que de la costilla de Adán salió Eva.

—Siendo así, ya ardo en deseos de leerlo. Démelo vuesa merced, que la duquesa no querrá negarme tal favor. El elefante aún sigue postrado y según el malabar tiene unas fiebres que tardarán en pasarle una semana. Y si vos habéis tardado tres días en leerlo, ocho, digo yo, serán suficientes para que pueda hacerlo yo, que ya puedo considerarme en este oficio de lector casi oficial de tercera.

—Y aún te van a sobrar, porque has sido un buen aprendiz, Sancho, y más leyendo aquello que se dice de nosotros, porque en ese caso al entendimiento le nacen alas, que parece que el libro, más que escrito, ha sido destilado, por cómo se bebe. Pero las advertencias que te hice la primera vez, en este caso vendrán dobladas. Mira que hallarás pasajes en los que averiguarás cosas que sería mejor que no las supieses, porque no añaden nada y pueden quitarte el reposo. Y ya sé que esto que voy a decirte seguramente te va a avivar la curiosidad, pero si me hicieras caso, con la primera parte te darías por contento. Habrás de leer cosas aquí que te hagan daño.

—Si así es, tengo ahora mucha más curiosidad que antes. Pero no se preocupe vuesa merced, porque estoy curado de espanto. Dadme el libro y yo iré donde la duquesa.

—Iré contigo, Sancho, porque no está bien que el libro le llegara por otras manos que aquellas en las que ella lo dejó.

Encontraron a la duquesa en el granero adonde había ido a llevar cierta golosina al elefante, que eran dos docenas de requesones, que a aquella mole convaleciente le hacían gemir de gratitud, de contento y de gusto.

—Y dime —dijo la duquesa en cuanto vio que el bachiller Carrasco le traía el libro— ¿habla de mí en él?

—Sí habla.

—¿Y ésa es parte principal del libro o de las llamadas de paso?

—Principal.

—¿Y cuenta la burla de Clavileño?

—La cuenta.

—Y quiero yo saber si trae allí también la invención de Altisidora y Merlín.

—Allí aparecen, sí señora, Merlín y Altisidora y todos los que entraron en las burlas como redomados comediantes.

—¿Y dice si soy hermosa y distinguida?

—Sí. Ya lo creo. Y no sólo el historiador dice de vuestra Excelencia todo lo bueno, sino que se recogen unas palabras que la dueña doña Rodríguez le dice a don Quijote, y compara vuestra lozanía y la morbidez de vuestro rostro a una espada acicalada y tersa, y las dos mejillas, a leche y carmín, una el sol y otra la luna.

Quedó muy complacida la duquesa y hueca, viéndose alabada tan en público y allí mismo prometió a la dueña doña Rodríguez dos perlas que tenía. Lo agradeció doña Rodríguez de modo entrecortado, pero no le quitaba el ojo al guasón bachiller, pues demasiado bien se acordaba ella de haber dicho todo eso a don Quijote, y aún más, como que toda aquella hermosura de la duquesa debía agradecerla primero, a Dios, y luego, a dos fuentes que tenía en sendas piernas, por donde se desaguaban los malos humores de los que decían los médicos que estaba llena.

Y fue también una malicia del propio bachiller, que no tenía ya, después de haber leído aquella segunda parte, demasiada buena opinión de quienes, como los duques, no parecían encontrar entretenimiento más que en burlarse de la gente, demostrando en eso ser como tantos que tienen una desarrolladísima jovialidad cuando se trata de los demás y muy malas pulgas cuando los demás quieren tenerla con ellos mismos.

El propio Sansón Carrasco se dio perfecta cuenta de que aquellos duques tampoco debieron de serle muy simpáticos ni a Cide Hamete ni a Cervantes, porque ni uno ni otro revelaron el nombre de señores tan importantes. Aunque, cabe añadir al paso, que Cide Hamete malamente pudo revelarlo ni aun escribir esa segunda parte, porque llevaba muerto más de ocho meses, y debió de ser que Cervantes, que como muchos otros esperaba después de la primera la segunda parte, decidió seguir atribuyendo al moro el resto de la historia, para no meterse en más jardines y seguir la unidad de la obra, y así si la primera parte se la debemos enteramente a Cide Hamete, la segunda, que también se le atribuye, sólo pudo ser de Cervantes. O no. Qué sabemos nadie. El caso es que formalmente ni uno ni otro simpatizaron con los duques, como tampoco el bachiller. Y su recelo hacia tan sublimadas altezas subió de cotas, quizá porque pensó que únicamente en ese trance, mientras duró el hospedaje en casa de los duques, su buen amigo don Quijote no había procedido como debiera a su dignidad, estando demasiado obsequioso y servil con quienes tanto se burlaban de él, desplazado su lugar natural que fue siempre el de no someterse a nadie, y menos que a nadie al poderoso. Y así, había leído aquellas páginas con un sentimiento ambiguo de lástima y enojo, y pensaba que el autor debía de haberse andado, como en otros pasos, mucho más discreto, y mientras estaba leyéndolas, deseaba terminarlas cuanto antes por ver a sus dos amigos de nuevo al aire libre, dando rienda suelta a su melancolía don Quijote, y a sus desportilladas aspiraciones Sancho Panza.

Contenta la duquesa con las palabras que le había referido Sansón Carrasco, y seguida por éste y el escudero, marchó a buscar al duque, a quien halló en compañía del conde, examinando unos caballos que el dueño de la casa estimaba mucho, y allí no tuvo empacho la duquesa en repetirlas, subiéndolas de punto lo indecible.

—Habéis de saber, esposo, que se dice de mí, y es cosa que me da reparo repetir ante tanta gente, recatada, discreta y sencilla como me conocéis todos, que soy la mujer más hermosa de España y que no igualan mi tez las más lucientes armas de las que hablaba Homero. Recordadme, doña Rodríguez, que al llegar a casa se le envíe a ese Cervantes uno de los vestidos viejos del duque, con su sombrero y todo, y aquí tenéis no las dos perlas prometidas, sino el collar.

Y ante todos, testigos de su dadivosa naturaleza, se desprendió la duquesa de aquella joya, y se la entregó a la dueña, quien la aceptó con indisimulada reserva, por no saber si aquélla era o no otra más de las burlas de su señora, que acabaría por arrebatarle el collar y el buen nombre, si se enteraba alguna vez de las cosas que de ella iba diciendo a sus espaldas. Después, y esponjada y algodonosa como estaba la duquesa por los que creía los más altos elogios del libro, no dudó en prestárselo a Sancho, pidiéndole no se le pasara ninguno de los comentarios favorables que sobre su persona se dijeran, porque «aunque de fábrica modesta, me gusta saber lo que se dice de mí, por mejorarme si se me censura, o por adobarme de modestia, si tanto se me sahúma, como ahora».

CAPÍTULO TRIGÉSIMO TERCERO

Más de una semana se quedaron aún los duques en el lugar, y en este tiempo hubo algunas cosas dignas de mención. Entre ellas, que el duque se pasó casi todos aquellos días con el conde, cazando en sus tierras, y no siempre alimañas, mientras la duquesa, ausente el duque, se aburría en casa con la señora condesa, una mujer a todas luces mucho más hermosa, cortesana y joven que ella, sin sombra de fuentes en sus piernas, y que no acababa de entender cómo su marido el conde los tenía todavía como huéspedes.

Hay que reseñar, asimismo, que al día siguiente, como anunciaron los duques, llegaron Tosilos y las dueñas desde El Toboso, sin haber conseguido que les acompañara la famosa Dulcinea, y que don Quijote se le apareció en sueños, o eso creyó, a la duquesa, en la víspera de su marcha. En realidad fue esa ideación la que la precipitó, pese a que en opinión del naire el elefante aún seguía desganado y remiso a emprender camino.

Doce días necesitó Sancho para leer el libro. Teresa, que le veía a todas horas que no se le caía de las manos ni mientras comía, lloraba por los rincones, creyendo que Sancho se había vuelto ya rematadamente loco como don Quijote, porque si para ella que hubiese leído uno era una cosa extraordinaria, verle leer el segundo lo encontraba dentro de los fenómenos satánicos, y de su opinión eran sus hijos, a cuyos ruegos hizo oídos sordos el padre.

Y desde luego más le hubiera valido haberle hecho caso en aquella ocasión a su buen amigo el bachiller, que jamás le había mentido. Nunca debió haber leído aquel libro. Qué amargura sintió cuando lo acabó. Todo iba bien, y aun mucho más jocundamente que en la primera parte, hasta que llegó, en efecto, a los episodios en los que se relataba la estancia en el castillo del duque. Y vio, con cuánta crudeza, la crueldad de las gentes para quienes de una manera pura quieren deshacer tuertos, como su amo, o, como él, ganarse limpiamente un jornal y mejorar su vida y la de los suyos. ¿Qué daños les habían hecho don Quijote o él a los duques, para que así los escarnecieran, para que se hubiesen burlado de ese modo de ellos? ¡Todo había sido engaño, todo un escarnio insufrible, todo trazas y añagazas indignas! ¡Y qué formidable fábrica la de aquella casa para destruir y partir como piedras los hermosos ideales!

Leyó todas aquellas páginas Sancho con un peso en el corazón que le impedía respirar, y a menudo debía dejar el libro y salir al corral a meter aire puro en el alma, para poder continuar. ¡Y qué diferencia entre los burladores y el burlado don Quijote, cuando le nombraron gobernador! Con los ojos bañados en lágrimas leyó de nuevo, y parecía tenerlo delante, con aquella voz suya, tan grave y melancólica, los consejos que le diera don Quijote, cuando partió a gobernar la ínsula, creyéndola real, y no ficticia, veras y no burlas de unos señores demasiado ligeros en varear el corazón del prójimo.

Al llegar a este punto, corrió a buscar a su amigo el bachiller, quien al verle con los ojos enrojecidos y en la mano el libro, adivinó la causa, y por no apurarle y comprometerle, excusó de preguntársela.

—Antes de seguir adelante y devolver el libro, querría yo copiar este trozo, para leerlo cuando me viniese en gana y lo necesitase, pero mi letra es todavía torpe. ¿Podría con la suya trasladarlo a un papel?

Se prestó con gusto el bachiller a servirle de amanuense, y leyendo uno y escribiendo el otro, quedó escrito en una cuartilla lo que sigue: «Haz gala, Sancho, de la humildad de tu linaje, y no te desprecies de decir que vienes de labradores; porque, viendo que no te avergüenzas, ninguno se pondrá a correrte; y préciate más de ser humilde virtuoso que pecador soberbio. Innumerables son aquellos que, nacidos de baja estirpe, han subido a la suma dignidad pontificia e imperatoria; y de esta verdad te pudiera traer tantos ejemplos, que te cansarían. Mira, Sancho: si crees que en medio está la virtud, y te precias de hacer hechos virtuosos, no hay por qué tener envidia a los que los tienen de príncipes y señores, porque la sangre se hereda y la virtud se conquista, y la virtud vale por sí sola lo que la sangre no vale. Nunca te guíes por la ley del encaje y del ordeno y mando, que suele tener mucha cabida con los ignorantes que presumen de agudos. Hallen en ti más compasión las lágrimas del pobre, pero no más justicia, que las alegaciones del rico. Procura descubrir la verdad por entre las promesas y dádivas del rico, como por entre los sollozos e importunidades del pobre. Cuando pueda y deba tener lugar la equidad, no cargues todo el rigor de la ley al delincuente, que no es mejor la fama del juez riguroso que la del compasivo. Si acaso doblas la vara de la justicia, no sea con el peso de la dádiva, sino con el de la misericordia. Si alguna vez llegas a juzgar un pleito de algún enemigo tuyo, aparta la mente de tu injuria y ponla en la verdad del caso. No te ciegue la pasión propia en la causa ajena, que los yerros que cometieses en ella, la mayoría de las veces, ya no tendrán remedio; y si le tienen, será a costa de tu crédito, y aun de tu hacienda. Si alguna mujer hermosa viene a pedirte justicia, quita los ojos de sus lágrimas y tus oídos de sus gemidos, y considera con sosiego la sustancia de lo que pide, si no quieres que se anegue tu razón en su llanto y tu bondad en sus suspiros. Al que has de castigar con obras no lo trates mal con palabras, pues le basta al desdichado la pena del suplicio, sin la añadidura de las malas razones. Al culpado que caiga bajo tu jurisdicción considérale hombre digno de compasión, sujeto a las condiciones de nuestra depravada naturaleza, y en todo cuanto esté de tu parte, sin hacer agravio a la contraria, muéstratele piadoso y clemente, porque, aunque los atributos de Dios son todos iguales, resplandece y campea a nuestro modo de ver más el de la misericordia que el de la justicia. Si sigues estos preceptos y estas reglas, Sancho, serán largos tus días, tu fama será eterna, tus premios colmados, tu felicidad indecible, casarás tus hijos como quieras, títulos tendrán ellos y tus nietos, vivirás en paz y beneplácito de las gentes, y en los últimos pasos de la vida te alcanzará el de la muerte, en vejez suave y madura, y cerrarán tus ojos las tiernas y delicadas manos de tus tataranietos. Esto que hasta aquí te he dicho son documentos que han de adornar tu alma».

Cuando quedó trasladado aquello, secó el bachiller la tinta meneando el papel en el aire, como pañuelo, lo dobló en cuatro muy exactas partes Sancho y lo guardó debajo de la camisa, anunciando al bachiller que cuando acabara el libro vendría a verlo, sin querer hablar más por el momento, porque estaba con el alma en carne viva, y se fue a rematar aquel trabajo que tantas congojas le producía, ajeno al gran revuelo que había en el pueblo desde que la ilustre comitiva del duque había llegado a él.

Se había corrido por los contornos la llegada de aquel fiero animal y fueron muchos los que venían a verlo.

Quiso mostrárselo también Sansón a Antonia, pero la encontró abatida y sin ánimo, porque habían empezado a sobrevenirle las náuseas propias de su estado, y sin atreverse apenas a importunar al que ya era, aunque en secreto, su esposo, le decía:

—Mira, Sansón, que si tardamos más en decirlo, tendremos bautizo y entierro el mismo día, porque del sofoco que he de pasar, me llevarán a enterrarme junto a mi tío.

Le prometió Sansón hablar a su padre en cuanto el conde se marchara de nuevo a la Corte, pero no se decidía el conde a despachar a sus ilustres huéspedes mientras el elefante siguiera enfermo, y aquello se alargaba lo indecible. Por eso empezó Sansón Carrasco a pensar en una traza para abreviar aquella estadía de los duques, que encontraba, a medida que los iba conociendo un poco más, dos seres más dignos de lástima que de otra cosa, en su genuina estupidez.

Entre las cosas y noticias dignas de mención que ocurrieron aquellos días, hubo también una relacionada con Dulcinea.

Sucedió cierto día en que los duques quisieron agasajar a todos los amigos de don Quijote, y tuvo que ver con la nueva que Tosilos había traído del Toboso, donde le confirmaron a la comitiva ducal que no hacía ni un mes que la tal Aldonza Lorenzo se había casado con un caballero que había llegado al pueblo trayendo cartas del muy famoso Caballero de los Leones, también conocido antes como el Caballero de la Triste Figura, y más universalmente como don Quijote de la Mancha.

Cuando se enteró de esto Sansón Carrasco, supuso que ese caballero casadizo no podía ser otro que aquel don Santiago de Mansilla a quien conoció y con quien había terciado en aquella venta donde encontró a Quiteria. Nada dijo, y nada hubiera dicho el bachiller, de no so ser porque estando ese día a la mesa, con su señor y los duques y todos los demás, ocurrió lo que ocurrió.

Habían sido llamados aquel día también el cura y el barbero, por la curiosidad que tenía la duquesa en todo lo que se relacionaba con don Quijote, a quien ya solía llamar, «mi don Quijote», o simplemente «don Quijo», curiosidad, ha de decirse al paso, que los duques se negaron a extender a la triste tumba del caballero, cuando don Pedro les invitó a visitarla y a rezar sobre ella unos cristianos responsos, con tenerla a cincuenta pasos; dejó el duque resuelto ese capítulo con cincuenta ducados que entregó al señor párroco para misas por el alma del hidalgo, pero no quiso mancharse los zapatos con el barro del camposanto.

También de camino hay que recordar que Sancho, tras leer en la Segunda Parte que todo lo de la gobernación de su ínsula había sido una afrentosa infamia, así como lo de extremar la broma enviándole aquellas sartas de corales a Teresa Panza, y ríete tú de las ignominias se excusaba de continuo para no personarse donde le llamaban la duquesa ni el duque, por la tirria que les había tomado. No obstante, y después de mil requerimientos, no pudo evitar acudir a aquel almuerzo. Se sentó en un rincón y selló sus labios, contrariado por haber tenido que dejar de leer su libro, que aún no había concluido.

Estaban todos a la mesa y entró el lacayo Tosilos, anunciando que el marido de la llamada Dulcinea había llegado al pueblo, y enterado de que los duques habían querido ver a su mujer, pedía audiencia.

—Antes de dejarle pasar —dijo el bachiller— he de confiaros algo de suma importancia para la tranquilidad de este pueblo y de sus habitantes ahora y en los siglos venideros.

En pocas palabras les contó cómo había encontrado en una de las ventas donde posó don Quijote a media docena de caballeros que andaban vagando en busca del pueblo de don Quijote, más locos y trastornados que él, con el fin de agasajarlo y quién sabe si convertir su pueblo en un centro de peregrinación, teniendo en cuenta la fama y la celeridad con que las aventuras se iban propagando. Relató también cómo otros iban incluso en pos de Sancho, con la intención de llevárselo como escudero. Y cómo él, Sansón Carrasco, había ocultado el nombre de la patria de don Quijote por tener la fiesta en paz.

—Así que, señores, les pido que si preguntara si la conocemos, neguemos que ésta haya sido la patria de don Quijote, si queremos una vida tranquila. Le hemos enterrado y vive ahora en libro. Su patria es ese libro, y su sepultura. Quien lo celebre y admire, acuda al libro. Ésa es su Meca, su Roma, su Jerusalén, su Compostela.

Se mostraron de acuerdo todos con la prudente maquinación de Sansón Carrasco e hicieron pasar al caballero.

Venía vestido con un tabardo sobre el jubón, y un sombrero de ala ancha que se quitó y con el que hizo tan profunda humillación que pensaron iba a barrer de una sola pasada el suelo de aquella estancia.

—Señores... —principió el caballero mirando detenidamente a los allí presentes, y sólo por el modo en que dijo esa palabra se vio que iba a decir las cosas, más que en canto llano, en contrapunto.

No reconoció don Santiago al bachiller, a quien miró como a un extraño, pero sí le conocieron a él, por razones distintas, el bachiller, y Sancho. A ninguno de los dos podía pasarles inadvertido aquel ojo inconfundible que tenía, metido un poco en el otro, y aquel jabeque tan feo sobre la ceja. El bachiller conoció en él al caballero de la venta que respondía al nombre de don Santiago de Mansilla, y Sancho a aquel Ginés de Pasamonte que mostró su mala catadura después de ser liberado por don Quijote junto a otros galeotes y penados, robándole el rucio, como acababa de enterarse leyendo la segunda parte, y como también se enteró leyendo en ella que aquel titiritero que obedecía al nombre de maese Pedro y que se presentó en la venta con un ojo tapado a lo corsario y un mono adivino, no era otro que Ginés, sólo que en aquella ocasión de los títeres llevaba disfraces tan consumados, que ninguno de los que le conocían, hubiera podido sospechar de quién se trataba.

—Señoras —prosiguió—, me llamo don Santiago de Mansilla.

Y dio a esta frase categoría de revelación.

—Yo me quiero salir de aquí —dijo en un susurro Sancho al bachiller, sospechando nueva burla y no estrenada afrenta—. ¿Qué es todo esto? Asco me dan ya todas las pantomimas...

—No sé qué te ocurre, Sancho —le respondió por lo bajo el bachiller—, pero deja hablar al caballero.

Así lo hizo Sancho, que se caló la caperuza hasta los ojos y hundió éstos en las simas de los manteles, por no ser descubierto de quien quería pasar por caballero. Aunque el recaudo de Sancho para taparse quizá resultase excesivo, porque lo probable es que tampoco lo hubiese reconocido; tanto había adelgazado el escudero.

—Había ido a Zaragoza a comprar dos yeguas, tataranietas de unas que trajo a España el visir moro de Granada —siguió diciendo aquel Ginés de Mansilla, aquel don Santiago de Pasamonte.

No recordaba tampoco Sansón Carrasco que ese de las yeguas hubiera sido el negocio de aquel don Santiago, sino otro muy diferente de vendegatos, lo cual hizo que no perdiera una palabra de las que decía, ni de vista a Sancho Panza, que a cada instante que pasaba, más y más se mostraba desasosegado e impaciente.

—Muy cerca de Zaragoza, en La Almunia de doña Godina —prosiguió el llamado para Sansón don Santiago y para

Sancho Ginés de Pasamonte— conocí a don Quijote de la Mancha, el caballero más loco y admirable de cuantos hoy fatigan los caminos, y a su escudero, el más gracioso de los edecanes.

La sorpresa allí fue general y todos, pendientes de Sancho, le observaban por si éste decía algo, pero viendo que el escudero no decía nada, dejaron proseguir en sus razones al visitante, creyéndolo más que un embustero, como lo creía Sancho, un pobre loco, uno más de los que habían empezado a verse por La Mancha.

—Hablamos de libros de caballerías, de batallas, de gestas armadas, de glorias venideras, de los trabajos esforzados, de sinsabores... Y al enterarse don Quijote que pasaría yo muy cerca del Toboso, me rogó si acaso podía llevarle una carta a quien, en aquel pueblo, era la dama de sus pensamientos, la más gentil de las doncellas, el dechado de toda hermosura, aquella por la que él había llegado a estar treinta noches seguidas sin pegar ojo, en un perpetuo ay, en un perenne suspiro. Así se lo prometí, y al día siguiente me puse en camino hacia El Toboso. No me fue difícil hallar a tal doncella, porque todo el mundo la conocía en aquel pueblo, por ser hija, nieta, biznieta y tataranieta de cristianos viejos y tobosanos, y por haber llegado ya a aquel pueblo noticia de que había un caballero que iba sembrando el nombre de la doncella por el mundo, para gran disgusto de la muchacha que había visto rota su boda con un labrador de aquel lugar a cuenta de las habladurías y galanteos del hidalgo. Y aunque trataron de convencer a este mozo de que aquéllas eran las fantasías de un loco, y que Aldonza Lorenzo, que es como en realidad se llama la doncella, no le había dado pie ni había visto a ese caballero en todos los días de su vida, no pudieron convencerlo, pues se ve que el novio era desconfiado de suyo y dijo: «A otro perro con ese hueso». Yo la busqué, como digo, y la encontré en el memorable instante en que almohazaba un macho. Al oír el nombre de don Quijote quiso tirarme la bruza a la cabeza, por saberlo el causante del estropicio de su boda, y no lo hizo por ver que mis ropas eran de un caballero principal, con aquel herreruelo de terciopelo colorado de tres pelos que llevaba un sombrero volado y esta misma espada que traigo, que salió de casa de Guido Vivar, el espadero de Toledo que le hace las suyas al Rey. Me pareció la doncella tan hermosa y aún más de lo que se ha escrito y dicho de ella, y aunque es de familia pobre y ni siquiera pudo leer aquellas octavas reales que le traía, por no saber leer, y pensando que era la musa de don Quijote, allí mismo se despertó en mí el vivo deseo de hacerla mi esposa. Convencí a su padre para que me la diera, y ella me recibió en sus brazos muy contenta, y hoy somos marido y mujer, yo muy contento por haber cobrado pieza tan esquiva y tanto o más estimada por serlo de don Quijote, y ella feliz viéndose tan mejorada en el casamiento. La boda se celebró en mi pueblo y allí nos llegaron noticias de que unos señores muy principales que posaban en éste que rían ver a Dulcinea, y como por este nombre sólo podía estar relacionado el negocio con don Quijote, aquí estamos de paso, volviendo a El Toboso, donde haremos las tornabodas. Mi mujer espera fuera, y yo me dispongo a oír lo que quieran decirme Vuestras Excelencias. ¿Querrían verla?

Para entonces ya Sansón y Sancho, que ni siquiera habían tenido ocasión para carearse, tenían todo aquello, cada cual por su lado, por un montón de embustes, y los demás no comprendían que nadie fuese tan simple que deseara casarse con una mujer únicamente porque otro la deseaba, ni que la viera hermosa sólo porque el otro así la veía.

Acogió el duque las palabras de aquel hombre con una profunda reverencia, mientras Sancho le cuchicheaba al bachiller, que tenía al lado, y le sacaba de engaños y le decía que aquél no era sino el famoso Ginés de Pasamonte o de Parapilla,el más consumado felón y el peor hablado de los rufianes, de quien tenía ya noticia el bachiller por haber leído la primera parte de su historia, y la segunda.

—También nosotros somos muy adalides del partido de don Quijote —empezó diciendo el duque, después de su reverencia—, y viniendo de paso hacia nuestra tierra, nos entró deseo de ver a quien un caballero como él ponía en los cuernos de la luna por su hermosura, su cortesanía y sus donaires. Nos la encontramos casada, y no nos queda sino gozarnos de ello y daros todos los parabienes. Ahora bien, caballero, querría saber, y los aquí presentes conmigo, si no teméis que don Quijote, enterado de esa felonía de Dulcinea, venga y os rete, o se quite la vida, o entre en un monasterio, privándonos a todos de sus aventuras.

—No debería hacer nada de todo ello —respondió el impostor—, sino mostrarse como buen perdedor y reconocer que su prenda me la llevé yo, y que a mí se me conocerá ya eternamente como el Lanzarote de esta Ginebra de secano. Así pasaré a las galerías eternas de la fama. Y si la fama no se bastara para vocearlo, yo pienso contarlo, pues habéis de saber que he escrito ya con estos pulgares un libro con mi vida, que mal año para Lazarillo de Tormes y para todos cuantos se han escrito o se escriban de aquel género, y en él se contará cómo vencí a don Quijote donde más daño podía hacerle, que era conquistando a la dama de sus desvelos y de su desesperación, razón de su vida y razón de sus aventuras y conquistas.

Salió don Santiago a buscar a su esposa, saltó de su asiento Sancho con los puños en alto, y juró que allí mismo desenmascararía a aquel embustero y ladrón y que luego llamaría al oficial de la Santa Hermandad para que lo sepultara de grillos y prisiones y lo volviera a mandar a galeras, como correspondía a un penado tan alborotado como él, y sin peligro ya de que ningún loco don Quijote fuera a libertarlo de nuevo.

Pidieron los presentes a Sancho aclaraciones, y las dio, en pocas palabras, contando lo que ya sabían todos acerca de quien únicamente podía obrar como lo hacía por especial enemistad con don Quijote, si bien nadie comprendió las razones por las cuales aquel hombre que había conocido al verdadero don Quijote, a quien debía su libertad, se había pasado al partido del falso don Quijote, vengándose del primero al casarse con Dulcinea.

Volvió al poco rato el ya desenmascarado Ginés de Pasamonte. Le acompañaba una moza garrida y atezada, a cuyo rostro asomaban todas las jornadas que había consagrado ella a las labores al aire libre. Parecía de hasta treinta y cinco años y mayor, por tanto, que su recién estrenado esposo. Venía pintada de una manera grotesca, con tanto albayalde en el rostro y tanto arrebol en los labios y las mejillas que parecía una cortesana. Vestía con ropas suntuosas, y éstas ni se acomodaban a su persona ni favorecían sus ademanes, que se envaraban en aquella saboyana. Tampoco disimulaban que era moza de las de chapa, hecha y derecha y de pelo en pecho, capaz de tirar una barra como el zagal más forzudo; y con una voz que podía oírsele a media legua, cuando a requerimiento de los duques declaró quien era, no podía acallar de dónde había salido.

—Yo soy la verdadera Dulcinea del Toboso, como puede verse, y no ninguna de las falsas y relamidas, que según tengo entendido, y me ha declarado mi señor marido, empiezan ahora a propalar por esas tierras. Pues Toboso no hay más que uno y Dulcinea no hay más que yo.Y para dar crédito de ello, ha pensado mi señor esposo abrir en El Toboso un mesón donde todos los caballeros que allá llegan mandados por don Quijote con sus misivas, puedan hospedarse.

No le intimidaba a Aldonza Lorenzo la importancia de los señores así reunidos, sino que parecía haber aprendido del desparpajo de Ginés de Pasamonte, y rubricó sus palabras con tal reverencia que asombró a todos los presentes.

—¿No es hermosa, señores? ¿No habla como los ruiseñores? ¿No resplandece? —proclamó, preguntándolo, don Santiago.

Asintieron los duques, mostraron su conformidad el conde y los demás, y se esperaba Sancho a ver en qué paraba todo, y ya iban a salirse de la estancia Ginés de Pasamonte y su esposa cuando éste reparó en Sansón Carrasco. Se le quedó mirando fijamente, como quien estudia un rostro familiar, aunque no se sabía si le estaba mirando con el ojo bueno o con aquel otro atravesado que se le metía en el de al lado.

—¿No nos vimos vuesa merced y yo hace unos meses la víspera de que le llevara aquellos pliegos a mi dulce Dulcinea?

—Así fue —admitió el bachiller—. Yo era, aunque no lo declarara entonces, uno más de la secta de los quijotistas. Me alargué, como me dijisteis, hasta La Almunia, pero cuando llegué me encontré con que el pájaro había dejado el nido y en él, las más insólitas noticias: para unos había pasado a Francia, por ir a encontrarse con Roldán, otros decían que se había embarcado hasta Inglaterra, donde se había dado cita con Arturo, los caballeros de la Mesa Redonda y el preste Juan de las Indias, otros, que se había embarcado en Santander con destino al Perú, y otros, en fin, que se había vuelto a su pueblo. Pregunté cuál era éste, y nadie a ciencia cierta supo decirme su nombre, ni por dónde quedaba. Y aunque son muchos los que a estas alturas aseguran que lo han visto nacer, por lucirse un poco con el renombre, y gozar de la parte de esa fama que les corresponde, en ninguno he hallado los datos ciertos, como si todos, alcaldes, curas, hidalgos, escribanos, y señores principales se hubieran puesto de acuerdo para que ya nadie lo supiera.

—Eso lo confirmo yo también, y ha llegado ya a mis oídos que las dos Argamasilla, de Alba y de Calatrava, Herencia, Peralbillo, Caracuel, Tirteafuera, Miguel Turra, Quintanar de la Orden y El Viso, andan en pleitos por fijar cuál de todos estos pueblos es la cuna de don Quijote, y de todos ellos han salido gentes a buscarle para que declare ante la justicia la verdad, y diciendo uno, descarte los otros, y como no podrá declararse de todos, se dice que la mayoría llevan recaudos para convencerlo de ser de uno y no de otro. Pero de momento don Quijote ha debido correrse a otras tierras, y no aparece.

—¿Y sabéis, don Santiago, si en esa colla de pueblos se ha mencionado éste como cuna de don Quijote?

Conoció la duquesa la naturaleza socarrona del bachiller, y alegre ante la madeja de las burlas, palmoteó exultante y de tal modo, que el bisojo Ginés y Aldonza la miraron, creyendo que se trataba de una de esas menguadas criaturas que se ríen por todo.

—No —respondió Ginés al bachiller, sin dejar de observar a aquella mujer, hasta que logró borrar de su semblante toda manifestación de felicidad—. De todos esos lugares, villas y pueblos que he declarado lo he oído, y de otros más que no recuerdo. Pero nunca de este pueblo, aunque entendería que aquí disputaran ese honor, como otros lo hacen, pues aquel a quien le quepa esa gloria, prosperará como Roma, como Loreto, como Guadalupe, como Monserrate y otros santuarios. Y así he pensado yo en El Toboso abrir, como acaba de declararos mi esposa, mesón y posada para albergar a todos los peregrinos que por el pueblo se están llegando, ávidos de conocer los escenarios gloriosos de ese libro. ¿Y qué mejor ocasión si ven de paso a la única, verdadera, genuina, bellísima Dulcinea de la Mancha? Y yo creo que El Toboso no le irá a la zaga al mismo pueblo natal de don Quijote, y entre nosotros —y bajó la voz Ginés de Pasamonte hasta hacerla inaudible, como si temiera que la divulgación de esa confidencia pudiera perjudicarle— cuanto más tarde en averiguarse el pueblo de don Quijote, mejor le irá al nuestro. Y al lado de la posada pienso también abrir tienda en la que los peregrinos, caminantes, curiosos, avisados, romeros y toda la patulea puedan comprar el famoso y auténtico bálsamo de Fierabrás, elixir contra todos los males, y muchos otros peteretes y gollerías a los que ya hemos bautizado como «Amarguillos don Quijote», o «Polvorones Dulcinea», éstos fabricados expresamente por mi esposa, que no puede hacerlos mejor nadie, o las que ya está tejiendo por encargo mío un tejedor de El Viso, a quien acabamos de ver, «Mantas Sancho Panza».

No pudo resistir Sancho Panza ni uno más de aquellos monumentales embustes, y echando su caperuza atrás, se levantó y fue a taparle la salida, y con la más melosa y afectada cortesía le preguntó:

—¿Y no venderéis en vuestra tienda, por casualidad, los «naipes fuleros del cunero Ginés de Pasamonte», o el Rucio de Sancho Panza que le robasteis hace un año, o «Títeres del mayor hi de puta de la gran puta», o alguna de las cadenas que os llevasteis colgando como bardaje que lleva el diablo, trainel muerto de hambre, cornudo, puto, mandil, hereje, traidor, gafo, judío?

Oyéndose nombrar de tales nombres, Ginés de Pasamonte quedó parado en medio como estatua de piedra mármol. Por más que miraba a Sancho, no acababa de conocerle; tanto había cambiado en los últimos tiempos. Ginés, curtido en lances todavía más audaces e inauditos, se puso en guardia. Todas las miradas se posaban en él, y Dulcinea le miraba sin saber qué significaba todo aquello, sin advertir aún que aquel pícaro se había casado con ella para hacer gran negocio. Los demás esperaban sin duda que se defendiera o respondiera algo, y lo habría hecho, porque recursos oratorios le sobraban. Pero era Ginés de Pasamonte también un hombre práctico, y viendo que la puerta la defendía el escudero, a quien flanqueaba el bachiller Sansón Carrasco, ganó de dos pasos la ventana, la abrió, se montó de un salto en el alféizar y lanzando desde allí un galante beso a su dama, se lanzó a la calle. Se precipitaron todos por ver qué había sucedido, si allá abajo había quedado con la pierna o la cabeza quebradas, pero no vieron sino a Ginés montado en su caballo y saliendo del lugar en tan tendido galope que lo encubría una espesa nube de polvo.

—Ése no para —pronosticó el bachiller— hasta salir de estos reinos, y no le verán estos campos y encinas hasta el mismo día del Juicio.

Volvieron todos donde quedaba llorosa Dulcinea, a quien explicaron las cosas que sabían del que era ya su esposo, y se quedó consternada.

—¿Qué he hecho yo para que cayera sobre mí la maldición de don Quijote? ¿Por qué razón he de padecer las locuras de un hombre al que ni quise ni podría querer? Me decís que don Quijote ha muerto. Pero ¿cómo creeros? ¿Quién dice la verdad en todo esto? Me casaría con él ahora mismo si viviera, ficticio o verdadero, y si por su culpa no he encontrado maridos, por su culpa, cuando lo encontré, perdí el que tenía. Cuánto mejor hubiera sido que ese vuestro don Quijote se hubiera dejado de requilorios y otras lindezas, que tal vez se estilan en la Corte, y le hubiera pedido mi mano a mi padre, y él se la habría dado contento de ver que se la llevaba un hidalgo de los de escudo en ristre. Pero ya veis cuál es mi sino, que me he quedado peor que antes, porque no puedo decir que sea ni viuda ni casada ni mozuela con un marido al que ya no volveré a ver en todos los días de mi vida.

Consolaron como pudieron a la recién abandonada, le entregó el duque una bolsa con treinta escudos, por que pasara mejor aquellos tragos, y ordenó a Tosilos y a una de las dueñas, llamada doña Tecla, que la acompañaran de vuelta a El Toboso y se la devolvieran al padre, avalando la inocencia de la hija en todos aquellos tejemanejes.

Los demás se fueron cada cual a su casa, y con más prisas que ninguno, Sancho Panza, que quería terminar su libro y entregárselo a Sansón Carrasco, para que éste lo devolviera a la duquesa, a quien pensaba no mirar nunca más ni hablar mientras viviera, y aun esto era poco, porque Teresa Panza, a quien Sancho había relatado cómo todo lo de la ínsula y lo de la sarta de corales y lo de las bellotas habían sido burlas sangrantes, quería presentarse en el palacio del conde y allí decir a la señora duquesa de los veneros perniles cuatro verdades como acaso nunca le hubiera dicho nadie. Y tuvo Sancho que hacer lo impensable para que su mujer no se presentara en casa de los condes y llamara a la duquesa tía asquerosa, y a su marido bardaje del demonio.

CAPÍTULO TRIGÉSIMO CUARTO

No esperó Sansón Carrasco la visita de Sancho Panza esa mañana, para que le devolviera el libro que había de llevar a la duquesa, sino que fue a buscarlo a casa del escudero.

Lo halló junto al fuego, con los pies metidos entre las brasas, tan fría era la mañana, y tan llorando que pensó el bachiller que acaso hubiera sucedido en la familia de los Panza una desgracia.

—No —le aclaró Sancho—, sino que al llegar al final del libro y encontrarme de frente otra vez con la crónica de la muerte de mi amo, y ver cómo estaba eso tan bien ajustado a la verdad, he vuelto a acordarme de aquellos días gloriosos y de la orfandad en la que aquel hombre nos dejó, que parece mayor cuanto más pasa el tiempo, y aún me parece que cumpliendo él su vida, y culminándola, dejó la nuestra a medias, o al menos la mía, que no quiero hablar de otros. La mía, sí, está hoy más demediada que nunca.

—¿Y tienes opinión del libro? ¿Te ha gustado más o menos que el primero?

—Como el primero, se atiene esta crónica a la verdad exacta, sólo que en la primera parte no había nada que no supiera yo, y en ésta se me han revelado muchas combinaciones y tretas a las que era ajeno. Unas, como esa de hacerse Caballero de la Blanca Luna, se pensaron para hacer el bien, y dicho sea al paso, me ha escocido un poco que no quisierais ponerme en el secreto, y otras, en cambio, se hicieron con el único propósito de burlarse de nosotros y reírse a nuestra costa, sin otra ganancia que la de la misma burla. Las burlas, no entrando el daño a terceros, son todas legítimas, y son mejores aquellas de las que acaba participando el burlado. Estos señores duques han dejado de ser para mí señores y duques, y he estado tentado de ir a devolverles yo mismo los doscientos ducados que a la salida del castillo me dieron. Doscientos ducados para mí son una fortuna, pero para ellos no fue más que el triste precio de las burlas, el salario de los juglares y los trástulos, el mendrugo que a mí y a mi amo nos echaron como a bufones. Pero he pensado un destino mejor para ese dinero del que no tocaré ni un maravedí, porque me quemaría las manos como el caire de una puta. Y fijaros hasta qué punto estoy resuelto a hacerlo que ni siquiera mi Teresa se acordó de aquel llámame perro y échame pan, y ha prometido no acercarse ni a una de esas monedas, así pereciese ahora en la miseria. Y aun esta mañana me pedía que le diera el libro, porque quería ella devolvérselo, envuelto en cuatro lindezas.

Trató Sansón Carrasco de consolar a su amigo y de quitarle hierro a aquellos pasajes, pero fueron tan endebles sus argumentos, que acabó una vez más dándole la razón, y le contó que llevaba ya días pensando cómo quitárselos de encima y sacarlos del pueblo, por abreviar cierto negocio que le importaba mucho a él, y pagarles en su misma moneda.

—No contéis conmigo, señor bachiller. Porque con éstos yo sé que no hay mejor desprecio que no el hacer aprecio, y no me volverán a ver el pelo. Aunque no les arriendo la ganancia cuando dentro de unas semanas lean ellos el libro, y se encuentren con que los historiadores ni siquiera se atrevieron a mencionar su nombre, por no manchar la crónica de un hombre tan valeroso y bueno como fue don Quijote, o cuando ella se vea que ha salido a la luz el asunto de sus caños. Y así tengo dicho ya a Teresa y a mis hijos que cuando vengan del Palacio a preguntar por mí para verme hacer los volatines, les digan que me he ido a cuidar de los cerdos, mucho más hospitalarios que todos sus castillos, murgas y tramoyas.

—Algo se me ocurrirá antes de que se partan, porque soy yo mucho menos partidario que tú de la justicia poética. Y no viene mal que algunos prueben de su misma medicina.

—No había terminado aún de deciros que ni Teresa ni

yo pensamos tocar uno solo de los ducados que vinieron de esas manos. Como yo, habréis leído en la aprobación del licenciado Márquez y os habréis enterado por ella de la triste vejez que atraviesa el autor de esta crónica. Y si no comprendía el embajador de Francia cómo a un ingenio como el suyo se le mataba de hambre, decidme cómo lo admitiremos quienes le debemos el mismo ser. Porque teniendo la vida, la vida se acaba. Sólo la salmuera de la fama consigue hacer que la vida se conserve durante un millón de años, y así será de bien nacidos ir a socorrer a quien ha hecho un trabajo tan meritorio como Cervantes con nosotros, embalsamándonos para toda la eternidad. Y si no conociéndonos habló con tanto tino de nuestras vidas, es probable que, viéndonos, quiera acabar la crónica que empezó, dándonos al fin el remate que tuvo don Quijote; y no digo que espere a vernos muertos para acabarnos, sino que haga un libro en el que se diga el arrepentimiento del bachiller Sansón Carrasco por vencer a caballero tan bueno y el dolor de su escudero Sancho Panza por no haberlo servido mejor, ignorante como era y analfabeto. Pues digo que éste es libro entero para don Quijote y medio libro para todos los demás. Vayamos, pues, a Madrid. Si alguien se ganó esos doscientos ducados, fue él y no yo.

—¿Quién ha podido llamarte simple, Sancho? ¿Quién ha dicho que tu corazón estaba embotado por el vino y empedernido por el egoísmo? ¿Quién no ve en tus entrañas las más generosas bondades y las mejores inclinaciones? ¡Y qué gran idea ha sido ésa! ¿Y cómo es posible que los dos hubiéramos pensado lo mismo? También yo, al enterarme de las penalidades de ese hombre, tomé la resolución de llegarme a Madrid a la primera ocasión y llevarle algo con que socorrer su vejez, ya que ni condes ni duques han querido hacerlo. A tus doscientos añadiré otros sesenta que tenía encajados y aún creo que convenceré a Antonia para que dé algo, que no dejará de hacerlo si algo le queda, pues si Cervantes dio cuenta de la locura de su tío, mejor que nadie ha sabido poner en alto su cordura y el buen corazón del linaje de los Quijano. Dame un abrazo, Sancho, señal de hermanamiento en las ideas y voluntades, y trae ese libro, yo se lo llevaré a la duquesa, que Dios confunda por necia. Y he de confesarte que sólo el deseo de que no se queden sin leer esa Segunda Parte, me impide quedarme con el libro, como es mi deseo.

Ciertamente era ya mucha la prisa que tenía Sansón en comunicar en su casa el casamiento secreto con Antonia, porque no tardando mucho, iban todos a advertir la preñez. Así que se anduvo todo el día cavilando qué haría y cómo, para que de una vez por todas la duquesa, el duque y su triste elefante, salieran de aquel pueblo, y así consideró que no se le presentaría mejor ocasión que aquella misma noche, pues el conde había ido hasta Toledo, por sostener un pleito en su Audiencia, y concertó su vuelta para el mediodía siguiente.

Esperó a que se hiciera de noche y a que todo el mundo se recogiera en casa. Era una noche lluviosa, desapacible y fría, viva expresión de las desolladas tristezas de La Mancha.

Contó Sansón Carrasco con la ayuda de dos criados, uno del duque, Tosilos, y otro de su padre, de nombre Celestino.

Con Celestino bajó el bachiller las armas de don Quijote del sobrado donde se guardaban, y se las llevó con el mayor sigilo a su propia casa, contigua a la del conde. Ajenos a esta máquina fueron los padres del bachiller, quienes, como de costumbre, se recogieron temprano en sus aposentos. En cuanto al ama y a la sobrina fue necesario tranquilizarlas, por que no pensaran que la locura era un mal que atacaba a los que frecuentaban la vieja casa de don Quijote.

Deshizo el bachiller una tomiza de esparto en largas y despelujadas hebras, las rebozó en ceniza y en harina, y cuando estuvieron listas, compuso con ellas unas barbas tan parecidas a las que don Quijote gastaba que sólo con ellas hubiera bastado para el engaño. Pero Sansón Carrasco era un tracista puntilloso, como ya había demostrado en la confección de los trajes que llevó, primero el de los Espejos, y luego el de la Blanca Luna, y pegó en sus cejas con un poco de esperma de vela un manojo de aquella estopa cenicienta. Pidió a Antonia albayalde y se puso bajo los ojos media onza de pantalia que le pintaron unas ojeras que ya hubieran querido para sí el santo Job y san Jerónimo juntos, dejándose un rostro tan desmejorado y penoso como un sepulcro. Aún esperó otra hora a que la noche acabara de echar sus cerrojos, y cuando todos dormían, pasándose por un viejo portillo que comunicaba desde antiguo el huerto del conde y el de los Carrascos, a la luz de una luna que rompía por momentos los más negros nubarrones, entró en el Palacio, del que tenía, como secretario, las llaves. La luz de la luna más que iluminar su figura, la recortaba. Era suficiente para quien como él se consideraba un artista de la comedia. Tosilos, con quien el bachiller Sansón Carrasco había intimado ya cuando había pasado por el castillo de los duques, acaso porque les unía el mismo amor por el teatro y las fabulaciones, le llevaba la lanza y la adarga, como escudero. Celestino le sujetaba del brazo para evitar que se cayera, porque la loriga le quedaba un poco grande.

Quedó en la puerta principal Celestino, vigilando, por si alguien llegaba, y Tosilos ayudó a Sansón Carrasco a subir las escaleras, llevando en alto una linterna. El agónico roce de las armas y el chasquido de las espuelas, codales y rodilleras, así como la mal encajada celada, llenaron aquel silencio de estremecedores y ensordecidos vaticinios.

Se dirigió entonces Sansón al aposento donde estaban acostados los duques. Dormían profundamente. Temió Carrasco que el láudano alegremente vertido por su amigo Tosilos en el vino de los criados hubiera acabado igualmente en la copa de los duques. Los necesitaba despiertos. Tosió, carraspeó, golpeó el suelo con el lanzón, como el guión que abre las procesiones, y sólo así despertó el duque, y a las voces de éste, la duquesa.

—¿Quién vive? —preguntó el duque, que sólo veía a contraluz la espectral sombra de una estantigua—. ¿Qué burla es ésta?

—No quién vive, no, sino quién muere, y no burlas, sino muy veras —respondió tan reposada y gravemente el bachiller, imitando la voz de su amigo don Quijote, que incluso a Tosilos, que esperaba tras la puerta, le hizo dudar que no fuese el mismo don Quijote de la Mancha a quien él tan bien conoció, y le llenó el alma de espanto.

Llamó a gritos el duque a sus criados, pero no tuvo más respuesta de ellos que el eco angosto de su propia vacilación.

Quiso entonces ponerse de pie, y se encontró con la espada en el pecho.

—Da un paso, y te atravesará como a un cochino. He venido a hablaros desde el más allá, donde vago sin sosiego.

Saltó la duquesa de la cama, y huyó despeluzada hacia la puerta, queriendo salirse, y lo hubiera logrado si Tosilos no hubiese encajado la tarabilla.

—Es inútil, mujer, que huyas. La puerta está trancada, nadie nos oye y esta noche es de Satanás, al que asisten Lucifer, Barrabás y Belcebú, y Asmodeo, príncipe de la lujuria, Leviatán, demonio del orgullo, Belial, patrono de los gitanos, adivinos y brujas, Auristel, que reina sobre jugadores de naipes hechizos y sobre blasfemos, y el gran Renfas, el diablo cojuelo, introductor de todos los vicios en este mundo. Vuelve a la cama si no quieres enfriarte y que mi espada atraviese el pingüe pecho de tu esposo.

Volvió sumisa la duquesa a la cama, temblando de frío y miedo, y pudo continuar Sansón con aquel discurso.

—¿Tenías que venir hasta mi pueblo a escarnecerme? ¿No os bastaron las burlas que a mí y a mi escudero nos endosasteis en vuestro castillo? ¿Aún os quedaban risas con que vejarnos, dolos con que humillarnos, favores que lanzarnos como se lanzan a un perro los despojos? ¿Sólo un pobre loco puede entretener vuestras vidas acorchadas y secas? ¿Tan podridos estáis que sólo la irrisión os alivia de vuestra vida miserable? ¿No has encontrado tú, duquesa, un cauterio mejor para vuestros caños que las burlas al prójimo?

Hizo aquí el bachiller una estudiada pausa para que la duquesa calibrara la naturaleza de la revelación de algo que ella llevaba tan en secreto.

—¿Te ha sorprendido, duquesa, que sepa lo de tus llagas? ¿O que te ves a solas con Tosilos desde hace dos años, cuando el duque se marcha a sus monterías?

Nunca hubiera pensado Tosilos, y ni se atrevió a moverse de detrás de la puerta, que aquella confidencia que le había hecho a su amigo Sansón Carrasco pudiera él ventilarla tan a la ligera, lo mismo que las otras que fue desmigando allí con aquella voz impasible y triste.

— Y tú —prosiguió, hundiendo un poco más la espada en el pecho del duque—,¿no dices nada? ¿Te sorprende, duque, que sepa que llevas robados más de dos millones de maravedíes de las alcabalas en estos últimos diez años y que sé dónde los guardas? ¿No tienes bastante que quieres ahora robarme el reposo eterno y sacarme del cementerio de mi propio pueblo? ¿Has contado alguna vez el número de tus bastardos? ¿Quieres oírlo? Veintitrés dicen que tienes, pero yo sé que alcanza a cuarenta y ocho, si acaso, a esta hora, no están llegando los que harán el cuarenta y nueve y el cincuenta, pues vienen mellizos. ¿Queréis reír de veras? ¿Si te atravieso con la punta de mi espada ese sucio gaznate, te reirás? ¿Si te abro otras diez fuentes en tus posaderas, duquesa, lo encontrarás risible?

Dejó pasar un momento. Apartó la espada del pecho del duque, que pudo respirar aunque no todo lo anchuroso que hubiese querido. Se abrazó la duquesa a su esposo, y no se atrevió él a rechazarla.

La imagen de aquel don Quijote postizo era magnífica a contraluz. El simulacro de las barbas y la tez demacrada, al resplandor de aquella luna tormentosa y llovida, impresionaba. Cierto que era Sansón Carrasco de más corta estatura que don Quijote, pero era ya tanto el miedo que tenían metido en el cuerpo los duques, que no reparaban en pie de más o de menos, ni aun en vara.

—Dejadme tranquilo. Jamás volváis a poner mi nombre en vuestros labios ni los zapatos en este pueblo. Ante nadie os ufanéis de haberme burlado en el castillo, y tendremos la fiesta en paz. Mañana, en cuanto amanezca, partid de aquí en hora mala. No esperéis al conde. Y no os detengáis hasta llegar a vuestro castillo. Allí, busca, duque, a las madres de tus hijos y entrégales a cada una doscientos ducados, que tus robos podrán permitírtelo, y a cada hijo, otros doscientos, y si la madre ha muerto, entrega al hijo los doscientos que serían de su madre, porque acaso haya muerto por no haber los socorros que le debías. Y empezad a vivir vida de penitencia, porque no os queda mucho en este mundo, y será mejor que vayáis pensando en el otro donde un Dios justiciero pesará con balanza todas vuestras acciones. A ti, duque, te matará un jabalí sin que puedan remediarte tus monteros, y tú, duquesa, acabarás desaguada por tus llagas, que ya nunca cerrarán. Y a Tosilos le darás, duquesa, dos mil ducados, por todas las veces que lo metiste en tu lecho sin que él lo apeteciera. Y si no cumpliereis alguna de estas que son como leyes, volveré a salir de mi tumba y esta vez no valdrán contemplaciones ni suspiros y a los dos, uno con otro, os ensartaré con la lanza, y aquí paz, y después gloria.

Y dándose la vuelta se dirigió a la puerta, donde le esperaba Tosilos. La abrió éste con diligencia, volvió a cerrarla, y Sansón se salió a la parte trasera, cerró con llave y de allí se fueron todos, muy entretenidos, a la casa de Antonia, que le esperaba curiosa de saber cómo se había pasado la burla.

Lo celebraron los tres jóvenes bebiendo tres dedales de mistela, no sin inquietud Tosilos de ver en qué iban a parar todas aquellas disposiciones, y contento de que aquel don Quijote le hubiera apalabrado dos mil ducados, y se fueron a dormir.

CAPÍTULO TRIGÉSIMO QUINTO

No durmieron aquella noche los duques, y tanto miedo les quedó, que ni siquiera se atrevieron a principiar el capítulo de los reproches, los agravios y las afrentas, dando por verdadera aquella visión, y más cuando preguntaron a los criados a la mañana siguiente si acaso no habían oído los alaridos que ellos habían dado, pidiendo amparo, o el estrepitoso caminar de don Quijote con sus armas.

Ninguno, según confesaron uno por uno y el primero de todos el gran Tosilos, había oído nada, y la duquesa, que quiso comprobar la cerradura de su aposento, no acababa de explicarse cómo ella no había podido abrirla para salir, y sí, y tan sencillamente, entrando y saliendo, el fantasma de don Quijote, dando en creer que don Quijote, como los fantasmas, no había abierto la puerta, sino que la había traspasado, como luz un vidrio.

—Mira —le advirtió a solas su marido— que el miedo pone tales ojos al cuerpo que éstos llegan a ver figuraciones.

—Si fue una figuración o no, dígalo vuesa merced. Bien quedo se estuvo, y a mí hubieran podido matarme y vos no hubieseis hecho nada, y de haber sido de niebla aquella espada no la habríais notado en el pecho, como así me dijisteis que estaba de buida. Para mí aquél fue el fantasma verdadero de don Quijote y una advertencia del cielo, esposo mío, para que nos arrepintamos de estas vidas empecatadas. Nos ha anunciado la muerte, y yo desde hoy voy a llevar vida pía.

—Lo que es a mí, ya no vuelven a verme de caza ni los gazapos, y me río yo de todos los jabalíes.

Pero no se reía el duque, que renunciaba allí a lo que más

le gustaba en este mundo, que era el ejercicio de la caza, excusa para multiplicar el número de sus bastardos, y dio la voz de levantar el campamento y salirse del pueblo, hubiera o no llegado el conde.

Así se hizo. En tres horas todo estaba listo, y aunque el elefante no vivía sus mejores días, logró el naire ponerle en pie con la ayuda de un atizador muy persuasivo.

Nadie comprendió tanta acucia en quienes tanto se habían demorado en el pueblo, pero tampoco preguntaron la razón de ella, porque no eran costumbre las inquisiciones a señores tan principales sobre el porqué de sus actos.

Cuando llegó el conde y halló la casa desocupada, preparó él mismo su partida y sin atender a nada, se salieron aquella misma tarde hacia la Corte.

Al siguiente día, y también hacia Madrid, lo hicieron el bachiller y Sancho Panza, caballeros en dos de las magníficas mulas del conde.

No se cansaba Sancho de que el bachiller le contara una y otra vez aquella burla dada a los duques, y sólo lamentaba el no haber estado presente para haberla saboreado a su gusto.

—Los doscientos ducados hubiera dado de muy buena gana por ver todo aquello que decís, y a vos, vestido de don Quijote. Y hablando de dineros —continuó diciendo Sancho— he de deciros algo. La vida es corta, hoy estamos aquí, y mañana allí, un día bebemos el buen vino y al otro criamos las malvas del cementerio. ¿Os acordáis del moro Ricote, el tendero de nuestro lugar?

—¿Cómo no he de acordarme? ¿Olvidas que yo también he leído la Segunda parte de la historia? Tristes jornadas aquellas que llenaron de pesadumbre y lágrimas a España, y a todos los de su nación.

—Pues ya sabe cómo lo encontramos en traje de peregrino, volviendo envuelto con una partida de romeros tudescos, por que no le descubrieran. Y allí me dijo que venía a nuestro pueblo a desenterrar unos tesoros que no había podido sacar en su primera salida, y a encontrar a una hija. Me contó que había vivido en Alemania, donde pudo hacerlo con más libertad que aquí, porque sus habitantes no miraban en muchas delicadezas, pues cada uno vive en aquella tierra como quiere, con libertad de conciencia. Pensaba sacar esos tesoros y volver a donde se los dejarían disfrutar sin preguntarle si era o no su linaje más o menos rancio o si adoraba o no a Alá. Halló la hija en Barcelona, como sabéis, la víspera de que vencierais a don Quijote siendo el de la Blanca Luna. Llevaba ya entonces los tesoros, pero lo que no se cuenta en la historia, bien porque no se acordara de ello el fantasma de Cide Hamete o Cervantes, bien porque Ricote lo llevara tan en secreto que ni el historiador pudo alcanzar aquel tan oculto pensamiento, lo que no se cuenta, digo, y vos no sabéis, es que me confió que había desentrañado todos los tesoros, menos uno, por entrañar el hacerlo algún peligro de ser descubierto, al hallarse metido éste en un pozo junto a un camino muy pasajero. A mi vuelta he pensado desenterrarlo, dárselo a mi Teresa para tener su boca contenta y ponerme a serviros como escudero, si acaso quisierais tomarme a vuestro servicio, que un hombre como vos ha de tener cerca un criado como yo, con tanta experiencia de la vida. Don Quijote estaba loco, pero ni vos ni yo lo estamos. Y él hizo por loco cosas que acaso sólo les estuvieran reservadas a los cuerdos, porque este mundo no han de arreglarlo las harto locuras de uno sino las pequeñas corduras de muchos. Cuando empezó, él era uno, y yo y vos ya somos dos. No hay sino que salir mundo adelante, andar y ver, para darse cuenta de cómo van los famosos tuertos que decía mi amo, que con mirarlos muchos ya se enderezan de suyo, dando a entender con ello que si no lo habían hecho era por falta de cuidado y atención, y socorrer huérfanos, menesterosos, pobres, viudas, estropeados, doncellas desvalidas las más de las veces se consigue poniéndose uno a su lado, haciéndose ver, de la misma manera que no hay que hacer mucho en un gallinero sino estarse en él para que el raposo no lo avasalle, y estarse despierto junto al rebaño para que el lobo no se atreva a atacarle. Hace dos días vos acabáis de hacer vuestra primera aventura, y saber que van a quedar socorridas cincuenta mujeres burladas y otros tantos muchachos huérfanos de su padre, tiene que enorgulleceros. En una sola noche habéis hecho vos, señor bachiller, más que en toda su vida hiciera el pobre don Quijote con toda su brega andantesca. Pues si es muy necesaria la locura para emprender según qué empresas, sólo puede coronárselas con un poco, y aun un mucho, de juicio. Al morir don Quijote yo era uno y hoy soy otro. Nunca pensé que algo así a un hombre barbado como yo pudiera ocurrirle. He visto mundo, me han manteado, apedreado, apaleado, robado y hambreado a lo largo y lo ancho de los caminos, pero fui libre. Mientras lo era, no supe que lo fui; murió mi amo, y con él mi libertad. En nuestro pueblo me ahogo y quiero alcanzar el colmo de los caminos, que es la libertad. Quiero a mi mujer y quiero a mis hijos, y dicen que el casado casa quiere, pero si me quedo con ella, me moriré como se murió don Quijote de melancolías. Quien conoció la libertad un día no puede ya vivir ni medio sin ella, y cuánto menos, toda una vida. Anímese, bachiller, vista sus armas y salgamos de nuevo al mundo.

Sansón Carrasco le oía más curioso que divertido, pues veía que en todo aquello de lo que hablaba Sancho estaba puesta su alma.

—¿Y cómo quieres, no creyendo en caballerías, que me calce de nuevo la celada y enristre la lanza? ¿No sería mejor ir los dos vestidos de calle o de camino?

—Sería una insensatez, porque el tiempo que yo serví a don Quijote vi que muchas veces hizo prevalecer la fuerza de su razón por la razón misma, pero muchas otras la impuso únicamente la razón de su fuerza, y así si aquel con que vas a contender o disputar una cuestión os ve la espada al cinto, se sujetará más que si piensa desmandarse. Vos habéis vestido ya por dos veces las armas, saliendo a vencer a don Quijote. ¿Quién o qué cree vuestra merced que convenció al duque de que habrá de dar todas esas limosnas? ¿El discurso de sus armas, o las armas de su discurso? Si yo hubiese nacido tal que manejase la espada como el azadón, contad con que no os estaría pidiendo nada, y sería en un cuerpo caballero y escudero. Y a nadie mejor que a Cervantes podemos preguntarle. Él, que escribió la historia de don Quijote y la mía y la vuestra, al menos hasta el día de hoy, como quien dice, nos dirá qué nos conviene más, y siendo como parece por lo escrito un hombre ecuánime, su consejo será nuestro mejor amigo.

—Sancho —le respondió el bachiller, que tenía en ese momento el pensamiento puesto al mismo tiempo en aquella vida caballeresca y en Antonia—, Sancho amigo, no creo que fuese una buena idea salirnos tú y yo a partir el campo ni a deshacer los tuertos de la vida. Tú lo has dicho. Has leído los dos libros como yo los leí. En el segundo se cuenta, como has dicho, mis dos salidas, para vencer a don Quijote. En una me venció él y en otra le vencí yo. Pero ¿no te has preguntado por qué los cronistas de la historia no dicen nada de mis viajes? Cuatro días tardé en dar con vosotros en aquel bosque. Y más de un mes, la segunda, hasta que al fin me encaminaron las informaciones a Barcelona. ¿Crees que fueron los encantadores quienes me soplaron vuestro paradero en los oídos? Salí e iba preguntando a unos y a otros. Iba siempre vestido con aquel disfraz, y muchos me tomaban por loco. Preguntaba a todos, viajeros y circunstantes, por daros alcance. Busca tú un loco en España. Eso es más difícil que hallar una aguja en un pajar, no porque sólo haya uno, sino porque hay tantos que se confunden unos con otros. Anduve de aquí para allá, como lanzadera del telar, y de venta en venta, y preguntando fui siguiéndoos la pista. La primera vez fue sencillo porque os topé cerca de nuestro pueblo. Pero volví a casa, me vendaron las heridas, me reposé, y el azar quiso llevarme de nuevo a la casa de don Diego de Miranda, y la suerte propuso, otro día, después de haberos perdido el rastro, que me tropezara con alguien que había estado en las bodas de Camacho, y me contara que allí habías ido al pueblo de Basilio el pobre, donde alguien me llevó hasta aquel primo del licenciado que os mostró el camino hasta la Cueva de Montesinos, y que tan admirables cosas me dijo de aquel viaje, y cerca de allí di con el castillo de los duques, que me tuvieron una semana, acaso porque creyeron que yo era otro loco de remate como don Quijote, y allá pensaron endosarme algunas burlas, si no fue porque pude pararles los pies a tiempo. Fue entonces cuando me hice gran amigo de Tosilos. Y también yo caí en manos del bandido Roque Guinard y fue el nombre de don Quijote la ganzúa que abrió la puerta de aquellas prisiones, sin costa ninguna ni otros diezmos. Llegué a Barcelona, vencí a don Quijote y volví al pueblo, parándome en el camino para dar la noticia a los duques. En el viaje, como en todo viaje, sucedieron historias curiosas y de mucho entretenimiento. Y a esto voy: ¿te has preguntado, Sancho, por qué ninguna de ellas las recogió en su crónica el historiador, ni Cervantes quiso averiguarlas? Porque no sólo han de suceder para que merezcan la gloria de ser recordadas, ni todos tenemos la gracia de saber contarlas ni encontraremos tampoco a muchos que quieran oírlas. El mundo precisaba un don Quijote, y lo ha tenido. Ya has visto a dónde llevan las imitaciones. Si me apuras, diré que el mundo necesitaba incluso un Sancho Panza, y un Sansón Carrasco, y todos y cada uno de los que se mencionan en la historia, o de los que ni siquiera se mencionan. Hasta de duques necesitaba, y la vida fue a servirlos entre los más tontos que pudo. Porque la verdad la hacemos entre todos, y no hay vida de pocos que no la hagan muchos, ni vida de muchos que no se sustente en pocos. Pero está cada cual encajado en su lugar, y no ha de querer la falda de la loriga ser el peto. Nunca segundas partes fueron buenas, y que cada cual se esté en lo suyo.

—Es posible que las cosas sucedan como vuestra merced dice, y las personas van cambiando. Don Quijote fue loco y murió cuerdo, yo era simple y acaso lo soy menos, y vos mismo dudáis ahora si venciéndole a don Quijote hicisteis lo que mejor se acomodaba a nuestra vida y a la buena gobernación de nuestra patria. Hágame caso y vayamos a correr el mundo.

—Don Quijote salió por el estrechísimo camino de las armas a conquistar el muy inexpugnable castillo de la Fama. Yo, Sancho, ni quiero andar ese camino ni me preocupa la Fama. En nuestro pueblo he dejado a mi esposa, y de ella espero un hijo. Cometería gran infamia, abandonándoles ahora a su suerte, por buscar lejos lo que tengo al lado, o sea, la dicha. Viviré mi vida y moriré y acaso durante un tiempo mis hijos y mis nietos me recuerden con amor y constancia, y luego el inconstante tiempo todo lo borrará.

Pensó el bachiller que Sancho le preguntaría algo sobre su casamiento, pero viendo que no y pensando que acaso no se atrevía a hacerlo, fue el propio Sansón quien le dijo...

—¿Y no vas, Sancho, a preguntarme nada de lo que acabo de contarte de mí y de Antonia?

—No, porque lo sabíamos.

—¿Lo sabíamos?

—Todo el pueblo. Desde hace dos meses no se habla de otra cosa, para desesperación de muchos mozos, como Cebadón, que al parecer se había hecho otras composiciones.

—¿Cebadón? ¿Y quién le ha dado a ése vela en este entierro?

—Ah, yo no sé. Pero quería decir que todos lo sabíamos.

—Lo sabrá todo el pueblo, menos mis padres, te aseguro.

—Suele pasar. La gente sólo ve y sólo escucha lo que quiere ver y oír.

Iban las mulas a muy vivo paso y sin sentirlo ya avistaron el bachiller y el escudero tras una larga alameda, riberas del Manzanares, las torres famosas de Madrid y sus alcázares.

Sancho se había quedado meditando en sus cosas, y al fin habló.

—A mí, en cambio, señor Sansón, parece estar royéndome ese gusanillo de la Fama, y no me resigno a dejarla pasar, y no tanto por la Fama, como por sentirme sólo a medias, que algo me dice que si los siglos venideros y el presente ya tienen noticias de un Sancho porro, yo me siento obligado a darles un nuevo Sancho, si no sabio, sí, al menos, prudente.

—Con lo que has hecho hasta aquí, va a sobrarte Fama, Sancho.

—No digo yo que no, pero los muchos trabajos de don Quijote han quedado a medio hacer, y habrá que terminarlos.

—Habrá. Pero las cosas de este mundo quedan a medio terminar siempre cuando uno muere, y de ahí se dice que necesitaríamos dos vidas, una para hacer las probaturas de la vida, y otra para vivirla.

—Pues cuente que con don Quijote hemos hecho las probaturas. Nos espera pues la vida.

CAPÍTULO TRIGÉSIMO SEXTO

Dejaron las mulas en la posada llamada del Peine, en la calle Postas, cerca de la Puerta de Toledo, y marcharon sin demora de tiempo a buscar a Miguel de Cervantes.

Iban intrigados los dos amigos por conocer a quien tan bien parecía conocerles, no habiéndolos visto nunca, y pensando que de la misma manera que don Quijote se enamoró hasta las cachas como suele decirse, y de oído, puede uno conocer a un prójimo también de oído, sólo por las cosas que de él haya referido la fama.

No tenían modo más derecho que encaminar sus pasos a la casa del impresor y librero Cuesta, que había estampado las dos partes del libro, y lo hallaron en su nuevo taller de la calle San Eugenio, en un mechinal, corrigiendo unas sucias galeradas.

Se alegró mucho Juan de la Cuesta de conocer a figuras tan importantes de la historia, y les llenó de atenciones y cortesías, hizo traer dos sillas, y los sentó frente a su mesa y fue él mismo a buscar un ejemplar de la *Segunda Parte*, que les mostró.

Le contaron Sansón Carrasco y Sancho Panza que no sólo sabían de su salida, sino que la habían leído ya, y que la hallaban aún mejor que la primera, y le agradecieron con efusivos modos haber dado a conocer una historia tan bien traída.

—Los parabienes, señores, deberíamos en primer lugar dároslos todos a vuesas mercedes, como hace el público con los comediantes cuando acaban su comedia o su tragedia; y en segundo lugar a Miguel de Cervantes que tuvo la suerte de encontrar la primera parte en el Alcaná de Toledo, y el tesón de pasar la segunda a limpio, ordenarla, pulirla y traérmela con las informaciones que de unos y de otros, hasta donde yo sé, ha ido recogiendo estos últimos meses, cosa que no debió de costarle mucho porque por todas partes se habla ya de esa historia, pero sí fatigarlo lo indecible, pues ya entonces el hombre andaba muy enfermo y no solía dejar el lecho. Por eso nada me entristece más que deciros que no podréis dárselos a Cervantes, porque no hace ni tres meses que lo hemos enterrado y no tenemos lágrimas bastantes para llorar al primero de los ingenios españoles, como confirma el hecho de que muriera pobre y dejado de la mano de Dios y de los pocos amigos que le quedaban, que lo asistimos hasta el final y le socorrimos en lo que pudimos. Miren en aquellos rimeros, ya compuesto en unas partes e impreso en otras, el último libro que me dio: *Los trabajos de Persiles y Sigismunda*. Con qué ilusión esperaba su salida, y como ya han leído la *Segunda Parte*, sabrán que allí decía que este *Persiles* había de ser o el más malo o el mejor que se hubiera compuesto en nuestra lengua, entre los de entretenimiento. Y sabiendo yo que no es malo, sólo puedo decir que es el mejor. Únicamente faltaban las tasas, las aprobaciones y este prólogo suyo, que ahora corrijo. No le quedaban fuerzas para respirar ni dolores que conocer, y aún raspaba en lo más hondo de sí donosura con que levantarnos a todos el ánimo, escribiéndolo. Léanlo, y verán que nadie ha dejado este mundo con el ánimo más entero.

Extendió Cuesta unas cuartillas al bachiller y allí principió su lectura en voz alta, por que Sancho pudiera oírlo también. Era la letra de Cervantes corrida y desigual, y tan temblona, que a otro no tan habilidoso en leer toda clase de letras como el bachiller, le habría costado entenderla.

Entró en ese momento un ayudante de Cuesta en la oficina, que lo reclamaba en las prensas, y allí dejó solos al bachiller y al escudero:

—Lean, lean con reposo esas razones y vean si no mereció Cervantes ya que no mejor muerte, que no la tuvo mala del todo en unos tiempos en los que no basta tenerla para sobrevivir, sí una vida mejor, pues en esta España es fácil morir, lo difícil es vivir, y la piedad que tuvo con otros, la tuvo consigo mismo, que no es fácil llegar a viejo y no amargarse.

Y dicho esto, se salió Cuesta a atender a su oficial.

Se puso en pie Sansón Carrasco, se arrimó a un ventanuco que metía en aquel lóbrego mechinal un poco de luz y allí principió su lectura, mientras Sancho se desparrancó en su asiento por escuchar más a su sabor las palabras últimas de Cervantes:

«Sucedió que viniendo otros dos amigos y yo del famoso lugar de Esquivias, por mil causas famoso, una por sus ilustres linajes y otra por sus ilustrísimos vinos, sentí que venía a mis espaldas picando con mucha prisa uno que, al parecer, traía deseo de alcanzarnos, y aun lo mostró dándonos voces que no picásemos tanto. Le esperamos, y llegó sobre una borrica un estudiante pardal. Venía todo vestido de pardo, antiparras, zapato redondo y espada con contera, valona bruñida y con trenzas iguales, la verdad es, no traía más de dos, porque se le venía a un lado la valona por momentos, y él traía sumo trabajo y cuenta de enderezarla. Llegando a nosotros dijo: "¿Vuesas mercedes van a alcanzar algún oficio o prebenda a la Corte, pues allá está su Ilustrísima de Toledo y su Majestad, ni más ni menos, según la prisa con que caminan?, porque la verdad es que a mi burra se le ha cantado el víctor de caminante más de una vez". A lo cual respondió uno de mis compañeros: "El rocín del señor Miguel de Cervantes tiene la culpa desto, porque es más bien pasilargo". Apenas hubo oído el estudiante el nombre de Cervantes, se apeó de su cabalgadura y se le cayó aquí el cojín y allí el portamanteo, que con toda esta autoridad caminaba. Arremetió a mí, y, acudiendo a asirme de la mano izquierda, dijo: "¡Sí, sí; éste es el manco sano, el famoso todo, el escritor alegre, y, finalmente, el regocijo de las musas!". A mí, que había visto en tan poco espacio el gran encomio de mis alabanzas, me pareció una descortesía no corresponder a ellas. Y así, abrazándole por el cuello, donde le eché a perder de todo punto la valona, le dije: "Ése es un error donde han caído muchos aficionados ignorantes. Yo, señor, soy Cervantes, pero no el regocijo de las musas, ni ninguno de las demás baratijas que ha dicho vuesa merced; vuelva a cobrar su burra y suba, y caminemos en buena conversación lo poco que nos falta del camino". Así lo hizo el comedido estudiante, tuvimos algún tanto más las riendas, y con paso asentado seguimos nuestro camino, en el cual se trató de mi enfermedad, y el buen estudiante me desahució al momento, diciendo, "esta enfermedad vuestra es de hidropesía, y ni toda el agua del mar Océano que dulcemente se bebiese, lo sanaría. Vuesa merced, señor Cervantes, ponga tasa al beber, y no se olvide de comer, que con esto sanará sin ninguna otra medicina". "Eso me han dicho muchos —respondí yo—, pero así puedo dejar de beber a todo mi beneplácito, como si hubiera nacido sólo para eso. Mi vida se va acabando, y, al paso de las efemérides de mis pulsos, que, a más tardar, acabarán su carrera este domingo, acabaré yo la de mi vida. En fuerte punto ha llegado vuesa merced a conocerme, pues no me queda espacio para mostrarme agradecido a la voluntad que vuesa merced me ha mostrado." En esto llegamos a la puerta de Toledo, y yo entré por ella, y él se apartó a entrar por la de Segovia. Lo que se dirá de mi suceso, tendrá la fama cuidado, mis amigos gana de decirla, y yo mayor gana de escucharla. Torné a abrazarlo, volvió a ofrecérseme, picó a su burra, y todo lo bien que él iba caballero en su burra, dejó tan mal dispuesto a quien había dado gran ocasión a mi pluma para escribir donaires. Pero no son todos los tiempos unos: tiempo vendrá, quizá, donde, anudando este roto hilo, diga lo que aquí me falta, y lo que yo sé que convenía. ¡Adiós, gracias; adiós, donaires; adiós, regocijados amigos; que yo me voy muriendo, y deseando veros presto contentos en la otra vida!».

Levantó los ojos del papel el bachiller y encontró los de Sancho tan encharcados en lágrimas, y exhalando sincopados hipidos, que fue necesario esperar un rato a que cobrase el aliento.

—¡Lo que no hubiera dado por conocer a ese señor, que pudo escribir de sí mismo, como de los demás, sin afectarse! ¡Y cómo mi amo don Quijote hubiese pegado la hebra con él, siendo como parece que eran, de la misma camada! Me ha parecido que tanto llegó este Cervantes a estimar a mi amo don Quijote, que se hubiera dicho que mientras aquél se moría en nuestro pueblo, se moría este Cervantes en Madrid, y que contando la muerte de don Quijote en el libro, estaba hablando de la suya en la misma realidad de su vida. Y como fui escudero de don Quijote, me habría gustado entrar a su servicio como criado. ¿No habéis notado que la realidad de don Quijote, muriendo, era la de este señor Cervantes, y que la muerte de don Quijote debió de ser como la suya?

—Así me lo ha parecido también a mí, y ello prueba que llegados a un punto, estando vivas, no hay mucha diferencia entre las cosas que suceden en los papeles y en la realidad, si se saben contar sin sacarlas de su quicio.

Entró en ese momento Juan de la Cuesta y Sansón Carrasco pidió al impresor licencia para hacer traslado, como él le había traspasado a Sancho las palabras de don Quijote cuando se marchó a la ínsula, aquel prologuillo de Cervantes, por conservarlo siempre fresco en la memoria, sobre todo en los momentos de acabamiento y fatiga, y hasta que se publicara el nuevo libro.

No sólo se avino a ello Cuesta, sino que le entregó las mismas cuartillas escritas por Cervantes, por haber sido ya compuestas y corregidas, y no sólo eso, sino que quiso obsequiarles con sendos ejemplares de la *Segunda Parte*, y así entregó el de la mesa a Sancho y buscó otro, que dio al bachiller. Dobló éste con delicado tiento las cuartillas, las metió entre las páginas del libro como hostia sagrada, lo guardó en la faltriquera, dieron las gracias y se dispusieron a ir a la casa donde Cuesta les dijo hallarían a la mujer de Cervantes, Catalina de Salazar, a la sobrina de Miguel, Constanza de Ovando, y a Isabel de Saavedra, la hija bastarda que Cervantes había tenido con la mujer de un mesonero hacía ya más de treinta años.

Antes de despedirse del impresor, preguntó el bachiller a Cuesta si recordaba el día exacto de la muerte de Cervantes, pero ése era un extremo del que no pudo informarles.

Llegaron en cinco minutos a la casa a la que les había encarrilado Cuesta. Al contrario que la que habían tenido hasta hacía bien poco en la calle de las Huertas, antigua y lóbrega, la nueva en la que vivían aquellas mujeres en la calle del León no era más luminosa, pero sí recién hecha.

Encontraron en el portal a una mujer que resultó ser la del propietario de la casa, un escribano llamado Martínez.

—¿Por quién vienen mercaderes preguntando? ¿Las Cervantas? Es esa puerta.

No se les escapó a los dos amigos el drama que encerraba aquel sonsonete. Las Cervantas. Nada sabían, desde luego, de la dura y larga brega de las hermanas de Cervantes, tantos años enredadas con los hombres y sus promesas, engañadas y engañantes, ni de los pesares de la bastarda Constanza, ella misma engañante y engañada, ni los de la bastarda Isabel, a quien ni la vida ni los hombres habían tratado mejor. Pero todo quedaba declarado en aquel... ¡las Cervantas!

Llamaron donde les había indicado la mujer del escribano, que no se recataba en mirar con descaro desde la calle las trazas de Sansón y Sancho Panza.

Salió a abrirles María, la criada. Doña Catalina, como la llamó, estaba en casa. En casa se encontraba también Constanza, sobrina de Cervantes, y no esperaban a Isabel, su hija. Mandaron a la criada a que la avisara. Tardaría unos minutos. Vivía allí al lado, en la calle Cantarranas.

Cuatro eran los aposentos que tenían alquilados al escribano Martínez, que en aquella misma planta baja tenía su escribanía. Aposentos angostos y tristes, sin confortes, con las paredes recién blanqueadas y desnudas. Se veía, desde la entrada, la puerta abierta de una cocina tenebrosa. La hedentina era grande. Olía toda la casa al bodrio que se cocía en un anafe y a vinagrillo, y parecían meterse dentro todos los ruidos de los coches y la grita que hacían de aquélla una de las calles más ruidosas de Madrid.

Les pasaron al que parecía principal aposento, uno con ventana a la calle, donde había un bufete, otro pequeño contador, sobre su mesa, y en la pared el retrato de un hombre viejo, de mirada melancólica, barba rala, boca sumida y nariz fina, corva y proporcionada, vestido de negro y con una lechugilla escarolada sin planchar. Planchadas, en su tabaque de mimbres blancas, una camisa blanca con puntas de randas y una basquiña de tela parda.

Se sentaron las tres mujeres y frente a ellas Sansón Carrasco y Sancho Panza. De alguna parte salió un gozque, cruce de mandarín y rata, cariñoso y alegre, que se puso a lamer las viejos zapatos de Sancho. Hubo que mandar a María a pedir una silla en la escribanía, porque no la había en casa. Nadie se arrancaba a hablar.

Catalina era una mujer de unos cincuenta años. Cincuenta, poco más o menos tendría Constanza. Las dos eran mujeres avejentadas, tristes, descoloridas. No entraba en aquella casa el sol por ninguna parte. Sancho, acostumbrado al aire libre, se ahogaba allí dentro. No le gustaba Madrid. Catalina vestía una saya negra y tocas negras. Tocas negras y una saya negra vestía también Constanza. Una era delgada, y la otra crasa. Catalina tenía la mirada vidriosa e inexpresiva de ciertas mujeres estériles. Constanza aún no había perdido los vestigios de su belleza, aquella primitiva lozanía que la hizo rodar entre los brazos de tantos hombres principales, nobles, ricos. Viendo juntas a las dos mujeres, se sabía que todo lo tenían hablado ya entre ellas, envidiado, reprochado y callado.

Expresó su pesar el bachiller Sansón Carrasco, en nombre propio y en el de Sancho, por la muerte de Cervantes.

Recogieron el duelo las mujeres con una leve inclinación de cabeza, y por hacer tiempo el bachiller quiso saber si aquella mesa era la misma en la que Cervantes solía trabajar. Sí era, respondieron las dos mujeres al unísono. La criada ni se molestó en la confirmación.

Llegó al fin Isabel. Era una mujer extraña, aventada, intemperante. Pequeña, delgada, vivaracha, de ojos alucinados y labios finos. Se desprendió de un capotillo pardo, y mostró su vestido, de un lujo algo ajado, con un corpiño de terciopelo azul, camisa alta y basquiña, así como un collar de perlas de dos vueltas. No era hermosa, y un atravesado e incontenible visaje azotaba su semblante haciéndole levantar una ceja y plegar el rincón de la boca.

Se asombró de ver a aquellos dos hombres de aspecto tan desigual en su casa. Los tomó por un alguacil y su criado. Se asustó; tenía pleitos por todos lados. Ya estaban todas.

—Me llamo Sansón Carrasco y éste es Sancho Panza, que sirvió como escudero a don Quijote.

Celebraron mucho las mujeres que hubieran venido a verlas, e Isabel de Cervantes quiso saber si también el señor Sansón Carrasco formaba parte de la historia que había contado su padre. Le sonaba el nombre de Sancho Panza, pero no el de Sansón Carrasco. No, no había leído aún el libro en el que su padre los había sacado. Había tenido otras cosas en que ocuparse, pero declaró que ya sentía ganas desde hacía tiempo de leer lo que tantos le ponderaban por todas partes. La conversación se envaraba. Sansón, después de algunas generalidades y menudear sobre las cosas del pueblo, cedió la palabra a Sancho, para que éste formalizara la donación de aquellos dineros que traía. Sancho les contó cómo leyendo la aprobación del licenciado Márquez Torres y conociendo los aprietos por los que atravesaba la vida de Cervantes y que se hallaba éste muy sin dineros, habían venido a traerle doscientos setenta ducados que don Quijote había dejado en su testamento para tal fin.

Improvisó aquello Sancho sobre la marcha, por entender que aquellos dineros serían mejor recibidos de una herencia que de la mera caridad, y sin pensar que malamente hubiera podido don Quijote enterarse de lo del licenciado Márquez Torres, ya que aquél murió antes de que éste hiciese pública su información, pero ninguna de las mujeres ni aun el avisado Sansón Carrasco pareció percatarse de aquel anacronismo.

Sacó de la faltriquera la bolsa con los cuartos y se la entregó a Catalina, no sin antes sorprender en la mirada de Isabel el estilete de la codicia.

Constanza y Catalina conocían al licenciado Márquez Torres, no así Isabel, aunque ninguna de las tres parecía haber leído tampoco su aprobación. Catalina y Constanza parecían, en cambio, conocer bien la vida de Sancho, a quien preguntaron por su mujer y sus hijos, lo mismo que preguntaron al bachiller por sus padres, y celebraron que éste se hubiera casado con la sobrina de don Quijote, por lo que le dieron los parabienes.

En unos minutos, quitándose la palabra de la boca, relataron las mujeres todo el rosario de privaciones, necesidades y calamidades que azotaban sus vidas y que sacudieron los últimos días del que fue marido de una, tío de otra y padre de la más joven.

—Mientras vivieron mis cuñadas —dijo Catalina—, nos ayudaron. El obrador de costura que con ellas teníamos estaba muy solicitado. Murieron ellas, despedimos a las labranderas, y empezó la quiebra. Los negocios de mi marido nunca marcharon bien ni él fue habilidoso ni supo llamar a las puertas que debía ni escoger sus amigos, que le robaron, engañaron y entramparon. Vivimos con lo poco que a mí me queda en Esquivias, lo poco que no se llevaron sus malos negocios o que supe resistirme a darle y lo poco que me da mi hermano don Francisco. Tampoco supo mirar lo suyo, y así como otros logran vivir de las comedias, él no sacó de las suyas más que sinsabores, envidias y malogros, y no harto con su poca suerte, aún encontró ánimos para regalar a autores más jóvenes argumentos y versos con los que ellos medraron, sin acordarse de agradecérselo.

No quiso Sansón Carrasco dejar a aquella mujer seguir con sus amargas letanías, y quiso saber si su marido tenía aún más papeles, y si no convenía venderlos a algún librero o impresor, por socorrerse con ellos.

—¡Más le hubiese valido no haber escrito tanto y haberse ocupado en negocios de más provecho! Lo último que le llevé al librero Villarroel, que es una garduña, fueron unas cuartillas para ese libro de *Persiles*, y no me dio nada, porque todo se lo había adelantado ya a mi marido. Le llevé la semana pasada otras cosas más que aparecieron por casa, ya terminadas, hasta cuatro libros tan gruesos como esos que ha publicado, y me dijo que no podía comprármelos y que probase con otro. Vi a otros dos mercaderes de libros, y uno me aseguró que ninguno de los cuatro estaba terminado y el otro, que no corren buenos tiempos para esa clase de obras, y que solicitara en otra parte.

Pidió verlos por curiosidad Sansón Carrasco.

—Los cuatro los he vendido a un zarracatín del Rastro —confesó Catalina con un rictus amargo en el que era difícil saber lo que había de resentimiento, de tristeza o de incomprensión.

—¿Os acordáis de qué eran los libros? ¿Sabéis si alguno tenía que ver con don Quijote?

Se levantó Catalina y volvió al rato con una arquilla, que abrió delante de los manchegos. Extrajo de ella unos papeles, sellados y firmados, testamento de Cervantes, y leyó la parte que correspondía a los libros:

«Dejo también a mi mujer Catalina de Salazar hasta ciento diez libros de diversos autores y propios, así como los cartapacios que contienen las obras *Las semanas del jardín*, *El engaño a los ojos*, *El famoso Bernardo* y *El final de Sancho Panza*, para que mi mujer los venda y mande publicar con el impresor que más conviniere.»

Conmocionado y alborotado quedó Sancho al oír que uno de aquellos libros que Miguel de Cervantes había escrito versaba sobre él, pero más le inquietó aquel «final», que no sabía a qué podía referirse, teniendo en cuenta que él era un hombre fuerte y saludable y en proceso. ¿Moriría, como algunos auguraban ya, advirtiendo su extraña delgadez?

Volvió la mujer a encerrar el testamento en la caja de madera, donde acomodó también la bolsa con los ducados que le había entregado Sancho, la cerró con una llave, que guardó en el pecho, y lamentó no haber podido conservar aquellos papeles y libros, dada la suma necesidad y hambre que se pasaba en la casa, aunque les facilitó las señas y nombre del estacionero que se los había llevado, por si querían rescatarlos, que se los daría a buen precio, teniendo en cuenta lo harto poco que les habían dado por ellos.

Se despidieron de aquellas pobres mujeres Sansón y Sancho, y cuando ya iban las mujeres a cerrar la puerta tras ellos, se acordó de preguntar el bachiller:

—¿Y pueden vuesas mercedes decirme el día exacto en que murió Miguel de Cervantes?

Se lo dijo, y el bachiller exclamó:

—Sancho, ¿lo has oído? —dijo el bachiller cuando se hallaron de nuevo en la calle, solos—. ¡El mismo día que don Quijote! No debió de tener Cervantes tiempo más que para ultimar nuestra historia, escribir esos prólogos que le faltaban, arreglar su alma para el tránsito, y morirse. Y por eso, muriéndose él como se estaba muriendo, entendió tan bien la muerte de nuestro amigo.

—Así me lo pareció a mí cuando lo leía. Y ahora, visitando esa casa, más me desespero yo de no haber conocido a tiempo sus estrecheces para poder remediarlas.

—¡Qué tristeza ha sido venir aquí! ¡Y cómo hubiéramos debido haberlo hecho mucho antes! Apenas lleva muerto dos meses y pico nuestro señor Miguel, y esas pobres mujeres han tenido ya que vender su alma para poder sostenerse, pues estoy seguro de que Cervantes había puesto el alma en todos y cada uno de esos papeles. Cómo debió de sufrir aquel buen hombre, juzgando lo que penan ahora ellas. Vamos a por esos libros, Sancho. Saquémoslos del purgatorio.

—Ay, no sé si yo me hallo con ganas de saber más de lo que sé, tan apocado me dejó esa noticia. ¿Qué me dice de que haya escrito Cervantes un libro sobre mi acabamiento? ¿Quiere decir que he de morirme pronto? Me ha metido el miedo en el cuerpo, bachiller. Olvidemos ese mal negocio, y volvamos a casa, con nuestra ignorancia.

—No, Sancho. Corramos a la tienda de ese aljabibe y traigámonos esos papeles, y leamos en ellos qué podía querer decir y qué dijo, porque el que sabe, precave, y quién sabe si está en tu mano, amigo, el torcer tu destino como aquellos prohombres de la antigua Grecia a quienes los dioses otorgaron el don de esquivar las flechas que sus enemigos les lanzaban.

—No me convence.

Pero allí dirigieron sus pasos, porque no era el bachiller Sansón Carrasco persona a la que se hiciese olvidar algo que se le hubiera metido en la cabeza, y a eso del mediodía llegaron al Rastro, donde hallaron al aljabibe jugando al pídola con otros regatones y cicateros de ese barrio.

—Señores —les dijo el zarracatín—, no hay por qué molestarse. Los papeles esos los compré, los tuve en mi tienda dos meses, y hace dos días pasó un gentilhombre que dijo conocer a su autor, quien era único, aseguró, en hacer reír a la gente, y me los pagó como le pedí.

Le preguntó entonces Sansón Carrasco si por casualidad se acordaba quién era ese autor, y el aljabibe se encogió de hombros:

—Un cómico sería.

Y si sabía quién se los había comprado.

—Os lo he dicho, un gentilhombre, pero no de aquí, sino de fuera, puede que inglés. Lo declaraba su habla, llena de tropiezos y gangosa, y la de su criado, que aún sabía menos de nuestra lengua que su amo.

CAPÍTULO TRIGÉSIMO SÉPTIMO

Se volvieron a su posada, dejaron allí los obsequios del librero Cuesta y después de comer en un figón cercano, pasearon la Corte aquella tarde y el célebre Mentidero, admiraron sus edificios, palacios e iglesias, se asombraron de ver a tantos hombres principales en sus coches y a tantas mujeres embozadas en su belleza, hallaron incontables el número de los pajes y criados y el de las mujeres públicas, mesones y casas de juego solapadas, y hasta vieron en su jaula, en el Retiro, los dos leones que el gobernador de Orán mandó al Rey, y a los que don Quijote retó a combate desigual, venciéndolos por hastío del contrincante.

—Vámonos pronto a nuestro pueblo, señor bachiller, que no está hecha para mí la ciudad ni este andar de un lado para otro sin saber por dónde. La visita esta mañana a las Cervantas me ha entristecido lo indecible y el saber que hay por ahí corriendo un final de Sancho Panza me tiene el ánimo encogido, y ya empiezo a sentirme mal por todo el cuerpo, que me duele aquí, y aquí y aquí...

Y se iba señalando Sancho todos aquellos puntos en los que le punzaban sus males imaginarios y por donde barruntaba se le iba a meter la muerte con su aguda segur.

—¿Y advertiste, Sancho, la tristeza de aquellas tres mujeres? Hubiera asegurado que se necesitan tanto como se detestan, y que se quieren tanto como se aborrecen. ¡Y aquellos aposentos, sin una alcatifa, sin un repostero, sin otro adorno que las estridencias de la calle y aquel olor hediondo del guisote!

La pesadumbre de no haber hallado con vida a Cervantes se quitó con la alegría de dejar atrás Madrid, y las apreturas y estrechos callejones de la ciudad hicieron mucho más limpios y manifiestos los anchísimos caminos de su regreso, aunque ninguno de los dos sabía qué les esperaba.

—Mira, Sancho, que no sé qué pasará a mi vuelta. Casado estoy con Antonia, pero mi padre no lo sabe, y temo que cuando lo sepa, cometerá cualquier desaguisado. Ni toleró a don Quijote ni mira con buenos ojos a la sobrina ni va a aceptar que yo me haya casado con tal prisa.

Llegaron al pueblo por la mañana y allí se despidieron, con promesa de juntarse aquella tarde y de que contara Sansón a Sancho en qué había parado el negocio con su padre, y Sancho a Sansón lo de su tesoro.

Y si lo del tesoro de Sancho lo llevó en secreto, lo mismo que su hallazgo, para alborozo propio y de Teresa, lo de Sansón y Antonia fue tan público y notorio que en apenas dos horas había hecho ya el recorrido de casa en casa, con las palabras terribles del señor Tomé Carrasco, quien colérico echaba a su hijo de la casa, lo desheredaba y se comprometía personalmente para escribirle al conde, con el fin de que éste expulsara de su servicio a quien no sabiendo guardar la honra de su padre raramente podría guardar la del conde.

Volvió Sansón a casa de Antonia, dispuesto a contarle lo ocurrido con su padre, y lo que encontró fue cosa bien diferente.

Gritaba como un desaforado el señor De Mal.

—Ay, ramerísima, ¡cómo me has tenido engañado estos meses! ¡Y yo, cómo me creí todas tus vagas promesas! Ahora lo veo bien claro, no querías sino jugar con este viejo. Pero te lo advertí; de no ser mi esposa, lo perderás todo, no te dejaré ni una miserable vedija en el colchón. Vete, júntate con ese mozo del bachiller Churrasco, mira a ver de dónde va a sacar él los torreznos con que regalarte, y luego ven a contármelo.

El bachiller, que se oyó nombrar de tal modo por el escribano, quien no se había percatado de su entrada, dijo:

—Señor escribano, vaya con pie más atentado en eso de motejar a la gente, y sálgase de esta casa, y pleitee cuanto quiera, que acaso le suceda como al viejo del cuento, a quien su mucha lascivia tanto como su poco juicio llevaron en volandas a la sepultura, y si pensasteis que una doncella como Antonia, lozana como una rosa, iba a acabar en los brazos de un viejo desdentado, consumido y pestífero como vos, es que conocéis poco del mundo.

Y como a «sal de mi casa y qué queréis de mi mujer, no hay que responder», el escribano bufó como un gato tiñoso, y dejó aquel aposento con el puño levantado y poniendo al cielo por testigo de toda la cólera con que pensaba azufrar a la estirpe de los Quijano.

Ya solos, y apaciguada la casa, el bachiller dijo a Antonia:

—Nada tengo que hacer en este pueblo. Marchémonos de aquí y busquemos fortuna en otra parte. Ancha es Castilla, y más las Indias.

—Hablemos con don Pedro —le dijo la muchacha—. Él comprenderá, y aunque el testamento de mi tío fue muy claro, sabrá como hombre justo dejarnos lo poco que nos queda, y defender la hacienda del señor De Mal y todos los otros buitres. De aquí somos y aquí nos quedaremos.

—Eso no va a poder ser, aunque don Pedro quisiera. El testamento de tu tío era bien claro, y si don Pedro como albacea estuviera dispuesto a pasar por alto aquella manda, yo, que también soy albacea del mismo testamento, no lo consiento. Pero si has de quedarte más tranquila, manda a llamar a nuestro amigo el cura.

No fue necesario ir a buscar a don Pedro, porque hasta don Pedro llegaron aquellas alarmantes noticias de lo que había sucedido en casa de los Carrascos.

Encontró a los jóvenes apesarados e indecisos.

—Antonia, al casarte con Sansón, lo has perdido todo. Así lo dejó advertido tu tío. Ni siquiera es necesario hacer averiguación si tu marido entiende o no de novelerías, porque es bien notorio que no sólo sabe lo que sean esas novelerías, sino que las protagoniza. Las últimas voluntades de don Quijote son sagradas, y al casarte con Sansón te has visto honrada, pero pobre; y si no lo hubieras hecho, acaso conservaras tu hacienda, pero habrías perdido la honra. En el primer caso es posible que la pobreza te hubiera encaminado a la deshonra, y en el segundo no es difícil, tal y como están las cosas, que hubieras acabado perdiendo la hacienda después de haber perdido la honra. Yo, como amigo de tu tío, ya no sé qué aconsejarte. Por mí, mientras puedas, quédate en esta casa, que algo se nos ocurrirá, pero quiero que sepas que el señor De Mal dice tener los escritos que le harán entrar en posesión de las que considera ya propiedades suyas. Piensa incluso, después de haber oído el otro día a ese Ginés de Pasamonte, según ha dicho, abrir en la casa una posada, a la que llamará de Don Quijote, y prosperar a costa del nombre de quien fue su amigo, traicionando el acuerdo según el cual ninguno de nosotros revelaría jamás a extraños el nombre del pueblo que fue cuna de aquel hombre ilustre.

—De menos nos hizo Dios, don Pedro —dijo Sansón—. La hacienda de Antonia se ha quedado entre los dedos de los abogados y del escribano. Que les aproveche. Somos jóvenes aún y por delante se alarga siempre un camino que no alcanzan a acabar los ojos. Mi padre me ha negado mi hacienda, pero mi madre me ha dado sus joyas, en las que mi padre no tiene jurisdicción, y al otro lado del Océano hay un mundo que nos espera, y un pariente que nos llama por carta. Aquí ya se ha visto hasta dónde podíamos llegar, que esta república española o vuelve locos a sus mejores hombres o les hace pobres, y siendo pobres, acaban enloqueciendo, porque todos los avasallan y no hallan más valedores que entre los locos. No tenga cuidado, y denos sus bendiciones. Espero un hijo y él va a darnos las fuerzas que nos faltan. Es demasiado viejo este mundo para remediarlo. Allá nos aguarda uno bien nuevo donde acaso, como quería nuestro amigo, no exista ni tuyo ni mío.

Llegó en ese momento, enterado, Sancho, y el señor barbero, a quienes en pocas palabras se puso al corriente de la decisión tomada.

—No entiendo nada de lo que está sucediendo en este pueblo, que se diría que lo han tomado al asalto todos los demonios y lo están sacudiendo como un olivo. ¿Y no diréis que al venir me he encontrado a Cebadón borracho que me ha asaltado diciendo que se iba a llevar por delante a todos los de esta casa, incluido vos, señor bachiller, y que no cejará hasta levantar de esta casa lo que es suyo? No ha olvidado todavía que lo echasteis por holgazán y chicharrero, a todas horas cantando; ni siquiera dejó de cantar el mismo día que murió don Quijote.

Antonia, que oyó como todos aquellas intranquilizadoras noticias, empalideció y miró al ama, buscando en ella a un tiempo un tácito consejo y algo de ánimo.

—No te apures, Antonia —le tranquilizó el bachiller—. Las cosas parecen a veces que vienen a juntarse y hacer más ruido, como de pronto se junta en el campo una tolvanera que amenaza con llevárselo todo por delante. Pero al rato se ha disuelto y siguen las cosas como antes. Y tú, Sancho, ya sabes que nos partimos Antonia y yo al nuevo mundo. Quédate tú aquí velando por el buen nombre del que fuera tu señor. Ánimo, amigos, no son estos momentos para andarse tristes. Ya soy un hombre y una mujer es Antonia. Enamorado estoy de Antonia y Antonia enamorada está de Sansón. No hace falta más para vivir en este mundo, y aún tenemos más de lo que tiene la mayoría de la gente.

Lloraba Quiteria y lloraba don Pedro, demasiado viejo para no quedar impresionado por aquellos giros, caprichos de la Fortuna.

—Nada de llantos, fuera murrias, aire, aire, que nada que suba mucho ha de empezarse por poco. Saca, Quiteria, el mejor vino y brindemos por el hijo que espero.

Se oyeron en ese momento los golpes desaforados de la aldaba y las voces de quien parecía estar desangrándose, a tenor de los rugidos.

—Corre a abrir —ordenó el ama a Matías—, que no ganamos para sustos.

Apareció en la puerta Cebadón. Venía borracho, con la camisa sucia y rota. Se fue hacia él el ama como una loba, al tiempo que buscó Antonia el flanco de Sansón.

—Vete de esta casa, Cebadón —le ordenó Quiteria—. Como te acerques a Antonia aquí, delante de don Pedro y de todos, te mato.

Y acabar de decir esto y echar mano de una hoz que estaba colgada en la pared, fue todo uno.

Puso el grito en el cielo, exigiendo paz, el cura, se puso Sancho junto al ama, por si había que defenderla, se alarmó Antonia y preguntó Sansón:

—¿Qué es todo esto? ¿Quién te da derecho a venir a esta casa dando voces?

—¿Quién? —respondió Cebadón, al que costaba mantener la mirada en un punto fijo—. Ésta era mi casa, y ya me acerqué una vez a Antonia, y no pareció que le importara.

Y en un rápido movimiento, sacó de debajo de la camisa uno de esos cuchillos de degollar marranos.

—Antonia —y esta vez trató Cebadón de que sus ojos no se movieran de los de la muchacha—, antes muerta que de otro.

Y se lanzó con el cuchillo por delante, con el avieso propósito de hundirlo en el pecho de la joven.

Quisieron la suerte y el vino que había bebido, que Cebadón tropezara con unos arreos, y cayera al suelo, momento en que el bachiller y Sancho aprovecharon para desarmarlo y echarlo a la calle, con la amenaza de llamar a los de la Santa Hermandad.

Quedó la reunión después de esa entrada rota como una tinaja, y con difícil lañadura.

Espantó Antonia de su frente la sombra funesta del mozo, y miraba de hito en hito a su esposo. Estaba pálida. Su estado le había sembrado por el semblante, hermoseándole, algunas pecas graciosas. Se le secaron los labios y se le humedecieron los ojos, como aquel día en que trajo Sansón Carrasco de vuelta a casa al ama Quiteria.

Como nadie parecía allí querer hablar de lo que acababa de suceder, salió el ama diciendo que iba a buscar aquel vino.

—Yo te acompaño —saltó Antonia, como quien se abraza a un clavo ardiendo.

Cuando se encontraron a solas, rompió Antonia en tan alarmantes sollozos que tuvo Quiteria que sosegarla sacudiéndola los hombros.

—Calla, niña. ¿Es que quieres que te oiga llorar el bachiller?

—Ay, Quiteria, ¿y cómo voy a tener engañado a un hombre tan bueno? ¿No te parece un crimen embarcarnos sin decirle nada?

—Mejor que mejor. Allí nadie se preguntará quién era o quién no Cebadón, ni sabrán nada del loco de tu tío, ni nada de las miserias de este pueblo. Vais allí no a nuevo mundo, sino a nueva vida, que es lo que todos soñamos con poder hacer algún día.

—No quiero ir, Quiteria, que presiento que nos habremos de ahogar en la travesía. Si al menos tú quisieras venir con nosotros...

—¿Yo? ¿Y a mí qué se me ha perdido allá? Ánimo chiquilla, que esos temores de vuesa merced son como los del parto, todas los tienen, todas los pasan y, pasados, todas los olvidan. Allá llegaréis sanos y salvos, y si alguna vez quieres decirle a tu esposo la verdad del hijo que esperas, allá tú, pero mira que sea más tarde que pronto y piensa antes a quién vas a hacer mejor revelando ese secreto.

—A mi conciencia, que reposaría tranquila. Yo le diré, él entenderá, él sabrá perdonarme.

—Hazlo, y acaso lo único que quedase tranquilo en tu vida a partir de entonces, fuese tu conciencia. Y ahora, vámonos, que estarán esperando el vino. Seca esas lágrimas y pon buena cara. Y no olvides que ese hijo antes que de nadie, es tuyo, y para ser feliz al niño tanto le dará ser de uno o de otro padre.

Pusieron las mujeres los jarros en la mesa, bebieron y festejaron los amigos de Antonia y de su tío, y no consintió Sansón que se vertiera una lágrima más ni que nadie hablara del pasado. Ni del presente. Ni se habló tampoco del futuro, porque después de saber que Sansón y Antonia no esperarían ni un solo día en aquel pueblo, ninguno se atrevía a preguntar ni a pedir que reconsiderasen tal decisión.

Esa noche, la primera que pasaban a solas Sansón y Antonia, ésta le dijo.

—Sansón, tienes que saber algo.

—No, Antonia. Lo que tuviera que saber, dime, ¿te hará más feliz a ti? ¿Me hará más feliz a mí? ¿No podremos los dos vivir sin saberlo?

Negaba Antonia con la cabeza, sin atreverse a despegar los labios.

—¿No? Pues déjalo. Y duerme, que mañana será otra vida.

Al día siguiente no había amanecido y se iban a salir al camino Sansón y Antonia, cuando el ama Quiteria salió a decirles:

—Antonia, donde tú vayas, voy yo. No he dormido en toda la noche. Aquí ya no me queda nada. Lo único que me queda de mi señor Quijano eres tú, y ni tú ni nadie me lo va a quitar. Me da miedo el mar, y me acongojo pensando que he de cruzarlo, pero más temo a la soledad y lo que se me avecinaría si quedo aquí.

Sólo pregunto si adonde iban quedaría cerca de La Asunción, donde tenía ella un hermano, si no había muerto.

Se arrojó la muchacha en los brazos del ama y si no fuera porque Sansón les escardó los lloros, aún estarían en el zaguán abrazadas las dos, consolándose de su suerte.

Llevaba el bachiller una mula, única propiedad que su padre consintió que sacase el mozo, la mejor de su cuadra, y sólo por que el mozo se alejara con ella todo lo más veloz que pudiera de aquel pueblo, y ensillaron a Rocinante para Antonia, y una de las borricas para el ama, pero no aquella Altea, muy castigada.

Llevaban, como se dice, lo puesto y una maleta con mudas y ropa de estar y recibir. Y Quiteria ni eso: lo suyo y aquel pañizuelo con las lágrimas de cera, una pluma de ganso y un cuerno de pólvora que fue de su señor.

Iban las mujeres con el ánimo encogido en esa hora triste de su destierro, y trataba de animarlas con discretos cuentos Sansón Carrasco, cuando vieron a lo lejos que picando su borrico les salía al paso, de entre unas casejas que había allí en el alfoz del pueblo, lo que sólo era sombra. Llegó a donde estaban y más por la voz que por lo que se veía en la que era todavía noche cerrada, supieron que se trataba de Sancho.

—No se apuren, señoras. Sabe bien mi señor Sansón Carrasco que aquí se queda mi mujer y mis hijos bien provistos con dineros nuevos y ricoteros, y si el caudal se seca y quieren encontrarme, ya sabrán cómo hacerlo y yo les mandaré recado. Y ahora me salgo al mundo, como hace un año me salí con don Quijote. No iba entonces tan contento como voy ahora, porque por lo menos sé que no me zurrarán ni cocearán ni me brumarán más las costillas. Cuando serví a don Quijote me di cuenta de que no hacen falta muchas cosas para salir adelante, y que lo mucho, cuando se va ligero y libre, estorba, y lo poco, satisface y contenta. Traigo algunos dineros conmigo y el libro que el señor Cuesta me dio hace dos días. Un poco de empanada para el camino y algo de vino. Y mi rucio, que puede hacerme ganar al día veintiséis maravedíes, y con ello la mitad de mi despensa. Con eso tengo de sobra. Y sólo pido que allá donde vamos baste nuestro nombre, ya famoso, para que aquellos que quieran avasallar doncellas, robar a pobres, azotar a niños, importunar a viejos, someter a viudas y hacer cualquier tuerto, sepan que sin estar en la jurisdicción de la locura, defenderemos la fuerza de la razón, y cuando ésta no baste, emplearemos la razón de la fuerza, que en causas tan palmarias, no hay peligro de errar ni por qué dar más explicaciones. ¿Puedo entonces, señor bachiller, llamaros amo?

Se hubiera dicho incluso que Sancho Panza, con aquella decisión, había repuesto de golpe, de la noche al día, las tres arrobas que se habían llevado por delante las angosturas que le sitiaron el corazón al morir don Quijote, que con las libras de carne ganada parecía que había cobrado las ganas de hablar.

Y la cháchara de Sancho fue quitando la murria a las mujeres y soltando la lengua de Sansón Carrasco, que cada legua dejada atrás era otra menos que les quedaba para llegar a Nueva España, donde él había oído decir que ataban a los perros, o poco menos, con longaniza. Y así, con el ánimo abierto de par en par, y por acortar tan largo camino, empezó a cantar una copla muy antigua, que él hizo alegre, aunque era bien triste, sin dejar de mirar a Antonia ni sonreír:

Heridas tenéis, amiga,
y duelen os.
Tuviéralas yo,
y no vos.

EL FINAL DE SANCHO PANZA
Y OTRAS SUERTES

Hechos, sólo hechos.

CHARLES DICKENS,
Tiempos difíciles

CAPÍTULO PRIMERO

Feliz Alonso Quijano, también llamado don Quijote de la Mancha, honra y prez de la caballería andante, que murió sin conocer lo que la vida les tenía reservado a sus parientes y amigos. Feliz él.

Al morir don Quijote todo fue de mal en peor en aquel pueblo, y Sancho Panza, el bachiller Sansón Carrasco, Antonia Melgar, sobrina de don Quijote, y Quiteria Romero, ama suya, abandonaron la aldea. Cada cual la dejaba por sus propias razones, más o menos inconfesadas, aunque legítimas.

No la abandonaban porque dijeran que iban a mejorarse fuera de ella, aunque se lo repitieran una y otra vez para alentarse, sino porque pensaban para sus adentros que era difícil ir a peor, si se marchaban. Vivir engañados es parte sustancial de la esperanza, y los cuatro esperaban, menos morir, grandes cosas de la vida. Por eso vivían ya, cada uno a su manera, desesperados, si no muertos.

Había quedado suspendida esta historia, tras la muerte y entierro de Alonso Quijano, en aquel punto en que su sobrina, el ama, el escudero y el bachiller salían del lugar a cencerros tapados, camino de Sevilla.

El propósito de pasar a las Indias encogía el corazón a Quiteria y a Antonia, se lo ensanchaba a Carrasco y respetaba el de Sancho Panza, porque al antiguo escudero de don Quijote nadie le había dicho todavía que fuesen a llegar tan lejos.

Sancho creía otra cosa. Sancho creía... Quién puede saber lo que creía Sancho. Tenía las ideas confusas y lo que deseaba estaba demasiado trenzado para saber exactamente lo que iba buscando en aquella su tercera salida como aventurero.

Días atrás, volviendo de Madrid, adonde habían ido a llevarle a Miguel de Cervantes unos socorros él y el bachiller, Sancho le había dicho que habiendo conocido la libertad no podía ya vivir ni un día sin ella, cuánto menos una vida. Se refería a aquella de vagabundaje, como escudero, que tuvo con don Quijote. Para él no la había habido mejor. Lástima que hubiese llegado tan tarde a ella y que don Quijote se le hubiese muerto tan pronto. Aunque es verdad que en su vida vagamunda hubo de todo y no siempre había salido venturoso: le habían manteado, le habían robado el burro, a menudo la cosa se ventilaba a puñetazos, pero un día encontraba un esquero con cien escudos, otro día su amo le libraba unos pollinos, acá conocía a una duquesa que le regalaba un traje nuevo de montero, allá a un gran señor que los tenía a cuerpo de rey en su casa sin más labor que hablar... Hablar era lo que más le gustaba a Sancho, lo que mejor se le daba y lo que más les placía de Sancho a cuantos le trataban. Era un don que él tenía. Luego murió don Quijote, y Sancho cambió, se tornó taciturno y melancólico, y gracias, las precisas. Aprendió a leer. De hecho aprendió a leer con el fin de leer su propia historia tal y como la contó Cide Hamete. Se dijo: «No sé quién soy». Mal asunto. Quien se dice esto no suele estar demasiado conforme con lo que ha sido, y Sancho se dijo además: «Sin saber quién soy, no podré saber nunca quién quiero ser. Con ser Sancho no me basta. Rían otros con él, que a mí me quedan muchas veras». Así es como empieza a roer el corazón humano la melancolía, y leer es lo más parecido a probar el fruto del Árbol de la Ciencia. ¡Melancólico Sancho, quijotizado Sancho! ¡El mundo al revés! Se hubiera dicho que don Quijote había muerto cuerdo para que Sancho pudiera enloquecer a su sabor.

Al principio todo fueron cálculos de jornalero. Las veces que salió con el señor Quijano, había ganado en dos o tres meses lo que en un año. ¡Y qué inviernos luego, tan llevaderos! Labrar cestos, aperar astiles, pasar higos, trasegar vino, bellotear los campos... Él era el campeón de las bellotas, el adalid de los porqueros. Sin olvidar la fantasía de ganar una ínsula o una gobernación. Ésa sí que no se paga con nada. Claro que, después de leer su historia, a Sancho se le cayeron los palos del sombrajo, como suele decirse, y ya sabía que aquellas ínsulas habían sido recias burlas. La ignorancia es también, por esa razón, la mejor amiga de la felicidad. «Mujer, esto mío ya no lo sanan dineros», le había dicho a su Teresa tras la muerte de don Quijote. Teresa, que tantas ilusiones se había hecho de acabar gobernadora, maldijo su suerte, y se desazonó: «Éste no es mi Sancho», y se diría que estaba deseando perderlo de vista. Sin él vivía mucho más tranquila, y siempre estaba a tiempo de recriminarle que no le veía nunca, porque se andaba por ahí holgando y dándose pisto con los señores.

O sea, que Sancho Panza esa mañana se dijo: «No aguanto más».

Conocía ya de las otras dos veces aquella sensación. Al salir del lugar se le ensanchaban los pulmones y se le despejaba la cabeza. Con su mujer Teresa Panza se entendía y no, quiere decirse que si estaba lejos de ella, la echaba algo de menos, pero cuando permanecía más de tres días a su lado, también a él se lo llevaban los demonios y quería perderla de vista. No entendía que a su marido ser Sancho a secas le supiera a poco.

Lo que le dijo exactamente Sancho al bachiller Carrasco volviendo de Madrid fueron estas palabras: «Si me quedo aquí, voy a consumirme, como mi amo. Y sería nada lo del ojo».

Sabiendo, pues, que el bachiller, Antonia y el ama pensaban dejar la aldea al día siguiente, pasó Sancho la víspera en vela, y sin decir pablo ni hablo ni esperar la aurora, metió en sus alforjas una camisa, unas bragas y dos medias coloradas, y un trozo de tocino, otro de queso, un cuartal de pan, una libra de pasas y otra de bellotas; tomó luego el gabán y la cañaheja que le hacía de arrimo, y albardó su rucio.

Titilaban todavía dos o tres estrellas en el cielo cuando salió de su casa para ir a la de don Quijote, ya de Antonia.

Se pintaba en el horizonte un vago resplandor de plata sucia, y como había estado lloviendo copiosamente toda la noche, el campo olía a tomillo, a freza y a lanas pasadas por agua.

Le bastó respirar ese aire puro y fresco para recordar los buenos días de antaño, y en ese momento cantó un gallo allí cerca, y a lo lejos ladró un perro, y tuvo las dos cosas por el mejor agüero.

—Nada iguala el contento de las vísperas, y éstas van a serlo de gloria. ¿No lo barruntas tú así, Almanzor? Además, es cosa acreditada: como lejos de casa, en ninguna parte.

Se lo decía a su jumento, con el que traía de atrás, como es sabido, una amistad muy estrecha, y añadió:

—Y de todas las cosas que contó quien escribió la historia de nuestras andanzas, hermano rucio, una me extraña, que fue hurtar su autor tu nombre, habiendo declarado todo lo demás de tu condición honesta, casta y sufrida, y cómo te hiciste a la áspera vida de los caballeros andantes con más conformidad que muchos famosos rocines, dicho esto sin menoscabo de terceros, ni mucho menos de nuestro paciente Rocinante. Y repito que me extraña, pues todos conocen en nuestra Mancha el linaje de aquel garañón que vendió un merchán de Calatañazor en la feria de Toledo en tiempos de Maricastaña, llamado Juan Humanes, y de Calatañazor a Almanzor, sígase el razonamiento.

Y así era o así lo creía el común de la gente, que aquel decantado animal había dejado su semilla en todo el reino manchego, y a los rucios de capa clara y una condición que parecía humana, pues sólo les faltaba hablar, los llamaban también humanes.

Y hablando para sí tanto como para su borrico esas cosas camino de la casa del hidalgo, conoció de lejos al bachiller, a Antonia y al ama Quiteria, que para no ser sentidos estaban dando un rodeo y venían picando sus caballerías próximos al alfoz del pueblo: el ama sobre una borrica, no la suya de siempre, Altea, muy acabada, sino otra; Antonia sobre una mula, y el bachiller en Rocinante, más flaco, flemático y metafísico si cabe. Y aunque en la primera parte de esta historia se afirma que Sansón Carrasco montaba la mula y Antonia a Rocinante, no fue sino al revés, que el bachiller trocó con Antonia su montura, por ser ésta una de las buenas y hermosas, y por parecer mejor una dama en una buena mula, que no en Rocinante. Y se declara esto aquí para que se vea que no hay ninguna historia en el mundo que se haya acabado nunca de contar, y que al mejor tejedor le queda un hilo suelto.

Acogieron Antonia y Sansón con alborozo a Sancho. Al no verlo esa mañana en el portal de los Quijano, daban ya por hecho que no iría. Su inesperada llegada y la buena compañía que se prometían con él les contentó lo indecible; no tanto así al ama:

—Mal día habéis escogido, con esta nube, para poneros en camino.

Quiteria no acababa de perdonar al antiguo escudero de su amo el haberlo sacado de sus quicios, secundando sus locuras, y por ello aún lo aborrecía un poco. Creía que don Quijote, loco, pero sujeto, le hubiese durado mucho más que suelto, aunque suelto hubiese sido feliz, y sujeto, desdichado.

—¿Me guardáis rencor, ama? Cada cual, quien más quien menos, tuvo su parte en el final de nuestro amo, y estuvimos harto engañados. Si vuesas mercedes, que lo tenían consigo, no pudieron arrancarle la afición de los libros ni la fantasía de salir a buscar aventuras, yo logré en mil ocasiones que su vida no se despeñara, por no hablar de las incontables que la habrían abreviado de no habérselo estorbado yo, a costa casi siempre de mis costillas; y aquí está el bachiller Carrasco, que no me dejará por mentiroso.

—Tengamos la fiesta en paz —terció éste—. No ha nacido aún quien pueda escribir de nuevo los hechos pasados, y vuestro amo y mi amigo, y ahora tío mío consorte a título póstumo, ha muerto, y aunque no encontremos consuelo de ello, a él le debemos el estar hoy aquí, buscando la ventura que nos habrá de mejorar a todos en quintal y medio. Si en mi mano estuviese el darle la vida a don Quijote, se la daría, así volviese a las andanzas, quiero decir a sus malandanzas, porque mejor loco que muerto, aunque la suya haya sido muerte de gran cristiano. Y digo más, ningún vencido llevará en su corazón una pena tan grande y venenosa como la mía, siendo yo su vencedor. Y si no se me tomara por sacrílego, ahora mismo iría a la sepultura de don Quijote y le diría «ea, hermano, levántate y anda», y lo pondría de nuevo a fatigar los anchos caminos de la tierra y aun de los mares, loco o cuerdo, porque fue de los que se puede decir que sus locuras admiraban y sus corduras consolaban. Y si lo que era movía a risas y burlas, lo que quiso ser admiraba e hizo que se le tuviera en más que a ninguno. Pero basta. Albricias, Sancho, entra en nuestra hermandad, y si todo sale a pedir de boca, como creo que saldrá, no acabarás conde o marqués, ni falta que hace, pero sí te mejorarás sin necesidad de sufrir las bromicas y empachos de duques y duquesas. No hay por qué mirar atrás ni todo lo de ayer fue malo. Antonia y yo somos mozos, pinta la aurora, clavan los luceros en el firmamento la nueva de nuestra buena fortuna, y vosotros, amigo Sancho, amiga Quiteria, y tú, señora esposa, henchimos la nueva edad de oro de la Mancha.

Pero fue decir esto Sansón, y sentir todos un no sé qué por dentro, no precisamente alegre. Fue en ese momento cuando Sansón se arrancó a cantar la copla que quedó referida ya en la otra parte:

> Heridas tenéis, amiga,
> y duelen os.
> Tuviéralas yo,
> y no vos.

CAPÍTULO SEGUNDO

—¿Oyes lo que canta mi esposo? Te digo que sospecha algo, y si no, yo he de confesarlo. No, no puedo vivir en esta mentira, ama, que le deshonra. No ha podido ser más bueno conmigo. Yo le diré, él sabrá, si acaso no lo sabe, que yo creo que sí, él comprenderá, él me perdonará y yo podré vivir al fin con la conciencia tranquila y en gracia. Si no se lo digo, este secreto acabará bajándome a la sepultura.

Se lo dijo la niña Antonia al ama, frenando su mula para quedarse atrás y no ser oída.

—¡No, no, mil veces no! —le cortó alarmadísima Quiteria—. ¿Qué está diciendo vuesa merced?

El ama daba tratamiento de vuesa merced a Antonia únicamente cuando cursaba con ella asuntos de señalada gravedad.

—Creí —prosiguió— que ya vuesa merced se había persuadido. Contad con que el hijo que lleváis en las entrañas es vuestro y ahora también de él, y si se fueran a declarar todos los bastardos que corren por el mundo, de reyes a villanos, ni reinos ni mayorazgos tendrían cabal gobierno.

—Pero no estoy hecha a engaños, no soy una villana. Llevo en la masa de la sangre, como mi tío, vivir honrada en la verdad, y si he quedado sin honra, he de honrarme al menos con la nobleza, que nobleza obliga. Tú no lo entiendes porque no eres hidalga.

—Hazlo, y perderás la honra sin ganar estima. Se sabrá, se hablará, se te motejará y caerá sobre tu esposo y tu hijo un pecado que es sólo tuyo. ¿Y qué vais a hacer y a dónde iréis? Él a lavar su honra con tu sangre, y tú, si sales viva, a una casa de trato.

—Yo lo diré.

Conocía bien el ama el genio vivo de la sobrina, y no quiso decir más.

Se detuvieron Sansón y Sancho en lo alto del reteso, por esperarlas. Cuando llegaron donde ellos, reiniciaron la marcha y el bachiller prosiguió su cantar:

Heridas tenéis, amiga,
y duelen os.
Tuviéralas yo,
y no vos.

Tenía el bachiller suave voz y organizada garganta, y si se terciaba, tocaba la guitarra a lo rasgado. No lo hacía acaso mejor que Cebadón, pero tampoco peor.

—No lo diréis por mí, señor Carrasco —pulsó Antonia.

No le quitaba el ojo el ama, presta a salir al quite.

—Quiero decir —prosiguió la sobrina muy tranquila— que nadie irá más contenta hoy sobre la tierra: dejo enterrado a mi tío como cuerdo, cuando pudo haber muerto tantas veces loco, y sepultada también mi vida pasada. Y por si os parece poco, me lleva regalada el más cumplido de los galanes.

Como novicio en las cosas del amor, Sansón Carrasco no estaba hecho a los requiebros y menos aún delante de las gentes, así que disimuló como pudo, porque es sabido que donde hay mucho amor no suele haber demasiada desenvoltura.

—Ya estoy deseando alcanzar la flota y pasar a las Indias —dijo Sansón para cambiar de tercio.

El gran respingo que dio Sancho sobre la albarda al oír esto estuvo a punto de volverlo a la aldea.

—¡Cómo a las Indias! —exclamó—. Alto ahí, ni un paso más. ¿No vamos a Sevilla a sentar allá cátedra de quijotismo? ¿No íbamos nosotros a ser oblatos de esta nueva cofradía? ¿No viven ya de don Quijote y de mí mismo gentes sin escrúpulos que no nos conocen, academias de tres al cuarto y parapillas de poca monta?

—No, sino a las Indias —replicó el bachiller—. Tú mismo me lo sugeriste.

—Ah, sí —admitió el antiguo escudero—, pero aquello fue un hablar por hablar, que una cosa es predicar y otra dar trigo. Ahora veo que me llevan engañado... ¿Va a ser cierto que quien viaja mil mentiras encaja? Y, mi señora Antonia, ¿vais a consentir alumbrar en una nao? ¿No hay tierra firme bastante en estos reinos? Bien está no servir a merced, como yo le propuse a vuesa merced, y sí con salario conocido, como se ha empeñado, aunque sea a cuenta. Pero ni por pienso he de volver a subirme a una galera ni dejar mi patria.

Se refería Sancho al garbeo que les dio a él y a don Quijote el capitán de la armada, el día aquel que salieron en Barcelona persiguiendo a los corsarios que traían cautiva a la hermosa Ana Félix, hija de su vecino Ricote, y a las cosas que vio, que le espantaron y dejaron harto de agua para mucho tiempo.

—¿Y te parece poco quijotismo cruzar los mares? —le replicó muy alegre Sansón—. ¿No querías tú aventuras? No te apoques, Sancho, y no se te ponga la mar por delante, que allí donde te encuentres bien está tu patria, y recuerda que el que mucho anda y mucho lee, ve mucho y sabe mucho.

En los días que ahorcó sus hábitos, poco antes de salir él a la busca de don Quijote, para reducirlo a su casa, había recibido la madre de Sansón desde Arequipa carta de cierto tío suyo, hermano menor de su madre, don Suero Pérez Maldonado, que, después de muchos años de haber pasado a las Indias, siendo muchacho, y sin saber de ninguno de su linaje, daba señas de vida. Decía en aquel pliego que «Dios ha sido servido de darme hacienda con que vivir, y quiero tener a mi cabecera persona que se duela cuando Dios sea servido de llevarme, porque ando con harto poca salud». Pedía en ella le mandaran al pariente más cercano, «de quien yo pueda fiar mi hacienda y partir con él de ella», y que fuese despierto, porque en aquel reino no hacían falta los hombres lerdos, sino que fuesen para todo, y supiesen «cuantos oficios hay», y que «viniendo prevenido sacará provechos». El bachiller, mozo solerte que las cazaba al vuelo, se acordó de aquel pariente, buscó el pliego, y sin encomendarse a Dios ni al diablo lo metió en la faltriquera la víspera de partirse con Antonia y el ama, por lo que pudiera tronar.

—Y no lleves cuidado —continuó, por mor de persuadir a Sancho, y dándose golpecitos en la faltriquera—, que llevo acá un pliego que vale más que carta de marear.

Sancho no era de los que diese su brazo a torcer fácilmente:

—Sí, pero mal año para todos los amos, y a bueno y necesitado, bien se esté san Pedro en Roma. Me quejé mil veces de tener un amo flaco de seso, y ahora veo que me he echado otro más loco todavía. Señor Sansón, no es esto lo que acordamos en el viaje a la Corte, sino que creí que iríamos a Sevilla paso a paso llevando por los caminos, aldeas, lugares, villas y ciudades famosas el pendón de don Quijote, y que podríamos hacerlo graciosamente un día aquí y otro allá, hablando con unos y con otros. Y que de ver y pasar y ver pasar viviríamos con decoro nosotros y los nuestros. Y que llegados a Sevilla, archivo que dicen de las riquezas del mundo, y donde por fuerza todos habrán de conocernos, abriríamos tienda de donaires, como otros la tienen de sedas o lardones. Y allí serían tortas y pan pintado, hablar y dar consejos y contar historias, y con ellas entretener honestamente a las gentes y mejorar el mundo, para ejemplo y sostén de los melancólicos, abono de los discretos y compañía de los alegres. Tal y como aparece en el libro, pero de nuestras vivas voces, no en efigie sino de cuerpo presente.

—De cuerpo entero, querrás decir —le interrumpió Sansón—, que yo espero vivir aún muchos y provechosos años.

—Ya sabe qué mal llevé —le replicó Sancho— el que estuviese mi amo anterior toqueteándome las palabras, y mal lo llevaré con vuesa merced, que, como le dije a él, le digo: si me entiende, lo demás sale sobrando.

Prometió no olvidarlo el bachiller, pero siguió diciéndole:

—¿Y dónde has visto tú que nadie abra su bolsa para comprar los donaires de un destripaterrones y los latines de un bachiller sin oficio ni beneficio, y menos aún para oír nuestras burlas?

—¿Va a negarme vuesa merced que no andamos en boca de las gentes? —preguntó Sancho.

Era verdad. No había lugar donde no se hablase de don Quijote y Sancho. En castillos y ventas se organizaban mojigangas y farsas en las que aparecían en efigie, para contento general de grandes y chicos, de principales y villanos, de dueñas y criados, de doncellas, casadas y viudas, y se imitaban sus trazas, y unas veces por simples y otras por agudas, entretenían a todos.

—¿No acuden las gentes a los corrales a ver a unos como nosotros? —prosiguió el antiguo escudero—. ¿No nos tropezamos mi señor don Quijote y yo con aquel don Álvaro de Tarfe que venía de estar con un don Quijote falso y otro yo de pastaflora? Nadie es más que otro si no hace más que otro, dijo mi amo, y del rey abajo ninguno. ¿Y por reír no pagaría vuestra merced cuando está afligido? Sabiendo las gentes que nos hallamos en tal o cual lugar, querrán que les hagamos merced con la verdadera historia de don Quijote y todo aquello que el historiador no dijo; ¿o es que piensa vuesa merced que tampoco querrán venir a ver a su sobrina y al ama?

—A mí no me metáis en eso, señor bellaco —saltó el ama—. Yo no necesito de consejas, cuentos ni historias como vos para vivir honrada. Así que honrad mi nombre, y honraré el vuestro.

—No lo digo por tal —se excusó buenamente Sancho—, sino porque ya sabe todo el mundo que nuestro amo y señor don Quijote fue un loco entreverado, y habrá quienes vengan buscando oír sus locuras, por esparcirse con ellas, y otros sus razones sobre lo humano y lo divino, para encontrar consuelo. Lo ha dicho ahora el bachiller Sansón, que don Quijote, loco, valió más que muchos cuerdos, y cuerdo, como el que más de los discretos. Y de mí puedo decir otro tanto, que yo me he leído, y sé que lo que pude tener de simple, lelo y sandio, no lo tengo de malo, y aún diría que lo tengo de bueno y leal. Todo lo que tuvo mi amo de ficticio, lo tengo yo de verídico, pero si me fuese con vuesas mercedes a las Indias, adiós Sancho, y para don Quijote, ya hubo uno. No ha de tentarse al cielo, que tantas veces va el cántaro a la fuente, etcétera. De modo que, señor Sansón, claro que subí esta mañana en mi burro queriendo y buscando un género de aventuras, pero no esas que dice vuesa merced que nos esperan en las Indias, sino muy otras. Le dije a vuesa merced, volviendo de Madrid, que si don Quijote, estando loco, hizo tanto y bueno, qué no haría vuesa merced siendo cuerdo, y si yo con un loco salí tan ganancioso, cuánto no ganaría con un amo mozo y preclaro. Pero de ahí a querer que pase yo a las Indias, es pedir cotufas en el golfo, que también he oído decir a muchos que aquellas Indias son refugio y amparo de los desesperados de España, iglesia de los alzados, salvoconducto de los homicidas, pala y cubierta de los jugadores, añagaza de las mujeres libres y, en fin, engaño común de muchos y remedio particular de pocos. No, no y mil veces no. Aquí me planto, ni un paso más.

Con esto y con todo nadie dijo so mientras Sancho maldecía su suerte, ni él tiró de la jáquima de Almanzor ni detuvo la marcha, sino que sus últimas palabras llegaron en el momento en que culminaban una pequeña loma, tras de la cual su pueblo dejaba de verse.

Carrasco, que le había estado escuchando con atención, no quería disgustarle, porque comprendía que el antiguo escudero de don Quijote y ahora criado suyo debía serle de gran ayuda en la nueva vida que pensaba darles, pero no por eso dejó de decirle que era un alma de cántaro y que valiente cobarde estaba hecho, y para persuadirlo de que no se volviese al pueblo, no se le ocurrió otra cosa que preguntarle si no sabía que alguien estaría anotando esas mismas palabras suyas para sacarlas en la colada cuando cupiese. Porque había de saber que de la misma manera que ya hubo quien escribió su historia mientras sirvió a don Quijote, no era descabellado imaginar que otro estaría haciendo lo propio con todos ellos en ese mismo instante, y que las gentes lo iban a tomar por un consumado parapoco y un taimado.

—Tate, señor —dijo Sancho—. A otro perro con ese hueso. ¡Pendolistas a mí! Si no me importó leer mi historia de mano de un gran historiador verdadero como Cide Hamete, imagine lo que sentiré de uno sobrevenido, que me malicio podrá ser vuesa merced.

Se rió de buena gana Sansón con la ocurrencia, pero no dejó de decirle:

—¿Y no creéis que don Quijote os pediría en este punto que guardarais lo que queda de él en el mundo, a falta de hacienda, que es su sobrina?

Sansón no decía todo esto en serio, sino por embromarle, y seguir hablando. Pero Sancho sí:

—No prosiga —dijo con la voz apagada el antiguo escudero—, que bien sabe vuestra merced que después de mi salvación no deseo otra cosa que servirle, como ya serví hace años a su padre, mi señor Tomé Carrasco, pero ninguna de vuesas mercedes ha subido a una galera, como yo subí, ni conoce las cosas ni las bellaquerías que allí suceden, que quien entra en una nao deja en tierra la esperanza de salir con vida, y ya lo dijo aquel leonero cuando la aventura de los leones, que la valentía, cuando entra en la jurisdicción de la temeridad, tiene más de locura que de fortaleza. Y habrá sido culpa mía pensar que vuesa merced sería no un caballero andante a lo Quijote, sino uno sujeto al buen juicio, que gobernase con tino nuestras vidas; y por demás: ¿se ha visto que nadie bien nacido se pase a las Indias sin dar aviso a su mujer, que lo creerá a tiro de piedra? No, no y mil veces no, repito. Yo salí a servir a mi señor don Quijote creyendo valer más y no menos, pero la vida con él me mostró que para conservarla, más vale tenerse por menos que por más. Yo no me embarco, y nones han de ser.

—¿No habrá modo, pues, de convencerte para que te quedes con nosotros? ¿Y no te he oído que ansiabas tú la fama, contagio de tu señor? ¿Qué se hicieron esas galas?

Rumió Sancho un buen rato estas palabras, hasta que, disimulando su contento, fingió pesar y dijo:

—Así es verdad, como dice, pero la fama que yo busco no es a lo caballera, sino a lo escuderil. Los pobres con poco tenemos mucho, y para lo que yo quiero la fama, sin alejarme mucho de nuestro lugar me basta. Y a más, señor y señoras mías, ahora que caigo, aunque quisiera, no podría pasar a las Indias como casado sin obtener licencia, y aun me temo que tampoco vuesas mercedes podrán hacerlo sin sus ejecutorias, cartas y demás recaudos, que he oído decir que las guardas son severísimas y no dejan cruzar la bocana de Sanlúcar a quien no va en regla con el Consejo y el Santo Tribunal, y así habré de volverme a nuestra aldea, siquiera por las probanzas. Y conociendo Teresa Panza el fin de mi viaje, me llenará de nudos antes que dejarme subir a una galera.

Aún se burló algo el ama, y dijo, sin que se supiera si preguntaba o afirmaba:

—Será, Sancho, el temor...

A lo que Sancho respondió como resorte de relojero:

—Cada uno es como Dios le hizo, ama, y aún peor muchas veces, y a buen entendedor, lo dicho.

Trataron Sansón y Antonia este concierto de los permisos, previsto por el bachiller pero no resuelto por las prisas, y acordaron que llegando a Sevilla mandarían por el ordinario carta pidiéndolos, y con toda clase de promesas y pinturas risueñas de la vida que a su parecer les esperaba en las Indias, trataron de persuadir a Sancho, pero Sancho no parecía querer salirse un punto de su determinación, que era que no, si bien tampoco se decidía a detener el rucio y desandar lo andado. Y tanto y tanto porfiaba, que el ama no lo pudo sufrir más:

—Bien entiendo que se aflija vuesa merced, y se me rompe en mil pedazos el corazón imaginando el desamparo en que vuestra partida a las Indias dejará a mi buena señora Panza, a Teresica y a Sanchico, que a las Indias se sabe cuándo se va, pero no si habrá de volverse de ellas.

Y pintó también ella lo más a lo vivo que pudo cómo la mayor parte de los que pasaban a las Indias quedaban allí enterrados, si no comidos por las alimañas y las fieras o flechados por salvajes que bebían la sangre de los castellanos como Sancho los vinos famosos de la Mancha. Y todo ello lo dijo por ver si así se libraban del empachoso escudero, mientras volvía la vista y echaba una última mirada a la aldea; pero de la aldea no quedaba ya en el horizonte ni el negro gallo de la veleta.

CAPÍTULO TERCERO

Fue el caso que en la aldea todo andaba revuelto esa mañana, después que la veleta rasgó con su pico de hierro los tules de la aurora.

A poco de salir el sol, Matías Barrientos, el mozo que había venido a ocupar el lugar del tarambana Cebadón, primero y aventado amador de Antonia, dejó el aposento donde dormía, en la parte trasera, y extrañado del silencio que reinaba en el predio de los Quijano, llamó en voz alta desde el corral.

Ésta y cuantas veces volvió a hacerlo le respondió el silencio, así que se entró en la casa.

La encontró vacía, pero no de indicios que dejaran de mostrar que algo extraño había sucedido allí: de las arcas abiertas salían sayas, manteos y ropillas en desorden, el bufete tenía sus llaves puestas, y los lechos, fríos y con lienzos y frazadas revueltos, dieron señal de que los habían abandonado hacía horas sin ocuparse en recogerlos, como era uso puntual del ama. Y la caballeriza vino a confirmar lo que ya estaba probado: con su señora y Quiteria habían desaparecido también Rocinante y la mejor de las burras.

El mozo, que no era de los atolondrados, hizo aquello que hacía cada día, pensando acaso que su señora y el ama podrían estar de vuelta cuando menos se pensara; pero después de asistir al ganado y cribar un poco de cebada, vio, con el sol ya alto, que allí no aparecía nadie, y se decidió a dar cuenta al alcalde, y también al cura. Al primero, porque temía que viendo el desorden en que estaba la casa pudieran culparle de haber robado algo, si se echaba en falta más tarde, y al cura por pedirle viático para algún otro labrador rico que quisiera acomodarle como criado, porque aquella misteriosa desaparición de su señora no presagiaba nada bueno, y lo dejaba sin mesada.

No encontró al alcalde, pero sí a los alguaciles, a quienes confió el suceso, y a don Pedro no fue necesario buscarle por habérselo tropezado cuando iba éste a la casa de Bartolomé Carrasco, padre del bachiller. Hacía unos minutos había venido el criado del señor Bartolomé requiriendo su presencia, el hombre había sufrido un síncope, y se acababa. Hablaban que no pasaría del mediodía. Le llevaba los santos óleos. Oyó el cura con impaciencia a Matías, temiendo que el enfermo se le muriese, y le pidió que volviese a casa de los Quijano y le esperase allí, que él acudiría en cuanto encaminase el negocio al que iba, y pidió asimismo al mozo que no confiara aquello a nadie, porque la indiscreción puede hacer que los pasos buenos parezcan malos.

Pero ni Matías ni don Pedro contaban con la de los alguaciles, de la facción del alcalde, y como él del partido antiquijotil, que los reputaron no ya malos, sino malísimos, y media hora después de recibida la noticia de labios de Matías, ya todo el pueblo sabía que las Quijano lo habían abandonado, y con ellas el bachiller Sansón Carrasco, y de ahí el tantarantán de su señor padre, que lo había puesto, al parecer, al borde de la muerte. Los había incluso que decían que la doncella iba deshonrada de Cebadón, del señor De Mal y de hasta media docena de pretendientes, pero ninguno del bachiller, y los había también que aseguraban que el padre de Antonia, personaje principal de la Corte, enterado de la muerte de su cuñado, la llamaba consigo. Otros, que se las daban de sutiles, buscaban la causa en más escondidos rincones, y presumían iba huyendo de la justicia comida por las deudas, pues el señor De Mal venía diciendo desde hacía meses y a los cuatro vientos que llevaba prestado al difunto Alonso Quijano más del doble de lo que valía su hacienda, y que ya no le quedaba a don Quijote nada, y que todos aquellos majuelos, sembradíos y olivares que mencionaba en su testamento eran verduras de las eras.

También al señor De Mal llegó esa mañana el clamor de que la que daba por suya se le fugaba con otro. Oírlo, echarse encima su loba algarrobeña de escribano y correr desalado a casa de las Quijanas para detener lo que él creía una hemorragia de los bienes que también tenía ya por suyos fue todo uno:

—Dios sea servido —iba diciéndole al alguacil que vino a contarle la novedad— no dejarme burlado, que en ese caso no sé qué haré. Y qué necia la sobrina. Cuánto mejor habría hecho aceptándome por esposo. Habría saldado así las deudas de su tío y entrado en posesión de toda mi hacienda, que no es poca. Qué regalada vida le habría dado: saboyanas de brocado de Flandes, sayas de tafetán, verdugados, corpiños y chapines de seda, ajorcas y gargantillas, aderezos y perlas hasta aburrirla, y tantas criadas que no habría tenido que hacer sino abanicarse por las mañanas y tomar soconusco con las amigas en el estrado. ¿Dónde se ha visto mejor concierto que el que se hace entre un anciano y una doncella? ¡Ay, pecadora, por las buenas yo soy requesón del cielo, pero por las malas, Belcebú a mi lado te parecería un cordero lechal!

El alguacil le escuchaba en silencio y con incredulidad, porque tenía al escribano, como todo el pueblo, por el más avaro, mísero y ruin de los hombres, y aun no muy limpio, que no se lavaba por no gastar agua del pozo. Iba hablando a la carrera sin levantar los ojos de sus zapatos, y al caminar con aquella acucia se le iba estrechando el resuello y parecía que se ahogaría del todo...

—¡Lléveme el diablo, que no quedaré burlado...! —decía y repetía.

Llegaron a la casa de las Quijano. Allí se despidió el alguacil. Tenía éste por delante aún muchos rincones donde posar la noticia de aquella extraordinaria desaparición, que a tantos iba a alegrar. Con la fama de don Quijote y la aparición en libro de su historia, había en el pueblo, principalmente entre las fuerzas vivas, muchos envidiosos de ella que no podían sufrirla, y así, sin necesidad de leerla, ya deseaban ver la fama de don Quijote y sus secuaces arrastrada por el fango y malbaratada, y la noticia de aquella que parecía nueva desgracia en una Quijano cebaría su contento.

En cuanto el alguacil se fue, el señor De Mal atentó el portón de la entrada. Rechinaron los goznes y ladró el perro. Instintivamente el escribano dio un paso atrás, poniéndose en salvo. Siguió el perro ladrando pero no apareció, lo que le hizo suponer que lo tenían con la cadena.

Llamó, sin que nadie respondiera. Pasado el portal llegó al patio, amplio y despejado, con un pozo en el centro y su roldana. El perro ladraba con furioso denuedo en su rincón, y parecía que tratando de soltarse acabaría estrangulado. Atados también, dos galgos miraban a su compadre alano sin abrir la boca. El escribano, cobardón y oblicuo, no se atrevía a alejarse demasiado del portal, por si tenía que salir corriendo. Todo a la redonda tenía aquel patio un corredor de tabas blancas de cordero que dibujaban granadas, trenzas, rosetones, testigos de la bonanza que conoció la casa. La extrema limpieza de Quiteria y la lluvia de la noche las mostraban pulcras, lucientes. A un lado tenía cinco columnas de piedra, que lo soportalaban, y el ancho pasadizo del fondo dejaba ver el corral y unas grandes tinajas del Toboso apoyadas contra la pared. Entre ellas crecían malas hierbas y ortigas, que daban claras muestras de su abandono. Fue el perro apaciguando sus ladros. El señor De Mal sintió que todo aquello le pertenecía. En cuanto la Justicia lo señalara, se vendría a vivir a esa casa, más espaciosa y de mejor viso que la suya. Así se lo declaró a la sobrina Antonia el día en que ésta le rechazó. Quería ver a la muchacha de rodillas suplicándole un techo donde pasar la noche, mendigando un mendrugo de pan. Ahora la pájara, como dio en llamarla desde entonces, había aborrecido el nido. Mejor. El perro, que había dejado de ladrar, miraba con la cabeza gacha al escribano y movía la cola, quién sabe si pensando que aquel viejo torvo y pilongo de porte fúnebre podría ser su nuevo amo.

Llamó por tercera vez, con impaciencia. Conocía bien el camino por haberlo hecho muchas veces en vida del hidalgo con aquellos dineros que le sangraban la hacienda, y bien por la codicia, bien porque quería acabar cuanto antes el negocio que le había traído hasta allí, o para probar los bríos que le había despreciado Antonia, subió de dos en dos la escalera que conducía a la parte noble. ¿Viejo? No, no le perdonaba a Antonia aquel terco desdén. El esfuerzo estuvo a punto de ahogarle entre toses pedregosas y ferinas.

Halló la sala como la había encontrado esa mañana el mozo Matías, sepultada en un silencio mortal, los arcones desentrañados de sus linos y anascotes, el bufete con las llaves puestas, chapines viejos desparejados por el suelo, y en la mesa los tristes relieves de la cena. Paseó el señor De Mal la mirada por aquellos duros regojos buscando algo que le resarciese de la que a su juicio no era en absoluto una deuda lezne, y no halló otra cosa que lo dicho, y un pliego con su sobrescrito en el pequeño contador, apoyado en un velón de dos llamas. Lo tomó, buscó en la faltriquera sus anteojos y leyó:

Antonia Quijano, hija de don Felipe Melgar y sobrina de Alonso Quijano, ya finado, a don Pedro Pérez, presbítero de este lugar.

Muy reverendo señor:

Sucesos de los que vuesa merced está al cabo de la calle me traen a dejar mi casa llevada por mi esposo y en compañía de Quiteria Romero, ama que fue de Alonso Quijano, mi tío, y ahora mía. El dilatar la partida sería cosa que no conviene a nuestra hacienda. La que aquí queda, tanto en muebles, vestidos, trebejos y raíces, la encomiendo a vuestra merced, que no toda está como ha dado en decir el escribano señor De Mal, que tanto y mal nos quiere. Guárdese de él, señor cura, porque así como parece un hombre honrado y honesto, lo acaban malas pasiones, que tenían sin resuello a mi honestidad y honra a partes iguales. Y no sigo adelante por no hacer al caso. Mi esposo, el bachiller Sansón Carrasco, nos lleva a Sevilla, donde pasaremos con la flota a las Indias, que también conviene a su hacienda el hacerlo, ya que aquí nada le queda que no sea el dolor de ver a su padre harto enojado y a su madre entre lágrimas, y allá nos espera quien lo llama. De lo suyo no se lleva sino la esperanza de mejorarse y la fe de que su padre, que tuvo a bien desheredarlo, lo perdone, y de lo mío, no más que algunos sinsabores me llevo yo, los más de ellos amargos. Sírvase, pues, de vender los pegujales, el olivar y el labrantío, y con ellos la casa y lo que ella contiene, incluidos esos libros que trajeron a mal traer a mi señor tío y que mi esposo volvió a su antiguo armario. Quédese también v.m. con alguno, si lo quiere, como memoria de un hombre que mereció más de lo que tuvo y que tendrá acaso, pasado el tiempo, con la fama, más de lo que soñó. De los dineros habidos de la venta de todo, páguese a Matías Barrientos, mi gañán, 15 reales que se le deben y otros tantos por el perjuicio que le trae nuestra partida; con el señor De Mal, ajuste las cuentas, que no todo el monte es orégano, y pague lo que se le debe, que andará por los veinte mil reales según mis cuentas y rezan las cédulas. Dese de los dineros cincuenta ducados a los pobres de nuestro pueblo, así como los vestidos y la ropa que dejamos, y tome v.m. otros ciento sesenta para misas por el alma de mi tío, y de lo demás, póngalo vuesa merced a buen recaudo hasta nuevos avisos, que pediré cuando haya menester de ello, desde Sevilla o desde Tierra Firme, adonde vamos. Asimismo se despide de vuesa merced mi esposo el bachiller y de tantos amigos como allí deja, en especial el barbero que lo fue de mi tío, maese Nicolás, a quien ha de dársele la bacía de mi señor tío, que está buena, y la navaja de asta que queda, que la otra de hueso la guardo para mi esposo; él escribirá con mayor reposo. Sirva de poder con la justicia este escrito y la rúbrica que lo sacará por verdadero, y ya os proveeré de pliegos que lo prueben, que no en este que puede caer en malas manos. De v.m. muy devota hija, que sus manos besa, Antonia Melgar.

Mucho debió de enfurecerle al señor De Mal aquella carta. En cuanto acabó de leerla, se lanzó al bufete, abrió portecillas, alumbró cajones, buscó escondrijos secretos. De acá y de allá empezaron a salir alborotados muchos papeles, algunos de tiempos del Rey Católico, y de antes. Como palomas de un palomar que huyeran del raposo, así los iba lanzando al aire el escribano, fulvo de ira. Cuando se cansó de perseguir la suerte de aquel mueble, abrió colchones, alacenas y loceros, tentó almohadas, levantó alcatifas, movió el estrado, y aun removió las cenizas muertas de un brasero pensando que allí se hallaba sepultado Dios sabe qué. Sacudido por el temor de verse descubierto, tanto como confuso, sofocado y colérico, ahogado en toses, se quedó como una estantigua en medio de aquel desorden, pensando en cómo acabar su negocio. Le sacaron de su ensimismamiento unas voces. Llamaban a Matías. Guardó anteojos y carta en la faltriquera y salió de allí precipitadamente con el semblante aborrascado y torcido.

En el portal se dio de bruces con don Pedro, que llegaba. Venía éste abismado y pacífico.

—¿Qué bueno os ha traído por aquí, señor escribano?

—Malo, diréis. He llamado, nadie ha respondido, he hecho la guardia aquí, y como llegué, me voy. En la marcha de esta muchacha pierdo yo hoy más de treinta mil reales, que para burla es mucha.

—Para burla es mucha, sí. Y muchos reales parecen.

—Tanto me da deciros que son treinta mil, como dos mil ducados, de los que ni la casa ni las tierras de esa mala cabeza que fue el señor Alonso cubrirá la mitad. Los hombres como yo, por su buen corazón, acaban en la miseria a poco que se dejen comer de cenizos y cornezuelos. Y vos, ¿qué venís a hacer aquí? ¿La lechuza viene a la alcuza?

—Ni en esta alcuza, según vos, queda aceite, ni a esta vieja lechuza se le ha perdido nada que no sean tres ovejas que han dejado a lo que dicen nuestro redil.

—Lleváis razón, señor cura. No toméis a mal lo dicho, sino que hoy aquí han podido quedar enterrados más de cuarenta mil reales míos, y ando confuso.

—¿No eran treinta?

—Sin contar los intereses, y otros censos de menor cuantía. Y con la huida de esta mujer...

—Queda todo en manos de Dios —terminó de decir el cura.

—Y de la Justicia —matizó el escribano, y envolviéndose en su capa, esquivó al cura, que cerraba el camino, desapareció de allí como alma que lleva el diablo, diciendo misterioso—: Esto no parará aquí. Cartas dan y triunfos hablan.

Subió don Pedro a la sala sin saber a qué se había referido el escribano; y si ya antes de su paso la sala mostraba el desorden que queda dicho, después de su registro no parecía sino que la habían asaltado y desvalijado una partida de ladrones.

—¡Válgame el cielo! —exclamó el cura, atónito ante aquel amasijo de ropas, papeles y cacharros.

—¿Y qué ha hecho, señor cura, que no parece sino que ha venido con vuesa merced un pedrisco tan recio?

Era Matías. Llegaba a la carrera. Al ver aquel desbarajuste se echó las manos a la cabeza, cuidando poner los pies donde no pisara una saya o quebrara un plato, y se llegó donde estaba el cura.

Le preguntó luego éste dónde andaba, y el mozo le dijo que, viniendo a la casa, como le había ordenado, se tropezó con el alcalde, que por ser hombre escrupuloso, le pidió puntual información de todo, y no lo dejaba irse.

—Bien, Matías, tú no me has dicho toda la verdad. Conozco al ama, y sé que no saldría de esta casa dejándola como la ha dejado. Habla, y mira no me mientas.

Rompió entonces Matías a llorar y a lamentarse:

—¡Va a sucederme lo que yo temía, que pensarán que he sido yo el autor de este abordaje! Y yo juro a vuesa merced que cuando salí esta mañana a daros aviso dejé esta sala y los demás aposentos muy de otro modo. Esto no es obra mía. Y no sólo no me llevo de aquí en el negro de la uña nada que no haya ganado con mi trabajo, sino que dejo perdidos quince reales en jornales que me debía mi señora.

Dio por creído al muchacho; y como había buscado minutos antes el escribano, buscó el cura con la mirada algo que le diera explicación de lo que allí había sucedido.

—Ahí junto al velón está la carta, si la busca.

—¿Qué carta es ésa?

—Carta me pareció.

Señaló Matías el bufete y el velón donde la había dejado, pero por más que miraron y remiraron no apareció la carta, ni allí ni entre los papeles tirados por el suelo.

—¿Y sabes de quién era y para quién?

Confesó Matías la verdad, que no sabiendo él leer, no podía decirle sino que carta era, por haber llevado él muchas al veredero, y misiva, por lo pequeña.

El cura quedó suspenso unos instantes, pero al momento todo lo sospechó.

—Para mí —añadió el mozo— que pudo haberla escrito el bachiller. En los últimos días no salía de esta casa y se pasaban el día él y mi ama hablando por los rincones, y que eran cosas de importancia lo declaraba que llegando yo o cualquiera, dejaban de hacerlo. Nada tendría de extraño que el bachiller anduviera detrás de esta salida.

—Eso creo yo también, Matías.

Trataba don Pedro a todo el mundo, si no había una buena razón en contrario, con una bondad y respeto ilimitados, viejo o mozo, varón o hembra, rico o pobre, y a todos les enseñaba el fondo de su corazón sin doblez ni reserva, como libro abierto, y aunque otro no hubiese considerado a Matías sino un pobre gañán, en ese momento el viejo don Pedro le habló como se le habla a un amigo.

—Bien pudiera ser eso que dices, hijo. En casa de Bartolomé Carrasco todo eran esta mañana pesares, ayes, rezos. Hasta los gatos se diría que suspiraban, pero entre tantos desvelos, ni uno de Sansón, de quien dijeron se había ausentado camino de la Corte antes que a su señor padre le sobreviniera el jamacuco que lo ha puesto quebrantado, y cómo. Y o yo sé poco del mundo, o aquí hay gato encerrado. Bien está, y todo se descubrirá a su tiempo; el señor Bartolomé ha revivido después de recibir los santos óleos, y de momento no habrá entierro. Tú, Matías, hijo, pon un poco de orden en todo esto, cierra la casa, no dejes entrar a nadie, y menos que a ninguno al escribano, y buscaremos una casa donde acomodarte.

Así prometió hacerlo el muchacho, que era, como se ha dicho, de los despiertos.

—Pero no olvide, don Pedro, mis quince reales.

Le recordó que los necesitaba para no ponerse a pedir, porque comer era algo muy bueno para la salud del alma, siéndolo también para la del cuerpo, y que le había oído decir al mismo señor cura en la doctrina que si Dios no se olvidaba de darle grano a los gorriones, cuánto menos iba a olvidarse del grano de un zagal como Matías y el de su propia madre, que esperaba el jornal para poder hacerlo.

Le hizo gracia al cura el desparpajo del muchacho, y le dijo la que acaso es la más famosa y vigente razón de cuantas vienen haciendo fortuna en este mundo desde que Eva se la soltó a Adán, en las puertas del Paraíso, después de la gran pifia, camino, uno, de ganarse el pan con el sudor de su frente, y la otra, de parir con dolor una caterva de infelices, mostrando que ya entonces se estilaban naipes:

—Paciencia, hijo, y barajar.

CAPÍTULO CUARTO

Iba el señor De Mal bendiciendo al cielo por haberle llevado a la casa de las Quijanas tan oportunamente, y se tentaba en la faltriquera la carta que se propuso quemar en cuanto llegara a la suya.

Pero no era el escribano hombre que dejara cabos sueltos ni al cielo la consecución de sus negocios. Cuantas casas, rebaños y tierras había atropado en aquel lugar y muchos confinantes los había acabalado gracias a la escrupulosa manera de llevar sus asuntos, y aquél no quedaría del todo resuelto hasta hallar los célebres papeles y probanzas de los que hablaba Antonia, que podían echar por tierra sus aspiraciones a la heredad de los Quijano.

Y pensando en ellos y en cómo los obtendría, quiso la suerte que avistara a Cebadón.

Venía éste por la calle de Tintoreros, fuera de sí. Caminaba deprisa dando golpes a las paredes con un lanzón y patadas a las piedras. Tanto le había descompuesto la noticia de la marcha de Antonia.

Y fue verle, y pensar el escribano que aquella mañana el cielo estaba siendo demasiado pródigo con él, poniéndole tan en fila los astros.

—¿Adónde vas azogado, doncel? ¿Qué te aflige? Ven acá, hijo.

Lo miró Cebadón de través, por no serle simpáticas aquellas ceremonias del escribano, a quien conocía bien de los años que sirvió en casa de don Quijote, y esquivándole para seguir su camino, le dijo:

—¿Y a vos qué os importa? ¿Acaso os sirvo, para tenerme esas confianzas? Idos en mala hora con vuestras zalemas y dejadme en paz, que me espera el hato.

Tras haber trabajado a las órdenes del hidalgo y su sobrina, y después que ésta lo despidiese por lo que ya se sabe, se había puesto Cebadón de pastor con un ganadero de aquel pueblo, y cuidaba una buena copia de vacas en la dehesa boyar.

Hizo, pues, amago Cebadón de esquivar al escribano, como el agua de un torrente con el tajamar que rompe su curso, pero el rocoso anciano se le puso delante con los brazos abiertos:

—¿Qué prisas tienes? Mira, Cebadón, que todo el pueblo está al cabo del desabrimiento con que te trató tu ama Antonia y los descalabros que llevaste del bachiller Carrasco. Yo sé bien que hay cosas que un hombre no ha de sufrir. Ven acá, simple, en mí tienes a un padre que te quiere bien y te dará a ganar cincuenta castellanos si me cumples cierto concierto que llevo en la cabeza.

—¿Y qué concierto es ese que valga tanto? —preguntó Cebadón levantando la barbilla y con mirada torva.

Le respondió el escribano que no era de los negocios que se pudiese tratar en medio de la calle, y pidió que le siguiera.

Viendo la casa donde vivía, era comprensible que el escribano hubiese puesto sus ojos en la de los Quijano. Si ésta era amplia, ventilada y luminosa, la suya era estrecha y tenebre. Si aquélla era de firme y noble cantería cortada a escuadra, la del escribano parecía sostenerse a duras penas entre las dos vecinas, las paredes se descarnaban de continuo y había tanta humedad en sus muros, que manaban a todas horas unos zumos negros de sepultura. La de los Quijano, aderezada en su punto, con la pulcritud y el decoro debidos a un linaje tan antiguo, dejaba en evidencia aquel mechinal de prestamista, sin brasero en el estrado ni una mala alcatifa junto al lecho donde poner los pies los días de invierno. Y aun se contaba que a la mujer que lo asistía desde hacía más de cuarenta años, Juana de Juanes, una vieja a la que todos conocían por el mote de la Fruncida, la había encontrado en una mancebía y era bruja, de la estirpe de la

Albardera, la Vulpeja y la Gorrionera, y que se untaba y se juntaba dos veces al año con su cabrón. Pocos en el pueblo la habían visto, por no andar ella nunca sus calles, como no fuera de madrugada para asistir a la primera misa, o de noche, como se ha dicho, montada en una escoba.

Salió a abrirles. Era la Fruncida una mujer de cortísima estatura, rostro de garduña y aspecto ceniciento a quien las tocas negras daban un aire religioso, místico, tumefacto. También se decía de ella que era la única que conocía dónde emparedaba sus dineros el señor De Mal, caudales que el vulgo, tan puntual siempre llevando la cuenta de los ajenos, cifraba en más de tres millones de maravedíes. Nadie en aquel pueblo había visto jamás tal fabulosa cantidad, pero que el escribano debía de tenerla era cosa indudable, pues le permitía prestar a muchas gentes, entre ellas el conde, cuyas propiedades todos daban por hecho que acabarían algún día entre las garras de aquel viejo indino y rapaz.

Cuando se vieron solos en el zaquizamí donde tenía su bufete, se acomodó el señor De Mal en el único sillón que había en toda la casa, tras de la mesa. Era una silla de brazos, firme, de inquisidor. La mesa, de las de sólidos fiadores de hierro, estaba tan cargada de legajos, libros y papeles como un carro de heno con sus adrales. En medio de ellos, naufragaba una escudilla con restos de un potaje inmundo y un mendrugo negro a bordo. Rozó el escribano al sentarse uno de aquellos papelotes y se vinieron al suelo una porción de ellos, lo que le arrancó furiosa maldición. Mientras los recogía, se le fueron los ojos a Cebadón a todas partes. Había allí en armarios y lejas libros, asientos, escrituras de venta y compra, ejecutorias, pergaminos, testamentos, documentos judiciarios, sellos de lacre y de plomo, y mil pliegos más con sus balduques o sin ellos, todos o la mayor parte bajo una espesa capa de polvo y en tal cantidad, desorden y abandono que asombraba. Había al fondo una pequeña arca de caudales, con sus armadas tablas y robustos herrajes y cerraduras, más acaso para distraer la atención que para recordar la grande, pues no cabía pensar que en aquélla cupiera el oro y la plata que se le suponían.

—Sabes bien cuántos socorros llevé estos últimos años a tu amo don Quijote —empezó diciendo el escribano, cuando hubo restituido los papeles caídos al desorden de la mesa—, y te digo que esos préstamos me han dejado a mí esquilmado. Prometió pagármelos puntualmente, pero primero la locura de aquel fantasioso y ahora su muerte se llevaron por delante sus buenos propósitos y con ellos mis esperanzas de cobrarlos. Atiende a esto que te digo, que es cosa que me importa mucho. Antonia, con su partida, te ha robado la dicha y a mí ciertos pliegos que me dejan burlado. Ésos probarían lo que es mío. A lo que pienso, los lleva consigo. Averigua por qué camino se han ido Antonia y los demás, vete tras ellos y consigue esos papeles, y verás entonces veinticinco escudos de a ocho como éstos.

Se levantó, abrió la caja de los caudales y sacó de sus profundidades una bolsa, hizo un hueco en la mesa y volcó en ella un puñado de monedas. Eran verdaderos castellanos del rey Juan que Cebadón no conocía sino por rumores, quiere decirse que no había visto jamás un cuño parecido. Acto seguido puso el escribano su dedo índice sobre ellos, un dedo torcido y seco, como un sarmiento negro, y empezó a contarlos uno a uno, separándolos de blancas y de cobres. Llegado a un punto, guardó los que sobraban en su bolsa y con la mano, suavemente, empujó hasta él los veinticinco que quedaron:

—Tómalos, son tuyos.

Cebadón no se movió.

—Anda, hijo, que nadie tuvo tanto por tan poco, y serías bien necio si me los despreciaras.

—Es mucha merced la que me hace —dijo al fin Cebadón—, pero ni ese recado vale estos castellanos, ni creo que los paga por ser suyos. Avise a la Hermandad, y ellos le traerán esos papeles, y presa a Antonia. O me cuenta todo, o de mí no espere nada vuesa merced.

—Ya veo que eres un mozo discreto. A ti no te puedo engañar. Así es. Como tú, caí yo en las redes de esa pérfida Antonia, me prometió, me distrajo y me enredó, y cuando me vio con el juicio perdido, me asestó el golpe mortal.

«Dadme una prueba de vuestro amor», me dijo, «y seré vuestra legítima esposa, como queréis». Pasé unos días pensando cómo contentar a la dueña de mi corazón, y mis buenos propósitos y el más alto pensamiento de hacerla mi esposa me llevaron hace dos días a firmarle unos papeles en los que declaraba saldada toda la gran cantidad de dineros que su tío me adeudaba, y con aquel contrato le devolví las probanzas de don Quijote. Toda su deuda quedaba saldada por mi gesto gallardo. ¡Qué neciamente obré, hijo mío! Al recibir los papeles me dio palabra de su dote, que no sería otra que su mucho amor y la voluntad de servirme en todo aquello que yo mandara, porque nada le queda que no sea mío..., y ya habéis visto. La pájara ha dejado el nido, y más que por esos papeles que Dios confunda, siento que me ha puesto al pie del sepulcro, y en situación de quebrar e ir yo mismo a la cárcel, si no satisfago a tiempo a cuantos hombres principales me han valido, que en este gran teatro que es nuestra república no puede moverse una sola piedra sin que se venga abajo su fábrica completa. ¡Qué telarañas pone el amor en nuestros ojos! Ahora lo veo, y llévela el diablo. Que mi corazón haya muerto de esa puñalada ya no tiene remedio, pero ¿entiendes por qué me importa tanto volver a tener esos papeles? Bien sé que tú la amabas, pero has visto cómo ni tu gallardía ni mi buen deseo de darle estado y levantarla de su estrecheza han movido a esa ingrata sino a burlarse de los dos.

Allá se quedó Cebadón sin saber qué hacer, un sí es no es atontado ante la visión del oro y ganoso también él de vengarse.

—Decídete pronto, hijo —le apremió el escribano—, que no tengo toda la mañana. Te tenía por hombre resuelto y bravo, pero veo que sólo servirás para cuidar vacas, cavar viñas y morir aspado y mísero —dijo secamente el escribano, al tiempo que se dispuso a guardar los castellanos de la mesa.

—¡Alto ahí, don cuervo! —gritó Cebadón, y descargó tal golpe con el lanzón sobre el monte de legajos, que la nube de polvo los borró por un momento a los dos.

Recibió el usurero con el garrotazo un susto de muerte y

un grandísimo sofoco de verse motejado de aquel modo, y se quedó encogido sin decir nada.

—¡Deje ese dinero donde está! ¿Me ha tomado por simple, piensa que he nacido ayer?

Las voces se oían en toda la casa y la Fruncida irrumpió sobresaltada en el aposento, declarando acaso la celeridad con que llegó el que estuviera escuchando detrás de la puerta.

El escribano lanzó su ira contra la dueña:

—¡Largo de aquí!

Obedeció la vieja, y Cebadón, levantando de la mesa el lanzón, dijo tranquilamente:

—Si queréis volver a ver esos papeles, sacad la bolsa y juntad los escudos que han quedado allí con éstos. Y a la vuelta quiero dos veces lo que sumen. Si, como creo, está en tales pliegos la hacienda de los Quijano, ésta vale cien veces lo que me dais. Y a todo esto, ¿cómo sabe vuesa merced que los papeles van con ella, y no los ha dejado aquí o a otro, al señor cura, por ejemplo, que tan buen amigo fue de don Quijote?

—Ahí tenéis los veinticinco escudos. Tomadlos o dejadlos, y si los dejáis, idos en mala hora, que otro mejor los tomará.

No quería entrar el señor De Mal en más confidencias con Cebadón, dudó éste unos instantes y se puso en pie el escribano, dando por acabado el concierto. Finalmente lo pensó mejor el mozo y alargó la mano para tomarlos, pero la del escribano cayó sobre ella como antes había caído el chuzo sobre los papeles.

—¡Alto ahí, don necio, digo yo ahora! —exclamó el escribano. Y tomando una cruz que estaba en aquel gólgota de escrituras y legajos, añadió—: Habéis de jurar sobre esta cruz.

Era una cruz de palosanto y cristo de marfil, que daba gloria verla, pago del conde por un préstamo incumplido.

—Yo juro lo que voacé mande —dijo el mozo con desprecio.

—Nadie sabrá tampoco lo que hoy se ha hablado en este aposento —añadió el señor De Mal.

Juró el mozo guardar silencio, levantó el escribano su

mano de la del mozo, tomó éste las monedas, y el escribano, con más reposo, volvió a su tono melifluo:

—Hijo, te dije que en mí tendrías a un padre. Un padre severo, pero amantísimo. Toma los otros veinticinco. Y da por ganados otros cincuenta. Cumple tu parte, sé discreto, ten la lengua y apunta el seso, aléjate del vino y sepulta los pensamientos, no andes con mujeres malas y deja de rondar las buenas hasta no acabar con tu negocio, y con estos consejos verás medrar tu hacienda. Y mira no muestres esos escudos, que hace cien años no se han visto en estos reinos y levantarán la curiosidad de todos y querrán saber cómo un boyero como tú tiene trato con ellos. Y mira no te tiente el diablo y quieras desaparecer con ellos antes de volverme lo que es mío, porque te encontraré debajo de las piedras, aunque haya de ir a la China a buscarte, y no dejaré de ti a los jueces ni la sombra.

Oyó Cebadón aquello como quien oye llover, y ya sólo quiso saber cuándo tenía que empezar y acabar aquella empresa.

—El acabarla no está en manos sino de Dios —le dijo el señor De Mal, que era un hombre que confiaba mucho en la Providencia—, pero el empezarla está sólo en las tuyas. Cuanto antes vayas en pos de ellos, más cerca los encontrarás y antes podrás desembarazarte de tu deber. Vete a ver a tu amo, despídete de él, vuelve acá, toma de mi caballeriza el ruano y corre tras esa perdida, halla los papeles, vuélvemelos y llévate los escudos que aquí te están ya esperando, y aún los doblaré si todo lo haces discretamente y no serán cincuenta, sino cien y para que veas la buena voluntad que te tengo, aquí te doy treinta reales más. Con éstos engrasarás goznes, ablandarás voluntades y comprarás silencios.

Cebadón le aseguró que de allí a dos días estaría de vuelta con los papeles, o no estaría. Quiso decir, y lo dijo, que si no los traía era porque había quedado muerto en el intento, y que él era un hombre de honor, y que quien lo pusiera en duda habría de vérselas con él, y que iba resuelto a volverle por las buenas o por las malas los papeles, y los traería acaso mejor por las malas. Pues si el escribano quería vengar la burla de los papeles, a él le cumplía más vengar la burla de sus amores, y que ya lo había dicho una vez y mil veces a Antonia, y él era hombre de palabra: «O mía, o de nadie».

—Como mejor veas, hijo mío —alentó el señor De Mal—. No me meto en tus cuitas, pues la honra de un hombre vale más que todos los escudos. Ahora, mira no vayas por quedar honrado a dejarme a mí sin honra, que la mía está escrita en esas cédulas. También soy de tu opinión; y mejor de nadie, si no puede ser de ninguno a los que dio su palabra de ser su esposa, si como dices, también a ti la dio.

Terminadas las capitulaciones, partió Cebadón.

Llamó luego el escribano a su dueña, que acudió renqueante.

—¿Dónde estabas?

—¿Dónde iba a estar? Vuesa merced sabe hacer las cosas mejor que yo, pero no ha sido, a mi modo de ver, un buen acuerdo, y quiera Dios que no nos traiga un nublado.

Declaraba de ese modo la Fruncida que había estado oyendo tras la puerta, por lo que el escribano se ahorró los entremeses:

—No temas, Fruncida. Si, como presumo, ese trueno no hace nada a derecho y se va de la lengua, diremos que vino a esta casa a pedir prestados a cuenta de su jornal los dineros que se llevó a la fuerza. Y ahora mírame aquí en el cuello, que parece que con todo esto se me ha agarrotado y no puedo moverlo.

Miró la Fruncida donde le decía el escribano, y con dos pasavolantes, pues también tenía fama de haber sido saludadora, le dejó el pescuezo como nuevo.

—Ay, mi buena Juana, qué manos te dio Dios.

A solas de nuevo, se sacó el señor De Mal de la faltriquera la carta de Antonia para quemarla; y lo hubiera hecho, de no haber cruzado su cabeza un raro pensamiento. La abrió, examinó la rúbrica de Antonia, tomó papel de un rimero, mojó la péñola en el tintero, y con su bonita letra procesal, adornada de toda clase de pendolismos, acabó en menos que se cuenta aquí tres pintiparadas cédulas. En una se decía que Alonso Quijano reconocía préstamos del señor De

Mal por valor de quinientos ducados, y firma al canto; en otra subió de punto, y puso mil; y en la tercera, Antonia Melgar reconocía a Alonso de Mal deudas de su difunto tío don Quijote por un monto de dos mil, e imitó la firma de la sobrina tan primorosamente como imitaba la del tío.

Todo se lo vio hacer la Fruncida, a quien le tendió aquellos papeles:

—Ponlos donde tú ya sabes con los otros, que si no sirven los verdaderos, servirán éstos, y quema esta otra carta.

Se fue la Fruncida con los papeles, y si aquellas paredes hubieran podido hablar, habrían jurado por lo más sagrado que también el escribano dijo entre dientes la famosa palabra:

—Y ahora, paciencia.

CAPÍTULO QUINTO

Se les echó encima la hora del almuerzo, pero no encontraron una sola venta donde comer guarecidos de la lluvia, que había empezado de nuevo a castigarlos pese a lo menuda y mansa que caía, y así determinaron que cada cual, sin desmontar, entretuviese su hambre con alguna de las frioleras que traían en la despensa.

Abrió el ama su alforja y fue repartiendo los bastimentos que llevaba en ella. Antonia se conformó con un puñado de uvas pasas, tomó ella otro tanto y un poco de pan, y dio al bachiller carne fiambre y queso, porque era de los de buen apetito, aunque no tanto como Sancho, que hizo tal razia en su alforja y dio tales tientos a la bota, que dejó una y otra muy flojas, pues aunque no había abandonado aún su condición melancólica, el aire libre le abría el apetito.

Pero ni el bocado ni el vino le disiparon el pesar que le ocasionaba imaginar las Indias.

—Agua de cielo no hace agujero, dice el refrán, pero ésta me hace uno bien grande dentro. ¿Quién verá crecer las mieses y quién las segará y las trillará?...

—Oyéndote, Sancho —dijo el bachiller—, se diría que ya estás echando de menos la mancera, el zoquete, el trillo.

—No lo digo yo por tanto, sino porque día de agua, taberna o fragua, y en día como hoy, cuánto mejor se estaría junto a un fuego, y el que llevo de mi terruño aquí dentro no lo apaga este calabobos. Ni cuando estuve aquel mes en la corte ni luego, cuando me puse a servir a mi señor don Quijote, olvidé de dónde era; al contrario, se diría que cuanto más nos alejamos de nuestro lugar, más se nos pinta él en la memoria, y no hay un solo día de los que el hombre está lejos del suyo que no piense en él, por lo menos siendo pobre; que el pobre lleva consigo su patria allá donde va, y más le sabe el pan en su casa al pobre que la presa en la ajena... Quien lo probó en aquella maldita ínsula lo sabe.

—Tenía entendido —dijo el ama por el gusto de llevarle la contraria y por hacer más liviano con la conversación aquel día de perros— que al pobre, no teniendo tierra donde caerse muerto, todas le darán igual.

—Ah, yo no sé, señora ama, pero oí hablar muchas veces a mi amo de un tal doctor Laguna, según él el más insigne de los que hubo en siglos en estos reinos, y Laguna decía que cuando los remedios que usan los galenos, tales como hierbas, untos y pócimas, no atajan los males, es cosa probada que el tempero, las aguas y los aires del lugar donde nacimos o pasamos nuestros primeros años, sólo por su virtud, nos sanan. Y basta llegar a nuestra patria y verla ya de lejos, que todo por dentro se nos alegra, como si fuese posible volver a aquellos años felices de nuestra puericia y mocedad, cuando vivíamos descuidados.

Dijo Antonia que no podía estar más en desacuerdo con aquel Laguna, porque a ella el pueblo la había estado menoscabando, y que de haber seguido un mes más en él, se habría consumido de tristezas como el sauce, y que no creía que fuese a echar de menos aquel poblachón que le desmazalaba el ánimo.

Y algo de eso había, porque al menos hasta entonces era Antonia de la condición del cardo.

—Yo me voy de él contenta —añadió—. Veía cómo pasaban mis días y se consumía mi tío, mi hacienda y mi vida. Cuando mi señor padre hubo de irse de nuestro lado, dejando a mi señora madre en el mayor desconsuelo y del todo desamparada, por suerte yo era tan niña que no recuerdo nada. Y hoy es el día, ama, que sigo sin saber por qué nos abandonó, y doy en creer que nunca quisisteis declarármelo.

—Antonia —dijo el ama—, si el tío de vuesa merced supo la causa, yo no la sé, y si yo la hubiese sabido, hace ya mucho que te la hubiera declarado. Sólo te sé decir que cuando llegaste en brazos de tu madre a nuestra casa, no abultabas lo que un gazapo, y que tu señor tío te dio todo lo suyo, y no te dio más porque no lo tenía. Con nosotros creciste, y un día con otro, lo que fue se fue olvidando, y si no te hablamos más de tu madre fue por no darte más pesar. Y esto supimos, que a tu padre don Felipe le esperaban anchas mercedes y privanzas y negocios que importaban mucho a su honra no sabemos dónde, no sabemos de quién, no sabemos durante cuánto tiempo. Nunca volvió ni llegaron a nuestra casa sino difusas noticias: unos dijeron que partió a Italia y cayó en poder de piratas berberiscos, otros que murió en la peste que azotó Lisboa, y aun hay quien dice que pasó a las Indias.

—Eso tuvo que ser, ama, que mi padre don Felipe debió de morir de esa peste, porque de estar vivo, ya habría venido por mí.

Y como guardaron silencio todos, Antonia volvió a decir:

—Para mí que siempre supisteis algo que no me contasteis.

Sansón, de suyo caritativo, derivó el coloquio a hablar sin incumbencias, por distraer a Antonia, diciendo que no creía que su señor padre estuviese cautivo en Argel. De ser así lo hubiesen declarado los piratas, pues en declararlo está su negocio.

Fue peor el remedio que la enfermedad.

—¡Y tú qué sabes, meticón! ¿Me he metido yo en arreglar tu familia? ¿Estás diciendo que mi padre vive y no ha venido por mí?

—Mejor habría sido —terció el antiguo escudero por poner un poco de paz— encomendarle a vuestro tío salir en busca de don Felipe, que siempre se ha dicho que en casa del herrero cuchillo de palo, y no anduvo él muy fino no empezando sus amparos de huérfanas por donde más necesidad había.

El ama, que no entendía de burlas, se tomó en serio las palabras de Sancho, y dijo:

—Pero si sólo loco podía buscar a mi señor don Felipe, para entonces él ya no tenía más ojos que para aquella Aldonza, que Dios confunda.

—No hables de ese modo, ama —intervino el bachiller—,

que donde hay un poco de amor hay mucho de bueno. A nuestro don Quijote le robó el seso el mucho amor que puso en aquella dama de su fantasía, tan alto, que hubo de dejar en el camino la esperanza de alcanzarla, y el ver que este mundo no lo regían la compasión y la justicia que ordenan las leyes de la caballería, la razón de las armas y la belleza de las letras, sino la malicia de las gentes, el cohecho de los validos, la prevaricación de los jueces, la impiedad de los clérigos, la ociosidad de los nobles y la extrañeza y apartamiento de los príncipes, a quienes nadie informa de cuanto de veras ocurre en sus estados, por no hablar de la general ignorancia y crueldad del vulgo, que tiene siempre en su boca un «¡viva quien vence!»; en pocas palabras: a nuestro llorado amigo le volvió loco su poco poder para defender a los débiles y el dolor de los forzados, y aun los mismos débiles y forzados, bellacos como fueron tantas veces con él. Demasiado hicisteis vos y Antonia por conservarlo todos estos años últimos, pero estaba escrito en el cielo que en su perdición muchos hallarán su salvación.

—¿Qué salvación es esa que nos echa de nuestra casa, señor marido? —preguntó Antonia—. Si hubiese mirado por su hacienda, ahora nos estaríamos en nuestra aldea, como lo estuvimos tantos años, al amor de la lumbre, y no mojándonos la rabadilla.

—¿En qué quedamos, Antonia? —preguntó Sansón—. ¿Estáis contenta con salir de nuestro pueblo, o lo contrario?

Se amohinó la sobrina, sin responder, y lo hizo Sancho por ella, y un poco por hacerse perdonar lo que no quiso ser una pulla:

—No tiene nada que ver, tiene razón mi señora Antonia, y está bien haber salido, pero no en tal día, que día de agua, taberna o fragua.

Pero la sobrina seguía pensando en su padre, y adivinándoselo Sansón, quiso volver a ello:

—Antonia, te faltó un padre, pero quiso darte el cielo en tu tío dos padres, la persona a quien conociste, que te crió y a quien amortajaste, y el que ahora anda por el mundo impreso, que es inmortal.

—Más que con dos padres, me habría contentado con medio, estando cuerdo —replicó la sobrina—, y con un adarme de padre, incluso loco, que a menudo me doy a pensar cómo sería y qué cosas me habría dicho, y no puedo sino imaginar que el mío sería de condición suave, de noble porte y hombre de extrema gentileza, liberal con los amigos y antes magnánimo que severo con los contrarios, justo y curioso, prudente y discreto y, por encima de todo, el más alegre y tierno de los padres.

—Tal y como lo habéis pintado, señora —dijo Sancho, incorregible— no parece sino que habéis estado hablando de san Antonio de Padua, de quien hay imagen en nuestra iglesia. Y no deberían hablar de otro modo los hijos de los padres, pues honrándolos se honran, pero sabed que si un día me lo encontrara, y pido al cielo que siga vivo, me lanzaré a sus brazos para hacerlo en ese instante padre mío también.

—¿Hermanos tú y yo, Sancho? Sería lo nunca visto; pero como a hermano te recibo desde hoy, y lo mío es tuyo, y pido al cielo que sea mucho lo que me tenga destinado para poder partirlo contigo.

Sancho le había dicho esto por su inclinación a la zumba, y no podía esperar de Antonia, tan espinosa, aquella suave confesión, y hubo de añadir:

—No siga vuesa merced por ese camino, que soy de condición húmeda y romperé a llorar.

—Nada de llantos —atajó Antonia, muy poco partidaria de ellos.

Sí, Antonia era otra, Antonia casada con el bachiller era dulce y olvidaba las burlas. Antonia era dichosa.

—Si de veras quieres saber la historia de mi padre —continuó diciendo—, te la diré hasta donde la sé, que de ninguna cosa en el mundo, como sabe bien el ama, recibo yo más gusto que de hablar de mi madre y de mi padre, porque me parece que cuando lo hago, me hacen mejor de lo que soy. Fue mi padre o, mejor dicho, es mi padre... Y excusad que, antes de proseguir, os confiese que algunas veces me da tal brinco el corazón, que doy en creer que sigue vivo, siendo que ha muerto, pues estando vivo, como he dicho, no habría dejado de venir a buscarme. Digo, pues, que fue don Felipe Melgar de los afamados Melgar de Carrión de los Condes, en el corazón de Castilla, que sirvió a nuestro señor el rey en Lisboa, y allí conoció al viejo conde de Montones. Era este conde, padre del actual Montones y conde de Salvatierra, hombre a quien tiraban los buenos vinos, de los que tenía el prurito de acopiar los mejores en su bodega...

—Siendo así no hay más que reputarlo como un gran hombre —dijo Sancho—, y cuantos me conocen saben que hablando de vinos no hay burlas para mí, y de cuantos privilegios trajo aparejados el ser gobernador de aquella ínsula de infeliz memoria, de ninguno me fue tan doloroso despedirme como del santo panteón donde dormían el sueño de los justos los más nobles, benditos y preclaros vinos que hayan visto estos ojos y aun probado mi garganta, pese a los consejos de aquel Tirteafuera que Dios confunda. Pero proseguid...

—Y si fue cierto que Montones el Viejo, según decían, tenía demasiada afición al vino...

—Al vino toda afición es poca, no saliéndose de los límites que aconsejan la prudencia, la salud y la doctrina...

—Sancho, oí a mi tío que lo que peor llevaba de ti era que no le dejabas terminar a gusto nada de lo que contara, y si vas a interrumpirme cada vez que despegue los labios, dímelo ahora, porque dejaré que hables tú cuanto quieras...

—Excúseme, señora, pues no es algo que esté en mi mano remediarlo, pero también debió de deciros vuestro tío, tal y como era exactísimo en todo, lo que yo le respondí, y fue que si me iba a llevar por los caminos poniéndome aquella penitencia de no poder hablarle, sería mejor darme la vuelta adonde me dejaran hablar cuanto quisiera. Y lo que le dije a él, se lo digo a vuesa merced, que estoy a tiempo de volverme, y ganas me dan de hacerlo pensando que he de meterme en un barco con quien no me dejará gritar «¡socorro!» si naufragamos. Pero, con todo, prometo no volver a interrumpiros.

—El conde de Montones —siguió contando Antonia— tenía la afición al vino, yendo ésta al parecer algunas veces más allá de la templanza, pero se lo hacía perdonar con lo bueno que tenía, quiero decir que era amigo de zambras y saraos, y cambió la divisa de su linaje, que era un «Montes, montañas y follones, se los ponen por montera los Montones», por la de «Mahoma dijo montaña y un Montón dobló la hazaña», dando a entender que el buen día mételo en casa, y así siempre tenía a su mesa los ingenios más agudos de la Corte, autores, comediantes, músicos y todos cuantos se dedican a hacer más llevadera esta vida. Como es sabido, el ingenio y buen humor de la gente suelen ir parejos a su falta de dinero, y ésta al hambre, quiero decir que cuanto más ingeniosas son las gentes, más pobres y más hambre padecen, y así, sólo para tener abastecidos sus manteles y llenas las copas de toda aquella tropa de ociosos y bienhumorados, era preciso un ejército de despenseros, cocineros y bodegueros. Y ahí entró mi padre en escena, a quien el conde nombró aposentador de su casa con una renta de ochocientos escudos, y como tal se ocupaba de que no faltaran nunca allí los mejores vinos de España.

—Y así debió ser, que siendo tan gran señor como decís —dijo Sancho—, no faltarían en su mesa hipocrases, alojas ni aguardientes, y menos aún los vinos preciosos de San Martín, los moscateles de Hortaleza y supremos de Ribadavia, sin olvidar los malvasías catalanes y los amontillados de Jerez, con todos los ordinarios de Castilla, la Mancha y Andalucía, de Cazalla a Lucena, de Esquivias a Yepes, de Burguillos, Almonacid, Consuegra, Daimiel, Coca, Madrigal y Medina, a los de Toro y Vallehelado y cuantas ciudades alcanzaron justa fama por sus vinos.

—¡Dios santo, Sancho, que eres doctor en corambres! No sé yo si había de todos esos lugares vino en su mesa —replicó Antonia—, pero mi padre no dejaba de ir de un lado a otro de estos reinos, y aun estuvo más allá de nuestras fronteras, en Mantua, Porto y Creta, buscando chiantis, moscateles y malvasías. Quiso el cielo y los temperos de abril, las lluvias de mayo y los justicieros soles de agosto que cierto año el mejor vino de España se pisara en los lagares de nuestro pueblo y la noticia, con una barrica de él, corrió sin demora al palacio del conde, quien lo halló tan descomunal, que...

—No digo nada, por no interrumpiros —dijo Sancho—, pero algo diré luego de esto.

—... llamó sin pérdida de tiempo a su privado, mi padre, que ya para entonces la amistad entre ellos hacía ociosa la privanza, y le dijo: «Melgarito», que así lo llamaba, «véteme a ese lugar y tráeme cuanto puedas acopiar de ese vino, que no lo hemos probado parejo en muchos años». Y eso hizo don Felipe, con la diligencia que le debía a una grandeza como el conde. Vivía por entonces aún el señor Tomás Quijano, padre de mi madre y de mi tío, abuelo mío. Tenía fama de ser quien mejor vino hacía en el pueblo, con secretos que si le dijo algún día a mi tío, a éste se le olvidaron, porque era abstemio.

—Y aquí voy. Las tres cosas puedo certificar, y lo digo ahora, porque de no desembucharlas, reventaré —aseguró Sancho—. Una, que ya sé yo de qué cosecha se habla, pues aún se guarda memoria en nuestro pueblo de ella. Dos, que vuestro abuelo fue quien mejores vinos hizo nunca en toda aquella tierra, y el primero en usar las moras y juncos untados de sebo para saber si el vino era o no puro, y si las primeras flotaban, era buena señal, y muy mala si el junco untado salía con gotas de agua después de metido en él; él fue el inventor de esas suertes; y tres, que en todo el tiempo que serví con don Quijote siempre gustó más del agua de un arroyo que de mi bota, y aun creo que eso fue por lo que dicen siempre, que los hijos no quieren parecerse a los padres. Pero tengo para mí que en parte de su locura tuvo que ver ése no beber vino, sino agua, ni comer carnes, sino ensaladas y hierbas del campo... Y calla, Sancho, que te despeñas.

—No era nuestra casa —prosiguió Antonia, pasando por alto que Sancho la había interrumpido una vez más— la que fue luego, sino que entonces se pisaban allí quinientas arrobas de vino, se molía la mitad de aceite y en los trojes se guardaba tanto trigo como los que dieron de comer a Egipto, que se llamó a la casa de los Quijano el alhorín de la Mancha...

—Y se amasaban a la semana veinte panes, y yo hacía la comida para la gañanía y tres pastores, y se mataban tres cerdos en San Martín, y no había semana que no se desollara un carnero, ni témporas sin novilla, ni San Froilán sin destazar un buey —intervino el ama, a quien las palabras de Antonia precipitaron por la pendiente de las efusiones.

—¿Podré terminar algún día? —se quejó Antonia.

—Yo te dejo hablar, Antonia —intervino el bachiller por meter un poco más de bulla y sumarse al discreto jolgorio, al cual contribuía sin duda el que hubieran ya comido todos y bebido algo de vino—, y no sólo te dejo hablar, sino que te lo ruego, sigue.

Guardó silencio, resentida, Antonia, y fueron necesarias las súplicas reiteradas de sus tres compañeros de viaje para convencerla de que volviera a su relato; lo que hizo, no sin antes hacerles jurar y rejurar a los tres que ninguno de ellos volvería a interrumpirla, porque en el punto en que eso ocurriera, cosería sus labios y nadie, ni hincándose de rodillas, lograría descosérselos, lo que le recordó a Sancho la vez en que lo mismo les dijo aquel Cardenio, el loco que encontraron en Sierra Morena, y aun el cuento aquel de las ovejas que había que pasar en barca, y los dos, siendo largos, los contó Sancho, para desesperación de Antonia y contento de Sansón y aun solaz de Quiteria.

—Yo no estoy loca como mi tío, y entre todas vuestras mercedes lograrán que me enfade de veras, y sigan por ese camino, que seré yo, y no Sancho, quien tome el de Villadiego —dijo enojadísima la sobrina.

Juraron y rejuraron todos de nuevo, y Sancho principalmente, que nadie más la interrumpiría ni chancearía, y pudo seguir Antonia.

—Decía, pues, que entró mi padre esa mañana en nuestra casa, y digo mañana, porque fue mañana y de las de sol.

—Créame, mi señora —dijo Sancho—, que no es por mortificarla, pero querría saber cómo sabéis que hacía sol, si ni siquiera habíais sido concebida...

—Porque las cosas que nos importan, Sancho, se saben antes de que hayan ocurrido —intervino Sansón Carrasco—, y tiene todo el mundo derecho a recordarlas aun sin haber sucedido, si en ello nos mejoran. Sigue, Antonia, que no lo dijo Sancho esta vez por burlaros.

—Así es, Sancho, como ha notado mi esposo —asintió Antonia—. Y digo que mi madre resplandecía toda ella, pues tenía fama de ser la más hermosa doncella que nadie había visto nunca en aquel pueblo y en otros muchos en derredor. Tanta era su belleza que, unida a la mucha hacienda que los Quijano tenían entonces, hizo que vinieran de nuestra aldea, y de otras cercanas y no tanto, jóvenes de las familias principales y aun viejos muy ricos pidiéndola por esposa, y a todos rechazó mi madre, excusándose en su corta edad para tomar estado, y así lo respetó mi abuelo, de la opinión de casar a las hijas y a los hijos a gusto de ellos. Y acaso fueron providenciales tantos escrúpulos, porque el cielo la tenía reservada para mi padre. Entró, como digo, una mañana en nuestra casa y allí se topó a mi madre vestida para asistir a misa, con su corpiño de terciopelo azul y ribetes de oro y su basquiña nueva y su camisa más blanca que la nieve y la cruz de azabache con sus herretes de oro, esta misma que llevo, y todo esto lo sé, Sancho, porque de ello le habla mi padre en carta a mi madre, recordando aquel día en que se le apareció ella como la misma Dánae, y así se lo dice él, pues mi padre tenía sus pujos de poeta y la llama en sus cartas de este modo, y quedó, como tantos, prendado y prendido de su rostro, su talle y sus ademanes tan gentiles, bebió sus aires, se le turbó el sentido, y de allí a una semana volvió para pedirla a mi abuelo, que a expensas de lo que luego diría mi madre, la dio gustoso, por saber que era caballero y de los más acrisolados de Castilla, por el alto oficio que tenía en la casa del conde, y por ser hombre formal y de palabra, con gran disgusto de cuantos pretendientes había tenido hasta entonces, a los que se arrebataba de un plumazo las esperanzas de tenerla. Dio el sí mi abuelo, lo celebró mi madre, se holgó mi padre, que partió para la Corte, y un mes después le siguió ella.

—¿Y vuestra madre le amaba? —quiso saber Sancho, a quien aficionaban muchísimo las vidas de las gentes.

—¿Si le amaba, dices, Sancho? Te enseñaré los billetes y cartas que le envió en el tiempo en que quedaron desgarrados, mi madre en la aldea y su esposo en la Corte, adonde acudió a pedir permiso al conde para aquella boda. Como he oído que ya lees, te mostraré las cartas, aunque no creo que puedas leerlas, tan fregadas están después de lo mucho que debió de llorar mi madre sobre ellas. ¿Amor, dices? Fue verle y caer rendida a sus pies. A todo lo que llevo dicho, añádase que era mi padre al parecer un caballero apuesto y de talle gallardo, más alto que bajo y de hasta quince años de más edad que mi madre y mucho mundo corrido, lo que, es de suponer, lo avaloraba mucho a ojos de una doncella que nunca había salido de los términos de aquel lugar. Y por lo mismo que sé lo que vestía ella, puedo ver el vestido de él, que era un coleto de ámbar, una cadena de oro gruesa como un dedo, sombrero de fieltro segoviano con cintillo de diamantes, capa terciada y talabarte de rico cordobán con una espada del mejor espadero de Toledo, que en un caballero hace bien siempre llevarla. Mi madre, que entonces tenía la edad que tengo yo hoy, nunca se había cruzado con un gentilhombre como él, y en cuanto lo vio le entregó su voluntad. Dio, pues, mi abuelo a mi madre con toda su doncellez, se desposaron, me concibieron y nací. Murió al poco Montones el Viejo y subió a ocupar su lugar el Joven, quien culpaba a mi padre de aconsejarle al suyo más distracciones que devociones, así que fue morirse, y el Joven privó a don Felipe de su privanza, y aunque entonces nos dejó a mi madre y a mí, no fue sino por buscar donde hallar merced u oficio, y si no volvió, debió de ser porque no pudo, y así hemos llegado al punto en que creo que ha muerto, y otros en que rezo para que el cielo me lo devuelva.

Pobre Antonia. Quiteria conocía bien la historia. Se la había ella contado mil veces. Y mil veces más que se la hubiese contado, Antonia la hubiera adornado a su manera. No desposó Melgar a Elvira, o doña Elvira, como dio en llamarse luego en la Corte, ni se la pidió al padre de ésta, que ya había muerto, sino a su hermano Miguel, y con promesa de casamiento se la llevó a Madrid, y no fue Montones el Viejo, hombre pío, quien amistó con don Felipe, sino un disoluto, pendenciero y burlador Montones el Joven. Se llevó éste tras de sí a Sevilla a don Felipe, y no a Nápoles, como hizo creer a muchos, y allá el carrionés hizo la del humo, dejando burlada y encinta a Elvira en la Corte. Y allá fueron su hermano Alonso Quijano y el ama. Volvieron con ella y la niña a la aldea y la historia de un marido que nunca tuvo, y de Melgar, si te he visto no me acuerdo. Y Antonia también la conocía, pero la contaba de ese otro modo por fantasía y porque creía que si las cosas no habían sucedido como decía ella, deberían haber sucedido así, en atención a una pobre huérfana, y porque si industrian sus linajes los reyes, de qué no será capaz una hidalga.

Entre el cielo, encapotado y plomizo, y que los días eran ya muy cortos, aquél estaba a punto de morir antes de tiempo. Hacía algunas horas que no habían topado ni con pasajero ni con venta, y fue creciendo en ellos el deseo de llegar pronto a poblado donde pusieran a secar sus vestidos y sus personas y comer algo caliente.

De allí a un rato, Sancho, que tenía olfato de hurón, agarró al vuelo una hebra delgadísima de olor a leña, y prendido en ella acaso el de la olla que imaginó se estaba sazonando al fuego.

—No desesperéis, amigos, que antes pronto que tarde estaremos en poblado.

Escrutaron el infinito. Empezaba a anochecer. Ni un alma, ni un pájaro, ni una oveja, nada avistaron fuera de aquel horizonte ilimitado y campos encharcados, a punto de quedar presos de una noche que se anunciaba cerrada y negra.

—Mira, Sancho —le rogó Sansón—, que te engaña el ansia.

Coronaron un suave teso y vieron a lo lejos una que parecía venta, y no de las pequeñas.

—Fíense siempre vuesas mercedes de mí —dijo Sancho—, que en lo tocante a descubrir por los efluvios dónde cenar caliente, me llaman el zahorí de las ollas podridas.

CAPÍTULO SEXTO

Media hora después de avistada, llegaron los cuatro a aquella que no supieron en un primer momento si era venta o no, por hallarla sepultada en el mayor silencio.

Defendido por un alto muro, se veía al fondo un viejo, grande y algo destartalado caserón al que se habían ido añadiendo toda clase de cubículos, hornos, caballerizas, pajares y zahúrdas. Del día no quedaba más que el sucio pavón de un resplandor agonizante. La lluvia arreció en ese momento. La oían percutiendo en las tejas, y dentro, tras el portón, sobre las lajas. El viento aprovechó también para salir de su guarida y sacudía violentamente las copas de algunas encinas y alcornoques cercanos, arrancándoles variada suerte de lamentos tremebundos. En un majuelo próximo el viento a rachas zurraba los olivos y sacaba de sus hojas destellos mortecinos, plateados, un tanto tenebrosos.

Desmontó el bachiller y dio tan rotundos aldabonazos al portalón, que parecía querer tumbarlo más que abrirlo.

Acudieron a la carrera los perros, que ladraron encarnizados, y se oyó detrás la voz de un hombre:

—¡Ya voy! ¡Ya voy!

Apareció ante ellos, cubriéndose la cabeza con un caperuzo y llevando una linterna en la punta de un lanzón. Era pequeño y abultado como un tonel. Les dijo que aquélla era la venta Ronquera, que la tenían trancada por temor a un bandido llamado el Mochuelo. Traía éste atemorizados, dijo, aquellos contornos desde hacía meses. Y, sí, disponían de aposentos, un lugar junto a la lumbre y cena caliente, si la pedían.

Quiso saber entonces Sansón cómo siendo aquél el camino real de Sevilla, habían encontrado tan pocas gentes, y le informó el ventero que aquél no era el camino real, y que en algún punto lo debían de haber trocado, pero que podían salir de nuevo a él en apenas tres leguas.

—Pues yo digo —dijo Sancho— que las aventuras y desventuras nunca comienzan por poco, pues ya le oí yo una vez a don Quijote que nada sucede porque sí..., y no digo más.

Le miró el ventero sin saber a qué venía aquello, y esperó a que pasaran los cuatro para cerrar, no sin antes echar una mirada fuera.

Ya dentro, ayudó Sansón a desmontar a su dama y fue a hacer lo propio Sancho con Quiteria, de no ser porque el decoro del ama no le habría dejado que nadie le hubiese puesto la mano encima, y menos Sancho Panza; y así descubrió la intención del escudero, dio un brinco a tierra que asombró lo indecible al ventero.

—¡Vaya desenvoltura, señora! —dijo.

Se puso como la grana el ama, y preguntó Sancho dónde estaban las caballerizas y la cebada, y se llevó las bestias para desalbardar su rucio y la burra de Quiteria y desensillar a Rocinante y la mula, y darles pienso.

Sansón, Antonia y el ama siguieron al ventero, que abría la marcha con la linterna, hasta una gran estancia. Había en ella, sentados a una mesa, dos caballeros que, por la riqueza de sus ropas de camino y lo pausado y apagado de su coloquio, demostraban ser de calidad. Llevaban aún puestos los herreruelos, uno de damasco y otro de raja, señal acaso de que no hacía mucho que habían llegado allí. El fuego sacaba en uno el fulgor del oro de una cadena de más de treinta onzas, y del puño de una daga que llevaba el otro, destellos de lo que parecían rubíes y otras piedras de precio. Junto a la lumbre habían puesto a secar sus monteras de terciopelo y dos capas de limiste con pasamanería de oro, que valía cada una doscientos ducados. Al ver entrar a Sansón y a las dos mujeres, se levantaron ceremoniosos para agasajar a Antonia, dieron las buenas noches y sendas solemnes cabezadas, y se volvieron a sentar, apagando aún más si cabe el coloquio que se traían.

Mientras Sansón disponía con el ventero la cena que tomarían (les dio a escoger huevos con torreznos, olla, y media pava estofada que quedaba del mediodía, así como aceitunas, higos, nueces y moscateles, y requesones traídos ese mismo día por uno de los pastores de aquellos contornos), ayudó el ama a Antonia a quitarse la capa aguadera, que dejó, junto a la suya y las de aquellos caballeros, sobre un escaño, y lo mismo hizo con el parasol que protegió a Antonia todo aquel día de la lluvia.

Era la chimenea volada, como de venta, y ardían en ella tres o cuatros leños de gran porte, y otros esperaban al lado su turno. Sobre el fuego había una olla de hierro suspendida de una gruesa cadena. Borboteaba voluptuosa y solemne e infundía por la sala olores de grata invitación. Entrando y saliendo silenciosa, pululaba por allí una mujer gorda, criada o esposa del ventero, y los criados de los dos caballeros, que llenaron de vino los jarros de sus amos, y una niña que trajo los suyos a los recién llegados.

—¿Te das cuenta, ama —empezó a decir Antonia, apenas en un susurro, porque no quería ser oída de aquellos dos gentilhombres—, te das cuenta de que ayer fue acaso la última noche que dormimos en nuestra casa y en nuestros lechos? A pesar de lo que dije antes, querría estar mañana mismo de vuelta allí. Ama, todo me da miedo. No podré vencer el temor a embarcarme, y sufro sabiendo que mi esposo se ha ido sin la bendición de su padre, y que ello habrá de traer sobre nosotros el infortunio y que no saldremos con ventura. Ay, las Indias, se me encoge el corazón sólo de pensarlo. Aquí al menos éramos conocidos por todos. ¿Quién nos fiará donde no nos conozcan?

Y la que no lloró cuando murió su tío, ni se conocía que hubiera llorado nunca, tampoco lloró entonces. Pero no pasó inadvertida su turbación a aquellos dos caballeros, impresionados tanto como intrigados de verla en una joven tan hermosa, caminante en tan mal día. Pero, como discretos que eran, disimularon haberse dado cuenta y fingieron aún mayor desatención, aunque se diría que aprestaron y afilaron sus oídos por sacar quiénes serían aquellos viajeros, de dónde vendrían y qué les habría lanzado a los caminos en un día tremebundo como aquél, en el que nadie, de no tener una importante razón, dejaría el techado a menos de disponer de coche. Que las ventas tienen eso de admirable: trenzar vidas y barajar destinos, circular historias y entretener veladas, conocer hechos extraños y hacer que lo que parecía extraordinario e imposible no lo sea, y casi siempre en medio de la alegría, si andan por medio mozos, pues todos comprenden en las ventas, mejor que en ningún otro lugar, que la vida es la mayor venta, en la cual todos estamos de paso, y que no vale la pena añadir otra más impetuosa al duro trabajo de vivir. Por eso, aquel seco sollozo, discreto y apenas escondido, suspendió a los dos caballeros.

Acabó Sansón de ajustar con el ventero el precio de la cena y el hospedaje y el pienso y guarda de las bestias, y después de quitarse su capa y ponerla al lado de las de Antonia y el ama, vino a sentarse junto a ellas.

—¿Qué es eso, Antonia? ¿Lloras?

Negó Antonia vivamente con la cabeza, al tiempo que Quiteria lo explicaba:

—Ya le he dicho que en su estado las mujeres suelen mostrarse zahareñas y melancólicas. A una mujer encinta, todo la asusta, todo la consume, todo la aflige.

—Y que llevamos más de doce leguas caminando —añadió Sansón, tomando tiernamente la mano de su esposa—, y que no hemos visto como quien dice el sol en todo el día, según ha estado de entoldado, y que apenas hemos probado bocado, y que la muchacha es nueva en esto de andar caminos y entrar en ventas.

Y, por distraerla, refirió Sansón lo que él sintió el día en que pasó por aquel trago, cuando, con doce años, lo envió su padre a estudiar a Salamanca, encomendado a un carretero. Y cómo la segunda noche, en una venta, le robaron menos la camisa y las bragas todo cuanto llevaba encima, dejándole sin blanca y teniendo que mendigar para poder llegar a Salamanca y no volver corrido al pueblo y hacer saber a su padre todo aquel infortunio. Y cómo sintió entonces que el mundo se le acababa, y cuánto hizo para llegar a

Salamanca; y otras mil cosas que entretuvieron a Antonia de su tristeza y a Quiteria le dieron mucho gusto por ser persona que se perecía por las aventuras, como no estuvieran en los libros, que ésas las tenía todas por falsas y perniciosas, como sabemos.

—¿Se os ha pasado la pena, niña? —preguntó Sansón, y puso en sus palabras tal suave acento y tanto amor, que acaso por recordarle su herida, demasiado tierna para haber cicatrizado, atajó con mano enérgica una lágrima.

—Ay, esposo mío, no me lo tengáis en cuenta, qué tonta soy, yo me quiero morir, pensando que me desampararéis como hizo mi padre, como hizo mi tío.

—¿Y qué os hace temer que vaya a abandonaros mientras viva?

La intriga de los dos caballeros iba en aumento con aquel sollozar sin lágrimas de la muchacha, pues la veían en la compañía mejor avenida que se pueda imaginar, y tanto les comió la curiosidad, que uno de ellos, no pudiendo sufrirlo por más tiempo, se levantó y se acercó adonde estaban Quiteria, Antonia y Sansón, y les dijo:

—Señor, señoras —empezó con una gentil humillación de cabeza—, no hemos podido evitar, aquel caballero que está conmigo y yo, ver la agitación de esta dama, y su belleza y su juventud y el desconsuelo de su mirar no nos ha sido posible verlo sin que se nos partiera el corazón. Permitid que nos ofrezcamos para lo que gustéis. Aquí nos tienen vuesas mercedes, si en algo podemos serviros y remediaros. Aquel caballero, hijo de uno de los más ilustres nobles de toda la Andalucía, vino hace unos días a pedirme le acompañase a la feria de Córdoba. Como acaso sepan vuesas mercedes, en aquella ciudad se mercan por estas fechas las más acrisoladas yeguas, caballos y jacas que puedan hoy verse en el mundo. Le acompañé por hacerle grato el camino y estar muy obligado a su amistad. Después de haber comprado el mejor potro que se vio este año y tres yeguas que no le van a la zaga, nos volvemos. Llevamos ya cuatro días de camino y la lluvia nos redujo en esta venta, casi llegando a nuestro lugar, no muy distante. Y aquí entra el deciros lo que mi amigo me ha pedido, que no es otra cosa que invitaros a nuestra mesa, y pasar lo más alegremente que se pueda esta velada, y si vamos a hacer mañana la misma jornada, recibiros en su casa como huéspedes antes que vuesas mercedes prosigan su camino, que la hospitalidad obliga más que ningún otro deber.

Volvieron la cabeza Sansón y Antonia hacia donde les indicaba y vieron al caballero, que había seguido las palabras de su amigo, sin dejar su asiento, y que confirmó con una no menos profunda cabezada cuanto el otro acababa de decir.

—Mucho os agradecemos, señor, la gran merced que nos hacéis —empezó Sansón, devolviendo la reverencia al otro—, pero no querríamos abrumar vuestra cena con nuestras pequeñas cuitas. En dos palabras satisfaré vuestra curiosidad. Mi nombre es Sansón Carrasco, y soy bachiller por Salamanca, y ella es Antonia Quijano, cuya belleza no me dejará mentir cuando diga que el cielo quiso ponerla en ella a manos llenas, y es mi esposa y va encinta, y a su lado, su ama; en la cuadra ha quedado nuestro criado desalbardando los burros y desensillando nuestras caballerías, y nos proponemos ir a Sevilla, donde esperamos pasar a las Indias con la flota. Hoy, al alba, dejamos nuestra aldea, y la lluvia y nuestra ignorancia y descuido hicieron que nos descamináramos. Esperamos alguna comida caliente, reparar las fuerzas, secar las capas, calentar los huesos y recogernos en los aposentos que han dispuesto, y mañana volver al camino real y con él ponernos más cerca de nuestro destino, que no es otro que el de hacer nuestra vida donde no hay un día sin sol ni una noche sin recompensa. Mi señora esposa no deja atrás pariente alguno, que el único que le quedaba en esta vida lo enterramos hace unos meses. Ahora su corta edad y el estado en que va, añadidos al temor de embarcarse y al cansancio de esta jornada, primera que ella pasa lejos de su aldea, la han puesto en el trance que habéis visto. En cuanto repose y la repare el sueño, volverá a darnos su contento, que es mucho, como acaso vean vuestras mercedes mañana, si tienen a bien hacer la jornada con nosotros.

Antonia debía de estar un poco avergonzada, pues mientras hablaba su esposo, estuvo todo el tiempo con la cabeza metida en el regazo y la mirada perdida entre las llamas, y así como terminó de hablar Sansón, levantó la cara, pero no del todo, y sonrió al caballero que seguía a su lado de pie, y también al otro, que esperaba la conclusión de aquel coloquio.

—Os pido disculpas, caballeros —dijo azorada—. Todo es como os ha dicho mi esposo y os quedo reconocida de vuestras atenciones. Que ya el haberlas oído ha disipado estos pesares pasajeros.

—Si así lo queréis, me retiro —dijo el caballero, y retomando sus acostumbradas ceremonias y floreos, se apartó para reunirse con su camarada, que parecía también ser su señor.

Entró en esto Sancho Panza trayendo consigo las alforjas, por si habían de tirar de sus bastimentos en apoyo de lo que viniese de la batería de la venta, pero recibió grandísima alegría cuando Sansón le habló de todo cuanto estaba ya de camino, huevos, olla, pan, queso, y especialmente el estofado de pava y el vino que excusaba el escrutinio de su despensa y de su bota.

—Acabo de ver —dijo Sancho— el más hermoso potro que haya nunca visto y tres yeguas que no podré encomiaros sino diciendo que cada una de ellas ha de valer trescientos ducados, que no pueden vuesas mercedes dejar de ver, como las pirámides de Egipto y el faro de Alejandría, maravillas pregonadas del mundo. A su lado nuestro pobre Rocinante ha hecho un papel tan deslucido que no sé si de ésta levantará cabeza, y allí quedó desventurado y pensativo, que ni ganas ni fuerzas parecía tener para tomar la cebada. Ni ronzar se le oye, por comedimiento ante sus ilustres congéneres. Los criados que cuidan de ellos me han dicho que pertenecen a dos caballeros distinguidos que los mercaron en Córdoba y que vuelven a su lugar, que no es otro que donde tendríamos que estar ahora, si no llegamos a errar nuestro camino.

Así se lo confirmó Sansón, con todo lo que acababa de sucederles, mostrándole a aquellos dos caballeros.

Se volvió Sancho para verlos a su gusto, y apenas los vio, se volteó como si quisiera hurtarse de su mirada, y quedó suspenso. Disimuló la conversación como pudo unos minutos, pero no era hombre que se pudiera guardar para sí mucho tiempo aquello que le roía, y al cabo dijo a Sansón:

—Recordará vuestra merced que en la primera parte de la historia de don Quijote, huyendo de la Santa Hermandad, después de que mi amo diera la libertad a los galeotes, nos adentramos en la Sierra Morena, donde pensaba él hacer penitencia y hechos famosos, al uso de los caballeros andantes, con que ganar la voluntad de su dama.

—De todo me acuerdo —dijo Sansón—, pero cuenta, Sancho, como testigo de visu, a estas señoras que no lo saben.

Y así era, que ni Antonia había querido leer la historia de su tío ni Quiteria que se la leyeran, y fue ésta quien puso coto a Sancho:

—Mire vuesa merced si esto va a ser volver a las andadas, que no hallo yo contento alguno de los desatinos de mi señor...

—No hay en ello desquicie alguno —intervino Sansón—, y sí una historia bien verdadera. Cuenta, Sancho, y de paso recuérdamela a mí también, que me parece que aquélla fue una de esas intrincadísimas, con tantas vueltas y revueltas, que al cabo no sabe uno muy bien si vienen o van, quiero decir que todo lo que ata y desata el amor semeja furiosas galernas que agitan y mueven y sacuden con fuerza voluntades y entendimientos. Hazlo, y bailaremos el hambre en tanto venga la cena.

—No sé yo —dijo entonces Quiteria— si voy a recibir contento de oír las locuras que hizo aquel hombre de mis entretelas, aquel bendito, aquel blanco vellón, aquel copo de virtudes. Pero, si no he oído mal, ésas son de amor también; vengan, pues...

Quiteria había permanecido de pie desde que entraron en la venta, por no tener costumbre de no hacer nada ni tampoco de sentarse donde estaban sentados sus amos, y cuánto más donde había caballeros tan ilustres como aquéllos.

—Toma asiento, ama, que en las ventas no rigen las mismas leyes que en las aldeas y ciudades —le dijo Sancho—, pues en ellas verás en la misma mesa al obispo y al sacristán, al conde y a su palafrenero, a las guardas y al penado que llevan a galeras, y compartir aposento a la abadesa y a la novicia, al alguacil y al corregidor. Andad, pues, tomad aquel asiento y acercaos aquí, que yo puedo deciros que estas locuras os gustarán, por ser de otro loco, no de nuestro don Quijote, y venir envuelta en ellas una tragedia de amor como acaso no se ha descubierto otra en lo descubierto de la tierra.

—Siendo de amor, venga, que me placen todas, pero haced que sea breve y no enoje —dijo el ama, quien hablaba más a lo antiguo que ninguno de ellos, no porque así hablara ella de suyo, sino porque sin darse cuenta imitaba el habla de don Quijote, por el profundo amor que le tenía y porque ella consideraba que el hablar como él era un modo de mantenerlo vivo en su corazón.

Se sentó el ama aliviándose en el borde de la silla, al modo de los canónigos en sus misericordias, como si con ello bastara.

—Así lo haré, ama —replicó Sancho—, que yo lo contaré más breve y suave que se asa la manteca en la sartén, porque todo cuanto se dice que soy falto de seso, nadie podrá afirmarlo de mi memoria, que la tengo tan valiente que no hay cosa, por menuda que sea, que no recuerde con pelos y señales si estuve delante, y aun de muchas que me llegaron de oídas puedo descubrir todas sus costuras. Decía que, apenas nos engolfamos mi amo y yo entre aquellas peñas y breñales, topamos, primero, una maleta y un cojín en el que venían cien escudos, que mi amo me permitió tomar por venir ajustados esta clase de hallazgos a la vida de los caballeros justados, pero sobre todo a la apaleada, manteada y hambrona de los escuderos andantes, que se ven resarcidos así de cuantas ínsulas y reinos se les quedan en el tintero a sus amos y a ellos mismos entre los dedos. Digo, pues, que después de topar los escudos, topamos al que era su dueño, el hombre más consumido y en la condición más triste que cabe imaginar. Venía casi en cueros, y tan hecho garras el vestido que llevaba, que aquello le valió el sobrenombre del Roto. Pero no lo traía tan deslucido que ocultara lo fino de su hechura, y el alto linaje y buena crianza de su dueño, que era noble y de padres ricos. Nos contó su desdichada vida y el accidente de la locura que desde hacía unos meses le había acometido trayéndolo arrastrado por aquellas soledades sobrehumanas, en las que para no morir tenía que quitar por fuerza la comida que los cabreros de aquellos cerros le daban por gusto, y dormir en los troncos de los árboles. Había estado enamorado aquel hombre hasta los tuétanos, y lo seguía estando, de una doncella a quien pintó como la más hermosa criatura de su lugar y de muchos circunvecinos, y ella, de nobleza y riquezas parejas a las suyas, le correspondía. Crecieron uno y otro esperando el momento en que pudieran convertirse en esposos, y eso llegó el día en que el joven se la pidió al padre de ella, quien dio el sí, siempre que lo secundara el padre del mozo, pues no estaba bien hacer a espaldas de los padres lo que puede hacerse de cara, ni a disgusto de ellos lo que ha de hacerse a su gusto. Corrió el mozo a decírselo al suyo, embargado de la mayor alegría, y se lo encontró apesarado leyendo una carta de cierto duque a quien debían obediencia.

—¿Y esto es lo que llamas breve, Sancho? —le preguntó Sansón—. No parece sino que vayas a acabar en las Indias.

—Ah, no, bachiller —salió el ama en defensa del escudero, pues ya nada le parecía breve a ella, una vez mordido el anzuelo—, que nunca ha estado mejor este hombre que ahora, contando cosas que tanto entretienen. Seguid, hermano Sancho, y desoíd lo que antes dije, que de nada recibo yo más gusto que de estas historias, y no podría pegar ojo esta noche sin antes saber qué fue de esos dos jóvenes que se tenían tanta fe.

—Las historias llevan todas su tiempo, bachiller —replicó Sancho—. Y ésta más aún, porque no hay historia de amor que se pueda contar en dos patadas. Digo, pues, que la carta del duque, que era Grande de España, pedía al padre le enviase a su hijo para ponérselo de compañero, no criado, al suyo mayor, corriendo de su cuenta darle una posición acorde a la estima que le tenía. Dejó el mozo no sin dolor su aldea, posponiendo para su vuelta el momento de concertar el desposorio. En casa del duque fue tal su discreción y buena disposición, que si el hijo mayor lo estimó en mucho, más lo hizo un hermano que tenía más joven. Era este hijo menor un joven que a la sazón acababa de atropellar la doncellez de la hija de un rico labrador, bajo promesa falsa de matrimonio. Por resumir el cuento: para alejarse de aquella afrenta que el duque su padre no le habría de perdonar, le pidió licencia de ausentarse de la ciudad e ir a la de su amigo, y con éste a comprar unos caballos...

—¡Ah, simple de mí! —exclamó al llegar a este paso Sansón—. Aquel Cardenio de la historia es alguno de esos dos caballeros, ¿es eso lo que tratas de decirnos?

—¿De qué Cardenio habláis? —se apresuró a preguntar el ama—. ¿Qué me he perdido?

—Cardenio es —confirmó Sancho—, y el otro caballero que está con él, don Fernando, el hijo de aquel duque, sólo que no sé por qué razón el autor de nuestra historia quiso darles estos nombres, que no son los suyos; pues lo más extraño de la que corre impresa es que así como en ella algunos, y aun muchos, figuramos con nuestro verdadero nombre, otros lo tienen fingido, y aun otros que ni siquiera lo tienen, como el duque padre de don Fernando, quiero decir don Melchor, o los duques que me dieron la ínsula y que Dios confunda; que si el autor no los declaró, no voy a declararlos yo ahora, no vaya a ser que el autor de nuestra historia no sea tan discreto como lo fue el arábigo, y oyéndomelos decir aquí, los anote y saque a la colada cuando esto que estamos hablando vaya a las prensas y vea la luz, dando inmortalidad a quienes no la merecen más que como «duque o duquesa de tal de no sé dónde».

Lo dijo así porque a esas alturas Sansón y él ya estaban archiconvencidos de que hicieran lo que hicieran, dijeran lo que dijeran, tarde o temprano acabaría saliendo a la luz en letra impresa lo que estaban viviendo y diciendo, y ello lo achacaban a una especie de destino que lo había dispuesto así, y, sabiéndolo, ya no se preguntaban más, pareciéndoles de lo más natural. Quiero decir que al principio se andaban ellos con cuidado de hacer o decir tal o cual cosa y no otra, pensando que así como lo hacían o decían, habría de salir impreso. O sea, que vivían para el libro futuro, olvidándose de vivir para el presente. Pero esto acabó fatigándoles lo indecible, y hacía ya mucho tiempo que no se preocupaban de ello, sino de tarde en tarde, toda vez que tampoco estaban muy seguros de que fuesen a tener detrás de sí todo el santo día al próvido y desalado moro, o quien fuese, apuntando cuanto hacían y decían, siendo de necios el no decirlo, cuando acaso tampoco acabara escrito.

—¿Y aparece nuestro nombre en él, verídico o fingido? —quisieron saber casi al unísono, picadas por la curiosidad, el ama y la sobrina.

—Hasta donde yo recuerdo, no —confirmó Sancho Panza—, pero siendo nuevo en esto de la lectura, puede que se me haya pasado por alto.

—Yo tampoco lo recuerdo —dijo el bachiller—, pero bien pudo ser, no por falta de estima del historiador, sino porque sabiéndoos tan cercanas a don Quijote, no creyó necesario declararlo, por aquello que suele decirse que donde hay confianza, da asco.

—Eso hubo de ser —dijo el ama—, pero no me duelen prendas, que el haberle conocido, tratado y querido como yo me sé, no lo vale ni lo paga libro ninguno.

—Pues a mí, ama —suspiró Antonia—, me habría gustado que por cortesía lo hubiese declarado, y si es que esto que decimos va a salir algún día a la colada, hago saber, a quien corresponda, ponga el mío bien claro junto al de mi esposo, por honrarme con él.

—Pero tampoco es cosa que no pueda remediarse —añadió el bachiller de lo más animado, pues estas cuestiones parecían avivarle el ingenio lo indecible—. Sabed que nosotros conocemos al librero que lo sacó a la luz. Fue quien nos recibió en Madrid a Sancho y a mí cuando fuimos a llevarle aquellos socorros al señor Cervantes, y quedamos muy sus amigos. Siempre estamos a tiempo de escribirle vuestros nombres en una carta pidiéndole los meta, o aquellos con los que gustarais aparecer, en las nuevas impresiones que se hagan de la historia, dejándola de ese modo mejorada, y así, donde dice «su sobrina» a secas, se diga a partir de ahora «su sobrina Antonia, de resplandecientes mejillas», y donde dice «el ama», diga «el ama Quiteria, de modales dulces», al modo que hacía Homero cada vez que hablaba de Aquiles, que era «el de los pies ligeros», o de Hera, «la de los níveos brazos».

—A mí que nadie me toque el nombre —saltó orgullosa el ama—, que no quiero yo andar destocada en esos papeles del demonio ni tener que reconciliarme un día, y dejadlo como está, que yo tengo el mío en mucho para verlo malbaratado.

—Pues para mí, ama, es todo lo contrario, que de pocas cosas he recibido yo mayor contento que de verme allí, y el dolor de haber acabado las andanzas de don Quijote sólo se resarce algo al ver mi nombre puesto junto al suyo, y aun añadiría...

Era Sansón Carrasco quien ahora naufragaba en sus propias ensoñaciones...

—¿Quién se va ahora por las ramas, bachiller? —cortó Sancho.

—Tienes razón, Sancho, sigue.

—Decía y quiero, pues, declarar —siguió diciendo el escudero—, como acabo de decir y he dicho, que aquel don Fernando no es sino don Melchor, y Cardenio, don Gonzalo, y los demás que comparecen en esta historia, como iré diciéndoos cuando venga al hilo. Y verlos aquí juntos, en buena compaña, es propio más de fábula apóloga que milesia, según me enseñó mi señor a distinguirlas entre las que instruyen y deleitan, y las que deleitan sólo. Así que después de convencer al duque, partieron don Melchor y don Gonzalo a su pueblo, y ninguna otra cosa deseaba tanto don Gonzalo como reencontrarse con su amada Luscinda, que ése fue el nombre que el autor de nuestra historia quiso darle, aunque todos la conocimos por el suyo de doña Clara...

—¡Ah, y cómo es mucho más hermoso y esclarecido Luscinda que no Clara! ¡Dónde irán a compararse! —suspiró

Quiteria—. Lo que no hubiera dado por tenerlo semejante; y si quisierais hacerme merced, Sancho, os rogaría que en lo que falte de cuento la llaméis Luscinda a ella, y a los demás también con el suyo fingido, mucho más hermosos, pues veo que todos los nombres son mejores en el libro que como lo son en el siglo. Y aún digo más, desdiciéndome de lo dicho hace un instante, y es que si algún día escribís a ese que decís librero o impresor de la historia de don Quijote, me nombre en ella no como Quiteria, que nunca me gustó, sino como Galatea, que así oí yo que llamaba a veces don Quijote a la dama de sus pensamientos antes de dar en Dulcinea, y si ese nombre pica muy alto, Leonor, Mariana o Beatriz pueden servir, que el mío nunca fue de mi gusto.

—Así es, ama —dijo el bachiller—, que eso del trueque de nombres tiene su busilis, pero os ahorro la razón prosódica de ello. Y contad con que he de escribir a nuestro amigo Robles y vos habréis de llamaros el ama Galatea, o el ama Mariana, tanto da, o yo soy poco bachiller. Sigue, Sancho.

No supo Sancho eso de «prosódica» y se quedó pensando un rato lo que le decía el ama, sin decidirse, y señaló que a él lo mismo le daban unos nombres que otros, porque lo importante no eran los nombres, sino las obras que con ellos se hacen. Lo consultó con Sansón, quien dijo que en los libros suelen contarse las cosas como debieron ser y no como fueron, y con Antonia, que se puso del lado de Quiteria, aunque a ella le bastaba «Antonia», y así pudo seguir su relato Sancho, sin salirse ya de sus relejes, tal y como había salido de las prensas, pero llamándoles a unos unas veces por su nombre verdadero, y otras por el fingido, para lío de todos.

—Don Gonzalo, quiero decir Cardenio, habló de Luscinda, o sea doña Clara, a don Fernando, don Melchor...

—¡Basta, Sancho! —cortó Sansón—, y hazte cuenta que con uno que les des nos basta.

—Así lo creo yo —admitió Sancho—. Cardenio habló de Luscinda a don Fernando, a quien ya tenía por confidente de sus cuitas, tan levantados elogios y valores, que también le entraron a don Fernando ganas de conocerla, y conociéndola y viéndola tan hermosa, que lo era aún más de lo que el propio Cardenio había sabido pintarla, le entraron vivísimos y deshonestos deseos de hacerla suya, como antes había avasallado a otras labradoras, molineras y mozas de venta de los estados de su padre el duque, sin importarle ni la honra de la doncella ni la fe que le obligaba con Cardenio. Desde aquel día don Fernando se convirtió en un hombre avieso y fementido, traidor y embustero, y no pensaba sino en apartar de sí a Cardenio para darle el asalto a Luscinda, que se mostró, como no podía ser de otro modo, inexpugnable. Y así mandó de nuevo a Cardenio, ajeno por completo a aquellos manejos de su falso amigo, a recoger de su hermano unos dineros que dijo le hacían falta para el concierto de los caballos, que ahora no sé si vino a la aldea a comprarlos, o se le ocurrió entonces para apartar a Cardenio de sí, cuando conoció a Luscinda. Atajando razones: en cuanto se vio solo, se las ingenió para encontrarse con Luscinda, a quien abrió su corazón y expuso en cortas y vehementes palabras su pretensión, que no era otra que gozarla. Luscinda, que vio tal, rechazó a don Fernando y le dijo que antes prefería la muerte que acabar en otros brazos que no fuesen los de Cardenio, y mandó a éste un correo en que le exhortaba a tornar presto al pueblo, si le importaba, porque, incauto, había metido en el palomar a un raposo, temiendo ella que estaba a punto de ocurrir algo que los haría desdichados para el resto de sus vidas. Y así fue, pues don Fernando, conociendo la firmeza de Luscinda, atacó el castillo por otro flanco, que fue pedírsela al padre de ella. Y éste, viéndola muy mejorada a su hija con aquel tan gentilhombre y rico, se apresuró a dar su sí y de allí a dos días se concertó el desposorio. Y llegados a este punto...

Aprovechó Sancho para darle un largo trago al jarro, pues se le había quedado seca la garganta. Quiteria ni se movía, esperando en qué pararían aquellos amores, tanto más reales cuanto que tenía a los caballeros allí al lado, y Antonia lanzaba a hurtadillas miradas amorosas a su bachiller y éste oía con disimulado embeleso, porque le parecía que no le estaba bien a un hombre experimentado como él mostrar ante las mujeres tanta afición al género amatorio, aunque él mismo era poeta y componía muchas estancias con esos asuntos.

—Y llegados a ese punto, digo —continuó Sancho Panza—, llamo la atención de vuestras mercedes sobre un punto, que es éste: cuando Cardenio le pidió a Luscinda, el padre de ésta le dijo que no estaba bien obrar de espaldas a los padres y no hacer los desposorios a gusto de ellos, pero cuando se la pidió don Fernando, no le envió a decírselo al duque, que se habría negado a un casamiento tan desigual, sino que de allí a dos días lo concertaron, y con tanta celeridad y secreto, que sólo asistió el cura de la parroquia y algunos de la casa. Quiero decir que todo en esta vida es doble, y que andamos todo el mundo con dos varas de medir, si nos conviene, como le convenía al padre de Luscinda más don Fernando que Cardenio, más el duque que su vecino. Pero no se pudo hacer todo con la celeridad que hubiera querido la codicia del padre y la mala inclinación del caballero, y también pudo estar presente en el casamiento Cardenio, que en menos de dieciséis horas recorrió las dieciocho leguas que había entre las ciudades de uno y otro. Oculto detrás de unos tapices siguió la boda, esperando que Luscinda, que tantas veces le había declarado su amor, vendría a desmentir y detener aquel clamoroso atropello, así que cuando oyó el sí de Luscinda creyó morir, pero en vez de vengarse como debía en el fementido don Fernando y la inconstante Luscinda clavándoles la espada que llevaba consigo a tal propósito o hundiéndola en su propio y despechado pecho, se partió del pueblo y se internó en aquella serranía donde le encontramos. Penó allí tanto, que dio en loco y en contar a quien quisiera oírle, pastores, árboles, alimañas, el infortunio de sus amores y la traición de don Fernando y de Luscinda, y unas veces era el más pacífico de los hombres humanos, y otras, la más agitada, pendenciera y energúmena de las fieras, robando, como digo, el alimento que los cabreros, compadecidos de su mal suceso, le daban por gusto, o apedreando a quienes él suponía sus contrarios. Y aquí habría terminado todo, si no fuese que la madeja del amor es intrincada, y cuando iba yo a llevarle cierta carta a mi señora doña Dulcinea, me topé con el cura y el barbero de nuestro pueblo, que venían en busca de don Quijote para devolverlo a su casa y reposarle con la esperanza de que recobrase el juicio. Volvimos, pues, adonde yo había dejado haciendo penitencia a mi amo, fui a buscarle, y quedaron solos entre tanto el cura y el barbero, que mientras hacían la espera se toparon con Cardenio, y éste les contó su historia, como la contaba a todo el que se terciaba. Y estando atentos a lo que decía Cardenio, a quien también se le llamaba el Roto, como he dicho, o Caballero de la Mala Figura, como a don Quijote se le llamaba el de la Triste Figura, oyeron por allí cerca, junto a un arroyo, cantar a un doncel que mostró ser doncella y resultó no serlo en traje de labrador. Y descubrieron que era mujer y no varón, porque al ir a lavarse soltó sus largos y dorados cabellos, que no eran más brillantes los rayos del sol. También a ella le había reducido a aquella soledad el infortunio de sus amores, y como es cosa probada que cuando alguien se retira a lo más intrincado de una sierra es para contar su historia al primero que se encuentra, contó a aquellos tres extraños, y digo extraños porque el cura y el barbero iban disfrazados con muy poco usadas galas para no ser conocidos por don Quijote, a ellos, digo, y al Roto, más que roto, hecho hilazas, contó aquella muchacha su historia, que no fue otra que la de haber tenido la desgracia de creer a un caballero que no lo fue tampoco, el cual con falsas promesas de hacerla su esposa se llevó el único tesoro que una mujer debiera defender con su vida, si fuere menester. Cobrado y gozado ese bien, y como suele suceder tantas veces, el burlador la aborreció, le dijo, ahí te pudras, y se partió lejos, para casarse con Luscinda, la dama de un gran amigo suyo, a quien traicionó, de nombre Cardenio. Podéis figuraros la impresión que recibió don Gonzalo, o sea Cardenio, al oírse nombrar por aquella desconocida, que dijo llamarse Elisa, aunque en la historia lleva el nombre de Dorotea.

—En este caso, ese autor no se molestó por lo que se ve demasiado en trocarle el nombre, porque ahí se van el uno y el otro, Elisa y Dorotea —señaló Quiteria, que aprovechó su comentario para secarse una lágrima con la punta de la toca.

Y viendo llorar al ama, sintió Antonia envidia de aquellos que podían llorar por cualquier cosa, y también hubiera llorado acaso, si no estuviese en medio de tanto extraño.

Entre tanto, y aun siendo discretos, que lo eran y mucho, y enemigos del feo oficio de fisgonear vidas ajenas, en aquellos dos caballeros iba creciendo el deseo de conocer el origen de tantos lagrimales sueltos, pero tuvieron que esperar a mejor coyuntura para saberlo, porque por más que alargaban el cuello no pescaban ni gota de lo que Sancho susurraba más que hablaba para no ser oído precisamente de ellos...

—Contó Dorotea —siguió diciendo Sancho— el resto de su historia a los oídos voraces de Cardenio, a saber, que Luscinda no le había sido desleal como creía Cardenio, sino que por no salirse de la obediencia de sus padres, había dado el sí, pero luego, nones. Después de que Cardenio saliera de la sala donde se consumó su desgracia, y más le hubiera valido haber sido paciente y haberse quedado un ratico más tras el tapiz, pues se habría ahorrado todo aquel calvario que le trajo a vivir en la sierra, y después del sí, cayó la joven sin sentido, y al abrir su madre el vestido para ventilarle el pecho, encontró un billete donde contaba Luscinda cómo era desde muchos años atrás esposa de Cardenio, y que no pudiendo serlo de él a los ojos de la Santa Madre Iglesia, lo sería de Cristo, retirándose a un convento. Don Fernando quiso matarla entonces con una daga, y lo habría hecho de no habérselo estorbado los padres de Luscinda y otros allí presentes, de modo que contrariado y a su juicio burlado por Luscinda, salió de aquella casa hecho un basilisco. Excuso deciros la cara que se le quedó tras oír a Dorotea al pobre Cardenio, quien había hecho, precipitando su marcha de la boda, un pan como unas tortas. Y en eso llegué yo con mi amo, y siguieron su designio el cura y el barbero, quienes, con ayuda de la bella Dorotea, habían industriado el modo de sacarlo de allí. Llegamos, pues, a la venta en que tantos malos sucesos me habían sucedido, quiero decir, donde me habían manteado unos desuellacaras, y allí, estando como ahora estamos sentados esperando la cena, aparecieron unos caballeros que traían consigo, tapada, a una dama. Oír Cardenio la voz de la dama y reconocer a Luscinda fue todo uno, y lo mismo cabe decir de Dorotea, que a quien menos esperaba ella ver allí era a su burlador. Y de ese modo, después de conocerse unos y otros, se supo la verdad de la historia, que no era otra que venía don Fernando de robar a Luscinda del convento y la llevaba a su tierra. La venta estaba aquella noche concurridísima de gentes, y al cabo, y no tardando mucho, sin salirse de los términos de aquella misma noche, quedó todo resuelto y entre todos convencieron a don Fernando de entregarle Luscinda a Cardenio, pues se pertenecían el uno al otro, y de reparar a Dorotea y cumplirle lo que le había prometido, y prometiendo hacerlo como lo acordaron, nos despedimos todos. Verles ahora a don Fernando y Cardenio juntos de nuevo, y en tan buena camaradería, sólo quiere decir que don Fernando recobró la dignidad que debía a su estado y su persona, casándose con Dorotea, y Cardenio la razón, desposando a su Luscinda.

—¿Y qué hacéis, Sancho —preguntó el ama Quiteria—, que no os levantáis y corréis a decirles quién sois? Viendo cómo se nos ofrecieron hace un rato, ¿no les estamos obligados?

—No, señora —replicó el antiguo escudero—, pues ahí está el toque de este negocio. Que como recobró la razón Cardenio, puede que don Gonzalo haya recobrado la memoria, y vengan a acordársele ahora la maleta y el cojín en que venían los ducados, y preguntando si yo los encontré acaso, no podré dejar de declarárselo, de modo que éste es un asunto en el que viene pintiparado aquello de más vale no meneallo, que la ley me obliga a devolvérselos, y no podría yo hacerlo aunque quisiera, habiendo empleado mi señora Teresa hasta el último maravedí apenas puse el dinero en sus manos, que Dios la hizo con agujeros por donde se le van como agua de un cesto.

—No tengáis cuidado —dijo Sansón—, que si es como le

has pintado, no será don Gonzalo de esos que lleve en la memoria con puntualidad cada maravedí, y dará por bien empleados los cien ducados, pues no anduvieron lejos de la senda que condujo a recuperar a su Luscinda.

Le acuciaron todos a Sancho con palabras tan inexcusables, que no tuvo más remedio el escudero que levantarse, y así, dando por hecho que don Gonzalo le pediría los ducados, se dirigió a la mesa donde estaban aquellos dos caballeros.

CAPÍTULO SÉPTIMO

Y fue en ese instante cuando resonaron en la venta rotundos e inapelables aldabonazos.

Al ventero, que venía con una gran cazuela de barro, a punto estuvo de caérsele al suelo y, despavorido, exclamó apenas sin resuello:

—¡El Mochales!

En guardia los caballeros, pusieron con discreción mano en la espada.

Pues se decía que este Mochales, o Mochuelo, como también se le llamaba, era de los que prendía la mecha de sus mosquetes y luego preguntaba, aunque nadie hasta la fecha pudiera cargarle ni un solo muerto. Y tampoco podían muchos acreditar el aspecto que tenía aquel bandido, bien por ampararse para sus fechorías en las sombras de la noche, cuando todos los gatos son pardos, bien porque el miedo pinta con colores caprichosos, de modo que unos aseguraban que era espigado, otros corto de piernas y fornido, unos jacarandoso y terne, y otros un verdadero rufián, revirado y con malas pulgas.

Dejó la cazuela el ventero en la mesa de los caballeros, y salió. Nadie movió una ceja. Se hizo en la sala el silencio más profundo. Sólo el crepitar alegre de las llamas siguió con su coloquio. Salió el ventero a abrir, más muerto que vivo.

Acudió a la puerta de la venta con el candil y la guarda de los perros, que ladraban con el desafuero acostumbrado.

—¿Quién va? —preguntó temblando.

Había arreciado tanto la lluvia, el viento bramaba de tal modo, que no oyó si le respondieron, y hubo de preguntar por segunda vez.

—Antón Astudillo —gritó el recién llegado—, mercader de Tembleque, que va a tratar a Sevilla azafrán y paños y que viene, a lo que cree, un poco romadizado, desmayado y enfermo. Si tenéis un aposento donde pueda pasar la noche, os lo pagaré con buenos dineros, y si no lo tenéis, pido la caridad de que me dejéis hasta mañana donde se recoja mi caballo.

—Mirad —le respondió el ventero— que ni éste es el camino real ni venta donde pueda esta noche vuesa merced campar a su voluntad, pues está muy bien guardada. Si sois Juan Bernal, mejor sería volver por donde vinisteis.

Le dijo aquel Antón Astudillo que no sabía quién era ese Juan Bernal, pero que por el amor de Dios le hiciese merced de dejarle pasar, porque llevaba ya encima muchas horas de camino y estaba calado hasta los huesos y no era amigo de burlas.

Así lo hizo el ventero como le dijo, y vio a un hombre solo, vestido de camino, con una montera caída que le tapaba media cara, dejando la otra media al embozo de la capa, que se la cubría por completo. Creyó, en efecto, que estaba en presencia del auténtico Mochuelo.

—Señor Bernal —le dijo—, esta casa es honrada y estoy para serviros, pero os ruego no hagáis daño ni a mi esposa ni a mi hija, que somos de bien. Tomad cuanto queráis.

Antón Astudillo pensó haber llegado a una casa de locos y no a una venta, como don Quijote pensaba que no llegaba a ventas, sino a castillos, y le dijo que ya le había dicho que no conocía a aquel Bernal, y que no traía intención de hacer mal a nadie, sino buscar donde hospedarse esa noche, para seguir al día siguiente camino, si el tiempo lo permitía. Y quiso saber qué gentes había en la venta.

Más tranquilo, el ventero le hizo saber que unos caballeros principales, que volvían a casa, y otros que descaminaron el camino de Sevilla.

Pidió aquel hombre que le indicara el aposento, y que lo prefería peor, estando solo, que mejor, teniendo que compartirlo. Y que le excusara de no quedarse en la sala con los otros huéspedes, por venir, a lo que pensaba, con calentura.

A todo se avino el ventero, quien se ofreció a llevarle la montura a la caballeriza.

—Me holgaría con ello —se excusó el recién llegado—, pero no consiente este animal que se le acerque ningún extraño.

Y así era verdad, que de los golpes recios de sus cascos sobre el empedrado del patio en cuanto se le acercó el ventero, se levantaron tantas centellas como de fragua.

Vio el forastero las magníficas caballerías de don Fernando y don Melchor, y preguntó por sus dueños, por decir de su dueño el caballo tanto o más que su ejecutoria. Se lo declaró el ventero y pasaron a la parte donde estaban la mula de Sansón Carrasco y el rucio de Sancho, y Rocinante y la burra que montaba Quiteria.

Terminó con su caballo, y pidió Juan Cebadón, porque era él, al ventero le enviara por una de las criadas a su aposento algo de leche caliente con orégano y miel tostada, y así lo prometió él.

—Estense con sosiego vuestras mercedes —les dijo de vuelta en la sala—. No es el bandido Mochuelo, como temí, sino un comerciante de Tembleque que va a tratar azafrán y paños a Sevilla, aunque para ser hombre de trato viene con caballo más de alférez de los tercios que de mercader. Debieran verlo vuesas mercedes: tiene la alzada de un castillo, manos de acero y capa tan negra como del diablo, que nadie se puede acercar a él sin peligro de salir coceado.

Respiraron tranquilos, volvió todo donde quedó suspendido antes de la llegada del falso Mochales, y Sancho se llegó donde estaban los caballeros.

—¿No me recuerdan, caballeros? —preguntó quitándose la caperuza.

Lo miraron detenidamente, don Melchor acaso un tanto molesto de ver que aquel rústico se dirigía a ellos con respeto pero no sin desenvoltura, y los dos negaron con la cabeza.

—En cuanto vi a vuestras mercedes supe quiénes eran, y si no toman a insolencia el que yo pueda declararles quién soy, lo diré.

Don Gonzalo parecía que quería conocerle, no así don

Melchor, a quien ya estaba incomodando tanto rodeo oficioso.

—Yo soy Sancho Panza, escudero que fui del insigne caballero don Quijote de la Mancha, también nombrado el de la Triste Figura, cuya fama se va ensanchando en el mundo cada día que pasa, a la par que la gloria descomunal de sus fazañas.

En cierto modo le sucedía a Sancho lo que a Quiteria, que en cuanto se ponía a hablar de don Quijote con alguien que le había conocido, le salían parecidas palabras a las que hablaba su amo y un habla a lo antiguo que tratando de otras cosas no tenía. Conscientes o no, era un modo de decir: aquí seguimos.

Al oír los nombres de don Quijote y de Sancho, don Gonzalo, que era hombre más efusivo que don Melchor, se puso luego en pie, y como caballero de una gran llaneza, estrechó entre sus brazos al escudero, y exclamó:

—Albricias, Sancho, y ya podía estar yo dándole vueltas en el magín hasta el día del Juicio preguntándome dónde y cómo os había conocido, sin atinarlo. ¿Y qué os han hecho para que en este tiempo parezcáis otro? ¿No estabais antes gordo y lucio? ¿No traíais zaína la barba, que ahora es cana? ¿No había en vos en aquel tiempo un mirar malicioso a todas horas, incluso callando? ¿Qué son esos huesos del pescuezo? ¿Y el sayo? Dentro cabrían ahora dos Sanchos, que os parecéis ya más a vuestro amo que al antiguo escudero que conocimos en Sierra Morena.

—Yo lo diré puntualmente todo, y cuando lo sepan vuesas mercedes, entenderán que no hubieran podido venir las cosas de otro modo. Que todo el mal sea enflaquecer, que bajados a la sepultura ya no hay medro.

Quiso saber don Gonzalo de qué sepultura estaba hablando Sancho, y recibió gran pesar cuando éste le confirmó que no hablaba de otro que de don Quijote, tío de la mujer que tenía puestos en ellos sus ojos en ese momento, Antonia, quien estaba en compañía de su esposo, el bachiller Sansón Carrasco, y el ama.

—¿Se acuerda vuesa merced? —le preguntó don Gonzalo

a don Melchor—. Habla de aquel extraño caballero que hallasteis en la venta el día que fue principio de restañar nuestra amistad y mi fortuna.

—¿Y cómo queréis que lo haya olvidado ni a él ni nada de lo que sucedió entonces? ¡Buenas fiestas y risas nos dimos a cuenta de aquella bacía que don Quijote creía por fe yelmo, y aquella albarda que tú, Sancho, creíste por conveniencia arnés! ¡Válgame Dios que me acuerdo! Y aunque no hubiese estado presente entonces, lo sabría, pues no se habla hoy de otra cosa en toda España, ni hay junta donde no salga el nombre del Caballero de la Triste Figura, ni venta en que no se trate de sus aventuras ni cabildo que no se solace con ellas, y quien habla de la de los molinos, y otro de la de los carneros, y acá de la de los pellejos de vino, y allá de la de tu manteo. Hasta mi hermano, que es el hombre más grave que cabe imaginar, vino la otra tarde a preguntarme por don Quijote cuando oyó decir a un criado que lo habíamos conocido.

Invitó entonces don Melchor, puesto en pie, a que vinieran a su mesa tan ilustres caminantes, que aceptaron de grado la merced, no así Quiteria, que se excusó por no parecerle bien esas leyes que según el escudero regían en las ventas, y se sumó al cortejo de criados de don Melchor que habían sacado los blanquísimos manteles de que venían provistos, y les ayudó a servir la mesa.

En un momento quedó organizada allí la más discreta y amena de las reuniones.

—Pues yo he de decir —siguió diciendo Sancho— que don Quijote fue un loco, pero si alguna vez se le recuerda, y para mí creo que no se olvidará su nombre, como no se olvidó el de Aquiles ni el de Eneas...

—¿Y qué sabes tú de Aquiles y de Eneas?... —le interrumpió don Melchor.

—Y aún se asombrará más vuesa merced de las cosas que sé, cuando me oiga. Decía que si no se olvidará el nombre de don Quijote, ni, dicho con la mayor modestia, el de su porro escudero, no será por haber embestido a unos carneros o haberse aspado con los molinos, sino por haberlos acometido creyendo que eran verdaderos gigantes y ejércitos encarnizados, enemigos muy principales de la razón, y todo ello sabiendo en lo más íntimo de sí que no podría vencerlos. Y de mí, lo mismo: por acompañarlo sabiendo que estaba loco, pero no tanto como para no llevar razón en la miga de sus asuntos. No era mi señor de la corteza.

Don Melchor había sido, de todos los que se encontraron aquel día en la venta, el que menos trato había tenido con don Quijote, pero se acordaba puntualmente de él, porque nadie que se hubiera cruzado una sola vez con don Quijote podía olvidarlo, e incluso muchos que nunca jamás lo habían hecho daban en asegurar que lo conocían y habían hablado con él, y no tanto por ser falsarios o por presumir de ello en unos tiempos en que ya empezaba a hablar de don Quijote todo el mundo, sino porque en el fondo de su corazón no se hubieran perdonado haber compartido con el hidalgo tiempo y lugar sin haberlo conocido. Pero con todo pidió don Melchor a don Gonzalo que le refrescase la memoria y le dijera más cosas de aquel hombre, y don Gonzalo se lo preguntó a Sancho, y éste les dio noticia de todo, y añadió que mejor que él la contara, venía referida en cierta historia del ingenioso hidalgo don Quijote que ya corría impresa, y les recomendó de paso que anduvieran con vista en dar con la verdadera y no con otra que también circulaba por ahí, escrita por un avellanado que no contaba sino grandes embustes.

—¿Y cómo es posible que apenas muerto se hayan dado tanta prisa los impresores en sacarla en letras de molde? —preguntó el hijo del duque—. ¿Da la vida de un loco para un libro?

—Y aun para dos si fuera como aquél, que tuvo de loco lo que de discreto —le respondió con entusiasmo el bachiller Sansón Carrasco, a quien empezaba a sucederle con don Quijote lo mismo que sucedía a don Quijote con los libros de caballería, que si le sacaban ese tema de conversación se enardecía y empezaba y no paraba.

Y así contó cómo había ya dos profusos libros que trataban de la vida de don Quijote, y que el primero no hubo de esperar a la muerte del caballero, sino que apareció en vida de éste, y que gracias a ese libro pudo él, el bachiller, no sólo leerlo, sino comentarlo de viva voz con el propio Caballero de la Triste Figura, quien después de eso, y animado por ver cómo sus hazañas empezaban a ganarle tanta fama, resolvió hacer su tercera salida al mundo, la cual recoge ese segundo libro en que se trata de su vencimiento y muerte, así como de la vida de cuantos en aquel tiempo tuvieron algo que ver con él.

—Y dígame vuesa merced, señor Carrasco —preguntó don Gonzalo—, el libro del que habla ¿le remató a don Quijote, o le ayudó a sanar de su locura? Porque he oído yo de muchos que, viéndose en letra impresa, se envanecen de tal modo y estropean que quedan sin provecho.

—A mi modo de ver —respondió Sansón Carrasco—, todo sucedió para bien de don Quijote. Pues después de verse en estampa, no volvió a confundir molinos con gigantes, ni a tomar rebaños por ejércitos, y de no ser porque ya todos los que habían leído la primera parte trataban de confundirlo con sus burlas para solazarse a su costa, habría él sanado de por sí mucho antes. Y aún diré yo más, que no hay hombre a quien con una bien trazada burla no se le haga creer que se ha vuelto loco. Y eso sucedió con don Quijote, y a cuenta de la necedad y burlas ajenas empezó a destilar tales y tan sabrosas y cuerdas razones sobre lo humano y lo divino, que no las hallaréis mejores en teólogos, reyes, filósofos o poetas, que de todos ellos acabó teniendo el caballero lo más granado. Y de ello puedo dar fe por lo que yo traté con él, también puntualmente recogido en libro.

—¿Queréis decir que en esos libros aparecemos todos cuantos lo conocimos? —preguntó con inquietud don Melchor.

—Así es —confirmó Sancho—, y tan a lo vivo que no hubiese sido menester ni vivir ni haber vivido para estar más vivos de lo que allí quedamos.

—¿Y cómo puedes saberlo tú, Sancho? ¿Acaso sabes leer? —preguntó don Gonzalo.

—¡Y vaya si sabe! —respondió Sansón—. Yo mismo le enseñé las letras y en menos de una semana ya las supo, que no he tenido en todos los años de mi vida un discípulo más aventajado, y en otra más ya había leído el primero de esos libros, y después el que siguió, lo mismo que un doctor en Leyes.

Y llegando a ese punto pidió Sansón a Antonia si podía ir a buscar a su aposento los dos libros que traía consigo en su maleta, porque no pensaba pasar a las Indias otro tesoro que aquél.

—Todo en lo que cifro mi patria, señores —aclaró Sansón—, va en ellos, y así, dondequiera que los lleve vendrán conmigo ríos y montes, villas y ciudades, mi lugar y mi tiempo, linajes, amigos y vecinos, pues la sangre de todo ello corre en la suave manera que ha tenido su autor de dejarlos por escrito. Y aun diría que sólo en papel tienen sentido.

Trajo Antonia los libros y Sansón se los mostró a don Melchor y a don Gonzalo, y mientras éstos los iban hojeando, siguió Sansón contando algunas cosas más, y viendo que don Gonzalo se detenía a leer lo que había escrito a mano en muchos de sus márgenes, dijo:

—Verá vuesa merced, don Gonzalo, que ése está anotado con una menuda letra, de hormiga gótica. No es mi costumbre escribir en los libros, por parecerme muy fea, pero tengo ya esos comentos por la mayor reliquia de todas. Debéis saber que compré yo el libro en Salamanca a un librero llamado Sánchez. Le llegaban a él de todas partes, por ser Salamanca una de las grandes universidades del orbe, pero me temo que los que yo le compraba no eran ni los más doctos ni los que se supone más provechosos para un estudiante, quiero decir que yo buscaba allí únicamente novelerías, comedias y versos, que son los que me dan mayor gusto. Y cuál no sería mi sorpresa cuando leyendo éste vi que trataba de la vida de nuestro vecino don Quijote, a quien conocía bien desde niño. Y con él a todos los demás, el cura, el barbero, Sancho, que tantas veces había trabajado a jornal para mi padre, el ama y la sobrina, aquí presentes... No os podéis figurar el alborozo que recibí de ello, y sentí un no sé qué que me llevó a querer hablar a mis ilustres vecinos, y quién sabe si conociéndoles, me dije, no mereceré un día figurar en futuras crónicas, pues he de confesaros que siempre, desde muchacho, he sentido el picorcillo de la poesía, y el veneno sutil de la gloria corre por mis venas pidiendo a gritos sazonarse con una hojas de laurel en cuanto la sangre se me sube a las sienes. Apuré mis estudios, pasé el grado y me puse en camino para llegar cuanto antes a mi lugar, temiendo que don Quijote se me fuera a salir de él antes de mi llegada. Mucho hablamos aquellos días don Quijote y yo. Al principio quiso saber él cómo era el libro donde se contaba su historia, y de qué trataba, y el estilo en que su autor había pulsado la lira, si era el llamado culto, o a lo llano, pues creía que tanto como las cosas que se contaban en un libro, importaba el modo en que se hacía, y que las que se escribían como se habla llegarían en lo venturo más lejos y se hablarían más que las que se escriben como se escribe. Le dije, pues, que el de su autor era un estilo enteramente nuevo, ni culto ni llano, pues se diría que apenas se notaba, de tan fino y transparente, y que era fino como el aire que se respira y sabroso como el agua de las peñas, y no le extrañó nada de cuanto oía y de cómo salía en él, con todas las aventuras que le sucedieron, y dijo que si su autor ingenió un estilo discreto y bien temperado, fue por acomodarlo a su persona de caballero andante, que no hubo uno que no lo fuese, y que él se tenía por hombre sencillo, bueno y claro, aunque a veces, reconocía, difícil, pues no hay vida esforzada que no lo sea. Y aun me confesó que no hubiese podido ser de otro modo, ya que creía que a quien se dedicaba de corazón al ejercicio de la caballería le estaba reservada la fama y el andar bruñéndose su nombre en boca de las gentes. Le pregunté yo si quería ver por sus propios ojos lo que se decía de él, y me dijo que no, por parecerle que acaso incurriera en el grave pecado de vanidad, que es, de todos, dijo, con el de la envidia, el más tonto de los pecados, pues a quien lo comete no le aprovecha, sino al contrario, ve cómo la impaciencia y el desasosiego le van royendo el corazón hasta acabar pudriéndoselo. Pero no había pasado una semana cuando se llegó a mi casa, para desesperación de mi padre, que no podía ni verlo, y me dijo: «Amigo

Carrasco, lo he estado pensando mejor, y acaso convenga que lo lea, por ver si es todo lo discreto que decís y, siéndolo, si hay cosa que redunde en el temple de mi carácter y en la doma de mi destino, sin contar que puede que se anote en él alguna amonestación que le aproveche a mi alma y haga de mí un más cristiano caballero; tráigale vuestra merced». Se lo bajé de mi aposento y lo tuvo consigo muchos días. Durante el tiempo que estuvo ese libro en sus manos nos vimos muchas veces, pero nunca quiso decir nada de él, en tanto lo leía, emplazándome para cuando lo completase, porque decía que no se debe juzgar una obra hasta que se termina, lo mismo que una vida, pero cuando lo acabó, tampoco dijo nada. Lo puso en mis manos, sin despegar los labios. Caminamos un buen trecho uno al lado del otro por la olmeda de nuestro pueblo, sin decirnos nada, hasta que, como viese yo que no rompía su silencio, le pregunté por derecho, y fue entonces cuando me dijo que distinguía él en el libro dos autores, Cide Hamete y Miguel de Cervantes; que el primero no siempre había sido de su agrado, por creer que era muy aficionado, como moro, no ya a faltar a la verdad, o a burlarse de la caballería, sino a mirarlo todo con ojos poco cristianos, sin contar con esa manía de poner en su corazón pensamientos y determinaciones tan ocultos que sólo de él y de Dios eran conocidos; pero que para con el segundo, el señor Miguel, no podía guardar sino la mayor de las gratitudes, porque sentía que eran almas gemelas, viendo cómo le sublevaba la injusticia que se ensaña con los menesterosos, y cuánto le enternecían las criaturas averiadas que se encontraba por el mundo, que eran las más, pues les pasa a las criaturas lo mismo que a los jarros y cántaros, a poco que anden de mano en mano o vayan mucho a la fuente, uno se desborcillará, otro echará pelo y el de más allá precisará laña. Pero que con todo no quería decir más del libro, ni en qué pasajes anduvo el historiador más acertado, ni en cuáles no, porque decirlo era ya querer dar coces contra el aguijón; y que de la misma manera que el caballero andante ha de mirar por su honra, sin poner la vista en las mercedes que haya de recibir por sus hazañas, así entendía que debían hacer los autores, pues nadie mejor que ellos, siendo discretos, sabrá el punto de lo que han hecho, dejando al vulgo, que no siempre fue juez fino, ya el aplauso, ya el vilipendio. Y que no podía tomar a mal el tono desenfadado con que andaban todos a cuenta de su dichosa locura y su dizque disparatar, porque en esas burlas obraban más por desconocimiento que por maldad, y tampoco hay que pedir cuentas a quien no puede darlas. Y eso fue todo. Me devolvió el libro, lo guardé, y muchos meses después, muerto ya nuestro don Quijote, volví una tarde a tomarlo y a abrir sus páginas, buscando en él un modo de consuelo por la pérdida de quien es su principal figura. Fue entonces cuando me tropecé con esa letra menudita suya, casi aljamiada. Me dio un vuelco el corazón, porque en aquella letra era como si siguiera vivo y lo tuviese al lado. Parecía estar oyéndole, parecía hablarme con mayor viveza aún que en el libro. No sé cómo explicarlo, sentía que en los trazos de su pluma seguían los pulsos de su verdadera sangre. Cuántos «¡Voto a bríos!», cuántos «¡Albricias!», y cuántos «¡Felones y fementidos!», «¡Majaderos y bellacos!», o «¡Cuán mentís, hideputa!», o «¡Tristes memorias las que yo tenía!», si lo que leía no le gustaba, o veía que se hacía mofa de él o de su sagrada orden de caballería, o le traía a su recuerdo pasos de su sentir enamorado. Y yo he pensado, señores, consultar con el librero Robles, que la sacó a la luz, si no podrían meterse esos pensamientos de don Quijote, tan levantados y discretos, a propósito de mil pequeñas cosas, donde mejor cuadrase, cuando reimprima el libro, como tenemos Petrarcas o Garcilasos con comentos.

—Entonces, dice vuesa merced, ¿aparecemos todos en él?

Lo preguntó don Melchor, un tanto incrédulo, y a la curiosidad de éste se sumó la de don Gonzalo, porque basta poner un espejo en medio de una plaza para que todos quieran asomarse a él.

Al contrario de lo que acababa de suceder con Antonia y Quiteria, que lo preguntaron con indiferencia, lo hacían ellos con cierta inquietud, el uno, don Melchor, porque no todo en su conducta con Dorotea fue propio de un caballero, y temía que hubieran salido a la colada sus desentonos, enjuagues y trapisondas, y el otro, don Gonzalo, porque daba por hecho que el recuerdo de los días penosos y lástimas de su locura le afligirían a él y a su esposa.

Pero Sansón Carrasco, que era hombre largo, sabiendo de qué pie cojeaba cada cual, les dijo la verdad a medias. Cualquiera que hubiese leído el libro sabía que don Melchor no se había portado como un caballero ni con las doncellas de sus estados ni con Dorotea. Todo esto salía escrito, negro sobre blanco, pero si quería saberlo don Melchor, iba a tener que comprarse el libro. Así se lo dijo con la mirada Sansón a Sancho.

—No lleven cuidado alguno, caballeros —dijo al fin Sansón—. Todo lo relativo a su amistad y las diferencias que les pusieron a pique de barrenarla está pintado con tanta discreción y soslayo que podría leerlo un niño. Y si esto no bastara, concurre aquí algo especial: por razones que a todos se nos escapan, el autor no quiso daros vuestros nombres verídicos, sino sólo unos fingidos.

—¿Cómo fingidos? ¿No decís que allí estamos los dos? ¿Y cuáles son esos nombres, si os acordáis? —preguntó don Gonzalo—. Pues he oído que a veces los autores, por no incurrir en la cólera de alguien, o por burlar la vara de los censores y demás servidores del Rey que entienden en cosa de libros, acuden a otros nombres, pero los hacen tales que no haya nadie que leyendo en ellos no se dé cuenta del trueque; y así, si de quien se quiere referir un caso se llama Julio Cabañas, el autor pone Tulio Cañas o Tulio Rebañas, y todos quedarán enterados. Por eso querría saber yo ahora, si se os acuerda, el nombre que nos puso el autor de esa historia.

—Yo me acuerdo muy bien —dijo Sancho.

Se los declaró, y recibió don Gonzalo mucho contento del suyo, Cardenio, por sonoro, y a don Melchor el suyo le dejaba frío, pero no el saber si en la historia se declaraba el de su padre el duque o el de su villa, pues dijo, con muy acertadas razones, que bastaba con decir que eran duques de tal lugar, para que diera igual enmascarar o fingir o trocar los nombres, sabiendo todo el mundo que en tal villa no había otro duque que su padre, y de ese hilo, tirando, se llegaría al ovillo de los hijos y todo lo demás.

—No declara —les confirmó Sansón— ni solar ni linaje ni villa.

Celebraron mucho don Melchor y don Gonzalo esa salvedad del libro.

—Me alegra conocer que nuestros nombres no andan en historias —declaró don Melchor—. Y es natural que las gentes que no tienen más blasón que su genio aspiren a la fama, pero no cuando lo que sobra en la familia son blasones. Me alegra sobre todo que no llegue a oídos de mi hermano, mortal enemigo de cualquier impreso.

Vino al fin la cena, y el comer y aquel alegre vino que trajo el ventero, así como el fuego de la chimenea, avivaron aún más si cabe aquellos coloquios que se traían, siempre en torno a don Quijote, pues se diría que era éste alguien de quien se hubieran podido escribir no dos libros, sino doscientos, pues aquellas cosas que contó Cide Hamete y tradujo Cervantes, siendo en rigor las que le sucedieron en las salidas que hizo, habrían podido detallarse y completarse y adornarse de mil pequeños matices, que sería el cuento de nunca acabar.

Así, contó Sancho cómo redujeron a su señor al poco de despedirse de ellos, y lo llevaron enjaulado, y contó Antonia, de pie, mientras servía los huevos fritos, cómo no pudieron retenerlo mucho tiempo en casa, por más que lo cuidó ella y le dio cada día seis huevos de sus gallinas, que tal como les llegó parecía que se fuese a morir, y contó Sansón cómo lo venció en Barcelona y la penitencia que le puso de no salir en un año ni vestir las armas, y contó Antonia cómo el cielo acabó apiadándose de él al mandarle a un tiempo la cordura y la muerte, y lo buena que la había tenido, y cómo la alegría de heredar les duró bien poco, porque todo lo dejaban atrás, sin saber en qué pararía la hacienda, comida por los malos escribanos y prestamistas, y que iban con poca a pasar a las Indias, de donde los llamaba un pariente del bachiller, a lo que ellos pensaban, más pobre que rico.

Halló al fin don Gonzalo en el libro que hojeaba, que no

dejó de las manos mientras cenaba, aquellas páginas donde se hablaba de la historia de Cardenio; y esto hizo que Sansón le preguntara qué había sido de su vida, después que todos se despidieron en aquella venta de los enredos, pues no hay historiador que pueda seguir la vida de todos hasta el final, pues ese poder sólo lo tiene Dios, que lleva en su magín todas las historias de todos.

—Así es —concedió don Gonzalo—. Tras aquellos penosos meses de mi locura, quiso el cielo devolverme el juicio en el punto en que me devolvió a mi Luscinda, que así prometo llamarla siempre hasta el día en que Dios sea servido de acabarme, pues mostró ella ser la luz de mi vida, y ya sabía yo que volvería a gozar de mi cordura si recobraba a mi amada. Pero así como no parecía que ofreciese dificultad mi desposorio con doña Clara, quiero decir Luscinda, pues no cabía pensar que nuestros padres se opusieran a él por ser la calidad de nuestros linajes y haciendas más que pareja, así, digo, como volvíamos nosotros con harto regocijo, caminaban don Melchor y Elisa sin él, temiendo que el duque su padre estorbaría un casamiento tan desigual. Pero tuvo a bien el cielo, que siempre vela por los enamorados y el buen fin de las historias, llevarse al señor duque, padre de don Melchor, a mejor vida con un cólico la víspera de nuestra llegada, por lo que se pasó en dos días de llorar la muerte de un padre a cantar las bodas de un hijo.

—Y viendo mi hermano don Toribio —concluyó de contar don Melchor— ocasión de hacerme merced, y que mejor me estaría doña Elisa que volver a las andadas, nos dio su bendición, y me ha favorecido más de cuanto estaba obligado, dándome uno de los palacios de nuestro padre y no pocas tierras y beneficios, y a don Gonzalo igualmente tanto como le fue posible, y aún más, pues le hizo su secretario. Así pues, vivimos ahora entregados a nuestra hacienda, mejorándola cuanto nos es posible, mi Dorotea y su Luscinda quedaron encintas el mismo mes, que ha querido el cielo hermanarlas de ese modo, y no se dejan una a otra ni un punto, que todo lo hablan, piensan y hacen al tiempo y no da un paso la una sin declararlo a la otra. Deténganse siquiera un día en nuestra casa. De nada nos holgaremos más que de tenerles como huéspedes. Podrán presentar asimismo sus respetos a mi hermano el duque.

Lo prometieron todos con todos, como se prometen las cosas en una venta ya de noche, y con éstas se levantaron de la mesa, recogió el bachiller sus libros, Sancho sus alforjas, de las que nunca se separaba, el ama las capas de todos, Antonia unas tocas que también había puesto a secar, y cada cual se retiró al aposento donde lo había acomodado el ventero.

CAPÍTULO OCTAVO

En cuanto se recogieron, quedó la venta sepultada en un silencio que dio voz al viento y a la lluvia. Lejos de apaciguarse uno ni otra, parecían trabados en una descomunal batalla que amenazaba con llevarse volando los tejados y sepultar el patio en un infierno, tales eran los gemebundos lamentos del airón, sus furiosas acometidas, sus tajos y mandobles, y el jarreo insolente de los cielos.

Se fueron, pues, las mujeres a su aposento, y al suyo Sansón y Sancho, pero antes quiso éste pasarse por la caballeriza, pues era de los que llevaba mal estar mucho tiempo separado de su rucio. Se encontró en la cuadra a los criados y mozos de espuela de don Gonzalo y de don Melchor bailando los dados, y les preguntó por aquel caballo que decía el ventero que también era digno de ver. Le advirtieron de que no se acercara mucho, por tener aquel animal malos repentes. Apenas Sancho le acercó la luz de una candela a la cara, se estremeció el bruto, coceó, piafó y amenazó con romper la jáquima. Huyó Sancho de la caballeriza como del infierno, y corrió a contarlo al bachiller.

Lo encontró dormido a pierna suelta, mecido por la música de sus ronquidos.

—¡Dios nos asista, señor! —gritó Sancho ahogando el grito y sacudiendo al bachiller—, despierte vuesa merced, que temo que ese mercader de Tembleque no es otro que el señor De Mal, que nos ha seguido hasta aquí en el caballo oscuro aquel que no hace dos años mandó al otro mundo de una coz a mi vecino Lázaro Espín. ¿Cómo habrá dado con nosotros?

Aunque acababa de dormirse, le costó despertar.

—O hablas más fuerte, Sancho, o voy a pensar que sigo en el mundo de los sueños...

—Mucho me temo —dijo Sancho— que éste que posa del otro lado no es quien dice, sino el mismo señor De Mal. A nadie más dejaría su caballo.

—¿Y por qué va a querer seguirnos el señor De Mal, con este tiempo?

Tapó Sancho la boca del bachiller, por apagar lo vivo de su habla.

—Por Dios —dijo Sancho—, no alce vuestra merced la voz. ¿Qué haremos?

Vertió de nuevo Sancho en la oreja del bachiller, como en confesor, sus pesquisas; se sentó Sansón en la cama, buscó su capa, pues en aquel aposento hacía frío, y se tomó su tiempo antes de responder.

—Sancho —dijo al fin Sansón—, es tiempo de que hagas lo que yo: métete en el lecho, y mañana será otro día.

Y sin esperar a lo que hiciera Sancho, volvió el bachiller a meterse bajo las mantas, y así amanecieron.

Se fue Sancho a albardar los burros y aderezar las otras bestias apenas se hubo vestido, pero al llegar a la caballeriza echó en falta el caballo del señor De Mal, y por más que lo buscó en toda la cuadra, no dio con él. Preguntó a los criados de don Gonzalo, que aderezaban sus bestias, y ninguno supo qué se había hecho de él ni de su dueño, ni ninguno los había visto partir. Buscó entonces Sancho al ventero para preguntarle cómo y cuándo se había ido el mercader, y dijo que hacía ya una hora, a despecho del tiempo, pues aún había empeorado. Quiso saber si le había dado alguna razón para aquella partida tan fuera de sazón, y sólo pudo decirle el ventero que no hubo espacio para las confidencias, pues se había ido sin pagar, por lo que le maldijo y deseó unas malas bubas y unas buenas liendres. Preguntó entonces Sancho las señas del mercader, y las que volvió a dar no se avenían con las del escribano, por lo que tornó ufano a contárselo al bachiller.

—Debí ir errado, señor, en lo del caballo, que no era el escribano, sino un mozo.

Esto se lo dijo por quedarse tranquilo, pero sabía de sobra que aquel caballo era el negro que mató a su vecino Lázaro Espín.

En la puerta de la venta don Gonzalo y don Melchor escrutaban el cielo, embozado y granítico. Consideraban si quedarse en la venta hasta que escampara, o si remataban lo poco del camino hasta su lugar. Allí se holgarían de recibir a Sansón y su corte como huéspedes el tiempo que quisieran, antes de proseguir éstos hacia Sevilla.

Fue a buscar Sansón a Antonia, y ésta le dijo:

—No tenéis que cuidaros de mí, que lo que arrostre cualquiera de vuesas mercedes podré arrostrarlo yo.

Admiraron los presentes el brío y buena disposición de aquella joven, que al contrario que muchas otras de más experiencia y años que ella, no se dejaba devorar por el miedo ni apretar por las inclemencias, y de allí a una hora, y aprovechando que aflojaba la lluvia y se sujetaba el aire, se salieron al campo para recorrer las cuatro leguas que aún quedaban para llegar a donde don Gonzalo y don Melchor prometieron mesa, cama, fuego y cuanto hubieren menester sus amigos, no sin antes hablarle Sansón a Sancho en un aparte:

—Sancho, mira de no decirle nada a Antonia del señor De Mal ni la inquietes. Fuera de quien fuese ese caballo y viniera quien viniese en él, está fuera ya de duda que como tú descubriste el oscuro, descubrió su amo a Rocinante, y no sabiendo si venía en pos nuestro o si huyó al toparnos, mejor no averiguarlo. Lo que no puedas averiguar, no lo fatigues.

Y así, metió los talones el bachiller en Rocinante e hizo lo propio Sancho en el rucio, y se unieron a la comitiva de don Gonzalo y don Melchor, que escoltaban gentilmente a Antonia y la entretenían relatando toda clase de cuentos, de los que también recibía no poco gusto el ama.

CAPÍTULO NOVENO

Sancho no quiso darle más vueltas a la misteriosa desaparición del oscuro del señor De Mal, porque la existencia al lado de don Quijote le había acostumbrado a ver que en esta vida sucedían las cosas más extrañas, tanto más extrañas cuanto más ordinarias parecían. Y a pesar de haberse leído los dos volúmenes de la historia de don Quijote y, como quien dice, haber entrado en el secreto de los átomos, no se molestó en buscar ninguna explicación a aquella desaparición, ni en pensar que podría haber sido otro que el señor De Mal quien montaba el oscuro, ni quién ni para qué ni por qué en la venta Ronquera, tan lejos del camino real, y se encogió de hombros. Se dijo: lo que sea, sonará.

Lo cierto es que la mañana que se partieron el bachiller y Antonia, la misma en la que quedaron concertados el escribano y el mozo Cebadón en su negocio, partió éste en su persecución montado en el mejor caballo que tenía el señor De Mal, contra el consejo de éste, que le dijo:

—Vete, Cebadón, a la caballeriza y llévate el ruano que está allí, pero no el oscuro, por no dejarse montar por otro que por mí y por conocerlo muchos en estos contornos, pues importa y mucho la discreción en nuestro negocio, y no quiero tampoco que me lo envenene alguien que lo conozca.

Dijo esto último porque cuando mató a Lorenzo Espín de una coz y le pidieron que lo sacrificara, como se negara a ello, trataron de envenenarlo dándole de comer tueras y adelfas, y las mujeres, y aun labradores recios, se santiguaban al verlo pasar.

Le prometió Cebadón al escribano que montaría el ruano, pero era un joven que se perecía por las galas, y en cuanto se vio al lado del oscuro, se encaprichó y se lo llevó por componer a lomos de él una bella figura.

Pasó luego por la prendera, que le vendió jubón, calzas y capa, y el sombrero de tafetán pespunteado, con su medalla de oro gañín y sus plumas, que había sido de un soldado viejo, amigo de don Quijote y muerto hacía unos días, y se salió del pueblo.

Y así cabalgó toda la jornada; y tropezándose con dos peregrinos que iban en romería a ganar perdones a un monasterio cercano, les preguntó si no habrían visto sus caridades a cuatro viajeros, y fue dando de ellos señas precisas. No acertaron a encontrar el parecido de las personas, pero hablando de sus bestias mentó Cebadón a Rocinante, y apenas lo dibujó como jamelgo místico, dijo un romero al otro: «Ése era, hermano, aquel caballo que caminaba tan pensativo y flaco que se diría fuese a salir volando». Y así llegó a la venta Ronquera.

Traía Cebadón en la cabeza determinación de robar aquellos papeles a Antonia en cuanto se la topase, y si se terciaba, cometer con ella alguna bellaquería más. Descubrió en la cuadra, como no podía ser de otro modo, a Rocinante, pero también todas aquellas bestias, que le dieron a entender que estaba bien guardada la venta, como el ventero había dicho. Decidió entonces partirse antes que le descubriese ninguno de los que tan bien le conocían, y sabiendo por el ventero que iban a Sevilla, decidió esperarlos allí, donde podría llevar más a su sabor el cumplimiento de su negocio y la venganza de sus humillaciones. Y así, sin esperar a que los gallos descorrieran el cerrojo de aquella noche de perros, ensilló el oscuro y se corrió a Sevilla a hurto, para dolor del dueño de la venta, que se quedó sin su dinero.

Al rato se levantaron los demás, y esperaron una hora escrutando el cielo, por si abría o no.

Amainó el temporal, y puesta ya en camino la comitiva, dejó de llover al fin y empezó a enseñar el cielo aquí y allá sus claros azules, que presagiaban mejoría. Salieron al camino real y lo celebraron hasta los pájaros, que llevaban sin cantar lo menos tres días, pero más que ninguno el propio Sancho, cuando vio que dejaban de lado la venta de Juan Palomeque, conocido como el Zurdo, donde lo mantearon a él Juan Martínez, Tenorio Hernández y los otros de su cuadrilla, y donde tantas cosas sucedieron, no todas de feliz recordación.

Y así, con la villa de don Gonzalo y don Melchor ya avistada, se disputaron quién de los dos había de agasajarlos y llevarlos a su casa antes, aprontando cada uno sus razones. Eran las de don Melchor el ser obedecido por don Gonzalo, y las de don Gonzalo que en asuntos de amistad no había otra jurisdicción ni vasallaje que la voluntad de cada cual, y en todas aquellas razones partió Sansón, como en Gordión el Macedonio, con certero golpe de espada:

—Harto nos honran vuestras mercedes con su disputa, pero hemos de continuar camino, y fuera de presentarnos a doña Clara y doña Elisa, a quienes tantos deseos tengo de conocer, no podemos distraernos de nuestra carrera, que no es otra que ponernos en la de las Indias.

—Pero bien podría ser que nos quedáramos allí unos días, por no desairar a nuestros protectores —insinuó Sancho, que al conocer ya algunas casas de ricos y haber sido agasajado en ellas, conocía la buena mesa y mejor bodega que gastaban los señores, y tenía la filosofía horaciana de tomar las cosas buenas cuando se presentan, porque por cada una de ellas hay otras cien jornadas de hambre, frío y fatiga.

—Ya sé por qué lo dices, ladino, artero y poltrón —dijo Carrasco dirigiéndose a Panza—. Tú no quieres pasar a las Indias, y esperas que lleguemos a Sevilla cuando se haya partido la flota. Pero ésa es mi determinación, y contigo o sin ti, habremos de embarcarnos.

Ni la cortesía de don Gonzalo ni la autoridad de don Melchor ni los ruegos de Sancho fueron capaces de reducir la voluntad del bachiller, de modo que llegados a la aldea, se partió el agasajo. Don Melchor los convidó a almorzar y cenaron con don Gonzalo, y pasaron juntos aquel día. En todo el tiempo recibieron muchísimo contento, sobre todo

Dorotea, que se hizo contar por Sancho las aventuras de don Quijote tal y como figuraban en los libros o adornadas con todo aquello que no venía en ellos y que el escudero recordaba puntualmente.

Y tanto gusto recibieron de él, que en medio de la algazara, doña Elisa le dijo a su esposo don Melchor si no podía encontrarle a Sancho un acomodo de cualquier cosa con ellos.

—Haced venir a su mujer Teresa, a sus hijos —dijo—, ponedles a servir donde mejor os venga, porque pocos tendrán más asentado el juicio que él. No se le ha oído hoy una simpleza, ni razón que no traiga su enseñanza.

Fue tanto lo que porfiaron don Gonzalo y don Melchor, doña Clara y doña Elisa, que Sancho, viéndose así de solicitado, comenzó su repertorio de pucheros, hipidos y gemidicos:

—Basta señores, que me partirán el corazón. Me debo a mi amo el bachiller Sansón Carrasco y a mi señora Antonia. La suerte está echada, corren los dados y veremos si salen dobles o gafan.

Y si lamentaron los caballeros y sus damas el no de Sancho, mucho lo celebraron Sansón y Antonia, incluso Quiteria, a quien se le iba yendo ya la ojeriza que le tenía, y lo abrazaron y se alegraron con él.

Y así se llegó a la mañana siguiente, la de la partida.

Ayudaron los criados de don Gonzalo a aderezar las bestias, y el propio don Gonzalo proveyó tan generosamente las alforjas y despensas de Antonia y los demás con fruslerías, fiambres y otras reposterías finas, y las de Sancho de tan buenas botargas y companajes, que hubo necesidad de ponerle coto. Y aun quiso aquel dechado de caballero dejar en las manos del bachiller cincuenta escudos como viático para el viaje, y en las de Sancho otros tantos. Éste, al recibirlos, dándole las gracias por una merced tan grande, le dijo:

—Quien va a cruzar los mares ha de poner su conciencia en paz, porque no sabe lo que saldrá de ello; y así he de deciros que hallamos mi amo y yo, cuando estuvimos en la sierra donde os perdisteis penando vuestros amores, una maleta. Venían en ella envueltos en un pañizuelo un montoncito de escudos de oro, que pasaban algo de ciento. De no haberme dado licencia don Quijote, no los habría tomado, pues el pobre no tiene más patrimonio que su honra, pero me advirtió luego que si llegara a conocer a su dueño, era obligación el devolverlos, y por vivir en la ignorancia que me excusaba la vuelta, nunca lo pregunté, como debía. De entonces acá he llevado sobre mi conciencia aquella trapaza a todas luces poco escrupulosa, toda vez que los dineros hace ya mucho que los entregué a mi Teresa. Los recibió ella con algazara, y tal como le llegaron, se le fueron. Decidme si eran vuestros, como yo lo creo, y si lo eran, tomad, pues, a cuenta de aquéllos, estos que me habéis dado, y contad con los que faltan, que yo haré que os lleguen desde las Indias, donde pensamos ponernos ricos en cuanto demos con una bonita mina de plata o yo me haga con una buena punta de esclavos, tan estimados en aquellas partes, según tengo entendido.

Se rió de buena gana don Gonzalo. Aseguró no recordar nada de aquellos dineros de la sierra de los que hablaba Sancho, ya que había dado en olvidar todo cuanto allí penó, y dijo que así como él los había olvidado, debía olvidarlos Sancho; y el propio don Melchor no quiso ser menos liberal que don Gonzalo, y ordenó a su valido le prestase dineros para darles doblados otros tantos a sus animosos huéspedes.

Se despidieron todos, y quedaron unos con el pesar de ver partir a quienes tan buenos ratos les habían hecho pasar con sus historias, y los otros se fueron con el de dejar atrás tan principales caballeros y damas tan solícitas y francas como acaso no volvieran a ver en mucho tiempo, si acaso volvían a tropezárselos, pues aunque no siempre pensaran en la travesía que tenían por delante, ésta les traía agarrotado el corazón a todas horas.

CAPÍTULO DÉCIMO

Antes que Sansón Carrasco, Sancho, Antonia y el ama Quiteria llegaran a Sevilla, llegó a la ciudad del Betis Juan Cebadón, que no quiso dar tregua al oscuro del señor De Mal hasta no oír las campanas de su famosa Giralda, pues sabía que en tomar la delantera está muchas veces la mitad de una victoria.

Apenas encontró posada para él, una caballeriza para el oscuro y quien le guardara el dinero que llevaba, como le aconsejó el escribano, se lanzó a recorrer las calles más cursadas de la ciudad, buscando una taberna adecuada, sabiendo que son muy a propósito para el negocio que lo había traído allí.

Y sin esfuerzo, dio con aquella que, más que taberna, era verdadera Casa de Contratación de buena parte de los robos, hurtos, tercerías, escalos, bardajes y abordajes que se llevaban a término en Sevilla. Estamos hablando de aquel tugurio donde privaba Periquillo el Cojo, jaque de la valentía sevillana, uno de sus veinticuatro cónsules y secuaz que fue del reputado Monipodio, muerto hacía ya lo menos veinte años, pero con tan notable y larga ascendencia en la germanía de Sevilla, que aún se le lloraba y rezaba en misas que él mismo dejó encomendadas por la salvación de su alma.

La taberna del Cojo era grande y despejada como para acoger la más ruidosa y feliz feligresía que quepa imaginar. Se juntaba en ella a todas horas del día y buena parte de la noche una gran copia de gentes tan amigas de trabajar poco y traer galas que se daban día y noche al dado y la baraja, al tentetieso y aun a la sangre, si se terciaba, que Cebadón quedó admirado. Entraban unos, salían otros, hablaban los rincones y detrás de cada pilastra se sellaba un secreto, cambiaban de manos las bolsas con sigilosa discreción, y las capas se deshacían con tanta habilidad que no las hubiesen conocido sus mismos dueños ni de vista ni de palpo. Se cantaba a bulto, se reía, y se trasteaba a las mozas que triscaban en camisa de pechos entre las mesas, y aquel caudal, como un torrente bravío, movía el molino de la vida. Todo eran lances de juego, todo industrias nunca vistas o las mañas más viejas y usadas, todo chacotas y malicias que lo mismo terminaban en risas que en discordias y cuchilladas que se llevaban por delante a alguno, retirado a la casa de un cirujano cercano, sin que ello alterase un punto aquel alegre alboroto de los gallos y sus damas, que los agasajaban cuanto les permitía el decoro, y aun sin él.

Buscó Cebadón un lugar discreto donde permanecer, pues no era tan simple como para dejarse impresionar o despintar de su cabeza la razón por la que estaba allí. Ni siquiera cuando quisieron tentarlo dos mozas más o menos garridas y no muy limpias perdió la cabeza, y con corteses palabras las despidió. Pasó dos horas mirándolo todo y haciéndose cargo de lo que allí se cocía, quién era el charlón y quién comparsa, el taimado y el bravo, el llano y el torcido, y acabó notando a Periquillo el Cojo como sumo califa de aquel reino. Todos le daban su nombre sin que él se ofendiera oyéndose motejar de cojo, pues no se veía que cojeara de ningún pie, aunque sí era notorio que era tuerto, como lo decía un gran chafallo negro que le tapaba a modo de parche la mitad derecha de la cara.

Era un hombre corpulento, alto y más discreto que cortés, de ademanes imperatorios, ungido como estaba por una gran autoridad y señor que era de la calle de la Caza, el Compás de la Mancebía, el Arenal y el Matadero, aparte de virrey de las Gradas. Vestía tal mezcolanza de prendas que no se habría podido adivinar su nación, pues lo que tenía de genovés, por su jubón acuchillado, lo tenía de turco, tocado como iba de un extraño bonete carmesí, arropado por una casaca de tafetán azul, tan sobrada de faldas que hubiera podido acoger debajo de ella a toda la grey de jiferos, rufianes y matasietes de Sevilla.

Era también persona que gustaba más de escuchar que de hablar, donde el no hablar se tiene por signo de poco o de mucho. Después de ir de grupo en grupo, se dejó caer en una gran silla de anchos brazos y altas espaldas que se había hecho colocar en el lugar más visible y en la que ninguno sino él hubiera osado sentarse, al igual que nadie lo hacía en la mesa redonda que tenía ante sí, si antes no era invitado por su gracia.

En cuanto llegó y se acomodó, empezaron luego a desfilar ante él los que llevaban ya horas haciendo la cola. Todos le buscaban con negocios, que él aprobaba o estorbaba, o le nombraban juez de sus pendencias y riñas, o le pedían consejos que pacificaban a todos, pues así como el Cojo sentenciaba, todos eran a acatar su veredicto, que era siempre justo y ponderado, tanto si se trataba de adobar un robo, como de practicar una sangría en los olvidadizos que no pagaban sus cuentas pendientes a la respetable cofradía, pacificando incluso, si se terciaba, disputas de amor, aviniendo a los desavenidos o disuadiendo a los obcecados, si sus impertinencias subían de punto. Y si por casualidad venían los alguaciles o el mismo corregidor, los trataba con guante perfumado y regalaba de tal modo, que de allí se iban como unas castañuelas, comidos y mejorados en sus bolsas, convencidos de que tan importantes eran los jueces en la Audiencia de Sevilla como Periquillo el Cojo en las Gradas, el Arenal y Triana.

Nada de lo que ocurría allí le era tampoco ajeno, y mientras discurría la audiencia que tenía lugar aquella mañana en la taberna, no se le escapó la presencia de Cebadón. Cuando acabó los pleitos que se vieron, llamó a uno de los suyos y le ordenó que le trajera aquel mozo a su presencia.

Le preguntó quién era y qué hacía allí y qué miraba con tanta atención, que allí nadie miraba de ese modo si antes no le daba cuenta a él.

Bien porque no le gustara el tono que empleó el Cojo, bien por sentirse Cebadón muy bravo y seguro, puso su mano en la espada, y levantando la barbilla, dijo:

—¿Quién lo pregunta?

—Quien puede —respondió el Cojo secamente.

Vio Cebadón que aquella entrada no conducía a donde él quería, y templó de otro modo la guitarra:

—¿Es cierto, señor Periquillo, que no sucede nada en Sevilla que vuesa merced no sepa antes de que suceda? ¿Es verdad, como he oído, que tampoco se cuece en esta ciudad nada a lo que no dé consentimiento el ínclito Periquillo el Cojo?

No sabía Cebadón qué cosa fuese «ínclito», pero se lo había oído tantas veces decir a don Quijote para honrar a alguien, que pensó estaría bien desembucharlo allí.

Tampoco parece que Periquillo supiese qué o quién era ínclito. Pero al contrario que muchos de su oficio, y acaso por esa razón había alcanzado tantísima preeminencia, no era un fatuo, y le hizo gracia aquella desenvoltura:

—¿Le parece bien a vuesa merced hablarle así a quien podría mandar echaros al río? Cuide de no encumbrarse tanto que se despeñe, y no hable rodeado, hermano, que aquí nos holgamos con la llaneza.

Comprendió al momento Cebadón que no podía engañar a hombre tan agudo y poderoso, y del mismo modo que había sido pronto para la insolencia, lo fue para abajar el tono, y así declaró humildemente su nombre y el de su patria, y le contó en pocas palabras la razón de su viaje y cómo creía que sin ayuda no podría llevar a buen término su negocio, pero que tenía buenos dineros con que pagar a quien le ayudara en ello.

—¿Y vienen con vuesa merced esos dineros? —quiso saber el Cojo.

—Sí vienen —respondió Cebadón, volviendo a su recién depuesta insolencia—, porque nada desean tanto mis dineros como ser robados por alguno de los pícaros que honran esta ciudad, en cuanto salga por esa puerta. ¿Habéis creído que me mamo el dedo?

Se rió de buena gana el Cojo de la discreción del mozo, y le dijo:

—Va a ser cosa de coser y cantar. Venga vuesa merced mañana aquí a la misma hora con diez ducados, y le diré qué haremos. Y no olvide que es esta ciudad de rufos y rufianes, y distinga quiénes, entre los bellacos, son de fiar y quiénes no. Pero marche vuesa merced tranquilo, que los cielos han querido poneros en el buen camino. Y no olvidéis venir mañana con dineros, que os doy mi palabra de Periquillo el Cojo que nadie sino vos y quien vos queráis habrá de poner la mano en ellos.

Así lo prometió Cebadón, quien, tras ajustar en diez ducados el asalto que lo llevaría a los papeles que buscaba el señor De Mal, se salió de la taberna del Cojo prometiéndoselas felices.

Apenas salió, chistó el Cojo a dos de sus jayanes, de nombre uno Juan el Burlador y el otro Diego Cebolla:

—Salid presto detrás de ese mozo y mirad dónde posa, y volved aquí, que mal tendría que dársenos para que ese pollo no acabe desplumado y en el río, como los patos.

Al tiempo que el Burlador y Cebolla seguían a Cebadón hasta la casa donde se alojaba, que era una de la calle de la Perla, a un paso de la plaza de San Isidoro y a dos de la del Salvador, al mismo tiempo entraban en Sevilla por la Puerta del Osario, buscando la plaza del Carbón, Sansón Carrasco y Antonia, Sancho Panza y Quiteria.

En cuanto pasaron la puerta, Antonia preguntó:

—¿Y el mar aquí dónde estará?

Le dijeron que lo hallarían pronto, si estaba, porque no era el mar cosa que pudiera quitarse de enmedio ni esconderse.

Hacía seis días que habían dejado la casa de don Gonzalo y doña Elisa. En el tiempo que duró su camino, nada notable les sucedió, sino que saliendo del Campo de la Mancha, y entrando en el de Andalucía, se encontraron en una venta a un vecino del pueblo colindante. Volvía de Sevilla, y se ofreció a alargarse al suyo y llevar la carta que pensaba Sancho que estaba obligado a escribir a su mujer. Y por no tener aún la desenvoltura precisa que mostraba al leer, le tomó buena parte de la noche escribir la que sigue, que quedó aderezada así:

Sancho Panza a Teresa Panza, su mujer.

Como en otras tengo escrito, la fortuna es mudable y hemos de estar atentos a tomarla, cuando venga buena, que dejada escapar no suele tornar o hace mala la que tengamos, y así te hago saber que, contra mi pensamiento primero y mi propósito, el bachiller Sansón Carrasco, nuestro vecino, a quien sirvo, no se iba a Sevilla a establecerse allí, sino a pasar a las Indias, adonde habrá de llevarme. Allí le espera una mina de plata que ha de ponernos ricos en menos que canta un gallo, y tornarnos en cuanto Dios sea servido, que será pronto. No es esa mina de plata como las ínsulas que tantas veces me prometió mi llorado señor don Quijote, que siempre se le quedaron en el tintero. Aunque ya le tengo dicho a mi nuevo amo que no se ha hecho para mis años el arrancar a la tierra el mineral, me ha excusado él de hacerlo, y así seré yo quien haya de ocuparme de cuanto concerniere a los esclavos, y de llevarlos por el buen camino, que allí no se puede ni se estila hacer nada sin ellos, y en cuanto empiecen las ubres de aquella mina a dar su leche, yo haré que os lleguen a ti y a mis hijos tantas mantequillas y requesones que os habréis de chupar los dedos, como haréis ahora con esos cincuenta escudillos de nada que me dieron dos caballeros a cuenta de don Quijote, a quien conocieron y de quien eran muy devotos. Y aun pienso que yendo como va la fama de nuestro llorado amigo más rápida que fuego en una parva, nos caerán más peros de éstos, y vengan cuantos vinieren, porque por mucho pan, nunca es mal año, y para que no se diga que donde no hay harina todo es mohína, ahí te van, como digo, con la flor del cuño en todo su prístino ser.

Mira no lleves pena de verme partir, porque la vuelta será para ponerte en los mismos cuernos de la Luna, y a Teresica y Sanchico se les diga que nada me importa más después de mi salvación que tenerlos contentos.

Tu marido, Sancho Panza.

Le entregó la carta con dos reales, por obligarlo, y cincuenta escudos para Teresa, y prometió el vecino llevarlo todo con la mayor presteza. Luego siguió cada cual su camino, y entre Sansón y Antonia, Quiteria y Sancho fue anudándose una suave armonía, pues el compartir los rigores del cielo, la monotonía de las leguas y las alforjas sujeta a las personas con cinchas más fuertes que las de la sangre, y a los tres días ya todos pensaban en la bendición que había sido dejar la aldea y ponerse camino a las Indias.

El bachiller, que no llevaba encima más dineros que los precisos para sus fletes y los que le dieron don Gonzalo y don Melchor, soñaba con entrar en posesión, no ya de la heredad de su tío don Suero, de la que no sabía si era parva o cumplida, sino de una mina propia que le rentase diez mil ducados al año. Y así, pensaba que al cabo de esos diez años volvería a su pueblo a mostrar su fortuna y pasar descansada vida cuidando de sus ancianos padres, pues en sus ensoñaciones ya había hecho las paces con el suyo, aunque no hacía ni seis días que se había alejado de él llevando su maldición y el silencio y lágrimas de su madre; y ponía tal fuerza en sus palabras, envolvía sus razones con tan convincentes ahíncos, enaltecía tanto las ansias que sentía de salir con bien de aquello, que convenció a sus tres compañeros de viaje de ser realidad lo que no eran sino sueños suyos, y a los dos días ya nadie recordaba la aldea ni la vida que allá dejaban, espoleados por la palabra juventud, que tanto empuje tiene y tanto voltea los pensamientos.

En cuanto a Antonia, nunca se había sentido mejor. También a ella se le habían olvidado los temores que la asaltaron en la venta. No, no se hubiera vuelto a su aldea ni forzada de hambre, y sólo pensaba ya en encontrar cualquier modo de agradar a su esposo y en la hora de alumbrar. ¿Y el mar, que tanto temía? Empezaba a atraerle, como al que se asoma a un gran abismo. Y otro tanto le sucedía a Quiteria; dispensando toda clase de atenciones y cuidados a su niña, esperaba el fruto de su vientre con inusitada alegría e impaciencia, como si fuese en efecto aquella criatura carne de su carne y sangre de su sangre, pues corriendo por sus venas la de don Quijote, era como si corriese la suya misma.

¿Y Sancho? ¿Sabía ya Sancho lo que quería?

Entregada la carta para su mujer y parte de los escudos que recibió de don Gonzalo y don Melchor, quedó luego Sancho libre de pesar. Pero le acontecía con su señora lo que con la patria: aunque, como se ha dicho, pasaran juntos la mayor parte del tiempo en porfías y desacuerdos, cuanto más se alejaba de ella, mejor se le hacía, y recordaba sólo lo bueno y nada de lo malo, de modo que dejaba de aborrecerla, y aun la amaba con el pensamiento como no podía si la tenía delante.

Por lo demás, unos días Sancho se acordaba de don Quijote y de la fama y de liberar galeotes, y otros no lo hacía sino de las Indias, la mina de plata y sus esclavos.

Y las jornadas fueron poco a poco haciéndose más y más livianas, y a todos ellos se les escaroló el ánimo, bien porque cuanto más bajaban al sur, más lucía el sol, o porque la idea de embarcarse ya no les parecía tan temible a los medrosos.

Y así llegaron al día en que entraron por aquella Puerta del Osario, buscando la plaza del Carbón, tal y como les había aconsejado su convecino, que allí paraba siempre que estaba en Sevilla.

—Pero ¿y el mar? —preguntaba a cada poco Antonia. Como si quisiera verle la cara a su enemigo.

No les fue difícil dar con la casa de huéspedes, que era de las pequeñas. Los acomodaron en ella medianamente, y como se entraba ya la noche, esperaron al día siguiente para empezar los trabajos de embarcarse, que no eran pocos.

Quedaron Antonia y Quiteria esa mañana en la posada y marcharon Sansón y Sancho a Gradas, donde les dijeron hallarían todas las noticias de la flota y muchas otras de gran utilidad para quienes querían pasarse a las Indias.

Quiso Sansón dar dos maravedíes a un muchacho que los condujese por aquel laberinto de callejuelas, pero a ello se negó Sancho, diciendo que «quien lengua ha, a Roma va», y que harían bien ahorrando hasta el último maravedí para la mina, y que muy mastuerzo y majagranzas sería él de no llegar a las Gradas de Sevilla, y aun al último de sus rincones.

Le pareció bien a Sansón y celebró tener un criado que miraba tanto su hacienda.

Apenas llevaban unos minutos por aquellas calles, y ya andaban admirados de la magnificencia de la ciudad. Excedía ésta en mucho a la Corte o a Barcelona, que los dos conocían bien, y no hacían sino pesquisar a uno y otro lado palacios, iglesias y conventos, y más los hubieran admirado si no tuviesen que poner los ojos en no ser atropellados por el desorbitado número de coches que iban por todas partes. Se tropezaron con gentes que vestían con boato no visto en todos los días de su vida, caballeros principalísimos que se rodeaban de abigarrados séquitos y decenas de damas a tono, y gentes atildadas, baldías y melifluas que vagaban avizorando sus presas por todos los rincones. Vieron también a las damas sevillanas que se tapaban de medio ojo, a la morisca, por parecer lascivas, cuando no con anteojos por moda, y a muchas opiladas por comer barro, y a las rabisalseras y pizpiretas de vestidos redondos y guardainfantes. Se admiraron de los chapines de once pisos que hacen gigantas de las enanas, y de los perendengues que se ponían las altas para ser vistas a tiro de ballesta. Las calles bullían, fueran angostas o anchas, las campanas doblaban con su lengua, los mercaderes pregonaban su género, las lavanderas pedían a gritos por las casas ropa que llevar al río, los recaderos corrían entre las gentes como gatos, paseaban las damas dudosas llamando la atención con alarmantísimos tocados, ajorcas y caireles, avistaban los golfos sus presas, hacían su oficio los mancebos y espoliques, y, por si algo faltase en todo ello, al llegar a Gradas, donde les dijo el veredero que habían de concertar lo relativo a su marcha, oyeron que se hablaban al mismo tiempo más de veinte lenguas, entendiéndose allí las gentes en una que era mezcla de todas ellas. Y fue entonces cuando vieron que Sevilla no era una ciudad, sino una nación de naciones.

Eran tantas las cosas que tenían que hacer, que no acertaron por cuál empezar, y siguiendo lo que Sancho había dicho, lo fiaron de preguntarle a todos. Y unos les decían una cosa y otros la contraria con igual firmeza, pero todos se ofrecían a servirles de guías y consejeros en el laberinto, y a todos, con prudencia, desestimó el bachiller por maliciar segundas intenciones: en una hora vieron cortar tres bolsas, robar seis capas y escamotear doce capachos con carne, frutas y panes.

Nada de eso les arrugó, y hablaron aquella mañana con unos y con otros, pero suspendieron ese día sus indagaciones sin haber resuelto nada de cuanto llevaban en el magín, excepto el saber que el navío de aviso que iba a Tierra Firme esperaba para partir. Volvieron a la posada de la plaza del Carbón.

—Antonia, Quiteria —empezó diciendo el bachiller—, esta ciudad es de admirar, no se parece a ninguna de las que hayamos conocido, y salir de ella presumo que será más difícil que haber entrado.

—¿Habéis visto el mar? —les preguntó Antonia.

No, no estaba allí el mar, sino un río, que venía a ser su primogénito, con más naos que muchos mares. Y hablaron a las mujeres de todo cuanto vieron ese día y más: no tenían mucho tiempo, la flota partía en tres o cuatro semanas, ya se estaba formando la de Tierra Firme, y la otra, la de Nueva España, iría un poco después. El navío de aviso tenía ya listo el aparejo.

Ni Antonia ni Quiteria habían oído antes hablar de que hubiera dos flotas, pues para ellas las Indias eran todas unas, y así les explicó el bachiller por qué parte del mundo quedaba Nueva España, que era la tierra de los mexicos, y dónde Tierra Firme, que no era sino lugar de paso a otros reinos no menos ricos pero más ignotos, como el Perú o Nueva Granada. Y que aun no sabiendo mucho de unos ni otros reinos, en todos había bueno y malo, y que a cuantos habían preguntado en Gradas no se ponían de acuerdo, pues a Sevilla llegaban noticias de lo bueno y lo malo, y galeones cargados de plata, de uno y otro lugar, y de muchos que dejaban en las Indias la salud y la hacienda y venían más pobres que cuando partieron.

—¿Y hemos de esperar tanto? ¿No hay ninguna nao que vaya fuera de la flota y que nos quiera llevar? —quiso saber Antonia.

Contó el bachiller que sólo el de aviso, muy ligero y difícil de alcanzar por los piratas, tenía permiso del Rey para ir solo, avisando de la llegada de la flota para que se aprestaran a recibirla, y los demás habían de ir en conserva o federados, por defenderse de los corsarios.

—¡Ay!

La palabra corsario puso en Antonia y el ama gran incertidumbre.

—¡Si pudiera pasarse a las Indias por tierra! —suspiró Antonia, como si aquél fuese antojo de mujer encinta.

No, por tierra no sería posible, pero uno de los visitadores de la flota a quien preguntaron les contó que con dineros se les podría llevar en aquel navío de aviso. No había nadie en Sevilla que, pudiendo, no cohechara. Sancho, gran ecónomo, como se vio cuando hubo de cuadrar las cuentas de los azotes que había de darse a cuenta del desencantamiento de Dulcinea, hizo un cálculo somero entre lo que gastarían si se quedaban allí esperando la flota y lo que aquel visitador quería. Y, como suele decirse, las cuentas no salían, ni para subir en el de aviso ni para esperar la flota, cuanto más que habían de mercar no pocas cosas que todos reputaban necesarísimas allá y que en Sevilla corrían sin estima, y allá eran estimadas por no haberlas, como telas.

Fue Antonia quien había sabido esto último de la posadera.

—Pocas necesitaré yo, niña —dijo el ama—, lo que yo necesito cabe en un hatillo.

Y eso era verdad, y aun en menos cabían las reliquias que se llevaba: el pañizuelo con la cera que posó en los ojos muertos de don Quijote, aquella magnífica pluma de ganso con la que su señor Alonso Quijano firmó sus últimas voluntades, y el cuerno de la pólvora que llevaba de caza.

—Sea como dices, Antonia —dijo el bachiller—, merca lo preciso y esperemos.

—Escribiré a don Pedro —dijo Antonia—. Quedan allá hartos dineros míos. Tal vez pueda mandar algunos.

Al día siguiente acudieron juntos Sancho y Sansón, Antonia y el ama a Gradas.

Se le iban a Antonia los ojos detrás de las mujeres, sobre todo de aquellas principales que caminaban con gran acompañamiento de criadas y dueñas. Qué tocados, qué galas, qué telas nunca vistas por ella, que borceguíes y coturnos, y qué palidez en los rostros, que parecían de alabastro, tan diferentes del suyo, tostado por la vida campestre. Sintió vergüenza, y se lo cubrió a lo morisco con la toca. No se atrevía a pronunciar palabra, por que no le notaran el habla rústica. Y qué decir de aquellas que iban en su coches y carrozas, apenas entrevistas detrás de las portezuelas, y de las libreas de sus criados, cada cual con los colores de sus casas, por no hablar de los esclavos, tras de los que se le iba la vista a Sancho.

—Ay, ama —dijo al fin Antonia —, que yo no creo pudiese vivir en una ciudad así. No llevamos ni un rato, y ya echo en falta la paz de mi aldea.

Llegaron a oídos de Sansón estos miedos, y le hicieron reír:

—¡Y aún no han visto vuestras mercedes la mitad de lo que convierte a Sevilla en la ciudad más alhajada, admirable y populosa del orbe, envidia de Nápoles, París y Constantinopla! Esperad a ver sus iglesias, o Gradas o el Arenal, adonde llegan los galeones.

—Y el mar... ¿cuándo lo veremos? —preguntó una vez más Antonia.

Habían llegado al Consejo de Indias. No había cosa que se moviera a su lado que no la notaran ellos; todo menos a Cebadón, acaso por ser éste el último que pensaran tropezarse en Sevilla.

Muchos días llevaba allí el mozo, apostado y paciente, sabiendo que tarde o temprano aparecería Antonia y su acompañamiento, pues nadie que quisiera pasarse a las Indias podía excusar su paso por el Consejo.

En cuanto los vio, bajó Cebadón el ala del sombrero, disimuló su estampa detrás de una columna y dejó que entraran, esperando su salida.

Y todo cuanto les había admirado la ciudad, o lo poco que de ella llevaban visto desde la plaza del Carbón hasta la catedral, lo tuvieron por imponente en aquel palacio en el que bullían alguaciles, escribanos, jueces, inquisidores, secretarios, contadores, regidores, oidores y cuantos allí pleiteaban, inquirían, pagaban, cobraban, se favorecían o trataban de favorecerse. Buscó Carrasco donde obtener información, sin hallarla. Le seguían Panza, Antonia y el ama sin decir nada por aquellos patios y corredores abarrotados de gentes, que iban y venían y se estorbaban. Puso al fin los ojos Sansón en un hombre que pasaba llevando un rimero de papelotes.

Resultó ser uno de los secretarios del Consejo, de cara equina y cenicienta. Por sus venas parecía correr tinta y no sangre.

—En efecto, aquí trabajo. Sed breves —respondió—, ¿no me veis cargado?

Le contó Sansón que venían solicitando los permisos que se pedían para pasar a las Indias, y le mostró la carta de su tío don Suero. Aquel hombre, con cara de pocos amigos, les pasó a una estancia. En ella había un escribiente vencido de hombros y taciturno con los dedos sucios de tinta. Ni siquiera se molestó en levantar la cabeza cuando oyó que entraba gente.

Se sentó aquel hombre en su mesa. Reinaba en ella un orden estricto. Más parecía altar de capellán de monjas que bufete de escribano. Pidió luego a Sansón ver las probanzas de no pertenecer a los prohibidos.

Aunque supieran que había que traerlas, negaron los cuatro al unísono que nadie les hubiera hablado de ellas, porque siempre es preferible ante un ministro de la Ley pasar por ignorante que por descuidado o malicioso.

—¿Y así quieren vuestras mercedes pasar a las Indias?

Era aquel funcionario de los que esperan poder sermonear a cuenta del Estado a los pobres mortales.

—¿Les parece a vuestras mercedes que acaben con aquellos reinos los mismos que quisieron acabar con éstos? ¿Son vuestras mercedes por casualidad judíos, conversos, moros, casados que van huyendo, reconciliados?

Se detuvo aquel hombre, no para esperar una respuesta, sino para mirar al techo, buscando inspiración en la filípica.

—Si se dejara pasar allá a cuantos tratan de ir, aquellos reinos se llenarían de tantos enemigos, que llevarían la discordia y la mala religión que profesaban entre nosotros. Buscad esas probanzas, si podéis, y volved en buena hora. Y el que sea marido solo, no olvide traer carta de su esposa en que cuente que sabe ella de su partida y consiente.

Se vieron en la calle de nuevo, sin saber qué hacer, y como no estaba lejos de allí la Casa de Contratación o del Océano, se acercaron a ella, y si suntuoso era el Consejo, no le iba a la zaga aquel que más era palacio, y de los grandes, que casa.

En todo ese tiempo los siguió Cebadón sin que hiciera mucho por no ser visto, tan distraídos y aplanados iban ya sus paisanos.

En la Casa de Contratación preguntó el bachiller al primero de los escribanos que se cruzaron. Resultó más cortés y servicial que el otro. Querían saber si cuanto les acababan de decir en el Consejo era lo cierto, y allí, confirmándoselo, acabó de quitarles la esperanza de pasar a las Indias en aquella flota. Entre correos, probanzas y permisos... habría que esperar a la siguiente. Saber el coste del flete los remató.

Decidieron volver a la posada de la plaza del Carbón. De paso compraron en una tienda el refrigerio de ese día. Los cuatro se asilaron en sus aposentos como en sagrado. Aquellos dos aposentos de la posada eran su patria, y sólo en ellos se hallaban a salvo en aquella ciudad que amenazaba con engullirles.

En cuanto Cebadón vio la posada, corrió a contar a Periquillo el Cojo dónde y cómo quedaban sus amigos.

Sansón y Antonia, Sancho y Quiteria se sentaron en el suelo alrededor de un papelote en el que había un poco de empanada, unas aceitunas y media gallina fría. La bota de Sancho, que no servía ni a Antonia ni a Quiteria, no hechas al vino, quedó colgada de una silla. Salió Quiteria para pedir prestado un jarro de agua. Era su triste condumio.

—Y ahora que lo considero —dijo Sancho—, si piensa aquel hombre que mi Teresa ha de dar consentimiento para que yo pase a las Indias, no la conoce bien. Que una cosa es que yo haga de mi capa un sayo y le dé cuenta y razón, pero esperar que vaya ella a bendecirme es pensar lo excusado. Y no entiendo que una mujer sea quién para decirle a un marido dónde y cómo tiene que ir, ni por cuánto tiempo.

—Eso será así —explicó Quiteria— por no dejar aquí desamparados a quienes no podrán valerse, impedidas de hijos a sus mujeres y a los hijos sin qué llevarse a la boca, carga enfadosa para parientes y, si éstos no los socorrieren, para todos.

—Tiempo tenemos —dijo el bachiller en tono resuelto— hasta que zarpe la flota, nada hemos de temer, somos cristianos y nuestra aldea no está tan lejos que no puedan llegar las cartas a ella en la mitad del tiempo que tardamos nosotros en venir. Don Pedro le pedirá probanzas a nuestro alcalde de ser quienes decimos, y aun él mismo añadirá otras de nuestra recta conducta, y a ti, Sancho, no te dé pesadumbre, que don Pedro hará que tu Teresa lo apruebe. Y él podrá mandar algo de dinero, que lo que vendía Antonia no era grano de anís, y había muchos ya en el pueblo que le habían puesto encima el ojo.

Sacó Sansón papel, pluma y tintero, de los que nunca se separaba, y en un momento quedaron escritas sendas cartas, una a don Pedro Pérez y otra a Juan Alonso Romano, el alcalde. En la primera pedía, como se ha dicho, y si acaso se hubieran sustanciado, los dineros de Antonia, y para ello le decía dónde quedaban guardados en el cajón secreto del contador de don Quijote los poderes y probanzas, y cómo hallarlos, y que lo había hecho así para que no cayeran en manos del señor De Mal; y al alcalde, lo demás, para que les constara en la Casa de Contratación de las Indias a los señores jueces de ella que ninguno de los cuatro era de los prohibidos, o, como dicen, «ni moro ni judío, ni de Trujillo ni Cáceres, ni casado ni fraile». A saber: que él, Sansón Carrasco, era casado con Antonia, sobrina de Alonso Quijano, que venía con él; uno de edad de veintiséis, hijo de tal y tal, y Antonia, de diecinueve, y Quiteria Romero, ama de Antonia, de unos cincuenta, a lo que ella creía, y Sancho Panza, otros cuarenta y cinco aproximados, éste sí casado, y todo lo demás. Y le pedía también que, hecha esa información, mandara trasladarla en dos o más copias, para presentarlas donde más conviniera, y que las mandara sin dilación y con porte debido.

Escritas que quedaron en un momento, se corrieron Sancho y el bachiller hasta Gradas, donde paraban veredenos y ordinarios de acreditada formalidad, que hacían a diario el camino de la Corte, yendo y volviendo cada día, y a otros reinos. Buscaron uno que partía a Toledo al día siguiente, quien aseguró llegar a su aldea en tres días, y aun podría recoger la respuesta de allí a uno o dos más. Dobló el bachiller lo que le pidió, que fueron veinte reales, añadiéndolo así en el sobrescrito para que los pagase el cura, como él pagaría el retorno.

Llegaron a casa ya de noche. Les esperaban Antonia y Quiteria a manteles puestos, como suele decirse, pero sin manteles, que no los tenían, que fue la cena tan fría y triste como la comida.

Y tanta era la fe de Sansón en la partida, que, aun sin probanzas, se propuso empezar a formar el matalotaje, hecho a la medida de sus exhaustas economías. Según todos les decían, era tal la diversidad de cosas, y tan necesarias, a su juicio, que si se hubieran llevado todas, habrían necesitado para ellos cuatro no ya una nao, sino la flota.

CAPÍTULO UNDÉCIMO

En cuanto Cebadón vio dónde posaban sus vecinos, corrió, como se ha dicho, a la taberna del Cojo.

Lo encontró en una chirinola de lo más alegre y chocarrera, pues había allí no menos de veinte bravos y sus coimas, con otras mujeres de estofa insigne y respetos en duda. Bebían y comían sin tasa, convidados a todo por uno de quien decían venía rico de Italia. Apenas vio el Cojo a Cebadón, ordenó se le hiciera un sitio en la mesa.

—Os presento a Juan Cebadón, que, a lo que yo me doy a entender, es un mozo llamado a las más elevadas empresas. Recibidlo como a hermano y mostrad con él la largueza que debemos al valor, a la discreción y a la gallardía.

Tenía Cebadón a su lado un joven rubianco que llevaba el jubón desabrochado y una cadena de oro que podía valer ella sola cien ducados, si no era de alquimia. Le dijo Cebadón que no había tenido hasta ese día sino amos que lo mataban de hambre, o locos, y que en cuanto resolviera un negocio que le importaba, allí se quedaría con propósito de servir al Cojo en lo que éste ordenara, y de paso preguntó al rubianco a qué era debido aquel banquete y quién corría con el sufragio.

Le respondió el rubianco, que respondía al nombre del Pejele, que era en honor de aquel que el Cojo tenía a su diestra, un hombre hecho y derecho al que daba miedo mirar, pues tenía una muy bellaca cuchillada que le bajaba por el rostro todo a lo largo, del ojo a la nuez.

—Se llama Rufino y lo llamamos el Mudo —siguió diciendo el rubianco—, por no haber cantado nunca en las ansias del tormento, con haber pasado por él en más de veinte ocasiones. Viene de cumplir tres años de galeras en Italia, donde estaba. Le acusaron dos genoveses. Según ellos, les había robado en casa de unas malas mujeres más de tres mil ducados que llevaban a emplear a Flandes. Aunque no se le pudo probar en primera instancia, nada puede la palabra de un hombre honrado contra la de un rico, y menos si llevas ese chirlo. Hoy ha vuelto, a lo que dicen, con tres mil ducados, y es para todos un ejemplo, prueba de que nada hay peor que flojear en el potro: ahí le tienes. No habló en las ansias, y hoy se ve libre y rico. Hubiese hablado, y todo lo habría perdido, hasta la vida.

Dijo Cebadón que nada le daría más gusto que presentar sus respetos a persona tan valiente, y le respondió el Pejele que ninguna cosa había tan sencilla, que en cuanto acabara aquel agasajo pensaban continuar la fiesta en casa de la mujer que lo tenía con él, causa de su pendencia con los genoveses, a quienes ella y otra amiga habían emborrachado para que el Mudo les robara.

Siguió el banquete hasta más allá de las seis, y cuando fue yéndose cada pájaro a su espiga, llamó el Cojo a Cebadón, y éste le puso al corriente de todo, y aun le dio la añadidura:

—Y, por lo que barrunto, éstos emplearán mucho en matalotaje, o sea que traerán buenos dineros.

Y añadió que no sabía si sería cosa fácil o difícil de asaltar, a lo que el Cojo le dijo que no tuviera cuidado de ello, que por algo él era el Cojo. Además de los diez primeros ducados, tasaron el asalto y la ganancia, y fue poner ésta a tercios en lo que tocaba a los dineros, uno para el Pejele y Rufino el Mudo, otro para el Cojo y otro para Cebadón. No hubo más que decir, sino llamar al Pejele y al Mudo:

—Dejad mañana lo que habíais pensado, porque ha de hacerse algo que nos conviene a todos, y mucho. Y vuesa merced —dijo mirando a Cebadón— lleve esa noche cuanto tenga encima, así de ropa como de dineros, pues no es la nuestra vida que consienta la imprevisión, y tras el asalto acaso necesitéis esconderos un tiempo.

Así lo prometió Cebadón, y dando las gracias al Cojo por el buen gobierno con que llevaba su negocio, se fue a rescatar sus dineros de quien los guardaba y a aprestarlo todo para la noche, no sin que Rufino el Mudo y el Pejele vieran cómo el Cojo les guiñaba un ojo, seña de que no todo quedaba dicho.

Se fueron, pues, los tres hombres a casa de la enamorada del Mudo, que llamaban Casta, y en ella hallaron otra zambra aún más festiva y ruidosa que aquella de la que venían. Cada minuto que pasaba daba gracias a Dios Cebadón de haberle traído a lugar tan bueno donde la vida pasaba tan sin cuidado. Y allí lo dejaron el Mudo y el Pejele en brazos de una que decían había llegado a Sevilla para vender chocolate, cansada de seguir a un regimiento, y a la que se conocía con el poco donoso nombre de la Tiñosa, no siéndolo, pues era más donosa y limpia, bien peinada y mejor vestida que otras, y las suyas eran tenidas por muy finas puterías.

Se corrieron luego el Mudo y el Pejele a la taberna del Cojo. Les estaba esperando:

—Éste será el trabajo más provechoso de cuantos hagáis este mes —les dijo Periquillo—. Id donde ese mozo os lleve, dejadlo cuidando los caballos en el Prado de Santa Justa, y vuestras mercedes entren en la casa donde posan esas gentes, que es la de mi compadre Manuel Carreño. No será menester ni falsar llaves. Le rogaré con tres ducados os deje franca la entrada, pues es mucho a lo que me está obligado. Entrad sin ruido, pedid lo que buscáis y tomadlo por la fuerza si no os lo dan, principalmente esos papeles. Decid quién os manda, que no es otro que Juan Cebadón, criado del señor Alonso de Mal, y cuando los tengáis, volved al Prado donde os espera, montad vuestros caballos, tomad el suyo, capa y bolsa, y dejadlo allí, quiera o no, que sois dos contra uno y él un buen mozo con mejores piernas. Pasad luego a Triana, donde os acogeréis en casa de la Peines y la Angustias, y tapaos del sol unos días, hasta ver en qué queda todo. El mozo habrá de venir por la mañana importunándome con el robo, y yo le diré que nos robaron a los dos, con lo que lo despediré. Y hágase todo ello la noche de mañana, pues no hay que dejar que las cosas maduren tanto que se pudran. De los papeles que dice, traedlos, veremos qué podemos sacar de ellos. En la bolsa del mozo hay, según dice, no menos de cincuenta castellanos del Rey Juan. Lo declaro para que no se quede ninguno en el camino, y su caballo vale lo menos trescientos; aunque, si es como dice, nos costará venderlo, por conocerlo muchos.

Se volvieron el Mudo y el Pejele a casa de la Casta y la Tiñosa, donde siguió la fiesta hasta que empezaron a pintarse las claras y se oyeron los gallos de la ciudad y el runrún de los palomos de un convento cercano.

Y uno de esos gallos oyó Quiteria, que tenía su mismo sueño. Se levantó, se vistió a oscuras y se sentó en un rincón, en un tajuelo de tres patas, pequeñito, con las manos en el regazo, sin saber qué hacer. No se acostumbraba a no hacer nada. A esa hora, allá en su aldea, encendía el fuego, barría, ponía la ropa en la colada, limpiaba, ventilaba la casa abriendo las ventanas y metiendo en ella los buenos olores del campo, ordeñaba las ovejas y preparaba las migas con las que gustaba desayunarse su amo don Quijote, y las quesadillas con miel, que eran la perdición de Antonia. Pero allí, en la posada, ¿qué podía hacer sino mirar cómo dormía?

Al rato entró la luz, un rayo solo de hoja ancha, como la resplandeciente espada de Apolo. Se despertó Antonia y vio al ama allí, quieta, como una estantigua, sentada en el tajuelo. Quiso saber Antonia si el ama se hallaba bien, y Quiteria le dijo:

—¿Qué será de nosotras?

Y fue contando el ama todas las cosas que había oído en su pueblo que sucedían en aquellas tierras de salvajes, los venenos que infectaban las aguas y los aires, el furor de las fieras, la terquedad de los indios y la bellaquería de los castellanos.

Y mientras Quiteria la ayudaba a vestirse, Antonia le dijo que no fuese tan pusilánime ni tuviese pensamientos tan negros, que ella había oído cosas muy contrarias a aquéllas, porque se diría que unas veces era Antonia la que se quería volver a la aldea y el ama quien le daba ánimos, y otras, tenía que ser Antonia la que disipase los temores del ama; y así le dijo que también ella había oído otras cosas, como que el aire en aquellas tierras era tan bueno que no hacía falta llevar ni chamelotes ni buratos ni rajas, como no fueran vestidos ligeros, y que las aguas eran tan finas y delgadas que parecía fuesen de rosas y azucenas, y que fieras las de todas las partes lo eran, como la bellaquería de unos o la terquedad de otros se gastan por doquier, y cerreros en toda parte hay, y que no deberían pensar en otra cosa que en buscar lo que habrían de llevarse, y no olvidar nada, porque una vez allá, no tendría remedio.

Se refería con esto último a todo lo que era necesario llevar a las Indias, de lo que venían hablando ya desde que salieron del pueblo, y que ya se había encargado el bachiller Sansón Carrasco de ir trasladando en un papel, con su precio estimado al lado.

No, no tenían dinero para tanto.

Renunció Antonia a emplear el dinero que tenían en su persona, y menos en galas, por saber que lo precisarían para otras cosas de mayor necesidad, contra el parecer de Sansón, que quería llevarla regalada.

—Piensa, Antonia —le dijo el bachiller—, que el vestido dice de quien no se conoce antes que sus palabras.

—O lo que siempre se ha dicho: que el hábito hace el monje —añadió Sancho—, pero todos han de sujetarse a lo que son, y no aparentar más de lo que son, porque no pudiendo luego sostener con la calidad de la persona y su hacienda aquello que aparentan, vendrán a deshonrarse donde creían honrarse más. Y con todo, bien estará que mi señora Antonia se engalane, que viéndonos en su compañía estimarán en más a sus criados, y deje a otras aquello de la mona y la seda.

Pensó Quiteria que lo decía por ella, y lo llamó mentecato.

—Por mi Teresa lo digo, y no por nadie —se defendió el escudero—, que de tenerla aquí y traer ella dineros, ya habría acabado con todo lo que se vende en Sevilla, y fue lo primero que compró al lencero cuando le entregué los escudos de Cardenio una saya colorada, a son, dijo, con la sarta de corales que le dio la duquesa.

Y con el propósito de aprovisionarse o apalabrar con quien debieran, se dirigieron los cuatro a la plaza de San Francisco. Allí estaba buena parte de las alcaicerías que proveían de seda y telas, y visitaron luego otras tiendas de las calles Sierpes, Génova y Lino, donde se aprovisionaban las flotas de la Armada y las naos de la carrera de Indias de harina, sal, vino, aceite, bizcocho y cuanto es necesario para ir cumplido.

Y de todo compraban algo, muy tasado.

Al volver una esquina, oyeron el chillido de una gaviota, y Antonia, que no había visto nunca esa ave, preguntó.

Fue esta vez Sancho quien le dijo:

—El mar no anda lejos, señora. El aire hoy nos lo acerca a Sevilla.

El deseo de ver el mar, tantas veces aplazado, se había hecho en Antonia más y más acuciante, y no pasaba día que no preguntase al bachiller Sansón Carrasco:

—¿Cuándo veré el mar?

Tenían muchas cosas que ver, dilucidar, comparar, comprar. Y sus pasos les llevaron de nuevo a la plaza de San Francisco. Estaba muy concurrida. Sin poder hacer nada en contrario, se vieron metidos en la bulla. Apenas podía darse un paso. Oyeron que iba a tener lugar ese día un auto de fe donde quedaran reconciliados unos que habían traído de Carmona, y quemada una tan relajada bruja que no le habían servido de nada los sermones de los buenos padres de su lugar. La habían sorprendido untada, después de haberse juntado con el demonio, y la traían a quemar a Sevilla.

Pidió Antonia al bachiller salir de aquella muchedumbre. Se defendía el vientre con las manos. No, no era posible. La propia muchedumbre impedía dar un paso en ninguna dirección.

Los balcones de las casas estaban también colmados de curiosos. Algunos, se decía que extranjeros amigos de novedades, habían pagado desorbitadas sumas de dinero por ver con comodidad la hoguera de la Inquisición, que llevaba lo menos doce años encandelándose en el Prado de San Sebastián, lejos de la ciudad.

Vieron aparecer, al fin, a aquellos pobres desgraciados. Los subieron a un cadalso. Traían sus corozas y sus hopalandas amarillas. Al llegar a lo más alto del tinglado un fraile gordo los mandó arrodillar y, al tiempo que los regaba con un hisopo, preguntaba a voces si renunciaban a las pompas y tentaciones del maligno y acataban las leyes de la Santa Madre Iglesia, a lo que iban respondiendo ellos con mucha piedad, jurando que lo harían. La gente seguía la ceremonia con un gran silencio y respeto, aunque un poco aburridos, pues esperaban le llegara el turno a la bruja. Por fin uno de los oficiales del Santo Oficio, que no había intervenido hasta entonces, y al parecer el de mayor autoridad, mandó que se llevaran a los reconciliados y le trajeran a la bruja. El recogimiento que había reinado hasta entonces se trocó en gritería horrísona. Era una vieja corva y consumida, y venía breada y con plumas. Oyó Quiteria que una mujer decía a su lado que aquella vieja bebía la sangre de los niños antes de ser bautizados, para robárselos a Jesucristo. Quiteria se lo dijo a Sancho y éste a Antonia. Sansón, que se quedaba sin oír, le preguntó. Antonia no quiso responder. Deseaba salir de allí cuanto antes. La multitud cubrió a la vieja de improperios, algunos le tiraban inmundicias que habían traído de sus casas con tal propósito y muchos le preguntaban dónde estaba ahora su cabrón para sacarla del tueste.

Antonia empezó a sentirse mal. Le acometieron agudas bascas, y con las apreturas contó con que moría. Le faltaba el aire.

Amenazaba lluvia y muchos miraban las nubes con temor. Se diría que nadie en Sevilla quería perdérselo. Hasta las madres habían venido con sus críos, a los que daban allí el pecho.

Pidió el fraile a la mujer que se arrepintiera, si quería ir al cielo. Pero así como los reconciliados sólo dijeron amén, preguntó ella si a ese lugar iban los cristianos. Le dijo el fraile que sí, pero sólo los buenos. Preguntó luego si aquellos que la quemaban eran de los buenos, y así se lo confirmó el fraile. Dijo entonces la vieja que siendo de ese modo prefería irse al infierno, y aceptó serenamente su suerte, lo que irritó mucho a la concurrencia, que la llenó de denuedos e insultos.

Las primeras llamas se elevaron pronto. Algunos de los concurrentes aconsejaron no encandelarla tanto, para que el tormento durase y se diese a la bruja tiempo de arrepentirse.

Desde donde estaba Antonia y sus amigos se oía el crepitar del fuego, los alaridos de la anciana y los rezos desgañitados de los frailes, que se confundían con los gritos de la gente.

Empezó a oler a chamusquina y cuerno quemado. Las náuseas iban en Antonia a la par que sus deseos de salir de allí a todo trance, pero algunos que estaban a su lado le solicitaban cristianamente paciencia:

—No se apure vuestra merced, que verá que estas endemoniadas no duran mucho.

Se lo dijo un zapatero que no había tenido tiempo de quitarse el mandil ni de dejar la lezna, que traía en la mano.

En el momento en que las llamas eran más altas, cayó sobre Sevilla tal tromba de agua, que apagó la hoguera y suspendió la sentencia, antes que la bruja hubiese podido rendir su ánima.

Lo tuvieron unos por milagro grande y patente, y decían que la bruja debía salvarse, aunque las llamas la había dejado tan averiada que nadie dudaba que de allí a poco acabaría. Por suerte estaban cerca los teólogos para dilucidar el caso. Ordenaron desatarla y tenderla en las tablas. La hallaron en un estado tal, que el prior se apiadó de ella y ordenó a un oficial la rematase con la espada. Lo hizo así el hombre, con plena satisfacción de los presentes, y pudieron por fin volver los cuatro a la casa de la plaza del Carbón.

Antonia caminaba sostenida por el brazo de su esposo y el de Sancho. Iban los cuatro consternados por lo que acababan de ver.

—Ay, ama, pierdo el niño —dijo de pronto Antonia.

El espectáculo la había revuelto por dentro.

—No será fácil —dijo Sancho— que ninguno de nosotros olvide la expresión de aquellos desdichados ni las voces de la pobre vieja, y hoy más que nunca habría sido necesario haber tenido con nosotros a nuestro amigo don Quijote.

—Gracias a Dios que no, Sancho, que nos habría puesto en un brete. Doctores tiene la Santa Madre Iglesia —zanjó Quiteria.

—A mi modo de ver, que lo aprendí de él —replicó Sancho—, nadie sino Dios es para quitarle la libertad a un hombre, cuánto menos la vida. Y al cielo daba gracias siempre de no haber matado en todos los días que corrimos el mundo a nadie, con ser aquella empresa suya tan expuesta y la profesión que tomó tan inclinada a desenvainar la espada. Quiero decir que ninguno salió con más daño que molimiento de cuerpo, manteo, pedrea o puñada, nada que no pudiera reparar el reposo, las bizmas y el tiempo. Y quien diga que mi amo se hubiera curado de su locura habiendo matado a un hombre, es un majadero y un inicuo. No persiguió don Quijote nunca quitarle la vida a nadie, sino dársela mejor a muchos. Y aunque todos le oímos el marmóreo discurso de las armas y las letras, y está impreso, donde dejó sentado lo muy superiores que eran las armas a las letras, creyéndose él más de aquéllas que de éstas, fueron las letras las que él cultivó toda su vida, y lo que le volteó el juicio no fueron las letras, sino el deseo de tomar las armas, y cuando practicó éstas lo hizo a lo recreativo. Y más bellaco aún quien diga que yo le hubiera pedido que matara a alguien, si de ello fuese a venirme un reino o una merced, que no la querría yo si me llegara tinta en sangre. Yo sé que morir, y más quitar la vida, es fácil; lo difícil es vivir, y por un millón que vendimian la vida de su vecino de garrotazo, horca o cuchillada, sólo uno hay que resucita a los muertos. Quitad muertos, y vengan vivos, que al menos con éstos sabremos cómo tenérnoslas. Y, con todo, qué tristes cosas hemos visto hoy.

—Ay, y cuánto mejor estaríamos en el pueblo —dijo Antonia—, donde ninguna de estas cosas suceden, por estar todos a la paz y ser buenos vecinos. Ya hasta los deseos de ver el mar se me han quitado. Que si esto hemos visto hoy en una ciudad tan principal como Sevilla, qué no habremos de ver en esos lugares tan apartados donde no reina sino la falta de rey y ley.

—Antes al contrario —intervino el bachiller, que caminaba taciturno—. Os he de confesar que si tanto deseo pasar a las Indias es por dejar atrás estas tierras donde se trata con tanta saña a quienes a veces no tienen otra culpa que la sospecha de un malquisto o la denuncia de un vengativo. Al menos allá, según se dice, viven todos atentos a su labor y libres de conciencia. Y tú, Sancho, cuida de no rodar esas razones por la calle, no vayan a llegar a oídos de algún pariente de la Inquisición, y acabes tú con la coroza.

Pasaron juntos en el aposento lo que quedaba de la tarde, Quiteria con su labor de aguja y su huso, que había traído consigo por no poder vivir separada de él, como el rey de su cetro; Antonia leyendo en el *Quijote*, que había empezado más por no estar ociosa que por gusto; Sancho haciendo en un papel sus cuentas del matalotaje, pues después de leer y escribir, dio en aprender a sumar y restar; y el bachiller componiendo en un libro de mano no se sabía qué, pues pasaba más tiempo con la mirada perdida en el techo y la pluma en alto, que haciéndola de vez en cuando susurrar en el papel.

Y así llegó la noche, marcada como la del asalto por Periquillo el Cojo, señor de la calle de la Caza, el Compás de la Mancebía, el Arenal y el Matadero, y virrey de las Gradas.

CAPÍTULO DUODÉCIMO

Llovía en Sevilla desde que ardió la lumbre de la Inquisición esa mañana en la plaza de San Francisco, y hacía frío.

Esperaron en la taberna del Cojo el Pejele, el Mudo y Cebadón jugando a cartas. Bebieron aguardiente caliente por entonarse y tomaron pestiños en honor de la bruja quemada, hasta que se oyó la campanita del beaterio de las Trinitarias.

—En marcha —dijo el Pejele.

Soltaron las cartas sobre la mesa sin acabar la mano, tomaron las espadas y salieron a buscar sus caballerías, guardadas allí cerca.

Llegaron al Prado de Santa Justa y dejaron a Cebadón al pie de un fresno cuidando los caballos, y a sombra de tejados se fueron Rufino el Mudo y el Pejele a la plaza del Carbón. Llovía tanto que ni sus pisadas se las oían. Encontraron suelto el cerrojo como estaba convenido, entraron y tomaron un candil de los de pico que el posadero había dejado allí a propósito. Su llamita les llevó sin tropiezo al aposento donde dormían Antonia y el ama Quiteria. Con la punta del cuchillo alzaron la tarabilla. Dormían tan profundamente que costó despertarlas.

—Señoras —dijo Rufino el Mudo, poniendo la punta de su espada en el pecho de Antonia—, será cosa de nada, y miren vuesas mercedes no abrir las gargantas si no quieren que se las cierren estos hierros.

Quedó el aposento medianamente alumbrado con el candil, y buscando con la mirada, halló en un rincón una maletilla de cuero. Ordenó el Mudo al Pejele que mirase en ella, y a Antonia les diese el dinero que llevaban para pasar a las Indias.

Así como Quiteria daba diente con diente, sintiendo la punta de la espada del Pejele entre dos costillas, Antonia le dijo al Mudo muy terne:

—Viene vuesa merced mal informado. Dineros son pocos y no los guardo aquí, sino los tiene mi marido, que posa en el cuarto de al lado. Id a despertarlo y él hará que os traguéis la espada cuan larga es.

No se dejaron impresionar los salteadores por tan poco, y al cabo exclamó el Pejele:

—Aquí están los papeles.

Era un montoncito de pliegos con su balduque grana.

Lo vio Antonia y se lanzó a ellos con fiereza.

—¿Qué tienen de valor las cartas de mi padre y esos versos de mi señor esposo? —gritó—. ¡Llevadme antes la vida!

Para nada querían la vida de Antonia, que dejaron atrás a la carrera, pero sus voces llegaron al aposento donde dormían Sancho y Sansón, y puso en pie la posada.

—Arriba, Sancho, hay asalto de hombres —ordenó el bachiller.

Sancho, que roncaba a pierna suelta, despertó sobresaltado y echó mano de su cañaheja, más para defenderse que para ofender, y Sansón desenvainó su espada.

El estrépito de los pasos de los ladrones dio a entender a todos que iban salvos, y las voces alarmantes de Quiteria llamando en su auxilio a la Virgen de Hontoria, que acaso ella y Antonia quedaban heridas feamente.

La mujer del posadero felón, quien nada sabía del concierto de éste con el Cojo, ponía también el grito en el cielo, pensando que le habían robado, y el posadero, por no ser menos, pedía la presencia de la autoridad. Los otros huéspedes acudieron también al punto buscando algún muerto o herido y algo que contar a sus seres queridos el día de mañana. Ver a todos sanos y sin peligro les dejó sin la mitad del cuento. Y en medio de ellos, Sansón con la espada en la mano y Sancho tentando el aire con su cañaheja como un ciego, los dos sin saber a quién entrar ni con qué se las habían.

—¡Justicia! ¡Justicia! ¡Aquí los alguaciles, que nos roban y acaban! —decían unos.

Otros, que llegaban entonces de las casas vecinas y no habían visto nada, aseguraban:

—Yo los sentí en cuanto llegaron, que no dormía aún, y eran cinco o seis, si no más, y llegué a ver a dos de ellos, uno alto, otro bajo, los dos con sombrero de ala ancha y botas, la espada en la mano...

—Si ha de prendérseles por esas señas, hermano —dijo Sancho—, habrá que prender a media Sevilla.

Todos hablaban ya a voces, todos contaban y nadie sabía qué había ocurrido ni cómo podían haber entrado aquellos hombres, habiendo quedado la puerta cerrada como cada noche, ni qué buscaban.

Entre tanto, Rufino el Mudo y el Pejele corrieron al Prado de Santa Justa, resueltos a abrochar aquel concierto como el Cojo lo había dejado trazado, aunque hubieran olvidado decir a Antonia, como el Mudo les indicó, que todo aquello lo ordenaba Cebadón.

—¿Y cómo habéis tardado tanto? ¿Y fue bien nuestro negocio? —preguntó Cebadón.

Los dos matasietes no tenían más ganas de gastar la noche en coloquios. De allí a poco se llenaría el barrio de guardias y alguaciles, y sin otros requilorios le pidieron la bolsa y las riendas del oscuro, o, por mejor decir, dejaron que las puntas de sus espadas lo hicieran en su lengua.

—¿Qué es esto, señores? —preguntó atónito Cebadón.

—Bien claro está —respondió lacónico el Mudo.

Los pocos años del mozo o verse tratado de aquel modo, o desconocer con quiénes se las tenía hicieron que se le subiese la sangre a la cabeza, y cegado por la ira dio un salto atrás y echó mano a la espada, pero no tan rápido que pudiera evitar una donosa estocada del Mudo en el pecho y otra en su cabeza bien bellaca, que le propinó el Pejele.

Cayó Cebadón a tierra, le cortaron la bolsa, le quitaron la capa y el oscuro del señor De Mal, y sin preocuparse ni mucho ni poco por su vida, se huyeron, no sin que el Pejele le dijera al mozo:

—La próxima vez, sed más advertido, o no llegaréis muy lejos en esta cofradía.

—¡Qué habéis hecho, bandidos! —les gritaba Cebadón, mientras la noche engullía sus sombras y el fragor de las caballerías—. ¡Me habéis muerto! ¡Se me acaba la vida! ¡Confesión!

A duras penas se puso en pie, y usando la espada como bastón, llegó a la posada donde Antonia y los demás dilucidaban con vivas conjeturas los pormenores del asalto.

Encontró el portón abierto y el zaguán lleno de gente. La estampa de aquel hombre con el rostro bañado en sangre puso espanto en todos, y asombro en Sancho, extrañeza en Quiteria, sospechas en Sansón y temor en Antonia, al conocerlo.

Venía el desdichado con una mano tapando el boquete por donde se le iba la vida a chorros, y con la otra arrastraba la espada.

Vaciló, dio un último traspiés y cayó al suelo.

Llegaron los cristianos brazos de Quiteria a socorrerlo.

—Este hombre da las últimas boqueadas —dijo el sabio que siempre se halla cerca de alguien que agoniza de estocada.

La posadera arrimó la llama de un farol.

Quiteria había tomado al mozo en su regazo, no por amor que le tuviera, sino por no negarle a un moribundo la compañía. Sansón y Sancho, y todos cuantos estaban en la posada, que eran no menos de veinte, lo rodearon.

—Antonia —empezó diciendo sin voz el moribundo—, me muero.

—Ya se lo decía yo a vuesas mercedes —insistió el sabio.

Nublado por la sangre o la falta de ella, tomó Cebadón a Quiteria por Antonia:

—Primero mi mala pasión y luego mi mala cabeza me han traído a este trago, que es para mí el de la muerte. Ciego y mal aconsejado, quise vengarme de ti por no haber tenido por la fuerza lo que tú no quisiste darme de grado. Pero ha querido el cielo castigarme, aunque no tanto que me haya impedido pedir que me perdones.

Trató de decir más, pero le sobrevino un desmayo, quebró los ojos y perdió el habla. Ordenó Quiteria que le trajeran vino.

Trajo la mujer del posadero un jarro y le hicieron beber

un poco. Mientras estuvo desmayado, el sabio dijo al que tenía a su lado, señalando a Antonia y a Sansón:

—Esto me huele a cosas de ellos.

Recobró Cebadón de allí a poco el sentido.

—¿Sabéis quién os ha puesto de este modo? —quiso saber Sansón.

Miró el mozo adonde estaba el escudero, y sin que supiera nadie si lo conocía o no, le dijo:

—Sí sé, mi mala cabeza...

Apenas podía hablar.

—Digo —dijo el bachiller— si conocéis a los hombres del asalto.

—Sí conozco —admitió Cebadón—, pero de nada me servirá decirlo, y más me valdría dejar las fuerzas que me quedan para poner mi alma en paz, que bien veo que esto se acaba. Antonia... —Miró a quien lo tenía en brazos, y conoció a Quiteria—. Tú eres el ama.

Antonia, que estaba de pie, a un lado, no se movió.

—¿Dónde está Antonia? Díganle que pedí su perdón —prosiguió el mozo—. ¿Sansón? ¿Estáis aquí? Ama, Sancho, vecinos, cuánto mejor sería no haber salido de nuestro pueblo. Volved, volved, ya veis lo que le sucede a quien busca salirse de su jurisdicción.

Quiso decir más, pero dejó entre los dientes el alma y a todo el mundo intrigado con el secreto que se llevaba a la tumba.

Quedaron los presentes harto consternados por aquella tan inesperada muerte, y al poco llegaron, sin mucha prisa, un alguacil, dos corchetes, el juez y su escribano. Habló el juez, preguntó, ordenó al escribano que tomara los puntos de las declaraciones, a los corchetes llevarse al muerto y a la posadera un poco de manzanilla: le había sentado mal la cena.

De lo oído a unos y otros no se podía deducir gran cosa, sino que habían sido dos, que no forzaron la puerta, que venían buscando las cartas de un hombre del que nadie sabía nada desde hacía dieciocho años y los versos del bachiller, y que el muerto había sido criado de aquella señora, a quien había seguido desde su pueblo.

El juez, un viejo contrariado a quien no había sentado bien ni la cena ni que le hubieran sacado de la cama, oyó con impaciencia cuanto le decían unos y otros.

—Señores, conduzcan a estos dos a la cárcel, y dejen aquí a las señoras —sentenció al fin.

Ahí fue buena la que se armó.

—*¡In dubio pro reo, in dubio pro reo!* —enarboló el bachiller.

Lo oyó el juez, y cambió como un resorte su rigor por el más cortés de los semblantes:

—¿Es vuesa merced acaso licenciado en leyes?

Cuando Sansón le dijo que sólo bachiller, volvió el juez a las andadas, aún si cabe más furioso, como si le hubieran querido engañar con los latines.

—¡Ea, a la cárcel! Allá se sabrá todo con mayor comodidad.

Los gritos, clamores, voces, protestas de Sancho, Antonia, Sansón y Quiteria los oyó el giraldillo. Todos encontraban tan desproporcionada aquella orden, que el alguacil y los corchetes se vieron forzados a cerrar filas, mirando algún desmán.

—¡El mundo al revés! —bramaba Sancho, y Antonia le secundaba:

—¡El mundo al revés!

No sirvieron ni las protestas de Sancho ni las argucias de Sansón, que algo y aun mucho sabía también de leyes, ni las clamorosas protestas de Antonia, que echaba centellas por los ojos, ni las lágrimas de Quiteria, ni tampoco los testimonios de todos los presentes, que refirieron cómo aquel hombre había venido a expirar a brazos de alguien a quien había querido hacer mal, y a pedirle perdón.

—Si son vuesas mercedes inocentes, como dicen, y eso aseguran todos antes de ser culpados —arguyó el juez—, la de pasar unas horas a la sombra hasta que todo quede aclarado no será mayor molestia.

—¿Y le parece a vuesa merced poco enfado ir presos?

—Si es como decís, todo quedará en nada. Ea, llévenlos a la cárcel, que yo me vuelvo a mi lecho.

CAPÍTULO DÉCIMO TERCERO

Era la Real Cárcel de Sevilla temible ergástula. Imponía la lobreguez de su fábrica, el grosor de sus muros, la altura de sus estancias, los recios herrajes de las ventanas. Hasta los hombres honrados la rodeaban en sus caminatas por no oír las lamentaciones y gemidos de quienes imploraban a los transeúntes desde dentro un poco de caridad, limosnas, noticias del mundo de los vivos, ya que era aquélla la antesala de la muerte.

Estaba en lo mejor de la ciudad, frente a la Aduana, junto a San Francisco, y pared con pared de las Audiencias, que se diría no querían perder mucho tiempo los jueces ni guardas desde que condenaban a alguien para encerrarlo. Y llegado el caso, allí mismo lo agarrotaban, ahorcaban o quemaban, o a un paso, como se había visto con los reconciliados de Carmona y la bruja.

Era tan gran casón y con tantas estancias y tan llenas de criminales, ladrones y rufianes, que imponía. Pero también había allí dentro muchos que por no sufrir el tormento prefirieron cargar con delitos que no cometieron, temiendo que les sería doblada la pena si no los confesaban, y éstos eran acaso los que más dolor causaban: ni les creían ni les remediaban. Una vez confesos, allí se consumían, olvidados de todos.

Sancho se vino abajo:

—Señor bachiller: mucho me temo que si me llevan al potro haré yo más canto que una calandria y confesaré haber matado a Abel, si me lo piden. Que en lo tocante a carnes, las mías son tan tiernas que no pudieron sufrir los azotes que concerté con don Quijote. Ya vi entonces, al quinto o sexto que me di, no tener yo cuerpo de mártir. Lo digo por que sepáis excusarme si acaso mis palabras arrastran a vuesa merced a galeras y a mi señora Antonia y al ama quién sabe a qué desgracias.

Sansón y Sancho quedaron amilanados de que pudieran caber tantos maleantes en aquella sola cárcel, pues pasaban los presos de mil ochocientos, según les acababa de decir el sotalcaide con patente disgusto, pues a todos ellos había que darles de beber y a muchos de comer, aunque sólo fuese por matarlos de hambre.

Los arrojaron a Sansón y Sancho a una gran crujía, en medio de la noche. No se podía dar un paso sin pisar alguno de los cuerpos que dormían en el suelo o en traspontines hediondos. Sólo allí contó a bulto Sansón, hombre curioso, doscientos. Costaba respirar, se diría que no quedaba un átomo de aire.

Buscaron un rincón donde esperar la mañana y con ella al juez, que prometió seguir el preguntorio en cuanto se reposara.

Vino la luz del día y se vio lo que tenía aquello de gusanera, tal era el hervor vermicular de aquellos míseros cuerpos hacinados, reptantes, silenciosos.

—Está esto fuera de toda lógica, señor Carrasco —dijo Sancho—, los criminales sueltos y nosotros entre rejas, y ahora más que nunca me acuerdo de don Quijote, que nunca se hubiera dejado atropellar con esta sinrazón. Y cómo entiendo aquello que se dice que cargado de hierro, cargado de miedo, y ya pienso que nunca habremos de ver la luz, pues no hay espelunca que no se ahonde como un pozo cada hora que se pasa en ella. Y ya dura demasiado el que no venga nadie a liberarnos.

—Debe de ser —le replicó el bachiller— que como es esta ciudad la nueva Roma, hay en ella tal catálogo de maldades y mil combinaciones de engaños, que los jueces han de mirar escrupulosamente en los hechos cuáles razones son verdaderas y cuáles falsas, y en las gentes quién es trigo limpio y quién no, y apartar unos de otros, para que los podridos y enfermos no pudran a los sanos. Y en cuanto venga el señor oidor y quiera oírnos, estaremos pisando de nuevo estas calles, como no puede ser de otro modo. Y ahora que estamos en este lugar, he de recordarte, amigo Sancho, lo que nuestro llorado amigo Miguel de Cervantes confesó en el prólogo de la primera parte de la historia de don Quijote, que fue decir que la concibió en una cárcel, donde toda incomodidad tiene su asiento. Y habiendo estado él en una, como nos dijo su esposa doña Catalina, nada tendría de extraño que aquella cárcel suya hubiese sido ésta, pues en Sevilla vivió él tantos años.

Se encontraba junto a ellos un anciano desmejorado y flaco. Estaba sentado en su jergón, y éste en el suelo, y apoyaba la espalda en la pared. Permanecía inmóvil, como una estatua, con la mirada perdida. Abrazaba sus piernas con un único brazo. El otro le faltaba, como mostraba la manga de su camisa que pendía fláccida a un lado. Apoyaba la barbilla en sus rodillas, que cubría una larguísima barba de patriarca bíblico, despelujada y cana. Vestía un jubón harapiento y unos greguescos que no alcanzaban a cubrirle los huesos, pues había en ellos más agujeros que en las paredes de aquellas mazmorras.

—Aunque no hubiese querido oír a vuestras mercedes, señores, me lo habrían impedido las apreturas que aquí ya habéis notado que tenemos —rompió a decir.

Sancho y Sansón se volvieron a él, y su aspecto, las blancas barbas y aquel rostro en el que era difícil descubrir los ojos, tan hundidos los tenía, les movieron a compasión.

—Excusad mi indiscreción, pero ha sido oír los nombres de don Quijote y de Miguel de Cervantes y no he podido guardar la discreción que en una cárcel es la primera regla. ¿Los conocisteis? ¿Visteis alguna vez a Alonso Quijano, que así era como se llamaba cuando yo lo conocí? ¿Sabéis de Miguel de Cervantes? ¿Sois por fortuna parientes suyos? ¿Están bien, viven? Así lo deseo más que ninguna otra cosa en el mundo, porque en todos los años que he pasado en estas prisiones, que ya van para diecisiete, no habré hallado a nadie que fuese de corazón más noble y compasivo y que llevara la adversidad con mayor entereza y mejor disposición que ese Cervantes, que en este lugar, donde todo son quejas, nadie pudo oír de sus labios una, pese a haberlo traído aquí una grandísima injusticia. Y ningún hidalgo más bueno y noble que Alonso Quijano...

Y llegado a este punto, el anciano rompió a llorar lágrimas que venían sin más acompañamiento que el silencio y hondísimos suspiros, señal de manar de hontanar amargo.

Quedaron Sancho y Sansón suspendidos ante aquel hombre que tan bien parecía conocer a don Quijote y a Cervantes, pues de los dos decía cosas que se ajustaban a la verdad, y no podían comprender lo que llevaba de uno a otro, pero no quisieron interrumpir aquel llanto, por no cortar el hilo de sus confesiones.

—Habéis de saber, señores, que yo soy Felipe Melgar, quien se halla aquí no por sus malos pasos sino por las malas intenciones de otros...

Aquel nombre los llenó de asombro. Bien lo conocían Sansón y Sancho, pero se hicieron señas de no decir nada y dejar hablar al penado, hasta ver en qué paraba.

—Conocí a Alonso Quijano yendo a su aldea en busca de vinos con que llenar la bodega de un gran señor del que fui más amigo que valido, el conde de Montones, y quédese esta historia para mejor ocasión, pero no el decir que este Alonso Quijano tenía una hermana. Estaba ella entonces en lo mejor de la vida, que andaba por los quince años, o alguno más, y era doncella de hermosura extrema. La vi, me enamoré, la pedí a su señor hermano, me la dio y la llevé a la Corte. Y allí, señores, me volteó la cabeza una mujer, y mal aconsejado por uno de los hijos de Montones, cometí la mayor villanía, que fue abandonar a la mía con engaño, diciéndole que marchaba con Montones el Viejo a Nápoles, y no fue sino venirme a Sevilla, con Montones el Joven. Aquí encontré ocupación como aprovisionador de la flota, donde muy pronto, por mis aptitudes y entrega fui estimado y distinguido por quienes podían valerme, y en muy poco tiempo llegué a gobernar a los más de cincuenta servidores que recorrían los pueblos de Andalucía acabalando trigo, aceite y vino por mandato de su Majestad. Y al poco llegó a mí aquel Miguel de Cervantes, y viendo que era hombre muy apto para el servicio, lo empleé. No tuvo el Rey otro mejor, hasta que quiso hacernos pública merced y pasamos a cobrar alcabalas. Tuvo a bien el cielo por entonces, por ponerme acaso a prueba, llevarse a mejor vida a la dama que me apartó de mi Elvira, y conocí y me enamoré de una gran señora, y ella quiso corresponderme, principio de mi desgracia, que debo sólo a una afición a las mujeres que tiene más de enfermedad que de afición. Su marido, uno de los más principales caballeros de Sevilla, la tenía abandonada, mientras corría él tras los placeres que esta Nínive ofrece a todos. Enterado el marido de nuestros amores por uno de sus criados, habló con el mayor bellaco que tiene esta ciudad bajo su bota y a quien se conoce con el nombre de Periquillo el Cojo, que no lo es sino de todas las virtudes que han de adornar a un hombre honrado. Mandó él cuatro jayanes a esperarme en cierto postigo oscuro, y me hubieran muerto allí, de no ser yo entonces una de las espadas más temibles de España, y allí maté a uno de los cuatro, a otro herí, y dos huyeron dejándome en el hombro una muy fea cuchillada. Quiso el herido confesar, por salvar su alma creyendo que entregaba la vida, y decirme el nombre de quien compró su bellaquería. Fue éste el de Periquillo el Cojo, a quien había pagado el marido de la dama. Dejé en aquel lugar al muerto y al herido, corrí a la casa de un alférez amigo mío y allí me estuve un mes tapado. Al cabo hubo de cortarme el brazo un cirujano, y volví a aparecer en Sevilla sin brazo, diciendo que me lo había aplastado un carro. Supo también el marido por sus bravos lo ocurrido, pero no pudo sacar a la luz una verdad que le deshonraba y echó tierra al asunto, pero no en su memoria, hasta saber las angosturas que pasaban nuestros negocios. Habíamos dejado por entonces nuestros dineros y los de las alcabalas en casa de Simón Freire, banquero que los levantó una noche, dejándonos en la ruina y en la sospecha de estar concertados con él. Llegaron apremios, siguieron exhortos, quedamos descubiertos y fue el momento del marido burlado, que habló con unos, combinó, sobornó, informó con perjurio y perjuró sin tasa hasta arrastrarnos a la cárcel a mi buen amigo Miguel de Cervantes y a mí mismo.

Quiso tomar don Felipe algo de agua de una botija que tenía a un lado, y Sancho le ayudó a hacerlo.

—Supe entonces —siguió diciendo tras beber un poco— por cierto escribano que pleiteaba en esta Audiencia que la hermana de Alonso Quijano había muerto y dejado una hija. Escribí luego al cura del lugar, y le dije que lo tomara como confesión, sujeta a secreto, y él me confirmó lo sabido por mí. Y tengo por cierto que ese señor cura ha de ser el santo más grande de la Mancha, pues desde entonces no ha dejado pasar año sin darme nuevas de mi hija, así como de las locuras de mi cuñado, quien dejó de gastar su hacienda en libros de caballería, como usaba, para armarse caballero y salir con un labrador, un hombre tan simple como necio, que le hacía de escudero.

Viendo mentar Sancho a su persona, quiso decir algo, pero una enérgica mirada del bachiller lo sujetó.

—Conoció Miguel de Cervantes —prosiguió don Felipe— mi historia y la de Alonso Quijano, pues en ningún otro lugar se hallan mejores amigos que en una cárcel ni se necesitan tanto, que sólo en encontrar quien nos escuche halla uno más gusto acá que en grandes agasajos fuera. Mostraba gran inclinación este Cervantes a componer versos y comedias, y recibió grandísimo contento en la historia de Alonso Quijano por lo que tenía de loca, y se entristeció conmigo en lo que tenía de triste, que no es Cervantes de los que se huelgan de las tristezas ajenas. Y así empezó a poner aquí por escrito lo que yo le iba contando de Alonso Quijano que me contaba el cura don Pedro, prometiendo él, si salía de esta cárcel, viajar a aquel pueblo y conocer a hombre tan singular. Sólo puedo decir que a nadie he visto reír de mejor gana en esta cárcel que a él mientras iba sacando las palabras de su caletre. Durante el tiempo que pasó aquí, que fueron siete meses, ayudó a quien lo necesitaba, dio limosna a quien pudo, consoló al triste y veló al enfermo, y no por ello dejó de holgarse y holgar con sus historias ejemplares, pues ejemplares eran, y sabía tantas de éstas que era maravilla ver que no se le acabaran nunca. Pasaron siete meses, se probó nuestra inocencia, y se cayeron las cadenas de mi buen amigo, pero no las mías, que mantiene con dineros ese hombre que nunca perdonó mi pecado y hace cada día más imperdonable el suyo. Y esto es cuanto puedo deciros de Alonso Quijano y de Cervantes.

Como en todo lo que hablan los hombres, había en lo que decía don Felipe cosas que parecían verdaderas, y otras que sin ser falsas acaso, lo parecían.

Cuando entendió que don Felipe había terminado de hablar, tomó Sancho la palabra:

—Aquí tenéis, don Felipe, a aquel escudero del que al parecer os ha hablado el cura de nuestra aldea. Yo mismo soy el servidor de Alonso Quijano, Sancho Panza, y podréis ver que de necio y simple tengo lo justo, aunque razones para decirlo y aun creerlo haya tenido algunas, y aun muchas, don Pedro, y hasta yo mismo, pero eso es harina de otro costal.

Sacudió la cabeza don Felipe y miró a Sansón por ver si se trataba de una burla.

—Sabed, don Felipe —dijo Sansón—, que la historia de vuestro cuñado anda ya en libros.

—Lo sé —confirmó el anciano—, no hay quien no haya oído en esta cárcel de él, y hasta el alcaide elevó hace años un memorial al Rey pidiendo mercedes por haberse concebido en ella tan peregrina historia, y le han dado al parecer quinientos ducados.

—¿Ves, Sancho? —dijo Sansón—. Te lo he dicho: el mundo al revés. Muere Cervantes pobre, y hacen rico al hombre que lo tuvo preso. Pero no es esto lo que quiero decir. Yo ahora pienso que se ajusta más a lo cierto esto que nos ha contado vuesa merced, don Felipe, que no Cervantes cuando aseguró que había comprado la historia de don Quijote al hijo del moro que la escribió, un zapatero llamado Cide Hamete Benengeli. Y tengo para mí, Sancho, que este Cervantes y ese Hamete fueron la misma persona, y si no declaró Cervantes que había oído la historia, al menos en parte, de labios de don Felipe, como ocurrió, fue por no darle tres cuartos al pregonero. Sin contar con que Cervantes tuvo la primera noticia de don Quijote hace veinte años y no salió a correr sus aventuras sino apenas hace dos, y no sé cómo pudieron llegar a su conocimiento tan puntualmente todas ellas, hasta las más recientes de su muerte.

No daba muestras don Felipe de comprender cabalmente lo que Sansón hablaba, pero sí Sancho, que dijo:

—Bien pudo ser, señor bachiller, como dice vuesa merced, pero ¿en qué cambian las cosas? La compusiera Hamete o Cervantes, incluso ambos, nosotros quedamos como lo que somos, en lo bueno y lo malo, y la verdad en el honrado honra.

—Pero, Sancho, no cuadran las fechas —rumiaba Sansón desesperándose y con poca resignación por no resolver aquel que tenía ya por intrincadísimo enigma.

—¿Recuerda vuesa merced el cuento aquel que me trajeron siendo gobernador de la ínsula? Sólo dejaban cruzar un puente a quien dijera verdad, y al que no, se le condenaba a morir en una horca que estaba allí delante. Llegó uno y le preguntaron adónde iba, y dijo que a morir en aquella horca que estaba allí. Los que se encontraban presentes dijeron: si le dejamos pasar, este hombre mintió, pues no ha sido ahorcado; y si le ahorcamos, decía verdad, y por eso había de seguir. ¿Lo recuerda? Oí decir a mi señor don Quijote cuando salimos de los estados del duque que éste era cuento antiguo y que ya un filósofo de la Antigüedad murió por extenuación intentando resolver la paradoja del mentiroso, que se pregunta si miente el hombre que dice que miente. Quiero decir, señor bachiller, que éstas son cosas que no conviene averiguar hasta el cabo, y cómo llegó nuestra historia, cuándo y por quién a oídos de Cide Hamete o de Cervantes, y si son uno y otro el mismo, son razones que a nosotros ni nos van ni nos vienen, quedando en ella, como quedamos, tan verdaderos.

No se dio por satisfecho el bachiller, pero admiró el buen juicio de Sancho y prometió de allí en adelante emplear su magín en mejores negocios.

Por su parte tampoco sabía don Felipe si aquello era una fábula o si soñaba despierto, porque siendo de aquel pueblo, sabrían cómo estaba su hija y les pidió que por nada del mundo le dijeran, si acaso llegaban a verla, en qué estado tan triste se veía su padre, pues no deseaba él ya más que pasar a mejor vida, sin darle ocasión de vergüenza y aflicción.

—Ya todo se ha tramado de modo que no podáis impedir lo que ha de ser —le dijo el bachiller—. Ante vuesa merced tenéis a un hijo. Yo soy, señor, el bachiller Sansón Carrasco, esposo de Antonia, vuestra hija, que espera a unas manzanas de aquí, en la posada del Carbón, y habrá de venir a vernos, a lo que imagino, de aquí a un rato.

No puede pintarse aquí la impresión que recibió don Felipe al oír esto: se agitó el hombre lo indecible, como si le faltara aire, entre temblores, y cayó desvanecido a un lado. Pensaron que la noticia lo había muerto, y le acercaron la botija, revivió el anciano, se incorporó en su triste lechiga y empezó a decir y hacer cosas en verdad de quien hubiese perdido el juicio. Acudieron otros presos que lo conocían bien, y dijeron que le acometía de vez en cuando aquella agitación, y entre todos trataron de socorrerlo.

Quiso también Sancho sosegarlo diciendo esas cosas que dicen los tranquilos a los desesperados, los saciados a los hambrientos, los sanos a los enfermos, los vivos a los muertos, y muerto parecía don Felipe, aunque tuvo aún fuerzas para decir esto que sigue:

—Que la vida nos junta a todos y dispersa de modo peregrino es cosa acreditada, pero hay en ello tal maravilla, que es difícil de creer que no estén detrás de todo ello los demonios, que quieren por razones escondidas juntarnos y perdernos. Y miren vuesas mercedes, por caridad, que todas éstas no sean burlas del enemigo que me tiene en estas cruelísimas prisiones.

Le dijo Sansón que eran muy veras, y prometió tomar en sus manos su asunto, y que no temiese fueran él ni Sancho contando a Antonia nada de lo que él no quisiese.

Mucho agradeció don Felipe estas palabras del bachiller, y quiso saber a la sazón si su hija Antonia era alta, baja, hermosa, como su madre, si era discreta y diligente, y todas esas cuestiones se las satisficieron Sancho y Sansón, pero vieron que cuantas más cosas le contaban, más le apesaraban al anciano y le sumían en la desesperación.

Advirtiéndolo Sansón Carrasco, quiso distraerlo de aquella curiosidad suya, porque pensaba que acabaría con él, y así, le pidió que refiriera alguna cosa más de las que le contó Miguel de Cervantes mientras estuvieron juntos, y por satisfacer a sus nuevos amigos contó y contó don Felipe, cada vez más animoso.

Y hablando se les pasó aquella mañana, y llegó el sol al mediodía, y por allí no aparecía ni juez ni alguaciles de quienes recabar noticia de su causa.

Hasta que a eso de la media tarde vieron que venían hacia ellos conducidas por un hombre Antonia y Quiteria. Al advertirlo, y por que no llegaran a donde estaba don Felipe, corrió Sansón a su encuentro.

Llegaban a traerles un poco de empanada, la bota de Sancho, una frazada, por si tenían necesidad de ella, y lo que era más importante, la palabra del juez de pasarse él por la cárcel de allí a un rato para tomarles declaración lo más pronto que pudiera.

Miraban a todo esto Sansón y Sancho con disimulo por el rabillo del ojo a don Felipe. Se tapaba éste el rostro por vergüenza, pero no tanto como para no mirar por entre los dedos a Antonia. Y Antonia, a quien nada habían dicho, miraba a don Felipe también atentamente, sin atreverse a decir nada, imantada por él:

—¿Y cómo pueden tener preso a un anciano como ése? ¿Qué grave delito habrá cometido quien tiene un semblante tan noble y maneras tan señoriales? —dijo ella, y ordenó a Quiteria fuese a él y le diese cuatro reales.

No sabían el bachiller ni Sancho qué hacer ni decir, cuando vino a sacarles del apuro un corchete.

Los reclamaba el juez. Por no alargar más los adioses, se despidieron Sancho y Sansón de don Felipe, prometiendo volver.

Se echó a llorar el anciano, que no podía apartar los ojos de Antonia, y ésta quiso acudir a socorrerlo, de no ser porque Sansón se lo estorbó, diciendo que no era bueno hacer esperar a un juez, debiendo muchos galeotes su condena a una digestión de éste mal hecha, un catarro intempestivo o una espera inoportuna.

Condujeron a los cuatro a una estancia de la planta baja de la vecina Audiencia, donde hallaron al juez que la noche anterior había pasado por la posada de la plaza del Carbón.

Los hizo esperar ante sí, de pie, mientras acababa de leer unos pliegos. Si por la noche su aspecto era malo, a la luz del día era temible. A sus ojos saltones se añadía un vináceo lobanillo bajo la oreja. Acercaba sus lentes al papel, por leer con mayor comodidad, y expectoraba de continuo tosecillas de gato. Sus ropas negras sugerían la estrechez de su ánimo y el cuello de lechuguilla todas las vueltas y revueltas de las leyes para aquellos desgraciados que no contaran con buenos dineros o mejores valedores. Todos allí parecían respetar a aquel hombre sobremanera, a juzgar por el silencio que se creó a su alrededor.

Sancho, en un susurro, sin apartar los ojos del juez, le dijo al bachiller:

—Algo me dice, señor Carrasco, que va a ser necesario que empleéis todas vuestras letras con ese hombre. No parece de los que se compiadan de nadie.

Y fue decirlo en mala hora, pues aun sin haber oído lo que decía, levantó el juez la mirada del pliego e interrogó a todos y a ninguno:

—¿Decís?

Sansón y Sancho se dieron por condenados. También lo sintieron así Antonia y Quiteria.

Entregó el juez el pliego a un oficial, y preguntó quién de los presentes era Antonia Melgar.

—Habéis de saber que Manuel Carreño, dueño de la posada del Carbón, manifiesta haber cerrado esa noche, como todas, la puerta de su casa con llave y tranca, y que no habiendo sido forzada la cerradura ni sacada de su muro la tranca, cabe concluir que les fuese abierta desde dentro a los asaltantes; y considerando: que vos conocíais a uno de ellos, Juan Cebadón, muerto esa noche, no se sabe por quién, etcétera, etcétera... ¿Qué tenéis que decir?

Refirió Antonia al juez en sucintas palabras lo que había sucedido esa noche, que no era otra cosa que, a lo que ella sospechaba, habían tratado de robar las escrituras de sus propiedades allá en el pueblo, mandados seguramente por el señor De Mal. Y cómo aquel mozo, que traía el caballo del señor De Mal, había sido gañán de su tío, primero, y luego de ella, y cómo no había podido sufrir que se casara con el bachiller, allí presente, como tampoco el señor De Mal, que la había requerido en matrimonio y a quien había despechado diciéndole que no...

—¡Tate! —interrumpió el juez, que debía tenerse por muy sagaz—, enredos de amor tenemos...

—¿Qué insinúa vuesa merced de mi esposa? —saltó Sansón colérico—. Yo soy su marido.

—Y yo la autoridad —cortó el juez— y hablará quien yo diga. Vuesa merced, chitón, y oíd bien, que esto es lo que pasó, y llevo mucho visto en esta vida como para errar algo tan simple.

Empezó entonces el juez a formar de todo un lío tan alejado de la verdad y de la lógica, que Antonia no hacía sino mirar a Quiteria con expresión atónita y sin atreverse a decir palabra, y Quiteria a Sancho, y Sancho a Sansón, que no le quitaba el ojo a aquel hombre estrafalario que en un minuto dejó tan enmarañado su suceso, que ni todos los leguleyos del reino ni la plata de tres flotas ni los favores del mismo Rey lograrían desenredarlo en cincuenta años.

—... por todo lo cual —abrochó el juez— doy en sentenciar y sentencio se vuelva a estos hombres a prisión en tanto se sigan las informaciones.

Sansón Carrasco, que no podía sufrir tanta cerrazón y necedad ni las sofisterías de un juez envanecido, quiso tomar la palabra y protestar del atropello, pero aquel hombre, que debía de tener una gran habilidad en despintarse, desapareció dejándoles en manos de las guardas y a Sansón gritando:

—¿Cómo es posible tal injusticia? ¿De cuándo acá van los inocentes a la cárcel y quedan libres los bellacos y criminales y los jueces necios? ¿Dónde, a quién podremos clamar? ¿No acabáis de verlo?

Se lo preguntaba a los guardias, que ponían ojos de circunstancias, y uno de ellos, un viejo al que parecía costar trabajo sostener el lanzón, le dijo:

—Han venido vuesas mercedes en mal día, pues es sabido en toda Sevilla que este don Luis de Valdivia no es mala persona, pero se va a las regiones boreales para juzgar sucesos que un niño deja listos en lo que baila su peonza.

Echaban rayos los ojos de Antonia, lágrimas los de Quiteria, que la abrazaba, y Sancho, que hasta entonces había permanecido en el más respetuoso de los silencios, estalló colérico:

—¡Oh bellaco, villano, mentecato juez, necio y pellejo, malmirado, descompuesto y atrevido! Hasta yo, que no tenía letras, juzgué mejor que aquí se ha juzgado hoy. ¿Dónde se ha visto que cien sospechas valgan lo que una evidencia? ¿En qué *Partidas* está puesto que la ausencia de culpable culpa al primero que está presente, sólo por estarlo, aun no teniendo nada que ver en ello?

De nada sirvieron los denuestos y reniegos de Sancho, ni los rayos de Antonia y de Quiteria, ni las razonables razones de Sansón, que quería le condujeran a quien escuchara con más juicio. Al fin los guardias, mudos pero no sordos ni ciegos a lo que allí había sucedido, los iban empujando hacia la prisión, y lo hacían todo lo delicadamente que se lleva la novilla al matarife.

—Y aún vuesas mercedes den gracias al cielo, que no ese que llevan a la horca.

Y así era, que venía hacia ellos un hombre entre cuatro, quien al pasar junto a Sansón se le encaró:

—¿Y vuesa merced qué mira? Como yo me veo, vuestra merced se verá.

Pero quiso el cielo, o los hados que los protegían, que se encontrara aquel día en la Audiencia de Sevilla aquel licenciado Juan Pérez de Viedma que vino a posar en la venta adonde fueron a parar don Quijote y quienes iban en pos de él tras las penitencias de Sierra Morena, don Gonzalo y don Melchor, y sus damas, y aquel capitán cautivo que venía con la hermosa Zoraida.

Marchaba entonces Pérez de Viedma, como es sabido, camino de Sevilla con su hija doña Clara. Iba provisto del cargo de juez a la Audiencia de México y le esperaba allí su hermano menor, muy rico. Marchaba aquel juez contento de su buena ventura, si no era porque se llevaba la pena de no saber nada de otro hermano, el mayor de ellos, que había seguido la carrera de las armas y que por noticias sabían cautivo en Argel. Y el tal cautivo, por esas cosas que pasan en las historias y las novelas, y sin saberlo su hermano el juez, estaba allí, en la venta, y sabiendo él que estaba allí también su hermano el juez, no se determinaba a dársele a conocer, por si éste se afrentaba viéndole con aquellos tristes harapos y tan mísero. El cura don Pedro fue quien tomó en sus manos el negocio de decirle quién era aquel cautivo, y como no podía ser menos, todo quedó resuelto.

Lo conoció al momento Sancho, y como el náufrago que se abraza a un trozo del maderamen de la galera que se ha ido a pique, así le gritó, antes de que desapareciese entre la multitud que abarrotaba aquellos corredores.

—¡Aquí, don Juan, válganos! —gritó Sancho.

Don Juan, que no sabía de dónde venía aquella voz, miró a todas partes, y no conociendo a ninguno de los rostros que lo rodeaban, siguió su camino. Desesperado Sancho, volvió a sus voces:

—¡Don Juan, válganos, que nos pierden!

Vio al fin a Sancho, y echó la cabeza atrás, como si necesitase esa distancia para darle camino a la memoria. Y así, con la cabeza echada atrás, se fue acercando a él.

Cuando lo tuvo delante, Sancho, rodilla en tierra, tomó su mano, la besó, y pese a los esfuerzos de don Juan por desasirse, no lo consintió Sancho:

—Señor licenciado, hace un tiempo quiso la vida ponernos a todos en cierta venta, donde vuesa merced encontró a su hermano mayor el capitán cautivo, y nosotros el camino de vuelta donde poner a mi señor don Quijote en el de curarse.

Se dio el juez con toda la mano abierta un palmetazo en la frente, y exclamó risueño, feliz tanto de aquel suceso como de recordar al fin dónde había visto ese rostro del que le tenía tomada la otra mano.

—¿No sois vos Sancho Panza? ¡Voto a bríos! ¿Han traído preso a vuestro amo don Quijote? ¿Eso es? ¿Qué ha hecho esta vez? ¿Dónde lo tienen preso?

—Ojalá hubiera estado él en esta Audiencia, señor —dijo el escudero—. En paz descanse. No habría permitido tal afrenta. Los presos somos nosotros.

Le presentó Sancho a sus amigos y contaron entre todos lo sucedido en breves razones.

—¿Y quién es ese juez que os ha puesto de este modo?

Supo el nombre de don Luis de Valdivia, y ordenando don Juan a los guardias que los conducían que lo esperasen, se fue.

Allí quedaron suspensos todos y al rato vieron volver a don Juan, y con él al alférez de las guardas, que ordenó dejasen en libertad a aquellos dos hombres.

Besó Antonia la mano de don Juan, como la había besado antes Sancho, le dio rendidas gracias Sansón, y dejaron aquel lugar con más acucia que serenidad.

Ya afuera, les pidió encarecidamente don Juan que lo acompañasen a su casa, donde contaría con mayor reposo lo sucedido.

Tenían alquilados don Juan y doña Clara unos aposentos en una casa del marqués de Ayamonte, de la calle de Vizcaínos, y mientras caminaban hacia ella, fue contándoles el caso don Juan.

—Sabed que no es malo mi amigo don Luis, sino que sus muchos años lo confunden a veces, y ya habéis visto que no ha puesto ningún reparo a dejaros libres, cuando se lo he pedido.

—Y menos mal que no es malo —dijo el guasón del bachiller—, que de haberlo sido, sabe Dios que no habríamos dejado esas prisiones hasta el día del juicio, pero no el nuestro, sino el Final.

Rió de buena gana don Juan Pérez, y dijo que todo en esta vida estaba trenzado de esa manera, y que hacerse mala sangre por ello era escupir al cielo.

Llegaron en eso a la casa de Vizcaínos, que era una de las antiguas y nobles de Sevilla. Estaban los aposentos magníficamente aderezados, con una sala principal de recibir, y allí se sentaron a una mesa, después que la vistieron de sus manteles.

Quedaron admirados los cuatro de la hermosura de doña Clara, tanto como de la liberalidad y gentileza de su padre, al que no hacían sino reiterarle la gratitud con que los obligaba a servirle el resto de sus vidas. Pero no siendo don Juan de aquellos que se dejan regalar los oídos, pidió a sus amigos no volvieran a repetirse allí esas loas, y pasó a preguntarles cómo había sido que había muerto don Quijote:

—Porque habéis de saber, Sancho —siguió diciendo don Juan—, que así como os dejamos, concertamos que mi hermano y Zoraida se volviesen a Sevilla y se avisase a nuestro padre de la libertad de su hijo y de nuestro encuentro, para que, en cuanto pudiese, viniese a encontrarse en las bodas y bautismo de Zoraida, ya que a mí no me era posible dejar el camino que llevaba. Pero quiso el cielo disponer otra cosa, y apenas llegamos a Sevilla, cayó mi hermano enfermo de una extraña enfermedad. Por no desampararle en aquel trance, y creyendo que moriría, dejé partir la flota y quedé yo al lado de su lecho y doña Clara junto a Zoraida, y al poco se celebraron la boda y el bautizo, sin esperar a nuestro padre, que se puso en camino sin saber si vendría a bodas o funerales. Tuvo Dios a bien sanar a mi hermano, volver el ánimo al corazón de Zoraida, que se veía ya en esta tierra sola y a la deriva, y llenar de tanto contento el de mi padre como no se puede encarecer, y hace una semana se han vuelto los tres a nuestra aldea, mi padre aficionadísimo de Zoraida, a quien ya ama más que a una hija, Zoraida dando gracias a Leila Marién, que así llamaba ella a Nuestra Señora, por cumplir sus deseos, y mi hermano deseoso de darle a nuestro padre compañía y amor en sus últimos años. El estar ocioso este tiempo me ha llevado a la Audiencia, donde tengo grandes amigos, como el bueno de don Luis, que ha estado a punto de costaros un disgusto, y otras principales personas de esta ciudad que nos hacen merced teniéndonos en tanta estima. Una de ellas, doña Isabel de Ulloa, viuda del que fue maestre de la Orden de Santiago, don Álvaro Fernández de Pimentel. Por entretener nuestros ocios, quiso prestarme esta gran dama la historia de don Quijote, en la que ella había encontrado tanto solaz. ¿Entendéis la sorpresa que recibí al hallaros en la Audiencia? No parecía sino que yo mismo seguía en la novela, y he resuelto antes de pasar a las Indias en el navío de aviso, de aquí a unos días, comprar al librero dos cuerpos de ese libro, uno para llevarme conmigo y otro para mandarlo con la posta a mi hermano, que estando como está nuestra aldea tan escondida, no lo hallaría en parte alguna de aquéllas. Le causará a él, a lo que imagino, más contento aún el ver su historia tan bien contada, que no parece, leyéndola, sino que allí seguimos todos en aquella venta el día en que volvieron los cielos a juntarnos. Pero dime, Sancho, ¿y cómo es que murió don Quijote?

Le dieron noticia breve y sucinta del fin del caballero, y de cómo murió cobrando la razón, así como de todo lo demás. Quiso saber don Juan si conocían a ese Miguel de Cervantes, pues pensaba que si era como la mayoría de los autores, o sea pobre, querría enviarle unos socorros por la merced que les había hecho a él y a su hermano trasladando su vida a los papeles. Le contó entonces Sancho cómo habían tenido él y el bachiller la misma idea, y que fueron a la Corte a darle ciertos dineros, y en la Corte les esperaba la nueva de que Cervantes había finado por las mismas fechas que don Quijote, y le hablaron a don Juan de la segunda parte de su historia, y que si se había holgado con la primera, más aún lo haría con la segunda, encareciéndole que no dejara de leerla.

De haber estado solo, hubiera salido a buscarla en ese mismo instante en alguno de los libreros sevillanos, y sabiendo de Sansón que él la tenía consigo, ordenó a sus criados fuesen a recoger la impedimenta y las bestias de sus amigos a la posada del Carbón, donde no estaban seguros, y las trajesen allí, y les habló de la mucha merced que recibiría de ellos si aceptaban ser sus huéspedes el tiempo que aún siguieran en Sevilla, y aun el tiempo que fuese menester, lo que le hizo decir a Sancho:

—¿Ve, señor bachiller, cómo la memoria de don Quijote bastaría para ir de lugar en lugar, de ciudad en ciudad, de venta en venta, y en todas partes encontraríamos a gentes como don Juan, que por conocer las nuevas de don Quijote, amo mío y del ama, amigo suyo y tío de su sobrina, nos querrían agasajar mejor que si fuésemos sultanes? Cuanto podemos contar nosotros no se sale un punto de la verdad de los sucesos, virtud ésta que pone a los hechos por encima de todas las invenciones. Y no me extrañaría nada que pasados los siglos, así como mi amo enloqueció leyendo sus benditos libros de caballería, se viera enloquecer a quienes lean nuestra historia, y cometer parecidas locuras a las que cometió mi amo, fatigando hasta el último pelo ese libro nuestro, cortándolo en tres y aun en cinco. Dígale, háblele, don Juan, persuada al bachiller, que a mí no me hace caso. Dígale que sin salir de estos reinos viviríamos harto mejor de sólo hablar de don Quijote que fatigando las Indias.

—En esta última ocurrencia —dijo en esa sazón don Juan— reconozco al Sancho que conocí. ¿Y cuándo aprendisteis a hablar así? En el libro yo os dejé tal y como os recuerdo de la venta, diciendo, y excusadme el atrevimiento, simplezas no por donosas menos simples.

—Puede decirlo así, don Juan, que no ofende la verdad dicha sin ánimo de escarnio, y yo era simple entonces, y seguramente sigo siéndolo ahora, pero no tanto como antes de ponerme al servicio de don Quijote, que sólo de oírlo a él y a cuantas gentes conocimos, algo se me habrá pegado. Y para que vea en una muestra si soy o no el mismo, le digo que de casta le viene al galgo ser rabilargo, y quien tiene arte va por toda parte, y más vale saber que haber, y sí es verdad que entonces era, y ya no soy, pero tras un tiempo viene otro, y agradezco de vuestra merced tanto requiebro, pero no está ya el alcacel para zampoñas, y cada uno es como Dios le hizo, y aún peor muchas veces...

—Basta, Sancho, que por todos estos refranes y la manera de ensartarlos veo que seguís siendo el mismo, aunque lo disimule lo rodeado del habla y ese desmedro de carnes que lleváis encima.

—Y aún no sabéis lo mejor —intervino Sansón—, que aquí donde le veis, nuestro buen Sancho o Sancho el Bueno, como ya se le conoce, ha aprendido a leer tan de corrido como un procurador, y si no en menos tiempo que canta un gallo sí con mejor provecho, y aún no hace una semana escribió de su puño y letra carta misiva a su Teresa Panza.

No pudo creerlo don Juan, y hubo de hacer Sancho una muestra precisamente en el libro de don Quijote, que tenían a la mano.

Pasaron aquella tarde en amenísimos coloquios los seis, donde pareció que no quedaba nada sin tratar, desde el extraño asalto de que habían sido objeto en la posada del Carbón, que les resultaba un misterio envuelto en sombras que parecía tener dentro un enigma, hasta aquellas cosas que convenían a su marcha al Perú, sazonadas éstas con muy buenos consejos, como era de esperar de un hombre prudente y sabio como don Juan...

Y la felicidad hubiese sido completa, de no ser porque a lo largo de la tarde muchas veces se miraron Sancho y Sansón. En el pensamiento traían prendido el recuerdo de don Felipe.

CAPÍTULO DÉCIMO CUARTO

Hicieron Rufino el Mudo y el Pejele lo que les había dicho el Cojo, y en cuanto dejaron tendido en el Prado de Santa Justa a Cebadón, volaron a casa de la daifa del Pejele y de la amiga de ésta, que, advertidas, los esperaban. Encerraron sus caballos en las caballerizas y el oscuro del señor De Mal, por ser tan conocido, se lo llevó un espolique a cierta casa del Alfaraje, donde lo guardaron hasta ver qué se hacía.

A la mañana siguiente no se hablaba en Sevilla de otra cosa que de aquel asalto y las prisiones de dos sospechosos, los nombres de don Quijote y Sancho, y los del bachiller Sansón Carrasco y Antonia y Quiteria estaban en boca de todos, pues muchos en Sevilla, que conocían la historia del Caballero de la Triste Figura y habían gustado del libro, se admiraban de lo ocurrido esa noche en la posada del Carbón, sin que nadie acertase a saber la causa de aquella intrincadísima pendencia. En unas pocas horas corrían por la ciudad cien disparatadas versiones de lo ocurrido, aunque ninguna de las cuales superaba, en honor sea dicho de la verdad, a la del juez Valdivia. En fin, con la mitad de ellas se hubiera podido escribir no un libro, como quería Sancho, sino doscientos. En todas, no obstante, el mayor misterio eran aquellos dos hombres que habían entrado y desaparecido tan misteriosamente, secuaces y matadores, lo más seguro, de Cebadón. Para muchos la culpa de todo la tenía aquella señora Antonia, quien al parecer dejaba amadores en cada esquina, y a todos daba con qué entretener sus esperanzas, si no motivos de muerte. Se había visto en aquel mozo a quien mataron no menos misteriosamente. Murió sin decir gran cosa, según unos, por no saberlo, según la mayoría, porque sabiéndolo, no quiso perjudicar a la persona principalísima que estaba tras el asalto, de quien pensaba obtener un gran pago, no ya él, que moría, pero sí alguno de sus deudos, en cobro por su silencio.

Antonia y Quiteria pasaron lo que quedaba de aquella noche del asalto en pie, solas y desamparadas y con el corazón en un puño, pues no conocían a nadie en aquella ciudad, y tenían a sus hombres en la cárcel.

—¿Es que no habrá sosiego para las gentes honradas? —se preguntaba Quiteria.

Y Antonia, que tanto había deseado tornar a su aldea, determinó no volver a mencionar su mala ventura ni a hurgar en su dolor, y así, con la autoridad que le era propia cuando vivía su tío, dijo:

—Ama, no podemos quedar aquí lamentándonos todo el día, viéndolas venir. Han matado al tarambana de Cebadón, que Dios tenga en su gloria. Esto es lo que haremos: de camino a la Audiencia pasaremos por el hospital de la Misericordia, donde ayer llevaron su cuerpo, le rezaremos un responso, por que no se diga que no recé por el padre del hijo que llevo en mis entrañas, y nos llegaremos luego a la cárcel. Allí nos enterarán de cómo dar a mi esposo y a Sancho la libertad, y olvidaremos cuanto aquí ocurrió ayer. Y volviendo ellos, nos mudaremos de casa, que me da a mí en el hocico que aquí se combinaron cosas harto trazadas.

—No me riñáis, niña Antonia —dijo el ama—. Pero ¿os parece bien ir al entierro de ese mozo mientras vuestro esposo está en la cárcel?

—Será como enterrar allí también el secreto de mi desventura, y no digo más. Su muerte ha traído para mí la vida, y acaso para mi hijo, y no pasa día que no me atribule la idea de que el niño que llevo en las entrañas saque el parecido del padre o sus malas mañas. Dios sea servido de que se parezca a mí en el talle, y en el ánimo a mi esposo, que los hijos son también hechura de los pastos, quiero decir, que criándose con mi Sansón, puede que acabe teniendo más de él que del bellaco de su padre.

Cuando entraron en el hospital de la Misericordia, se dio

vado también a los primeros rumores en la taberna del Cojo, adonde acudían todos cuantos precisaban madrugar para hacer sus trabajos, jubeteros, boteros, panaderos, carpinteros de ribera, aguadores, hortelanos del Aljarafe que venían a Sevilla a vender sus hierbas, alarifes y alfayates, alfareros de Triana y oficiales de los orfebres de la calle Sierpes, y cuantos vivían honradamente del sudor de su frente, que quienes lo hacían del de la frente ajena se iban a dormir cuando llegaban éstos, con la excepción del Cojo, que parecía que nunca se iba de allí ni dormía, pues se le podía encontrar en aquel lugar a todas las horas del día y de la noche.

Fue el propio posadero del Carbón quien vino a rendirle cuenta de lo sucedido, lo que le agradeció el Cojo haciendo que se le dieran dos libras de vaca, de las que acababa de traerle uno de los jiferos, y cuarenta reales en grano para el ganado, más los tres ducados prometidos.

Todos hablaban allí de aquel asalto a la posada, lo que le hizo comprender al Cojo con cuánta presteza había de obrar, y en cuanto le fue posible se acercó él mismo a casa de sus pupilas, la Peines y la Angustias.

—Buena la han hecho vuesas mercedes —les dijo al Pejele y al Mudo.

Se habían quedado dormidos en un estrado con las botas puestas, por si tenían que salir de najas, y el Cojo les despertó:

—A estas horas os busca todo Sevilla. Por suerte, nadie pudo veros. Las personas a las que asaltasteis eran, al parecer, si no principales por cuna o hacienda, sí por fama, y con tantos amigos y gentes que los querrán amparar, que van vuesas mercedes a tener que dejar la ciudad un tiempo. Decid, contad, dadme cuenta de todo.

Fue a buscar el Mudo el montón de papeles sustraído del aposento de Antonia, y puso en la mesa el Pejele, con puntualidad y sin haberla sangrado, la bolsa con los cincuenta castellanos. Y si la capa de Cebadón no pudo comparecer, fue porque a esas horas la Peines, dama en verdad muy lidiada, había hecho de ella con tanta diligencia y maña un ferreruelo y un sayo, que ni la madre que parió a la capa hubiese conocido la paternidad de aquellas prendas.

—Esto haréis —dijo el Cojo, mientras contaba el dinero y lo iba poniendo en dos montones—. Estaos aquí diez o doce días, y luego, con la calma y cuando ya se haya olvidado el asalto, me salís para la Mancha. Buscaréis al tal señor De Mal y le daréis estos papeles que mandó tomar al mozo Cebadón. Decidle que éste ha quedado enfermo en Sevilla, y que venís a devolverle el oscuro y a cobrar en su nombre. Pedid lo que prometió a Cebadón, que según él fueron otros cien, si no doscientos ducados. Verá en el llevarle el oscuro, que malamente podríamos vender por ser tan conocido, la buena voluntad, cobrad esos dineros, y volved en buena hora a Sevilla. Para entonces nadie se acordará de Cebadón, que Sevilla tiene bastante cada día con sus muertos tiernos.

Dicho esto, les entregó el Cojo su montón y se guardó el suyo, por ser ese de la justicia, decía, el pilar donde se cimienta la honra incluso de quienes viven para no tenerla.

Les pareció bien al Mudo y al Pejele, y tal y como ordenó el Cojo, salieron de Sevilla pasados ocho días, cambiando el Pejele su caballo por el oscuro, y montando un tordo más que bueno el Mudo, préstamo del Cojo. Y así, con la rienda suelta, llegaron al pueblo de don Quijote en la mitad de las jornadas.

Encontraron el pueblo hecho un avispero. Algunos vecinos, que vieron a aquellos dos hombres, y uno montado en el oscuro, esparcieron la nueva por todos los rincones. Días antes, una mano anónima había enviado al señor Bartolomé Carrasco, padre del bachiller, cierto libro publicado en Cadalso de los Vidrios y firmado por un tal licenciado Medina, para muchos, y sin el menor fundamento, el bachiller Carrasco. Se contaba en él con el mayor detalle lo ocurrido en aquel pueblo al morir don Quijote, el desliz de Antonia con Cebadón, los tejemanes del señor De Mal para quedarse la heredad de los Quijano, las burlas de Sansón a los duques, las desavenencias en casa de los Carrascos... Al señor Bartolomé volvió a apretarle el tósigo y dio otro petardazo, poniéndolo a la muerte. Y como suele ocurrir en estos casos, el pueblo quedó dividido entre quienes ofendían a los quijotes, como empezó a llamárseles, y quienes los defendían y sustentaban.

Los recibió el señor De Mal, sorprendido de ver al oscuro y no a Cebadón.

Le contaron los dos trapisondistas lo trazado por el Cojo, y la alegría de verse dueño de aquellas escrituras que había perseguido con tanto ardor puso en los papos cenicientos del escribano dos orondas amapolas y salpicó sus ojos de maléficos destellos.

Sin embargo, apenas leyó dos líneas en las cartas que le dieron, se dio cuenta. Todas le desengañaron. Ninguno de aquellos pliegos eran los que él quería.

—Pagadnos, señor —dijo el Pejele—, lo que ajustasteis con Juan Cebadón, que fue, según él, el doble de los cincuenta, y aun el doble del doble, doscientos por tanto, y nos iremos.

—Bien está. Sentaos y aguardad aquí.

Antes de irse ordenó el escribano a su ama trajese a aquellos hombres algo de comer y vino, por abreviarles la espera, y se fue.

Quedaron muy a gusto el Mudo y el Pejele previendo el buen término de aquel negocio, y haciendo planes de la vuelta a Sevilla, frente al pan, vino y queso que la Fruncida trajo de mala gana.

De allí a un rato, cuando mejor les estaban sabiendo aquellos peteretes, entró el señor De Mal. Venía con el alcalde, cuatro alguaciles y, por si cabía duda, un capitán de la Santa Hermandad.

—Éstos son los hombres: prendedlos —señaló el escribano.

Cuando el Mudo y el Pejele quisieron echar mano a la espada, ya era tarde.

—Ellos dirán de dónde salieron estas cartas y cómo llegó el oscuro a sus manos, y por qué no está con ellos Cebadón, que lo robó de mis caballerizas, como di cuenta a vuestras mercedes en su día.

Y cuanto dijo el señor De Mal era la pura mentira. Que no había hecho denuncia de aquel supuesto robo el día que partió Cebadón, sino días después, cuando vino a hablarle don Pedro al escribano, para decirle lo que le había dejado encargado Antonia en una carta, traída por uno del pueblo vecino, y que era rescatar del contador de don Quijote cédulas, escrituras y probanzas, incluidas las que interesaban al escribano, y empezar a poner algo de orden en la hacienda que fue de su amigo Alonso Quijano.

Vio entonces el señor De Mal todo su gozo en un pozo, perdidos cincuenta castellanos y acaso el oscuro, y corrió a denunciarlo. Para entonces ya había llegado el libro de marras a manos del padre del bachiller, y en el pueblo empezaron a correr las historias que no por peregrinas dejaban de presentarse como muy fundadas y de buenas fuentes: que en realidad Cebadón y Antonia se habían fugado después de robar al señor De Mal; que el bachiller estaba en la Corte con Sancho; que Quiteria había vuelto a la venta de donde la sacó Sansón, dada a la vida perdularia...

El Mudo y el Pejele, que se vieron tan sorprendidos como burlados, apenas pudieron sostener mucho tiempo su cuento, porque de allí a unos minutos sus mentiras se enmarañaron tanto que todos descubrieron la verdad de la bellaquería, y los llevaron presos a la cárcel del pueblo por más que gritaban que todo aquello estaba urdido por aquel escribano del demonio. Y acaso se hubiera podido probar lo que decían, pero nadie iba a sospechar del escribano, y menos el alcalde, deudor suyo.

Quedó el señor De Mal algo consolado con la vuelta del oscuro, pero no tanto del vuelo de sus castellanos, parte de los cuales vio cómo pasaban de la bolsa de los bravos a la del alcalde. Contó éste entonces lo de la carta de Sansón, recién llegada, pidiendo informaciones para pasar a las Indias, y dijo el escribano:

—Vengan esas informaciones, señor alcalde. He de partir mañana a Sevilla, donde se sigue un pleito mío sobre unas casas que tengo allá. Le entregaré estos pliegos al bachiller, devolveré las cartas a Antonia y prenderemos de paso al mozo Cebadón.

El alcalde le entregó las informaciones, pensando en los quijotes: «Puente de plata». Don Pedro, que supo que el escribano llevaba aquellas informaciones, añadió las suyas y una carta donde decía a Antonia que de dineros, nada por el momento.

De vuelta a su casa, el escribano ordenó a su vieja criada:

—Fruncida, ponme una muda en la maleta. Malo será que no vuelva conmigo, ya que no sus pegujales, que doy por perdidos, la casa de los Quijano, o yo no soy quien soy.

CAPÍTULO DÉCIMO QUINTO

Al día siguiente de salir de la prisión se levantaron temprano Sansón y Sancho y buscaron a don Juan, y a solas con él, para no ser oídos por Antonia, contaron todo lo concerniente a don Felipe. Le pedían licencia para visitarlo, llevarle algunos socorros y quién sabe si alguna esperanza de sacarlo de allí. Dependía esto último de don Juan.

Sabía el bachiller por el libro que era don Juan hombre muy templado en oír y aconsejar. En cuanto éste conoció el negocio, se puso en pie y empezó a medir con sus pasos la estancia, cruzados los brazos sobre el pecho y una mano en la boca, dando a entender que nadie le hablara en tanto no resolviera.

Al cabo de un largo rato, se detuvo en seco, se propinó un considerable manotazo en la frente, como era costumbre en él, y dijo:

—Ya está. Dejen de mi cuenta este asunto. Primero será informarse. No hay justicia sin información. En tanto no sepamos algo, nada le digan vuesas mercedes a Antonia.

Y, dicho y hecho, se metió debajo de su loba nueva y salió de casa como cuando le apremiaba algo, que era lanzar medio cuerpo por delante, siguiéndole el resto a duras penas, al tiempo que, sin echar la vista atrás, prometió regresar en cuanto tuviese alguna nueva.

De allí a una hora estaba ya de vuelta.

—Señores —empezó diciendo don Juan—, cuanto os ha contado don Felipe es cierto, y me temo que nada podrá hacerse de momento. El caballero a quien burló es tan principal y poderoso, que antes mandaría prender fuego a esta ciudad que dejar en libertad a quien circuló por ella de modo tan manifiesto su cornamenta, y bastante sufrimiento para él es saberlo en la cárcel y no en galeras, donde ha querido, al parecer, ponerlo alguna vez, sobornando a muchos capitanes para que lo llevaran y arrojaran en el mar, donde nadie pudiera verlo, y lo habría conseguido si la falta de su brazo no hubiese sido tan notoria y contra toda ordenanza. En fin, señores, déjenme pensar qué puede hacerse.

Pasaron dos días, sin que ninguno de los tres resolviera qué hacer con don Felipe. Se dedicó don Juan a ultimar su embarque, y los demás a esperar las informaciones que habían de llegar de su aldea, sin las cuales nada podían ir adelantando, y Antonia pidiendo a Sansón a cada paso la llevase a ver el mar.

—¿Para cuándo el mar, Sansón? —le preguntaba al menos diez veces cada día.

Ya para entonces toda Sevilla sabía que estaban en la ciudad tan ilustres pasajeros como el que había sido escudero de don Quijote, y su vencedor, el bachiller Carrasco, y con ellos las mujeres que lo atendieron hasta el final y lo amortajaron, y muchos entraron en deseos de conocerlos. Fue uno de ellos don Santiago Cabeza de Vaca, contador mayor de la Armada, que lo pidió a don Juan. Y de su casa volvían don Juan, Sansón y Sancho una noche. Habían pasado la velada Sansón y Sancho contando por lo menudo aquellas cosas que ya sabían por el libro, y muchas otras que no tuvieron los historiadores ganas, tiempo o humor de poner, lo que le hizo decir a Sancho una vez más:

—Estamos a tiempo, señor bachiller, de quedarnos en Sevilla. Está viendo cómo no pasa día que no quieran las gentes saber de nosotros, y el modo en que nos regalan, que no hay nadie que no se huelgue con nuestras historias. Porque, en mi opinión, si buena es una palabra bien puesta en un libro, dicha no es peor, si se sabe decir. Y vuesa merced, que ha lucido tanta pericia para las cosas de las letras, sin por ello volverse loco, y para las aventuras, sin haber profesado en la caballería andante como mi antiguo amo, ¿no sería capaz de contar más aventuras de nuestro buen Alonso Quijano? ¿Incluso de escribirlas? A tal punto ha llegado el interés por la vida de nuestro amigo, que ya ve que todos quieren saber cuáles fueron sus padres y sus orígenes, y qué hizo en nuestro pueblo, y si fue siempre loco, o si estuvo enamorado de otras damas, y todas las cosas que los historiadores no pudieron referir, por no haber ningún libro en el mundo que pueda dar cuenta puntual de una vida, pues a lo que yo colijo, se precisarían mil libros para contar la vida de cualquiera, hasta la del más porro, como yo, por no referirme a los incontables libros que pudieran escribirse de los pensamientos que cada cual lleva dentro de su cabeza, no por tácitos menos reales que aquellos que se comunican. Y no hablemos de don Felipe. ¿Piensa que vuestra esposa, mi señora Antonia, querrá pasarse a las Indias así sepa que deja aquí a su padre cargado de cadenas? ¿Le perdonará, si acaso un día llega a sus oídos, que le ocultasteis su suerte? Y que se enterará, puede tenerlo por seguro, que en la vida, como en los libros, las cosas suceden para que lleguen a conocimiento de quien menos se piensa, y sabiéndolo uno, lo sabrá todo el mundo. Por eso, vaya vuesa merced al grano con mi señora y hable con ella de don Felipe, que el mozo perezoso, por no dar un paso, da ocho.

—Vamos por partes, Sancho: el amor a nuestra historia y a la de don Quijote. Esto que vemos ahora son verduras de las eras. Quiero decir que pasada la novedad, nos veríamos otra vez pobres, pues si sabidas las cosas, se cansarían del mismísimo Eneas, cuánto más de nuestro buen amigo don Quijote. Estás muy confundido si crees que contar puede hacerlo todo el mundo, y aunque yo quiera, para tener la gracia de los que han contado nuestra historia, no vale sólo con conocerla.

—No sé lo que habla vuesa merced, que siempre se ha dicho que lo que se sabe sentir, se sabe decir, y aunque no se tengan letras, basta con tener la necesidad de decir algo, para que se sepa decir, y no hay nadie tan borrico que no sepa decir pan, quiero decir pienso.

—Desde que aprendiste a leer, Sancho, te parece que todo el monte es orégano. Dejémoslo estar. Y volvamos a lo que importa. ¿Qué haremos con Antonia? Sólo el saber que su padre está en la cárcel le romperá el corazón, y malo sería que del disgusto no perdiera el hijo que me lleva en las entrañas. ¿Y qué decir de don Felipe? Si es como dice don Juan que ha perdido ya casi el juicio, ¿no perderá la vida Antonia al ver que no puede remediar a su padre? ¿Y no le atribulará saber que fue loco su tío y lo fue su padre?

Quiso la suerte, o la mala suerte, que cuando acababa de decir esto el bachiller, entrando en casa de don Juan, se hallase cerca de la puerta Antonia, y llegara a oír estas últimas palabras.

—Ay, Dios, ¿qué es ello? ¿Qué habláis de mi padre tan por lo bajo, qué sabéis de él, qué os han dicho? —preguntó sobresaltada.

Desprevenido del encuentro, Sansón Carrasco balbució cuatro mal dichas razones, que certificaron a Antonia el hurto de algo en lo que le iba la vida.

Se encontraban a esa hora Antonia y Quiteria en el estrado, oyendo a doña Clara y sus ingenuas historias de enamorada, y allí fueron también don Juan, Sancho y Sansón, a quien Antonia dijo:

—Juradme aquí delante de don Juan que mi padre no está en Sevilla.

Guardaron todos silencio.

—Todos sabéis, todos me engañáis... ¿Qué es ello, ama? Dímelo tú.

—Basta, Antonia, sentaos...

Se colmó la sala de silencio, y contó el bachiller cuanto les había sucedido en la prisión, y puso buen cuidado en no pintar a lo vivo cómo dejaron a don Felipe ni las otras cosas que le habían contado a don Juan, y algunas de las que les contó el propio don Felipe, adornadas.

Lo oyó todo Antonia sin abrir los labios, y cuando terminó de contar Sansón, tomó el manto, dispuesta a salir.

No eran horas aquéllas en que pudiera hacer nada por quien llevaba en la cárcel tantos años.

—Pensad en vuestro padre —apuntó don Juan—. Si no le queréis matar, habréis de preparar vuestro encuentro.

Por la mañana se fueron todos a la cárcel, guiados por

don Juan, con cuya loba tantas puertas se abrían. Subió primero el juez, con Sancho, y se quedaron abajo Sansón y Antonia.

Hallaron a don Felipe echado en su camastro.

—¿La habéis traído? —preguntó don Felipe al escudero—. No lo hagáis, no quiero que me vea en este estado. Verla ha sido la mayor merced que me haya concedido el cielo. Puedo morir en paz. Es un ángel, el vivo retrato de su madre.

Reparó entonces don Felipe en don Juan y preguntó a Sancho quién era.

—Es un juez bueno —respondió Sancho.

—Será el único —dijo amargamente don Felipe.

—No, que a él debemos haber dejado la cárcel hace dos días. Es amigo nuestro, y como amigo de don Quijote, vuestro cuñado, amigo vuestro también. Y aquí ha llegado para saber de vuestra suerte y traeros una nueva que, a lo que yo imagino, habrá de poneros bueno.

Cuando don Juan, con delicadeza, le insinuó que acaso abajo estuviera Antonia y que tal vez, si él quería, podrían mandarla subir, el anciano dijo:

—No, no, que no vea a su padre en este estado.

Se desvaneció don Felipe, y un compañero de infortunio se acercó a decirles que llevaba desvariando más de lo ordinario desde que lo habían visto, dos días atrás, sin querer probar bocado.

Volvió en sí don Felipe.

—Ay, señores, ¿es cierto que espera Antonia abajo? ¿Y vos quién sois?

Se lo preguntaba don Felipe a don Juan.

Mandó don Juan a Sancho bajase a avisar a Sansón y a Antonia, porque aquel hombre tenía trazas de caer en un desmayo y no salir de él en horas.

Se dejó abrazar don Felipe por su hija, y cuando se soltó el abrazo, le dijo a Antonia:

—No ha pasado una noche sola, desde que me arrojaron a estas prisiones, que no haya pensado en vuesa merced y en todos los pasos que me llevaron, primero, siendo libre, a alejarme de vuestro lado y del de vuestra buena madre, y luego los que me trajeron adonde ya no podía encaminarlos hasta donde estaban vuesas mercedes. A don Pedro, el cura de vuestra aldea, he escrito y abierto mi alma muchas veces. Él tiene orden de que, faltando yo, ha de daros mis cartas, para que leyéndolas pueda vuesa merced acaso perdonarme.

Llegado a este punto le acometió un vahído. Mojó Antonia en la botija un pañizuelo que llevaba, y le refrescó la cara.

Cobró don Felipe el sentido con la caricia del agua, y prosiguió:

—Hace ya mucho tiempo he perdonado al hombre que tanto mal me ha hecho, y ya para morir sólo me falta el perdón de aquella a quien yo más quiero.

Hizo Antonia un gesto afirmativo con la cabeza, porque ni hablar podía de la emoción, y don Felipe siguió diciendo:

—El cielo, en su infinita sabiduría, ahora lo veo, me ha mantenido con vida para este momento. Me voy, amigos, habiendo puesto mi conciencia en paz y dando gracias por habérseme dado una muerte tan buena, que no hubiera sido mejor en un palacio, faltándome vos.

Puso don Felipe sus ojos tiernamente en su hija, y así, al cabo de un momento, los dejó fijos, helados, en el vacío, y murió, admirando a todos cómo un hombre podía con el solo deseo de morir, hacerlo. Viendo Antonia que su padre estaba muerto, se los cerró, sin que cayera de los suyos una lágrima.

Uno de los guardias de la prisión, que sentía por don Felipe tanto aprecio como se compadecía de su infortunio, y que dijo ser hermano de la cofradía del hospital de los Inocentes, se ofreció a llevarlo y enterrarlo allí, y eso hicieron aquella misma tarde.

Volviendo de enterrar a su padre, les dijo Antonia a todos:

—¿Por qué no puedo llorar, si tengo roto el corazón?

Fueron todos con ella de lo más solícitos y cordiales, por consolarla de no poder llorar, como quería, y hasta don Juan mandó a su criado a comprar fiambres a la tienda, lengua de vaca, pernil gallego y un salchichón de Flandes, aceitunas y queso, y a la dulcera obleas y buñuelos, así como hipocrás y alojas para las señoras y moscatel de Málaga para él; incluso, por que nada faltara y en consideración del finado, un poco de nieve para enfriar los refrescos y hacer el banquete fúnebre a tono con don Felipe.

Pero nadie volvió a mentar a don Felipe, ni Antonia, que estuvo todo aquel día más silenciosa que de costumbre.

Sansón, que sólo quería ser delicado con ella en aquel trago, le dijo:

—De mañana no pasa; mañana verás los galeones, Antonia.

Don Juan, siempre animoso, palmoteó.

—Yo iré con vuesas mercedes. Dentro de tres días parte el navío de aviso y esta misma mañana he visto a nuestro capitán, don Cristóbal de la Gómara, y ha tenido a bien mostrarnos a doña Clara y a mí el barco que nos pasará a Nueva España y la cámara donde iremos.

—Al fin conoceré las naos —dijo Antonia con vaga ensoñación—. ¡En qué poco se quedan nuestros deseos cuando anda de por medio la muerte! ¡Cuánto deseaba yo conocer el mar estos días pasados! ¿Y ahora? No querría irme a dormir sin haber dejado escrita una carta a don Pedro, nuestro párroco, pidiéndole me mande por la posta las cartas de mi padre, que ardo en deseos de leerlas. Con un poco de suerte pueden llegar junto con las probanzas.

Se ofreció Sansón a escribírsela, pidió a don Juan tintero, pluma y papel, escribió la carta, llegó el criado con más viandas, se habló triste y alegre, como se acostumbra en los banquetes fúnebres, y se fueron todos a dormir, con el propósito de llegarse al día siguiente al Arenal.

CAPÍTULO DÉCIMO SEXTO

No tenían que recorrer ni cinco calles, viviendo como vivían al lado de la Lonja de Mercaderes, y ya cuando faltaban tres Antonia preguntó a Sansón:

—¿Falta mucho?

¡Habían vuelto a ella los deseos de ver los barcos! Declaraba en ello ser sobrina de quien era. Muchas veces le oyó decir a su tío don Quijote, en esos momentos de desánimo que asaltaban al héroe, que si en los reinos de España no era comprendido, pasaría a las Indias. «No busco ser comprendido acá —decía—, pero allá al menos seré respetado, pues tengo entendido que allá los trabajos descomunales como el mío, aunque tampoco sean tenidos en lo que valen, no los desbaratan y desdeñan como acá.»

Apenas salieron al Campo de las Naos todos pusieron los ojos en Antonia, por ver qué impresión le causaba lo que veía.

—¡El mar! —exclamó con profunda tristeza, como si la espera no hubiese merecido la pena, como si hubiera dicho: «¡Padre!».

—No: el río, Antonia —replicó risueño don Juan.

Sacudió entonces Antonia la cabeza, como si echara de ella un pensamiento inoportuno, y volvió a la vida:

—¿Es esto el mar? —repitió desencantada.

Doña Clara, que tan buen amiga se había hecho de Antonia, le dijo:

—No. Aún no ha visto nada vuesa merced.

Y señaló con su mano extendida la agitación de los marineros, el tráfago de los mercaderes, el estrépito de los coches y carros que entraban y salían de las lonjas, atarazanas y arsenales, el tumulto de los curiosos, a lo que venían a sumarse los chillidos de las gaviotas que se disputaban las piltrafas, y las voces de arraeces, cómitres, gavieros, pilotos y maestres de naos y de jarcias, empeñados en hablarlo todo, al mismo tiempo y en todas las leguas de Babel.

Había en aquel momento lo menos cincuenta grandes buques, galeras y galeones, unos amarrados a la orilla, otros fondeados en el río, unos saliendo, otros llegando, y entre ellos un rebaño incalculable de polacras y tartanas, urcas, barquetas y gabarras que zurcían la corriente.

Vio don Juan aparecer a don Cristóbal de la Gómara, y lo vieron todos por cómo levantó éste los brazos y gritó su nombre.

Era el capitán un caballero de unos sesenta años, continente sanguíneo y una forma de vestir muy llamativa, herencia de sus años en los tercios, pues gustaba de sombreros de vistosas plumas y de una cadena de oro con su agnus dei sobre el pecho, y de su trato con las Indias parecían venirle aquellos sus ademanes efusivos, desbordados.

—¡Amigos! ¡Amigos! ¡Qué gran día éste al teneros conmigo!

Y sin mediar palabra, y tomándola por Antonia, dijo a doña Clara:

—Y vos debéis ser la señora que ayer perdió a su padre. Nada, querida amiga, que no lo haya querido Dios.

Y así siguió un largo espacio trayendo a colación teologías y confortaciones sin dejar de acariciar entre sus manos las de doña Clara, que miraba a su padre sin saber qué hacer, y a Sansón le entraba la risa viendo que a Antonia también, mientras don Juan, que era la bondad personificada, lo dejaba perorar, hasta que no le pareció bien tenerlo por más tiempo en el yerro y que pareciera burla.

—Todo cuanto decís, don Cristóbal, está bien, y Antonia os lo agradecerá, incluso doña Clara, mi hija, a quien tenéis de la mano.

No era don Cristóbal hombre que se apocase con minucias, y soltando las de doña Clara, tomó las de Antonia, y en el mismo tono risueño le dijo:

—Ah, y que no se sabría decir cuál de las dos es más bonita.

Y para que se viera que no le dolían prendas, los invitó a comer ese día a todos, después de que acabara de mostrarles aquellos sus dominios.

Había allí barcos de Hamburgo y de otros puertos de los Países Bajos, franceses, escandinavos, irlandeses, escoceses, genoveses y aun venecianos, con todos los que iban y venían de las Indias.

No perdía ripio Antonia de aquel universo de mástiles y aparejos, cabrestantes y amarras, fierros y arperos como había por todas partes, y no perdonaba preguntarle a Sansón qué descargaban tales barcos y tales otros, y unos traían maderas, otros bacalao, cebada y paños, y otros cargaban corambres, sedas, lienzos, telas de oro, papel de Génova, azúcar de Motril, aceite y toda suerte de buhonería, vinos, aceitunas, aves y reses, corderos y caballerías. Hasta una lápida de piedra mármol vieron que se cargaba en un barco, pedida a lo que parecía por un rico perulero para su tumba. Y si el tráfago de las naves era tal, no lo era menos el de la vista que no hallaba reposo con tales maravillas.

Hablaba don Cristóbal escopeteado, venían a preguntarle unos, no pocos lo saludaban a su paso, dando fe de lo mucho que lo estimaban, y a otros los saludaba él. Impartía órdenes o las derogaba, los veedores de los barcos al verlo venían a demandar algún consejo y algunos maestres y contratantes le exponían sus casos, que atendía atento, sin dejar de preguntar a un tiempo a los amigos de don Juan qué pensaban hacer y adónde iban, pues se veía que era hombre capaz de hablar a la vez con cinco personas y enterarse de lo que cada cual le decía y lo que había de decir él a cada cual.

Al fin se quedaron un poco más tranquilos al subir al navío de aviso, donde reinaba como un califa.

Quedaron asombrados de la magnificencia en la que vivía aquel hombre, pues no era posible pensar que en tan estrecha cámara cupieran tantas y tan preciosas cosas: una gran mesa y sus sillas, tapices colgados, una pintura de Nuestra Señora de los Peligros, libros, y un pequeño estrado con sus alcatifas y almohadas. Ordenó a sus marineros pusieran manteles para seis, en honor de don Juan y doña

Clara y sus amigos Sansón, Sancho y Antonia, pues Quiteria prefirió volverse a casa por no sentarse a la mesa con los señores, donde nunca se hallaba a su entero gusto.

Cuando quedó dispuesta la vajilla de finísima china, preguntó a todos y a ninguno:

—¿Van contentos vuesas mercedes, o apocados?

Como miró a Antonia, respondió ésta con harta timidez pero con no menor franqueza, encendida como una amapola:

—A días, podré decir.

—Pensad, hija —dijo el capitán—, que os espera al otro lado una tierra donde os holgaréis como una reina y no os acordaréis más de vuestra aldea, pues habéis de saber que allá las mujeres de vuestra belleza y condición no hilan ni labran ni entienden en guisar de comer ni en ningunas otras haciendas, sino en sentarse en los estrados, holgándose con visitas de amigas que tienen concertadas para ir de cháchara y demás holganzas. Pero decidme, ¿no gustáis de pasar a las Indias por ser de las medrosas?

Lograba don Cristóbal hablar incluso con los extraños de aquellas cosas íntimas sin afectarse, ni parecer indiscreto.

No acostumbrada a conversar con caballeros, echó Antonia a su Sansón una mirada pidiendo socorros, sin saber si había o no de ser franca con don Cristóbal.

—Hasta ayer —respondió Antonia— pensaba unas veces que quería pasarme y otras quería quedarme aquí, en mi aldea... Pero ahora, muertos mi tío y mi padre, y con las mercedes que recibimos en todas partes, malo será que no medremos, pues partimos tan de nada, y acaso...

—Bien dicho, hija —le animó don Cristóbal, que no dejaba terminar a nadie una frase—, bien dicho y hecho. No seáis pusilánime, y así me gusta veros, echando fuera los pensamientos humildes, que son los que en la tierra estrechan a tantos y en la mar dan al traste a todos. No penséis en la patria, ni se os ponga por delante la mar para no pasar a las Indias, pues lo que se debe tener por patria es donde se halla el remedio, y allí, si es como vuestro esposo Sansón ha dicho, lo habréis de tener tal que en ningún otro lugar lo hallaréis mejor.

—Y lo mismo que le sucede a mi señora viene a sucederme a mí —intervino Sancho—. Y no queriendo pasarme a las Indias, parece que ahora estoy más conforme con ello.

Se extrañó don Cristóbal de ver la desenvoltura con que aquel criado hablaba en presencia de sus señores, y adivinándolo Sansón, le dijo:

—Sepa, don Cristóbal, que el señor Panza aquí presente fue gobernador de una ínsula.

—Pues os digo, señor gobernador, que no os encojáis, pues los hombres que se aplican a trabajar medran allá en un año más que acá en toda su vida. Comen mis negros más carnero en una semana que en todo mi pueblo se come en un año. La carne es de balde; oro y plata no hay que decir, que es como la tierra, y a ésta no le falta más del paraíso para ser cielo toda ella. Quiero decir que la tierra allá es tan viciosa, que aunque no trabaje el hombre no le falta de comer, e incluso granjean mejor su vida holgando que otros trabajando, y con hacerlo poco, ganan pronto para volver a España con honra.

Era don Cristóbal, como se veía en cuanto se ponía a hablar cosas de allá, un gran entusiasta de las Indias y de todo cuando allá se daba, y si por él fuese trasplantaría allá a toda la nación española, a ejemplo de su propia familia, que tenía en Cartagena tan bien aposentada, que a su mujer y sus siete hijas, según dijo, se les habría de hacer fuerza por traerlas de nuevo a Osuna, de donde era su linaje. Y como a hijos propios, empezó a desgranarles don Cristóbal consejos a Sansón, a Antonia y a Sancho a propósito del matalotaje, mostrando así que era hombre minucioso, incluso en asuntos que pudieran parecer impropios de un capitán de su importancia.

—A Antonia —empezó diciendo, como acostumbran a dictar los visitadores de las naves—: no llevéis ropa de volumen, sino una caja o dos de vestidos y ropa blanca, porque lo demás costará más llevarlo que lo que vale allá, y allá el tiempo es tan hermoso y bonancible, que el mucho vestir estorba. Llevaos dos pares al menos de vestidos, uno de color y otro de terciopelo liso, y una saya de terciopelo también, y un jubón de raso liso con pasamano de oro y otro de telilla, sin guarnición, y un manto de lustre, pues hay noches que aprieta el frío. Y todo esto haréis siendo discreta, pues habéis de saber que donde una persona no es conocida la hacen honra por el hábito.

—¡Convénzala vuesa merced —exclamó Sansón—, que eso mismo le vengo diciendo yo, y no quiere ella gastarse en su persona un maravedí!

Rió también de buena gana don Juan, y quiso saber cómo a un hombre tan avezado y que tantas batallas había librado en Italia y Flandes como don Cristóbal le aficionaban tanto esas cosas y sabía de chamelotes, tafetanes y buratos lo que un mercader.

—¡Cómo se ve que sois padre de una y no de siete como yo ni esposo de otra que enreda más que catorce en lo tocante a galas! No hacen sino pedirme que les pase de aquí tantas y tales cosas, que podrían poner con ellas tienda en Cartagena. Y así —dijo mirando de nuevo a Antonia, que oía todo aquello anotándolo en su memoria puntualmente—, no dejéis de gastar veinte o treinta ducados en cosas curiosas de mujeres, que allí os darán tanto contento y compañía, que habréis de olvidar pronto el enojo de gastarlos aquí. Y guantes adobados, siquiera un par. Y a Sansón, diré lo mismo, que la dignidad de un hombre la declara su porte, y donde tan faltos son los buenos, llevad vuestro coleto de gamuza y un herreruelo de damasco, que hace bien siempre en todos, no digo ya en un mozo como vos, y calzas largas mejor que las cortas que ahora lleváis, y allá empieza a usarse más la gorra de terciopelo, no estos sombreros que ya sólo son propios de los viejos como yo, y todo lo que es adecuado a un joven bien criado y bachiller, borceguíes datilados, la ropilla en su punto, y mejor zapatos que botas, que allí ya nadie usa. Y para que veáis que tengo consejos para todos, también los tengo para vos...

Sancho, que pensó acaso que iba a vestirlo de otro modo, no le dejó pasar adelante, y habló tan seguido que incluso a don Cristóbal le hubiese sido difícil meter en aquel plato una cuchara.

—¡Válgame el cielo, y cómo puede un hombre de la calidad de vuestra merced, que ha mandado tercios y a quien el

Rey ha confiado su navío de aviso, que es como decir que le ha confiado sus ojos, tener tantas y tan pequeñas cosas en la cabeza, y ordenar con tanto tino a todos, que no hay nada que parezca escapar a su curiosidad y gran juicio! Me bastan a mí la almilla, el sayo, los calzones, mis viejas medias y mi caperuza, y en cuestión de zapatos y botas, ando más listo, porque me bastan estas abarcas que llevo, que ni el mismo virrey andará allá más llano que lo que yo con ellas, y si es cierto que nada de todo ello es cortesano, ande yo caliente y ríase la gente.

—No lo decía yo por tanto —le replicó don Cristóbal—, sino porque a vos, como criado del bachiller, os tocará cumplir con lo demás del matalotaje. Porque no es cosa de poco el trabajo de pasar a las Indias, y os lo dice quien lleva hechas con la próxima diecisiete carreras, y sé que conviene la mayor comodidad, pues los días a menudo se hacen largos, aun con vientos favorables, donde si no habéis sido previsor podréis encontraros que el hambre y la sed os aprieten. Y así, si queréis ahorraros penas y acordaros de los buenos consejos que os da este capitán viejo, habréis de subir al barco harta agua y pan, doce botijas por cabeza para el agua, y el pan en sus barriles, para llevarlo seco, y galleta de ese tenor, porque en el navío vale un bizcocho un ojo de la cara. Y toda la fruta seca que podáis meter, y una docena de gallinas que os pongan sus huevos, y sus celemines de grano, que la gallina y la vaca por la boca dan la nata. Añadid a eso torreznos y algunas orejas y carne de puerco salada y atún. Y meted en un costal otro celemín de almendras, nueces y avellanas y diez libras de pasas. Y decid a vuestra criada que no olvide anafe, dos sartenes y una olla de alambre y un hervidor y platos, escudillas y vasos para beber, que sean de asta, que en un barco se rompen harto los vidrios. Y dos arcas donde meterlo todo, para que durmáis encima, porque en el barco os lo robarán todo, que no hay modo de poner coto a los hurtos. Y en las arcas donde haya faltas, henchidlas de lentejas, y si sobraran, podéis venderlas allá a dos reales la libra. Y una botija de vinagre y una arroba de aceite y otra de vino...

—¿Podrán ser dos? —preguntó Sancho—. He de confesar aquí que el agua nunca me probó bien.

—Yo voto por dos —dijo don Cristóbal—, que todo será decírselo al maestre de la nave, para que no os cobre por ello. ¿En cuál iréis?

—Acabáis de poner el dedo en la llaga —dijo el bachiller—. Esperamos el traslado de las probanzas y hacer con ellas diligencias en la Casa de Contratación, donde nos den los fletes.

Se ofreció don Cristóbal a llevarlos de su mano cuando llegaran, si lo hacían antes de su partida, incluso se permitió recomendarles en cuáles naves podían ir mejor que en otras, por variar mucho de capitán a capitán, aunque de ninguno habló mal, y ponderó la *Santa Ana*, *La Favorita* y la *Albatros*.

Quedaron todos admiradísimos de la ciencia doméstica de don Cristóbal, y guardaron sus indicaciones como oro en paño, por lo que le dieron todos las gracias, pero antes de dejarles seguir, exclamó don Cristóbal, como a quien le asalta oportuna inspiración:

—Ay, amigos, y ahora se me acuerda que podríais hacerme grandísima merced.

Prometió el bachiller cumplírsela aun antes de conocerla, si estaba en su mano.

—El caso —dijo don Cristóbal— es que allá tenemos cincuenta indios de una encomienda, pero no son tan fuertes ni firmes como los negros, cuyas espaldas están hechas a sufrir la fuerza del sol y de los trabajos sin quebrarse. Y ha sucedido que Constancica, la menor de mis hijas, mi preferida, por quien yo no dejaría de bajar al mismo infierno si así pudiera satisfacer su gusto, me ha pedido le acomode en este viaje una negra de sus años, que son doce, que la sirva y la entretenga, y así se lo he prometido. He buscado por toda Sevilla, y no he encontrado ninguna que pudiera parecerse a lo que pide, pues todas las esclavas que hoy se venden en la lonja ya son viejas. Y encontrarla en La Española será tirar el dinero, que allá valen diez veces lo que acá. El marqués de Benalcázar, que trata en negros, me ha prometido una y bien buena, de las que traerán luego los portugueses, a quienes él las compra. En dos o tres semanas, a más tardar, según sus informaciones, entrarán en Sevilla más esclavos, pero nosotros partimos, como sabéis, en dos días. ¿Podrá venir con vuesas mercedes? Os vendría sirviendo. Yo hablaré con el marqués. Pero guardadla en el navío, porque la gente de la mar es muy bellaca.

No le pareció bien a Sansón negarse a tan poco y prometió hacer lo que le pedía el capitán, y llevarle la esclava guardada hasta Cartagena o donde mejor le cuadrase, si llegaban los portugueses antes de partir la flota.

Celebró y agradeció mucho don Cristóbal aquello, y recordó Sancho que cuando iba a ser don Quijote emperador de Micomicono, o así él lo creía, había dispuesto en su imaginación traer los esclavos que le cupiesen en la gobernaduría de aquel reino, y venderlos en Sevilla, y con el dinero comprarse algún título o algún oficio con que vivir descansado el resto de su días. Quería decir con ello Sancho que acaso no tuviera mala mano para aquel negocio.

En vista de ello les encareció don Cristóbal que compraran un esclavo propio, pues no se podía dar un paso en aquellas tierras sin uno, o mejor dos, negro y negra.

Concertados en ello, Sansón Carrasco y Sancho recogieron a la mañana siguiente al capitán don Cristóbal, que los llevaría a la lonja de los esclavos para dejar abrochado lo de su negra.

Vivía el capitán en una posada de la calle del Pescado, cerca del convento del Pópulo y el Baratillo, frente al que se llamó el zoco de Marruecos y al lado de una almona.

De la posada a la lonja, si no entró don Cristóbal en diez cantinas, tabernas y bodegones no entró en ninguno, arrastrando consigo a sus amigos. En una tomó un quintillo de aguardiente caliente con canela y media docena de bizcotelas, en otra un anís con clavo, allí una aloja, aquí un vinillo de Montilla, allá otro de Pedro Jiménez, acá uno de Lucena, y en todos los sitios acompañados de los más caprichosos antojos, yemas, amarguillos, alvarados, bizcotelas, siempre cosa dulce, pues era, según confesó, hombre goloso, y para probarlo metió la mano en la faltriquera y la sacó llena de alcorzas.

—Ah, señores —dijo apesarado—, con todo lo bueno de las Indias, esto es lo que allá se echa de menos, estos viacrucis que resucitan a un muerto, y que no volveré a catar hasta pasado un año.

Para cuando llegaron a la lonja de los esclavos en la plaza del Bajondillo, muy cerca del río, el capitán iba tan alegre que todo su empeño era que el bachiller no saliera de ella sin llevarle, además de la de su Constancica, una negra para su Antonia.

Las objeciones de Sansón de que si no tenían dinero para el matalotaje, cuánto menos para una negra, quedaban al momento desbaratadas por don Cristóbal:

—¡Si no son caras!

Había a la puerta de la lonja hasta una docena de negros, unos sentados en el suelo y otros apoyados de pie en la pared, tomando el sol, esperando a quien los comprase, todos con su cadena.

Con ellos estaba su capataz, servidor del marqués, de nombre Crispín Machado, a quien llamaban el Portugués.

Los pasó dentro. Era la lonja casi tan alta, firme y grande como las atarazanas, de fábrica de piedra y techos tan altos que volaban por allí los pájaros como en los cielos.

Había dentro otros cincuenta negros y negras, muchos de ellos viejos, y algunos, a juzgar por la postración en la que se encontraban, enfermos, todos vestidos con orillos sucios que apenas daban para cubrir sus partes. Era una mala vergüenza verlo, y recibió tanta lástima de ellos Sancho, que a un viejo que se le acercó para pedir limosna, le dio un real, no sin la advertencia del Portugués:

—Guarde vuesa merced su dinero, que dado a uno vendrá toda esta pordiosería a pedíroslo, y así es mejor no dárselo a ninguno, y guardar la caridad para ocasión donde más luzca.

Don Cristóbal paseó su mirada por los negros, buscando acaso entre ellos si podía estar su negrilla, y al cabo desistió. No la hallaba. Y como se preciaba de hombre justo, no encontrada la suya, desistió de hacer que Sansón se llevara una que no era digna tampoco de él.

Era el negrero un hombre fuerte y de habla recia, tenía la cara comida por las viruelas y una vieja quemadura le rodeaba el cuello como una boa. Conocía, desde luego, la promesa del marqués al capitán de darle una negra de no más de doce años, ya pagada en cien ducados, y prometió entregársela a Sansón Carrasco en cuanto llegara, que era cosa que no podía ya tardar, gastando en decir todo ello no más de media docena de palabras.

—Y, amigo —seguía tratando de persuadir don Cristóbal a Sansón—, hacedme caso, compre vuesa merced otra a mi señora Antonia, que la lleve servida, pero no bozal, que en enseñarle la lengua perderá mucho tiempo. Por cincuenta escudos, y acaso menos, el señor Crispín os dará una. Animaos, señor bachiller. Se tienen en mucho allá las españolas, que no sirven ni hacen cosa ninguna, que todo lo hacen las negras, y si no os gusta, podréis venderla allá por el doble, donde son tan estimadas.

Se concertó el negrero con Carrasco en avisarle cuando llegara el barco de los renuevos, donde vendría la negrilla, pues siempre cargaban alguna. Y dijo el Portugués a don Cristóbal que hacía bien en advertirle que la quería doncella, pues solía él mismo cubrirlas cuando venían, por venderlas preñadas.

Aquella bellaquería hizo decir a don Cristóbal, de vuelta, que no entendía cómo el marqués su amigo podía emplear a un hombre como el Portugués, tan sin entrañas. Y dijo que en cuanto llegara a casa se lo diría a su amigo Benalcázar, pero saliendo de la tercera de las tabernas que recorrieron a la vuelta ya se había olvidado de todo.

Llegó por fin el día de la partida de don Juan y doña Clara. Les acompañaron los cuatro hasta el mismo navío de aviso. Lo habían adornado con arambeles y gallardetes para aquel día y sonaban pífanos y tamborinos, y por ver unos y oír los otros había acudido también un gran gentío de Sevilla.

Se abrazaron al pie del barco Antonia y doña Clara, que lloraban mientras pedían al cielo volviera a reunirlas pronto. Prometió Sancho escribir de su puño y letra a don Juan cuanto les sucediera en la travesía, y Sansón le confirmaba con gestos a don Cristóbal, pues no era posible entenderse en aquella batahola, que partiera sin cuidado, pues cumpliría puntualmente el encargo de la negrilla.

Subieron al navío dos sacas de cartas, una de éstas la de Sansón Carrasco a su tío don Suero, diciendo que pasaban a las Indias y pidiéndole mandase él las suyas también a Cartagena y a Panamá para cuando llegaran, y luego recogieron amarras y dio órdenes don Cristóbal a su maestre de que armaran los remos para bajar el río hasta Sanlúcar.

Hasta que no se perdió al barco de vista ni perdieron los navegantes de vista el Arenal nadie se movió de su sitio, puestos los ojos todos en aquellos pañuelos que revoloteaban como gaviotas.

Cuando finalmente el barco dobló el Torreón, se retiró la gente que había acudido a despedirlos, la mayoría en silencio, anonadados por el destino incierto de los navegantes.

Así también, apocados y tristes, caminaban Sansón y Antonia, Sancho y Quiteria.

Sevilla seguía su frenética vida: se contrataba, se reía, llegaban unos y se iban otros, se engañaba, se holgaban las gentes en las tabernas, se moría en la cárcel.

—Apenas llevamos unas semanas lejos de nuestra aldea —dijo Antonia cuando llegaron a la casa de don Juan—, y cuántas cosas nos han sucedido. No parece sino que hayamos salido de ella hace dos años, y que todo lo de ayer haya quedado tan lejos que no se recuerda.

El silencio en el que hallaron la casa contrastaba con el bullicio de los últimos días. Los criados que servían a doña Clara y don Juan, licenciados por éste, ya no estaban, los corredores vacíos los recordaban a cada instante, el fuego de la hornilla se había apagado.

¿Qué hacer en aquel tiempo? ¿Cómo abreviar y sostener la espera?

Prometió Sansón a Antonia y a Quiteria llevarlas en cuanto pudiera a un corral de comedias, por disipar la tristeza de unos adioses que tan melancólicos les habían dejado.

CAPÍTULO DÉCIMO SÉPTIMO

Acudió Sansón al día siguiente al corral de comedias de la calle Borciguería, donde le dijeron que había de esperar un tiempo, porque se habían ido unos cómicos y no habían llegado otros.

Empleó Sansón aquellos días en algunos asuntos que traía en la cabeza, por ser hombre avisado.

Cierto que lo reclamaba su tío don Suero, viejo, sin descendencia y roto, para hacerse cargo de la hacienda. Pero cuántos indianos prometían haciendas que no tenían con tal de traerse con falsas promesas un pariente que les diese un jarro de agua en la hora de la muerte. Cavilando en ello dio en pensar cómo vivirían allá, si tal ocurriera, llegando como llegarían con una mano delante y otra detrás.

Vio así Sansón en Sevilla la industria de la seda, pero alguien le dijo que los gusanos llegaban muertos la mayoría. Miró la del jabón de olor. Pensó: «Podría hacerme jabonero y llevar dos barriles de alhucema. Allá es muy estimado el jabón hecho con esas hierbas; no hay dama española a quien no recuerde su patria, y el de la memoria es pingüe negocio siempre». Se lo inspiró la almona de la calle del Pescado, cuando fueron a buscar al capitán. Pidió también visitar la Casa de la Moneda, con idea de abrir allá una ceca. O hacerse batihoja, si no encontraba a nadie que le empleara por sus letras: «Allá habrá mil iglesias nuevas y hartos retablos que cubrir». O labrar naipes, «nunca faltan donde se hallan cuatro ociosos sin nada que decirse». Incluso habló Sansón con un espadero, por llevarle sus espadas y correrlas allí.

Salía Sansón de casa temprano y no volvía sino a la hora de la comida, sin decir tampoco a los suyos que buscaba oficio, pues cada día que pasaba, lo de su tío Suero se pintaba más en su imaginación como un gran embeleco. Solía ir solo en esos borneos, pero si le acompañaba Sancho, a él menos que a nadie le hubiera dicho que iban a la aventura.

En pocos días se puso con discreción al corriente de cómo lo que se llevaba a Flandes, que eran lanas, aceites y buratos, volvía en mercerías y libros, y la cochinilla y los cueros de las Indias que iban para Florencia venían de allí como oro hilado, brocados y sedas, y así con el resto de las naciones, que unas enviaban cuchillos y mercerías de Ruán y otras se llevaban fustanes, y era tal el tráfico de las Indias a Sevilla y de Sevilla al mundo y del mundo a las Indias, que no había quien no quedase admirado. Se dijo incluso: «Seré mercader en Sevilla, si el Consejo niega los permisos, u orive, que el oro mueve el mundo, o allá si vienen mal dadas».

Al fin un día, estando presentes Sancho y Quiteria, Carrasco le dijo a Antonia:

—De cuantos negocios parecen limpios y prósperos, me reafirmo en mi primera idea, y es que el de mercader en piedras bezares es un buen oficio. Ningún dinero empleamos con menos pesar que en sanarnos con remedios mágicos, ni nada acrecienta tanto las bolsas como la fe. Seré mercader de piedras bezares si la hacienda de mi pariente resulta un espejismo.

—¿Qué sabe vuesa merced que no nos cuenta? —preguntó alarmada Antonia.

—A tiempo estamos de quedarnos —dijo Sancho una vez más—. Ya me extrañaba a mí que saliera tan de la nada un tío rico.

Pero el bachiller era un hombre persuasivo, y no habló del tío pobre y sí de las bezares. Nada sabían sus amigos qué piedras eran aquéllas, y les contó que las criaban ciertas bestias de las Indias junto al riñón o en otros rincones de su cuerpo, y que tenían tantas propiedades, que a su contacto quedaban curados muchísimos males. El mismo Rey las pedía, y las usaba el Papa.

—Suena eso a brujería —dijo Quiteria—. ¿Y no sería mejor, y sabiendo cuán en su punto me salen mis confituras y conservas, pensar abrir allí un obrador y ser dulcera, que dondequiera el hombre va, lleva consigo su golosinería?

—O comedias. Podría escribir vuesa merced comedias —sugirió Sancho.

La vida ociosa que llevaban les hacía emplear su tiempo en fantasías sin fruto.

Incluso Antonia dejó volar las suyas, y dijo por burla que ella haría que don Pedro le mandara su dinero allá, y podía darlo a préstamo, por haber aprendido mucho del señor De Mal.

Le preguntaron a Sancho qué sería o podría ser, y dijo que aunque se viese lo bien que gobernó la ínsula, él prefería ser mandado, y que en ser un buen mandado había tanto mérito como en mandar bien.

—Y quizá, si se ponen así las cosas, mejor será volverme a tiempo a nuestra aldea, que es mejor una retirada a tiempo que no la mejor batalla —añadió.

Para evitar que prendiera el desánimo en todos, volvió Sansón Carrasco por el corral. Hacía dos días había llegado ya el descomunal representante Angulo el Malo, hijo de Angulo el Malo y nieto de Angulo el Malo, estirpe de comediantes que llevaban sobre las tablas desde los tiempos de Aristófanes. Y esa misma tarde les dijo a los tres:

—Fuera murrias, señores. Hoy, comedia.

—Y lo que no hubiese dado mi amo don Quijote —dijo Sancho— por ver a estos Angulos, de los que tantas cosas buenas había oído.

Y contó Sancho cómo se encontraron él y don Quijote a uno de aquellos Angulos, después de haber estado en el Toboso. Venían de representar *Las Cortes de la Muerte* en un pueblo cercano, e iban a representarlas a otro no lejos de allí, y por comodidad no se habían quitado sus disfraces y máscaras, que eran las de la Muerte, del Diablo, del Ángel y otras muchas. Cuando supo don Quijote que eran de una mojiganga, se le fueron los ojos tras ella.

—Quizá alguno de estos señores representantes —siguió diciendo Sancho— fue el que espantó a Rocinante con tres vejigas de vaca hinchadas y muchos cascabeles, que no paró hasta dar con don Quijote en el suelo. Ya tengo ganas de decirle al señor tuno que no está bien andar burlándose de los caballeros, y romperle en la cabezota mi cañaheja.

Ni el antiguo escudero ni las mujeres habían puesto jamás los pies en ningún corral de comedias, no así el bachiller, que los había fatigado en Salamanca, y había pasado en ellos más tiempo que en las aulas. Y aun a Quiteria hubo que arrastrarla a verlo, porque dijo que había oído decir ella que a aquellos lugares iban a menudo los demonios, donde cazaban a lazo las almas, que se llevaban consigo al infierno.

La sacó de su engaño el bachiller, diciendo que de ningún otro esparcimiento obtenían tanto beneficio las repúblicas, pues durante dos horas todos vivían vidas distintas a las suyas, y estando entretenidos no hacían mal a nadie, al contrario, se hacían a menudo mejores.

—Extraño modo de hablar es ése, señor Carrasco —dijo Quiteria—, que eso que dice cuadra mejor con una iglesia.

—Iglesias son los corrales —repuso Sansón—, pero a lo profano.

Cuando llegaron estaba ya el corral lleno de toda diversidad de gentes, caballeros principalísimos y gente neta sin oficio ni beneficio hermanados por aquellas imaginaciones que a menudo eran más reales que la propia vida.

Se apretaron todos como grano en granero, se hizo un expectante silencio y empezó la función.

Lo que vieron Sansón y Sancho, Antonia y Quiteria los dejó atónitos: aparecieron por la mano derecha del cadalso un caballero armado de tal modo y montado en un jamelgo escuálido que no podía ser otro que don Quijote en Rocinante. Detrás, a pie, iba quien podía pasar por Sancho Panza.

Apenas asomaron, todo el teatro los recibió con jolgorio y cerradísimos aplausos, señal de que ya conocían el asunto, o al menos habían oído hablar de él.

Aquel hombre empezó a recorrer el tablado con pasos solemnes, las manos enlazadas a la espalda y la barbilla en alto. Caminaba pausado mirando un papelón donde figuraba la luna. Vestía una armadura vieja e iba tocado con aquella bacía de barbero que don Quijote reputó el yelmo de Mambrino. Y lo que hablaba eran palabras verdaderas del libro, y al rato apareció un mozo que vestía las armas y enseña del de la Blanca Luna, que no era otro que Sansón Carrasco, y hasta la sobrina y el ama comparecieron en escena luego.

Se quedaron los cuatro de una pieza.

—¡Vámonos! ¡Qué descaliento! Esto es como yo decía, cosa del demonio —protestaba Quiteria a cada paso, pero no se apartaba de allí, subyugada como todos por la magia de las tablas.

Terminó aquello, y Sancho Panza le dijo al bachiller:

—Ya veo yo en qué consiste esto que llaman teatro, que no es otra cosa que a mi amo hacerle pasar por más loco de lo que fue y a mí por más tonto de lo que soy. Pero digan, que más de Cristo dijeron, y he visto que ni en las risas de la gente hubo malicia ni en sus lágrimas pena, sino ilusión de ser otros, como decía hace un momento mi señor Carrasco.

—Si vos no sufrís, harto de ajos, el veros motejar de necio, no he de sufrir yo verme tratada de pérfida, cuando tanto quise a mi señor tío —dijo furiosa Antonia.

—Ha de saber, señora Antonia —le dijo entonces el escudero por aplacarla—, que nada de cuanto ha oído aquí se dijo contra vuesa merced, y agraviarse por ello sería agraviarse por nada. Y yo sé que nada de todo cuanto ahora dicen ahí arriba que digo está dicho con ánimo de ofensa ni buscando mi deshonra o la de don Quijote o la suya. Que todo lo que sucede en el teatro es como un sueño, y lo que se dice en sueños, en el sueño queda.

Estaba Sansón atento a las razones de Sancho, y le dijo que eso era exactamente la esencia del teatro, y que en efecto poco ganaría la honra de todos ellos, incluida la del difunto don Quijote, si se diesen por deshonrados.

—Y aún más, ama, bachiller, Antonia —dijo Sancho—. Dejen de mi mano este negocio, que, o yo no sé nada del mundo, o habrá de poner feliz término a algo que no me dejaba vivir desde que salimos de nuestro pueblo.

Esperaron a que saliera la gente y quedara sólo el corral.

A un lado del estrado había una casona mediana, que habían usado los comediantes durante la representación, entrando y saliendo de ella como abejas por su piquera, y en ella entraron Sancho y los demás. Había dentro una gran animación de gentes que habían venido buscando a los comediantes. Recorrieron algunos aposentos, donde hallaron a unos quitándose los postizos que traían, y a otros guardando sus vestidos y galas en sus arcones de mimbre. Preguntó Sancho por Angulo el Malo, y le señalaron a un hombre viejo, pero fornido, de barba cerrada, el mismo que en el sainete había hecho la figura de Dulcinea.

Pidió licencia Sancho para hablarle dos palabras, y Angulo se la concedió muy cortés, diciendo:

—Habréis de daros prisa, pues tiene pensado la compañía salir mañana a primera hora camino de Carmona, donde se nos espera.

—Será cosa de poco —dijo Sancho—. ¿Os acordáis de mí?

—Maldita si me acuerdo. Ahórreme preguntas simples y tendrá respuestas discretas.

Iba a decirle Sancho cómo hacía cosa de un año, más o menos, en la octava del Corpus, él y su compañía venían de un pueblo al lado del Toboso donde habían representado *Las Cortes de la Muerte,* pero había aprendido que en la vida no siempre el mejor camino es el más corto, y empezó por el final:

—Y, decidme, ¿conocisteis en persona a don Quijote y a su escudero?

—Ya me hubiese gustado a mí conocerlos, siendo tan graciosos —confesó Angulo, sin alzar la vista de su tarea que era cinchar aquel baúl de mimbre.

Entonces le preguntó Sancho si en tal fecha y en tal lugar venía su compañía representando *Las Cortes de la Muerte,* y Angulo le dijo que no podía recordar eso, pues la vida de los representantes es estar un día acá y otro allá, y en cada lugar les suceden tantas cosas extraordinarias y fuera de razón a los cómicos, que no hay ninguno que lleve puntual cuenta de todas.

Empezaba Angulo a dar muestras de impaciencia, y, listas las cuerdas, se puso en pie, se sacudió las manos y dijo:

—Abrevie, hermano.

—Abrevio: yo soy Sancho Panza. Y este que veis aquí, el bachiller Sansón Carrasco, y ésta el ama, y ésta la sobrina.

—Ya. ¿Y dónde está don Quijote? —preguntó alegremente Angulo, que pensaba que aquéllas eran burlas.

Pero le sacó de su engaño la gravedad de todos ellos, y entonces dio en pensar que venían agraviados por lo que habían visto sobre las tablas.

—Sabed, señores —dijo Angulo muy apurado y receloso—, que no he hecho otra cosa que seguir las aventuras de vuesas mercedes tal y como las ha sacado en libro Robles.

Y se excusó diciendo que en realidad de la segunda parte sólo sabía de oídas, y que si acaso no había estado puntual en ella, se debía a ligereza, y no a mala voluntad.

Le tranquilizó Sancho y dijo que todo iba poco más o menos ajustado al libro, y le recordó que en aquella segunda parte, si la hubiera leído, se habría topado con el pasaje del encuentro que tuvieron él y don Quijote con ellos cerca del Toboso, y los trajes que llevaban de Cupido, de Emperador, de la Muerte, de Ángel y otros muchos, y lo que allí sucedió...

Nada recordaba Angulo, y llamó a algunos de sus camaradas, por si ellos lo recordaban. Se hallaba presente el que burló a Rocinante y montó el rucio, y éste lo confirmó.

Se entristeció mucho Angulo, tanto por no recordar aquel encuentro, como por haber pasado junto a don Quijote sin conocerlo.

—Vida extraña la nuestra —dijo para sí Angulo, tal y como dicen ellos sus soliloquios en el teatro, que parecen hablar consigo y lo hacen en voz alta—, que hace que pasemos al lado de gentes sin notar su valor, y valoremos a otros que no lo tienen, unas veces por inadvertencia, otras por desatino, las más por nuestra propia simpleza.

Era ahora Angulo un hombre que ya se había olvidado de su oficio de cómico, y el hallarlo en verdad apesarado le hizo decir a Sancho:

—No os aflijáis, señor Angulo, bien está lo que bien acaba: aquí nos tenéis a nosotros de cuerpo presente.

Notó Sancho en la mirada del bachiller que acababa de decir algo fuera de punto, pero no dijo nada.

Quiso Angulo agasajarlos, y como es uso de comediantes, improvisó una mesa sobre el baúl, y mandó a un muchacho que andaba por allí a comprar de lo caro a una taberna, y llamó a los otros recitantes, y todos los rodearon mirándolos de arriba abajo. Y unos pensaban si no sería una burla de las de Angulo, que acostumbraba a darlas.

—La comedia que hacéis está bien traída y no hay en ella nada que no obedezca a un deseo de esparcimiento honesto —empezó diciendo el escudero—. Alguno y aun muchos habrá que, queriendo conocer de primera mano nuestra historia, vayan a conocerla en la de Cervantes, lo que redundará en fama suya y nuestra. Así que todo ha de ser gratitud para quienes como vuesas mercedes van sembrando nuestro nombre por estos reinos. Podríamos porfiar de hoy a la eternidad acerca de las cosas que decís que dijimos, y sería no ponernos nunca de acuerdo, pues nadie guarda en su memoria de la misma manera las cosas que pasaron o se dijeron, y soy yo, que no siempre me muestro de acuerdo con las cosas que se dice en el libro de Cervantes que hice o dije, cuánto más no sucederá a vuesas mercedes, que han leído un recuelo, hecho por quien acaso tampoco lo ha leído, dejándose llevar de lo que le han contado. Pues están llenos los libros de historia de opiniones desacordadas de las que no podemos decir que falten a la verdad, sino que a veces son verdaderas a su modo, y de antiguo se ha dicho que todo lo sabemos entre todos. Pero habrá algo que acaso pudierais hacer en lo que nadie podrá deciros que no estéis siendo puntualísimo.

—¿Qué es ello? —dijo Angulo el Malo, que ya sólo buscaba cómo agasajarlos de veras—. Decídmelo, que nada me holgará tanto como contentaros y haceros merced.

—Hablo de ese caballejo que figura como Rocinante, y el rucio, que apenas se puede tener en pie. ¿Qué necesidad tenéis de sacar unos fingidos, cuando podéis tener los verdaderos, contribuyendo con ello al buen suceso de la obra? Id por todas partes y anunciad a Rocinante, el verdadero Rocinante, y al rucio, el verdadero rucio. Sólo con ello habrá gentes que acudan a verlo con más gusto que a ninguno de los comediantes insignes que ha habido en el mundo, dicho aquí esto con el debido respeto a los presentes. Y harán esas bestias tan bien su papel como ninguna podrá hacerlo en su lugar. Y del asno, qué deciros. Quizá alguien, no habiéndonos conocido y viendo esas pobres máscaras que nos representan, podrá creer que somos nosotros. Pero nadie que haya conocido a Rocinante o a mi borrico se dejará engañar. Aquí al lado están esperando, y en mano alguna estarán mejor que en las vuestras...

Tan asombrados como Angulo el Malo se quedaron Sansón, Antonia y Quiteria del buen juicio de Sancho.

No entendía Angulo qué importancia podía tener que fueran los verdaderos Rocinante y el rucio allí donde todo era fingido, coronas de reyes, mantos de armiño, galas de amador, y que, puestos a ello, tendría más sentido que sus personas se sumasen a la farándula, y así los anunciarían por donde fueran.

—No hablemos de esto, que es mentar la soga en casa del ahorcado, pues llevo yo diciéndolo al bachiller desde hace mucho —atajó Sancho—. Hoy nos hemos de conformar con poner nuestro buen nombre en las bestias. ¿Os parece poca cosa la verdad de un rocín y un rucio? La verdad es la principal compañera de la mentira, y nada saca más verosímil una mentira que una verdad. Llevaréis por donde vayáis una cédula firmada por mí y por el bachiller Carrasco, aquí presente, ante un juez amigo nuestro que vive no lejos de esta Borciguería, y con testigos en pública forma. En tal cédula se confirmará ser ellos los auténticos Rocinante y rucio. Y aun en el caso del burro irá con la albarda original que le fue tomada en singular combate a un barbero, motivo de disputadísima porfía. Mostraréis donde vayáis la probanza de ser las caballerías y albarda lo que dicen ser a quienes quieran verla. Y aún digo más: podéis leerles a las gentes lo que se dice en el libro de la amistad que hay entre estos dos animales, comparable a la de Niso y Euríalo, y Pílades y Orestes, y todo cuanto venga después en la comedia resplandecerá como el sol en lo alto, de lo que el público recibirá tanto o más gusto que de la propia comedia, pues no hay cosa fingida que valga más que la verdad, quitando lo que es fingido y verdad al mismo tiempo, como es esto que nos ocupa, o sea, la vida de quienes somos a un tiempo las dos cosas, realidad y cosa imaginada por nuestros autores, que es la perfección suma. Y lo de ir nosotros en vuestra compañía, más vale no meneallo, que será dar coces contra el aguijón, que aquí mi señor el bachiller no quiere oír hablar de quijotismo ambulante ni en pintura.

—¿Y de cuando acá, Sancho, habláis tan rodeado? No eran ésas las noticias que teníamos de vos.

—Es largo de contar —respondió el bachiller, que allá por donde iba acababa teniendo que hablar de ello—, pero sepan todos que si en las armas fue don Quijote caballero muy largo, Sancho Panza puede en las letras dar sopas con honda al más pintado.

Agradeció Sancho al bachiller el cumplido con una solemne cabezada, y Angulo dijo:

—Lo damos por bueno. ¿Y qué pedís por esas bestias?

—Lo que sea de razón —sentenció Sancho.

Y añadió que habiendo sido su amo don Quijote hombre de armas tanto como de letras, y aun con un punto de poeta, nada le hubiese parecido mejor que su buen Rocinante acabara su vida llevando noticia de su amo donde él ya no podía llegar y haciéndole ganar batallas, como el Cid, después de muerto. También le hizo prometer Sancho al señor Angulo que si volvía de las Indias rico, como pensaba, y el rucio vivía, habían de volvérselo por el mismo montante, aunque estuviera viejo y averiado, y que él lo buscaría, o en su defecto no matarlo, sino dejarlo morir de su muerte, y le hizo prometer asimismo que le daría cada día su pienso y que habría de ser cebada, que en eso el rucio era muy suyo, y que si eso hacía Angulo le haría ganar a la compañía tan buenos jornales como le hizo ganar a él.

La razón fue tan en su punto y la salva de la venta tan razonable, que allí mismo se dieron la mano Malo y Panza. Y así, se despidieron todos hasta la mañana siguiente, no sin antes brindar y beber todos el vino que había traído el muchacho.

Marcharon las mujeres a su casa y Sancho y Sansón a la de don Luis de Valdivia. Le explicaron a éste su negocio, y don Luis, que mostró ser, como dijo don Juan y en contra de lo que hacían creer sus ojos saltones y el lobanillo, un hombre bonísimo, un pedazo de pan bendito, prometió firmarles aquellas cédulas.

A la mañana siguiente acudió Sancho con Rocinante y el rucio a la casa donde posaban los comediantes, Sansón con el juez, y el señor Angulo con los ciento cincuenta ducados, cien por el rucio, que era en efecto muy bueno, y cincuenta por el caballo, que era el doble de lo que valía, pues ya estaba para el arrastre.

Y así, mientras el juez, que se había llegado con un escribano y un oficial de la Audiencia, se dispuso a dejar constancia de que aquellos dos animales habían estado al servicio del gran don Quijote de la Mancha, conocido como el Caballero de la Triste Figura, y de su escudero Sancho Panza, éste tomó de la jáquima al rucio y apartándose un tanto de allí, donde nadie le viera, le habló tiernamente al oído, al tiempo que le pasaba la mano por el pescuezo:

—Ay, Almanzor, Almanzor...

Que ése y no otro era el nombre de aquel rucio ya se ha dicho. Y que no entendía Sancho que no se declarase en el libro, también. Don Quijote fue de la opinión que Cide Hamete, moro de nación, no debió de encontrar conveniente en un asno el nombre de un gran rey suyo, por lo mismo que nunca en toda la historia se declara que don Quijote y Sancho habían entrado en sagrado, o atendido a los mandamientos de la Santa Madre Iglesia, o guardado los viernes, siendo como era don Quijote un caballero tan católico, y Sancho un escudero con cuatro dedos de enjundia de cristiano viejo, y que eso sólo podía obedecer a ser el historiador creyente de Mahoma, y no de la verdadera fe.

Y dicho esto, sigamos con lo que entonces le estaba diciendo Sancho a su Almanzor, que fue lo que sigue:

—... y qué verdad es ésta de los adioses, que habrán de

ser para mí los de la muerte, pues ahora veo que me duele tu marcha más que si me arrancaran una zanca allá en las Indias. Desde que yo mismo ayudé a tu madre a traerte al mundo, no ha habido un solo día que me haya separado de ti ni tú de mí, salvo aquellos que siguieron al robo. ¿Qué es este dolor que siento en el costado? Nadie me ha dado tanta compañía, a nadie he confiado tanto mi suerte y mi desdicha, nadie me ha hecho ganar jornales de veintiséis maravedís, que eran la mitad de mi despensa. Mira de ser prudente, y vivirás largos años. No des coces contra el aguijón, que llevarás las de perder, siendo bestia; muy al contrario, muéstrate solícito y risueño, que todos somos más sensibles al halago que a la crítica, y a quien hubieres menester, hazle placer. Sufre con paciencia las impertinencias de tu amo, los ladros de los perros y las burlas del necio, que la paciencia te hará más sabio, pues se ha dicho que las dos virtudes del asno son paciencia y trabajo, y oye manso y habrás descanso. Que no se diga de ti que eres terco, perezoso o colérico, sino dócil, diligente y reposado en el comer y en los rebuznos, y lleva éstos tasados, que siempre dan fastidio. Muéstrate noble, que ninguna otra virtud adorna tanto a una bestia como ésta de la nobleza, y honra más el buen talento que el buen nacimiento, y mejor es que por ti valgas, que por tu casta. Acude con prontitud a las llamadas que te haga tu amo, y déjate montar por los más chicos, aunque no los conozcas, pues ello te dará fama de discreto y bueno, y, teniéndola, nadie te dará un palo, como nunca te los di yo. Y la fama, verás, hermano, se pregona a sí misma, y aun antes de llegar a lugar nuevo, ya sabrán todos que eres bueno y discreto, y querrán tu compañía, pues ningún hombre hay, como no sea empecinado y cruel, que viéndote razonable, no se compadezca de tu suerte de asno y no te regale. Estate atento siempre a cuanto se dice cerca, pues de escuchar se aprende más que del hablar o rebuznar, que se ha dicho que por la boca muere el pez y lo que el rebuzno habla con palos lo paga. No rebuznes de más, como te he dicho, que perderás la estima que te tengan, ni levantes la cabeza con soberbia, ni la muevas altanero, pero tampoco la bajes para humillarte, busca el justo medio en todo, que en el medio está la virtud. Sé frugal y come pausado, que en esto está el secreto de una vida larga y, con los de tu estado, no entres en murmuraciones ni en envidias, que son cosas ambas que no traen nunca beneficio ni contento a quien las hace, que el orín se come el hierro y la envidia al mal sujeto. Ni roznes mientras comas, sino hazlo con policía, ni des corcovos. Da gracias al cielo de la suerte que te ha deparado, que después de la vida que llevaste en la escudería andante, no es mal oficio ser burro cómico, pues andarás leguas, que es el mejor empleo, y conocerás lugares y gentes que te enseñen más que el trabajo de noria y atahona. No maldigas nunca tu suerte, porque la queja trae descrédito, y piensa que siempre pudo ser peor. No seas lascivo ni rijoso, que ése es el pie del que cojeas, y menos con aquellas bestias extrañas o del cercado ajeno, o muy superiores a ti en linaje y estado, que no todos habrán de ser comprensivos con tales gollerías, y mantente en los márgenes de la honestidad, que tanto y bien dice de todo el mundo. Que no se diga que te alteran fríos, calores ni pasiones, y cuida de Rocinante, pues la caridad engrandece siempre, y más a quien la usa con aquel que es viejo y va a menos. Como el público de comedias tiende a bárbaro y cree lícito todo esparcimiento por el medio real que les llevan los comediantes, viendo a Rocinante hecho un adefesio, se mofarán de él y lo llenarán de vituperios y lindezas como no dicen dueñas. No dejes que el escarnio triunfe, y recuerda que nunca consintió su dueño verse motejado de loco ni tratado de necio el tuyo, y si fuese necesario defender a tu amigo Rocinante a coces, hazlo, porque defendiéndole a él, defenderás el nombre de don Quijote y su divisa, que fue defender al débil del atropello de los tiranos, y piensa que al defender, a nadie ofendes, sino que te honras a ti y a los tuyos. Contén, pues, tu cólera, pero piensa que es preferible morir colérico que vivir escarnecido y sufrir burlas. Ni te des a las melancolías ni te dejes avasallar del necio, que el burro no es tan bestia como piensa el que lo piensa. Si sigues estas razones que te encarezco, habrás de ser un asno del que se hablará en los siglos venideros como dechado asnal, y recordarán acaso junto al tuyo mi nombre, como primero en enseñarte las cuatro letras que ha de saber toda bestia bien nacida, y sólo siento no ser yo tu bachiller, como lo fue el bachiller conmigo, y enseñarte ahora a leer y escribir, que si yo aprendí, tú con más comodidad lo harías, que cosas más extrañas hemos visto ya en nuestras vidas.

A todo esto que decía Sancho asintió el rucio sin moverse, y tan atento, que parecía haberlo comprendido cabalmente, y no sólo, sino que dio en topar con su cabeza la de Sancho, en un amoroso martelo, lo que arrancó el silencioso llanto del buen escudero, a quien surtió de lágrimas para un año.

Le costó al bachiller Dios y ayuda arrancar a Sancho del rucio y a éste de su amo, y todos cuantos vieron esa escena no sabían si llorar con él o darlo a risa.

Entregó Malo a Carrasco los cincuenta ducados por Rocinante y a Sancho los cien por el rucio, lo que le hizo decir a éste con amarga sorna aquello de que los duelos con pan son menos, y después de guardar Angulo bajo el jubón la cédula probatoria de que aquéllas eran las auténticas bestias de don Quijote y su escudero, se abrazaron todos y quedaron en verse pronto, los indianos, ricos, y los comediantes con mejor fortuna, que siempre la tienen mala, y buscaron éstos la Puerta de Jerez, el juez el convento de Santa María de Pasión, donde tenía por costumbre rezar la misa, y Sancho y Sansón su casa.

CAPÍTULO DÉCIMO OCTAVO

Cuando Sansón y Sancho llegaron a ella, ya llevaba esperándoles un buen rato el escribano Alonso de Mal. Había llegado a Sevilla la víspera. No había querido Antonia hablar ni quedarse con él y lo dejó solo en la sala de recibir, en tanto no llegara su esposo.

Allí pasó el señor De Mal lo menos una hora, mirándolo todo con detenimiento, los tapices que colgaban de las paredes, los buenos bargueños y las otras cosas que allí tenía el marqués amigo de don Juan Pérez de Viedma, y mordiéndose los puños de curiosidad pensaba de qué modo y cuándo les había mejorado tanto la fortuna a sus vecinos.

Cada mirada del escribano parecía tasar en oro lo que allí había encerrado, creyendo que aquella casa y todo cuanto había en ella era del bachiller y a tono con su bolsa, como le dijo en cuanto lo tuvo:

—Mucho habéis prosperado desde que salisteis de nuestra aldea, señor Carrasco.

—¿Qué queréis? —preguntó Sansón secamente.

—Y yo que creía que erais pobre —respondió el escribano esparciendo la mirada en derredor— y que, según se decía en nuestro pueblo, salisteis limpio de polvo y paja, sin querer un maravedí de vuestro padre. Bien nos tenéis engañados a todos. Vengo en son de paz. Aquí están las informaciones y probanzas que solicitasteis al alcalde y al cura; vienen de mi puño y letra y con su firma, y estas otras cartas que envía a vuestra esposa el licenciado Pérez, nuestro cura, y las que les tomamos a los bandidos que envió Cebadón al pueblo, del padre de Antonia a su madre. En todo os habéis ahorrado los costes, viniendo yo a cierto pleito que se verá en esta Audiencia.

Tomó los pliegos Sansón, dio ásperamente las gracias, y el señor De Mal dijo que también venía a prender a Cebadón. Le refirió Sansón que eso malamente podría ser, por haber muerto, y cómo.

—Llévelo el diablo —dijo De Mal, pensando en sus ducados—. Siempre fue un tarambana. Si, como arguyen estas probanzas que han venido conmigo —prosiguió el escribano—, queréis pasar a las Indias, tal vez os vengan bien algunos dineros. Breve, aquí conmigo he traído cerca de setecientos escudos con que comprar a vuestra esposa la casa, que ya se está hundiendo, y los pegujales que le quedaban a su señor tío, comidos por malas hierbas y zarzas. Don Pedro los ha puesto a la venta, y nadie los compra, y vuestra esposa no ha querido ahora ni hablar conmigo.

—Vos lo habéis dicho, escribano —dijo el bachiller—, ésas son cosas que habéis de tratar con ella.

—Lo habría hecho, de no ser ella tan zahareña.

Salió Sansón a buscar a Antonia. Vinieron y oyó ella del escribano el propósito que le había traído a Sevilla. Dijo Antonia luego que encontraba una desvergüenza que le ofreciese por una hacienda que se estimaba en más de tres mil ducados aquellos setecientos escudos, y que en todo caso era algo que había dejado ya en manos del cura, y que había hecho el viaje en balde, si no era que iba camino del infierno.

—Si no os mueven estas razones —dijo De Mal sin más fingimientos—, acaso os muevan estas otras.

Metió en la faltriquera los mondos huesos que tenía por dedos y sacó un papel que tendió al bachiller Sansón.

Leyó en él Sansón y se le fue la luz de la cara, mientras buscaba donde sentarse.

Antonia se asustó, viendo a Sansón tan pálido.

—Pregunta, pregúntale, hija —dijo el escribano avieso—. Os dirá cómo un abuelo suyo fue quemado en Tordesillas por relajado, y el mucho celo que pone el Santo Tribunal en no dejar pasar a las Indias a ninguno que vaya a infectar aquellos reinos con la Ley de Moisés. Ay, y lo que no darían ellos por ese papel..., y por saber, según se dice, que habéis tomado por esposa a Antonia sin que se os hayan dispensado las órdenes que habéis recibido en Salamanca. Corren tiempos en que todo se sabe, todo se juzga y todo se culpa.

Impulsivo como era, rompió el bachiller aquel papel en cien pedazos ante la mirada de angustia de Antonia y el risueño e irisado semblante del escribano, que parecía relamerse de su triunfo.

—Rasgad, rasgad, bachiller, que aquí traigo otro traslado de esa información que me ha costado mis buenos treinta ducados...

Y mientras lo iba diciendo, sacó a la luz, en efecto, la otra copia, que tomó por una esquina y con un solo y seco golpe de mano desplegó como pañizuelo, mostrándola a los desesperados ojos del bachiller y Antonia.

—Y otro que rompierais, otro que saldría intonso de mi faltriquera como avecica blanca de los dedos de un prestímano —dijo el señor De Mal.

—¿Qué es ello? ¿De qué está hablando, Sansón? —quiso saber Antonia, que exhaló sin vida.

—Es ello, Antonia —reconoció abatido el bachiller—, que si el Santo Oficio quiere, podrá, teniendo ese papel, dejar a vuesa merced en esta tierra, sin poder pasar a las Indias, y a mí me pasará de tristeza al otro barrio. Adiós a nuestros sueños y adiós a nuestra vida, que el expulsarme de estos reinos será para mí morir y para vuesa merced la muerte.

—¡Llévese el demonio nuestra hacienda! —clamó Antonia—, yo se la daré toda por ese pliego.

—Qué discreta mostráis ser para vuestros pocos años, Antonia —susurró el escribano y suspiró profundamente.

El bachiller, mano en mejilla, estaba aniquilado.

—Decidme, escribano del demonio, dónde posáis, y yo iré con un papel donde diga que lo mío es vuestro, y allá pliego por pliego.

—Así sea, pero no tardéis, señora Antonia, que yo quiero volverme pronto a nuestra aldea a gozar lo que es mío, y considerad que pagando por lo que podría tener gratis, he querido ser justo, y quinientos es más de lo que otro en mi lugar y estas circunstancias os pagaría.

—¿No hablabais antes de setecientos? —dijo Antonia cada vez más fuera de sí.

—Que yo sepa, mis labios no han pronunciado otra cosa que quinientos.

Y con esto y decirles dónde tenía la posada, se fue el señor De Mal, dejándolos abatidos y sin esperanzas.

Vino al rato Sancho del mejor humor, pues toda la pena que le había dado desprenderse de Rocinante y su rucio, le había dado alegría haber vendido y a buen precio las otras bestias a un merchán de Triana, a quien debía llevárselas a la mañana siguiente, y pensar en lo que iba a llevar a las Indias empleando ese dinero.

Las caras largas del bachiller y Antonia le dieron a conocer que algo grave había sucedido.

Contó el bachiller en breves palabras el encuentro con el escribano.

—Vayamos vuesa merced y yo adonde vive —dijo Sancho, euforizado por las buenas ventas—, y lo molemos a palos.

—Sea, Sancho —admitió Sansón—. Ni un hombre honrado puede dejarse avasallar, ni se puede atajar este mal con paños calientes ni cauterio. Hay que cortar por lo sano.

—Ay, señor bachiller, que no lo decía yo por tanto. No vaya a ser peor el remedio que la enfermedad y demos en la cárcel, de donde no nos sacarían diez mil don Luises —dijo Sancho, echándose atrás.

Antonia, con mando en aquel negocio y voz recia, hizo jurar a Sansón que no haría nada que pusiera en peligro su vida, y que al día siguiente llevaría ella aquel papel firmado, dándoselo todo al señor De Mal, y por no porfiar más, así lo juró Sansón. Pero a la mañana siguiente se fue Sansón no a casa de don Luis, como le dijo a Antonia, sino a la marina, donde preguntó por los barcos que habían de salir al día siguiente, y le dijeron que tres: uno que partía a Francia, otro que volvía a Valencia y otro más a Génova. De los tres, este último se avenía a sus propósitos.

De allí a un rato vio a un marinero genovés, de unos treinta años y que parecía resuelto, y le hizo señas.

Bajó el genovés del barco, y llevándoselo adonde no les oyesen, le dijo el bachiller:

—El negocio que traigo sólo se podrá cerrar con buen suceso si se hace con discreción y presteza. Sabed que hay en esta ciudad un escribano viejo, por un lado, y una bolsa con doscientos ducados, por otro. El escribano es marido de una dama que me importa mucho. El viejo, que anda en sospechas, ha amenazado con matarla, y huir nosotros de Sevilla, como queremos, serviría de poco, pues a más de escribano, el viejo es de la Santa Hermandad, y pondrá tras nosotros a todos los cuadrilleros. No queremos hacerle daño. Nos contentaremos con que lo pongáis en Génova. Siendo hombre rico, no tardará en hallar a quien le traiga fiado, y para cuando quiera encontrarnos, estaremos tan lejos que no podrá dar con nosotros, así moviera todas las piedras de la tierra. Por ello os daré doscientos escudos en una letra de un banquero de Sevilla contra uno de Génova, que cobraréis cuando os presentéis allí con ese hombre, de quien se dirá en el papel sus señas inequívocas.

Se mostró el marinero de acuerdo en todo con el bachiller, excepto en el pago, jurando por la Madonna que no eran necesarias con él todas aquellas reservas, y que no había que ir a ningún banquero, sino darle a él el oro en moneda. Sansón, que era hombre corrido, sabía que en cuanto aquel hombre tuviese el dinero, dejaría al escribano en Cádiz, si acaso no lo desembarcaba en Berbería o lo tiraba por la borda, y así, le dijo que el trato era aquel que él decía con las cartas de pago contra el banquero genovés, o no lo habría en modo alguno. Y el marinero, no menos corrido que el bachiller, comprendió que sólo como éste decía tendría sus doscientos ducados.

—Todo lo logra el amor —sentenció el marinero—; vengan los doscientos ducados en papel o en moneda o como quisieren venir, reine entre nosotros la buena amistad y triunfe el amor, como en las comedias.

Se dieron la mano el bachiller y el genovés y quedaron concertados para el día siguiente, tras lo cual volvió Carrasco a encontrarse con Sancho, a quien contó lo hablado con el marinero, y lo que harían al día siguiente, que era llevar al señor De Mal con cualquier pretexto cerca de la marina, y allí se haría cargo de él el genovés. A Antonia le dijo que don Luis había salido aquel día a cierto recreo que tenía en Dos Hermanas, y que al día siguiente le vería.

—¿Y no tuve ya un amo loco, que voy a tenerle en vuesa merced más loco que don Quijote? —se lamentaba Sancho.

CAPÍTULO DÉCIMO NOVENO

No habían ni siquiera apuntado las claras del día en la noche sevillana, ni se oían aún las campanas de los conventos llamando a los oficios, cuando ya estaba en pie Sansón Carrasco.

—¿Adónde vais tan temprano, esposo? —preguntó Antonia.

—A Triana, a llevar las bestias al merchán que las compró. Seguid durmiendo.

Y eso, al menos, era verdad.

—Mirad, señor Carrasco, que todas esas intrigas se conciertan de un modo y acaban de otro —le dijo Sancho, que esperaba ya levantado.

—Iba a tener razón, Sancho, nuestro don Quijote, cuando te notaba de cobarde. Y este escribano de Satanás ha dado muchas muestras de querer ir, no ya a Génova, sino a la China. Todo acabará con buen suceso, porque no defendemos aquí el huevo, sino el fuero, no la hacienda, sino la honra. La fortuna es de los audaces.

Se asustó Sancho de la determinación de su amo y más de ver que el bachiller se colgaba del talabarte la espada.

—¿Y esa espada? —preguntó Sancho.

—Bien dijeron aquello de que el cobarde tiene el corazón en los pies y el osado en las manos. Y ésta es ocasión de espadas, y bien entiendo yo ahora que se diga que Sevilla es refugio y amparo de desesperados.

Llegaron cerca de Santa María de Pasión. Empezaban los cielos a rosarse y el aire a hilar sus sedas más finas. Aquí y allá el humo de las tahonas, y el olor de los primeros panes se trenzaba con el de la bosta caliente de las bestias que llevaban de la mano Sansón y Sancho, y el de la cera de dos cirios que guiaban a un sacerdote camino del lecho de un moribundo. Estaba la casa de camas donde paraba el señor De Mal frontera al convento de Santa María y muy cerca de la de don Luis de Valdivia. En la puerta de la iglesia se congregaba ya parte de la pobrería que acudía allí buscando la limosna de los madrugadores caritativos.

Uno de ellos era don Luis. Lo vieron salir de su casa. No sabían que rezara aquella misa tan temprana. Vestía ropa de casa e iba sin capa ni sombrero y no llevaba botas, sino unos borceguíes que hacían sus pasos más silenciosos que los de un gato. Al pasar junto a Sansón y Sancho los conoció, y con el júbilo de quien ha hallado tan de buena hora motivo de conversación, dijo:

—Y cuánto bueno por aquí y a estas horas, señores, y con nuevas bestias. ¿Os habéis hecho tratantes?

Echó Sancho una rodilla a tierra y le tomó la mano en señal de respeto:

—Sólo de providencial puede declararse la presencia de vuesa merced en esta hora.

—Deja, Sancho, que don Luis irá con prisa —dijo el bachiller.

—Puede esperar la misa, que después de ésta vienen otras. Decidme, señor Panza, de qué se trata.

—Que lo declare mi amo.

Permaneció indeciso el bachiller, sin saber qué decirle, cuando oyeron al lado que se abría la puerta, y apareció el señor De Mal. Vio luego a sus paisanos hablando con aquel hombre que supo por el porte que era principal, y al pasar a su lado, preguntó sin detenerse:

—¿Habéis dejado listo nuestro negocio con vuestro juez? Sabed que lo estoy esperando y no es cosa de hacerme esperar.

—¿De qué juez habló ese hombre? —preguntó curioso don Luis.

—Vamos, señor —dijo Sancho—, donde podamos hablar tranquilos. Y vuesa merced, bachiller, habrá visto que ya no hay tiempo de llevar adelante su propósito, y bien se esté san Pedro en Roma.

Ató Sancho las bestias a la entrada y les hizo pasar don Luis al zaguán de su casa, y ya a salvo de miradas y oídos indiscretos, contó Sansón en breves razones al juez cómo después de haberlo dejado a él hacía dos días, halló en su casa al señor De Mal y todo cuanto ya se sabe.

Lo oyó con la mayor atención don Luis, y, juicioso por una vez, le dijo:

—Traed acá esa letra al banquero genovés. El cielo, y sólo el cielo, ha podido ponerme esta mañana en vuestro camino.

Se la entregó Sansón un tanto avergonzado.

—Sabed que por encarecimiento de mi buen amigo don Juan busqué vuestra historia en libro, y acabo de terminarla, y gracias a ella sé que sois más despierto que lerdo, y vos, Sancho, más bueno que simple, cuando no sois más necio que malo, y que en toda esta máquina que queríais armar hoy no hallo sino desesperación y fantasía, propia de quienes están más al tanto de las leyes que rigen las leyendas que de la vida común de los mortales. No es la vida una aventura, amigos, como se cuenta en las novelas, con ser la vuestra de las buenas, sino algo hecho de más viles lizos. Pero no temáis, bachiller, que no hay nada en la balanza de la justicia de los hombres que los hombres no puedan vencer para uno u otro platillo, y el inquisidor general es un santísimo varón, mi confesor y gran amigo de mis manteles. Hoy mismo lo tengo a comer en casa y hoy mismo le pondré al corriente de vuestro caso. Suenan ya las campanas de Pasión, señal de que la misa ha terminado y llaman a otra. Volvamos a la calle, y dejadme hablar a ese señor escribano, cuando pase.

Eso hicieron. Salieron, esperaron, y de allí a un rato vieron de vuelta al piadoso escribano, que, como la otra vez, se quitó el bonete para rendir saludo, pero sin determinación de detenerse.

—Alto ahí, señor De Mal —dijo don Luis, estorbándole el paso—. No vayáis tan deprisa. Estos señores me han referido vuestras inicuas pretensiones, y sabed que nada tendrán que hacer en esta ciudad vuestros propósitos mientras yo siga siendo don Luis de Valdivia, oidor en la Audiencia de Sevilla y presidente de su Cabildo, caballero de la Orden de Malta, maestre de la cofradía de Nuestra Señora de las Dueñas y muñidor en la de San Hermenegildo, así como visitador de la Academia del Buen Consejo y amigo de don Jerónimo Peral, inquisidor general. Ganas me dan de poneros en la cárcel un tiempo hasta aclarar la muerte de aquel criado vuestro llamado Cebadón, que me confundió el juicio, y que sólo pudo venir por vos. Fechas cantan y testigos me sobran, y bueno soy yo para aderezar un pleito en un pispás. Idos de Sevilla hoy, y olvidaré que habéis tratado de quedaros con la hacienda del más honrado y valiente caballero de la Mancha con vuestras malas artes. Mirad que no pase un día, porque mañana será tarde para dejar de entrar en la Real Cárcel.

Mudo quedó el señor De Mal con lo que oyó, y atónito y confundido.

—Ya veis, escribano —dijo Sancho—, que donde las dan las toman, y no está el horno para bollos ni para pedir peros al olmo, y que en todo más vale maña que fuerza y quien a buen árbol se arrima, y lo que sigue... Id con Dios, que escribano, puta y barbero pacen en un prado y van por un sendero.

Se rió de buena gana el juez; pero sería conocer muy poco al escribano pensar que no llevaba en la manga el as de los fulleros.

—¿Sí...? ¿Cómo...? ¿Ahora...? ¡Pues sabed que esto no habrá de quedar así, Carrascales! —gritó el escribano al tiempo que blandía el puño en alto y desaparecía por su forillo.

Pero aún se volvió para amenazar sin que se supiera a quién:

—¡Esto lo pagará vuesa merced muy caro! ¡No saben con quién se las están habiendo!

Puso el juez a beneficio de inventario esas palabras, harto de oírlas en la Audiencia a todos cuantos pierden un pleito, y tomando a sus amigos del brazo y olvidándose también de su misa y del negocio que lo había tenido entretenido ese tiempo, los pasó a la casa y ordenó a una criada les sacase algo con que entretenerles los estómagos, que llevaban vacíos desde la cena.

—Y luego iremos a ver a ese banquero, que os devuelva vuestro dinero, y podréis pasar a Triana, a llevar las bestias al merchán.

Le dieron las gracias el bachiller y el escudero de las providenciales mercedes que a manos llenas les hacía aquel hombre que no parecía el mismo que los había llevado a la cárcel, y que había solventado de forma tan sencilla aquel peliagudo negocio.

Vino al poco una criada con una salvilla llena de frutas de sartén, almendrados y piñonates, y un limeta de agua de anís, y don Luis, que mostró en todo ser el mayor gentilhombre que quepa imaginar, les dijo:

—Y ahora, bachiller, soy yo quien he de pediros humildemente una merced.

—Cuente con ella —se adelantó a prometer Sancho—, que el señor Sansón estará ganoso de ser agradecido, siendo como es el hombre más cumplido que nadie conozca.

—Es ello —empezó a decir don Luis, carraspeando—, que he leído vuestra historia, como acabo de deciros, y conmigo algunos otros de esa Academia del Buen Consejo, que ponderan mucho la discreción con que supo contárnosla Cervantes, y más viendo que no hay una sola vez que pudiendo hablar bien de Sevilla no lo haga. Conocéis ya, a lo que creo, al amigo de don Juan, don Santiago Cabeza de Vaca, el contador mayor de la Armada. Él es uno de los que os van poniendo en los altares. Todos andan revueltos sabiendo que estáis aquí. En esa Academia se celebra los primeros jueves de mes solemne sesión, y me han pedido os pida nos hagáis merced de ir a ella, pues os tienen reservada gran sorpresa.

—Ah, don Luis —exclamó Sancho—. Y si ha obrado hoy un gran milagro, podrá obrar otro aún, convenciendo al bachiller de lo que ni yo ni don Juan ni Angulo el Malo le convencimos, que es que sin pasar a las Indias podríamos ganarnos nosotros muy bien la vida en estos reinos con sólo ir desmigando nuestras aventuras donde nos lo pidieren, ya que no hay lugar donde no se encuentre un puñado de gentes discretas y liberales, partidarios confesos de don

Quijote, que no quieran recompensarnos y hacernos merced por ello y honrarnos.

—Así lo creo yo, Sancho —admitió don Luis—. Y de ello me encargaría yo en esta parte de Andalucía. Y haré cuanto está en mi mano para que no paséis a las Indias, si me lo pedís, pues el pasar allí será un baldón para esta España; se dirá que os fuisteis de ella porque os trató no como a hijos esclarecidos, sino como a hijastros. Y he de confesaros, porque es hecho que ennoblece a todos, que no pocos de nuestros académicos piensan lo mismo, siquiera por abrigar la esperanza, como la abrigo yo, de aparecer un día en la tercera parte de la historia, pues nunca hubo dos sin tres.

—Delo por hecho, ni lo dude —dijo Sancho—. Y sepa que si en mi mano está el verme con el nuevo historiador a cuyo cargo está el contar esto que viene sucediéndonos, le encareceré lo indecible para que vuestra merced no deje de comparecer en ella puntualmente con sus virtudes y las mercedes que nos hizo con todas las letras de su nombre, don Luis de Valdivia, y como vos, cuantos vayan a favorecernos. Y si no fuese el historiador, porque estos historiadores no siempre dan la cara, cuidaremos que sea el impresor quien los ponga, que es muy grande amigo nuestro. Ni uno solo de cuantos nos favorezcan dejará de comparecer en esa crónica, y con sus nombres, y no como hizo antes el señor Cervantes o Cide Hamete, que el uno por el otro, la casa sin barrer, y se dejaron en el tintero muchos nombres, como los del ama y la sobrina, o el de mi rucio, y otros los cambiaron o fingieron, que en esto no se puede andar ligero.

Estaba Sansón Carrasco ausente de aquella conversación, como si no creyese que todo lo del señor De Mal hubiese quedado resuelto tan fácilmente, o porque estaba en su condición el desazonarse por poco.

—¿Qué os aflige, bachiller? —preguntó el juez—. ¿No sois de esa misma opinión?

—Yo no sé sino que ya todo lo de don Quijote terminó. Allá lo enterramos y estará clamando en su sepultura que lo dejemos en paz. A nosotros corresponde nueva vida, y ninguna mejor si puede hacerse en el Nuevo Mundo. Sancho, olvida toda quimera, y quédate acá siendo apóstol de don Quijote y de ti mismo, como antes fuiste escudero, y lleva noticia de vuestra vida pasada a quienes ya no darían un ardite por la presente. Yo tengo por delante la mía, y no me resigno a pensar que sólo por haber conocido a don Quijote no habré de conocer nada mejor. Nada te liga a mí, y no quiero arrastrarte a las Indias engañado. A tiempo estamos. Vende la burra de Quiteria y la mula, quédate el dinero que te den por ellas, y corre tras los comediantes que se llevaron a Rocinante y tu rucio, y súmate a su compañía, y prueba la vida del cómico de la legua, que si en la del escudero andante anduviste renco, no te la auguro mejor con los farsantes. Nada nos debes a mí ni a Antonia, eres libre de hacer cuanto te plazca. Creí haberte persuadido ya de que quien cambia el lugar cambia el destino, y es bueno para el necesitado mudar de aires. Ea, sea como quieres. Yo te prometí hacerte rico en las Indias, con dineros contantes y sonantes, no ínsulas ni gobiernos que no están en ninguna parte sino en la cabeza de los locos o en el negro corazón de quienes quisieron ultrajaros con sus burlas. Pensaba que vendrías con nosotros, más como hermano que como criado, pero tienes derecho como criado a buscar hermanos que puede que un día se muestren como caínes.

—No cargue vuesa merced por ese flanco, bachiller —dijo Sancho a punto de soltar el moco—, que se vendrán abajo los baluartes de su criado, y con ellos mi fortaleza. No lo decía yo por tan poco, sino porque sabéis que me espanta poner un pie en la mar, y si estuviese en mi mano conocer a una de esas brujas que untándose van en volandas con su cabrón, yo mismo le pediría que me pasara a Tierra Firme caballero en una escoba.

—Cuenta con que la escoba de las brujas —dijo entonces Sansón— no es más que aquel caballo Clavileño al que os hicieron subir los duques. Ya te lo he dicho muchas veces: no mires que haya agua en el camino, que cuando Dios quiere, tan presto se muere uno en la tierra como en el agua. Y tampoco se te ponga delante decir que las gentes se ahogan en el mar, pues a eso hay que decir que la muerte se presenta cuando Dios lo tiene a bien, y los que se quedan en tierra tampoco viven para siempre.

Quedó melancólico Sancho, pero no conforme, y dijo que si ellos eran capaces de vencer el miedo, él procuraría vencerlo como pudiera.

Lamentó don Luis no persuadirles de que se sujetaran en Sevilla, pero como tenía las entrañas de mantequillas, prometió ayudarles a pasar a las Indias lo mejor que se pudiese, y de allí los llevó al banquero, a quien hizo devolver sin intereses el dinero al bachiller, y quedó de allí a dos días, que era el primer jueves del mes, el de la sesión del Buen Consejo, si bien no lograron arrancar a don Luis una palabra sobre el grandísimo misterio que les tenían reservado.

Luego el bachiller volvió a casa de mejor ánimo, deseoso de contárselo todo a su Antonia, y Sancho se fue a Triana a dejar las bestias.

Buscando al merchán anduvo éste toda aquella parte de Sevilla que le pareció otra ciudad, con sus hornos, sus molinos de harina y aceite, sus lagares, sus tahonas, sus molinos de pólvora, los toneleros con las duelas en la puerta y las bizcocheras de la flota, los fabricantes de jarcias, sus casas llanas, donde vivían aquellas tres mil mujeres que daban a toda Sevilla un tono de alegría perpetua que no tenía ninguna otra ciudad del orbe, entre ellas aquellas dos adonde tenía que haberse corrido Cebadón la noche del asalto, si la bellaquería de Rufino el Mudo y el Pejele no lo hubiera estorbado.

El merchán era de los bellacos. Teniendo las bestias delante, empezó a verles tachas que la víspera no vio, sólo para rebajar el precio, y allá tuvo Sancho que tomar lo que le dio, que fueron ochenta ducados por las dos, y no cien, como había dicho, y vio Sancho que aquélla era una ciudad en la que nadie guardaba su palabra mucho tiempo.

Ya a solas, bajó Sancho al río, y allí, entre unos alisos, donde no era visto, se sentó y quitó de la cañaheja que le servía de báculo la contera de corcho que llevaba. Tomó la idea de aquel extraño caso que juzgó en la ínsula, y llevaba en su bordón, por guardarlos, todos los dineros que llegaban a sus manos, los que le dieron don Gonzalo y don Melchor y los que vinieron de Almanzor, y a ellos sumó aquellos que le dio Sansón a cuenta de su salario. Y, guardados, se volvió a casa más resuelto y contento que nunca, haciendo cálculos para sí:

—Malo será que el señor Crispín Machado, sabiéndome amigo de don Cristóbal, no quiera dejarme a buen precio dos o tres esclavos que venderé allá, que todo gran negocio empieza por poco.

Pues, en efecto, ya Sancho Panza había determinado hacerse negrero, dando al traste con sus buenos propósitos de ser sólo un mandado.

Por su parte, el señor De Mal, en cuanto llegó a su casa de camas, sacó su escribanía de viaje, tomó pliego nuevo, cortó la pluma como quien afila daga, y escribió:

De don Alonso de Mal, escribano y albacea de don Quijote, a sus señores los duques.

Muy magníficas señorías:

Cuando llegaron sus criados a nuestra aldea recabando precisas noticias del bachiller Sansón Carrasco, que como licenciado Medina tanto les afrenta en ese mal libro que vio la luz en Cadalso de los Vidrios, ya él y la pájara de su esposa, acompañados por el necio de Sancho Panza y el ama, habían aborrecido el nido. Nadie supo dónde paraban, y si lo sabía alguno, lo tenía en secreto, y por eso nada pudimos decir entonces. Sepan ahora que se hallan de cierto en Sevilla, y esperan pasar a las Indias en corto plazo. Razones que explicaré en otra me han traído a ellos con órdenes de la Santa Hermandad, pero muy poderosos valedores los protegen, y nada se ha podido. Dense prisa, o también se irán de ésta. Yo vuelvo a mi aldea harto burlado, agraviado y afrentado como v.s.

Muy magníficos señores, besa en Sevilla las manos a v.s. su siervo.

CAPÍTULO VIGÉSIMO

Se acercaba el día de embarcarse, y Sansón y Antonia, Sancho y Quiteria pensaban ya más en aquel otro mundo nuevo que en el viejo.

—¿Y allí cómo serán las casas? ¿Se estilarán fogones como acá? —preguntaba Quiteria—. Debe de haberlos, porque dondequiera que se vaya, nadie puede vivir sin comer caliente, a poco cristiano que se sea.

—¿Y vino, habrá vino en las Indias como lo gastamos aquí? —quería saber Sancho—. A cuantos he preguntado, ninguno sabe informarme otra cosa que de acá se llevan las pipas llenas, de donde colijo que en las Indias no lo habrá. ¿Y ajos, habrá ajos allá? Cuando marché a la ínsula prometí a mi señor don Quijote no probar el ajo, por no declarar mi villanía. Muerto él, he vuelto a las andadas, porque bien sé que vino puro y ajo crudo hacen al hombre agudo.

—¿Habrá muchos en el trato de las piedras bezares? —se preguntaba a su vez Sansón Carrasco—. Si no son ellas, contrataré en soconusco, o quién sabe si armaremos nuestra propia farsa, Sancho, por darte la razón, que aquéllas serán tierras vírgenes para las locuras de don Quijote, o entraré en concierto con el espadero Nicasio, y llevaré sus espadas y coracinas. Hablaré también con el armero Peláez, y me dará al fiado arcabuces, mosquetes y toda clase de tiros, que el de tratante en armas es oficio siempre saneado, que nunca falta en la tierra quien quiera pelar la vida a otro, con razón o sin ella.

—Yo sólo quiero que mi hijo venga bien —dijo Antonia—, y allá pueda criarlo con salud. Si se me retira la leche, ¿podré tener leche de vaca, de oveja, de cabras? ¿Han oído vuesas mercedes que haya cabras en las Indias?

—No sé —le respondió su esposo— sino que allí hay reses mejores que las cabras y ovejas, llamadas vicuñas, cuya leche sale de sus ubres más dulce que la miel, y con ella se sustentan allí infantes que luego dejan chicos a san Cristobalón.

—¿Y será cierto —se preguntaba Quiteria— que allá no es de los indios ni de los negros de donde viene el peligro, sino de los castellanos, que viven lejos del temor de Dios y matan, avasallan, roban y ultrajan a mandoble?

—A un ama mía nadie le tocará un pelo de la toca, cuánto menos de la cabeza —la tranquilizaba el bachiller.

—Querría sólo una casa como la que dejamos en nuestro pueblo —decía Antonia—: grande, de piedra, soleada, con patio y tinado, bodega y huerto, y en el tejado nidos de golondrinas que entretengan nuestras soledades, cuando vos, marido, andéis por los cerros buscando vuestras piedras bezares. ¿Habrá allá golondrinas?

—Tendrás casa grande, de piedra sillar, con patio y tinado, bodega y huerto, señora Antonia —le decía Sansón, solícito y amoroso—, y si no hay golondrinas, las pediremos por carta, y allá las criaremos, como palomos.

De los esclavos, Sancho no quería decir nada todavía, por saber que no era asunto del agrado de su señora, y lo dejaba para el último momento.

—Y yo, si se me escucha —decía Quiteria—, no querría vivir sino en una aldea como la nuestra y tener allá como tenía una gran cocina, donde entre el sol todo el día y pueda hacer mis dulces.

—A mí, y después de ver el otro día al señor Angulo —intervino Antonia—, creo que empiezan a tirarme los corrales de comedias. Será herencia de mi señor tío. No querría vivir en un lugar donde no los haya.

—Yo —decía Sancho— estoy bien donde están mis amigos, ésa es mi patria, y habrá de ser la de mi Teresa, si quiere venir. Si no, tendrá que quedar acá hilando el copo.

Y como a la luz de aquel candil apenas se veían el rostro, no eran cosas que se dijeran unos a otros, sino que se las comunicaban todos a todos, o por mejor decirlo, se las confesaba cada cual a sí mismo con voz apagada.

Excepto Sansón, que a menudo permanecía callado en muchos de aquellos coloquios.

—¿Y qué piensa vuesa merced? —le preguntaba Antonia.

Y Sansón Carrasco sonreía con gravedad, porque sabía que las vidas y haciendas de todos ellos estaban en sus manos, y a veces su corazón detenía sus pulsos, porque no sabía si podría dar cuenta de tantos sueños, aunque era de aquellos que hacen nacer berros en una artesa.

—Yo me honraré sirviéndoles —decía Sansón—, y trabajando para que cada cual tenga lo suyo, siendo de razón.

—¿Y será cierto, señor Carrasco —preguntaba Quiteria asustada—, que allí los piojos son del tamaño de nueces y las arañas como panderos? Porque siendo así, yo habré de volverme, que todo lo sufro menos una araña, así sea como la cabeza de un alfiler.

—Ojalá sea como decís —dijo Sancho—, que no costará tanto encontrarlas.

Y unas veces las conversaciones les ponían alegres, y otras les llenaban de inquietud, pero todas iban haciendo de ellos una familia indisoluble.

Y llegó al fin el cargamento de esclavos dos días antes que partiera la flota, si acaso la flota no esperó a partir a que llegaran de Cabo Verde, de donde venían los más apreciados, por su condición noble.

Y al punto tocaron puerto las dos galeras que los traían, se presentó en casa del bachiller con el recado un espolique que enviaba el negrero portugués, y allá se dispuso a ir Sansón a por la negrilla del capitán, y Sancho con el secreto propósito de comprar uno o dos más, si le daba el dinero para ellos y sus fletes.

Pero fue verlos salir de casa Antonia y preguntarles, y allá se armó una buena entre Sansón y su esposa, que daba a entender que la riña venía de atrás.

—¿Y a vos os parece bien, marido, comprar esclavos? ¿Querríais verme a mí esclava? ¿Qué entrañas son ésas? —le gritaba Antonia.

—Ya os dije mil veces —le replicó Sansón más fuerte aún— que me gustan los esclavos tanto como a vos, pero di mi palabra, y he de cumplirla, y llevarle su negra a don Cristóbal.

Sancho, que lo veía, no decía nada, sino que pensaba en cómo decirles que llevaría empleado su dinero en dos esclavos. Y así, sin que se pusieran de acuerdo en aquello Antonia y Sansón, y disgustado éste por la pelaza, se salieron los dos.

Había en la lonja de Bajondillos lo menos cien esclavos nuevos, dos tercios varones y el resto hembras, la mayor parte de éstas con sus crías o preñadas. Se estaban todos en un racimo, en el rincón del fondo, de pie, atemorizados y sin resuello. Algunos llevaban marcada a fuego en una mejilla una S y en la otra un clavo, para que todos leyeran su condición. Muchos traían ya su cadena, y a otros los herraban entonces. La mayoría estaban desnudos en camisa y miraban asustados cuando no les doblegaba la cerviz tanto infortunio.

Y si muchos eran los esclavos, diez veces más eran los que habían acudido a verlos. Los había que buscaban esclavo para ir contentos y servidos a las Indias, como quería el capitán De la Gómara, y otros por tener necesidad de ellos sin salir de Sevilla. Era el caso de un capellán de monjas, que preguntaba a Crispín Machado si aquel negrazo en quien había puesto los ojos era piadoso y bien mirado, pues lo llevaba a servir al convento de las claras, y para saber si era apropiado le calibraba con la mano sus brazos y le sobaba el pecho. Unos querían machos y otros hembras, incluso niños de quienes hacer pajes, pero todos los buscaban fuertes y sanos y les preguntaban, por saber si eran ladinos y hablaban la lengua, porque siendo bozales se perdía mucho tiempo en enseñarles.

Le tenía el negrero Crispín señaladas a Sansón tres negras donde escoger, dos de ellas mozas y una niña, pero las tres bozales. Las tres lloraban con infinito desconsuelo.

Tardaba en decidirse Sansón, y lo apremió el señor Machado, que atendía a otros.

—Viéndoles ahora, me avergüenzo de haber querido tratar con esclavos. ¿Y qué habrán hecho éstos para verse así cargados de cadenas y desgarrados de su patria? ¿No tienen alma? —se preguntó Sancho, con lágrimas también él.

—No como la tenemos nosotros —le respondió el capellán de las monjas, que le había oído.

—Y aun hay quien pide la esclavitud de los negros para hacer libres a los indios —abrochó Sansón con desagrado.

—Ahora comprendo, bachiller —dijo Sancho—, y qué necio he sido hasta aquí, por qué decía nuestro don Quijote que era la libertad el don supremo.

—¿También es vuesa merced —dijo el capellán— partidario del loco de don Quijote y del mentecato de su escudero? ¿Qué tendrán, que todos los simples hablan de ellos hoy en Sevilla?

Nada respondió Sancho, ni dijo nada Sansón, sino chistar.

Oyó un caballero las palabras que Sancho recordó de don Quijote, y no pudo dejar de decirle:

—Así es, pero lleve vuesa merced por cuenta que éstos no son personas del todo, como vienen, y de no permitir Dios que se herrasen, ¿habría de consentirlo nuestra Madre Iglesia?

—Eso digo yo también —apuntó el capellán.

Carrasco eligió de las tres negras a la más tierna, que tendría unos doce o trece años y algo en el mirar glauco que le gustó, acaso que lo tenía como un riachuelo, y le hicieron saber por señas que les había cabido en suerte a ellos y que debía seguirlos.

Les dio el negrero traslado de las tasas pagadas por ella a la Casa de Contratación de Sevilla, y el pliego donde venía su nombre, que era Quintina del Soto, por ser el del capitán del barco que la había traído de Cabo Verde.

La niña era de las despiertas, y no dejó de entender lo que le decían por señas ni de hacer lo que le mandaban, pero vertió tantas lágrimas al despedirse de los que estaban con ella, que Sansón y Sancho entendieron que aquellos de los que se despedía debían de ser parientes o vecinos suyos, y sólo por decoro hubieron de disimular su sentimiento, siendo cosa que encogía el corazón.

La negrilla era esbelta y muy donosa, de brazos y trancos largos, y puros ojos verdes y tan lozana que en el camino de vuelta a casa por las calles de Sevilla todos volvían la cabeza para verla, y muchos, suponiendo que acababan de comprarla, les daban los parabienes y festejaban por tan buena compra.

En cuanto Antonia la vio, quedó prendada de ella, y lo mismo Quiteria, y más después de que Sansón y Sancho les contaran los adioses tan tristes de que habían sido testigos en la lonja. No le gustó el nombre de Quintina a Antonia, y lo cambió por el de Guiomar, y del Soto no dijo nada. Acto seguido la lavó ella misma, y le regaló un corpiño y saya suyos, no de los peores, pero la negrilla no consintió con las servillas, dando a entender por señas que iba mejor descalza, como era uso en los de su nación. Pero Antonia le dio también a entender por señas que aquí corrían otros usos, y que descalzas sólo iban las bestias, y no todas, como los caballos que llevaban su calzado de hierro, y le hizo ponerse las servillas. También le dijo que tenía que comer y no estar triste, y que allí sería tenida no como esclava, sino como criada y aun hermana, y la negrilla respondía a todo moviendo la cabeza, dando de ese modo el sí a lo que no se le alcanzaba sino por el semblante risueño de Antonia, la maternal solicitud de Quiteria, el locuaz embobamiento de Sancho y el general beneplácito de Sansón.

Lo visto en la lonja y el trato áspero que se daba a los esclavos dejaron al escudero y al bachiller con el ánimo sombrío y sin ganas de fábulas, pero a la hora acordada apareció don Luis en compañía de otro caballero, llamado doctor Núñez Morquecho, para llevarse a Sansón y Sancho a la Academia.

De camino, este doctor Núñez quiso contar a Carrasco y a Panza algo que, según dijo, no podía velarles como caballero y en descargo de su conciencia.

—Sabed —empezó a decir— que hace lo menos treinta años era yo oficial en el Consejo de Indias. Allí llegaban de todas partes de España suplicaciones de quienes pedían merced o justicia, y de muchos que decían pedir una y otra, por considerar de justicia la merced. Un día cayó en mis manos uno de esos ruegos al que di cartapacio, como a tantos, por no poder el Rey nuestro señor complacer a todos. Ése decía así...

Sacó el doctor Núñez de su faltriquera una hoja, y parándose en medio de la calle, buscó también sus anteojos. Debía de frisar los ochenta, y aunque hasta allí había caminado como un huso, todo lo hacía con movimientos pausados.

—«Pide y suplica humildemente cuanto puede a Vuestra Merced —empezó leyendo el doctor Núñez— se le conceda un oficio en las Indias de los tres o cuatro que están vacantes ahora, que es uno de ellos la contaduría del nuevo reino de Granada, o la gobernación de Soconusco en Guatemala, o contador de las galeras en Cartagena, o corregidor en la ciudad de La Paz, que con cualquiera de esos oficios que Vuestra Merced le haga merced lo recibirá, porque es hombre hábil y suficiente benemérito para que Vuestra Merced le haga merced, porque su deseo es continuar siempre en el servicio de Vuestra Merced y acabar su vida como lo han hecho sus antepasados, que en ello recibirá muy gran bien y merced.»

Leído esto, volvió a doblar el papel pausadamente y a guardarlo donde lo sacó.

—No hará ni un año se hizo una gran limpia de papeles en mi sala, y me saltó este pliego a los ojos, sin buscarlo. Leía yo entonces el libro de don Quijote, y traía fresco en la memoria el nombre de Cervantes. Caí en la cuenta de que el autor del libro y el suplicante eran la misma persona, y recordé lo que se dice en la aprobación del licenciado Márquez Torres en aquel libro, cuando estando en Toledo el embajador francés, y con él algunos caballeros que le servían, quiso conocer al autor de *La Galatea*, que tanto se celebró en Francia. Se le dijo que su autor era un hombre viejo, antiguo soldado y pobre. Uno de los que iban allí quiso saber cómo era que a un hombre tal no le tenía España muy rico y sustentado por el erario público, a lo que acudió otro diciendo que si la necesidad le había obligado a Cervantes a escribir, bien estuvo no haberle tenido con más regalo, y que con sus obras, siendo él pobre, había hecho rico a todo el mundo.

—¡Bravo modo de socorrer ingenios! —dijo entonces Sancho, que añadió no poder sufrir aquel modo de valer a los desvalidos.

—Así lo veo yo, y de entonces acá no he dejado de culparme —admitió el doctor—. Y todas y cada una de las palabras que puse a su información se me clavan en la memoria como puñales: «Busque por acá en qué se le haga merced». ¡Qué lerdo anduve entonces, qué entrañas de hierro para no darme cuenta! Pero hay días también en que me digo, y acaso me diera razón el señor Cervantes, que gracias a no haberlo provisto con alguno de esos oficios que solicitaba, tenemos hoy la historia del Caballero de la Triste Figura y la de vuestras mercedes, con la que tanto nos hemos holgado. Así pues, quiero que sepan que vuestras mercedes deben buena parte de lo que son a la desdicha de un autor, y a la suficiencia de un joven escribano que entonces era tan necio como soberbio.

Dijo entonces Sansón que aquello le honraba y perdonaba su poca culpa, y contó entonces cómo también él y Sancho, leyendo la aprobación del licenciado Márquez, conocieron la estrecheza de Cervantes y que queriendo remediarla...

—No prosigáis, bachiller —intervino entonces don Luis—, dejad algo que contar a los buenos amigos de las musas que nos están esperando a la vuelta de la esquina.

Estaba la Academia del Buen Consejo allí junto, en la calle de las Veneras, paredaña al convento de la Soledad, en una de las salas del palacio del duque de Valencina, prócer y poeta él mismo, autor de no menos de quince libros, uno de ellos contando la historia de la imagen de la Virgen de Valencina en octavas reales que tenían la particularidad de poder leerse de arriba abajo y de abajo arriba, y si a derechas eran maravilla, al revés no les iban a la zaga.

Hallaron en la reunión a unos cuarenta caballeros, sentados en torno, tal y como se estila en las salas capitulares. En lugar preeminente se veía al autor de aquel primor valencinesco. Vestía, tan galano como sus octavas, un coleto de ámbar y lechuguilla tan bien encarrujada y almidonada que dejaba en pañales los panales de las abejas. Los demás iban no menos lujosamente vestidos y alhajados, tanto, que las humildes ropas de Sansón y Sancho se retrajeron y apocaron lo suyo.

Presidían la sesión, sentados en dos sillas de brazos, sendas personas, una vestida tal y como acostumbraba don Quijote, aunque sin la celada, y a su lado quien figuraba como su escudero, parecidos a los que habían visto días atrás en el corral de comedias. Si aquel don Quijote tenía de don Quijote sólo la armadura, el escudero se parecía aún menos al Sancho Panza verdadero. El don Quijote era un hombre que tiraba a recio, de complexión fuerte y semblante levantado, de no más de cuarenta años, y el escudero otro tanto, tan corto de piernas que le colgaban sin llegarle al suelo, de cuerpo ruin, rostro arrugado y cejas tan pobladas y negras que costaba adivinarle la frente, y una barba que le crecía hasta los ojos.

Se quedaron el verdadero Sancho y Sansón Carrasco mirando esas dos figuras, pensando acaso que era cosa de teatro.

Y como ni Sansón ni Sancho decían nada, fue el propio duque de Valencina el encargado de hacer las presentaciones:

—Aquí tenéis, señores, al don Quijote y al Sancho de que habló el autor Fernández de Avellaneda, y han venido a presentar en esta Audiencia de Sevilla, donde supieron se hallaban vuesas mercedes, pleito por daños y perjuicios, y más desde que se publicó la segunda parte de vuestra historia. Y si no lo resuelve la Audiencia, a justar, por no dejar en el mundo sino sólo un Quijote y un Sancho Panza verdaderos.

Atónitos se quedaron Sansón y Sancho oyendo esto, y tan asombrados que tardaron un buen rato en abrir la boca. Lo hizo en nombre de los dos Sansón, que se dirigió a los impostores:

—Y díganme, ¿vuesas mercedes desde cuándo son don Quijote y Sancho Panza?

—Nacimos y moriremos siéndolo —respondió el falso don Quijote con altivez de gerifalte.

—Y según eso y vuesa merced —prosiguió el bachiller, fingiendo infinita paciencia—, este que está a mi vera, Sancho Panza, habrá de cambiar de nombre.

—Así es en verdad —ratificó el falso don Quijote apretando la boca—. Y hemos venido a esta Audiencia a pedir justicia y pliego que diga sin asomo de duda quién es verdadero y quién falso, y si no, a justarlo con la espada.

Amagó el falso Quijote sacar la suya de la vaina, y la metió de nuevo con estrépito que puso en los señores académicos, siempre valientes, alboroto y temor a la refriega.

—¿Y la razón? —siguió Sansón, que parecía querer ir colmando su paciencia.

—¿La razón, dice vuesa merced? ¿Os parece poca? Íbamos nosotros de pueblo en pueblo, de ciudad en ciudad, de corte en corte, y ganábamos muy bien con ello nuestra vida contando nuestras historias, pero, desde que anda por el mundo, la segunda entrega del señor Cervantes ha desmayado tanto nuestro crédito que no hay lugar donde no nos miren con sospecha.

—Pero ¿no ve vuesa merced, señor bachiller —dijo Sancho a Sansón—, que hacen éstos lo que yo quería, que era ir por el mundo contando nuestras cosas y ganándonos así la vida? A tiempo estamos. ¿Por qué dejarles franco el campo y sin lid?

—No te aflijas, Sancho. Y vuesas mercedes —pidió Sansón a los caballeros académicos—, quítennos de delante a estos señores, que no tenemos ya humor para sufrir burlas. No pedimos venir aquí, y si lo hicimos fue por corresponder a las mercedes que hemos recibido de don Luis. Que este que es hoy mi criado fue el verdadero escudero de don Quijote puedo jurarlo sobre la tumba de san Pedro en Roma, así como que el verdadero don Quijote quedó enterrado en la suya, y yo soy el verdadero Sansón Carrasco. Y si no me creen a mí, tanto le dará al finado don Quijote, que perdonará la locura de estos ficticios desde el cielo, y tanto le dará a Sancho; que los que les conocieron en persona, o quienes hayan de leer su historia tal y como la escribió Cervantes, no hallarán dificultad en descubrir las diferencias entre unos y otros, que será como descubrirlas entre el día y la noche. Quienes nos conocen saben quiénes somos, y no pierden el tiempo con niñerías, y a quien nosotros no conocemos, ¿qué nos importa? Aparten de mi vista, pues, a estos adefesios.

Ahí fue buena. Oyéndose tratar de adefesios, los falsos llenaron de muy feos vituperios a los originales, y aun el escudero falso soltó una sonora pluma y alborotó con ello aún más la reunión. Rieron el donaire algunos académicos, que hallaron la trepidación un gran rasgo de ingenio, el falso don Quijote le jaleó el pedo y Sansón hizo amago de levantarse e irse en medio de la grita.

—¡Nadie diga nunca que Sancho Panza no guardó las reglas de la buena crianza y se peó en público! —estalló Sancho.

Y diciendo esto se agarró a las barbas del falso y le molía el rostro a puñetazos. Sansón sacó su espada y la usaba de palo en las costillas del falso don Quijote, que sufría el ataque malamente mientras pedía la presencia de la Santa Hermandad, y los académicos se trababan en disputas enconadas, diciendo unos que aquel Sancho era falso y otros lo contrario, que los falsos don Quijote y su escudero eran los ciertos, hasta que puso paz en todos un caballero que alzó su voz con patente autoridad:

—Ténganse vuesas mercedes, cesen las armas, vuelvan los aceros a sus vainas y acabe esta porfía. Yo he de decir la verdad a esta sala, y no habrá más.

Se pararon todos y miraron a quien había hablado así.

Era éste un caballero de mediana edad y muy apersonado, de rostro aquilino y nariz fina, que vestía de punta en negro, salvo el cuello a la valona y puñetas de lo mismo, sensación en Flandes.

—Mi nombre es, señores, don Álvaro de Tarfe.

Fue oír ese nombre, y exclamar Sancho:

—¡Yo le conozco!

—¡Don Álvaro! —se admiró a su vez el bachiller.

El falso don Quijote tampoco se quedó atrás, y se encaró a don Álvaro.

—Todo lo que vais a decir es mentira.

No hizo caso de la descortesía el caballero, y prosiguió:

—Yo fui, señores, primero y único en conocer al falso y al verdadero don Quijote, al verdadero y al falso Sancho, y aun al bachiller Carrasco y a Ginés de Pasamonte, y soy, lo declaro humildemente, doctor en esta materia. Aquí he venido esta tarde de mano de don Rodrigo Fernández de Luna, conde de Gelves, que sabe de mi amor a las letras, y en especial al libro de Miguel de Cervantes. Sabed que hace cosa de un año, pasando por Argamasilla de Alba, me tropecé con quienes decían ser don Quijote de la Mancha y Sancho Panza, aquí presentes, y los convencí fuesen a ciertas justas de Zaragoza. Andando el tiempo, y volviendo a mi tierra, que es Granada, emparejé en una venta con otro caballero. Me oyó él hablar de don Quijote de la Mancha y me preguntó si lo conocía yo. Así se lo confirmé. Quiso saber entonces si se parecía él a aquel otro, y yo le dije que en nada. El escudero que llevaba me declaró entonces que aquél era el verdadero don Quijote y él el verdadero Sancho, también aquí presente, y en dos razones que habló ese escudero hallé que era el verdadero, porque dijo más gracias y donaires en ellas que el otro dirá en su vida. Y aunque a mí me sacó a luz un necio Avellaneda, gracias le sean dadas, pues me franqueó la amistad con el verdadero don Quijote y luego las páginas de Miguel de Cervantes, que lo tengo a la mayor honra. He dicho.

Guardó silencio Tarfe y un runrún general recorrió la sesión. Todos esperaban que hablaran falsos y verdaderos, por saber a qué atenerse, y empezó Sansón Carrasco:

—Basta, señores, no porfíen. Mis cumplidos, don Álvaro. Gracias, señorías. Nosotros sabemos dónde está la verdad. Quédense aquí con estos dos dilucidando nonadas, que es noble oficio de académicos. Vinimos aquí pensando que recibiríamos estima y respeto con que honrarnos, y hemos visto que no entienden vuesas mercedes nada y que siguen con las burlas. Don Quijote murió, y ya no hay más burlas, señores. Hasta aquí llegamos sin academias y malo será que no ganemos la puerta ahora sin ellas. Con razón quería el señor Cervantes pasarse a las Indias. Qué melonar. Allá pasaremos, Dios mediante, mañana con la flota.

Se dirigió a la entrada, e hizo lo propio Sancho, que le dijo:

—Sí, señor bachiller. Dos hombres porfían y disputan; uno lleva razón y otro no. El vulgo se la dará a quien no la tiene. Vayámonos de aquí, señor Carrasco. Ni la razón quiere fuerza ni maña que la tuerza, y no tiene más que un camino. Vuesa merced lo ha declarado: puerta. Y no desespere, don Álvaro, pues esto he visto por donde he andado: el número de tontos es infinito; y demostrar que no somos los fingidos es perder el tiempo, que quien a necios enseña a sí se afrenta.

Los caballeros académicos de la facción de los avellanados protestaron vivamente, y pidieron a voces al duque un escarmiento con Sancho, que los llamaba necios, pero el de Valencina tomó la palabra y ordenó silencio:

—Estense quedos los verdaderos Sansón y Sancho. Gracias le sean dadas a su señoría, don Álvaro. Os he juntado en mi casa por ser de discretos tratar de hallar la verdad, y yo la he hallado. Y sé que unos son verdaderos y otros no, por lo mismo que supo el rey Salomón quién de las dos madres era la verdadera, cuando vio pedir a una que no se partiera al niño vivo por la mitad, como sí lo quería la fingida. Y así, viendo que este falso Quijote y este falso escudero pedían la desaparición del bachiller y de Sancho, y a éstos tanto les daba, he visto quiénes son los verdaderos; otrosí: sabed, señores parásitos, que hoy mismo rogaré al corregidor de Sevilla os pongan en la frontera de estos reinos con orden de que no volváis a poner los pies en ellos en diez años, pues hacéis a las letras el mismo estrago que la cizaña en los campos y la sarna en el ganado.

Arrastraron a los impostores unos criados del duque, seguidos de los de su facción, que iban corridos y furiosos, asegurando unos que aquello era un atropello y que no pensaban volver a poner los pies en aquella casa ni en sueños, mientras otros le pedían al Sancho falso que volviera a soltar un traque, a modo de despedida. Y, sin mezclarse con ellos, se largaron también los de la secta de «los sutiles», defensores de que unos y otros, los falsos y los verdaderos, eran ficticios, y, por tanto, todos unos impostores, pura traza de un fracasado, Cervantes, a quien había dado pábulo un necio, Avellaneda, cosa que había escandalizado a Sancho («Díganme entonces quien demonios soy yo: ¿el sueño de una siesta?»)

Se quedaron, pues, el bachiller y el verdadero Sancho, como les habían pedido, y cuando se vieron solos los buenos, quedó sosegada la casa.

—Señores —dijo el duque un tanto apesarado—, bien se ve que el Buen Consejo ha quedado herido para los restos, y no será fácil hallar en Sevilla a día de hoy más académicos.

—No le aflija —dijo entonces Sancho— que quien busca a un tonto lo encuentra pronto, y no lo digo por éstos, que se ven discretos, sino por todos aquellos que gastan su vida en afeitar huevos y en probar que no es quien es, saltando a la vista de todos.

Compartieron los académicos discretos las palabras de Sancho y celebraron el haberse librado de los prolijos.

Mandó traer entonces el duque un refrigerio, y poco a poco volvió a la reunión el orden y el sosiego.

Al fin pudieron examinar a su sabor el bachiller y Sancho aquella junta. Al rato, la gravedad que parecía adornar a los buenos consejistas, acentuada en muchos por el floquito y los bigotes de perfiladas guías, quedó disipada por su cordialidad.

Todos conocían la historia del verdadero don Quijote al dedillo, todos se habían entretenido con las locuras del caballero y las sandeces del escudero, y todos habían acudido para seguir holgándose con ellas, y acaso porque Sansón pensara que podían decepcionarlos, empezó diciendo:

—No querría parecer ingrato, pero quien os habla ahora no es el mismo bachiller Carrasco, ni el mismo Panza que habéis venido a oír es este que está a mi lado. Hace tan sólo unos meses no habríamos dejado ir de rositas a esos dos, siquiera por hacerle honor a Miguel de Cervantes, que tan mal llevó la burla. De mí, hable otro. Os hablaré de Sancho, que aquí tenéis presente en su verdadera figura. Al morir don Quijote, sabed que su escudero quedó tan huérfano, que temimos todos por su vida. La vida, no obstante, lo sacó adelante, obrando en él tan profundos cambios que os maravillarán. Baste decir que aprendió a leer y luego a escribir en menos que se vendimia un racimo de uvas. Juzgad por esto su discreción. En cuanto a mí, sabed que fui grande amigo de don Quijote, y me dolía verlo desvariar de aquel modo y quise, desde que lo conocí, reducirlo a la cordura, pues si no hay nadie que lo merezca, ni el más malo de los hombres, cuánto menos uno buenísimo como él. No hay dolor bueno, señores, todos son malos. Pero también os confieso que llevo sobre mi conciencia el pensar que el remedio fue peor que la enfermedad, pues reduciéndolo en nuestra aldea, con la orden de sujetarlo durante un año, lo llevamos a la muerte, y el único consuelo es que, pisando su umbral, fue Dios servido de devolverle la cordura, por darle un abrazo en la otra vida como cuerdo, y no enviarlo al limbo, donde sin duda hubiera acabado.

Se estaban todos los caballeros muy atentos, que hasta se oía la filigrana de una mosca hinchiendo el aire con sus graciosos garabatos musicales.

—Poco más puedo añadir —concluyó el bachiller—. Murió don Quijote, tomé por esposa a su sobrina y ahora nos pasamos a las Indias, adonde nos acaba de informar el doctor Núñez quiso pasar también el bueno de Cervantes, con mala fortuna. La nuestra nos espera allí, y la queremos buena, pero sabed que de no ser nuestra necesidad tan grande, nos habríamos sujetado en estos reinos, como os puede confirmar Sancho, a quien mucho temor produce subir a una galera.

—Todo cuanto acaba de decir el señor Carrasco entra en los límites de la verdad —arrancó Sancho—. La estrecheza lleva al pobre a buscarse el sustento lejos de su patria. Hubiese querido ir con él ajustado de otro modo, pero, aun yendo con un salario conocido, mi sino es el de servir a amos locos. Lo fue rematado don Quijote, prometiéndome ínsulas que no existían sino en su caletre, y lo es este buen bachiller hablándome de potosís y dorados, y yo lo soy más, habiendo creído a uno y creyendo a éste, pero no tengo acá oficio ni beneficio, y ya sabéis que donde no hay harina todo es mohína. Pero nadie nos juzgue, que todos somos locos, los unos por los otros. Confieso que yo era un hombre simple y pelgar, la sobrina me tenía por necio, el ama rabiaba conmigo y me llamaba tragaldabas, y el bachiller me notaba de bobo. Os preguntaréis cómo, sabiendo tales cosas, sigo con ellos. Detrás del rey hablan mal y de Dios dijeron, y aun lo mataron. Y si la vida buena no teme la mala lengua, cuánto menos de lenguas que no lo son en absoluto, pues todos decimos de todos llegado el caso, y no con malicia, sino unas veces por pasar el rato, otras por fantasía y muchas más por ser ésa una manera de recordar a quien queremos bien, y sólo me pesa de ese libro que se cuente en él el engaño de Dulcinea y el de los azotes, porque abusando del sumo candor de mi amo le hice creer que Dulcinea, reina de sus pensamientos, era quien no era sino una labradora, y que me azotaba para favorecer su desencantamiento de labradora para volverla princesa. Pero, o poco lo conocí, o no habría dejado de perdonármelo cuerdo, como loco me perdonó tantas veces. Tengo para mí, por lo que llevo visto, que lo que se dice en los libros suele ser verdad a medias, y que lo que en ellos viene, sobre todo en lo que toca a pensamientos y voluntades, más que a los hechos, hay que ponerlo a buen recaudo y no hacerse mala sangre por ello, como cuando hablando de nuestros parientes decimos cosas que no sentimos, por ser del momento y sólo para ese momento. Y he de confesaros que si alguna vez he sentido pesar por aquello que mis amigos decían de mí a mis espaldas, saliendo a la luz en las prensas, también he sabido otras cosas que de no haberlas leído en el libro, nunca las habría llegado a conocer, como cuando don Quijote, sin mí delante, les dijo a los duques que no cambiaría de escudero así le dieran de añadidura una ciudad. Y sólo con este viático llegaré yo al fin del mundo. Franco fui, franco soy, y no como el gavilán. ¿Quieres ser dichoso? Abre la mano y cierra los ojos. Todo lo que se salga de esto será buscarnos las cosquillas y no hallarlas. Y así supo verlo mi amo don Quijote y así lo he visto yo mismo. Pues sabrán, si han leído nuestra tercera salida, que mi amo leyó todo lo referido a las dos primeras en el libro que le prestó el señor Carrasco, de lo que puede dar fe.

Sacó Sansón de su faltriquera el mismo libro que había mostrado en su día a don Gonzalo y a don Melchor, llevado allí a propósito, y la segunda parte, aquel ejemplar avalorado con los pliegos que sirvieron de prólogo a los *Trabajos de Persiles y Sigismunda* escritos de puño y letra de Cervantes, que le regaló Robles, el editor, y alargó ambos al duque. Hojeó éste el primero y lo pasó a quien tenía al lado y éste a otro, y lo mismo hizo con el segundo, y así fueron haciendo la rueda, mientras Carrasco seguía diciendo:

—Figura en el primero, de puño y letra de don Quijote, cómo llevó con paciencia cuanto el historiador moro dijo de él, sin importarle mucho, sabiendo que no ofende quien quiere sino quien puede, y la mentira puede enojar, pero no ofender, sin contar todas aquellas otras veces que sin salirse de las hojas del libro se dicen de don Quijote encomios sólo reservados a aquellos otros caballeros andantes que él tenía en tanto. Y de haber podido leer él la segunda parte del libro, que cuenta nuestra tercera salida y su derrota y su misma muerte, no dudéis que habría obrado con el mismo noble afán que lo adornaba, incluso de modo más esclarecido, pues habría hallado allí todo lo concerniente a su vuelta a la razón muy a propósito.

—Y otro tanto digo yo —corroboró Sancho—. Se me moteja muchas veces en uno y otro libro de sandio, gargantón, sucio y roncero, interesado y cobarde, melindroso y llorón, y aun me malicio que cuando se me llama casto, se dice por burla, pero ya sé yo eso y mucho más, y que soy algo ladino y tengo asomos de bellaco, pero todo lo cubre y tapa la gran capa de mi simpleza, siempre natural y nunca artificiosa, y la poca sal de mi mollera. ¿Y no dijo que era yo hombre de bien, si acaso tal cosa se puede decir de un pobre? A buen seguro que, como moro, no oyó los sermoncicos de nuestro cura, que decía que de los pobres es el reino de los cielos, y más le costará pasar a un rico al reino de los cielos que un camello por el ojo de una aguja. Y a eso digo yo que la virtud vale por sí lo que no vale la sangre, y el deslindar abolengos es cosa de ociosos o de necios, pues del barro nos hizo Dios a todos. Y no me agravió nuestro historiador, porque otras veces, cuando no tenía por qué, me llamó prudente, dócil, sufrido, sabio, leal y discreto, como puede proclamar mi paso por la gobernaduría de aquella ínsula que se lleven todos los diablos. Y en lo demás ya vuestras mercedes saben cómo creo firme y verdaderamente en Dios y en todo aquello que tiene ordenado la santa Iglesia Católica y Romana, y cómo soy enemigo de perseguir a nadie por su credo, y cuando por fantasía me dio por tratar en esclavos, se me cayeron presto los palos del sombrajo, pues no me hizo Dios las entrañas pedernales. Pero digan lo que quieran, que desnudo nací, desnudo me hallo: ni pierdo ni gano; y con tal de verme puesto en libros y andar por este mundo de mano en mano, me importa una higa que digan de mí lo que quieran, que un día de discreto remedia al necio. Yo sé también que la primera parte del necio es tenerse por discreto. Y a mayor abundamiento, esos libros que están ahora hojeando me han traído a presencia de vuestras mercedes, y ya sólo por ello he de mostrarles mi gratitud.

Nadie reconocía en aquel Sancho a aquel otro del libro, y sin embargo ninguno habría podido decir que no fuese el mismo, y quedaron todos admiradísimos de su desenvoltura y discreción, así como del modo frondoso que tenía de exponer sus razones.

Terminó de hablar Sancho, cuando ya los libros que habían estado haciendo la rueda llegaron de nuevo a manos de su dueño Sansón, que volvió a ponerlos en su faltriquera, al tiempo que uno de los presentes circuló otro que traía él, diciendo:

—Mi nombre es don Guillén Ramírez, y pasando hace unos días por la ciudad de Lucena, me encontré con este librito que al parecer se ha impreso allí con el título de *Adiciones a la historia de don Quijote de la Mancha, continuación de la vida de Sancho Panza.*

Recibió de ello un gran susto el susodicho, que pidió verlo. Se lo entregaron, y apenas puso los ojos en él, dijo:

—Va a ser este libro como el que escribió aquel autor de Tordesillas, donde se decían tantos y tan necios desafueros de mi amo, y no menos de mí, porque no hay fiesta sin octava. Pero os ruego, señor, me diga si lo ha leído y qué se dice en él.

—Lo he leído —afirmó el tal don Guillén—, y ahí se cuenta que el duque os ofreció un puesto en su corte, haciéndoos consultor, y su secretario. Y que le pedisteis un marquesado, de lo que se disgustó mucho el duque, nombrándoos barón.

—Malamente podría nombrarme aquel señor lo que ya soy, pues varón nací y varón he de morir. Y de lo otro, a las pruebas me remito. ¿Consideráis que de haberme dado aquel señor la merced que dice el libro me dio andaría yo ahora tan a salto de mata y habría dejado a mis amigos en los caminos, sin llevármelos conmigo? Como digo, ése será otro autor como aquel mochuelo solapado en uno que dijo llamarse Avellaneda.

—No tanto así —replicó don Guillén—, sino que se dice que estas adiciones las escribió el mismo Cide Hamete, de quien se dan noticias exactas, como que nació en Máscara, villa célebre de África, y patria también de los insignes padres de Averroes y de Rasis el Menor, y que fue hijo de Muley Benengeli, alfayate, y de Fatima Abenámar, plañidera y barrendera de la mezquita.

—Yo no me meto en la vida del señor Hamete —dijo Sancho— ni en la de nadie, que con la mía tengo bastante, y es la que es, y no digo más, porque ya me advirtió mi amo que la queja trae descrédito. Pero dígame, en fin, ¿dice bien o mal de mi persona y de mi antiguo amo, y del aquí presente bachiller Carrasco?

—Ni bien ni mal, sino todo lo contrario —resumió don Guillén—. O como sucedió en las bodas de Robles, donde ni faltó ni sobró ni hubo bastante.

—Siendo así, lo doy por bueno —replicó Sancho—, que lo importante para la fama, he oído decir, es que se hable de nosotros aunque sea bien; y sepa que en cierta ocasión, recién había visto la luz el libro de Avellaneda, le dije a mi amo que se había de mandar prohibir, bajo pena de galeras, que ninguno fuese osado a tratar de las cosas del gran don Quijote, si no era Cide Hamete, su primer autor; a lo que mi amo respondió, y yo diría que con estas mismas palabras: «Sólo los necios son en verdad incomparables, pues cada cual lo es a su manera, y por mucho que el mono imite al cisne, de nada le habrá de servir, y retráteme el que quiera, pero no me maltrate, que muchas veces suele acabarse la paciencia cuando la cargan las injurias». Así que si en éste salgo libre de todo ello, démonos por contentos.

Y como todos aquéllos eran académicos y más finos que el coral, ataron allí por el rabo las moscas de la Retórica, la Gramática y la Historia, y uno recordó, para rebajar a su autor, pues los académicos no pueden evitar que circule su salivilla atravesada, que estaba hecho el *Viaje del Parnaso* a imitación de una obra de Caporali, y otro, que el recientemente alumbrado *Persiles* se atrevía a competir con la *Historia etiópica* de Heliodoro, cosa ridícula que dejaba a Cervantes en necio. Y hubo incluso quien dijo mal de sus costumbres, acreditando con ello que por aquella docta Academia había pasado invitado hacía unos meses Lope de Vega, Príncipe de los ingenios, sembrando insidias. Los oyó Sansón Carrasco, y tras pensar un momento, dijo:

—Dejemos, señores, de marear la perdiz. Cuando algún pintor quiere salir famoso en su arte, procura imitar los originales de los más únicos pintores que sabe, y esa misma regla corre por todos los oficios o ejercicios importantes que sirven para adorno de las repúblicas, de donde vemos que el más original es siempre aquel que mejor y más atinadamente acierta a imitar al más original, y cuanto más perfecta fuere la imitación, tanto mejor será el que la escribiere, pintare, esculpiere o concertare, y así ad infinitum. Y yo he visto que los tontos sólo se parecen a sí mismos, por lo que todos ellos son originales, cada uno a su manera.

Gustaron muchísimo los futuros de subjuntivo y el latinajo a los académicos, que se perecen por ellos, y siguieron aquellos coloquios toda la tarde, con creciente animación, mientras bebían un hipocrás perfumado con canela que había mandado traer el duque con unos alfajores gaditanos, y si por ellos hubiese sido, no se habría levantado en cuatro días la sesión, lo que le hizo decir al bachiller:

—Amigos, aquí seguiríamos con gusto hasta que san Pedro quisiera bajar el dedo, pero mañana parte la flota.

Levantó la solemne sesión el de Valencina y se fueron aquellos caballeros, no sin antes pasar por los brazos del bachiller y del escudero. Los fueron abrazando uno a uno, y especialmente efusivo fue don Luis de Valdivia, quedando para lo último el muy famoso don Fernando Afán de Rivera, duque de Alcalá y virrey que había sido de Cataluña y Nápoles, de quien se contaba que tenía en su casa más libros que había en todo Sevilla, aunque cautivos todos, pues no los dejaba ver a nadie. Llevó éste a un rincón a Sansón, para que nadie pudiese oírle, y se ofreció a comprarle aquel libro anotado por don Quijote en veinte escudos, y en tres el pliego del *Persiles*.

—Aunque me ofreciese vuesa merced el doble por cada uno, no los daría, que son éstas de las cosas que no puede tasar el dinero, como tampoco la honra, los sueños ni la memoria.

No lo dijo el bachiller lo bastante bajo como para no ser oído del dueño de la casa, quien enterado del negocio, quiso comprobar si aquello que acababa de decir estaba dicho a humo de pajas.

—Pues yo doy el doble y doblo el doble y subo a cuatrocientos ducados por el libro, y doscientos por el pliego.

Llegó el revuelo a los académicos que estaban ya en la escalera o en la puerta de la calle para irse, y entraron de nuevo.

En un momento rodearon todos a Sansón, y sin que éste pudiese hablar, se avivaron las pujas, y antes de un minuto ya ofrecía el duque dos mil doscientos ducados por el libro y quinientos por el pliego, pues no le parecía bien que estando en su casa nadie mostrara ser ni más rico ni más hombre que un hombre que tenía en su escudo la divisa: «Los cojones y los millones, para las ocasiones».

Aprovechando que todos estaban distraídos en la porfía, Sancho Panza se acercó tapado al bachiller:

—¿Qué es esta locura, señor? ¿A qué espera? Con ese dinero podrá comprar en las Indias todo un poblado entero y ofrecer cien misas a don Quijote y otras tantas a Cervantes por estas mercedes póstumas que le envían del cielo.

—No, Sancho —dijo Sansón—, que sería como faltarme el aire.

—Si por el libro es —replicó Sancho—, debe de haber en Sevilla media docena de libreros que lo tengan. Y si es por el comento, seguro que lleva vuesa merced en la memoria más palabras y comentos originales de don Quijote que haya en él. No le pese, déjelo ir, avive la vanagloria de estas gentes y ríase vuesa merced de todos. Con su pan se lo coman.

—En esta vida, Sancho —dijo Sansón—, no todo ha de medirse en ducados, porque los dineros van y vienen y son siempre los mismos. Pero no este libro. Él viene a ser como un ancla en la pasada edad de oro, y cada vez que lo abra, allí me veré yo en la aldea, hablando con don Quijote y contigo.

—¡Pero conmigo está hablando!

No hubo modo de convencerlo, y Sancho se arrancaba las barbas, desesperado de tener un amo tan terco en todo.

—No y no, señor: oro en el arca no da ganancia.

Entre tanto seguían los académicos enzarzadísimos, y viendo que no cesaban, zanjó el bachiller:

—No más disputas, caballeros. No hay nada que hacer.

Bastó que fuese firme su decisión para que aún se oyeran algunos brindis al sol, «yo subo treinta ducados más...», «y otros diez a los vuestros»...

—Ya ven, señores —se dirigió Sancho a los académicos—, que tuve un amo loco, y tengo otro rematado, no vendiéndoles ese libro y el pliego en lo que ofrecen vuesas mercedes. Pero no se apuren. Si quieren hacernos merced, como se está viendo, podrán hacerla y nosotros recibirla como los humildes servidores que somos, y así lo agradeceremos siempre, que podremos decir: «Hoy no finamos de hambre por la merced recibida en Sevilla del duque de tal o del caballero cual; hoy nos guardamos del sol y de la lluvia bajo techo, porque el noble señor de no sé cuántos lo quiso allá en Sevilla, la víspera de nuestra partida». Y sepan que no quedará esto en nonadas y naranjas de la China, bien al contrario, pues el historiador que ahora vigila atento al curso de estos sucesos estará tomando buena nota y poniendo en sus asientos el correspondiente censo, tal y como hacen los contadores, que saben quién y cuánto ha dado, y no dejará de hacerlo. Ánimo, pues, señores, anímense, y aquí me tienen como instrumento de su fama, que los siglos venideros conocerán gracias a hoy.

Se quitó Sancho la caperuza y empezó a pasarla por delante de los caballeros, como un pobrete, y Sansón que lo vio se encendió de cólera y vergüenza, y lo habría corrido a gorrazos de no estar en lugar que había de respetarse.

Y los mismos que hacía un minuto ofrecían miles de ducados por el libro y el pliego, dejaron en la caperuza de Sancho, los pocos que las dejaron, tres o cuatro blancas y diez o quince piezas de a cuatro y ocho maravedíes, antes de desaparecer por la escotilla, incómodos con la pobretería.

De vuelta a casa iban los dos muy en silencio, vivo el paso y furioso el bachiller.

—Pero, infiel, ¿es que no tienes orgullo? —estalló al fin.

Y esto fue lo que Sancho respondió:

—El tesoro de don Martín, poco oro y mucho orín. Y me entienden hasta las piedras.

CAPÍTULO VIGÉSIMO PRIMERO

Antes de que saliera el sol ya estaban los cuatro, más la negrilla, vestidos con sus mejores vestidos. De hecho llevaban todos encima más ropas de las acostumbradas, por no cargarlas en portamanteos o en baúl. Sancho con un gabán grana, como nuevo, que dejó don Juan por no necesitarlo donde iba, y un sayo recién cortado, que mandó al prendero aquel traje verde de montero, regalo de los duques, que tenía aborrecido; Sansón con su ropa de camino y un ferreruelo que le habían hecho en Sevilla, y zapatos de orejas, por no llevar las botas, siguiendo el consejo de don Cristóbal; Antonia un coleto de ormesí bordado con oro y perlas y la cruz de azabache con herretes de oro que había sido de su madre, y un manto de terciopelo azul; y Quiteria con el suyo, de tafetán doble, comprado también en Sevilla y regalo de Antonia, y su corpezuelo y basquiña de siempre. A la negrilla la habían vestido con una saya colorada y una basquiña de mezcla y una camisa blanca, donde su negrura resplandecía como el ébano, y sus servillas.

Esperaron a oír la campana de las monjas trinitarias, y entonces se fueron Quiteria y Antonia a la primera misa, que tenían pagada, y aun había dejado Quiteria pagadas de su peculio otras cuatro para el tiempo que durase la travesía.

Mientras estaban las mujeres en esas devociones, Sansón y Sancho se ocuparon de llevar a su galera, de nombre *La Favorita*, dos arcas. Iba en una el Garcilaso del bachiller y sus Quijotes, así como el libro de mano del que nunca se separaba y en el que escribía nadie sabe qué, sus plumas y un tintero; y en la otra las cartas que le trajo de vuelta el malvado De Mal, y las que le mandó don Pedro a Antonia, que llegaron a tiempo, y los vestidos que había llevado su madre en la Corte. En cuanto a lo poco de Sancho, lo llevaba en sus alforjas y su cañaheja; y Quiteria... ¿Qué llevaba Quiteria? Lo que llevaba encima, su capisayo, sus tocas negras, sus zapatos y una arquilla. En la arquilla iba un cuerno de buey para pólvora en que estaba escrito a fuego: «Soy de A.Q.», de los años mozos en que el hidalgo salía de caza, la pluma de ganso con la que firmó sus últimas voluntades ante el señor De Mal, y el pañizuelo en que ella misma guardó las dos gotas de cera vertidas en sus párpados la mañana que murió, para cerciorarse de que no lo metían vivo en la sepultura. Y la negrilla, nada, porque nada tenía, excepto aquel mirar que se clavaba en cuantos lo recibían.

Tras la misa, Antonia y Quiteria fueron a la nave. Hicieron los cuatro recuento de las cosas, y no hallaron falta, los barriles quintaleños con la galleta, las salazones que se usaban, los frutos secos, y aquellas seis gallinas que prometían huevos frescos, y las arcas con vajillas, hervidores y pucheros, pero éstas no henchidas de lentejas como les había aconsejado el capitán, ya que las tenían por malas y melancólicas y causantes de la locura de don Quijote.

Sansón, investido de la solemnidad de aquel momento, dijo terminado el escrutinio:

—Amigos, estamos, como el gran Cortés, en un punto en que atrás no queda nada y adelante nos espera la fama restallante; aquí plantamos la necesidad y los caminos angostos, y allá nos aguarda la ventura y el contento. Pasamos a las Indias. Ancha es Castilla.

Lo dijo de tal modo, que lejos de enardecer el corazón de las mujeres, se lo aplanó a todos, y Quiteria rompió a llorar.

—Ama —dijo Sancho—, pensad en otra cosa.

Y le dijo Sancho otras muchas que no parece le fueran de gran provecho.

Al pie de *La Favorita* esperaba el capitán, un hombre de unos cincuenta años. De él dijo don Cristóbal que le habían salido los dientes en el mar, y que en echar puntos en las cartas de marear y dar razón de los rumbos y tierras que se contenían en ellas no había otro. Y ésa fue la razón de subir a aquel barco y no buscar más.

El capitán con su maestre de aparejos los acogieron con la mayor cortesía. Subieron al barco Antonia y Quiteria, muy agarradas una a la otra, y Antonia le dijo al ama que creía haber perdido toda ilusión en ver el mar, y a los cinco les anonadó la cantidad de naos que allí estaban reunidas.

El número de pícaros y maltrapillos era también notorio, y vieron y oyeron desde la cubierta a una dama que clamaba porque le habían robado el manto, y dar voces a un caballero atocinado que en una lengua no conocida de ellos mostraba a unos alguaciles la correa cortada de su bolsa.

Sin contar marineros y forzados, sumaban los pasajeros de *La Favorita* una treintena. Éstos se mostraban anonadados, en su mayor parte silenciosos y aturdidos, como el propio Sancho, que no se apartaba de las señoras. No así Sansón, que al rato ya hablaba con unos y con otros, y andaba el barco como su casa. Al cabo de un largo espacio, volvió diciendo:

—Pierdan cuidado vuesas mercedes, que es tan segura esta nave que ni la mayor galerna podrá hundirla, y va tan guardada como no cabe más. Me lo ha dicho quien ha hecho en ella ya cuatro carreras.

Señaló Sansón los dos navíos de escolta, no lejos de *La Favorita*, y enumeró sus cañones, y hasta las piezas menores y mosquetones que llevaban, y los soldados y galeotes que iban al remo.

Nada de esto parecía atraer a sus amigos, pero Sansón no dejaba de hablar, más locuaz que de ordinario, pues si el temor a unos les sujeta la lengua, a otros se la desata.

—Aquel que veis allí, de porte grave, pelo cano y guías del bigote levantadas, el de la ropilla y la espada de lazo y grandes gavilanes, con la cruz en el pecho, es don Gregorio Mexía, un vizcaíno que va a las Indias provisto con el cargo de gobernador del Darién. Tiene a su lado a su esposa y sus dos hijos. De su misma condición es aquel otro, don Luis de Alvarado, que va nombrado contador de la Flota a Margarita, y junto a él, su hijo don Florián, licenciado en leyes, que entre los dos llevan ocho en familia y criados; y allí junto, Lisardo Fernández Cabo, impresor y comerciante en libros, que pasa al Perú en este barco con mil de ellos, con los que cree hará buen negocio, y licencia del Rey para imprimir otros; y a su lado un herrero, llamado por su hermano, que le ha dicho que en Panamá son muy estimados los que trabajan la fragua, pues sólo en reparar las naos que llegan averiadas, no le faltará donde ganarlo; y aquel otro es un jubetero, y aquél un fundidor de campanas, que también acude como nosotros llamado por un tío anciano que tampoco tiene a quién pedir un jarro de agua cuando muera, y van con él dos hijos que andaban en su aldea baldíos...

—¿Y aquél? —señaló Sancho a un hombre que no llegaba a los cuarenta, alto, con la frente despejada, nariz aguileña y pelirrojo, sentado en un lío de cuerdas, junto a la borda de estribor.

—¿El que está leyendo en un libro, y con tanta atención que asombra?

—El mismo.

—Se hace llamar a sí mismo el Gran Lesmes. Y por lo poco que he notado, es el hombre más extraordinario que quepa imaginar.

—Y ha de serlo, si es quien yo presumo —dijo Sancho.

Y como no era corto, se fue Sancho directo a él. Vieron Sansón y las mujeres al pelirrojo cerrar su libro, ponerse en pie, estrechar la mano de Sancho, sentarse, y abrir de nuevo el libro como si nada hubiese sucedido.

—Señores, es quien yo suponía —confirmó Sancho al volver—. Un hombre extraordinario, en efecto. Lo conocimos mi amo don Quijote y yo yendo a aquellas bodas famosas de Camacho que acabaron en las de Basilio, y nos acompañó a la cueva de Montesinos. Está visto, allá por donde vayamos habremos de tropezarnos a gentes de aquel tiempo, señor Sansón, ¡y lo bien que podríamos vivir del quijotismo! Sin ir más lejos, ahí tiene al primo.

—¡El primo! —exclamó Sansón, buen conocedor de las aventuras de don Quijote.

—¿Qué primo? —preguntaron a una Antonia y Quiteria.

Contó Sancho, que lo trató entonces, y le ayudó en los detalles exactos Sansón, que aunque no lo había conocido sabía de qué pie cojeaba el primo, que aquel hombre llevaba en el magín de una manera inapelable todos los saberes del mundo.

—Se dedicaba entonces, cuando lo conocimos —dijo Sancho—, al estudio y a componer libros, para dar a la estampa, todos a su juicio de un gran provecho y no menos entretenimiento para la república, aunque a juicio de mi amo todas aquellas cosas, después de sabidas y averiguadas, no importaban un ardite al entendimiento, como aquellas que metió en un libro que había dado en llamar de una manera oscura y en el que pintaba quién era la Giralda de Sevilla o quiénes los Toros de Guisando, o cómo habían nacido las fuentes de Leganitos y el Avapiés en Madrid, pues su saber no se confinaba en nada, así como otras cuestiones de peliagudo interés y que se le olvidaron relatar a no sé quién...

—A Virgilio —apuntaló Sansón.

—A Virgilio —siguió Sancho—, quien fue el primero en tener catarro en el mundo, y el primero que se puso ungüentos para curarse la sífilis, cosas que decía este primo haber declarado en su libro puntualmente y autorizado con lo menos veinticinco sabios. Fue él quien nos llevó a la cueva de Montesinos, aquella en la que mi amo dijo haber hallado y hablado a todo el cuartel general de la caballería andante ya difunta. De entonces data la amistad que tenemos, y fue este primo quien nos acompañó algunas jornadas por aquellas tierras. Aunque he de deciros que en todo el tiempo que anduvo con nosotros no supimos su nombre, sino que le llamábamos «el primo» y a eso respondía, si le llamábamos. Ahora se hace llamar el Gran Lesmes.

—Lo del Gran Lesmes habrá sido cosa reciente —dijo Sansón—; a todo el mundo le da en algún momento por la fantasía de cambiarse el nombre.

Miraron adonde estaba el Gran Lesmes. Había dejado de leer y hablaba aspeando los brazos al impresor y mercader de libros Lisardo.

Y sucedió que, advirtiendo que le estaban mirando Sancho y el bachiller y Antonia y Quiteria, no terminó lo que le estaba diciendo al impresor, y dejándolo con la palabra en la boca, corrió donde estaban ellos.

Saludó en primer lugar a Antonia, con cortesana reverencia.

—Ya os habrá dicho vuestro criado Sancho Panza cómo conocí a vuestro tío, que tan impertinentes cosas dijo de mis trabajos.

Se quedaron todos suspensos ante aquel modo intempestivo de hablar, sin saber si lo decía de buenas o de malas.

Viendo cómo quedaba confusa Antonia, añadió muy orgulloso:

—Sabed, señora, que el Gran Lesmes no es de los que tienen pe... pe... pelos en la lengua.

No lo recordaba Sancho con tantos espasmos y garambainas, que le hacían guiñar un ojo de continuo y pasarse la lengua por el bigote, ni tartajeando tanto, incapaz de declarar razón que no tropezase tres veces en una de cada seis palabras.

Así como Sancho y Sansón le contaron el propósito de su viaje, el Gran Lesmes, bajando la voz y acercándose a sus amigos, les confesó que sería mejor para su hacienda no declarar el suyo hasta no verse en alta mar, y aun alejados de las Canarias. Y sin decir más, se dio la vuelta y volvió con su editor, dejándolos suspensos.

Largó al fin el aparejo *La Favorita*, y unos agitaban las manos en señal de despedida, otros callaban y la mayoría elevaba sus plegarias pidiendo a los cielos una travesía tranquila.

Indiferentes a todas aquellas ceremonias estaban los marineros y maestres, pero más aún los forzados, que se pusieron al remo.

Bajaron en procesión las naos por el río, más de cincuenta, hasta Sanlúcar, donde esperaba el resto, con la capitana al frente.

Y aquí fue, en el punto en que el río se echa en brazos del mar, cuando a Antonia, que acaso ya no pensaba en ello, se le desbordó el alma por la boca:

—¡El mar!

No hubiera encontrado, después de la muerte de su tío y de su padre, mejor ocasión que aquélla para verter un par de lágrimas. Pero por más que estaba conmovida, tampoco pudo esa vez.

—¿Y cómo no me advirtieron vuesas mercedes que era así?

Y como Antonia muchos otros, que lo veían por primera vez, lo contemplaban, quién en silencio, quién exclamando, pero todos sin poder apartar de él la mirada, esclavos de su enormidad majestuosa.

En Sanlúcar se les sumaron los demás barcos. Allí, antes de dejar atrás el puerto, ordenó el general por uno de sus alféreces se agruparan, porque el fraile que venía en la capitana rezaría sus oraciones y los bendeciría.

Obedecieron los capitanes, amainaron las naves, se pusieron todas de través para esperar a las rezagadas, y cuando estuvieron reunidas, pidió el fraile a la Virgen que librara a las gentes del mar de los cuatro peligros que ellos tienen, el agua sobre la que se anda, el fuego, que es el segundo, el aire, que siempre se busca, y no siempre acude, o los embiste y lanza contra las rocas, y, en fin, la tierra, que se abre para los náufragos más como sepulcro que como remedio; y acabados esos requisitos, lanzó al aire hurras la marinería al uso suyo, y partió la capitana, y la siguieron las demás, hasta cerrarlas a todas la almiranta.

Se admiró tanto Sansón Carrasco de ver con cuánta puntualidad y obediencia se hacían aquellas maniobras, que no pudo por menos que preguntar a su capitán cómo es que hombres tan bravos e ingobernables en tierra, como tenían fama de ser los marineros, eran tan obedientes y sumisos cuando navegaban; a lo que el capitán, que era hombre de pocas palabras, respondió:

—Más les vale.

CAPÍTULO VIGÉSIMO SEGUNDO

Cuando se vieron en alta mar, quisieron saber el bachiller y Sancho del Gran Lesmes la razón que les tenía prometida, pero o no acababa nunca de encontrar el primo las naves demasiado lejos de Sevilla, o temía que en el barco hubiera espías tramando arrancarle el gran secreto que viajaba con él.

Llegada la primera noche, vieron que encendía la capitana dos linternas, como guía, y se apagaron en todas las naos los faroles, hornillas y anafes, y a Sansón, que traía una candela por leer en un libro, le ordenó el capitán que la apagara, y le advirtió de que si incurría otra vez en esa falta le castigaría con tres ducados. Y de unos a otros navíos se gritaban la contraseña en medio de la noche, por ver que no hubiese ningún bajel que se metiera entre ellos para atacarlos cuando se hiciera de día.

Antonia se asomaba de continuo a las amuras, y decía como ante cosa siempre nueva:

—¡El mar!

Cuando vio a lo lejos caminar sobre las aguas las candelas de la capitana, le preguntó a su esposo:

—¿Cómo nadie me reveló nunca que el mar era así?

Llegaron al cabo de ocho días a las islas Canarias sin vientos contrarios por el mar de las Yeguas. Y allí en la del Hierro se abastecieron de agua los buques sin llegar a tocar tierra, para seguir por el mar de las Damas, que como su nombre decía, era tan llano y con vientos tan suaves que bien podían haber llevado las damas el gobernalle, y así navegaron ocho días más sin que tuvieran que templar las velas.

En esos días no hubo nada notable que contar de la vida del bachiller y Antonia, de Sancho y de Quiteria y la negrilla, sino que a todos se les hacían largos, rotos sólo por las horas cantadas por el grumete, los oficios religiosos del fraile y los ejercicios en que se ocupaba la marinería.

El buen tiempo les permitió al menos pasar lo más del día en cubierta, y no en las cámaras angostas y sin luz, en donde a veces, según referían los marineros, se podían pasar hasta siete días sin salir, si venía un temporal.

Comprobaron la utilidad de los consejos recibidos, y gracias a llevar provisión de agua y vino y todo lo demás, las comidas fueron copiosas y saludables, y también contribuyeron a romper la monotonía de aquellos mares.

Y aunque estaban prohibidos, no había rincón donde no se jugasen naipes, aquí al alquerque inglés y allá a la figurilla gallega, unos al tocadillo viejo o al ganapierde, y en fin, otros al dado y a la taba. Había también quienes abominaban el juego y preferían entregarse al gran placer de la conversación; Sancho era uno de ellos, como dejó sentado cuando fue gobernador, y se dedicaba a hablar con todos, incluidos los forzados, y excepción hecha de un anciano de porte distinguido y tez cobriza, nieto de un príncipe indio e hijo de conquistador, que volvía de pleitear en la Corte la herencia de su padre, en manos de sus hermanos castellanos, y que no gustaba de mezclarse con nadie, desengañado, decían, de la Justicia. En cuanto al bachiller, escribía en su libro de mano, cuando no estaba hablando con el Gran Lesmes, a quien cobró muchísima afición, tanta que andaba un poco morugo Sancho, viendo que Sansón hacía mucho más caso al primo que a él, sin contar con que los coloquios que se traían eran siempre de tan elevadas erudiciones que Sancho se aburría y terminaba por irse, buscando a alguien de su condición con el que atar la burra, como suele decirse.

—¿Qué le podéis encontrar? —se le quejó el escudero una mañana, apenas subieron de la cámara—, si se ve a las claras que está como un cencerro. Hasta don Quijote encontraba inútiles sus saberes.

—Puede que sí —le respondió Sansón—. Pero sería raro que quien ha leído tantos libros no nos diera noticia de hechos y opiniones ajenas de las que obtener provecho, y del mismo modo que se criba el trigo, han de cribarse las palabras, que no hay libro que no tenga algo estimable ni persona que no pueda referirnos su vida ni vida que no nos instruya y deleite, tanto las virtuosas como las que lo fueron menos: en todas hay motivo de asombro y contento. Pero calla, que por allí viene.

Así era en verdad.

Y con él llegó al fin la novedad, que fue referirles su gran secreto. Miró atento a una y otra parte, como si la inmensidad del océano no le defendiera de los espías: llevaba en el caletre un modo de obtener la plata mejor acomodado que el molerla con el azogue.

—Me habéis de jurar por lo más sa... sa... sagrado que ni una palabra habrá de salir de vuestra bo... bo... boca.

Así se lo juraron Sansón y Sancho, y sólo entonces prosiguió el Gran Lesmes.

—Como bien sabéis, se van muchos indios y negros en la mo... mo... molienda del mineral envuelto en el azogue, que respiran aquellos vapores y se debilitan y consumen y al poco vienen a nada. Yo, en el curso de mis estudios, hallé en el libro de cierto alquimista árabe cómo puede separarse la plata de las inmundicias en que viene envuelta, sin el coste del azogue ni peligro de vidas, que es cierta fórmula magistral que pone a un lado la plata y a otro lo demás, tan limpiamente como se va a un lado el aceite y al otro el agua. Y aunque no he hecho probaturas, pues ni en mi pueblo hay plata ni yo he querido despertar sospechas ni la codicia en otros, me paso a las Indias llevando conmigo tomadas de memoria las proporciones de esa industria.

Todo ello dicho con aquel tartamudeo prolijo, que tenía suspensos a los que le escuchaban.

—¿Y no querría compartirlo con nosotros? —preguntó Sancho—. Vos vais a Nueva España y nosotros al Perú, bien podríamos vivir de ello todos, sin estorbarnos.

—Qué po... po... poco sabéis, hermano —dijo el primo, que sacudió los hombros con algo que no llegó a ser risa—. Si os lo dijera, se sabría, y en menos que lo estoy con... con...

contando, todos lo usarían, y ni la plata valdría lo que vale ni habría ricos, siéndolo todos. El negocio está en que lo sepa uno solo. Y aquí está el busilis de esta industria, pues no sé cómo ni cómo no, el hallazgo ha llegado a oídos del Rey, que ha mandado en pos de mí a un espía que me lo sonsaque en sueños, y a lo que yo creo viene en este barco, con orden de prenderme y entregarme al tormento en cuanto le sea posible, si el sueño no le basta.

De estas cosas que dijo y de otras, hubo de admitir Sansón que el Gran Lesmes, como sostenía Sancho, no regía bien. Si don Quijote había sido un loco de la caballería, éste era un loco a lo industrial y monetario.

Después de aquel día no volvió a mencionar al bachiller el asunto de la molienda del mineral.

Como las travesías son largas, vino el Gran Lesmes cierta tarde a preguntar a Sansón si tenía él aquellos libros donde se contaba la historia de don Quijote, de los que el bachiller, bastante imprudentemente, le había hablado, y por los que al principio no había mostrado el menor interés: «Yo, señor bachiller, sólo leo libros de pro... provecho, y no novelerías». Pero, como se ha dicho, las travesías son largas, y el Gran Lesmes ya había leído todos los libros que traía consigo, y aun los mil del librero Lisardo, y se aburría.

Le prestó Sansón el primero de los dos. Pasó tres días Lesmes que no hizo otra cosa que leer en él, y cuando acabó, se llegó al bachiller, y le habló con entusiasmo de él, como sólo un loco habla de otro loco mayor que él, y preguntó si había visto la continuación de esa historia, como se anunciaba. Bajó a la cámara el bachiller y volvió con la segunda parte, sin pensar que nada de ella pudiera ofenderle, pues nada lesivo se decía del primo.

Pasados otros cinco días, en que no les habló, sumido como estaba en su lectura, que ni comiendo la interrumpía, buscó al bachiller con el libro en la mano. Lo halló con sus amigos junto al castillo de popa, al abrigo del viento, en uno de sus coloquios de media tarde.

Traía Lesmes la ceja alborotada con indómito visaje.

—¿Y bien? —preguntó el bachiller.

—Querría saber yo qué tiene de ma... ma... malo el nombre de Gran Lesmes para no declararlo el historiador de esa historia.

La vena cordal que le cruzaba terciada la frente se le empezó a hinchar de tal forma que en menos que se cuenta aquí ya amenazaba con estallarle.

—¿Hay algo deshonroso en decirlo? ¿Y ese to... to... to... to... tonillo de burla que se gasta conmigo, sabiendo que no soy sujeto que sufra las cos... cos... cos... cos... cosquillas?

—Ni yo sabía que vuesa merced se llamara Lesmes —dijo Sancho—, ni lo supo mi amo, y en consecuencia, tampoco lo supieron los historiadores. Por lo demás, puedo dar fe de que todo cuanto dijisteis a mi amo y os dijo mi amo a vos está en el libro, palabra por palabra, sin variar tilde.

—Vos estáis mejor callado, don ne... necio —replicó el primo, y dirigiéndose de nuevo a Sansón, le dijo con cada vez más acusado petardeo—: Habéis de saber que he contabilizado al menos doscientas treinta ideas, sentencias, juicios y razones de don Quijote que fueron de mi cosecha, y que no se encontrarán en el volumen primero, pero figuran en el segundo, prueba fehaciente de que sólo pudo tomarlas de mí, pues las tengo yo probadas mucho antes que viera la luz el libro.

Enumeró el primo de corrido, es un decir, al menos treinta casos palmarios a su modo de ver de plagio, que comprendían nociones de gramática, medicina, astrología y jurisprudencia.

—Y vos habéis de saber, señor Panza, que aquellos consejos que os dio para gobernar la que por vuestra codicia y simpleza creísteis ínsula, a mí me los oyó referir don Quijote en uno de nuestros coloquios, tal y como quedaron referidos en mi obra *Partidas de nueva planta*, y cuando no vinieron de este libro, fueron del *Florilegio profano*, del *Metamorfóseos, u Ovidio español*, del *Suplemento a Virgilio Polidoro* y *De las artes adivinatorias*, donde se refieren por vez primera casos de hidromancia o arte de adivinar echando plomo, cera o pez en el agua de un vaso, casos de aeromancia, o la adivinación por los sonidos del aire, de piromancia, lo mismo pero del fuego, de espatulamancia, por los huesos de la espalda, de sortiaria, por los naipes, de cefalomanteia o adivinación por la cabeza asada de un burro, y así hasta las ciento veinte suertes que tengo catalogadas, sin contar las que incurren en nigromancia... Y aún hay más, her... her... hermanos...

Viendo y oyendo algunos que el primo corría peligro de reventarse los pulmones al hablar, se fueron congregando.

—No entiendo, ¿qué es eso de plagio? —preguntó Sancho.

—*Pla... pla... gium*, robo —respondió seco el Gran Lesmes—. Toda esta historia es un plagio de la primera a la última página.

Sostenía el primo el libro entre sus manos como si fuese la prueba de un crimen horrendo, y les miraba con el arco de las cejas levantado y ojos de felino, esperando que le dieran la réplica para continuar.

—¿Plagio? —repitió incrédulo Sansón.

—¡Sí, señores! ¡Pla... pla.... pla... gio! No me duelen prendas.

—¿De libro?

El eco en esa ocasión lo hizo el primo:

—De pensamiento y de libro. Doble. Al principio no caí en ello, tantas son las obras que lleva uno leídas. Pero habéis de saber que hace unos meses un muy mi amigo y pariente, Jorge Barriga, autor catalán, su padre y mi madre primos hermanos, me envió la crónica, escrita en su lengua, de don Quijote y su escudero, a quienes conoció en casa de don Antoni Moré, que los tuvo de huéspedes en Barcelona, y así lo podrá certificar su escudero aquí presente.

—Nosotros estuvimos en casa de un tal don Antonio Moreno, pero bien pudiera ser que se llamara como decís —admitió Sancho—. Aquéllos fueron días muy agitados y la derrota a manos del Caballero de la Blanca Luna lo trastrocó todo, y quién sabe si me lo ha borrado de la cabeza. Pero seguid vuestro cuento.

—¿Cu... cu... cuento? Ja, cu... cuento. Cuento no: ver... ver... verdades como pu... pu... puños —punteó el Gran Lesmes—. El libro, decía, estaba impreso en Tortosa, que fue, allá en tiempos de Maricastaña, la gran Tartesos. Es dueño de esas prensas Juan Mancebo Culón, primo nieto del gran don Cristóbal, que al trocar Culón en Colón miró la honestidad, y fue este Culón o Colón descubridor de estas Indias, ilustre tortosano, al igual que su cartógrafo don Aymeric Despuig, más conocido como Américo Vespucio, vecino éste no de la misma Tortosa, sino de Roquetes, que fue en su tiempo, a la chita callando, cuna de la Magna Grecia. Y por ello puedo afirmar que ese Cervantes es el mayor be... be... bellaco de cuantos he conocido, y un grandísimo ladrón, que le ha robado a su verdadera patria la gloria de haber alumbrado al primer historiador de don Quixot de la Garriga, y a mí la gracia de figurar en ese libro como quien soy, catalán, hijo, nieto y tataranieto de catalanes, lanzándome a la infamia y a la ignominia, y aun a la infamia de la ignominia, quiero decir a las tinieblas exteriores, léase al anonimato. ¿Cómo «pri... primo»? ¡Sí, pri... pri... primero, en defender la verdad! Y llegado a este pu... pu... punto no puedo, se... se... señoras, se... se... señores y atenta marinería, sino clamar al cielo: queriendo hacer española y de Miguel de Cervantes la catalanísima historia de don Quixot de la Garriga, del gran Miquel Servent, ha dado bellaquísima cuchillada a aquellas partes.

Dos de los marineros que se habían acercado aprestaron con disimulo un cabo, por si habían de atarlo al mástil.

Entre tanto, se miraban estupefactos el bachiller y el escudero, el ama y la sobrina, y cuantos los rodeaban, que no sabían a qué venía aquella invectiva, mientras el primo empezaba a dar señales de verdadero paroxismo arqueando tanto las cejas que le llegaba la frente al cogote, y sus pelos rojos no parecían, de punta como los tenía, sino vivísimo fuego.

—Y como bu... bu... burlas, señores —sentenció al fin, engordando la voz como un tribuno y aferrándose con una mano a la borda para aguantar el balanceo del barco y con la otra haciendo molinetes en el aire—, como bu... bu... burlas, digo, parecen de las que enfadan, y no habiéndolas podido sufrir mucho tiempo, habéis de saber, señor bachiller, que voy a arrojar este libro al mar, ya que no hay fuego a mano. ¡Al fin se ha hecho justicia! ¡Visca Servent! ¡Visca Barriga! ¡Visca Tar... Tar... Tartesos!

Decirlo y lanzar el libro al océano fue todo uno. Y verlo y lanzarse el bachiller al primo con las manos por delante para estrangularlo fue todo uno también, mientras los demás veían cómo al libro se lo tragaban las olas.

—¡Hideputa, malparit, garrapata de biblioteca, roña de sacristía, mamerto, tuturuto, morral y meticón, yo mismo os tiraré al mar y habréis de traerme mi libro en la boca!

Tenía el bachiller agarrado por el pescuezo al Gran Lesmes con las dos manos y quería lanzarlo por la borda o acogotarlo allí mismo y acabarlo para siempre. Acudieron los marineros a separarlos, pero era tal la fuerza con que lo tenía el bachiller y tanta la que el Gran Lesmes empleaba en agarrarse a todo lo que tenía cerca, cabrestantes, cabos, barrilles, que no pudieron.

—¡Os vendréis conmigo al fo... fo... fondo! —gritaba Lesmes, y sólo la expresión de su rostro amoratado causaba espanto.

Las voces del bachiller y los graznidos del Gran Lesmes, las de Antonia, que pedía a gritos que los separaran, el sofocón de Quiteria y el escándalo de los circunstantes dieron la voz de alarma. Sólo Sancho se mantenía a un lado con los brazos cruzados, y decía a Antonia y al ama:

—No tengan cuidado, señoras, que este Lesmes sabe latín, y en algún rincón de su mollera, entre sus múltiples saberes, hallará el modo de volver a nado a la Mancha.

Acudieron más marineros y caballeros, y entre todos los separaron cuando ya medio cuerpo del Gran Lesmes estaba fuera del barco. Vino también el capitán y pidió que le contaran lo sucedido. Habló en primer lugar el primo:

—El ba... ba... bachiller Sansón Carrasco me prestó un libro, y yo lo he ti.. ti... tirado al mar.

Se volvió el capitán hacia Sansón, a quien preguntó si era como decía el Gran Lesmes.

Por no tartamudear, asintió Lesmes con la cabeza.

—¿Se sabe lo que valía? —preguntó de nuevo el capitán a Lesmes.

—Ocho reales y medio —respondió éste.

—Págueselos vuesa merced, dejen esas pendencias de colegiales y no me alboroten la nave, que la próxima habré de ser yo quien los encierre en la bodega.

—Alto ahí, señor capitán —saltó el bachiller—. Ocho reales y medio valía ese libro por el que principalísimos caballeros de Sevilla estaban dispuestos a dar dos mil ducados hace dos semanas, y no quise darlo, porque era de indecible valor el pliego que iba dentro, de puño y letra de su autor.

—No es gran pérdida —dijo el capitán—. Rogad a su autor que vuelva a trasladároslo.

—Ahí voy. Su autor murió no hace todavía un año, y tenía yo ese pliego en más que las telas y entretelas de mi alma. Y ahora este mentecato lo ha tirado al mar.

Volvieron a despertársele al bachiller los bríos, se desasió de quienes lo tenían, se fue para Lesmes y lo agarró del cuello nuevamente para arrojarlo al mar.

Esta vez costó separarlo más que la primera.

Cuando parecían ya todos más sosegados e iba recobrando el resuello su amo, dijo Sancho:

—Doy fe de ello, señor. Ningunas otras palabras de ningún autor, moderno o antiguo, en lengua clásica o romance, podrían compararseles.

—No ha habido vez —dijo jadeando Sansón— que leyendo las palabras de ese pliego no acudieran las lágrimas a mis ojos y que no hallara consuelo a las penas de la vida en el penar de aquel hombre que muriéndose de viejo, enfermo y pobre, aún tuvo ánimo de consolar a quienes aquí quedábamos. Y este botarate que tengo delante, un necio de marca mayor, lo lanzó al mar sólo porque creyó que se le hacía agravio en él. Valiente polilla.

—¡Mi honra, mi honra allí se me pe... peló! —exclamó el Gran Lesmes, volviendo la vena de la frente a dar cuenta de su locura.

—¿Y vais a lanzar al mar todos y cada uno de los libros que se han impreso de esa obra, señor bobo? Simple nacisteis, simple sois y simple os recordarán en ese libro. Yo me encargaré de que en otro se diga que además de necio fuisteis harto bellaco, y no tendré la piedad que tuvieron con vuesa merced Cide Hamete y Cervantes. Y se leerá bien a las claras vuestro nombre, para que todos digan al veros pasar: «Mirad, aquel zoquete, aquel majadero y fatuo, aquel tontucio farsante, ese vendehumos camueso, ese cencerro roto, ese borrico, no es otro que el primo, de otro modo llamado el Gran Lesmes Barriga, para vergüenza del género humano».

No había modo de sosegar al bachiller, y cada poco hacía por desasirse de quienes lo tenían sujeto por los codos, para irse contra el primo.

Comprendió el capitán que si los dejaba juntos en su barco, el bachiller acabaría encontrando ocasión de tirarlo por la borda, y le puso al primo una guardia que lo mantuvo seguro, hasta que a la tarde lo metió en el esquife de la capitana, que hacía el recorrido entre las naos requiriendo las novedades. Así fue como acabó aquel suceso y perdió su libro y el pliego de Cervantes el bachiller, y recuperó Sancho la compañía de su señor, a quien por consuelo dijo con socarronería:

—No pe... pe... pene vuesa merced, que sa... sa... sabe que otro como ese que ha perdido viene en mi alforja, y lo mío es vuestro.

La desaparición de aquel pliego en el que Cervantes había escrito acaso las páginas más hermosas de su vida la tuvo el bachiller por un pésimo augurio, y anduvo unos días taciturno, repartiendo su tiempo entre su libro de mano y el guitarrillo de uno de los marineros, que lo rasgaba cuando al caer la tarde se sosegaba el barco y muchos bajaban a reposarse a las camaretas.

Tocaba y cantaba Sansón lo mismo a lo cortés, excusa para que las damas lloraran lo suyo, que a lo burlesco, con aquel romance que empieza «mi marido va a la mar, chirlomirlos a buscar», que ponía la nave en pura risa, hasta que la señal de recogerse, el fanal de popa de la capitana, cortaba las voces de la marinería y los coloquios de la gente. La oscuridad henchía el cielo de estrellas nunca vistas, los sonidos de la noche se hacían más nítidos que los del día y el clamor del viento en las velas y el de las olas en la proa, junto al chirrido de los cabrestantes y el canto acompasado de las jarcias, llenaban el barco de un misterio inefable, mientras seguían la luz trémula de la capitana, luciérnaga que a menudo tomaban por un lucero.

—Aquí he comprendido —dijo el bachiller una noche dirigiéndose a Antonia, pero también a Sancho y a Quiteria, que estaban sentados esperando el sueño, y aun a la negrilla, que miraba sin saber si lo entendía— la pequeñez del hombre, en este cascarón de nuez. Y doy en pensar qué gran injusticia que no venga con nosotros nuestro buen don Quijote, que parece siempre que la muerte deja las grandes aventuras a la mitad.

Esa noche corría un poco de brisa, y era ésta tan cálida y aterciopelada, que casi todos estaban en cubierta, porque el aire de las cámaras resultaba sofocante. Pero la mayoría dormitaban o se estaban en silencio, dejándose mecer por la suma de todos los susurros que se ha dicho.

Aquel tépido sereno le hizo pensar al bachiller que quizá ya hubieran traspasado la línea equinoccial, y así lo dijo, y al oír esta palabra, Sancho saltó:

—Una de las razones que me trajeron a este barco y me convencieron fue la de querer averiguar aquello que me dijo don Quijote el día que nos embarcamos él y yo en el río Ebro, antes de la aventura de las aceñas, que tan a punto estuvo de asparnos. Y fue que decía mi amo que los que embarcaban en Cádiz hacia las Indias occidentales, una de las señales que tienen para saber que han pasado la línea equinoccial es que a todos los que van en el navío se les mueren los piojos, que tampoco se hallarán en todo el bajel, aunque los pesaran en oro. Y así, me ordenó que me paseara la mano por un muslo.

—¿Y salieron de dudas, don discreto? —preguntó con asco Quiteria.

—¿Que si salimos? Se confirmó que no nos habíamos apartado de la orilla ni tres pasos. Pero llevo ya en mi averiguación particular una semana, y hace tres días que no hallo en mi persona, por más que busco, ninguno de los animalejos que venían conmigo desde mi patria, de donde se demuestra que debemos andar ya más cerca de nuestro final que de nuestro principio.

Se quedaron todos pensando lo que Sancho había dicho, y él, viéndose en la obligación de explicarlo, añadió:

—Claro que siempre se está más cerca del final que del principio.

CAPÍTULO VIGÉSIMO TERCERO

Y fue que de allí a dos días, uno muy soleado, avistaron la isla Guadalupe, y veinticinco después de haber salido de la del Hierro, aportaron en la Dominica, donde bajaron a puerto.

Volvió a tropezarse Sansón Carrasco al Gran Lesmes, que estaba embarcando su baúl en uno de los bajeles que iban a Nueva España, y cuando el humanista aquel más temía que volviese a despertársele la cólera al bachiller, éste le dijo:

—No temáis. Idos con Dios, con vuestro espía y vuestro invento donde no os halle nunca, que lo que lleváis encima es bastante castigo.

Quiso el Gran Lesmes darle un abrazo en reconocimiento de la merced recibida con el perdón, pero no lo consintió el bachiller, por no creer que la caridad de perdonarlo estaba obligada a más. Y no debía ser malo del todo el primo, que quiso presentarle al bachiller una brújula de su invención, para resarcirle del pliego. Y aunque Sansón se negó a tomar presente ninguno de Lesmes, éste se empeñó tanto y tanto insistió, que no tuvo otra el bachiller que quedarse con ella, y allí se despidieron.

Se dividió la flota y la mitad puso rumbo a Portobelo, y la otra a Nueva España, y partieron con prisas, temiendo unos y otros los huracanes que por entonces asolaban aquellas latitudes, y a los piratas que infestaban el puerto con sus espías.

Pero de nada sirvió tanta diligencia, pues apenas llevaban un día de navegación, cuando en medio de la noche les alcanzó un recio temporal que cargó el viento de más, embistiéndoles por la popa y metiéndoles todo el mar dentro, al tiempo que zarandeaba la galera con tanta fuerza, que todos contaron que allí acababan sus afanes. Y al cerrarse la noche, se cerró con ella la esperanza de alcanzar la aurora.

Se confirmaba lo que decía Sancho: siempre se está más cerca del final que del principio.

El barco se llenó de gritos, unos lloraban, otros rezaban, otros, en su desesperación, se confesaban con otros sus pecados, y algunos los proclamaban a gritos y pedían clemencia al cielo y se cargaban de promesas a Nuestra Señora del Buen Aire, abogada de navegantes, o se acordaban de Santa Bárbara bendita, que en el cielo estás escrita y en el ara de la cruz, santa muerte, amén Jesús, haciendo bueno aquello de que quien no entra en la mar, no sabe a Dios rogar.

Las olas pasaban por cima de la cofa, y si el cómitre se hizo atar al estanterol, como era costumbre en las galernas, el mismo capitán se pasó un cabo y quedó sujeto al castillo de popa, desde donde gritaba las órdenes y alentaba a sus marineros y forzados.

Y aquí vino a suceder que Sancho, que en tantas ocasiones dejó ver su alma apocada, aprontó en aquella extrema ocasión su fondo valeroso, el mismo que descubrió en él don Quijote y que le inspiró el propósito de hacerle caballero. Y si unos lloraban y sollozaban y a todos se les hacía cada credo un año, Sancho no perdió la calma y no se separó de su amo ni un instante.

Venía Sansón Carrasco descompuesto desde la Dominica. En opinión de muchos, había sido consecuencia de haber comido fruta o de haber andado al sol, o de alguna pestilencia de las que solían morir en aquellos puertos infinita gente, y no había ni un conducto del pobre bachiller por donde no desaguara.

—Ánimo, hermano —exhortaba el escudero—. Nadie sabe lo que está por venir: de aquí a mañana hay muchas horas, y en una, y aun en un momento, se cae la casa; yo he visto llover y hacer sol, todo a un tiempo; se acuesta uno sano por la noche, y al día siguiente no se puede mover, y por lo mismo amanece uno caído y a la noche está listo, y buen corazón quebranta mala ventura. Y esto pasará, que amanecerá Dios y medraremos.

El ama Quiteria todo lo miraba con los ojos desencajados, sin soltarse de la mano de Antonia, incapaz de despegar los labios, oleada como iba, y Antonia, que tomaba con su mano la de su esposo, dijo:

—Amigo mío del alma, si ésta es la nuestra, no será mala. Iremos al otro mundo de la mano. Y viendo que ha llegado la hora, he de soltar un peso grandísimo que llevo en mi conciencia...

Sintió Antonia en la mano que le tenía tomada Quiteria un apretón de tenaza.

Sólo tener delante a Sancho le ataba la lengua a Antonia, pero no la negrilla Guiomar, que acurrucada en una esquina de la cámara miraba a unos y otros sin decir nada ni abandonar su porte sereno, acaso porque perdiendo la vida, tampoco perdía mucho, siendo esclava.

—Habéis de saber, Sansón —siguió diciendo Antonia, apechugando con la vergüenza—, que cierto día, muerto ya mi tío y estando, a lo que yo pensaba, sola en nuestra casa...

—Abrevie vuesa merced, señora, que por el modo en que lo empieza, parece cuento que va para largo, y mi señor el bachiller no está ahora para muchas crónicas —dijo Sancho.

Y así era en efecto. Echado en el suelo, no parecía sino que Sansón Carrasco había entregado ya su alma, sin esperar a que se la arrebatara el mar. Apenas tenía fuerzas para vomitar los defensivos y cáusticos que se empeñaba en hacerle pasar un marinero.

—Sea —dijo entonces Antonia—: habéis de saber que Cebadón, en fin...

—Le honran, y mucho, señora, tantos escrúpulos —dijo Sancho—, pero ya Cebadón propaló por el pueblo aquella infamia, y todos lo supimos y nadie lo creyó. Pero excuse vuesa merced ir adelante con esa confesión. A lo que yo veo, el bachiller ha expirado...

Lanzó un grito agudísimo Antonia y se abrazó a Sansón, como Quiteria se abrazó a Antonia y Sancho al árbol de la nave para evitar las sacudidas. Sólo la negrilla, que no apartaba del bachiller su mirada, estaba en la verdad:

—Señor Sansón no muerto, abre ojo.

Siguieron así lo menos doce horas, Sansón entrando y saliendo de sus desmayos, ellos sin saber cuándo se irían al fondo y nadie con fuerzas ya ni para gritar. Sólo Sansón Carrasco, pasado ese tiempo, saltó de la modorra y su rostro cobró la consabida prestancia y el habla, y con ella el gusto por los donaires.

—Ríete tú, Sancho —empezó diciendo—, de las aventuritas de nuestro querido don Quijote. Aquí le hubiese querido ver, en esta nochecita toledana. Tengo sed y tengo hambre.

De aquel apetito dedujeron todos que Sansón se había curado.

Y con la misma brevedad que se voltearon las aguas y los vientos, se aplacaron. Y con el buen tiempo cobraron el aliento y todo se les hizo alegre y ganaron la cubierta. Pero mejor no lo hubiesen hecho, porque lo que vieron les quitó toda esperanza de salir con bien de aquello.

De la flota, dispersa o hundida, sólo quedaba su pobre nave, sin gobierno ni aparejos, las cartas perdidas y desesperado el capitán.

Se acordó Sansón de la brújula del Gran Lesmes.

La agradeció el capitán, pero la nave, roto el gobernalle, iba a la deriva. No había dejado el viento pedazo sano de la vela, y los que antes lloraban pensando que habrían de acabar bajo las olas, comprendieron que perecerían ahora de sed, bajo el sol abrasador de aquellos meridianos.

Confiaba el capitán dar con una corriente que los llevara hasta la costa, pero en siete días que pasaron después de la tormenta, el barco no se movió un punto de su posición.

A la semana, el senequista impresor de libros se lanzó al mar por la timonera, sin que pudiesen hacer nada por él, y quien más quien menos se preparaba en silencio para la muerte.

Hasta la paciente Quiteria se impacientaba con su señora:

—¿Para qué le enseñáis a la negrilla, si no tendrá ocasión de hablar lengua ninguna? ¿Y qué decís ahora de vuestro mar?

—Pues también es hermoso de este modo —reconocía Antonia, incapaz de aborrecerlo.

Por lo demás, le había cobrado tal afición a su Guiomar, y ésta parecía también mostrarle tanta a su señora, que no hallaban mejor esparcimiento que aquél, y apenas se despertaban, se ponían a sus lecciones, lo que tenía admirado al bachiller:

—Ni mis mejores maestros me enseñaron la gramática como tú a la negrilla.

Ésta, ajena a la tragedia que todos vivían, pareció olvidar incluso la suya.

Y así, cuando estaban con más descuido y más pobre y rendida la galera, vieron aparecer un barco, y nació en todos un hálito de esperanza.

Era una goleta de tres palos, pero la ligereza con que les aproaba despertó en todos los peores presagios. Dos horas después les dio alcance, y contra la opinión de quienes, como el bachiller, preferían morir allí luchando a pasar a manos de los piratas, el capitán rindió la nave.

Resultaron ser ingleses, y su capitán, no de los peores.

Arrimaron su goleta al costado de la galera, lanzaron arzones, fierros y arpeos, y con las amarras trabaron las dos naves. En pocos minutos pisaba el capitán inglés la cubierta de la española y mandaba disparar el cañón de crujía, señal de que había acabado aquel alcance. Llamó al capitán, que le dio cuenta del cargamento que llevaba, que era de chamelotes, combrais de Holanda y tafetanes de Granada, vinos preciosos de Andalucía, y no menos de doscientas espadas toledanas, que fueron la golosina del inglés, y los libros del impresor, además de los treinta marineros, los forzados y casi treinta pasajeros, y lo que éstos llevaran de por sí.

Quiso saber el inglés también cuántos esclavos iban en el barco, y le dijeron que cinco. Ordenó a los suyos que alijaran los paños de la galera, pesquisó los libros, que desdeñó por ser todos devotos, puso a un lado a los negros, y entre ellos a Guiomar, y mandó a los pasajeros que echaran a un tapiz el oro y la plata que llevasen, advirtiendo de que no le engañaran, porque a quien se le encontrase un ducado encima o en la cámara, lo arrojaría al mar.

Bien porque en trance de muerte parecen gustar los hombres de desprenderse de todo y entrar en el otro mundo desnudos como entraron en éste, bien porque el fiero aspecto de los corsarios era bastante persuasivo, fueron dejando todos en el tapiz sus bolsas y joyas, espadas y pistolas, y la pólvora que iba en el buque se puso también a un lado.

Se hicieron esas diligencias con una gran presteza, y, mientras duraron, no hubo ni una voz de más ni un mal gesto, que los piratas ingleses tenían orden de su capitán de tratar de manera considerada a aquellos infelices.

Cuando ya estaban a punto de pasar de nuevo a la goleta, uno de los ingleses, que había estado observando al bachiller y visto en él deseos de no dejarse afrentar, se le acercó, y con la punta del cuchillo le marcó la garganta y le palpó la faltriquera, donde pensaba acaso que guardaba la bolsa; al no hallar sino un libro, lo arrojó con fuerza y despecho, yendo a parar a los pies de su capitán. Lo recogió éste del suelo, y le dijo algo al despechado en su lengua, que debió de parecerle mal a aquel hombre, pues sin esperar más se dio la vuelta y salió de la galera.

—Acabo de decirle que quien arroja de sí un libro como él lo ha hecho merecería ser azotado, por bellaco —dijo el inglés en lengua que todos entendieron.

—Lo mismo dije yo hace días —apostilló Sansón.

Abrió el inglés el libro, vio su portada, alabeó sus hojas, miró en ellas y lo cerró de modo distraído, después de lo cual pidió al bachiller la merced de quedárselo, por gustar mucho él de leer cualquier cosa que cayera en sus manos, no siendo teologías papistas.

Le contestó Sansón entonces que a qué pedir por merced lo que iba a tomar por la fuerza, y que él tenía por grandísima bellaquería robar a mujeres y hombres indefensos en un barco desarbolado como aquél.

—A lo último no respondo ni me ofendo —empezó diciendo el inglés—, que el mío es oficio como otros, y no hay blanca ni dobla que llegue a aquella tierra que vuestro rey no la tome, y pudiéndolo hacerlo reyes, es excusado que pueda hacerlo yo. Y a lo otro, respondo que la vida en un barco está llena de tiempo y pasan a veces tan muertas las horas, que hay espacio en ellas para leer mil libros. Cuanto acarreamos en esta vida, oro, plata, riquezas, van y vienen, y hoy lo tenemos y mañana no. Pero lo que viene en algunos libros es más que el oro y la plata juntos y, perdido, podría ser que no se volviese a encontrar, y algo me dice que este libro ha de ser de ésos.

Se admiraron mucho el bachiller y el capitán y cuantos le oyeron razones tan bien concertadas, y de hablarlas con tanta soltura en lengua que no era la suya.

—Quédese en buena hora ese libro en vuestras manos, mi señor capitán —le dijo el bachiller—, que como todos amaran los libros como parece que lo hacéis vos, no habría un autor que pasara hambre, y a mí me ha de servir de poco ya. Días atrás estuve en un tris de quitar la vida a un hombre que arrojó la segunda parte de esa historia al mar, y hace cuatro fue el mar el que estuvo a punto de echarnos a todos de este barco. Nada es para siempre, y es tonto aferrarse a nada, y ese libro, si Dios no lo hubiera impedido, estaría ahora en el fondo del mar haciéndonos compañía.

Dio las gracias el inglés al bachiller, y le preguntó de qué trataba el libro; a lo que Sansón, después de decir que trataba de un caballero andante y de la vida, de todo y de nada, añadió aquello que le dijo a don Quijote cuando éste le preguntó:

—Es historia que los niños manosean, los mozos leen, los hombres entienden y los viejos celebran; y, en fin, está tan trillada y tan leída y tan sabida de todo género de gentes, que en cuanto ven algún rocín flaco, dicen: «Allí va Rocinante», que así se llamaba el caballo del caballero mentado. Pero he de encareceros lo guardéis más que a la vida, pues habéis de saber que contiene la historia del hombre más admirable que haya vivido desde Aquiles, Héctor y aquellos caballeros que subieron las hazañas de los hombres adonde nada tenían que envidiar a las de los dioses. Y aunque su cabeza no rigiera siempre, le movieron pulsos tan nobles de ayudar a los menesterosos, liberar a los sujetos y sujetar a los soberbios, amparar a las viudas y huérfanos y enderezar tuertos y embrollos, que nadie que se asomara a su corazón dejaría de ver en él la rectitud de un santo, el valor de un héroe y graves y serenas como aguas de un lago sus intenciones. Y todo esto lo hizo, habéis de saber, con la espada, después de dar en creer que era un caballero andante de los que se usaban en tiempos del rey Wamba.

—Habláis de él —dijo el inglés— como si lo hubieseis conocido.

—No sólo yo, sino todos los que vienen aquí conmigo; y de estar aún entre nosotros aquel caballero, sabed que aquí hubiera muerto él por defendernos de quien nos avasalla tan sin entrañas y sin peligro.

Se espantaron el capitán de la española y cuantos iban en ella de estas palabras, por si movían a cólera al inglés, pero éste no pareció oírlas. Antes al contrario, indiferente y sosegado, dio orden a sus hombres de que trajeran de su goleta el marabuto de que iba siempre provisto, y, con esta vela, dos pipas grandes de agua y diez botijas de vino de Madeira, y un quintal de bizcocho y otro de tollo salado. No quiso tampoco tomarles los forzados, por que tuvieran a alguien al remo que los llevara con comodidad, y dio al capitán castellano, con aquellas providencias, una carta de marear con los puntos que los llevarían en tres días al puerto de la Guaira, que tan lejos de su ruta les había llevado el temporal.

Agradecieron el español y los pasajeros estas mercedes al inglés, teniendo todos en poco las haciendas perdidas, cuando daban ya por perdidas las vidas, y al irse a retirar, mandó a sus hombres que pasasen a la goleta a Sansón Carrasco y los que venían con él.

Contaron todos los que iban allí con que, ofendido por la insolencia de Sansón Carrasco, el inglés tomaría alguna venganza, y ya estaban pasando, cuando Antonia se echó a sus pies, y le dijo:

—Yo soy, señor, la esposa de este hombre, y os digo que no merece castigo, pues conozco bien su corazón, y es noble.

—Así será, señora —dijo el inglés—, y yo no lo dudo, como tampoco que si tuviera tan viva la fortuna como la lengua, no os hallaríais en este paso. Levantaos, y decidme si puedo haceros merced en algo.

—Sí podéis, señor —dijo Antonia—. En mi baúl traigo ciertas cartas de mi padre que me importan mucho. Dejad que vaya a la cámara y las recoja.

—Traiga las cartas y sus baúles —concedió el inglés.

—¿Y puedo yo también, señor —dijo entonces Sancho—, ir a buscar mis alforjas, de las que nunca me separé?

—Vengan también.

Todos se maravillaban de lo que allí estaba sucediendo, y nadie osaba levantar la voz, por si el inglés se los llevaba.

Y así, se hizo como él lo había ordenado, y pasaron de una a otra nave todo cuanto llevaban Sansón y sus amigos, excepción hecha de la espada del bachiller, que la sacó de su vaina uno de los piratas y se quedó con ella.

Temieron en la galera que los estuvieran viendo por última vez, y unos lloraban por la suerte de los manchegos, como se les conocía en el barco, y otros rezaban ya los responsos.

CAPÍTULO VIGÉSIMO CUARTO

Mandó el inglés que los encerrasen en una cámara del sollado. Era angosta y la iluminaba un torzal de llama tan menuda que apenas acertaba cada cual a verse la punta de sus narices. No debía de ser muy profunda, porque desde allí se oía la algazara con que celebraban los corsarios el alijo ganado en aquella jornada.

—¿Qué será de nosotros? —preguntó un ama desconsoladísima a todos y a ninguno—. ¿Nos matará ese perro? ¿Nos venderá? ¿Quién va a querer a una vieja como yo?

—No llevéis cuidado, ama —le tranquilizó Sancho—. Que si quisiera matarnos o vendernos, no habría dejado que fuésemos por nuestros baúles; no hiere Dios con dos manos, que a la mar hizo puertos y a los ríos vados, y para mí tengo que este inglés ha sido vado que nos ha traído a su nave, y será puerto.

—Cuánto mejor hubiese sido mantener cerrada la boca, y no abocarnos al infortunio —se dolió el bachiller.

—Ya es tarde para lamentos, amigo mío —le dijo Antonia—. Pero nadie podrá decirnos que no salgamos mejorados de ésta. Íbamos al garete y vamos en una goleta que no habrá en estos mares otra que le dé alcance, y no hemos de temer de un hombre que se ha conducido de modo tan cortés y no dice una palabra más alta que la otra. ¿Y qué tenéis, ama, que maldecir ahora del mar?

—He oído yo contar —dijo Sansón— que estos ingleses son así, capaces de cortarte la cabeza sin dejar de pintar en la comisura una sonrisa.

Estuvieron hablando mucho tiempo después de que la llama del torzal se apagara, y como pensaban que de aquélla no saldrían con bien, hablaron de sus vidas y de las cosas que les habían sucedido desde que dejaron la aldea: el encuentro con don Gonzalo y don Melchor y don Juan de Viedma y el bueno de don Luis, la muerte de Cebadón, que no la de don Felipe, por no avivarle a Antonia aquel rescoldo, y el encuentro con el señor De Mal, y luego, con los cómicos del señor Malo el Joven que se llevaron a Rocinante y a Almanzor. ¿Qué sería de aquellas dos bestias? ¿Estaría siendo su vida tan vapuleada como la suya?

—¡Cuánto mejor hubiera sido haberle hecho caso al bachiller y haberse marchado con la mojiganga! —suspiró Sancho.

—Yo no digo nada —dijo el ama—, sino que aquí estamos hoy y mañana no, y que para este viaje no hacían falta alforjas. Y que no volveré a poner los pies en una galera, lo sabe hasta el lucero del alba.

—Yo digo lo que dije en la nave que nos traía —turnó Antonia—. Que doy por bien empleado haber visto el mar, y que no hay paso que no lleve a otro, y para mí todos son meta sin dejar de ser pasos si los guía recta intención y mi señor esposo.

—Basta, amigos —les cortó el bachiller—, que nada está acabado ni está el fin más cerca que el principio, sino que todo es principio de algo. No desesperéis, que es el único pecado que se castiga con la pena eterna.

Amaneció en forma de resplandor, el que se hizo en la puerta de la cámara donde los tenía encerrados el inglés.

Venía a sacarlos de allí. Ya era de noche. Hallaron en la cubierta muchos hombres durmiendo y la goleta en tanto silencio, que sólo se oía el coloquio que se traía una brisa ligera con las velas y el de la quilla tajando las olas.

Les condujo el inglés a su cámara y mandó a un grumete sacara del pañol algo de comer y beber, y así lo hizo trayendo galleta, tasajo y un vino de color ámbar que les supo a ambrosía.

—Habéis de disculpar estas prisiones que no lo son. Yo, señores, con permiso de la reina, primero, y ahora del rey, cuya patente traigo conmigo, hago el corso a lo gentilhombre. Que es ejercicio muy necesario lo prueba el que sigáis con vida. Se dice que entre los hombres de mar se da gran bellaquería, opinión que no va descaminada, y es uso en ellos, al menos en los más bellacos, que después de rendir una nave, asaltarla y alijarla, la barrenen con los que iban a bordo, dejando a la imaginación de las gentes la causa de su pérdida. Nunca, desde que comencé el corso, he quitado la vida a nadie que no lo mereciese, y he muerto a más de entre los míos que de los otros. Estos que vienen conmigo no son de los peores, pero si bien consienten en no hundir las naos que encontramos, no son tan considerados en llevar a nadie que no pueda venderse como esclavo en alguno de los puertos que tocamos, y así, al ver que os traía conmigo, ya algunos hablaron de pasaros a cuchillo y daros como cebo a los peces de la mar.

No bajaban los años del inglés de los cincuenta, y era tan espigado y derecho que no podía ponerse en pie en aquel aposento sin que diese con la cabeza en lo alto. Sus ojos eran azules y claros y tenía el cabello blanco y manos de caballero, como de gran señor era su porte y su vestido, severo y limpio.

—Y vayamos ahora a lo que importa. La última vez que estuve en Londres —siguió diciendo el inglés—, pude decirle a su Majestad qué conveniente era para nuestra nación el oficio del corso a lo cortés, por que se pusiera coto a la mala fama que acarrean a nuestra nación quienes, incapaces de considerar la piratería como una de las bellas artes, lo llevan todo raso. Quedó tan convencido su Majestad de cuanto le dije que me nombró caballero y me asignó al séquito del Condestable de Castilla, que trataba por aquellos días la paz con el rey Felipe. En aquel séquito venía también uno de los mayores ingenios que haya tenido nuestro tiempo, de nombre John Fletcher, autor de comedias y tragedias, que le habían llevado también a la compañía del Condestable. Al año siguiente, quiso el rey que acompañáramos a nuestro embajador a Valladolid, porque la paz se resistía, y allá fuimos. Mi buen amigo Fletcher preguntó qué ingenios había en aquella corte, y nos encaminaron a algunos que estaban entonces en boca de todos, pero de ninguno se aficionó tanto mi amigo como de uno a quien alababan todos cierto libro que había salido por entonces. Fuimos a verlo, nos recibió con franqueza y hablamos sin contar las horas, como suele suceder con aquellos que reciben gusto de pláticas de versos. Vivía a la sazón en una casa pobre, junto al Rastro de las reses, y lo asistían cuatro o cinco mujeres con más fervor que hacienda. Nos desveló las maravillas de que estaba llena aquella ciudad, y nos acompañaba a todas partes. Mucho hablamos de aquel libro que acababan de enviarle desde Madrid, donde lo habían impreso, en el que tenía cifradas grandes esperanzas y muchas expectativas. Llevaba por título *El ingenioso hidalgo don Quijote de la Mancha*.

Si alguien pensara que al oír este nombre Sansón Carrasco, Sancho, Antonia y Quiteria se extrañaron o admiraron, estaría muy confundido, habituados a que todo lo que tuviera que ver con don Quijote fuera de ese jaez.

—No me extraña nada cuanto decís, señor capitán —dijo Sansón—. Comparado con cuanto nos viene sucediendo desde que salimos de la Mancha, esto parece cosa de unos encantadores que dejan en aprendices a los del mismo don Quijote.

—Más oirán vuesas mercedes —prosiguió el inglés—. Puedo deciros que recibió el autor de aquel libro mucho contento con él, por ser ya en aquella sazón un hombre viejo al que la vida no había tratado del todo bien, según supimos: soldado, herido de bala de arcabuz y de cañón, cautivo en Argel cinco años, poeta de los orillados, como suelen serlo casi todos los poetas, aprovisionador de trigo, recaudador, hoy aquí, mañana allí, siempre en los caminos con frío y con calor, seco y con lluvia, para acabar en una cárcel a la que le arrojaron jueces amantes de romper cadenas por el eslabón más frágil, y de donde salió quebrantado, enfermo y sin otra ilusión que volver al trato de las musas. Y no le fue mal, que el libro empezó a correr de mano en mano, y no había antesala de caballero principal en la que no se vieran dos o tres, y muchos otros, no pudiendo soltarlo, lo sacaban a la calle, donde seguían leyendo, y se sabía que era ese libro, porque no podían dejar de reír. Quiso conocer mi amigo y compatriota de qué trataba un libro con el que tanto se holgaban todos, por ser el de la risa uno de los más escasos dones, y lo compramos nosotros también, y nos ayudó a acortar aquellas ociosas horas mientras nuestros señores peleaban la paz de nuestros reinos. Posábamos los dos en una buena posada, no lejos de aquel regato que lleva nombre de río, siéndolo poco, y de no muy gratos olores. Al no conocer mi amigo la vuestra, yo le hacía de lengua y él oía, y en ello ocupamos muchas veladas aquel tiempo. Recibió mi amigo tanto contento oyéndolo como yo de su lectura, especialmente de la historia de uno que figura en ella con el nombre de Cardenio, y en cuanto volvimos a nuestra tierra, llamó mi amigo a uno suyo, autor de comedias, y entre los dos remataron la *Historia del loco Cardenio*, que subieron a escena ocho o nueve años después. Sabiendo mi amigo Fletcher que yo había de ir por entonces a Madrid y luego a Sevilla a tratar ciertos negocios relacionados con esta profesión nuestra del corso...

—Excusad la intromisión, señor —interrumpió el bachiller Carrasco—, pero no acabo de comprender cómo puede alguien como vuesa merced poner el pie en España desvalijando sus naves...

—Tienen las gentes pésima opinión de este oficio nuestro —reconoció el inglés—. Recordadme que os muestre luego el *Elogio de la piratería y del bien que hace a las naciones*, obrilla donde dejé probado cómo no son menos piratas los reyes, quedándose en almojarifazgos y alcabalas de las mercancías que se tratan en sus puertos tantos dineros como el corso. A quienes tomamos una pequeña parte de eso y la devolvemos a sus primeros dueños debería reconocérsenos en todas las naciones, como nos reconoce su Majestad en la nuestra. Y a eso tenía que ir yo entonces a Sevilla. Nos habíamos hecho con la carga de ruanes de una fragata de piratas holandeses, quienes a su vez los habían tenido de un buque español que los llevaba a Nueva España. De Sevilla me mandaron a Madrid. Allí estaban los maestres litigando, y éstos, que ya daban por perdida la carga, recibieron mucha alegría al saber que estaban los paños en tan buenas manos, y volvieron a gozarlos por una razonable cantidad. Habéis de saber que mi divisa es la de «Seriedad y discreción». Recordé entonces los buenos días que pasamos en Valladolid, viendo que las obras de Miguel de Cervantes, especialmente aquella en que recogió la historia de don Quijote, estaba en boca de todos, si bien para entonces la envidia había hecho su camino. Para unos era demasiado larga y contenía muchas historias traídas por los pelos, cuando no le afeaban sus descuidos, como fue perder el rucio de Sancho por el camino y encontrarlo luego por magia; otros le tachaban el estilo, desmañado y corrido; otros reputaban sus versos de ramplones, y otros, en fin, se burlaban de que su autor se alabara a cada paso, por no encontrar a nadie que lo hiciese. Compré la segunda parte de la historia, y me holgué con ella tanto o más que con la primera, y antes de partir, pregunté por su autor. Pero quiso el destino que no hiciera tres días que lo habían enterrado. Ved, señores, a qué extremos puede llegar el infortunio. De haber andado yo menos descuidado, habría podido estar con él y le habría trasladado los saludos del señor Fletcher y dicho cómo éste y el señor Shakespeare, el amigo con quien escribió la comedia, habían llevado la historia de Cardenio a orillas del Támesis, donde nunca acaso lo pensara, y con ello quién sabe si un poco de consuelo a sus últimos días. Supe por su mujer doña Catalina que los había gastado en dar ánimos y consolar a todos y aun en escribir, que no soltó la pluma sino para morirse. Buscando aquellas buenas mujeres con qué pagar el entierro, llevaron esas cuartillas y otras que dejó Cervantes a Robles, el librero que otras veces le había comprado sus obras, pero éste aseguró no podía darles nada por ellas, aunque quisiera, y que buscaran a otro que les hiciera merced. Y así, las llevaron a un zarracatín de las tendillas del Avapiés, que les dio por todos los papelotes y libros que había en la casa no sé qué dineros. Puedo deciros los que yo le di a aquel regatón al que me condujo doña Catalina por sus obras: treinta ducados, como treinta fueron los denarios de Cristo. Salí de Madrid llevándome aquellos papeles con intención de leerlos; leí algunos que admiré, y otros los voy dejando, por alargar la golosina, y he tomado la determinación de darlos a la luz en el momento en que pueda sosegarme un poco de esta vida que llevo, no tan ingrata, y a veces insuperable, pues nos trae a encuentros como éste. Habéis de comprender, pues, señor Carrasco y compañía, la sorpresa que recibí cuando alcé del suelo el libro que llevabais en la faltriquera, y mayor aún cuando supe que tenía ante mí nada menos que a los protagonistas de la historia. Debéis a don Quijote este lance, no del todo desventurado.

Agradeció Sansón la merced que recibían, y en nombre de los cuatro, dijo:

—Señor capitán, vienen sucediéndonos tales cosas que os asombraría saberlas, de no saber que todo lo que se roza con don Quijote parece cosa, en verdad, de encantamiento.

Contó luego lo que ya se sabe, empezando por el principio, la muerte de don Quijote, de la que el inglés ya tenía noticia por la segunda parte del libro, y todo lo demás, que iban al Perú, donde les esperaba un pariente, que acaso los había arrastrado a las Indias con engaño, y cómo pensaba mejorar su fortuna tratando en las bezares. Y de todo lo que oyó recibió el capitán harto contento, por tener en tanto, dijo, a su amigo Cervantes.

Prometió también desembarcarlos de allí a tres o cuatro días en el viejo abrigo de la Caleta; de allí podían llegar a San Felipe, donde encontrarían quien los pasara al otro lado del Darién. Dijo entonces Antonia que sólo le pedía una merced, y era que le devolviese a la negrilla, que pensar que fueran a venderla le rompía el corazón, y que agradecía al cielo la tormenta y el encuentro, y no desembarcar en Cartagena, adonde iban de primeras, para no tener que dársela a su amo.

—Llevaos a la negrilla, que yo la rescataré de mis hombres, y no miréis más.

Quiso saber también el inglés cómo era que Sancho, a quien en los libros pintaban tan donoso hablador, no había despegado los labios.

—No es, señor —empezó diciendo el antiguo escudero de don Quijote—, sino que me he quedado pensando en lo que habéis contado, y en algo que me viene dando vueltas a la cabeza desde hace mucho. Poco después que pasara vuesa merced por la corte, lo hicimos el señor bachiller y yo, llevando unos socorros al señor Cervantes. Nos habló doña Catalina, en efecto, que había vendido a un zarracatín del Rastro los papeles que vuesa merced dice haber comprado. Según ella nos informó, entre aquellos cartapacios había uno que llevaba por rótulo *El final de Sancho Panza*, y me pregunto ahora si acaso figura éste entre los que vuesa merced mercó.

Se levantó el inglés y volvió con una arqueta mediana de alcanfor. Buscaron en ella y hallaron en primer lugar una que decía ser la segunda parte de cierta *Galatea*, y también la comedia titulada *El engaño a los ojos*, la novela *El famoso Bernardo* y una suma de novelas ejemplares que se decía *Las semanas del jardín*, y muchos otros pliegos de versos, cosidos unos y sueltos la mayoría, todos de mano de su autor. Y al fondo del todo, el libro que mostraba el rótulo en la lomera de *El final de Sancho Panza*, que con tanto interés buscaba el interesado.

Se trataba éste de un libro de mano, semejante a aquel en el que Sansón solía escribir cuando no tenía otra cosa que hacer. Lo abrió el bachiller, y vio que todas sus páginas estaban en blanco, no así la última de las guardas, en la que había un rimero de cuentas, sumas y restas, con trazo de Cervantes, testimonio de las estrechas y acuciantes economías de su autor.

—Esto, Sancho —se chanceó el bachiller—, debe de significar que aún no han encontrado los historiadores nada en tu vida presente digno de mencionarse.

—O que es tirar la soga tras el caldero querer contar los hechos que no han acabado de suceder —replicó Sancho—. Y por ello doy gracias al cielo de que el libro de mi vida siga en blanco, como el de un niño, pues temí que viniera anunciado en él mi final verdadero.

Quiso entonces el inglés que fuese Sancho quien tuviese

aquel libro de mano, por si un día se decidía él mismo a contar su vida, como contaron las suyas Guzmán de Alfarache, Lázaro de Tormes, Bernal Díaz, el guitón Honofre y tantos otros, a lo que Sancho le dijo:

—Me hacéis gran merced con ello, pero habéis de saber que así como aprendí a leer con soltura, mi mano se agarrota cuando toma la pluma. Ofreced el libro blanco al señor Carrasco, que viendo las prisas que se da en escribir el suyo, acaso quiera luego emborronar el mío.

—Sabed, señor capitán —bromeó el bachiller—, que si un día me resolviera a poner nuestras aventuras en libro, vuesa merced habrá de figurar en él con letras de oro y más razón que muchos.

Rió de buena gana el inglés, les dejó solos, y de allí a un rato llegó con la negrilla, que ya no se volvió a separar de Antonia.

Vinieron los días que quedaban hasta llegar a la Caleta muy buenos para la navegación, en los que no fue necesario poner mano al aparejo. Agasajó aquel tiempo el inglés a sus huéspedes como si fuesen príncipes, y a los tres días avistaron la tierra del Darién.

—Esta noche —dijo el inglés— os pondré en la Caleta, que las cartas llaman de los Ingleses, y no en Nombre de Dios, donde querría, si supiese que allí iba a ser bienvenido, pero conocen la estampa de mi goleta. No os resultará difícil encontrar a alguien que con la luz del día os vea y lleve a esa ciudad, y podréis proseguir vuestro camino.

Y así hizo aquel hombre bizarrísimo y en extremo galán.

Llegada la noche, ordenó que pusieran en el esquife los baúles, portamanteos y maletas de sus huéspedes, devolvió a Sansón Carrasco su espada, y con cincuenta escudos de su peculio quiso resarcirlos de los que les quitaron sus hombres el día del asalto de *La Favorita*.

Ya a punto de saltar al esquife y acabados los abrazos, el bachiller le alargó el libro con los comentos de don Quijote:

—Hágame la merced de quedárselo. Custódielo, y acaso, como va a dar a la estampa las otras obras de Cervantes, en cuanto la vida le dé respiro, podrá reimprimir también éste con las verdaderas adiciones, que desmientan las falsas que corren por el mundo.

Sabiendo lo que significaba para el bachiller desprenderse de aquel libro, lo rehusó el inglés muy cortésmente, y deseándoles a todos buen suceso, mandó botar el esquife que había de llevar a los pasajeros a la playa de aquel lugar ignoto al que sólo humanizaban las estrellas.

CAPÍTULO VIGÉSIMO QUINTO

Y en aquella playa aguardaron la aurora temerosas las mujeres y temeroso Sancho de la soledad y oscuridad del paraje, y con el ánimo ligero el bachiller, que les recordó cómo desde que habían salido de la Mancha tenían delante siempre la buena estrella.

Se fueron las que quedaban en el cielo, y asomó al fin el sol sus rayos por el lado del mar, y vieron que estaban en un lugar adonde llegaban las aguas mansas de un anchísimo río, entre mucha vegetación nunca antes vista por ellos.

De allí a una hora divisaron una barca estrecha como un huso con dos hombres. Aspearon los brazos y dieron voces para que se acercaran a la orilla, y eso hicieron.

Se admiraron Sansón y Sancho tanto como se espantaron Antonia y Quiteria de verlos en bragas, pero mucho más de oír que les respondían en su misma lengua de Castilla, y tan seguido como pudiera hacerlo un sacamuelas.

—Nosotros, señores —dijo uno de ellos—, somos pescadores y venimos aquí a buscar camarones.

Contó el bachiller en pocas palabras cómo los piratas los habían puesto en aquella playa, y preguntó si quedaba lejos de allí la ciudad de San Felipe, a lo que el mismo dijo que no, que doblada aquella punta, si se iba por mar, o pasada una colina que se veía al otro lado del río, si por tierra.

Se ofreció este indio a llevarlos hasta la ciudad, y después de pasarlos a todos al otro lado del río, se fue él con Antonia, Sansón y el matalotaje en la canoa y dejó a Sancho, Quiteria y la negrilla con el otro, que los iba a guiar, y fue así dispuesto por ir siempre en cada grupo un hombre que defendiera a las mujeres.

Quiso hablar Sancho con el indio que les cupo, como era costumbre en él hacerlo con todos aquellos que conocía, pero así como el que se había ido con Sansón y Antonia hablaba de corrido, éste no despegaba los labios.

—Háblale tú, Guiomar —le instó Sancho a la negrilla—, que a ti te entenderá.

Guiomar, que ya entonces empezaba a soltar la lengua, se rió de buena gana y le dijo si pensaba que por haberse criado todos desnudos hablaban la misma lengua, y que tampoco era necesario que le hablase a gritos al indio, que el no entenderle no era por no oírle.

Mientras la negrilla y Sancho se enzarzaban en una disputa sobre las lenguas, caminaba el ama Quiteria absorta en lo que veía, aquellos árboles colosales, aquellas hierbas que le pasaban la cabeza, aquellos como lentiscos cuajados de flores encarnadas grandes como quitasoles...

Sancho, que no le quitaba el ojo al indio, dio en pensar que había algo y aun mucho de extraño en que el otro supiera tan de corrido la lengua y éste en cambio no, y sacó de su ensimismamiento al ama:

—Ay, ama. Malas las visteis, franceses, la caza de Roncesvalles...

—No te entiendo, Sancho —dijo el ama.

—Pues que el otro dijo que pasado este otero se vería la ciudad, y ya hemos pasado no uno, sino cuatro oteros, y esta floresta cada vez se espesa más y es más oscura, y no oigo a mi lado sino rugidos de osos y entre las copas de los árboles los graznidos de los buitres esperando nuestros huesos, y hace ya un tiempo que desapareció la senda, y ahora por donde vamos no hubo antes paso alguno. Y así creo que, como a nuestros amos los habrán llevado a algún lugar, robado y matado, nos despellejará a nosotros éste, y se llevarán la negrilla, y nadie nos buscará, pues nadie sabe que estamos. Ahora lo veo claro: querían dividirnos, por vencer con harto más sosiego. Y mira el careto de este hombre, que causa espanto, y se me encoge el corazón sólo de pensar que de aquí a un rato habrá de sacármelo del baúl de las costillas, y después de ofrecido a sus ídolos, se lo embaulará bien sazonado con cebollinos, si aquí se dan.

—Dejadlo, Sancho, ¿para qué me decís tales cosas, por qué os holgáis en asustarme? ¿Es ésta otra de vuestras burlas?

Y no lo era, que bien lo probaban las gotas heladas de sudor que perlaban la frente del escudero, ensartadas por el miedo.

—Guiomar, hija, pregunta, pregunta a esta fiera corrupia —dijo Sancho— cómo no hemos llegado ya, que hace lo menos dos horas que nos lleva de camino.

Guiomar, que marchaba delante con el indio, ni se molestó en volverse, y parecía caminar ligera y muy contenta.

—Mira, mira, Quiteria, ya la negrilla se ha entendido con el indio. ¿Qué le habrá prometido?

El calor de la selva era también de los no conocidos.

—No, sino que he de vender cara mi vida —siguió diciendo Sancho, que agarraba con furia la cañaheja, aun a sabiendas que coscorrón de caña ni mata ni daña—. ¿Y qué tierra es ésta en la que no se ven piedras en los caminos, ni ramas de las que hacer lanzón, sino que todas son tan tiernas que se podrían tejer con ellas coronas y guirnaldas?

Y cuando más pensaba que los iban a acuchillar, salieron a un lugar abierto desde el que se veía, a cosa de media legua y en lo hondo de una como sartén, la ciudad de San Felipe Portobelo, que mostró ser una perla entre dos valvas, una verde, el monte que la empujaba al mar, y otra nacarada, el mar que bañaba su marina.

No había en su puerto sino dos naves, y otra fondeada en la bahía, y apretándose entre el monte a sus espaldas y el mar, algunas casas principales, fabricadas en piedra blanca, y muchas otras pintadas de mil y un colores a cuál más vivo, y, sobresaliendo, las torres de una iglesia y árboles tan copiosos que la dejaban pequeña. La visión de aquel lugar y la promesa de descanso esponjó el ánimo de Quiteria, quien dijo al escudero:

—¿Oís las campanas? Se diría que se alegran de nuestra venida. Y ésas sí que hablan nuestra lengua...

Y así era, que empezaron las campanas de la iglesia a voltear, y lo que decían, lo decían a gusto de todos.

Encontraron a Sansón y Antonia en el puerto, y las muestras de alegría de Sancho fueron tantas y tan subidas de punto, que le hicieron decir a Sansón que parecía los hubiesen dejado salir del infierno.

La ciudad de San Felipe era pequeña y tan apretada de gentes como una colmena. Allí se mezclaban negros, indios y castellanos, y entre estos de toda condición, señores, truhanes, frailes y fulleros, y, como en toda ciudad de pocas damas, harto juego, pendencias y más casas de trato que de misericordia.

Les llevaron aquellos dos indios a una posada, y allí Sansón les pagó seis reales a cada uno. Apenas dejaron el matalotaje, bajaron el bachiller y Sancho a preguntar el camino de Panamá.

Encontraron en el puerto a un viejo soldado, que esperaba la fortuna o la caridad que le volviera a Sevilla. Éste les refirió mil historias de robos, aperreamiento de indios y sublevaciones en encomiendas circunvecinas, crímenes atroces, haciendas que se perdían por no tener sus dueños a quien dejarlas, y logreros que aparecían degollados a la puerta de sus casas. Les habló de aventureros que caminaban con determinación hacia la fama, y de los que huían de la Justicia. Y todo ello mientras Sansón y Sancho veían discurrir frente a ellos a quienes iban en un entierro y los que volvían de juerga, comprendiendo al punto que en aquellos trópicos la vida crecía y se acababa con más celeridad que en parte alguna.

Se supo pronto en San Felipe que habían sobrevivido a los piratas, y vinieron a verlos el regidor y el gobernador de Castilla de Oro, que estaba allí de paso, y otras personas principales del virreinato. Todos gustaron mucho de agasajarles y les pidieron el relato de sus infortunios, porque, como les dijeron, ninguno, si se salva la vida, aunque se pierda la hacienda, es malo del todo. Y por las cosas que contaron del inglés, lo confirmaron por uno que había hecho el corso en aquellas aguas muchos años atrás con el temible Drake, si acaso no era hijo suyo, y todos lo reputaron un gran señor, quitando aquel feo oficio que tenía.

Salieron igualmente a la colada otras historias, y para general regocijo de todos se llegó a saber igualmente su parentesco con don Quijote, cuya fama también había llegado a aquel lugar.

Sabiendo, pues, la calidad de sus personas, no hubo quien no se brindara a ayudarles, pues aunque se decía que en aquellos confines era difícil encontrar un buen amigo, todos se les ofrecieron a serlo.

De éstos, fue el más notorio el capitán de alguaciles de San Felipe, quien les recomendó llevasen a Panamá empleados algunos dineros en paños finos, chamelotes y puntas de Flandes, que ésa era cosa que todos los que pasaban al Perú hacían, porque las damas de Lima se perecían por tales géneros.

—Pocos dineros podemos emplear —dijo Sansón—, que todos se los quedaron los ingleses.

—Vended la esclava —propuso el alguacil—. Os darán por ella doscientos escudos.

Antonia lloró y lloró la esclava, que no quería dejar a amos tan buenos, y lloró Quiteria, que también le había cobrado hartísima afición. Sólo Sancho oyó aquello sin decir nada, y cuando volvieron a la posada, llamó a sus amigos, y dando dos golpes con la cañaheja en el tillado, dijo resueltamente:

—Cesen aquí las penas de vuestras mercedes.

Buscó en la faltriquera el puñalejo del que se servía para comer y quitó a la caña su contera, y ante los ojos atónitos de todos, les mostró su savia:

—Aquí están los ducados de don Gonzalo y don Melchor, y los cien de mi rucio, y los ochenta de las bestias del merchán de Triana. Tómelos vuesa merced.

Y se los entregó todos a Sansón Carrasco.

—¿Y cuándo pensabais decir que venían con vos tantos dineros, harto de ajos, liendre, mal criado? —rugió el ama.

Y Antonia le dijo:

—Contábamos con que te los habían tomado los piratas.

—¡Piratitas a mí! —zumbó malicioso Sancho—. Merced a que nadie sabía de mis dineros, pude yo tener mi cañaheja delante de los ingleses, sin temer delación de nadie.

Y contó el caso que juzgó en la ínsula, de aquel hombre que guardaba los ducados en la cañaheja, de donde había tomado la idea, y añadió:

—En el tiempo que sirvo a mi señor bachiller Carrasco, lo que viene por la flauta se va por el tamboril. Vayan estos doscientos treinta ducados a cuenta de la mina de plata y las bezares. Ea, señor bachiller, tome vuesa merced este dinero, y empléelo como mejor convenga.

Le abrazó Sansón, rió Antonia y bailaron Quiteria y la negrilla alrededor de Sancho.

Al día siguiente fueron los dos hombres a alquilar las caballerías que los llevasen al otro lado del estrecho, y buscaron al alguacil. Le dijeron que querían llevar empleados cien ducados en lo que tuviese a bien aconsejarles:

—Ya sabía yo que no eran pobres del todo, y si no son muchos dineros, tampoco pocos. Y no lleve pena vuesa merced por ser mercader. Allá en España no le está bien a un hombre honrado serlo. Pero acá se usa tanto que desde el virrey hasta el más pobre oficial son mercaderes, sin reservar hábitos, incluso príncipes, y el que no es mercader no es nadie. Y es tanta la honra, que no se tiene por honrado a quien no trata y contrata conforme puede. Y si los hombres principales no se desdeñan en hacerlo, ¿qué no haremos nosotros?

Y en un momento les declaró en qué podían emplearlos, y ello era en escabeches y encurtidos, rosarios, ruanes y cañamazos, cera, jaboncillo de Venecia y aceite de estoraque, canutillos de albayalde y solimán, cochinilla de México y añil de Guatemala, tuétano de corzo y otros lucentores, azogue, calderos, dagas, pistolas y mosquetes con su pólvora y balas, y cuantas bujerías se les pusieran por delante, pues de todo tenía en su abacería.

Cerraron el trato, y se fueron contentos Sancho y Sansón habiendo empleado su dinero en mercaderías de Milán y dos docenas de medias de seda de colores, todas ellas de ganancia segura.

Cuando llevaban allí tres días esperando, se armó al fin una reata para pasar a Panamá de más de cien bestias, entre ellas las del alguacil, y unos treinta castellanos y otros tantos indios, y la mañana convenida partieron. Se untaron, como aconsejó el recuero, con aceite y barro para repeler a los mosquitos, que eran allí grandes como lechones, y se puso en marcha la caravana.

Iba Antonia en un cuartago más muerto que vivo, las mercaderías y el matalotaje en dos mulas, y los demás a pie, que no dieron los dineros para más.

Marcharon por llano un buen espacio, pero no duraron mucho aquellas holganzas, y apenas llevaban caminadas tres leguas, el terreno empezó a encresparse y a angostarse la senda de tal modo que los que iban caballeros hubieron de echar pie a tierra.

Resultó el camino para todos un grandísimo trabajo, y al cruzar un río de aguas bravas, cayó un indio, pero quiso la suerte que cuando ya estaba medio ahogado lo sacaran. En el mismo río cayeron dos bestias que llevaban vestidos para vender por valor de quinientos escudos. Y cuando ya imaginaban estar en mejor parte, vinieron unas nubes negras retumbando de cerro en cerro, aquello se cerró como la noche, y de allí a un rato empezó a jarrear y a caer rayos y truenos que con sólo oírlos se partían las peñas y se asustaban las bestias, una de las cuales, del recuero, se llevó tras de sí la carga y el indio que la tenía.

Después que se perdió aquel indio, el recuero ordenó aligerar las mulas, pues temía perder más, y puso los fardos en las espaldas de los indios, y causaba congoja y espanto verlos trepar con ellos por las escarpas sin que pudieran servirse de las manos, sólo de los pies.

Llegaron a un lugar donde el recuero mandó pasar la noche, cerca de un río. Hizo luego el recuento de sus bestias más a bulto que de vista y halló que faltaban otras dos, aparte de la que cayó con su espolique. Buscó a los indios que llevaban aquéllas y no halló sino a uno, y a éste lo azotó tan cruelmente que llegaron los lamentos de aquel infeliz a Sansón Carrasco. Dejó sus bestias al cuidado de Sancho, y corrió donde estaba el recuero y le ordenó cesara aquel castigo.

—Son mis indios —dijo éste—, y la ley me da derecho a ello. Sois nuevo en estas tierras, señor, pero cuando vayáis conociéndolos, sabréis que si no es para mantenerse, no trabajan.

—Prueban ser en eso —intervino Sancho, que llegó en ese momento tras su amo— como el resto de los mortales.

—No —dijo el recuero—, sino que éstos además son tristes y melancólicos.

—Todo puede ser, señor recuero —dijo el bachiller—. Pero dejad de azotar a éste o aquí va a haber más que palabras.

Puso Sansón mano en la espada, el recuero guardó el azote, se llevaron al indio medio muerto, y no hubo más, sino unas malas razones del colérico, cuando se iba:

—Como queráis. Pero hoy habéis hecho conmigo un mal negocio.

Era un hombre de unos treinta años, de corta estatura, con la cabeza y las manos cuadradas, y tanto vello en el cuerpo que los indios le llamaban «apuch», que en su lengua quiere decir demonio.

—Ay, señor bachiller —dijo a esta sazón Sancho—, y cómo me habéis recordado a don Quijote.

Mandó el recuero encender los fuegos, más por defensa que por abrigo. Así lo hicieron, y al momento, siendo la leña verde, los envolvió a todos un humo azul y espeso que mantuvo lejos esa noche a alimañas y mosquitos, no así a los murciélagos, que vinieron a morderles las orejas y la punta de las narices, especialmente las de Sancho, que quedaron ensangrentadas.

Acabó el tormento y amaneció de muy otro modo a como amanecía en la Mancha. Se hizo la luz de pronto y empezaron los pájaros a cantar todos a una, con cánticos que eran más chillidos que melodías, y vieron que no lejos de allí corría un río que bajaba a buen paso. En sus riberas crecían árboles, matorrales y flores nunca vistas por ellos, unas altas y redondas, otras de hojas tan grandes y fuertes que podría acunarse en ellas a un niño y, en fin, árboles cuyos troncos no podrían rodearlos los brazos unidos de diez hombres.

Vieron también a los criados e indios de la reata metidos en el río, con el agua por las rodillas.

—¿Qué peces están pescando vuesas mercedes? —le preguntó Sansón Carrasco a uno de ellos.

—No peces, piezas de a ocho reales y escudos de a ocho, así sean los peces de plata o de oro —le respondió un muchacho.

—No os entiendo —dijo Sansón Carrasco.

—Éste, señor —respondió el mozo—, es el Camino de Cruces, por el que se pasa dos veces al año todo el oro y la plata que sacan del Perú, y lo llevan a San Felipe. Allí lo cargan luego los galeones y se lo llevan a Sevilla. Pero habéis de saber que hace unos cuarenta años, un inglés quiso atacar la reata, que era de más de quinientas bestias cargadas de plata y oro. Andaban entonces en guerra los españoles con los indios huidos de las encomiendas, a los que se habían pegado otros negros de las minas. Lo supo aquel inglés, y prometió cubrirlos de oro y llevarlos a dos barcos que tenía fondeados en Puerto Faisán y pasarlos al norte, donde no pudiesen ser castigados por los españoles, si le ayudaban a asaltar la reata y hacerse con los caudales del Rey. Lo probó una vez y otra segunda, y siempre lograron los españoles defender lo que guardaban, pero era aquel hombre de los que pasan a esta tierra buscando hacienda sin honra, y atacó una tercera con el indio Pedro Mandinga, y quiso la suerte favorecerles, y después de dar muerte a muchos hombres y bestias, se llevó todo el oro y guardó la plata donde no la encontraran. Pero tan bien la guardó que nunca más se supo de ella. Algunos dicen que la esparció en el lecho de este río. Y ésa es la razón de que nos veáis pescando reales de a ocho o escudos, y aunque nadie, hasta donde yo sé, ha encontrado nunca un solo maravedí, no hay vez que pasemos por el Camino de Cruces que no pulsemos estas aguas con la esperanza de hallar el famoso tesoro de Draco, que éste era al parecer el nombre de aquel gran artista.

—Pirata, querréis decir —corrigió Sansón.

—Artista, porque aquí quien no lo sea en todo, morirá pobre. Y para robar como él lo hizo, hubo de ser artista, y de los finos.

Llegó en esto corriendo Sancho, acalorado y sin resuello:

—No hallo nuestras mulas. Ahí están las cargas, pero ni sombra de las bestias.

Buscaron por todos lados y no vieron ninguna de las dos mulas que les había alquilado el alguacil.

Sancho se arrancaba las barbas desesperado, Sansón esparcía en derredor sus zancadas buscando al bellaco que le había robado las bestias, Quiteria y la negrilla se estaban en silencio, como suelen los criados en las desgracias de los amos, y Antonia suplicaba a su esposo:

—Dejadlo, Sansón; de menos nos hizo Dios. Al diablo los paños.

Lo decía porque sin bestias no había cómo llevarlos.

Pero no era el bachiller Sansón Carrasco, que había urdido la derrota de don Quijote, hombre al que pudiera apocarse con tan poco ni que dejara pasar un misterio tan sospechoso, y buscó al recuero, mientras Sancho se fue, dijo, por ver si encontraba los machos en la floresta.

—¿Qué queréis que haga? —arbitró el recuero con desdén—. Apenas hemos empezado nuestro camino. Sólo puedo deciros que tal vez una de esas mulas, resabiada, haya vuelto a la querencia, y se haya llevado tras de sí a la otra. Quedaos aquí un mes guardando vuestros paños, hasta que volvamos, cuidad de paso al indio que valisteis, y a la vuelta acaso no encontremos de vuesas mercedes ni los huesos, no ya las cargas.

Calló el bachiller, sin pruebas para culparle, Sancho quedó mohíno, y las mujeres recibieron el disgusto de vérselo a los hombres, pero poco pudieron hacer, sino abandonar allí las cargas y seguir en la reata, llevando en hatos y portamanteos lo que pudieron rescatar de su matalotaje.

Sin abandonar el río, la comarca se fue haciendo más llana y ancha, y el camino que salió de la selva les dio tregua. Esto permitió a un calcetero que iba allí emparejarse con Sansón, por cruzar con él unas palabras que les hicieran más liviano el camino.

—Yo, señor, me llamo Juan Avendaño, y he sido calcetero veinte años en La Española. Voy ahora a Potosí, tierra mejor, por lo que he sabido, que ninguna de las de aquí, harto de tantos robos, tropelías, muertes y engaños encubiertos como aquí he visto. Y es uno de los más usados este que han hecho con vuesas mercedes hoy: género bueno, promesas ganancia, cebo mulos sin costas, huida mulos, género en tierra y todo perdido... O mucho me engaño, o ese recuero, que tiene trazas de bellaco, quedó concertado con quien os vendió los paños en llevarse los mulos esa noche, aprovechando que todos teníamos la cabeza metida bajo la capa por defendernos de los murciélagos, y a estas horas vuestros paños estarán ya de vuelta en casa de quien os los vendió.

Sancho, que marchaba detrás y había oído todo lo que el calcetero dijo, no pudo sufrirlo:

—¿Y ahora nos venís con esto? ¿Cómo no lo dijisteis hace tres horas, cuando aún se podía remediar? Idos con Dios, hermano, y dejadnos con nuestra pena, que como todos los amigos que hagamos en estas tierras sean como vuesa merced, no me arriendo la ganancia.

Sansón Carrasco, más comedido y prudente que Sancho, dio las gracias al calcetero, y cuando se vio a solas con Sancho, le dijo:

—Tienes razón, amigo, pero ¿qué ganamos siendo ingratos con aquel que se ha compadecido de nosotros, siquiera para no sentirse él tan desgraciado? Míralo: pobre, solo y acabado después de una vida de trabajos sin cuento, camino de donde no sabe qué le estará esperando, aparte de ese nombre dorado. Es uno de esos que, pareciendo condolerse de las desgracias ajenas, en el fondo no hacen sino alegrarse, por sentir las suyas menos agudas. Todo cuanto ha dicho tiene trazas de ser verdad. Hemos sido burlados, y ya no tiene remedio...

—Era nuestra hacienda, señor —le interrumpió Sancho—. ¿Hemos de dejarnos afrentar de este modo?

—Hubo engaño aquí, pero no afrenta, porque se hizo a costa de nuestra buena condición, y he de recordarte aquello que un día te dijo don Quijote a propósito de tu molimiento: que no hay memoria a la que el tiempo no acabe ni dolor al que la muerte no consuma. Y tengo para mí que el buen sentido consiste en recordar, pero más todavía en saber olvidar. ¿Qué son unos paños y todo lo demás? De nada servirá vivir perpetuamente agraviado, y recuerda que un exceso de memoria daña la vida.

No muy lejos de ellos iban las tres mujeres: la negrilla Guiomar en el caballo y Antonia y Quiteria a pie por tener ellas más a su sabor la plática y porque en su estado, muy avanzado, Antonia no sufría la silla.

—¿Crees, ama, que mi esposo llegó a oírme en confesión la noche de la tormenta allá en la nave? —preguntó Antonia.

—Ya creía, niña —le dijo el ama—, que todo estaba hablado. Mira estas tierras, los frutos bajan de los árboles sin que nadie los cuide y crecen los trigos sin que llueva, que todo, me han dicho, se riega con aceñas. Y hay tan buen aire que no se necesita manto, y aun el corpiño sobra, y el agua es tan sabrosa que se diría de rosas. ¿Habrá mayor pecado que no dar gracias al cielo por tantas cosas buenas?

—Sí, pero nada de esto vale si antes no confieso mi secreto.

—¿Y qué os ha dado, señora, para querer ser tan recta como no lo es nadie en este mundo de vueltas y revueltas? Déjelo estar vuestra merced, verá que la vida os lo vuelve todo en su perfecto estado.

—Ay, no, ama, que ayer mismo, bajo la cobija donde nos metimos él y yo por ponernos a salvo de las mordidas de los murciélagos, me acariciaba y me decía las cosas que sin duda han de decir los poetas, porque a nadie se las he oído antes, como no sea en algunos de los libros que tenía mi señor tío, y de todas, no se me despintará de la memoria esta que me dijo: «Y cómo estoy deseando ver al hijo que me des, que yo sé será varón, y sacará mi mismo genio, y yo me lo llevaré de caza, y le mostraré el buen camino para que aproveche consejos tan buenos como he de darle, que muchas veces pienso en él y lo veo tal cual soy, con mis mismas trazas, manos, ojos y porte, sólo que del tamaño de un gazapo». Y yo, cada vez que le oigo decir eso, he de morderme la lengua y no desengañarle. ¿Y qué dirá cuando nazca y vea que ha salido la verdadera efigie del otro? Porque eso es seguro, que así como mi buen esposo se lo representa en su imaginación tal cual él es, yo en la mía lo veo tal cual fue el bellaquísimo de su padre.

Iba caballera Guiomar henchida de contento, pero no por ello desatendía su curiosidad lo que hablaba su señora y el ama. Lo notó ésta, y le dijo:

—Guiomar, hija, estas que nos oyes hablar son cosas nuestras, y me has de jurar que nunca las contarás a nadie, y menos que a nadie a tu amo y señor, que sería como matarle.

Hizo Guiomar señas a Antonia con la cabeza, dando a entender que así lo haría, y Quiteria añadió:

—Ya el tiempo te hará ver cuántos desengaños y sinsabores trae a las mujeres eso que llaman amor, si acaso llegas a conocerlo, y cuántos y peores, si no los tienes.

Y estando hablando de estos asuntos, vieron todos salir de un lado del camino, que era selva oscurísima, a un hombre viejo que venía en pésimas condiciones, el jubón roto, las calzas acuchilladas, y no por sastre, y con aspecto de no haber comido ni bebido en semanas. Traía la espada al hombro, y atado a ella, un hato.

Lo rodearon al punto, se sentó en el suelo y pidió le dieran agua y algo de comer, porque se moría de sed y de hambre.

Sancho, caritativo de suyo, le dio su bota, gran caridad, porque no tenía más vino que aquél ni dónde encontrarlo en mucho tiempo, y otras mujeres de la reata le trajeron algo de pan de maíz y tocino. Le vieron en silencio beber y comer por espacio de un rato, y en cuanto reparó sus fuerzas, dijo:

—Yo vengo de Jauja, señores. Me llamo Ramón Belvís. Vine a sembrar trigo, del que estaban tan faltos. Y se me dio tan bien y era tan bueno que el trigo me llevó a tener molino y la harina a abrir una tahona y hacer un pan tan bueno que quienes lo probaban decían que no lo habían comido mejor en Castilla, y en veinte años labré una hacienda de más de siete mil ducados, que allá queda echada a los perros. Con el molino vino también la molinera. Me casé con ella y mostró ser zalamera con todos menos conmigo, y al cabo dio en entenderse con uno que dicen don Pedro Cerralbo, regidor de Jauja y mi compadre, a quien en tiempos le había prestado mil ducados. Yo lo sabía de linaje noble, y lo tenía por hombre al que no se le conocía un mal paso, pero cuando fui a pedirle no volviera a poner los pies en mi molino, se mofó y prometió no volverme mis ducados así le arrancaran la piel a tiras. Para burlas me parecieron muchas, y lo llevé a la Audiencia de Lima. Pero allí tenía ese Cerralbo tantos amigos, a quienes compró con dádivas y promesas, que apenas se vio el pleito, le libraron de pagarme, y hube de volver a Jauja cornudo y apaleado. Allí me esperaba la nueva de que mi esposa se había puesto a vivir en casa del alcalde, para vergüenza pública, y no contento con ello, volviendo de una viña, me asaltaron y me dejaron por muerto sus alguaciles con dos cuchilladas en este costado. Me encontraron dos de mis indios, que me volvieron a casa, y sané de allí a un mes, pero no volví a vivir con sosiego, pensando que habrían de matarme cuando menos lo pensara o envenenarme el vino o quemarme la casa conmigo dentro. Así, decidí venir a San Felipe a hurto con los dos indios que me encontraron, únicos de los que podía fiarme, y por caminos desusados buscamos éste hace de ello más de dos meses, hasta que poco después nos asaltó una partida de negros. Los que yo creía indios leales se fueron con los negros y a mí me robaron todo lo que llevaba encima para pasar a España y me dejaron perdido en medio de la selva, bebiendo y comiendo de lo que hallaba a mi paso, que no fue nunca mucho. Y como al santo Job, me envió el cielo nuevas pruebas, y me mordió la mano un murciélago hace dos semanas, que se me hinchó como una bota, y tuve mano y brazo para perderlos, el brazo sin poder extenderlo y la mano gafa. Y como no hallaba debajo de la capa del cielo nada que ponerle, por estar en despoblado sin más gentes que micos y caimanes, fue grandísima ventura no peligrar, y me valí del ensalmo con que me curé una vez la mordedura de un lobo, y con esto al cabo de unos días se me abrió la hinchazón y salió muchísima materia, con lo que poco a poco fui sanando, pero apretaba el hambre, y en diez días no he comido otra cosa que arcabuco y redrojos de palma, que me causan más dolores de barriga que beneficios. Y así, cuando más tribulación sufría, Dios quiso sacarme de nuevo a este camino donde os hallo, y ahora me veo pobre y sin saber qué haré, pidiendo limosna quien ha dejado atrás una hacienda de un millón de maravedís sólo por defender su honra y no dejársela arrebatar por quien la tuvo por mi buena fe.

Conmovió a todos el relato de Ramón Belvís, y su porte y su semblante, y vieron en todo ello que no era uno de tantos que iban sembrando por los caminos de las Indias historias tan fabulosas como difíciles de comprobar, y ordenó Sansón a Sancho, que llevaba el poco dinero que quedaba, le diera un real, y como él, otros allí de la reata se compadecieron también del anciano y lo socorrieron como mejor pudieron.

Siguió Belvís su camino y los demás el suyo, y fueron Sansón, Sancho y otros hombres a buscar al recuero, para saber cuánto podía haber de verdad en lo que había dicho el señor Belvís de aquella partida de negros, y cómo de peligrosos eran; y si habían de ir prevenidos, y a todo dio tan pocas explicaciones el recuero, que fue como no preguntarle.

—No piensen en negros, y lleven desde aquí cuidado con las culebras, principalmente unas rugosas y de terciopelo que, mordiendo, se acabaron negros, indios y vida —fue todo lo que dijo.

No tuvieron esa noche murciélagos, pero con lo dicho de las serpientes, pocos durmieron, y caminando mucho y durmiendo poco y sin salir nunca a lo raso, pasaron otros siete días.

El camino, los peligros y el poco descanso les fue consumiendo a todos. Dejó de cantar Sansón Carrasco, que tanto gustaba de hacerlo; Antonia permanecía la mayor parte ensimismada, sin hablar con su esposo, cuando no volvía a sus ríspidas maneras de moza, y a Quiteria le bastaba una palabra de Sancho para que volviese a no sufrirlo.

Hasta Sansón notó el cambio de Antonia.

—Tú la conoces bien, Quiteria —le dijo un día el bachiller—. Pregúntale qué le pasa, en qué he podido ofenderla, que estoy pensando que me aborrece.

—No lleve cuidado, amo —le dijo Quiteria—, que así la conozco desde que nació.

—¿Qué le hacéis a vuestro esposo, que viene quejoso a mí? —le dijo luego Quiteria a Antonia—. ¡Y cuántas querrían un cuarto de marido como este vuestro!

—No es, Quiteria, sino el temor de hallarme en estas malas selvas estando para parir.

Siete días después, y cuando algunos ya temían estar llegando a donde dijo Ramón Belvís, les cayeron encima los negros.

En cuanto los vio, agarró Quiteria a la negrilla y la metió debajo de sus sayas y le dijo que se estuviera allí sin decir nada, porque sabía que esos negros andaban todo aquello robando indios y otros negros, por engrosar sus comunidades.

El recuero, que debía estar apercibido de ello, llevaba las pistolas montadas, y el indio que le hacía de alférez tres mosquetes más, que tomaron los mozos de mulas. Dispararon todos a una, hiriendo al parecer a algunos. Los negros, que no pensaban ser recibidos de aquel modo, se replegaron y se quitaron de su vista; pero el recuero dijo que volverían, así que repartió entre los castellanos más mosquetes y pistolas que traía.

Salió la negrilla de debajo de las sayas de Quiteria, y buscó Sansón a Antonia, a la que encontró con el semblante blanco como una pared y algo asustada.

—Lo que he temido estos días ha venido a cumplirse. Estoy de parto —dijo.

Sentenció Quiteria haber sido del susto el adelanto, y fue Sansón a decirle al recuero lo que había.

No consintió quedarse el recuero ni un minuto más en aquella parte, porque sería perder su recua, las cargas y los indios, si no las vidas, y allí les dejó, por más que Sansón Carrasco lo llenara de insultos y Sancho lo amenazara con denunciarlo en cuanto llegaran a Panamá, porque dejarlos allí, y habiendo cobrado las costas de la guía, era entregarlos a la muerte, pues si no los acababan los negros, lo haría el camino, que no conocían.

Ni los muleros ni ninguno de los caballeros que iban con

ellos consintieron en quedarse, y apremiaban al recuero para seguir la marcha. Sólo uno que entendía en paños se avino a dejarles su pistola, y cuatro libras de pólvora y media de balas.

Y así quedaron. Sansón con una espada y una pistola para defender a cinco, Antonia inerme sobre la yerba, Sancho teniendo de las riendas la caballería, por no perderla también, y la negrilla, junto a su ama, sin decir ni gota, como en ella era costumbre.

CAPÍTULO VIGÉSIMO SEXTO

Cómo les pesó la soledad en que les dejó el recuero y cómo se cerró sobre ellos aquella segunda oscuridad de estar en tierra extraña!

Sabían que a no tardar y viéndoles tan desasistidos, vendrían los negros a cobrarse venganza.

—No queda otra, Sancho, que vender cara la vida y defender a las señoras —dijo Sansón, que en materia de novelas de caballeros andantes también llevaba leídas unas cuantas.

—La mía, señor —le dijo Sancho—, no les costará mucho cobrarla, que no me sostienen las rodillas, y del vientre, ni hablamos.

Entre tanto, atendía Guiomar a Antonia, y hacía lo que le mandaba el ama, que era abanicar a su señora con una gran hoja y quitarle de la cara algo del aire sofocante que parecía ahogar a todos.

Se fijó en ella Sansón, y le dijo:

—A ti, por negra, no te harán nada, Guiomar. Ponte a un lado del camino, y quiera Dios dártelo bueno, como será malo el nuestro, que el color de la piel en un lugar te da la libertad y en otros la quita.

—Guiomar —respondió la negrilla— siempre se quedará con la señora Antonia y el ama Quiteria. No irá a parte alguna. Allí ellas, allí Guiomar, y con señor Sansón y señor Sancho, si no dispone otra cosa el amo.

Por primera vez la oían Sansón y Sancho decir tantas razones juntas, y con voz que era tan dulce, y una mirada tan tierna que les dejó cautivos.

De la opinión de Sansón se mostró también el ama, que trató de persuadir a la niña. Ésta, entre lágrimas, movía a uno y otro lado la cabeza dando a entender que no se desgarraría de ellos. Y lo mismo quiso decirle Antonia, de no ser porque se presentaba el parto tan rápido, que pidió Quiteria a los dos hombres se apartaran un tanto de allí e hicieran un fuego.

—¿Y no será el fuego declarar dónde estamos? —peguntó Sansón, pensando en todo.

—No sea simple, bachiller —respondió Quiteria a la vieja usanza—, ésos, si están, siguen ahí, detrás de cualquier árbol.

Pasó Antonia, como primeriza, muchas horas con dolores, sin parir, y tuvieron tiempo de buscar algún regato, que hallaron no lejos de donde estaban. Se les echó la noche encima.

Dos o tres horas más tarde oyeron el llanto de una criatura; Antonia había parido.

Acudió Sansón corriendo donde estaba la madre, y apenas pudo verla sino con la punta de los dedos, porque a más no daba aquella oscuridad.

Creyó que Antonia estaba triste por haberle dado una hembra y no varón, como quería, y trató de consolarla:

—Será como su madre, y eso me basta —le dijo el bachiller.

—¡Estoy llorando! —exclamó Antonia perpleja.

Y a Quiteria le preguntó:

—Ama, ¿a quién se parece?

—A estas horas, Antoñita —dijo el bachiller—, a los luceros.

Había puesto Sancho un poco de agua en un hervidor, pero el fuego era ruin, y tardaba en calentarse. Tomó Sansón otro poco de agua del torrente en la colodra y, teniendo por cierto que los negros les quitarían la vida esa misma noche, allí mismo bautizó a la niña con el nombre de María, en honor de Nuestra Señora. Y se acordaron que acaso tampoco estaba bautizada la negrilla, y por si acaso, también la bautizó. Y entre todos los nombres de que podían echar mano, se llevó el de don Quijote: «Desde hoy», le dijo el bachiller, «obedecerás al de Guiomar Quijano».

Brizó Guiomar a María, se acurrucó debajo de un árbol caído, y se encajó como mejor supo y pudo. Quiteria, con la excusa de asistir a Antonia, no la dejó tampoco sola con el bachiller, por miedo a que su señora, en la flojera que sigue al parto, volviera a las andadas con los remordimientos, mientras que Sancho peleaba a brazo partido para alimentar una hoguera que daba más humo que llama, y más sombras que resplandores.

Estaban todos rendidos; y aunque el temor a los negros los mantenía despiertos, el cansancio era tal, que les vencía el sueño.

Sancho, que lo notó, dijo resuelto:

—Pierdan cuidado vuesas mercedes; yo haré la guarda.

Sansón Carrasco entregó a Sancho la pistola y su espada, y encomendándose cada cual al cielo, se dispusieron a pasar la noche como mejor pudieran.

El confuso frenesí que reinaba en la selva durante el día se trocaba, caído el sol, en mil silencios rotos, todos distintos. Recordó Sancho la noche aquélla temerosa que pasaron don Quijote y él junto a unos batanes. Los ruidos y baladros de la selva no eran tan fuertes, pero sí más sutiles. Hubiera podido Sancho entrar en el corazón de sus amigos. Hasta el hilo de sus sueños se escuchaba, sutil e interminable. No tardó en llegar la aurora, y con ella el que temían fuese a ser el día más aciago de sus vidas, si no el último.

Despertó primero la niña, con un lloro menudo, y Antonia y Sansón a un tiempo, y Quiteria después, y por último la negrilla Guiomar, a quien hubo de sacudir Quiteria, porque era de dormir roqueño. Los cuatro vieron a Sancho tal y como lo habían dejado la noche anterior, sólo que con todos los pelos de la barba electrizados, y a su lado, tendido de espaldas, un mico más aparente, negro y grande que muchos sacristanes, con patas y brazos levantados, y la espada del bachiller clavada en su pecho.

Costó lo suyo que volviera Sancho de su espeluzno, pero al fin contó cómo en la guardia se quedó dormido. Soñó luego que seguía en los tiempos de aventuras, sirviendo a don Quijote en aquellas Indias, allí mismo, con todos ellos pasando el Darién. Y que estando en un coloquio con su señor, como acostumbraban, sintieron ruido cerca. Puso don Quijote mano en la espada y movió un gesto con la otra para imponer silencio, mientras hacía el escrutinio del aire. Sintieron entonces, sin saber de dónde ni cómo, inopinada y súbitamente, una bestia espantosa que venía de lo alto a llevarse a la niña, sin poder decir ellos si aquella salvajina era de las que volaban, reptaban o corrían los árboles. Atento como estaba siempre a socorrer a las criaturas, no dudó don Quijote en asestar formidable y certerísima estocada, y dejar tendido sin vida a aquel monstruo en el preciso instante en que ya tenía sus garras sobre la recién nacida. Y todo parecía en sueños tan real, que de no despertar en ese instante, lo habría tenido por verdadero. Halló entonces a su lado al monstruo al que, asustadizo como era, ni se había atrevido a sacar la espada, por si le daba la vida al arrancársela, como había visto él algunas veces en los lances de toros.

Examinó el bachiller a la bestia mientras limpiaba su espada en unas hierbas. Era el monstruo un monazo de lo menos seis arrobas y muy fea catadura, que recordó a todos a uno de los herreros de su pueblo.

Tuvieron Sansón y los demás a gran modestia no querer Sancho blasonar de su victoria, pero nadie le convenció en contrario y no dejó de creer nunca que no hubiese sido el brazo de don Quijote el que había atravesado al mono, y aun se hubiese dejado cortar el suyo por sostener aquello.

Determinó entonces Sansón añadir al nombre de María el de Sancha, en honor de quien le había salvado la vida, lo que hizo llorar al escudero, y así, volvió a bautizarla nuevamente con ese nombre de María Sancha, merced que agradeció Sancho, como era uso en él, sacándola de pila con dos o tres gemidicos y pucheros.

El parto dejó tan débil a la madre que no pudo tenerse en pie todo aquel día, temiendo siempre la venida de los negros. Pero los negros no aparecieron, sino seis soldados, con su capitán, y un hombre vestido de gabardina, que llevaban a la Audiencia de Panamá y no a la de Santa Cruz de Bogotá, donde le correspondía, por haberse declarado en esta ciudad la peste.

Contó Sansón cómo fueron atacados por negros, y el abandono del recuero cuando más sin resuello estaban, y todo lo demás, el parto de Antonia y aun lo del mono. Ordenó el capitán a los suyos hacer noche en aquel sitio, y se ofreció a escoltarlos hasta Panamá.

Escasos como andaban ya de provisión, lo agradecieron Sansón y los suyos, y curioso como era, preguntó Sancho si no era indiscreción saber qué delitos llevaban a aquel hombre tan cargado de cadenas.

—Éste es —dijo el capitán— un falsario que llegó hace seis meses a Cartagena. Vino revestido con hábito y cédulas de prior del cabildo de la catedral. Durante un tiempo se le vio llevar su dignidad cada día a la iglesia, pero de allí a dos meses desapareció y con él todo cuanto de valor había en ella, tanto en dineros como en vasos sagrados y piedras preciosas y perlas que los devotos donan para engastar en la corona de la Virgen o en sus mantos. Salimos tras él, y fuimos husmeando sus vientos hasta dar en San Felipe, donde hace tres días lo prendimos en una casa de trato, esperando un barco que le llevara a Nueva España. Hemos vuelto los dineros y cálices y las otras joyas a Cartagena, de donde son, y nosotros pasamos con él a Panamá a dejarlo en manos de la Inquisición, por estar Santa Fe apestada.

Lo miró de soslayo Sancho y vio al prisionero sentado en tierra. Se había quitado la gabardina y enseñaba el guardamigo y las cadenas de que venía impedido, aunque no parecían atribularle mucho.

Pidió licencia Sancho al capitán para hablarle, pero éste no se lo aconsejó, por ser el preso hombre de malísimas pulgas.

Lo oyó el preso, y dijo al capitán que mantuviera la boca cerrada si no quería ver cómo se la cerraba un día, pues pensaba romper aquel cepo como rompió otros.

Le bastó oír su voz, para que Sansón dijera:

—¿Y qué gran pecado o delito habrás cometido, Sancho, para toparte en todas partes al bellacazo Ginés de Pasamonte?

Lo oyó Sancho, se acercó al hombre, lo miró detenidamente y dijo:

—¡Válgame el cielo que es verdad! ¿Qué hace aquí el mayor embaucador de todos, el que apedreó a mi amo después que lo librara de galeras y a mí me robó el rucio, el que amaestraba gatos y hacía hablar con voz propia a los títeres de Maese Pedro, y burló a la pobre Aldonza Lorenzo, el más consumado felón, el peor mirado de los rufianes, el puto, mandil, bardaje y gafo, el mil veces hideputa Ginés de Pasamonte?

Pasmado quedó el capitán oyéndole nombrar a aquel desconocido.

—¿Lo conocéis?

—¿Que si lo conozco? Si acá no ha trocado el nombre, éste es Ginés de Pasamonte, conocido también por Jerónimo de Pasamonte.

Levantó la cabeza Ginés por verlo mejor, y dijo sin inmutarse:

—¿Vos por aquí, Sancho?

Contaron Sancho y Sansón al capitán lo que sabían de aquel hombre desde que se lo encontraron el escudero y su amo en una cuerda de presos, que fue que su amo lo libertó a él y a los demás, contra la voluntad de quienes los llevaban a Sevilla a galeras y del propio Sancho, y lo mal que se lo pagó, a pedradas y palos, y cómo aquel Pasamonte le robó su rucio. Y cómo también andando el tiempo se lo volvieron a tropezar en la Mancha aragonesa, vestido de comediante, con un retablo de títeres y un mono adivino, haciéndose llamar Maese Pedro. Y aun después de muerto don Quijote volvieron a verlo en su aldea, pues enterado de la vida de su amo don Quijote por el libro, no encontró modo mejor de afrentarlo, que casarse con la que don Quijote creía señora de sus sueños, Aldonza Lorenzo, a quien éste llamaba Dulcinea del Toboso, y vivir de la fama de aquel hidalgo, dejando al fin a la descompuesta Aldonza abandonada y como trapo de fregar.

Preguntó el capitán a Pasamonte si era cierto cuanto Sancho y Sansón decían, y el preso se encogió de hombros, al tiempo que mandaba a más de treinta pies un gran escupitajo. Y para hacerle ver al capitán que el gargajo les estaba destinado, siquiera en modo figurado, preguntó de lo más amable al escudero:

—¿Y cuánto de bueno por aquí, Sancho? ¿Qué hacéis tan lejos de vuestra casa?

—¿No tenéis más que decir?¿No sabremos más de la manía que os entró con don Quijote? —preguntó Sansón.

—Nada que os interese, sino que al verme motejado de parapillas y otras lindezas en la primera parte de vuestra historia, tracé yo felicísima invención. Y fue convencer a dos amigos míos de vestirse de don Quijote y Sancho, para descrédito de los verdaderos. Se ganaron la vida muy bien de aquella guisa y más cuando yo, con el nombre de Avellaneda, di a la imprenta su historia, que los hizo famosos.

No entendía el capitán de qué hablaba el preso y se lo contó Sansón, sin saber cuánto había de verdad en todo aquello contado por Ginés.

—Pues habéis de saber, señor Pasamonte, que los muchos y verdaderos amigos de don Quijote y Sancho os estamos profundamente agradecidos por vuestras muchas trapazas, pues sin vuestro libro, donde malamente nos retratasteis, quizá no anduviera tan diligente el señor Cervantes en acabar la historia de nuestras verdaderas andanzas, y que a vuestros amigos los dejamos servidos en Sevilla con unos buenos palos y una orden de no poner allí los pies en diez años, y, a lo que yo creo, tal ocurrirá en otros lugares cuando se vayan conociendo sus embustes.

Guardó silencio Pasamonte y no volvió a despegar los labios aquel día ni ningún otro de los que caminaron juntos hasta llegar a Panamá, sino que todo eran miradas atravesadas, cuando no risitas sardonias, y aquellas fabulosas escupitinas que lanzaba certeras y raudas como las balas.

CAPÍTULO VIGÉSIMO SÉPTIMO

De los negros no supieron sino que dos días después encontraron muertos en el camino a tres de los indios del recuero y uno de sus criados, flechados unos y acuchillados otros, señal de que habían asaltado la reata. Y llegaron por fin a Panamá tres semanas y dos días después de dejar San Felipe los que habiendo sido cinco en la partida eran seis en la llegada.

Salieron a un lugar desde el que se veía el Pacífico cuan grande era, y Antonia no pudo dejar de exclamar:

—¡El mar! ¡Y qué dormido!

—¡Ya le vale, después de los meneos que llevamos! —protestó Quiteria.

Se despidieron allí del capitán y sus soldados, que condujeron a Ginés a la cárcel de la Inquisición, y a éste le desearon una vida mejor que la que le esperaba, porque no hay bien nacido en el mundo a quien no duela ver a otro hombre enterrado en las entrañas de un barco y atado de cadenas.

Y en Panamá hallaron esperándoles una carta de don Suero, tío del bachiller, cuando más desesperaban de recibirla.

La leyeron esa noche juntos, en la posada.

> De don Suero Pérez Maldonado a su deseado sobrino el bachiller Sansón Carrasco, en Panamá.
>
> Mi muy querido sobrino Sansón, Dios sea servido de haberos traído con salud a esta de Panamá, y a vuestra esposa y criados. Ni vuestra tía ni yo reposamos hasta veros en esta. No mando allá dineros por no darlos al demonio ni hallar

en quien fiar, pues hay en esos puertos tanta bellaquería que la palabra de un hombre vale tanto como la de un can y veréis, pasado el tiempo, que faltar un hermano a otro, en tiempo de necesidad, se ve pocas veces, sino en estas partes, donde hay poca amistad entre los hombres, y así estoy deseando daros pronto el abrazo no de tío a sobrino, sino el que vendrá a ser de padre a hijo. Vuestro tío que veros desea.

—Además de pobre, mísero —sentenció Sancho—, y habiendo poca amistad como dice, podría haber hecho uso al menos del parentesco, dejándoos el avío de algunos dineros, por si veníais falto de ellos.

Sin ellos, o muy justos, no veía Sansón cómo podría pagar los fletes de los cinco, y viéndole tan apurado, Antonia le entregó la cruz que había sido de su madre, y dos ajorcas de oro y una perla.

Le devolvió la cruz Sansón, y buscó un platero, de los muchos que había en la ciudad, y ninguno le daba por las ajorcas y la perla lo que mereciese venderlas, y tornó con ellas a la posada.

Fue al puerto preguntando y allí le señalaron un barco que después de apestarse se echó al azogue. Su capitán prometió desembarcarlos en el puerto de Quilca, fiado de su palabra. Cuando pudiera, y a tales y tales señas, mandaría el bachiller las costas del viaje, y lo concedió el capitán para mostrar que aún quedaban en aquellas partes quienes no tenían el corazón empedernido, como decía su tío don Suero en la carta.

—El capitán se compadeció de nosotros, y partimos en cuanto haga cargazón de agua y despensa —volvieron diciendo Sansón y Sancho.

Hicieron lo propio Sansón y los suyos, yéndose en ello todos los dineros que quedaban, y al cabo dieron vela rumbo a Valparaíso, sin más compañero de viaje que un caballero que se decía Beltrán Mendieta. Traía éste a un lado una espada en vaina que había sido la de una culebra, al otro un zurriago, y de la mano, atados a la correa, tres perros marrulleros a los que cuidaba y tenía en más estima que al mancebo que lo servía.

—¿Y cómo es que esta nave no nos lleva más que a nosotros y al caballero de los tres perros y su criado? —le preguntó Antonia al bachiller.

—A nosotros, por caridad, y al perrero por andar, al parecer, también él azogado, quiero decir con prisas.

Era este perrero de una gran envergadura. Vestía un coleto de damasco carmesí y calzas enteras de tafetán, y un sombrero de ala tan ancha que le cubría la mitad de la cara, para ocultar la falta de un ojo que al parecer le saltó el gavilán de la espada, al caer su caballo en un puente.

Venía, según dijo, de dejar la plata de sus minas, y había aprovechado para mercar aquellos tres perros bravos, llamado por su fama. Eran los tres de color bermejo, con el boco de los ojos negro, mediano y no alindado, y los tres, según quien se los vendió, de gran entendimiento y denuedo en alcanzar indios, por ser nada menos que de la estirpe de Becerrillo, padre del Leoncico, que se había traído Balboa al Darién. Estaba muy ufano el hombre de su compra, y veía en el aperreamiento de indios un descanso, pues estaba ya con mucha fatiga de correr tras ellos. Iba con prisas, por haber dejado revuelta su encomienda. En Puerto Viejo, dijo, le esperaban cartas que le darían cuenta de ella, y prometió doce reales a quien se las leyera.

Preguntó Sansón cómo era que no sabía leer, y esto fue lo que dijo:

—No, por cierto, ni se probará que en mi linaje haya persona de tan poco asiento que se ponga a aprender esas quimeras que llevan a los hombres al brasero y a las mujeres a la casa de trato.

Prometió Sansón leérselas sin costas, pero pidió a cambio saber qué quiso decir con lo otro, y contó Mendieta cómo en las minas de Chile adonde se dirigía tenía él casi doscientos indios y otros tantos negros, y que tentados por el demonio muchos habían empezado a írsele con grave daño, y había que volverlos con los perros, pues al ver a aquellos animales, que temían más que a la espada o la horca, ya se les quitaban a muchos los deseos de irse.

Quiso saber Sancho si eran allá todos esclavos, y esto le respondió también el perrero:

—No, sino los negros. Los indios están sujetos a la encomienda, que es estarse sujeto con quien el Rey de España lo manda, y la Santa Madre Iglesia los adoctrina, y por amor al Rey y a la Santa Madre Iglesia se están quedos.

—Pues no debe de ser el suyo amor muy verdadero, cuando habéis de buscarlos con los perros —le replicó el bachiller.

—No sería cosa tan mala como dais a entender si el Rey y la Iglesia, y cuantos servidores tienen en estas tierras, no lo hubieran querido así —dijo Mendieta, que no sabía de zumbas—. Pero no debieran quejarse los indios, que mucho han adelantado de cuando vino mi padre a estas partes. Llegando al lugar que le dicen San Clemente cambió su yegua a un encomendero por ochenta indios y un muchacho por un queso, y no se piensen vuesas mercedes que hizo buen negocio, pues ni los indios valían lo que la yegua ni el muchacho el queso; y los hubiera matado a todos, por baldíos y viciosos, que si no es por fuerza o necesidad, no trabajan. Y si por mí fuese, no los tendría, pero quien no tiene indios en estas partes, no tiene de comer. Y con todo, ¡qué tiempos aquéllos!

—Sí —intervino Sancho—, sobre todo para las yeguas y los quesos.

Entendieron todos la intención de Sancho, pero ahí quedó la cosa; y vieron que no había mucho más que hablar con aquel hombre que, en cuanto se le preguntaba, daba en hacerlo de su caída del caballo, de las indias que había cubierto, de sus indios y sus perros, de sus perros y sus indios, y su hacienda, que no la daba él en treinta mil ducados, y de todo el trabajo que le había costado levantarla, para que ahora esos indios desagradecidos se le huyeran, y que ya estaba deseando llegar a su Chile por mostrarles a todos aquellos becerrillos fieros.

Después de aquello, evitaban el perrero, Sansón y Sancho tener que hablarse.

Todo lo buena que fue la travesía desde Sevilla hasta la Dominica, fue de grandísimo trabajo hasta El Callao. A los tres días de zarpar tuvieron que arribar a una isla que llaman Toboga, porque se iban anegando, y fue necesario alijar el barco en más de quinientas arrobas.

Pasaron en esa isla lo que Dios sabe, porque no había sino gallinas que comer, y sin pan, y valía cada una doce reales. Pudieron partir al fin y anduvieron cuarenta leguas, y otra vez porque el azogue pesaba y se iba anegando el barco, tuvieron que arribar a un puerto que se llama Mariave, donde hallaron terneras muy buenas a diciesiete reales la libra, y gallinas, pero pan, ni por un ojo, sólo tortillas de maíz, que hallaron malas, porque les llenaron el cuerpo de ronchas y criaban, según decían, mucha sangre. Cuando estuvo mejor el mar, salieron para tomar la costa del Perú, pero tuvieron los vientos contrarios y todos los aguaceros encima, y siendo barco de azogue, no tenían donde meterse, las aguas les daban encima de una toldilla, y los mataban. Pero todo lo sufrieron con entereza y sin queja, salvo el perrero, a quien aquel mal tiempo dio seis calenturas muy malas. La comezón de las ronchas le comía tanto que se desollaba vivo, dejándose el cuerpo como una llaga. Se acabó pronto la despensa y hubieron de echar mano de vaca salada para comer, y había tanta hambre y tan poca comida, que a todos les sabía a faisán.

Y así llegaron a Puerto Viejo, que es el primero de la costa del Perú, la víspera de Pascua y cuarenta días después de haber salido de Panamá, en lo que se suele tardar de ordinario veinte.

CAPÍTULO VIGÉSIMO OCTAVO

Llegaron a Puerto Viejo y quedaron en el barco por no haber en todo aquel lugar casas donde posar, y tan estrechos como venían. Ni el perrero echó pie a puerto, aunque él necesitaba más que nadie cama y sudarse.

La espera de tantas horas sin saber cuándo partirían los enfermaba a todos. Pidió entonces Sancho a Sansón, por mayor comodidad y matar aquella rara congoja, que le trasladara una carta, y fue ésta:

> De Sancho Panza, en Puerto Viejo, Perú, a su mujer Teresa Panza, en la Mancha.
>
> No puede el hombre huir su ventura, blanda ni dura, y aquí estamos en Puerto Viejo, más dura que blanda, esperando mejorarla, si fuere posible, que no será, siendo tan buena como viene siendo desde que dejamos aquélla. No hay mucho que contar, sino que en todas partes cuecen habas, y aquí mueren como allá, y otros nacen. Mi señor Sansón Carrasco fue padre de una niña, y nos viene sirviendo una negrilla, que aquí no hay nadie que pudiendo no la tenga, y lo mismo digo de los indios, y ya el señor Carrasco lleva en la cabeza el modo de hacerse con algunos, si acaso su tío no los tiene, que los tendrá, pues en estas tierras el que no los tiene no tiene qué comer, al decir de todos. En dineros no corre acá tan bien como con don Quijote, pero las promesas de haberlos son más firmes y valederas que con él. Y has de saber también que pasada la equinoccial no hay piojos. Mira de pedirle a nuestro amigo el cura o al barbero te haga crónica de cómo está casa, hacienda y aldea, porque acá

uno de los mayores regalos que se tienen es saber por lo menudo las cosas de allá, y por eso te suplico que no te canses en escribírmelas, que más se precisa aquí una carta que todos los tesoros de las Indias. Y vete pensando, cuando mande dineros, cómo y cuándo venir y convencer a Sanchico y Teresica te acompañen, que acá es fácil ganarlo, y nunca preguntan a qué lo ha ganado Fulano, sino qué tiene, y diciendo que tiene algo, tapan todos la boca y callan.

A todos los señores vecinos y deudos besa las manos muchas veces el que desea verte más que a sí mismo, Sancho Panza.

Dio las gracias Sancho a Sansón, porque de haberla escrito él, habrían ido en ella, más que letras, copiosas lágrimas, que no dejó de verter en todo el tiempo que la dictó.

Estando en esto, pidió subir al buque un hombre que traía las cartas que esperaba Mendieta. Fueron a despertarle, pero lo hallaron muerto. Y sabiéndolo muerto, en muchas miradas de la marinería se pintó la codicia de quedarse quién con la vaina de serpiente, quién con los perros, quién con su bolsa, quitándose de enmedio al mancebo que venía sirviéndole, que era bastante simple.

A Mendieta lo enterraron en Puerto Viejo, y a la mañana siguiente hallaron cortadas las correas que traían sujetos a los perros, y por más que buscaron en todo el barco, y aun en el pueblo, no los hallaron.

En Puerto Viejo subieron también, camino de Chile, un fraile muy gran predicador y otros dos hombres honrados.

La idea del capitán era dejar a Sansón y los suyos en el puerto de Quilca, pero vinieron los vientos tan contrarios que el capitán dio orden de desembarcarlos en el puerto de Chule o en la caleta de Ilay, según se viera.

Si malo y contrario había sido hasta allí el camino, no pudo ser peor el desembarco. Las olas y el viento amenazaban romper la nave, y de no ser por la pericia de los marineros, habrían acabado en aquellos temibles y oleados farallones.

Saltaron a tierra con gran peligro. Lo hicieron sobre unas tablas mal afirmadas en hincos comidos por el agua, las algas y las colonias de conchas negras, y dieron luego gracias al cielo por haberlos traído sanos hasta allí. En ese punto Quiteria hizo juramento solemne de que, si Dios tenía a bien, no volvería ella a subir a ninguna nave en todos los días que le restaran de vida; y poniéndose de hinojos, besó la tierra.

No fue de la misma opinión el bachiller, que habría subido a otra por correr tras el capitán azoguero que los había dejado en Ilay y no en Quilca, mientras Sancho decía que Quilca e Ilay, por lo que habían ido viendo, allá se andaban. Y así era. Antonia tenía en brazos a Mariquilla y nada de eso le importaba, sino mostrarle a la niña el mar:

—Mira, Mariquilla, el mar. ¡Sabe Dios cuándo volverás a verlo!

Un golpe de aire les trajo en ese momento una gran pestilencia, y vieron que no lejos de donde estaban, en la playa, había una ballena muerta, comida por una gran copia de pajarracos negros que entraban y salían de sus entrañas sin reposo, y otros muchos, blancos, que la adornaban con sus cortos revuelos.

El hedor del monstruo muerto les empujó hacia unas tristes cabañas hechas de tablas y techumbre de paja, que se veían a lo lejos, amontonadas como castillejo de naipes.

Sobrecogidos por la desolación del lugar, ninguno hablaba, y se diría que más que pensar, se vaciaban de todo razonamiento. La inmensidad del mar a sus espaldas. El barco azoguero, al frente, a punto de desaparecer tras unos cantiles. A un lado, una pequeña colina, y detrás, una imponente muralla de rocas y montes pelados, sin más vida que unos tristes y ralos yerbajos cubiertos de arena y polvo.

Junto a las cabañas había una ermita de piedras redondas tan llenas de agujeros, que parecían calaveras, y acostada en ella, una que parecía caballeriza.

Salieron de las cabañas unas indias desmedradas y viejas. Algunos niños desnudos jugaban con la tierra, y dos o tres perros famélicos iban de un lado a otro buscando la sombra, sin encontrar una que pareciera convencerles.

A la puerta de la ermita les esperaba el que parecía ermitaño. Inmóvil, con la cabeza caída a un lado, dejó que llegaran a él.

Habló Sansón. Quiso saber con quién debía tratar para que les llevara hasta Arequipa.

—Conmigo.

Se ofreció a llevarlos por doscientos reales, cincuenta por cada uno, sin contar a la negrilla ni a la recién nacida.

Paradas, observaban las mujeres. Los niños, cinco o seis, dejaron de corretear y vinieron a pegarse al ermitaño.

No les quedaban tantos dineros, y prometió Sansón darle los que faltaran cuando llegasen a casa de su tío, don Suero Pérez Maldonado.

¿Conocía a don Suero el ermitaño?

—Quizá. Pero en estas tierras se deshacen los parentescos apenas se andan unas leguas. Todos dicen que me pagarán al llegar, y llegados, todos se olvidan. Traed los que decís y esa cruz de azabache que lleva la señora al cuello, y me valdrá alguna de las ropas que debéis de traer en el baúl.

—¿Y sabéis si ese señor ha muerto? —preguntó Sansón—. En su carta decía que estaba muy enfermo, y de esto hace tiempo.

—No sé si vive o ha muerto, que aquí se van las gentes de un día para otro; pero vengan el dinero, la cruz y algún vestido, y cerramos nuestro negocio.

Hicieron como les dijo. Dio Sansón los reales que le quedaban y entregó Antonia las ajorcas de oro y la perla, por estimar en mucho la cruz, y desentrañaron los vestidos del baúl, de donde el ermitaño tomó un corpiño de terciopelo azul de Antonia y unas sayas, lo que le hizo decir a Sancho:

—Extrañas tierras estas en que los ermitaños se cobran en corpiños y alquilan mulas y llevan espada y pistola. Andar para ver, y siempre se ha dicho que quien mucho viaja mucho ve y mucho aprende.

—Extrañas cosas, sí, señor de paso —replicó el ermitaño—; pero si os parece mal, aquí mismo se deshace el trato, tomad vuestros reales, las ajorcas y lo demás, que tengo mucho que rezar y por quién, y mis bestias querrían mejor seguir acá que andar el yermo; y la espada la llevo porque llegan a esta marina muchos que quieren tomar sin pagar lo que no es suyo.

Llamó el ermitaño a aquellas mujeres, y Sancho dijo:

—No deja de ser suma santidad la de quien no contento con sufrir a una goza de tres. Dios le guarde.

Se le quedó mirando fijamente el ermitaño, pero nada respondió. Para contento de sus mujeres, les repartió su califa una de las ajorcas, la perla y el corpiño. Luego se fue a las caballerizas y de allí a un rato salió con seis bestias, a lo que parecía mejor cuidadas que las mujeres.

Abrasaba el resol en un cielo polvoriento, calinoso, turbio.

Llenaron de agua cinco botijas, después de pagarle otro real a la mujer que las trajo, y antes que pasara una hora ya estaban montados en las mulas. Al frente se puso el ermitaño:

—Sepan, señores, que este es camino que temen bestias y hombres. Verán a su término si estuvieron o no bien pagados los dineros que les llevo.

El camino tenía más de torrentera o de releje que de vereda. Las piedras lo dificultaban, y a su paso se levantaban unas como cenizas blancas que se pegaban a la garganta con sólo respirarlas. Lo cubrían todo unos hierbajos raquíticos llenos de pulgas que saltaban al paso de las bestias y se advertían a simple vista:

—A falta de piojos, buenas son pulgas —dijo Sancho—. A éstas, se ve, no las sujetan las leyes equinocciales.

Nadie decía palabra por no tragar aquel polvo abrasador. Caminaron dos horas a lo largo de aquella que recibe el nombre de Quebrada de Ilay. La ascensión del Gólgota fue cosa de risa comparada con ésta. La senda se estrechaba tanto en ocasiones, que temieron despeñarse por aquellos barrancos de piedras blancas y redondas, todas con sus ojos negros, mirándoles desde el infierno.

Vieron, subiendo por el desfiladero, volar debajo de ellos a aquellos pájaros de mal agüero que antes devoraban a la ballena muerta y que parecían esperar a que cayeran ellos con sus bestias a lo más hondo. Pero quiso Dios enviarles en ese punto una misericordiosa niebla, espesa y fría, que alivió lo abrasador del polvo. Sancho, único al que ni el polvo aquel sujetaba la lengua, dijo que era grandísima merced aquel nublazón, pues cayendo ellos a lo hondo del abismo, los buitres, que el mulero llamó zopilotes, no darían con sus partes blandas.

Pasadas cinco horas alcanzaron la cima, y en ella un terreno llano y pelón, en el que había dos tinglados, semejantes a los otros de abajo, los dos con techo de hojas de maíz y otros yerbajos secos. Se hubiera dicho que era la cumbre del mundo; sólo cielo, aquel cielo polvoriento, calinoso y sucio por todos lados.

Allí hallaron a una india y un racimo de criaturas desnudas que le andaban alrededor como moscas.

Mandó el mulero desmontar. Los animales llegaban muy aporreados. Buscó luego en su alforja la saya que se había cobrado del arca de Antonia, y se la entregó a la india. La recibió ésta con sonados alborozos y corrió a guardarla en su choza. El ermitaño pidió luego al mayor de los chicos que pusiera en orden las bestias, y llevó a los viajeros al otro cobertizo.

Tenía el altozano aquel una suave pendiente de pura piedra, cubierta de arena blanca, como ceniza. Se acercaron todos al que parecía acantilado y de pronto apareció a sus ojos la inmensidad del océano, a un lado, al otro, enfrente, y hasta donde alcanzaba la vista. Se admiraron de ver, sobre tres mil varas de abismo cortado con plomada, aquellas abrumadoras lejanías. Los pasos de todos se clavaron; los de Sancho, por el vértigo, se echaron atrás.

No se veía en todo el océano barco ninguno donde fijar la mirada ni rastro del azoguero.

Antonia, con el corazón sobrecogido, volteó a la niña y dijo:

—¡Mariquilla, mira, el mar! ¡Éste es de color esperanza!

Y añadió al punto, con alegría difícil de explicar:

—¡Señores, hemos llegado al fin! —y se dejó caer de rodillas.

Hicieron todos lo mismo, y quedaron luego sentados, mirando el mar un largo espacio. Les costaba hablar.

Sansón dijo al cabo de un rato, poniéndose en pie el primero:

—La rueda de la fortuna, por mano de vuestro bachiller, nos ha atraído aquí, y aquí, tal como llegamos sólo habremos de medrar, porque no puede decirse que haya llegado nadie más castigado de lo que llegamos. Sólo por ver lo que hemos visto, bien ha merecido la pena. Ánimo, Antonia, arriba, mira por esa niña que guiará nuestras vidas como una estrella. Gracias, ama, porque sin ti, tu señora habría muerto de parto en aquella selva, y a ti, Guiomar, que has venido a ser candil y cascabel, todo en uno. Y qué decirte, Sancho amigo, Sancho hermano, que podías a esta hora estar bebiendo un jarro de vino en nuestra aldea o paseando las amenas leguas de la Mancha con el señor Angulo el Malo.

—Ay, señor Sansón —le dijo Sancho—, ya sabemos todos que no hay día sin acedía, pero nadie se ande en su dolor. No seáis de aquellos de quienes se dice que tienen el corazón triste y riendo mueren y llorando viven. Yo soy ya un hombre nuevo. Me ha costado esta aventura el comprenderlo. Fuera penas. Ya todos sabemos de qué agua nos mojamos. Y hablando de ello, ¿no tendrán acá algo de vino? Que siempre se ha dicho que para aliviar las penas, un cuartillo de Montilla o de Lucena. No sé de ningún lugar de la tierra donde no le hagan o le tengan, porque allí donde haya cosas que olvidar se pisará la uva o lo que en esas tierras se estile. Y esta de haber llegado es una gran fiesta, aunque claro que fiesta sin vino no vale un comino.

Y el habla que les faltaba desde que salieron de Panamá y anduvieron en el barco azoguero y aquel trozo de quebrada fue volviendo a ellos poco a poco y sus almas se fueron reparando solas.

Llamaron al ermitaño, y le preguntaron si había en aquel lugar algo de comer y de beber, y les dijo que de lo primero unos conejos de Indias y de lo segundo agua, y cuando quiso saber Sancho si había vino, aunque ya sabía él que no sería de Montilla ni de Lucena, les dijo que allí no se usaba sino la chicha, que venía a ser lo mismo.

Quiso saber entonces Sancho, alborozado por la noticia, qué valía allí un cuartillo de esa *dicha*, y que si era como su nombre, sería buena, y preguntó también si podía pagarle con una gorra que traía en las alforjas.

Vio el ermitaño la gorra verde de montero que le regaló en su día a Sancho la señora duquesa, y que aborrecía después que supo las burlas que le dieron en la ínsula, y le pareció bien, y pagaron los cuys o conejillos con la última blanca que le quedaba a Sancho de aquellas cosechadas entre los académicos sevillanos, lo que le hizo recordar su promesa:

—¡Y qué barata os sale la fama, don Fernando Afán, duque de Alcalá y virrey de Nápoles, y don Luis, y vos, duque de Valencina y demás cofrades del Buen Consejo! ¡Quién diría que con sólo una blanca iban vuestros nombres a resonar en estas peladas altitudes y en boca de los más ilustres viajeros que haya habido, honra y prez de la Mancha, y por la causa más egregia! Ea, ermitaño, tenga esta blanca y vengan desorejados esos que decís conejos, que siendo de las Indias tampoco dejarán de ser buenos.

Tomó el ermitaño la blanca y ordenó a la india matara tres cuys, y antes de dos horas trajo una olla, donde flotaban las presas, y un azafate con peces asados, ají molido y otras frioleras, y un jarro de aquel famoso vino que llamaban chicha.

Apuró Sancho con sumo escepticismo aquel vino lechoso, y hallaron sin enjundia los conejos, lo mismo que el pan de algarrobas que el mulero tenía por bueno. Pero se holgaron con todo, pues se sabían a menos de treinta leguas de su destino.

Acabaron de comer y montaron en las mulas. Dejaban a su espalda el mar. Enfrente se abría para ellos un vasto desierto calcinado de piedras peladas por el viento, con cerros agrios y dificultosos a uno y otro lado y aquel finísimo polvo blanco hecho de huesos, de ceniza de volcán y la arena de la marina que traían los turbiones de allá abajo.

La vastedad del yermo anonadaba. Las infinitas llanuras de la Mancha eran, comparadas con aquel llano áspero, el jardín del Edén; tenían por delante treinta leguas de arena y piedras abrasadas como en calera, y a uno y otro lado más de sesenta de médanos áridos, tristes, cavilosos.

Sólo se oía el oxidado chirriar de las chicharras y la racheada salmodia del viento marino; y los postreros rayos de sol, no por últimos menos tajantes, sacaban escuálidas sombras de los yerbajos.

Abrió la marcha el ermitaño, que venteaba como un can. Mandó soltar las riendas a las caballerías para que buscaran éstas con mayor comodidad su paso, y los que antes habían cabalgado en grupo lo hacían ahora en ala. Avizoraba aquel retraído sultán las osamentas de los animales, chicos o grandes, que se iban encontrando, aplastadas en la planicie por el sol. La postura en que murieron, señalando con la cabeza la dirección del mar, y su proximidad o lejanía, indicando la rectitud de la ruta, eran guías muy ciertas en aquella inmensidad, rayada de grietas y de arroyos secos, y el no hallar esos esqueletos durante un buen trecho era motivo de inquietud para todos, que los recibían con alborozo cuando aparecían.

Se puso el sol al fin a sus espaldas y empezaron a tachonar el cielo, faros seguros, las estrellas que señalaban su destino.

Desaparecido el majestuoso sol andino, el viento insidioso se trocó en céfiro benigno. Sansón, que marchaba tras Antonia, iba en silencio, abismado, nostálgico como todo aquel que llega al final de un largo viaje. Le dijo a Sancho, aunque en realidad hablaba para sí:

—¿Y ahora, Sancho? ¿Piedras bezares? ¿Trato de paños? ¿Escribanía?

Mientras duró el viaje, quedó aplazado el porvenir. Un porvenir que ahora, ante sí, mostraba su lado más sombrío. ¿Don Suero? ¿Qué se encontrarían? ¿Un viejo pobre, un loco, un fracasado, como tantos pobres, locos y malogrados morían en las Indias?

—A fuerza de querer encontrar su destino, cuántos no lo habrán perdido —dijo enigmático Sansón.

Antonia, en cuanto se puso el sol, dio de mamar a la niña. Dijo a Quiteria:

—Ama, ¿estará buena nuestra Mariquilla?

Lo decía porque la criatura nunca lloraba, ni cuando ensuciaba los pañales. A todo lo más que llegaba, al acuciarle el hambre, era a un mohín de fastidio que no llegaba a ruido.

Acabó de mamar, y Antonia le pidió a Sansón que le cantara una de sus nanas, por ver de dormirla. Lo hizo el bachiller con tan sumiso son, que durmió no sólo a Mariquilla, sino a la negrilla Guiomar, que había aprendido a descabezar los sueños sin caerse de la caballería, ciencia ésta en la que hacía muchos años se había licenciado Sancho Panza, que no sólo cerró los ojos, sino que de allí a poco cursó sus plácidos y descuidados ronquidos, prólogo, según contó después, de un sueño muy circunstanciado allá en su aldea.

Al fin las mulas reconocieron el lugar donde se hallaban y apuraron sus pasos. Ladró a lo lejos un perro, despertaron los dormidos, se levantó en su montura el bachiller, metió los talones el ermitaño.

El dulce céfiro de unas horas antes se había trocado ya en cierzo helado. La oscuridad era grandiosa, arcana, inabarcable, y los montes imponentes y ásperos que de día estaban a veinte leguas parecían haber avanzado sigilosos hasta caerles encima y tenerlos rodeados. Pasarían la noche en aquel tambo.

La casa era medianamente grande, de piedras encajadas sin argamasa y un techo de tablazón, y de no ser por aquel perrillo que salió ladrando a las mulas, se hubiera dicho deshabitada desde hacía milenios. Indiferentes a los ladridos, las mulas marcharon directamente al lugar donde esperaba el pienso.

El ermitaño llamó a voces. Apareció al rato una sombra. Aquella mujer no era desmedrada y vieja como las otras, sino moza gorda y lucida, y él le habló en la lengua de los indios. Traía en una mano un fanal con un cabo de vela, y en la otra un cántaro, del que bebieron todos.

Ayudó luego Sancho al ermitaño y a la india a desensillar las mulas y a darles, tasado con usura, un pienso más de paja que de mijo y algarrobas, y trajo luego el guía un poco de manteca de ballena y con él se aliviaron Antonia y Quiteria la quemazón del rostro. Del agua que sobró, emplearon una poca en lavar a Mariquilla.

Al cabo les llevó la india a un aposento en el que había, juntas, a modo de hospital, diez o doce lechigas de tablas con sus jergones. Había en ellos muchas pulgas saltando, como atunes de almadraba, y, menos el ermitaño, que pasó al aposento de la india, salieron todos fuera. Si dentro del tambo el aire era templado, fuera hubieron de abrigarse.

Se tendieron en el duro suelo, todos juntos, por darse algo de abrigo. Miraban en silencio las estrellas.

Sansón, que tenía, como es sabido, asomos de poeta, dijo:

—Se diría que las pulgas de estos desiertos han subido todas al cielo.

Y era así, que en un rincón del cielo vieron las pléyades australes saltar de un lado a otro, no al modo en que se ven las fugaces en la Mancha, sino dando tantos y tan desconcertados corcovos y respingos, que más que estrellas parecían amaestradas pulgas de plata. Qué saltos, qué traspiés, qué danzas y contradanzas. Podían seguir con la mirada los pasos de una estrella, yendo y viniendo y brincando, lo que le hizo decir a la negrilla, muerta de risa:

—Miren, miren vuesas mercedes aquéllas. Ésas son cabras cerreras, como las que mi padre tenía en nuestra aldea.

Era la primera vez que Guiomar les hablaba de su padre, de su tierra, de sus afanes, y todos vieron que la de Guiomar era una vida triste, como todas, ni más ni menos.

Dio gracias Antonia a Sansón por sacarlos del galpón y traerlos a dormir al raso, donde estaban teniendo aquella visión prodigiosa, y sintieron que ese momento les ataba con lazos aún más estrechos que los de la sangre. Hasta Sancho, harto de ver estrellas, no podía apartar los ojos de aquellas zarabandas. Sólo Quiteria hizo caso omiso de prodigios y augurios, y de allí a un rato durmió a pie suelto.

No habían pasado cuatro horas, cuando se levantó el ermitaño. Quería aprovechar aún dos horas de noche, para que sus mulas caminaran sin el peso abrasador del sol.

Se pusieron en pie todos, todos en marcha. Sancho miró en derredor. Se rascó la nuca una y mil veces. Escrutó los puntos cardinales y llamó aparte al bachiller:

—Señor Carrasco, mientras estuvimos dormidos, esos collados que vemos desde aquí han cambiado de sitio.

—Eso mismo creo yo —confirmó Sansón en voz más apagada.

Les oyó hablar el ermitaño, y vino a ellos risueño:

—No se aflijan vuesas mercedes ni piensen encantamientos, que así como en Nueva España Moctezuma dejó su venganza, tenemos aquí la del inca Atahualpa, que hace que los castellanos crean ver mudarse estos médanos. Y no es que muden, sino que ellos lo ven en su imaginación por el mal de altura que aquí llaman soroche. Y de ahí que tantas gentes se desnorten en estos páramos, pues poniendo los ojos en uno de los médanos, éste les lleva donde menos querían ir, acabándoles luego de sed y desconcierto, cuando no los engullen unas muy ásperas arenas movedizas o las grietas del suelo.

Ni Sansón ni Sancho dijeron nada, por parecerles burla, pero habrían jurado sobre los evangelios que el cerro que tenían a mano diestra cuando llegaron, lo tenían ahora a la siniestra, sin haberse movido ellos.

Despuntó la aurora con trompetas y ministriles, y todo se fue tiñendo de rosa y se lavó el azul del cielo, que quedó como tenue cendal sobre el paisaje. Poco a poco vieron emerger del horizonte la brava serranía de los Andes, y en ella tres volcanes, que acabaron siendo, a pesar de la distancia, tres descomunales montes con las cumbres nevadas. La aurora los volvía carmesí y del color del oro, y dijo el ermitaño que se llamaban Pichu-Pichu, Chachani y Misti, y, según había oído a otros viajeros, eran los más altos y hermosos hasta Tierra de Fuego.

Tuvieron el sol en los ojos mucho tiempo, y fue harto tormento hasta que la vereda empezó de nuevo a serpear, bajando y subiendo, por torrenteras resecas y pedregosas y derrumbaderos en los que ululaba el viento. Llegaron luego a una llanura sembrada de abruptas peñas sueltas, que parecían cortadas por cantero, como sillares. Más grandes, más pequeñas, todas con sus seis caras. Las había del tamaño de un carro, y otras no mayores que dados, ni una sola que no fuese de admirar. Y tan blancas que en las pequeñas podrían pintarse los puntos y servir para el juego de la oca.

Se cruzaron de allí a un rato con hiladas arrias de hasta más de cien bueyes cada una, que llevaban en carretas aquellas piedras cortadas que servían para levantar, según dijo el ermitaño, iglesias y palacios de gentes principales de Arequipa, que era, como verían, toda blanca.

Preguntó el siempre curioso Sansón Carrasco al ermitaño cómo era que aquellas piedras estaban cortadas todas del mismo modo, y éste le contó que venían de un volcán, pero no de alguno de los que tenían delante, distantes aún de ellos unas noventa leguas, sino de otro que recibía el nombre de Huayna-Putina. Las mandaba éste a más de sesentaiséis, llegando incluso al mar, y que la última vez había sido hacía un año más o menos. Y que por ser muy apreciadas, las acopiaban pronto, y que todas llevaban música dentro.

Quisieron todos comprobarlo y se acercaron a una que era de más de treinta pies. Pegaron la oreja a ella y al rato oyeron a lo hondo ruidos horrísonos y grandes explosiones, que, dijo el mulero, imitaban los del volcán, al modo en que se oyen los sones acompasados de las olas en cada caracola.

—¿Y decís que estas peñas como talladas por cantero nacen de tal modo de las entrañas de la tierra y vienen por los aires desde más de sesentaiséis leguas, y que en tantos años no han perdido el son que llevan dentro?

—No tienen de qué admirarse —respondió el ermitaño—. Cosas más fuera de razón veréis en estas partes.

Buscó Sancho en el suelo alguna de mediano tamaño, se la llevó a la oreja y cuando comprobó que también sonaba, se la guardó en la alforja con el propósito de enviársela a su Sanchica, muy amiga de novedades, pero le hizo desistir de ello el mulero.

—No os fatiguéis, que otros lo han intentado antes, y todas las que llegan a Sevilla llegan mudas.

Señaló Sancho que debían regirse por el mismo principio que los piojos, que así como ellos, pasando la equinoccial, perecen, pasando las piedras la equinoccial, se apagan.

Siguieron otras tres horas la penosa caminata por sendas que apenas lo eran, y poco a poco se fue dibujando en el suelo algo que parecía un camino, cada vez más ancho. Les llevó éste a una que parecía larga y verde alfombra, partida en dos por un río. Lo llamó el mulero Uchumayo, por «*uchu*», ají, y «*mayo*», río. La visión de aquel suave y ameno hontanar, cuajado de huertos, almiares y hazas, que allí llaman chácaras, donde crecía el maíz, la yuca y el ají, y la de algunas aldeas que se cosían a lo lejos al azul del cielo con el humo dormido de sus casas les llenó de alegría. Y, no tardando mucho, vinieron otros caminos al que llevaban, apretándose éste de indias que llevaban sus hacinas de leña en la cabeza y hombres con sus azadas en la mano, y se admiraban los castellanos de que todos los saludaban muy corteses en romance. Y a vista del río las caballerías descendieron, y bebieron, y dieron luego Sancho y Sansón agua a las señoras en un vaso, y bebieron ellos en el hueco de la mano. La hallaron todos como la nieve y con sabor a piedra.

Quienes habían venido cabalgando en fila pudieron hacerlo de nuevo en racimo, y se trabaron los coloquios entre todos, y la negrilla Guiomar, que no tenía por costumbre hablar, se descosió festejando y señalando a Mariquilla, que llevaba en brazos, lo que veían.

—De nieve volcán aquel salen estrellas y piesesitos doña María. No ríe río como mi niña. Negrilla tiene alma blanca, alma negra muchos que disen albos, indios roja como piedras fuego.

Y aunque parecía que fueran cosas que le decía sólo a Mariquilla, porque muchas las decía medio cantando, como las nanas, las oían todos, y la tuvieron ya por muy discreta.

Así llegaron a la aldea que llamó el mulero de Sachaca, con afán Sancho de entrar en ella y mercar algo de comer; pero le atajó el hombre:

—Ni se os ocurra. Si hace unas horas se admiraron de las peñas cortadas, se admirarán aún más con lo que viene acaeciendo en este pueblo de tiempo atrás, de antes que llegara a estas tierras don Garcí de Carvajal mandado por el señor Pizarro. Ni todos los clérigos y eclesiásticos de Arequipa han sido capaces de extirpar el daño. Piquen sus caballerías y apuren el paso, y no miren a nadie si les mira, ni vuelvan la cabeza atrás como los llamen, que será su perdición.

Así lo hizo él, que metió los talones a su montura y la puso a un trote vivo, y las otras bestias, por imitar a su capitana, se pusieron al hilo.

Y sólo cuando hubieron dejado atrás la aldea, respiró tranquilo el ermitaño:

—Han de saber vuesas mercedes que aquí —apagó la voz temiendo ser oído—, ciertas noches del año, se reúnen brujas de todos estos pueblos convecinos, y otros que vienen de donde nadie ha vuelto, llevando su cabeza bajo el brazo para que nadie pueda tomarlos por confusión por uno de los vivos. Todas esas cruces que vimos a uno y otro lado del camino se pusieron por estorbar aquellas misas que tienen con sus ídolos, y no hay nadie que de noche se atreva a venir, por temor a salir volando por los aires. La última fue una chola de Yanahuara, distante de aquí dos leguas, que se le echó la noche encima cuando salió por agua al río, y apareció a la mañana siguiente a más de sesentaiséis, contra su voluntad. Y nada hizo la Inquisición, porque la sabían gran devota de Nuestra Señora. Y así, es este Sachaca un lugar maldito.

—Y qué tendrán las sesentaiséis leguas de este reino —dijo Sancho—, que manda rocas que no serían capaces de arrastrar doce bueyes, y lleva a las mujeres volando por los cielos.

—Y esto no es nada —añadió el mulero—. Pueblos hay en estas serranías en los que sólo vive quien ya ha muerto. Y no digo más, por no asustar a las señoras.

Dicho esto, picó su caballería. A medida que se acercaban a la ciudad hallaron más y más acequias y sangrías del río, hechas de piedra labrada, como aquella de la Pólvora, y chozos cada vez más juntos en medio de las chacras y almácigas, y dejando atrás el arrabal que llaman de la Recoleta, se hallaron frente a la ciudad, pequeña, blanca, tranquila, con el gallardo monte Misti dándole un aire triste y pensativo.

—Qué misteriosa es esa montaña, hermano eremita, que parece estar soñando —dijo el bachiller.

—Lima ríe, la sierra llora, Arequipa piensa —respondió aquel hombre que era, además de gran sultán, un pozo de sabiduría y gran filósofo—. Eso que os parece sueño es sólo la gravedad de su noble pensamiento. Ningún otro lugar mereció más ser corte de estas Indias que esta ciudad, pero los envidiosos, que no faltan, la llevaron a la de Los Reyes. Arequipa es, señores, la ciudad de Dios.

Nadie dijo nada a estas palabras, porque no era fácil acertar con ellas, y cruzaron un puente de piedra. Corría abajo el río tumultuoso y bravo sobre un lecho de piedras rollizas y galgas blancas. El puente los llevó rectos a la calle del Puente. En ella vieron muchas tiendas y comercios donde se vendían toda suerte de mercaderías, sacadas a la puerta, pero de ninguna de estas mercancías se holgó tanto Sancho como de cierta bodega de vinos, vinagres y aguardientes, metidos en pipas y cueros, y cuyo solo olor, viniendo en ayunas, a punto estuvo de hacerle perder el sentido y bajarlo de la mula.

—Ah, señores —exclamó Sancho—, ya dije yo que allá donde va un hombre, lleva consigo sus penas y su alegría, y para quitar unas y avivar la otra nada se ha recetado más adecuadamente que el vino. Y cómo me gusta ya esta villa, que aquí me voy a quedar hecho un gerifalte.

Le dijo entonces el ermitaño que eso precisamente significaba el nombre de «Arequipa». Y contó que el inca Mayta Capac había salido a descubrir y poblar, y llegando a aquel valle, y admirados los que venían en su séquito de la belleza del vergel y la dulzura del tiempo, le dijeron que les gustaba mucho, en vista de lo cual el inca Mayta Capac les dijo: «Como os gusta tanto, ea, *ariqqêpay*», esto es, «quedaos».

—Algo de esto debió de llegar a oídos de Cervantes —dijo entonces Sansón Carrasco—. ¿Recuerdas, Sancho, el papel que nos leyó en Sevilla el doctor Núñez? En él pedía algún oficio en estas partes, y si no trajo a colación Arequipa, debió de ser porque no había entonces en ella ninguno desprovisto, pero que le hablaron de esta ciudad y de la buena vida que aquí se estila lo prueba lo que dijo de Arequipa a su amigo Diego Martínez de Rivera en el *Viaje del Parnaso:* «Eterna primavera».

—Pues yo sé deciros que a poco que se nos den las cosas como empiezo a barruntar, no sólo he de quedarme yo, sino que mandaré poner una adenda a la carta que escribió el bachiller en Puerto Viejo a mi Teresa encareciéndoles la venida —dijo Sancho.

Celebraron Sansón y Antonia oírselo, pero sobre todo Quiteria, que echaba de menos alguna amiga de su condición, y la mujer de Sancho lo había sido cuando mocitas.

Llegados a un punto se despidió de ellos el ermitaño sin otros requilorios, pues no era aficionado a ellos, tomó sus mulas y se dio la vuelta.

Habían llegado al final de su viaje.

Componían una estampa curiosa, de pie, al lado de sus portamanteos y maletas, cansados, cubiertos del polvo blanco del camino, no muy limpios vestidos, oliendo a unto de ballena, flacos por la fatiga y las hambres, apretados como una piña.

Preguntaron por la casa de don Suero a uno que pasaba, y éste les dijo:

—Ésta.

Les había dejado el ermitaño al pie de ella. No era casa, sino palacio.

Quedaron anonadados.

—Y siendo así como parece, ¿cómo no le dejó algunos socorros en Panamá? Cuánto más regaladas habrían venido mi señora y Marisancha —dijo Sancho.

Tenía la casa un portón de más de doce pies de alto y dos imponentes rejas a cada lado.

Se adelantó entonces Sansón a sacudir la aldaba, un pedazo de hierro del tamaño de un brazo con su puño, y al punto les abrió un indio que apenas se bastaba a mover aquel portón.

En cuanto vio quiénes llamaban, salió corriendo.

—¡Doña Toda, doña Toda! ¡Ya están aquí, llegaron!

Frente a ellos se abría un amplio zaguán, y al fondo un patio con columnas, dentro del cual crecía un laurel más alto que la casa, y lúcumas, molles y papayas, y en corro, un plantel de floripondios, cayenos y saucesillos, cercados de mirto, jazmines y zarzas cultivadas, y el florido pensil de alhelíes, mosquetas y clavellinas.

No se movieron un paso de donde estaban.

En tanto llegaba doña Toda, vino una buena colla de indios e indias, que se quedaban allí parados contemplando su estampa. Lo hacían sin rebozo, a unos pasos, como quien mira el oso de los gitanos, y aquellos manchegos, que habían recorrido tres mil leguas hasta llegar allí, que habían entrado y salido de una cárcel y estado a punto de acabar a manos de huracanes y tifus, piratas y forajidos, se apocaron y apenas eran a esbozar una sonrisa.

Al fin vieron aparecer a una dama más gruesa que delgada, con un rostro de tez morena ancho y risueño como la luna llena.

Venía sacudiéndose con las manos, alborotada, la saya, que era de velludo verde, rematada con una cinta de tafetán carmesí. Traía también un corpillo de paño de Flandes con los botones de filigrana y plata, y una camisa tan blanca y planchada que parecía labrada de pura nieve, sin cuello, abierta, dejando al aire una pechuga generosa bendecida por una cruz de esmeraldas montadas en oro, y, al uso de aquellas partes, sin toca, con los cabellos canos y una flor campanuda sobre la oreja.

Y qué modo de recibirlos, qué algazara, qué aleos y alborozos en doña Toda.

—¿Y cómo se están aquí parados! ¡Entren vuesas mercedes, entren!

No hacía doña Toda sino reír y llorar, todo a un punto, y dar gracias al cielo y palmear y ponerse las manos en la cara y volver a palmear. Y no sabía a quién abrazar primero, y hubiera estrechado a todos al tiempo si le dieran los brazos.

El no verlo allí le hizo preguntar a Sansón por la salud del tío.

—¿Y cómo ha de tenerla? Dios sea alabado, que le dio la fuerza de un toro y un león juntos, y no le falta muela ni diente. Y corre más que un gamo, que aún no me he hecho yo a sujetarle aquí, y hace tres semanas está en la ciudad de Los Reyes, a sus negocios. Pero descuiden vuesas mercedes, que hoy mismo mando a quien le diga que ya han llegado, y él volverá en dos pasos.

—¡Y yo que venía con un jarro de agua por dárselo en su lecho de muerte...! —dijo asombrado Sansón.

—Lo dijo —replicó la jovial doña Toda— para persuadirle de la venida, sobrino, pues allá se están las gentes con un gran pasmo, sin pensar ni creer todo lo bueno que sucede en estas tierras, y para quitarle el temor de pasar el mar. Y si no declaró que era rico, fue por ver que hacían vuesas mercedes el viaje movidos por caridad, no por codicia.

Mandó luego a una criada que parecía su dueña les trajera a los viajeros un refresco, y aguamaniles, y frutas, y a otros los mandaba a los aposentos donde quedarían, y a ellos les preguntaba por el viaje y por los parientes y por lo que les parecía la tierra, que se diría quería saberlo todo en un punto.

Era doña Toda toda una dama de porte y redonda de carnes lo mismo que de humor llano, y parecía el mismo sol por donde entraba, o, como saltaba a la vista, un pedazo de dorado mazapán.

Se llevaron los criados lo que quedaba del matalotaje, y pasaron los viajeros a la sala, y apenas llevaban unos minutos en el estrado, cuando oyeron los porrazos en la puerta.

—¡Es él! —exclamó doña Toda.

Nadie, añadió, sino él, llamaba de esa manera; y vino a la carrera un indio a anunciar lo que doña Toda ya sabía.

Se admiraron y comprendieron los forasteros a qué se refería el ermitaño con las cosas extraordinarias que sucedían en aquellas partes donde todos salían volando en cuanto se les dejaba, y quién sabe si flechado por los aires había venido también don Suero desde Los Reyes en cuanto le silbaron los oídos.

Si la alegría de doña Toda al verlos fue desbordante, la de don Suero no puede ponderarse.

Era un caballero de más de setenta años, y alto de dos varas largas, lo que hacía que en aquella ciudad sólo estuvieran a su altura el Misti, el Chachani y el Pichu-Pichu. Sus modales eran distinguidos sin llegar a notarse, y se preciaba de descabalgar aún pasando la pierna contraria por el arnés. Tenía los ojos un algo grandes y saltones, la risa franca y todos sus dientes, blancos, sanos y fuertes, tal y como había dicho su esposa. Vestía ropas sencillas, calzas enteras de paño oscuro y coleto sin joya ni cadena. El cuello encarrujado de la camisa, una moda de otros tiempos, revelaba que no era caballero que se preocupase de seguirla.

Las mismas cosas que oyeron de doña Toda las desgranó don Suero, y no hacía o decía cosa que no fuera en beneficio de sus huéspedes, y todo en medio de sus risas y aspavientos, hasta notar en su cesto a Mariquilla. Se acercó a ella, la vio rizar su boquita, y rompió el anciano en un llanto grandísimo, que no tenía nada de triste, pese a lo cual necesitó doña Toda calmárselo, como se calma el de los niños, mientras daba gracias a Dios una y mil veces de haberle permitido conocer ese día.

Y Antonia y Sansón, Quiteria, Sancho y la negrilla tuvieron desde ese mismo instante a don Suero por el ser más seráfico que podía pensarse, y a doña Toda por un dechado de bondad.

Se repuso don Suero, secó sus lágrimas y ordenó a uno de los criados que trajera los presentes para doña Toda, mercados en Los Reyes. Vino el criado al momento con los tres últimos libros que habían llegado de Sevilla y una caja de cigarros, pues era doña Toda gran lectora de novelas y los días de fiesta tomadora de tabaco en humo. De todo ello recibió muchísimo contento, y pidió licencia a su esposo para mostrar ella también los presentes con que tenía pensado agasajar a Antonia. Se la dio don Suero, y le ordenó doña Toda a su dueña que le trajera de donde ella sabía lo que ya sabía.

La dueña, india y anciana, esbozó una atenuada humillación de cabeza sin romper la majestad de su compostura, y desapareció.

—Aquí donde la ven vuesas mercedes —informó doña Toda a los recién llegados con harto orgullo— a esta que llamamos doña Justa, la dicen también Mama Huaca, y es nieta de príncipes, y todas las demás indias de la casa la respetan como a señora muy principal. Es tal su linaje, que ninguno de los nuestros es a desatarle las correas de sus sandalias. Y les digo esto ahora porque sepan vuesas mercedes que en estas partes quienes sirven no siempre son siervos, sino a veces altezas muy grandes, y como a tales hay que mandarlos, porque en esto de mandar ha de ponerse siempre mucho respeto.

Volvió al rato la Mama Huaca con dos indiecitos de la mano, de unos nueve o diez años, vestidos con follados de dos colores y calzas verdes, y uno con su coleto amarillo, y el otro, rojo, y hasta gorras en las que no faltaban plumas de todas las aves del Perú.

—Aquí tenéis, Antonia, a Blasillo y a Martín —dijo doña Toda, al tiempo que Mama Huaca, sin despegar los labios risueños, dio un empujoncito a los pajes para que se colocaran al lado de su nueva señora.

No supo Antonia cómo agradecer aquella merced, pero dijo que con Guiomar estaba servida. Lloraron los garzones, viendo que habían de quitarles las libreas, pero dijo doña Toda que nadie se las quitara, y se quedaron en la casa.

Mandó luego don Suero venir a un sastre que cosiera vestidos nuevos para todos, acordes a su estado, y no permitió en días que Sansón se metiera en trabajos, sino que se dio con él y Sancho a pasear las calles y a mostrárselas y a presentarles a todos los vecinos, orgulloso de aquella llegada que él tenía por grandísima merced.

Corrió por la ciudad la noticia de la venida de los parientes de don Suero, y pronto se supo quiénes eran, porque hasta allí habían llegado noticias de las aventuras de don Quijote. Incluso doña Toda, que hasta entonces no tenía la más remota idea de que la aldea del sobrino de su esposo fuese también la de don Quijote, ya había leído la primera parte, pues don Suero la había llevado a Lima el año siete a las fiestas del marqués de Montes Claros, donde éste, vestido de don Quijote, corrió la anilla. Al conocer ahora el parentesco, ni que decir tiene que se apresuró a leer la segunda en el libro que venía con Sancho.

Un mes después seguía don Suero sin hablar a su sobrino de trabajos, por tenerlo contento. De Sancho puede decirse que tanto don Suero como doña Toda le cobraron tal afición, que buscaban cualquier excusa para tenerlo cerca, y uno y otro le confiaban toda suerte de mandados, correos y encomiendas, que no había tenido Sancho otro trabajo más placentero en su vida ni mejor pagado, pues fijó don Suero su mesada, o más bien dádiva, en treinta ducados. En cuanto al ama Quiteria, a quien le asignaron quince, dejaron que se instalara en los fogones a sus anchas, y, en fin, la negrilla se perdió en el enjambre de criados y sirvientes que entraban y salían de aquella casa a todas horas. De Antonia sólo cabe decir que nunca pensó llegar a ser tan dichosa, y no vivía sino para hacer dichoso a su Sansón.

Cualquiera que no fuese el bachiller habría encontrado en casa de don Suero más de lo que había soñado. ¿De dónde le venía aquella extraña desazón, qué extrañas y secretas melancolías le azotaban cuando más obligado estaba a sus señores tíos, a su esposa, a los criados que había arrastrado hasta aquellos confines?

CAPÍTULO VIGÉSIMO NOVENO

Descubrió don Suero aquellas melancolías, por conocerlas acaso de sí mismo, y propuso a su sobrino, por atajarlas pronto, que se empleara él mismo en aquello que más le complaciera. Su hacienda era grande, y Arequipa una ciudad muy próspera. Le habló Sansón Carrasco de las piedras bezares, y su tío le desengañó:

—Fueron un gran negocio hace treinta años. Pero ya los usos son otros y las piedras no sanan lo que sanaban, que todo se acaba. Yo os mostraré el medio en que mejoréis vuestra hacienda más de lo que traíais pensado de allá.

Al día siguiente se llevó con él a Sansón y a Sancho a las afueras de la ciudad, a cierta atarazana.

—Aquí hallarán vuesas mercedes los tres pies de mi ganancia —les dijo don Suero.

Como toda atarazana, era aquélla una fábrica de muros gruesos y techos altos. En la primera estancia vieron trabajar lo menos a veinte indios sin que nadie pareciese mandarlos.

—Éste es el primer pie de mi hacienda.

Se hacían allí todos los cordeles y tomizas que se gastaban en Arequipa y la comarca. Estaban en una parte los que sacaban de las pitas las hebras, y en otra los que sentados en el suelo se servían de manos y pies para ayudar a los trebejos que torcían cuerdas y lías, mientras un niño pasaba entre ellos con un caldero de agua y una escoba regando los montones que hilaban.

Cuando preguntó Sancho cómo no los mandaba nadie, siendo que les había dicho un perrero en el barco que los indios eran perezosos, don Suero dijo que allí partían a tercias las ganancias, como los armadores, una para la atarazana o barco, otra para él, como armador y capitán a un tiempo, y otra para los indios, siendo estos capataces de sí mismos, y que no hacía falta más rigor que el de persuadirse cada uno del bien común, para que fuese una república.

Tuvieron Sansón y Sancho en ese punto a don Suero por un príncipe discreto de lo suyo.

—Sepa, señor tío —dijo Sansón—, que vuesa merced es un verdadero don Quijote en buscar la justicia donde es difícil hallarla.

No entendió don Suero qué era eso de ser un don Quijote, por no tener él la afición a las novelas que tenía su esposa, y los pasó luego a otra estancia, menor que la anterior y con un ojo de luz que entraba desde el techo, dejando aquello en penumbra. Trabajaban allí dos indias viejas en el suelo, en medio de dos parvas de hojas secas.

—Estas de aquí —explicó don Suero— no son tierras de pan llevar ni de viñas ni olivares como se usan en España. Las de acá son unas yugadas de zumaque tan altas como un hombre, ni más ni menos, que se llaman chácaras, como vieron al venir de Ilay. Se plantan en ellas las hojas de la coca que toman los indios, y no la tragan, más que mascar. La tienen en gran estima, pero no es gente que la sustente sino muy poco. Éste no es pie ninguno de mi hacienda, sino agua y aire a un tiempo, porque acá sin coca nadie labra ni se hace nada, como tampoco sin agua ni aire se puede vivir. Faltándoles la coca, mueren.

Olía en aquella estancia muy perfumadamente, trenza de alcanfor y pasto.

Dejaron a las viejas deshojando sus ramos, y pasaron a otra estancia. No había en ella ventana ni tragaluz alguno, sino dos candiles colgados de la pared, y tal frescor como ni Sancho ni Sansón recordaban desde el último invierno manchego. Porque invierno era lo que allí se guardaba.

Cuando al fin se acostumbraron sus ojos a la oscuridad de aquella sala, distinguieron en el suelo unas grandes bocas, tapadas todas con su copete de tabla, que resultaron ser de unas colosales tinajas enterradas.

Pidió don Suero a uno de los indios que trabajaban allí le desbocara una, y éste sacó de ella con una cuchara de palo, larga como remo de galera, algo que les dio a probar.

—No hay helado ni refresco —les dijo don Suero— que se haga en Arequipa que no se industrie con la nieve que traen mis llamas y mis indios, ni enfermo que la precise que no venga a comprarla aquí, ni casa principal a la que no se le envíe la suya todo el año. Éste es, señores, sí, el segundo pie de mi hacienda.

Recordaron Sancho y Sansón haber visto tiendas parecidas en Sevilla, y en su aldea quien, en los años de nieve, la guardaba pisada y entre paja todo un año.

Ya sólo les quedaba el tercero de los pies. Les pasó a otra gran sala, y así como en la nevera se les helaron los huesos, en ésta el aire era tan sofocante que los indios trabajaban medio desnudos, como en forja. Vieron enterradas en el suelo las mismas tinajas, en fila de a dos, hasta quince, en una y otra parte. Mandó don Suero al mayoral levantar el copete, que si en las otras era de tabla, en éstas era de hierro. Lo hizo con unas poderosas tenazas, y subió de dentro el resplandor de los volcanes.

Se asomaron no sin temor Sansón y Sancho a aquel pavoroso bostezo, y vieron dentro piedras incandescentes del tamaño de granadas medianas, tan rojas y al vivo que parecían soles.

—Según leyenda de estas partes, el volcán Huayna-Putina da cada mil años una cosecha de raras piedras, y Dios ha querido que fuese en abril del año pasado. Unas son cuadradas y frías, y otras vivas y boludas. Las muertas las manda lo menos a sesentaiséis leguas, pero las vivas se quedan allí al lado. De entonces acá habré enviado al volcán ocho expediciones. Hay al parecer un modo de mantener las piedras vivas, sólo que han pasado tantos años desde la última vez, que ya nadie lo recuerda. Aprovechando que mis llamas bajan la nieve, cargo también las piedras, y pago a un laica viejo o hechicero que busca el modo de que no se apaguen, y está tan cerca de lograrlo, que nos hará a todos muy ricos: las mujeres ya no buscarán leña para sus hornillas y fogones, a los herreros no se les apagarán sus fraguas, y a los de las casas de baños las sudaciones les saldrán de balde.

Al contrario que la despensa de la nieve, ni Sansón ni Sancho habían visto ni oído nada parecido, y le llenaron a preguntas a don Suero. Definitivamente, aquello era mejor que las bezares, y las Indias un reino mejor que el de Saba.

Quisieron saber cómo siendo aquellas piedras tan buenas, no había querido la corona hacerse con ellas, y cómo no se habían mandado ya a España, donde los fríos son más rigurosos que en el Perú.

—Mis escudos me cuesta, y llevo más de mil pagados en Los Reyes mientras el Consejo dilucida. Pero saben que no es fácil tomarlas, pues subiendo la montaña empiezan a espesarse tanto los humores que salen de ella y a cuajarse tanto la pestilencia, que no hay expedición en que no se me mueran algunos indios, a los que sólo empuja hasta allá la promesa de la ganancia. Y para responderos a lo segundo, he de deciros que yo mismo aparejé un bajel, donde estibé una de mis tinajas entre ceniza del propio volcán, para que en Sevilla viese las piedras un famoso algebrista del Sacromonte, de quien me hablaron maravillas, por ver si podía él mantenerles viva el ánima. Pero sucedió que las piedras perdieron el espíritu, y yo más de cuatro mil pesos que llevaba empleados en ellas.

Fue oír eso, y no dejarlo Sancho notar:

—No sigáis, señor mío, que de haberme conocido antes, os habría excusado esos cuatro mil pesos, pues como también le dije al mulero, querer burlar la línea equinoccial será dar patadas contra el aguijón.

Contó luego don Suero que al frente de todas aquellas expediciones había estado yendo él, y, por que su sobrino tomara las riendas de la casa y la hacienda, fingió cansancio y le pidió a Sansón que en la próxima marchara él.

Y aceptó Sansón el trabajo de las piedras, más por darle gusto a su tío que por holgarse; pero el contento de Sancho, a quien no acababa de acomodar del todo su nuevo oficio de mozo de casa y plaza, fue mucho. Le dijo al bachiller, cuando se hallaron solos:

—Verá cómo los nuevos aires le distraen de esta vida ociosa que nos consume.

Pues Sancho, que era muy largo, se había dado cuenta también de las primeras melancolías de su señor.

Dispusieron, en fin, la salida al Huayna-Putina para de allí a una semana.

Reunió don Suero una reata de más de ciento veinte llamas, pues aunque eran flojas para el carguío podían estarse sin comer ni beber días enteros, y trajo otros tantos indios voluntarios de su encomienda, cebados por las futuras ganancias. Puso también al frente de ellos a uno a quien decían Melchorejo, muy despierto y respetado de los demás por ser hombre tan bragado como prudente.

Una mañana, pues, antes que saliera el sol, partió la caravana que encabezaban Melchorejo y, como dos emperadores, el bachiller Sansón Carrasco y Sancho Panza.

—Mira, Sancho —le dijo el bachiller levantándose de la silla y echando atrás la vista por ver aquel ejército de hombres y bestias—, yo no estoy hecho a mandar indios. Va contra mi condición, y me pasa a mí como a nuestro amigo le pasaba, que no puedo ver una cadena.

Se alzó Sancho sobre los estribos, y mirando atrás, le dijo:

—¿Y dónde ve vuesa merced cadenas? Todos vienen por su voluntad. Ni el Gran Lesmes con su nuevo azogue llegará a tan rico como llegaremos nosotros. Y su tío don Suero y mi ama doña Toda dejan en nada a los mismos duques. Éstos sí son liberales, que no dan lo que les sobra, sino lo suyo. ¿Qué queja tiene?

—No lo digo por tanto —dijo el bachiller—, sino que vamos a menos. Soltó don Quijote a los galeotes porque no está bien que un hombre lleve a otro preso contra su voluntad, y aquí me tienes a mí cortando las correas de unos perros, cuando no capitaneando a quienes las tienen peores que las de los canes, pues no se ven. Quiera Dios que la necesidad que les ha quitado la libertad no la quieran vengar en mí y en ti por parte propincua.

—Éstos parecen buenos cristianos —dijo Sancho—, y no se desmandarán. Ánimo, bachiller, que lo mejor aún está por llegar.

—Yo amaba las letras y las musas, ¿y esto me espera? ¿Guiar indios, administrar nieve, abrigar piedras? Tiene mi tío la ilusión de las piedras vivas, como la tuve yo de las bezares. ¿Es que todos flojeamos? ¿No podemos vivir sin las quimeras? ¿En qué nos mejoramos? ¿Qué me pasa, Sancho, que no me hallo?

Y como nada mejor que un camino para las secretas confidencias, le preguntó Sansón a Sancho si no recordaba cuando le pedía que él, el bachiller, llevara cuerdo la vida que su amigo don Quijote llevó loco, y hacer como cuerdo por este mundo lo que a don Quijote no le dejaron por loco.

—Os veo venir y vais errado en ello, señor bachiller —le respondió Sancho—. Al fin y al cabo mi señor don Quijote no fue loco por socorrer huérfanos ni valer viudas ni amparar ancianos, ni defender a los pobres de los ricos, ni a los humildes de los soberbios, ni a los desdichados de sí mismos. La locura es quererlo, se pueda o no, y a lo más que podemos llegar en este mundo es a vivir en paz y dejar vivir. Viva en paz aquí, bachiller, ahora que puede, y deje la quimera de pensar en las quimeras.

—Pero el haber conocido a nuestro buen amigo don Quijote —objetó el bachiller— nos ha mudado a todos, que esto tienen las vidas y las obras de los hombres esclarecidos: piden de nosotros tenernos a su altura, y así el halconero del emperador Carlos no se condujo con él como si sirviese a un talabartero o a un mozo de cuadra, y tú mismo, Sancho, no fuiste tú hasta que don Quijote sacó de ti aquello que ni tú mismo sabías que guardabas, y digo lo propio de mí, que empezamos siendo de molde, y acabamos otros. Don Quijote salió del molde de su locura, tú del de tu simpleza y yo del de mi ingenio. Pero al cabo cada uno rompió el suyo: don Quijote murió cuerdo, tú dejaste de ser gracioso para parecerte a don Quijote, y yo no sé quién soy, habiéndolo sabido. Mis señores tíos don Suero y doña Toda son harto buenos con nosotros, pero me sobran tierras, criados, casas, atarazanas, trojes, caballerizas, bestias. Con muy poco, tendría más, que se me estrecha hasta el aire que respiro. Siento nostalgia de mi destino.

—Ay, señor —se lamentó Sancho—, que le oigo a vuesa merced y estoy oyendo a mi amo don Quijote. ¿Qué se hicieron aquellos propósitos de ganar harta hacienda? ¡Ya la tiene! ¿Dónde va a ir a buscarla? ¡A la vista está!

—Ahí voy, Sancho —dijo el bachiller—. Don Quijote dijo aquello de «yo sé quién soy». Ni yo sé quién soy ni sé qué conquisto a fuerza de mis trabajos...

Al pasar aquel río que llaman Chili vieron a unos niños que estaban ahogando a un perro por burla, al que habían atado al cuello un trozo de madera, no tan grande que le hundiera del todo.

Lo vieron Sancho y Sansón, y éste dijo a su amigo:

—Así me siento yo, Sancho, como ese perro. ¡Tantas leguas para dar en esto! ¿Qué me sucede, por qué no hallo el sosiego, qué me falta, teniendo más de lo que nunca pensé tener? ¡Pobre Antonia! Esto he pensado, Sancho: a nuestra vuelta, he de pedir licencia a mi tío y me iré un tiempo a Cerro Rico, donde tiene su mina. Allí veré cómo serenarme el alma.

Mucho deploró su suerte Sancho, y todo lo animoso que caminaba, dio en una gran pena:

—Los encantadores que persiguieron a mi señor don Quijote le trastrocaban las cosas y personas que veía, y le hacían creer que las ventas eran castillos y las labradoras princesas. Los míos son más crueles, pues apenas me han dado a probar la miel, me la apartan de los labios. Sucedió así en la casa de don Diego Miranda o Caballero del Verde Gabán, que, cuando más regaladamente nos tenía, empujaron a mi señor a abandonarla; sucedió otra vez en las bodas de Camacho, que se quedaron sin ultimar, y de la ínsula... mejor no digo nada...

—No te aflijas —le tranquilizó Sansón—, que nadie habrá de moverte de donde tan bien estás.

—Ah, no, bachiller —le replicó Sancho—, que sería yo un criado desleal si os dejara partir solo, tan afligido como parecéis.

Excusó la compañía Sansón Carrasco, y le pidió que no dijera nada de aquello a nadie.

Y estando en esto vieron venir hacia donde ellos estaban y a buen paso lo menos cuarenta indios. Venían seguidos de algunas mujeres y muchachos, y todos a pie, con el hato al hombro y tanta miseria como miedo traslucían sus semblantes.

Se llegaron a Sansón Carrasco y pidieron por caridad un poco de agua, y algo de comer si lo llevaban, y que eran gente de paz. No lo declaraban, sin embargo, sus harapos tintos en sangre, que despertaron en Melchorejo las sospechas, y llevándose a su señor aparte, le dijo:

—Mire lo que obra, señor Carrasco, que parece que hubo alzamiento, y habrán degollado al amo, como muchas veces hacen, y si quienes a no dudar han salido en su alcance llegan a saber que vuesa merced los socorrió, tendrá que vérselas con la Justicia.

Desoyó las prudentes palabras del caporal, y mandó el bachiller darles agua y pidió que se mirase de darles de comer, por que siguieran su camino, lo que hizo de malísima gana Melchorejo, temiendo a los que sabía vendrían en pos de ellos.

CAPÍTULO TRIGÉSIMO

Pronto supieron Antonia y Quiteria que habían llegado, si no a la más señorial de Arequipa, sí a una de las más principales casas de la ciudad.

Ya en el zaguán se hallaba una gran arca de madera de molle labrada con tanto primor que era maravilla verla. No había pared que no se aderezara con tapices de Holanda, pinturas de los mejores maestros cusqueños y limeños, o espejos traídos en carreta desde Los Reyes. Tampoco había obispo o eclesiástico nuevo en Arequipa que no quisiera conocer el crucifijo de su capilla; le había costado a don Suero lo que cincuenta negros. Había en la sala de recibir, a uno y otro lado, una pareja de pebeteros, tallas de dos gentilhombres de más de siete pies de altura, que levantaban copas donde se quemaban toda clase de inciensos y resinas aromáticas en aquellas piedras que iban a hacer más rico aún a don Suero. Y había tanta plata labrada en arcas y alacenas, que empleaba doña Toda un ejército de criados para sacarle sus brillos genuinos, y otro de cholas para aljofifar hasta la extenuación los suelos. No había día que no se sentara a su mesa un corregidor, un general, un obispo, y a menudo gustaba doña Toda de traer músicos y representantes que animaran las veladas. Al contrario que tantos peruleros consumidos en su avaricia, don Suero y doña Toda se holgaban con esa vida y procuraban que todos cuantos estaban cerca la disfrutaran.

Y si Mariquilla había prendado la voluntad de don Suero en cuanto éste la vio en su cesto, en muy pocos días doña Toda cobró tanta afición por Antonia, que no dejaba de agasajarla en cuanto se enteraba de que había llegado a la ciudad cargamento nuevo de telas, de jabones, de perfumes.

¿Y pues Quiteria? No permitió la señora de la casa que siguiese en su estado de ama, y halló ésta muy pronto el modo de corresponder a doña Toda, y de paso regalar a don Suero, cuando descubrió que éste se perecía por los dulces. Vació en Arequipa todo el arte cisoria de la Mancha, y desde entonces se confitaron o conservaron en aquella casa la pera bergamota, la toronja, el limón, los orejones, los suspiros limeños, las jaleas de aguaymanto de Cusco y cuantas golosinas quepa decir, sin contar que aprendió Quiteria a moler el chocolate y a especiarlo con tanta maestría que doña Toda ya no quiso probar otro.

Por lo demás, la casa de don Suero era tan espaciosa y había en ella tantos rincones para mitigar los calores, patios frescos para pasar los calores del hueco del día, galerías para la tarde, y aun azoteas para las noches, que no precisaban siquiera salir a pasear las calles, como no fuera para mercar aquellas mercaderías a las que era tan aficionada doña Toda.

Aprovechando que el bachiller estaba ausente, pidió Antonia que llevaran a su aposento el lecho de Quiteria. Había dado en sentir extraños movimientos en su alma y en su cuerpo. ¿Con quién comunicarse mejor que con ella? ¿Con doña Toda? No quería inquietarla. ¿Con el bachiller su esposo? Llevaba semanas extraño, taciturno, y a la sazón, ausente.

¿Y qué miedos sentía Antonia para estar tan inquieta? ¿Qué temores, qué premoniciones?

—Noto al bachiller muy raro, ama. No me habla, ya no me dice aquellas cosas tan suaves que me decía en el Darién, la noche de los murciélagos. Y por si fuese poco, a veces siento que veo el porvenir. Me doy miedo a mí misma. Desde que llegamos a estas tierras me suceden cosas extrañas.

Por eso le pidió no la desamparara aquellas noches sin su esposo.

Al día siguiente de partir éste y Sancho por las piedras, y saliendo de misa, supieron Antonia y doña Toda que un lego de Santo Domingo había tomado por costumbre ausentarse del convento para asistir a hermanos de religión enfermos, y así un día se largaba a Los Reyes, otro a la China, y aun otro a Roma, para disgusto del padre prior, que le había pedido por caridad se sujetase allí, donde tanta labor había, confirmando también cómo se holgaban en aquellas partes de salir volando, y con la menor excusa.

Ya camino de Arequipa, el mulero les había contado de una mujer que se halló a sesentaiséis leguas de su lugar, sin saber cómo sí ni cómo no.

Guiomar, que ya conocía la lengua ladina de corrido, se levantó un día como quien dice hablando la de los indios, que fue cosa admirable, pues ni doña Toda, siendo arequipeña, la entendía sino a pedazos. Y por los indios supo Guiomar que también tenían éstos por costumbre ir y venir por los aires, y empezaron a decirle que a ella la tomarían un día y la llevarían a la aldea donde la cautivaron los portugueses.

Acudió Guiomar llorosa a Antonia. «¿Y a qué voy a querer ir a mi aldea, si allí ya no tengo a nadie, que nos cautivaron a todos?», le dijo.

Antonia, que no creyó jamás los encantamientos de don Quijote, pero que contribuyó a formárselos en el caletre, como cuando le emparedaron los libros, haciéndole creer que los encantadores se habían llevado por los aires el aposento donde estaban, no dijo nada a lo que le contó Guiomar, pero ordenó trajesen también el lecho de la negrilla a su aposento.

Al principio conversaban hasta las tantas, sobre todo Antonia y Quiteria, de su aldea, y Guiomar callaba y escuchaba. Con el trato, hablaba Guiomar de la suya, y callaban Antonia y Quiteria. Al poco ya hablaban las tres de las cosas del día, como hermanas. Cierta noche, Antonia les contó lo que llevaba tanto tiempo queriendo contárselo a alguien.

—Sepan vuesas mercedes que están aquí por mi temor: hace tres semanas estuve en nuestra aldea, tal cual estoy, y no en sueños o en efigie, sino que entré a ella por el alijar que llaman la Capellanía y me llegué queda a nuestra casa.

—¡Jesús —exclamó Quiteria—, no digas esas cosas, que la Inquisición no sabe de burlas!

—Y después de aquélla he vuelto otras —prosiguió Antonia—, y unas veces entro por la Capellanía, otras por la dehesa boyar, y otras, en fin, por el Majuelo Chico y el Lagarejo, que no tienen determinado quienes me llevan allí por dónde entre cada vez. Y luego me dejan a mi aire, que así como no tengo voluntad para dejar de ir y entrar por donde quieren, la tengo para moverme. Y me pasa lo que a Guiomar, que no quiero volver, porque no me queda nadie allí.

—¡Jesús, Jesús! —y el ama se persignaba como quien oye al diablo—, y que ya empiezo a creer que todo cuanto dice vuesa merced es la pura verdad, y que en estas partes se estila el salir volando por los aires, que debe de ser cosa admirable ir por los aires y verlo todo a vista de pájaro.

—Tenlo por cierto, ama, sólo que no es, como tú crees, que llegue allá volando como una golondrina, pues no sería posible hacerlo en menos de tres meses, sino que estoy acá y al punto estoy allá, ahorrándome las naos.

—Siendo así, no será mal trago. ¿Y te sucede esto de noche, Antonia?

—No, puede ser a cualquier hora. Y tengo para mí que quienes me toman y llevan allá hacen que me dejen acá, sin que nadie me extrañe, pues viniendo de nuestra aldea, donde a veces he pasado hasta tres días, nadie ha notado aquí mi falta, a diferencia del lego, al que todos notan sus marchas.

—¿Y has visto a nuestro cura don Pedro, y al barbero, y a todos nuestros vecinos?

—No a don Pedro, que murió al poco de irnos de una perlesía, y dejó toda mi hacienda en manos del escribano, que la ha robado a mansalva. Él vive ahora en nuestra casa. Lo supe y corrí al alcalde, a pedir justicia. Pero ahí está el busilis: por más que me llego y les tropiezo a todos, y digo, eh, señores, que soy Antonia, la sobrina del señor Quijano, nadie parece verme.

—El escribano en nuestra casa... ¡Cosas veredes! —exclamó el ama para sí.

—Y no hay ladrillo ni losa de ella —siguió contando Antonia— que él no haya levantado, pues ha dado en creer que mi tío escondió allí una olla con oro. Por lo demás, parió la yegua, mi amiga Catalina casó con Benito Saldaña, el barbero ya lo he dicho, y el padre de mi esposo finó hace dos meses maldiciendo a su hijo y maldiciéndome a mí. Y no sé si he de contárselo.

—Ni a él ni a nadie, y menos al confesor —aconsejó Quiteria—, hasta no saber si esos viajes son cosas del diablo o una gracia divina.

—Pero ¿cómo no decirle nada, tratándose de su padre?

—Si es como dices, le pondrán un pliego en el correo —concluyó el ama.

La nueva que le dio Antonia unos días después no le hizo olvidarse de los transportes, más bien al contrario.

—No hay duda: espero un hijo, pero temo se me malogre con el trajín de los transportes.

Comunicó Antonia a doña Toda lo de su hijo, pero nada de sus borneos.

Corrió doña Toda a decírselo a don Suero. La alegría de los buenos señores no es para ser descrita.

—Pedíamos un pariente mediano, y nos han enviado siete que valen su peso en oro.

Aquel mismo día compró doña Toda a Antonia en las mejores tiendas de Arequipa lienzos de Flandes, paños de Segovia, puntas de Brujas. Mandó llamar a su casa a tejedoras indias, que empezaron a labrar los pañales más finos, y visitaron a un visitador muy visitado que vivía en el arrabal de la Recoleta, porque aunque doña Toda era buena cristiana, no quería estar tampoco a mal con la Pacha Mama. Y no olvidó tampoco, claro, presentar a su sobrina a los tres Cristos mayores de Arequipa, el de los Remedios, el de la Buena Muerte, y el que privaba en su corazón, del que era doña Toda devotísima y camarera mayor, el de los Temblores.

Del negocio de las transportaciones, decir que Antonia voló un par de veces más a su aldea, y luego se sujetó en su nido, y terminó como empezó, con lo que no tuvo que confesarlo. Pero no por ello conoció sosiego su corazón. Pasaban las semanas y algo inconcreto la tenía en vilo, acaso cuando advirtió que don Suero se impacientaba también viendo que Sansón, Sancho y la recua de las piedras y la nieve tardaba en venir más de lo ordinario.

CAPÍTULO TRIGÉSIMO PRIMERO

El viaje de Sansón y Sancho, guiados por aquel Melchorejo, a quien los indios respetaban como a uno de sus caciques, fue bueno. Ni vino la justicia tras los indios huidos ni, como tan a menudo sucedía, perdieron hombres ni llamas atufados por las exhalaciones en la boca del volcán.

Y cuando todos bajaban ufanísimos por haberse librado de la muerte y venir sus llamas cargadas con las brasas y los trozos de hielo cortados en los neveros más altos de los Andes, que tan buena soldada les proporcionaban, les salieron unos hombres a caballo, en número de unos cincuenta, que les atacaron. Traían el propósito de robarles la reata y los negros que iban en ella, por venderlos en Potosí, donde eran muy preciados en las minas, y matar a todos los demás.

Cayeron sobre ellos sin ser vistos, pues fue el ataque de noche, cuando hacían su jornada por preservar la nieve de los calores del mediodía.

Los atacantes parecían por el habla y la grita gentes muy envilecidas, y venían armados con pistolas y escopetas, y ya en el primer encuentro dejaron muertos a cuatro de los indios de don Suero, y el frío y negro aire de la noche se llenó de presagios tenebrosos.

Trataron los ofensores primero de dividir la reata, por asegurar una parte de ella si no podían llevarla toda, pero tuvo el buen acuerdo Melchorejo de meter las llamas en un abrigo que había cerca. Puso luego a sus hombres tapando la entrada, en paraje de ofender, y de ser ofendidos. Allí les era difícil llegar a los asaltantes sin riesgo de acabar en lo hondo del precipicio, y a los sitiados atacar, por no llevar más armas que las espadas de Sansón y Sancho y las pistolas de Melchorejo.

Sancho, que siempre tuvo una gran visión de las batallas en las que intervino, fue terminante:

—Señor bachiller, es cosa de rendirse, que la valentía acaba donde empieza la temeridad, y la temeridad, si pone en riesgo la vida, es la más boba de las cosas. Y yo ya pasé por este trance de tratar con bandoleros, y fueron aquéllos, tras rendirnos, de lo más corteses.

Melchorejo, que se hallaba presente, no lo pasó por alto:

—No, señor Panza, aquí no se usan esas cortesanías, y éstos no quieren sólo robarnos, sino matarnos, y que no quede uno que pueda dar cuenta de la fechoría, y los bandidos darán con nosotros en lo hondo del barranco, y en menos de lo que lo cuento, no dejarán los gallinazos ni el ala de su sombrero.

De la misma opinión fueron los indios que iban en la reata. Ni uno solo estaba dispuesto a dejarse vendimiar la vida, ni menos aún a perdonar el salario prometido. Sólo uno, que dijo entender en agüeros, sembraba la duda, asegurando que morirían aquel día si se resistían.

A éste le dijo Sansón Carrasco lo del astrólogo Botello, que propuso lo mismo, y no le aprovechó su astrología, pues le acabaron igual, con su caballo.

Ordenó entonces Sansón que se fabricaran hondas, se acopiasen piedras frías y se dispusiesen las calientes. Mandó luego a un indio de los diestros que trepase la escarpa y se corriese hasta una encomienda cercana llamada Sayo Negro a pedir socorros.

Por la mañana los bandidos mostraron al mensajero, y a la vista de todos lo degollaron. Esto produjo una malísima impresión en los sitiados, y dio bríos al agorero, que pedía la rendición.

Mandó Sansón atar y amordazar a éste, por cenizo, y declaró a todos que aquél no sabía del porvenir sino por conjeturas.

No fueron atacados en todo aquel día. Los sitiantes, sentados, esperaban. Los indios, ganosos, si no de pelear, sí de vender caras sus vidas, le daban a sus cantorrios preparándose para el acabose. Al llegar la segunda noche, los bandoleros hicieron sus fuegos, sacaron las ollas y cocinaron sus guisotes sin prisa, porque la gente de don Suero era para ellos también empresa a fuego lento.

—Y lo dicho otras veces: aquí querría ver yo a mi señor don Quijote —dijo Sancho—. ¿Cómo logró salir él con vida, teniéndola en tan poco y arriesgándola como lo hizo? Gran misterio; y para mí tengo que así como los encantadores le perseguían, los autores de su historia, sabiendo que tarde o temprano la pondrían por escrito, le valieron. Pero no es ésta una de sus guerras galanas. Muchas veces me tuvo por apocado y cobarde, pero yo le desmentiré y haré ver que aquellas suyas, al lado de esta aventura, fueron cosa de niños. ¡Y vosotros, historiadores que ahora mismo estáis despuntando la pluma, no perdáis ripio y notad mi gallardía! Yo solo me llevaré por delante una docena de ellos antes de dejarme tocar los pelos de la barba, y a barba, ni tapia ni zarza, quiero decir que nos hacen valientes los sucesos, no los deseos, y que no hay pesar, que ninguno muere dos veces.

Entre tanto, esperó Sansón a que salieran las estrellas y dejó que se apagaran las fogatas. Entonces ordenó a sus indios salir del abrigo y subir la escarpa llevando en unas ollas algunas de las piedras del volcán, y los demás, dejando a buen recaudo y trabadas de manos las llamas, avanzaron sigilosos. Dio luego la orden, y los indios de arriba arrojaron las orzas con las piedras vivas al corralillo donde estaban los bandidos y sus caballos. Se rompieron las orzas, se quemaron los toldos y salieron los caballos en estampida; la batahola de pólvora, gritos y caballos fue de las temibles.

Duró tan porfiada refriega lo menos media hora, en la que no se dejó un minuto de oír decir al bachiller «a ellos, que son menos», «ya son nuestros», «hijos, apretad, que ya aflojan», «de casta de muertos venimos» y muchas otras soflamas para enardecer a sus indios y sembrar temor y braveza en lo más empeñado del combate. Al cabo volvió la paz y el silencio a aquel solitario lugar, pero hasta pasadas tres horas no supo nadie si tenían tregua o repliegue, victoria o derrota. Mientras, se fueron juntando los indios de don Suero que habían subido a la escarpa y los que habían salido a pelear a bragas enjutas.

Al cuarto del alba hicieron el recuento. En la estacada quedaron lo menos cuarenta indios de don Suero muertos, y doce bandidos y tres heridos. Desvalijaron a todos, y a los enemigos muertos querían los indios arrancarles la cabeza, por hacerles afrenta, pero a esto último se opuso el bachiller. Vino luego Melchorejo a decirle que era mejor dejar correr las cosas como venían. Tras el despojo vino, pues, descuartizar a los bandidos. Echaron a rodar las tajadas por la quebrada entre vítores al capitán Carrasco que tan buen capitán era, y lo mismo hicieron con los heridos, a los que dieron recias muertes cortándoles en vivo la cabeza, y les holgó mucho verlas rodar sin tropiezo señalado hasta perderse donde no se veía el fondo de tan lejano ni la vista humana podía seguirlas, pero sí la de los zopilotes, muy atentos, que hacían la rueda de su festín sin gran acucia.

En todo aquel tiempo buscó Sansón a Sancho Panza, pero por más que lo buscaba, no aparecía.

Uno de los indios aseguró haberlo visto en la refriega repartiendo cuchilladas con denuedo, mientras repetía con cada mandoble: «¡Antes muerto que entregar la vida!», muy lejos otra vez de aquel parapoco y cortado de muerte por el que se le tenía.

Mandó callar a todos el bachiller por haber creído oír algo, y lo llamó a voces, y al cabo oyeron un suspirillo lastimoso que salía de allí junto, y vieron luego que venía de lo profundo de la barranca.

Halaron cuerdas y con gran tiento lo sacaron.

Venía herido en una zanca y entelerido por el frío, y contó cómo uno de los bandidos le había disparado bala a ropa franca, y que se dolía de no haber podido vengar aquella afrenta, queriendo Dios que cayera él por suerte en el barranco, porque de no haber sido así, aquel bellacote ya se le echaba encima con la espada por delante, y que la herida le dolía harto.

Mandó el bachiller que se la entrapajaran con fomentos y cataplasmas y dio orden de salir con presteza de aquellos abrasados congostos por temor de que los bandidos vinieran a cobrar venganza. Enterraron con piedras a los muertos, por hurtárselos a las alimañas, y vieron que muchas de las granadas del volcán se habían perdido, y roto no pocos de los cuévanos donde venía la nieve, hecha agua.

La herida de Sancho resultó de las feas, y pronto le acometieron calenturas que lo traían confuso, doliente, desvanecido.

Sabedor Sansón de que los indios eran grandes herbolarios, preguntó si venía alguno con ellos. Melchorejo habló del que echaba pronósticos, y por no tener a mano a otro mejor, pidió Sansón que lo trajeran. Acudió de mala gana, maliciando un castigo a su mal agüero. Sansón le dijo que lo sanase mejor que adivinaba. Pidió entonces el indio le trajeran un pollo, y allí mismo le cortó la cabeza y lo dejó en el suelo. Anduvo el pollo un gran trecho sin su cabeza, pero a lo galán, mientras el indio ponía en los labios de Sancho zarzaparrilla.

El sabor amargo hizo que Sancho volviera en sí. Vio al pollo descabezado dar vueltas, siempre muy altanero y sin desmayar el paso, y no creyó sino que el muerto era él, y no el pollo.

—Ay, señor Carrasco —dijo entre vagidos—, ¡y que un tan buen cristiano se vaya al infierno de mano de estas hechicerías!... Ahí es nada la del ojo. ¿Y qué es este emético que me han dado a probar? ¡Vade retro! No creí nunca en el bálsamo de Fierabrás, y era el verdadero, no voy a dar en creer a estas alturas en uno falso.

Chicchó luego el indio unas hojas de coca y dedalera juntas y le bizmó con aquel bagazo la herida. Después Sansón ordenó que le aviaran con dos lanzones unas parihuelas, y así llevaron a Sancho hasta Sayo Negro. Fue todo el camino en un ay, acalambrado de los dolores, y a cada poco pedía que lo dejaran morir en cualquier parte, por no sufrir más aquel calvario. En vista de ello, el bachiller mandó detenerse en Sayo Negro unos días por ver si su criado mejoraba.

Fueron pasando, y ni Sancho mejoraba, ni el herbolario atinaba con el remedio, ni la poca carga de piedras y de nieve que quedaba podía conservarse. El encomendero por su parte andaba todo el día con un azote en la mano, pues empezaban a menudear los hurtos de gallinas, maíz, cuys y otras fruslerías.

Mandó Sansón entonces que partiera la reata guiada por Melchorejo, y quedó él con dos indios asistiendo a Sancho Panza.

Pasó otra semana Sancho más en el otro mundo que en éste, sacudido por extremas calenturas, y Sansón preguntó al dueño de la encomienda si había por allí cerca un cirujano de quien tirar.

No había cirujano cerca, ni aun sangrador ni barbero, pero sí un albéitar del que todos decían arreglaba los huesos de bestias y hombres como nadie, y lo llamaron. Vio éste la pierna corrompida, y dijo que o se tajaba a cercén, o aquel hombre moriría.

Dio orden Sansón de que cortaran. Ahitaron de coca al herido hasta las cejas, y apenas sintió Sancho la obra del serrucho, cayó en profundísimo desmayo.

Entregó el albéitar la pierna cortada a Sansón, que fue con ella, cuan larga era, bajo el brazo, a enterrarla junto a la tapia del cementerio, pues el fraile de la encomienda le estorbó hacerlo en sagrado, por creer que la parte del alma que había en la pierna había quedado con Sancho.

Volvió al punto y no se separó el bachiller del lecho de su criado en todo el tiempo, esperando a ver por dónde rompía el mal. Y quiso que rompiera por el lado de la vida, y a los seis días pudo decirse que Sancho resucitó, y con un solo pensamiento:

—Ay, bachiller, cómo duele esta pierna mía.

Y fue allí donde el bachiller cursó una respuesta que llegaría a hacerse célebre:

—Ésa ya no, amigo Sancho, ésa ya no...

Si con la pérdida de don Quijote Sancho enflaqueció, con la de su pierna, quedó en los huesos.

Sansón Carrasco le sorprendía algunas veces hablando solo, y otras Sancho le preguntaba en qué podría ganar su jornal, porque era ya tarde para aprender el arte sartorio o el sutorio, oficios de cojos, y que era cosa bien triste para un hombre que había tenido tan buena salud acabar sentado a la puerta de las iglesias esperando la caridad.

Sansón, por animarlo, le decía:

—Ánimo, Sancho, que todo es nada. Y mira que así como tuvo el autor de nuestro libro honra en la herida que le estropeó la mano y lo dejó manco en la más gloriosa ocasión que vieron ni verán los siglos, tú has hallado en esta batalla que te ha dejado cojo memoria de valiente. Con ella lograrás hacienda y fama. Hacienda, porque raro será que el liberal don Suero, sabiendo que has perdido tu pierna por salvar su hacienda, no quiera ponértela de oro, y de fama, ¿qué decirte? Ya hubiese querido don Quijote la mitad de tu falta.

Sancho le oía taciturno, y tras meditar un rato lo que quería decir, lo soltó:

—Pues a fuer de sincero, señor, estoy cansado de ser famoso. Prefiero ser Sancho Nadie con pierna que Duque de la Quebrada sin ella. Que ya tanta famita viene empachando. Teníamos poco con el manco de Lepanto, y mira por dónde va a tener el mundo al cojo de Arequipa.

Permanecieron en aquel lugar de Sayo Negro casi cuatro semanas más, y aunque no se le iban del todo las calenturas, decidieron proseguir su camino. Fue la vuelta a Arequipa penosa, por no sujetarse bien Sancho en la montura y por andar su ánimo muy desmazalado.

La alegría de ver sano y salvo a Sansón no fue completa para ninguno, viendo cómo venía de calamitoso Sancho Panza.

Ya don Suero había advertido al mejor médico de la ciudad, que esperaba al enfermo para sangrarle y quitarle aquellas calenturas que lo traían postradísimo.

—Hermano —le dijo al médico, tras dar a don Suero las gracias por la merced recibida de aquel cuidado—, no os molestéis, y dejadme como estoy, que ya es burla esta de perder la pierna y ahora la poca sangre que me dejó el bandido. Y tráigame vuesa merced un jarro de vino.

Concedió don Suero lo que Sancho pedía, trajo el vino y

retiró al médico, no sin protestas de éste, que vaticinó al enfermo una muerte pronta y sin excusa.

Es opinión extendidísima que aquel vino sanó a Sancho por ser de los caros de Esquivias, que guardaba don Suero para las ocasiones. Y fue catarlo, y al punto lo reconoció Sancho de su tierra, y confirmó con lágrimas en los ojos no sólo de dónde venía, que era, como se ha dicho, de Esquivias, sino quién lo había hecho, Bernabé Arroyo, buen vinatero, mostrando a todos sus decantadísimos saberes en esto de los vinos.

De allí a unos días se fue la fiebre, y al poco volvió a crecer su apetito, y si don Suero gastó en revivir a Sancho las tres arrobas de aquel vino que tenía reservado, no faltaron de allí en adelante otros no menos virtuosos.

Tampoco fue completa la alegría que recibió Sansón con la nueva de aquel hijo que estaba en camino. Pensaba pedir a don Suero ir al Realejo, la mina que éste tenía en Cerro Rico.

—A mí, señor Carrasco —le dijo Sancho—, no me engañáis. Vuesa merced huye, vuesa merced no va a volver en mucho tiempo, vuesa merced se apoca con nada. Conozco vuestro estado de verlo muchas veces en mi amo don Quijote, ausente, meditabundo, melancólico. Pero mirad que aquí va vuesa merced a dejar a una esposa que os quiere bien y espera un hijo vuestro, a un tío a quien estáis obligado por cien mercedes que os hace cada día, a una doña Toda que morirá con la noticia, al ama Quiteria, que se dejaría matar por vos como sólo se hubiera dejado matar por don Quijote, y a mí, que vuestra partida sería como arrancarme la otra pierna. Hasta la negrilla morirá de pena viéndoos partir. Y yo sé que en mucho tiempo no habréis de volver. Lléveme vuesa merced, que yo haré que vuelva. Podré ser el primer escudero cojo de la historia...

Conmovió mucho a Sansón la lealtad de Sancho, pero le eximió de que lo siguiera.

—Adonde voy y para lo que pienso hacer, Sancho, uno solo se basta.

Recibió con lágrimas la noticia Antonia y la consoló como pudo doña Toda, inconsolable ella misma.

—Niña, acostúmbrate a los hombres. No hay uno que se sujete, siendo mozo, y si no quieres perderlo, déjalo que se pierda. Que vaya él tras sus quimeras; ellas se encargarán de traértelo de vuelta. Quieren andar y ver, maquinar tratos, trazar negocios, hacer correr la rueda de la fortuna y dar cuenta de todo ello a sus camaradas, hinchándolo, donde puedan hacerlo. No te aflijas, y mientras, cuida su hacienda y vive tu vida, sin perder el decoro ni deshonrarte. Si ellos se van y no pueden ni quieren llevarnos consigo, más se pierden. Vive libre en tu casa, que cuanto menos lo busques, en más te tendrá, si sabe verlo, y si no, aire, aire. Que al fin serás tú más libre aquí, que él encadenado a su locura. ¿Piensas que mi esposo estuvo siempre en mi brazo, como alcotán? Voló lo suyo, y yo le dejé ir, y si sufría yo, él nunca lo notó. Y enterré conmigo mis penas, y hace ya mucho tiempo que le perdoné de lo que hubiera que perdonarle, que tampoco quise saberlo. Y hoy es el día en que no quiere separarse de mí ni un paso, no digo ya una legua, que ya me echa en falta en cuanto pasa el Chili. Y ahora de vieja, cuando tantas lloran, yo no tengo que dar sino gracias al cielo.

—Ay, señora tía —le respondió Antonia—, ¿y no podría hablar vuestra merced con mi señor don Suero, por ver de sujetar a mi esposo?

Así lo hizo doña Toda, y don Suero tranquilizó a su esposa, llevó al ánimo de Antonia un poco de sosiego, habló con Sancho, quien le había pedido también estorbase aquella salida, y esperó a Sansón. Éste le confirmó su propósito de quedarse en Cerro Rico un tiempo, tras resolver los negocios de don Suero en aquellas partes. ¿Haciendo qué? Sus respuestas fueron vagas: pensar, leer, ruar las calles, tal vez ejercitar la pluma...

Don Suero, que había conocido en tiempos la comezón de lo lejano, no le apretó, y más por doña Toda y Antonia que por él, le dijo que si le fatigaba lo de las piedras y la nieve, le buscaba alguno de los oficios vacos de factor o contador o tesorero, o cualquier otro rentado que hubiera en la ciudad.

No valieron ruegos, de nada sirvieron persuasiones: Sansón Carrasco necesitaba alejarse de todos y de todo como el respirar. Sansón Carrasco huía de sí mismo.

Volvió a tranquilizar don Suero a doña Toda, a consolar a Antonia y a Sancho, a Quiteria y a la negrilla; pero esa noche dijo a su esposa, estando los dos a solas, amargamente:

—Señora mía, lo hemos perdido. No sé qué le falta aquí, no sé qué lleva en la cabeza. Me ha hablado de los indios, de los esclavos, de escribir un memorial al rey para el mejoramiento de estos reinos con su emancipación... Una pena.

Y así se llegó al día en que Sansón Carrasco partió a Cerro Rico. Quiso darle don Suero dos indios que le llevaran sirviendo, un buen caballo y hasta cuatrocientos escudos. Tomó Sansón los dineros, por serle necesarios, agradeció la caballería y dejó los indios.

Tuvieron sus adioses Sansón Carrasco y Antonia. Se hallaba presente Mariquilla. Los de Héctor y Andrómaca no fueron más tiernos, y aun Mariquilla, asustada de las plumas del sombrero de su padre, se echó a llorar. Abrazó luego Sansón a su anciano tío y besó la mano de su tía, pidió a Quiteria que cuidara de su señora, y a la negrilla Guiomar que mirara por su hijo, cuando llegara, tanto como miraba por Mariquilla, y a Sancho poco más podía decirle, y tomándole de un brazo se lo llevó al patio, y allí a solas, le dijo:

—Sancho, si vieras que tardo en volver, encarécele a Antonia cómo la llevo en mi pensamiento y en mi corazón.

Volvieron donde todos esperaban la partida, y Sancho, que no había vertido una sola lágrima cuando perdió su pierna, empezó a verter un llanto copioso y a sorberse los mocos, creyendo que perdía a Sansón, y su llanto contagió a todos, incluido don Suero, de cuyo brazo se colgaba doña Toda, mientras trataba de contener las lágrimas con un pañizuelo. Sólo acertaba a decir:

—Ay, Dios, ay, Dios, cuándo será el día en que el Señor nos lleve.

CAPÍTULO TRIGÉSIMO SEGUNDO

Al siguiente de la partida de Sansón Carrasco hacia Cerro Rico, madrugó doña Toda, gran devota del Cristo de los Temblores, con la idea de ir a la iglesia de San Francisco y pagar tres misas por el pronto regreso del bachiller.

La acompañaba Antonia, menos aficionada que su tía del Cristo de los Temblores, pero mucho a Santa Margarita, que tenía su capilla al lado, y a quien iba a pedir un buen embarazo, y de paso que le trajera a su marido para el parto, pues algo le decía en sus adentros que no lo vería en mucho tiempo.

Y si antes de perder su pierna se encargaba Sancho de mercar en la plaza los mejores bocados por encargo de doña Toda, después de quedar cojo, siguió llevándoselo consigo, por no hacerle de menos. Así aquella mañana en que acompañó a doña Toda y Antonia a San Francisco. Entregó Sancho a la entrada de la iglesia doce reales a Antonia, y le pidió encargase en su nombre otras seis misas que movieran el corazón de su Teresa para que viniera a cuidar de su marido, aunque ya sabía él que no la traería misa ninguna, y sí saber cómo había quedado de averiado.

Era la primera vez que doña Toda oía hablar a Sancho de su Teresa Panza, y la primera en mucho tiempo que se lo escuchaba Antonia.

Se excusó Sancho, fatigado por la caminata, y se sentó en el atrio, mientras doña Toda y Antonia se adelantaron al trono del Cristo, a un lado del altar mayor.

Cuidaban del Cristo de los Temblores a la sazón los frailes de San Francisco, pero no siempre había estado aquella imagen allí. Ni tampoco se había llamado de aquel modo. Antes le decían Jesús de la Conquista. Pero el hartísimo terremoto del año ochentaidós tumbó la torre y no dejó del templo una piedra sana, respetando en cambio aquella imagen, que siguió de pie, atada a su columna. Se tuvo aquello por gran milagro y el Cristo pasó a llamarse de los Temblores, al tiempo que lo condujeron a la iglesia de San Francisco en tanto se rehacía la de los Remedios.

Tenían al Cristo en una capillita en la que ardían cien cirios. La desnudez de su figura impresionaba. Podían contársele una a una las costillas, y no había nadie que mirara su rostro, a quien no le transiera y agobiara su dolor. Y tantos como cirios, había frente a él a cualquier hora una multitud de devotos que acudían de todas partes para cumplir promesas, pedir mercedes o ganar perdones.

En el momento en que llegaron doña Toda y Antonia, estaban arrodillados frente al Cristo dos personajes muy principales, como lo decían su vestido y la calidad de sus acompañantes.

—Ese que veis ahí —informó doña Toda a Antonia en un susurro— es don Álvaro Carranza, nuestro corregidor, gran amigo de don Suero, como amiga mía es doña Juanita, su esposa.

—¿Y el otro que está de espaldas? —preguntó Antonia.

Vestía este caballero a lo cortesano con ferreruelo, calzas, capa y un gran cuello de lechuguilla, y le colgaba del cuello una gruesa cadena de oro. Inmóvil como estaba y tan devoto, semejaba un alabastro de sepulcro.

—Ése debe de ser el nuevo virrey del Perú, que según doña Juanita estaba por llegar.

Sin habla quedó doña Toda ante la magnificencia del virrey y la merced que le hizo don Álvaro presentándoselo; pero más turbada quedó Antonia.

A la salida, la halló Sancho sin color en la cara.

—No creerán vuestras mercedes a quién hemos dejado dentro —informó Antonia a doña Toda y a Sancho.

Conocía ya doña Toda, por haber leído la segunda parte de don Quijote y por haberlo oído de labios del propio Sancho, de Antonia y de Sansón, quién era aquel duque «de tal de no sé dónde» que tanto escarneció al Caballero de la Triste Figura y a su escudero: el mismo que, muerto don Quijote, había pasado por la aldea con su esposa y el acompañamiento de las comparsas con el solo propósito de seguir las burlas.

Si con lo suyo de la pierna no acababa Sancho de levantar cabeza, esta noticia acabó de rematarlo.

¿Había venido el duque con la duquesa? Mandaron a Blasillo el paje a preguntar a casa de doña Juanita. Sí, fue la respuesta.

—¿Y le ha conocido a vuesa merced? —preguntó Sancho a Antonia.

No. Por fortuna el duque no reparaba en nada ni nadie que no le conviniese. Pero, ¿y si veía a Sancho Panza?

A Sancho le asaltó la sospecha.

—Ay, señora Antonia —dijo—, tal como vieron la luz las aventuras de nuestras salidas con vuestro tío, se habrán sabido aquellas otras que vinieron al morir don Quijote, y temo que los duques no lo sufran.

Doña Toda, que leía muchas novelas, tranquilizó a Sancho, y aun a Antonia, haciéndoles ver que esos escrúpulos se adelgazaban tanto de sutiles, que los quebraba el buen juicio, y que no se había visto que la vida imitara a las novelas, sino al revés. El señor virrey se hallaba en Arequipa, según doña Juanita, para rendir visita, como cumplía a todo virrey nuevo, y estar presente en el traslado del Cristo de los Temblores, que iba a tener lugar un día de aquellos. Luego se volvería a Los Reyes, donde tenía su palacio. Para mayor tranquilidad de todos, Sancho se guardaría aquel tiempo en la casa, y aquí paz y después gloria, y que se diesen el duque y la duquesa a todos los diablos. A lo demás podría llamársele casualidades de la vida, de las que tampoco están desprovistas las novelas.

Fingió Sancho quedar conforme con las imaginaciones de doña Toda, por no importunarla con sus escrúpulos, pero en cuanto llegaron, tiró de recado de escribir.

De Sancho Panza a su señor el bachiller Sansón Carrasco en Cerro Rico.

Bien pocas cosas lleva ésta, y aun menos debería, pues por acá, como sabe vuesa merced, se usa mucho abrir pliegos y hurtar cartas, cosa hoy harto expuesta. Sepa así que sus tíos quedan con salud, y su esposa deseando verle, y yo necesitado de consejo, después de haber venido a ésta quien vuesa merced sabrá con decir que es de los que van por el mundo prometiendo ínsulas que ni tuvo ni dio, salvo por burla, que fue grima saberlo. Le suplico con vivas entrañas no venga a ésta hasta más no saber, y ande y mire todo en aquélla como un lince, que aún será poco. Lo deseo después de la salvación de mi alma más que cosa ninguna, pues mi señora Antonia y este su criado tememos grandes males de persona tan levantada, pues no hay una de éstas viéndose burlada no cobre deseos de venganza, ni fiesta sin octava ni dos sin tres. Y de mí no digo sino que tengo para mí que aquello de quien bien está y mal escoge por mal que le venga no se encoge no es del todo verdad. Y dicho lo dicho, yo me entiendo. En Arequipa, su criado Sancho Panza, que su bien desea.

Entregó la carta Sancho al veredero a escondidas de todos, y tomó el acuerdo para sí de encerrarse en la casa, como decía doña Toda, y aguardar la respuesta del bachiller, y ver qué disponía él.

Cuando ese mismo día estaban a la mesa don Suero, doña Toda, Antonia y Sancho, llegó el criado del corregidor. Invitaba a su compadre don Suero, a doña Toda y a Antonia a la fiesta que en honor del virrey daba en su casa, y especialmente quería el virrey que acudiera Antonia, a quien apenas había entrevisto en San Francisco.

Llegaron los tres a la casa del corregidor Carranza.

Si admirable era el porte del duque, más aún admiraba la heráldica belleza de la duquesa.

Vio el duque a doña Toda y a Antonia, y llamó a su esposa.

—¡Y cuánto de bueno veros aquí, Antonia! —dijo la duquesa—. ¿Y dónde está vuestro esposo el bachiller? ¿Sigue con salud el simple de Sancho Panza?

Tomó la duquesa las manos de Antonia y sin soltarlas besó sus mejillas como habría hecho con la misma reina de España, su prima.

La duquesa hizo por ser un dechado de cordialidad y oficiosa cortesía. Cautivaba a todos con su llaneza y no había nadie que, conociéndola, no quisiera servirla y perfumarla con lisonjas.

Don Suero miró risueño a doña Toda. Era fácil leer en su seráfica sonrisa: «¿Y ahora qué me decís de todas vuestras novelas?».

Contó don Suero cómo Sansón llevaba un tiempo en Cerro Rico, adonde se había ido feliz sabiendo que sería padre por segunda vez, y todo lo de la pérdida de la pierna de Sancho, y que de saber este que estaban allí los duques, habría venido a rastras a rendirles pleitesía. Manifestó entonces la duquesa deseos de ver a Sancho durante su estancia en Arequipa. Quería decirle en persona que ninguna de las burlas de la ínsula, de las que sin duda ya sabía él por haberlas leído en el libro, fueron hechas con malicia, sino por grato esparcimiento. Y se dolió mucho de que el bachiller Sansón Carrasco se hallara en Cerro Rico, por no poder decirle ella en persona lo mucho que le echaría de menos.

CAPÍTULO TRIGÉSIMO TERCERO

Y mañana mismo mandaré que lleven a la iglesia cien libras de cera...

Fue lo primero que dijo la duquesa en cuanto se vio a solas con el duque, tras la cena. No cabía en sí de contento y no se decidía ni a caminar el aposento ni a reposarse en su silla.

—Ay, ay, ay, esposo, y cómo han sido oídas mis oraciones... Y ahora verá ese bachillercillo que a secreto agravio secreta venganza, y que quien la hace la paga.

Que los duques conocían los libros de don Quijote es cosa sobradamente conocida. Y también aquel que salió en Cadalso de los Vidrios, que una mano anónima hizo llegar a Bartolomé Carrasco, padre del bachiller, poniéndolo a la muerte. Tuvieron ése los duques por el señor De Mal, que se apresuró a enviarlo en cuanto supo de su existencia. Se contaban en él las burlas que infligieron a los duques el bachiller y su escudero Tosilos precisamente cuando pasaron por su aldea con el propósito de seguir escarneciendo a don Quijote. Pero en aquella ocasión los burladores quedaron burlados, y los usureros como el señor De Mal, corridos. Y como lo supieron los propios duques, lo supo España toda. El jolgorio que hubo en todas partes con el escarmiento fue famoso, y no hubo lugar o ciudad al que fueran los duques donde no oyeran risas a sus espaldas y cantar a los niños *A los tontos de Carabaña.* Hasta el rey don Felipe nuestro señor leyó esa tercera parte donde se cuenta lo sucedido al morir don Quijote, y rió tanto que le salió una hernia. Quedaron furiosos los duques, y la duquesa juró venganza. Echó de sus estados a su maestresala, por desvelarle a Sancho que todo lo de la ínsula había sido una gran burla, y acusó a Tosilos de un robo que éste nunca cometió, y lo echó a galeras por diez años. Luego mandaron a la aldea de don Quijote a quien iba a vengarlos, y no los halló ni nadie que les dijera a dónde habían ido. Y cuando daban por perdido el caso, recibieron desde Sevilla carta del escribano señor De Mal. Supieron que pasaban al Perú, pero llegaron tarde para estorbarlo. Al quedar vaco por aquellos días el virreinato, pidió la duquesa al rey su primo aquella prebenda para su esposo, y el rey la concedió, siquiera por no tener que oír a todas horas sus lamentos a cuenta de don Quijote, Sancho Panza y Sansón Carrasco y la mala hora en que los habían conocido. Y allí estaba la duquesa para dar término a su obra. Y como a persona principal y a bolsa llena no se le esconden nuevas, supo en Sevilla lo de la negra del capitán De la Gómara, y en Cartagena cómo nunca se la dieron, y al cabo dio con ellos en Arequipa. Vengada ella y llenas las arcas de su esposo, podrían volver en paz a España a decir quién reía el último.

Todo estaba pensado y mil veces repensado. Robar un esclavo se castigaba con diez años de galeras. ¿Y no era esclava la negrilla? Que se lo preguntaran a don Cristóbal De la Gómara, que obedeciendo órdenes del duque había ya enviado pliegos al Consejo denunciando el robo.

—En diez años vais a tener tiempo para pensar, Medinilla del demonio, Carrascal despechado de las Altas Torres —exclamaba exultante la duquesa—. ¡Qué ligero estuvisteis en burlarme! Y vos, mastuerzo gobernador de ínsulas, habréis de acompañarlo.

Hasta al duque le inquietaba el frenesí de la duquesa, y le decía:

—Pero, mujer, ¿en qué os agravió el bobo de Sancho? ¿Y cómo queréis mandarlo a galeras, si le falta una pierna? ¿Quién habrá de sentenciar tal cosa?

—Aun ciego iría, pues allá van leyes donde quieren reyes. ¿Y no es vuesa señoría el virrey, so bragazas?

Con la promesa de la venganza, pudo dormir la duquesa aquella noche a pierna suelta, porque no había dormido desde el día en que cayó en sus manos el libelo de Cadalso, que ella no dudó en atribuir demasiado alegremente al bachiller Carrasco. Y lo primero que hizo la mañana que siguió a la cena con el corregidor fue enviar a unos criados de su esposo a Cerro Rico con orden de prender a Sansón y traerlo a Arequipa.

Y para allí salió también carta de Antonia, siguiendo el pálpito que le decía que lo mismo que habían llegado a Arequipa los duques, pudieran buscarlo en Cerro Rico, y que anduviera con ojo.

De Antonia Melgar a su esposo Sansón Carrasco.

Mi muy deseado esposo:

Gran desgracia ha venido a ésta con la visita de quienes, conociéndolos, raro sería no temer la perdición. Quédese allá y no venga, y aun suplico busque otra mejor donde quedar guardado, y no quiera saber más ni mande pliego, que aquí ya sabe que se abren muchos. Si escampa, ya lo sabrá. Ni halla mi corazón sosiego ni reparo mi sueño, que vive en perpetua espera quien más os quiere, vuestra esposa y mejor amiga.

Y con ocho reales le dio la carta a Sancho para que la llevara al ordinario, confesándole éste que ya él había enviado una la víspera, pero que dos mejor que una, por que viera Sansón Carrasco el peligro cierto que tenían con los duques en Arequipa.

Y en Cerro Rico llevaba Sansón Carrasco ya más de una semana. Tras repasar los libros que le presentaron el capataz y el ensayador de don Suero, y hallarlo todo en su punto, se encontró que no tenía nada que hacer.

¿En qué entretendría sus ocios?

Alquiló en Potosí tres aposentos a una viuda rica, y llevó allí su baulejo. Venían en él algunas ropas blancas, mudas de vestido, un par de zapatos, un tintero y unos libros. Entre éstos el suyo de mano, en el que tantas cosas había escrito desde que salieron de la Mancha, y aquel que le regaló el inglés, en blanco.

¿Qué quiso decir su autor con aquel título que le había dado? ¿Por qué no escribió en él sino esas pocas palabras?

Quitó el corcho al tintero, cortó las plumas y puso la mirada en el techo. ¿Qué escribir? Pues lo que se escribe cuando no se tiene nada que escribir: contaría su vida y la de aquellos que había conocido. Eso era sencillo.

No pudo el bachiller ni encetar la primera frase. En diez días que pasó sobre el libro, no escribió ni una sola palabra. A lo más que llegó, en un papel suelto, fue al torpe esquicio de las figuras de don Quijote y Sancho, torpes dibujos, vagos fantasmas sin vida. La paz no venía a su espíritu. Aún estaba más impaciente que a su salida de Arequipa.

Salió a pasear las calles de Potosí, buscando en ellas ya que no distracción, fatiga.

Le pareció, con sus cielos empavonados, una ciudad melancólica, al contrario que Arequipa, perpetuamente azul, alegre, la eterna primavera. Se respiraba en Cerro Rico el dolor, la muerte y la locura. Por vez primera sus ojos vieron en toda su crudeza el trato crudelísimo de indios y de esclavos sometidos a la brutalidad de patrones insaciables a quienes toda plata parecía poca, y a todos matándose en las calles por causas muy livianas.

Durmió mal ese día y el siguiente. Volvió a la mina de don Suero, y la brutalidad que vio en otras la halló también en ella. Pediría a don Suero que la vendiera. ¿Y aquellos indios, ninguno de los cuales vivía más de cinco años trabajando con los azogues? ¿Adónde irían, de qué iban a vivir? Pensó escribir su memorial al rey, a semejanza de aquel que escribió el obispo de Chiapas, y del que tanto se había hablado.

Antes de partir de aquel lugar maldito a otro más sosegado, escribió tres cartas.

La primera de todas la dirigió a Sancho, y fue del tenor siguiente:

Sansón Carrasco a Sancho Panza:

Como ya dije a v.m. en fechas pasadas, había pensado quedarme en ésta por asuntos que eran de mucha importancia para mi ánima, sujeta a desasosiegos que pedían reposo. Sigo sin hallarlo, pues en ésta no lo hay, con tanta bellaquería como se señorea por doquier. Mire, en tanto llego, cuide de mi esposa y señora suya, y obedezca a mi tío don Suero en todo como a mi misma persona, y no desfallezca por sus tribulaciones, que yo a mi vuelta sabré estimarle y reconocerle. Vuestro señor y amigo el bachiller Carrasco, que vuestro bien desea.

La segunda decía así:

El bachiller Sansón Carrasco en Cerro Rico a su tío don Suero Pérez Maldonado, encomendero de Arequipa.

Mi muy deseado señor tío:

Quedaron resueltos a satisfacción los negocios que me trajeron a esta de Potosí hace cuatro semanas, si puede decirse que nada de lo que he visto en Potosí halle remedio, tan envilecida la tienen los castellanos con sus abusos y a tanto llega la peste de la plata. Fueron las razones de quedarme en Cerro Rico tanto tiempo tribulaciones de las que pondré al corriente a v.m. algún día, no por ahora. Espero de v.m. la comprensión hacia el hijo que nunca en todo este tiempo hizo cosa alguna que no fuese sino en pro de la honra de v.m., y no tiene otro desvelo que el agrandar la hacienda y honra que le debe por estarle sujeto con tantas mercedes como de v.m. ha recibido. Las llevo en mi alma, así como las liberales disposiciones de mi señora tía doña Toda, a quien beso la mano en mi pensamiento. Su obediente sobrino espera volver antes pronto que tarde, cuando Dios sea servido de darle un poco de sosiego. Y no le aflija de qué viviré cuando se acaben los dineros que traje de allá, que Dios me hizo con dos manos y buen entendimiento. Besa las de v.m. su sobrino.

Y fue la tercera para Antonia:

Sansón Carrasco a su esposa Antonia Quijano Melgar en Arequipa.

Mi muy deseada esposa:

De noche y de día no es otro mi pío ni mi contento sino pensar en v.m. A mi vuelta de este Cerro Rico le contaré cosas que habrán de excusar mi tardanza y el obstinado silencio que siguió, y harán olvidar la inquietud y desasosiego que hubieren levantado en su espíritu. Rezo para que llegue pronto y pido a v.m. que esta tardanza no mengüe su fe para este que bebe por vos los aires y que lleva a fuego vuestro nombre en su memoria. Aquí queda algún tiempo, recobrando el ánimo, y besa sus manos una y mil veces, vuestro esposo Sansón Carrasco.

¿Y cuáles eran los males de Sansón Carrasco? Ni el propio Sansón hubiera podido decirlo. Sí, partiría lejos para buscar la paz; y su destino.

Estando en tales ensoñaciones, oyó llamar en su aposento. Abrió la puerta a dos hombres que venían con ropa de camino. Habló uno de ellos:

—Soy Marcos Dávila, criado de vuestro tío. Me envía a deciros que vuestra esposa, mi señora Antonia, está a la muerte. Ha perdido el hijo que esperaba, y las pocas veces que logra recobrar el juicio, postrada como está, no es sino para preguntar por vos. Los médicos la dan por muerta y son de la opinión que sólo un milagro o vuestra presencia podrían hacerla cobrar la salud, como otras veces se ha visto.

No conocía Sansón a aquellos dos criados, pero su tío tenía tantos...

Lo que sintió el bachiller Sansón Carrasco al oír aquellas malas nuevas no puede referirse aquí.

Media hora después salía de Potosí, acompañado de aquellos dos hombres camino de Arequipa. «Adiós sueños», se dijo el bachiller. «Destino, ¡adiós! Alma», se dijo también, «habréis de esperar a mejor ocasión para vuestro sosiego...»

En la misma puerta de Potosí se cruzaron con el correo que llevaba la carta de Sancho, y a doce leguas de allí, con el de la de Antonia. Las dos pasaron de largo.

CAPÍTULO TRIGÉSIMO CUARTO

El temor de no ver a Sansón en mucho tiempo sumió a Antonia en una gran tristeza. Lo delataba la gravedad de su semblante, antes resplandeciente, y lo acerado de su mirada, antes risueña. El deseo de ver a su marido librarse de los duques lo alejaba de ella. Al decirle en su carta «huye de aquí», le estaba diciendo «huye de mí, que soy reclamo y juguete de los duques».

Ni el corregidor ni doña Juanita, según contó ésta a doña Toda, sabían cuándo se partirían los virreyes, cuya estancia ya empachaba, ni a qué esperaban para hacerlo.

La ciudad por entonces, con la estancia del virrey en ella, conocía sus mejores días, y no pasaba uno en que no se corriese la anilla o justaran los caballeros principales o se representaran comedias. Ni pasaba día tampoco en que no saliese el magnífico cortejo del virrey por las calles de Arequipa, que venían a ver las gentes de la sierra y las punas.

Sólo Sancho, decidido a no topárselos, se sepultó en su casa, excusando su empleo de recadero. Pero un día no tuvo otro remedio que salir de ella. Había llegado a sus oídos a través de Guiomar, que lo había sabido de una esclava: en el barrio de San Lázaro había un herrero que había empezado a industriar piernas por reparar cojeras. Según contaban, estaban tan bien industriadas, que quien se servía de ellas no echaba en falta la suya.

Pidió Sancho el coche a don Suero, tanto porque San Lázaro quedaba lejos para un cojo, como por no ver, si se cruzaba, a los duques, y don Suero prometió acompañarlo al día siguiente.

Lo que vieron en la fragua, junto a espadas, puñales y morriones, fueron piernas y brazos colgados en tal número de la bóveda, que no parecían sino exvotos de una iglesia. Viniendo acompañado de persona tan principal de la ciudad como don Suero, tomó el herrero con prontitud las medidas a Sancho, poniéndolo por delante de otros que al parecer habían venido de Cusco y de Los Reyes, y lo citó de allí a dos días para las primeras pruebas.

Y aquí habría acabado toda la historia de la pierna, de no haberse dado de bruces don Suero y Sancho a la vuelta con una alegre comitiva. Iba al conocido reñidero de gallos que regentaba una criolla de nombre Patrocinio. Que la comitiva era de gentes granadísimas lo declaraban las carrozas y el gran acompañamiento que traían de criados a pie y a caballo, todos con sus libreas.

Supuso don Suero, y supuso bien, que aquéllos no podían ser otros que el virrey y su corte, y sacó del camino su coche, señal de pleitesía.

Venían el duque y el corregidor en la carroza, y a caballo la duquesa, con otras damas que tenían a honra acompañarla en sus jacas españolas.

Advirtió también Sancho quiénes eran aquéllos, y dijo a media voz a don Suero:

—Ya lo ha visto. Mire vuesa merced un modo de marcharnos.

—No está bien que un caballero como yo se esconda de nadie ni huya como un ladrón —dijo don Suero.

—Si no es de nobles caballeros huir ni esconderse —le respondió Sancho—, tampoco lo es de los criados que los sirven, y aquí me quedo a rostro descubierto a lo que Dios sea servido.

Preguntó el virrey quién venía en el coche, y al decirle la duquesa que don Suero, mandó parar la carroza.

Tenía la duquesa a caballo la misma estampa gallarda que aquel aciago día en que se los tropezaron don Quijote y Sancho, estando los duques cazando con sus halcones. Cuántas cosas habían sucedido desde entonces.

Se saludaron unos y otros, y hablaron el virrey y don Suero

de esas cosas que se hablan con los virreyes, mientras la duquesa miraba a donde estaba Sancho, queriéndolo conocer.

—¡Oh —dijo al fin la duquesa, fingiendo a un tiempo extrañeza y anhelo, risueña como un doblón—, a quién tenemos aquí! ¿No es éste aquel «Pancete», escudero de «don Quijo», tan gracioso y simple? Y qué alegría, porque de los donaires, socarronerías y agudezas de nadie guardo yo mejores memorias que de los tuyos, y en deuda quedamos mi esposo y yo con aquella malograda ínsula.

Y llamando la atención del duque, que hablaba con don Suero, le dijo:

—Esposo, ¿os acordáis de Sancho Panza?

Volvió su cabeza el duque, levantó la barbilla y tendió su vista a Sancho como si columbrara un pájaro a lo lejos.

—No caigo.

Y esto fue cuanto dijo, porque no era tan consumado actor como su esposa.

Y como Sancho no abrió la boca, preguntó de nuevo la duquesa:

—¿Y cuánto de bueno vos por aquí?

Acudió don Suero en ayuda de Panza, y contó que había venido a ver a aquel espadero, y las maravillas que éste hacía con sus postizos.

—¡Qué gracioso! —exclamó la duquesa—. Estando en deuda como estamos con vuesa merced por aquella ínsula mal terminada, aceptad de mí el pago de la pierna.

Y desoyendo las protestas de don Suero, llamó al contador real que venía con ellos y le ordenó diese a Sancho allí mismo cincuenta pesos, lo que hizo.

No sabía Sancho Panza si aquéllas eran burlas o veras, porque burlas de cincuenta escudos, si lo eran, bien estaban, y ya en su corazón empezó a considerar que acaso aquella mujer no era tan mala como simple, y se arrepintió de haber pensado tan mal de ella. Pidió entonces Sancho al indio Melchorejo que le ayudara a bajar del coche, y arrastrándose con sus muletas hasta donde estaba la duquesa a caballo, le besó el pie, y con lágrimas en los ojos, le dijo:

—Nadie diga, por dimes y diretes del pasado, que Sancho fue ni rencoroso ni mal agradecido, ni que no alcanzó la paz por escrúpulos de memoria ni que quiso vivir agraviado eternamente. Ea, sea éste un día señalado, señora, y aquí tiene a Sancho Panza dispuesto a servirla de nuevo en lo que disponga.

—Y yo me honro no poco con ello, amigo Sancho —dijo la duquesa—, y sabed que yo también señalo este día con piedra de oro, y hablaré con mi esposo para que esta vez os dé ínsula de veras, no de alfeñique, en estas tierras donde las hay para dar y tomar.

Se despidieron los virreyes, y siguió el coche hacia la casa de don Suero, que le dijo a Sancho:

—Aquí habéis dejado, Sancho, lección de cortesía y prueba de la nobleza de vuestro corazón, como ha dejado la duquesa muestras de la altitud del suyo, sellando una historia que no parecía destinada sino a ser cuento de nunca acabar. Y recordadme que le diga a doña Toda que deje esa afición tonta a las novelas, porque ninguna concluye nunca como la vida.

Llegaron a casa, y buscaron don Suero y Sancho a todos los suyos para contarles el encuentro con los duques, y se hacía cruces Quiteria, y se desbordaba de alegría Antonia, que había temido tan grandes males para su Sansón con la venida de los duques, y prometió doña Toda, mujer piadosa, llevar al día siguiente uno de sus velones de Lucena, que tenía en tanta estima, al Cristo de los Temblores, y emplear diez ducados en misas para dar gracias al cielo, mientras Sancho entregó la bolsa con los escudos a don Suero, que no sólo no quiso tomárselos, sino que añadió otros tantos para que se los enviara a su mujer allá en la Mancha.

CAPÍTULO TRIGÉSIMO QUINTO

Hicieron las jornadas desde Cerro Rico a matacaballo, parando en tambos de mala muerte, a menudo de noche, y comiendo sin desmontar. Cuando llegaron a Arequipa la campana mayor de Santa Catalina declaraba sexta a la campanilla de la Merced, que replicó soñolienta dándose por enterada, y al rato todas las demás de la ciudad.

La ciudad de Arequipa aparecía, a la luz de la luna, frágil como una joya de marfil, vigilada de cerca por las cumbres nevadas del Misti con destellos que volvían al volcán aún más misterioso. Se oyó un gallo, el primero, en algún lugar lejano, y otro muy cerca, y luego otro y otro. Se despertaban también los primeros pájaros en las copas de los molles y sauces, y se llenaron las calles de diligentes pasos de hombres, de carros y de bestias.

Uno de los que venían con el bachiller picó su caballo y se adelantó, para avisar de su llegada. El otro se quedó con él.

Al pasar junto al convento de Santo Domingo, vieron a un sacristán abriendo las puertas de la iglesia, y a dos mendigos que entraban.

Los hombres llevaron al bachiller al palacio de don Álvaro, el corregidor, donde posaban los duques.

—Ésta no es mi casa —advirtió el bachiller.

Para entonces, uno de los secuaces de la duquesa, que había echado previsor el pie a tierra, agarraba la brida de su caballo.

—Desmonte vuesa merced —le ordenó.

Decir que Sansón Carrasco se resistió, como sin duda lo habría hecho de haber ido advertido, sería faltar a la verdad. Se limitó a preguntar qué negocio era aquél, cuando el que quedó detrás de él le puso la pistola en las costillas.

—Entonces, ¿mi esposa no se muere?

Lo pasaron a la casa y lo llevaron a un aposento estrecho, frío y sin ventanas que tenía más de mazmorra que de otra cosa, y lo encerraron en él, echando doble vuelta a la llave.

Cuando se cansó de esperar se sentó en el suelo, y sin que se le alcanzase la razón de todo aquello, se dijo: «Lo que sea, sonará».

Los que le trajeron esperaron a que la duquesa se levantara. Aquél, el del Tránsito, iba a ser un día grande en Arequipa. Al fin llevarían al Cristo de los Temblores desde San Francisco a Nuestra Señora de los Remedios, resplandeciente tras las obras.

Se habían declarado tres días de fiestas, bailes y justas. Tras la ceremonia, el virrey ofrecería un banquete en el palacio de don Álvaro a todos los caballeros y damas principales de la ciudad, así como a las autoridades militares, civiles y eclesiásticas que habían contribuido con sus limosnas generosas a la suntuosa edificación.

Una india avisó a la duquesa de la vuelta de sus criados, y ella bajó al patio donde esperaban:

—¿Ha sabido el bachiller quién ha ordenado su prisión? —preguntó.

—No —respondió quien había sido su capitán—, ni él lo ha preguntado ni hemos dicho nada.

Pagó la duquesa a los esbirros y corrió a dar la nueva a su esposo:

—Ya tenemos abajo al bellacazo de Sansón Carrasco. Él solo es el culpable de hallarnos en este inmundo reino con la cadena de la deshonra que puso a nuestro buen nombre. Buena burla le espera. A él me le condenaréis a diez años de galeras, por robar a la negrilla, y al simplón de Sancho a otros cuatro, que no son menester las dos zancas para tomar los remos. Ya he hablado aparte al oidor general de la Audiencia, que todo lo allanará, y a don Álvaro mirad de hacerle buena merced, que ha prometido guarda, discreción y diligencia. Sois, esposo, la flor de los caballeros. Y ahora vámonos a la iglesia a dar gracias a Dios por tantas mercedes recibidas.

Lo celebró el duque tanto como la duquesa, pues no era otro su deseo que verla feliz, y volver pronto a sus estados aragoneses, libre de la vergüenza que los había reducido a aquellos reinos.

Y allá a San Francisco, y del mejor humor que cabe imaginar, partieron en compañía de don Álvaro y doña Juanita.

Nadie había visto hasta aquel día a la duquesa tan cantarina, nadie tan decidora, nadie tan solícita. A todos paraba, a todos preguntaba, a todos prometía, celebraba, requería, agasajaba.

Por las calles de Arequipa no podía darse un paso, tan llenas estaban y apretadas de naturales y forasteros. Los coches de la comitiva avanzaban con dificultad entre la gente. Por donde fueran, todo eran vítores y alabanzas al virrey y a la virreina, y no fue fácil atravesar la multitud abigarrada y ensordecedora que esperaba frente a San Francisco la salida del Cristo y la llegada de aquella regia comitiva.

Echaron pie a tierra las magníficas personas, y salió a recibirles a la puerta del templo el obispo vestido con sus mejores arreos. Empezaba el sol a picar lo suyo y la duquesa a impacientarse, así que mandó al obispo que abreviara, porque les esperaban en casa helados y sorbetes. Así lo hizo aquel santo varón y al momento asomó, vacilante en las andas, el Cristo de los Temblores.

Seguía atado a su columna, como era previsible, con su faldellín de seda blanco. El manto que los jayanes le habían puesto por escarnio, los señores arequipeños lo habían cargado de perlas, diamantes y esmeraldas. En la corona de espinas de oro fino figuraban la sangre redentora del Señor más de cien rubíes. Lo recibió en la calle una concertada música de flautas, chirimías y sacabuches junto con el piadoso y desconcertado delirio de la multitud al grito de «¡Viva Cristo Rey! ¡Viva el virrey!».

Partió por fin la comitiva, como quería la duquesa. La abrían doce turibularios, cuarenta caballeros en caballos magníficamente enjaezados, y más de cien cantores que entonaban dulcísimos motetes. Tras una hora de procesión llegaron a Nuestra Señora de los Remedios. Sólo el acompañamiento del virrey y las gentes principales de la ciudad llenaron la iglesia.

No hubo nadie que entrando en ella no quedase admirado por lo que vio. El retablo, obra de artesanos cusqueños y arequipeños que habían dejado en él el trabajo de aquellos treinta y tantos años, se llevó los mejores elogios. Fulgían en sus columnas salomónicas pámpanos y racimos como sólo, decían, podían verse en Roma. Sólo los batihojas habían necesitado más de tres arrobas de oro puro. Las figuras de Nuestra Señora y Santa Ana, a uno y otro lado de la hornacina reservada al Cristo de los Temblores, estaban hechas tan a lo vivo, que parecía fuesen a bajarse aquellas dos mujeres para ayudar al Cristo a ocupar el balconcete que le habían reservado. En fin, sólo quedaba que los cientos de cabezas de ángeles, a las que les nacían del pescuecillo dos graciosas alas y que retozaban en aquel friso magnífico, saliesen volando por la nave como seráficos chorlitos.

Pero si admirable era el retablo, no lo era menos la cúpula de la iglesia, trazada por el arquitecto sevillano Manuel Mellado, quien había dispuesto en ella novedosos estribos de invención reciente contra los que nada podrían las sacudidas ni las muy obstinadas leyes gravitatorias.

No había tampoco muro que no se hubiese embellecido con bordados reposteros, pinturas, banderas, pendones y estandartes, ni rincón donde no ardieran miles de cirios, candelas y velones que tenían la iglesia en tan vivos resplandores, que hicieron creer a todos que allí estaba el sol.

Cuando llegaron el obispo, el corregidor, el virrey y las gentes principales, ya llevaban en los Remedios un rato esperando don Suero, doña Toda, y con ellos Antonia y Sancho, todos excusados de procesión, una por su estado, otro por su falta y los ancianos por sus canas.

En cuanto entró, la duquesa descubrió entre el gentío a Sancho Panza. No se podía dar un paso allí dentro, pero no dejó de saludarlos a todos haciendo bailar los dedos de la mano, al tiempo que decía al capitán de la guardia de su esposo:

—¿Veis a aquel hombre de cabeza redonda y barba cana, al lado del anciano y la mujer del corpiño azul? Cuando nos dé la bendición el señor obispo, préndamelo vuesa merced y llévemelo a casa del corregidor, que habrá de ir forzado a El Callao con otro robaesclavos que guardamos allí.

Volvieron sus finos dedos a temblotear en el aire saludando a Sancho Panza.

—Ahora veo bien —dijo Sancho a don Suero y doña Toda, y delante de Antonia y Quiteria, que lo oían— que las pasiones nos llevan a pensar, decir y hacer cosas que luego de pasado el tiempo vemos como semilla de sésamo. Durante el tiempo que serví a mi señor don Quijote, me llevó tras él el ansia de medro, gobernar ínsulas y hallar en el camino maletas cargadas de ducados, y a fuerza de seguirle la corriente, dimos con la corriente él y yo, él destrozado por las aspas de su locura, como casi nos sucedió en las aceñas del Ebro, y yo desconsolado con la pérdida de mis ganancias. Hoy me hallo aquí, sin ánimo de las burlas y donaires de antaño, ni envidioso ni envidiado, en paz con todos y conmigo. Y esta de la paz de conciencia sí que es ínsula extraña, que vale lo que un reino. Aquí, ante este Cristo de los Temblores, les confieso que cuando salgamos habré de decirle a la señora duquesa y a mi señor el duque que cuanto pensé, hice y dije no hace mucho sobre sus altezas es agua pasada que no mueve molino, y pediré su perdón. Y Dios sabe que no me mueve ahora la ínsula que me tienen prometida. Nada me deben, y mucho les debo, porque de las burlas pasadas saqué yo en claro más de lo que hayan podido ellos sacar en regocijos, y fueron mis ganancias los consejos que me dio mi señor don Quijote antes de partir como gobernador, y las razones que yo mismo vendimié por mi cuenta. Aquí me hallo a tres mil leguas de mi lugar, y no me arrepiento. Vine a labrar el regalo de los míos y mi hacienda, y ya me veis cómo quedo. Pero no soy de los que levantan falsos testimonios de la vida.

Guardó silencio Sancho, porque empezaban los oficios.

Enmudecieron también los músicos, se elevó la mano del obispo con el hisopo sobre todas las cabezas, y en el instante que lanzó el agua bendita sobre ellos, sintieron todos en los pies un cosquilleo.

La terrible palabra recorrió todas las bocas: terremoto; y una sola idea todas las cabezas, tanto si eran experimentados, o novicios en ellos como Antonia, Quiteria y Sancho: salir huyendo. Qué grandísima sacudida vino luego, cómo se remeció la tierra, qué terrorífico temblor dentro y fuera, en aquellas paredes y en las calles. En un instante todos se tropezaban con todos, todos gritaban para sí y para ninguno, a todos les invadió temor irrefrenable, huyendo todos de todos en todas direcciones: hasta el Cristo de los Temblores habría salido corriendo de no haber estado atado a la columna.

Se oyó dentro de los Remedios un horrísono rugido, suma de estertores y del resquebrajamiento de los muros, el desplome de la cúpula y la bóveda y el pánico de las gentes. A todos se les hizo eterno aquel minuto. Y cuanto sucedió dentro del templo vino a suceder en toda la ciudad.

El terremoto halló a Sansón Carrasco sentado en el suelo, abrazado a sus rodillas y dormido. Pensando en el extraño suceso que lo había traído a aquella casa, se quedó traspuesto. Soñaba que unos hombres lo sacudían y metían en un saco, antes de tirarlo por la quebrada de Ilay. En un primer momento tuvo la sacudida como parte de su sueño. La segunda, prolongada y violenta, le hizo meter la cabeza entre las piernas y cubrírsela con los brazos.

Cuando Sansón abrió de nuevo los ojos, el lóbrego y sombrío aposento había desaparecido. Sólo quedaba de él el muro en que tenía apoyada la espalda. Sintió que si se levantaba, también esa pared se vendría al suelo, sepultándolo.

Estaba cubierto de polvo, enharinado de pies a cabeza, y rodeado de piedras, vigas, astillas y escombro. En lo alto fulgía un cielo azul, feliz, intenso, unánime.

Tardó en pensar. Luego lo hizo, de un modo amontonado: Antonia, don Suero, Sancho, doña Toda, Quiteria... Recordó que había olvidado a Mariquilla. Le dio un vuelco el corazón. ¡Mariquilla! Mariquilla le llevó a pensar en Guiomar, que no se separaba de ella.

Tenía que salir de allí.

De la casa del corregidor no quedaba en pie sino aquella pared de su aposento. El silencio de la ciudad le sobrecogió.

Oyó lamentos desgarradores por todas partes, ululantes, como de lobos desquiciados, pero tardó en comprender que partían de debajo de las piedras.

Trepó por un montón de ellas y se encontró en un lugar desconocido, ni sabía en qué parte de la ciudad se hallaba. Habían desaparecido las torres y campanarios que hubiesen podido orientarle. Al lado de la del corregidor, vio otras muchas casas. También se habían venido abajo. Algunas de las que seguían en pie ardían o humeaban. Las calles habían desaparecido, no había esquinas, todo era la inabarcable plaza de la desolación. Aquí y allá había cuerpos sin vida, que alguien había procurado sacar de alguna parte. Vio el bachiller vagar a gentes, como perdidas, desconcertadas, que no parecían hallar su camino, y a muchos que llevaban las manos pegadas a la cabeza.

Preguntó a unos y a otros por dónde quedaba la casa de don Suero, pero nadie sabía. Una mujer caritativa lo agarró del brazo y lo sacó al medio de lo que quedaba de una calle, porque caminaba arrimado a las paredes todavía en pie, y le habló de la lluvia de tejas. Ella misma le orientó por la calle de la Misericordia hacia la de don Suero.

Llegó a ella como tentando el aire. Vio caer muchas tejas de los tejados, y una de ellas partirle la cabeza a un muchacho, que quedó tendido. Vio a otros despojar unos cadáveres. Vio llorar sin lágrimas a muchos y oyó gritar sin voz a otros. Vio el horror. Vio el infierno a plena luz del día.

El terremoto había respetado la parte de la ciudad donde vivían sus tíos. Sólo el portón principal parecía sacado de sus quicios.

Corrió Sansón al aposento de su esposa, y halló en él a la negrilla. Estaba sentada en una sillita de costillas. Tenía en brazos a Mariquilla. Guiomar no acababa de comprender lo sucedido. Mariquilla dormía plácidamente en sus brazos, ajena a todo.

Le contó Guiomar lo del Tránsito y lo demás que se estaba celebrando aquel día. De la casa, faltaban todos: don Suero, doña Toda, Quiteria, Antonia, Sancho habían ido a la procesión del Cristo. Ninguno había vuelto. Sí algunos criados que los habían acompañado a los Remedios. No, no sabía dónde estaban los señores.

Salió Sansón hacia los Remedios. No estaba lejos. Para entonces habían empezado a sacar de los escombros muchos cuerpos. Nadie daba órdenes a aquellos hombres que movían las piedras desesperadamente. Los muertos los ponían a un lado, a otro los heridos. A menudo tenía que saltar por encima de unos y otros para proseguir su camino.

Pasó al lado del duque. Estaba en el grupo de los muertos. No lo reconoció. Tenía aplastada la cabeza. A su lado habían puesto a la duquesa. Miraba al sol con los ojos abiertos. En el rostro un hilo de sangre que nacía en la sien y le bajaba al cuello. Un miserable trataba de arrancarle un pendiente de esmeralda. Al verse descubierto por Sansón, tiró de él sin reparar en daños. Se resistía, cortó con su cuchillo y huyó a la carrera llevándose la oreja y la piedra. Tampoco reconoció Sansón a esta dama.

Buscó entre aquellos cuerpos a los suyos. No los halló. Empezaron a circular malamente entre las piedras algunas carretas tiradas por mulas y bueyes. Oyó decir a alguien que se llevaban a los heridos a la cercana Casa de la Misericordia, y allá fue. El número de muertos le desahució toda esperanza.

Habían puesto la enfermería en el refectorio de los huérfanos. Entre más de cien heridos, encontró a Antonia. Fue ella quien lo vio primero:

—¡Sansón! ¡Vos! ¿Y Mariquilla?

Mariquilla estaba salva, la tranquilizó. Cuando preguntó Sansón qué había sucedido, Antonia sólo supo repetir la palabra terrible: terremoto. No sabía más. Estaban juntos, sí, don Suero, doña Toda, Quiteria y Sancho, pero cuando abrió los ojos no halló sino a don Suero y a doña Toda. Ellos estaban bien.

—Han ido a casa a por criados.

Se fatigaba Antonia al hablar. No sabía qué tenía. «Noto en el pecho —dijo—, que alguien me pisara recio.»

Lloró por el hijo que llevaba dentro. Sansón, que nunca fue desenvuelto en las cosas del amor, no supo cómo confortarla más allá de no soltarle la mano, y guardaba silencio, apesarado.

Al cabo de unos minutos apareció, en efecto, don Suero con cuatro indios y una tabla para llevar a Antonia. Al ver a su sobrino, se echó a sus brazos y dio gracias al cielo, sin comprender qué hacía allí.

Las escenas que vieron en las calles cortaban el aliento. De todos los terremotos que había vivido, confesó don Suero, aquél había sido el más devastador y grave. Tres horas después, con el resistero, empezaban a flotar barruntos de hedentina.

Cuando llegaron, ya había dispuesto doña Toda un aposento más fresco donde poner a su sobrina. También ella tuvo por merced providencial la vuelta de Sansón. No encontraron a ninguno de los médicos que don Suero mandó llamar. Antonia, cada vez más débil, seguía sin saber dónde le dolía.

Doña Toda, con dos de sus cholas, le quitó el vestido por curarle las heridas, pero no hallaron ninguna, sólo una hinchazón cerúlea que le cubría la mitad del pecho y un costado. La vistieron con finos lienzos. Pidió luego Antonia que pasara Sansón.

—¿Y Quiteria? —le preguntó a su esposo.

Quiteria... Preguntó Sansón. Nadie la había visto tampoco.

—No temo morir, Sansón —dijo Antonia—. Ayer, vos estabais lejos, y yo era desdichada, y hoy, tal me veis, sólo pido que no se malogre vuestro hijo.

Hablar de él le recordó a su hija.

Pidió que le trajeran a Mariquilla.

Cuando vino con ella Guiomar, Antonia balbució, llorando:

—Sansón... Mariquilla, nuestra, vuestra, vuestra y mía.

Dijo también, con una tristísima sonrisa:

—¿Será que ya puedo llorar? Es por la dicha, Sansón, de teneros a mi lado.

Pasó la noche Antonia entrando y saliendo de sus desmayos, y a su lado siempre, teniéndola de la mano, el bachiller Sansón Carrasco, que aliviaba su calentura humedeciendo un lienzo en la nieve de un cazuelo, acaso la misma nieve que él había bajado del volcán. Todo su tesón lo puso el bachiller en no soltar una lágrima, por que Antonia no le viese llorando, y se afligiese más.

Al amanecer, abrió Antonia mucho los ojos, miró a Sansón, y dijo a todos y a ninguno:

—¡El mar..., el mar...!

Y exhaló su último suspiro.

Nunca había estado más hermosa Antonia. El bachiller cerró sus ojos y permaneció a su lado hasta que oyó que alguien hablaba de Sancho Panza.

Era don Suero. Uno de sus indios lo había visto entre los muertos que estaban llevándose a la fosa común, pero advirtió que respiraba. Lo sacó de allí y lo puso a un lado. Creía que vivía.

Sansón dejó a Antonia en su lecho, y corrió adonde le dijo el criado que quedaba Sancho Panza. Los indios que habían traído a Antonia lo acompañaron con la tabla. Allí seguía Sancho, al pie de los Remedios. Tenía cerrados los ojos, pero al menos respiraba. Unos chicos habían tomado sus muletas y caminaban con ellas en rededor suyo, por juego.

Ordenó Sansón a los indios cargasen con el herido. La ciudad se había llenado de aquellos cortejos fúnebres y exiguos, y de un silencio sobrehumano y desconocido. Todos, criollos, mestizos, indios, lloraban al modo de éstos, con llantos sin lamentos.

En algún punto del camino, Sancho expiró. Cuando llegaron con su cuerpo sin vida, halló Sansón a doña Toda enjugándose las lágrimas con la punta de la saya.

—¿Y por qué no me habrá llevado Dios a mí, que soy vieja, y dejado a esta criatura, que era un ángel?

Pusieron a Antonia y a Sancho Panza juntos, y mandó don Suero los echasen en un lecho de su nieve, porque el cuerpo de Sancho ya empezaba a corromperse. Pasada la equinoccial, todo sucedía más deprisa.

Al rato, de uno de los patios, vinieron los golpes del aperador de don Suero, que clavaba los cajones fúnebres.

De los indios de la encomienda habían muerto siete, y a

cada una de sus familias entregó don Suero veinte pesos, para que pudieran enterrarlos y hacer el banquete de difuntos.

Las dos únicas campanas de la ciudad que quedaron en su campanario doblaron a muerto tres días y sus noches, hasta que desaparecieron todos los cuerpos de las calles, por temor a la peste. La estampa de los cortejos a la luz de las hachas imponía.

¿Y el ama Quiteria?

A la mañana siguiente llegó a casa.

No sabía Quiteria dónde estaba, ni qué había sucedido ni dónde había estado todo aquel tiempo. Uno de los criados de don Manuel de Carvajal, contador del reino y amigo de don Suero, la reconoció cuando vagaba por las calles, y la llevó a su casa. A las preguntas que le hizo doña Toda, respondía de una manera vaga, y cuando le dijeron que Antonia había muerto, dio dos o tres cabezadas, como si fuese algo que hubiera sucedido en un tiempo remoto, en lejanas tierras, y a otra que no fuese Antonia. No preguntó por Mariquilla ni dio muestras de sorpresa cuando vio al bachiller en casa velando a Antonia. Se dejó abrazar por él con los brazos caídos y la mirada perdida.

—Mira la niña de tus ojos —le dijo el bachiller—, más hermosa que nunca.

Miró Quiteria a Antonia sin mudar un músculo de la cara, y reparando en Sancho, que yacía al lado, preguntó, desentendida, con vago gesto que lo señalaba:

—¿Es su esposo?

Ordenó doña Toda que se la llevaran y le dieran un poco de hipocrás caliente, por ver si remitía la catatonia, y que luego la acostaran.

No consintió el bachiller Sansón en dormir esa noche, ni que nadie le acompañara en el velorio, y allí quedó entregado a sus memorias tristes, desde aquella noche lejana en que velaron la agonía y muerte de don Quijote, y todas las cosas que desde entonces les habían acaecido, hasta dar en aquella tristísima jornada.

Antes de amanecer llegó la siempre caritativa doña Toda y arrancó con suavidad a Sansón de la estancia:

—Vaya vuesa merced a reposarse. Éste será un día largo.

Sansón Carrasco obedeció. Se tendió en el lecho donde siempre había dormido con su esposa, y del que él faltaba iba para dos meses. Y allá quedó como en un duermevela al que no pudo llamarse ni sueño ni vigilia.

En el tiempo que pasó el bachiller reposando, llegó el puñalero de San Lázaro. Traía la pierna que le había hecho a Sancho. Tal vez había llegado a sus oídos la noticia de su muerte y no quería quedarse sin lo acordado por su trabajo. Lo pagó don Suero, despidió al puñalero, y ordenó que se pusiese a Sancho su postizo.

Se despertó Sansón y volvió al aposento con los difuntos. Miró con infinita tristeza a Antonia, apenas una pálida sombra entre las sombras. Doña Toda había trenzado con sus manos una guirnalda de flores y se la había colocado en la frente. Las flores, cortadas apenas una hora antes, parecían ya más muertas que la muerta Antonia.

—¡Pobre Antonia! ¡Qué tragedia la tuya, morir cuando más feliz eras! ¡Y pobre Sancho, que no querías pasar a las Indias, tal vez porque supieras que acá ibas a encontrar la tierra que te había de cubrir hasta el día del Juicio! ¡Qué necio fui no siguiendo tu consejo, y qué leal criado tú, siguiendo a otro amo más loco que el primero! Don Quijote lo dejó todo por deshacer entuertos y valer a viudas y huérfanos. ¿Qué he hecho yo sino crear una huérfana y desvaler a quienes tenía en más estima? ¡Feliz él, que murió sin conocer estos finales!

Se quedó mirando un buen rato a Sancho, abismado en esa clase de pensamientos que no necesitan pensarse para corromper el alma como óxido el hierro.

Habían amortajado a Sancho con calzones nuevos, su almilla, su sayo de velarte pardo y calzas nuevas, presentes de don Suero. Salía a su semblante una gran serenidad, y si un Diego de Siloé hubiera sacado su figura en alabastro, se hubiese visto lo que en él había de nobleza, de la cabeza a los pies, un verdadero caballero andante como lo quiso don Quijote.

Recordó Sansón, viéndole, que había amortajado a don

Quijote con el sayal terciario de San Francisco, y determinó ponerle otro al escudero.

—La tuya, sin embargo —dijo dirigiéndose el bachiller a Sancho, lo mismo que cuando estaba vivo y hablaban de lo humano y lo divino—, fue una vida dichosa en todo tiempo, en la medida que no te faltaron ilusiones. Que el de ser gobernador o medrar en estas tierras son tan nobles propósitos como los que guiaron a nuestro buen don Quijote con sólo su lanza y su espada. Y tú, gobernador y dictando leyes, como se vio, habrías hecho tanto bien a este mundo, si te hubieran dejado, como don Quijote persiguiendo a quienes no las cumplen, y acaso con menos ruido y dislate. Antonia fue la más discreta, dulce y amante de las amigas, y tú el más leal, bienmandado y discreto de quienes, sin dejar de ser criados, ganan por sus virtudes la condición de amigos. Dios ha tenido a bien cercenar de un solo tajo todo lo que yo más quería...

Y un profundo sollozo sacudió su pecho.

—Nadie es más que otro, si no hace más que otro... —prosiguió Sansón, recordando las palabras de don Quijote—, y yo haré que graben en tu tumba estas palabras a modo de epitafio, como puse en la de tu amo aquel «Quien quiere, pueda; quien puede, quiera». Tú fuiste más que nadie, pues nadie hizo más que tú en punto a discreción, en burlas y veras, en buena crianza y mejor condición, y a lealtad nadie te fue a la mano ni consentiste que nadie te tocara un pelo de la barba. Tú has sido la verdadera obra de don Quijote, en punto a libertad. ¡Nadie más libre que tú, que sólo obedeciste sueños, propios o ajenos! Como cuando prometiste a tu amo que serías lo que ya eras, pastor Pancino, para que él pudiera seguir siendo el que fue y el que quería siendo, no ya un loco a la jineta, sino del estribo largo. Tú sólo cojeaste del pie de la bendita realidad...

Y bien porque la palabra pie que acababa de decir le llevara a fijarse en el único que le quedaba a Sancho, bien porque los ojos del bachiller ya se habían hecho a la penumbra del aposento, reparó por primera vez en Sancho, y lo que vio le levantó de un brinco. ¿No le había nacido en aquel rato su pierna, tal y como la tenía antes de que se la cortaran a cercén?

Nadie le había advertido de la venida del puñalero de San Lázaro, ni contado nadie lo del postizo aquel, y dio en creer el bachiller que verdaderamente le había nacido una nueva, tal y como lo parecía. Con las calzas, no había diferencia.

Se acercó con cautela, pensando que era aquello una de las cosas que se estilaban en las Indias, donde la gente tiene por costumbre salir volando, los volcanes parir peñas cuadradas, robar criaturas los micos, piar los perros y ladrar los loros, quemar la nieve y helar los fuegos, y quiso, por certificar qué era aquello y poner el dedo en la llaga, como Santo Tomás, tentar con sus manos una y otra zanca. Halló las dos tan parecidas, recias y frías, que hubo de concluir que los encantamientos de don Quijote eran nada comparados con aquello, y resolvió para sí no pasar adelante ni averiguar más, por si se encontraba más de lo que averiguaba...

—Y tú, mi buena Antonia, prado florido, vida que no necesitó armas ni letras para ser más que la vida... ¿Qué locas quimeras me trajeron a pasarte a las Indias? La locura de don Quijote, al lado de la mía, no fue sino cordura. Si él supo siempre quién era, yo ya no sé quién soy.

Y en aquel punto rompió Sansón Carrasco en un llanto amargo, preso de su desesperación, y lamentó haberle robado a su Antonia aquellos dos últimos meses de su vida que pasó en Cerro Rico, y la vida misma con sus locas fantasías de aventuras.

Salió del aposento, buscó a su hija y volvió con ella para mostrársela por última vez a su madre. La niña dormía plácidamente, como era en ella costumbre. Cerró la puerta y quedaron él y la niña a solas con los cuerpos de Antonia y Sancho. Mientras Sansón le hablaba a Mariquilla de su madre, oyó que alguien le hablaba al lado. Le pareció que Sancho le sonreía. Todas sus facciones se habían suavizado. Incluso, cosa inaudita, el rigor de la muerte había sido benigno con él, y el rostro enflaquecido y desmedrado que tenía en los últimos años se mostraba plácido y complacido. Había en su expresión algo de la felicidad de otros tiempos, los de las ilusiones y la dicha. ¿Se le habían cumplido alguna vez las ilusiones a Sancho? No, ni falta que hacía, parecía decir en ese momento su semblante, más pacífico que nunca. Sí, Sancho había sido uno de los pocos sabios que en el mundo han sido, de aquellos que saben que la dicha nunca estuvo en ver cumplirse las ilusiones, sino en tenerlas y no dejarlas irse. Sintió de nuevo a sus espaldas que Sancho le chistaba, y sintió Sansón un vuelco en el corazón; supo que Sancho vivía. ¿Sería él como uno de aquellos vecinos de Sachaca, que podían volver del otro mundo con la cabeza bajo el brazo para no ser confundidos con los vivos? Ya se lo había advertido el ermitaño: cosas más extrañas se veían en aquellas partes. Dejó Sansón en el suelo a Mariquilla y le pegó a su criado un buen meneo. Se quedó pensativo el bachiller. ¿Qué fueron entonces aquellas palabras que él acababa de oír a sus espaldas? Y que fue una lengua articulada no lo dudó. Sí, habría jurado sobre los evangelios haber oído las que tuvo desde entonces por últimas palabras de su amigo y criado, conocido también en esta historia como Sancho el Sabio: «Muérete y verás».

¿Qué quiso decirle Sancho con refrán tan antiguo, acaso el más antiguo de todos los que él sabía y enristró?

Salió de allí Sansón con Mariquilla, dándole vueltas a aquellas tres misteriosas palabras. Pidió luego a doña Toda se buscase un hábito de San Francisco con que amortajar a su amigo, y así se hizo.

Llegó al fin la hora del entierro.

A pesar de que hasta el convento de Santa Catalina, de las monjas domingas, había un buen trecho, doña Toda arregló el entierro de Antonia y Sancho con aquellas madres, contentas de poder contar entre sus benefactoras a una señora tan rica como ella.

Doña Toda, después de ver lo poco serio que había sido con ella, con la ciudad de Arequipa en general y con su familia en particular, no estaba dispuesta a seguir dándole el fiado al Cristo de los Temblores. Desde el mismo día del terremoto traspasó sus devociones a cierta hermosísima monja, sor Rosa, muerta en Lima hacía unos meses con fama de santa, y acaso por su juventud y belleza, con más mano en el cielo ante Dios Padre, a la hora de lograr mercedes y estorbar terremotos, que su mismísimo Hijo, demasiado atribulado en su columna.

Pusieron los cuerpos, uno al lado del otro, en un carretón que llevaban dos bueyes rojos. Caminó el pequeño cortejo entre escombros y piedras con cautela, por temor a la lluvia de tejas, que saltaban de lo alto como gatos. Aquel hervor humano y doliente de la víspera se había trocado en desolación y silencio. Sólo se oían las dos campanas doblando a muerto, lastimosas y sin reposo. Habían desaparecido de las calles los cadáveres, y aun los vivos, pero no las piedras en montones, las vigas rotas y los hierros torcidos de las rejas. Los que tenían un recreo fuera de la ciudad se habían ido a él por temor a que replicaran las sacudidas, como solía suceder. Sólo los indios parecían vivir indiferentes a aquellas tragedias, acostumbrados a ellas desde la creación del mundo.

El enterrador de Santa Catalina puso a Antonia y a Sancho en una misma sepultura, y entregó don Suero a las madres noventa reales para un novenario por la salvación de sus almas, y volvieron a casa.

Sansón preguntó por Quiteria, el único eslabón que le unía a su vida pasada, y le contaron que la hallaría en su aposento, sentada en su tajuelo, de donde no se había movido desde la víspera. Ni dormir había querido, ni probado alimento desde entonces, convertida poco menos que en una estantigua.

La encontró, tal como le dijeron, hecha una calamidad. Algunos la daban por acabada.

—Es cosa sabida —le dijo el siempre atento don Suero— que un temblor como el último, que ha sido de los recios, corta a veces las raíces ocultas que tenemos todos, y en apariencia nada nos falta ni nada se ha estropeado externamente pero, pasando un tiempo, la persona, como un árbol, se seca sin saber nadie de qué. Y así, viene a morir de sentimiento, como sucede a naranjos y toronjales.

Esa misma tarde pidió Sansón licencia a su tío para alejarse un tiempo de la ciudad, y don Suero la concedió.

—¿Qué podemos hacer? —se preguntó doña Toda—. Si se queda aquí, lo llevaremos a enterrar con su esposa y Sancho. El tiempo todo lo cura. Quiera Dios volvérnoslo pronto.

—No volverá —sentenció don Suero, con resignación y tristeza.

Pero el mismo Sansón se encargó de desmentirle cuando partió:

—Volveré.

Se fue solo, sin acompañamiento de indios como querían sus tíos, ni criado, en mula y no a caballo, más pobre que rico, y armado de espada, daga y pistola, porque no había entonces en aquellos reinos camino seguro.

CAPÍTULO TRIGÉSIMO SEXTO

Pasaron algunos días de la marcha de Carrasco, y Quiteria no mejoraba. A la negrilla Guiomar le tocó cuidar de Mariquilla, como siempre, y Quiteria siguió durmiendo en su tajuelo, alimentándose sólo de borrajas y quesadillas.

A los seis meses, ni un día más ni uno menos, cobró el juicio Quiteria, de golpe. Se la encontró doña Toda esa mañana preparando algarrobina, el zumo que tanto les gustaba a ella y a don Suero, y regando con miel frutas de sartén recién hechas por ella. Se tuvo a gran milagro en la casa aquella curación. Pero así como recobró su juicio, no le tornó el habla, y nadie volvió a oírle decir esta boca es mía.

Se fueron así dos años, sin que Carrasco apareciera ni diera noticia de sí, pero al poco empezaron a llegar nuevas de él. Había quien decía haberlo visto en La Plata, incluso quien aseguraba haber asistido a su entierro en Veracruz y visto su cadáver.

Apenas la niña tuvo juicio, doña Toda y don Suero dieron orden a los criados, cholas y esclavos de decirle que su padre había desaparecido en el terremoto que mató a su madre y a Sancho Panza, sin más explicaciones.

A los doce años la niña pasó para todos, excepto para doña Toda, de Mariquilla a doña María, y jamás quiso saber ni preguntar otra cosa de sus padres que las que le contaron.

Don Suero murió por entonces, poco después de que el primero de los pretendientes le pidiera la mano de su nieta, que postergó por parecerle que no era tiempo de ello.

Para aliviar la pena de la muerte de don Suero, doña Toda, que gustaba tanto de las novelas, consideró que Mariquilla podía leer la historia de su familia, y le permitió que leyese en el libro que había sido de su padre, anotado por don Quijote, la primera parte de la historia, y la segunda, en el que había sido de Sancho Panza, pero no así aquel otro que contaba lo sucedido al morir don Quijote, impreso en Cadalso de los Vidrios, y que también había llegado a Los Reyes y Arequipa hacía años. Éste lo había guardado doña Toda bajo llave, antes incluso de que Mariquilla aprendiese a leer, por contarse en él cosas que una doncella no debería conocer, y menos si se referían a su madre.

A los catorce ya la habían pedido en matrimonio no menos de quince mozos de las familias más linajudas de Arequipa, y aun caballeros sesudos que llegaron de Cusco y Los Reyes, atraídos quién por la leyenda de su belleza, quién por el señuelo de su hacienda, y quién por el ilustre linaje de los Quijanos, cuya fama no hacía más que acrecentarse de día en día.

Primero don Suero y luego doña Toda fueron siempre de la opinión de que los hijos habían de casar a su gusto y no al de los padres, y menos aún al de los tíos y abuelos, y gracias a ello María Sancha Carrasco fue dando largas, como Penélope, a cuantos pretendientes la requebraban y solicitaban, desengañando a todos sin ofender a ninguno.

Del libro de don Quijote, que leía de continuo, la figura preferida de Mariquilla era aquella pastora que se llamó Marcela. Se sabía de memoria aquellas palabras que dirigió a quienes la importunaban con su requiebros y solicitudes: «Yo nací libre, y para poder vivir libre escogí la soledad de los campos». Así haría ella, y al mismísimo desierto iría a apacentar las pulgas saltarinas, si le iban a importunar mucho los hombres.

Cada noche venían a rondarla, para su desesperación y fastidio, con sonajas y guitarrillos. Una del mes de mayo, cuando las dos señoras y el ama estaban en el estrado a punto de retirarse y ya la casa sosegada, oyeron llamar a la puerta. Los criados ya se habían acostado. Quedó la conversación en suspenso, y las mujeres con el oído atento.

—Me van a oír —dijo María, que salió de la sala con paso vivo, dispuesta a estorbar la serenata a los rondeños.

Se llevó el ama la mano a la boca, pero llegó tarde a taparla, y doña Toda le oyó decir:

—¡Ay!

—¡Habéis recobrado el habla, ama! —exclamó doña Toda.

—Nunca la perdí.

Y Quiteria volvió a sepultarse en su silencio. Doña Toda, atónita, dejó para más tarde esclarecer aquel misterio, y preguntó:

—Y esta niña, ¿cómo no vuelve?

Ni sonajas ni guitarras como otras veces. Sólo silencio.

—Ama, vaya vuesa merced a ver qué sucede —y rubricó doña Toda aquella disposición con el aleo picado de su abanico.

No hizo falta. Apareció en la puerta María, seguida de un caballero envuelto en sombras. La luz de la palmatoria que llevaba María no le alcanzaba.

Entraron en la sala, y el caballero quedó al lado de uno de aquellos pajes que llevaban en la mano una granada, a modo de copa, donde se ponían en otro tiempo las piedras vivas. Las piedras vivas hacía ya años habían muerto todas. Hizo el visitante las cortesías con su montera, y doña Toda, siempre necesitada de nepentes y cordiales, cayó desvanecida sobre las almohadas del estrado.

—Ánimo, señora mía. Yo lo sabía —dijo Quiteria, acudiendo a socorrer a su señora.

—¡Hablas, ama! —exclamó María—. ¡No eres muda!

Recobró el sentido doña Toda, que no apartaba los ojos del caballero, e intentaba Quiteria que bebiera de un vaso, cuando oyeron que María proclamaba triunfal:

—Supe quién era en cuanto lo vi.

El caballero, que había permanecido todo ese tiempo junto al garzón de palo sin despegar los labios, se mostraba reposado y discreto. Parecía un hombre vencido. Vestía ropas de camino que indicaban la calidad de su persona, botas altas, calzas largas, herreruelo con pasamanería de oro y cuello a la valona, capa corta de buen paño, y una montera sin adorno que se había quitado al entrar en la sala. Sus cabellos eran canos, pero no su barba, perfilada con cuidado y negra. Toda su persona desprendía un halo de tristeza y misterio, que acrecentaban las dos pistolas que llevaba encima, además de la espada de lazo y una daga con puño de hilos de oro y plata, colgada la una de un rico talabarte y metida la otra en la pretina. Se diría que tal como salió de la casa hacía casi veinte años, volvía a ella.

Cuando comprendió que esperaban de él algunas palabras, dijo sin mayor énfasis:

—Señoras, ya estoy aquí, como prometí. Era ya hora de volver a mi destino.

Quiso ponerse en pie doña Toda. No lo habría logrado sin la ayuda de Quiteria, que tampoco estaba ella ya para ayudar a muchos. Se acercó entonces a Sansón Carrasco, lo abrazó y rompió en un sentido lloro. Se acercó a continuación Sansón a Quiteria. Ella hincó la rodilla y le tomó la mano que besaba y regaba con sus lágrimas. Y aun el propio Carrasco no dejó de verter las suyas, tanto, que le hizo decir a María, que asistía a todo más curiosa que asombrada, con gran desenvoltura:

—Ea, señor, señoras, menos llantos, que la ocasión es de júbilo, y no de duelo.

Lanzó Sansón Carrasco una mirada a Quiteria, y ésta lo confirmó:

—Ya la ve vuesa merced: el vivo retrato de su madre, y más viva que un fuego.

Y ésos fueron todos los saludos aquella noche. Para entonces ya habían acudido dos criados. Mandó doña Toda a uno llevar a las caballerizas el caballo del señor de la casa, porque como a tal lo recibió, y al otro que le trajera un aguamanil. Con Sansón Carrasco venía el suyo, que se puso a ayudar a los de la casa.

Se lavó Sansón, excusó el cenar y pidió le dejaran en un aposento, porque venía cansado. Así lo concedieron doña Toda y doña María. Quedaron de nuevo las tres mujeres solas.

Se recordó esa noche el día que salió Sansón de la casa y se habló de la promesa que hizo Quiteria a Nuestra Señora de Hontoria, patrona de su pueblo, de no hablar palabra hasta que no volviera su señor Sansón Carrasco. Y dijo también ella que esa noche, cuando oyó llamar a la puerta, supo que era él, como lo supo todas y cada una de las tres veces que volvió su amo don Quijote a casa, después de sus salidas.

Contó luego María que así como acudió ella a la puerta y la abrió, y vio a aquel caballero de pie delante de ella y a un criado suyo, supo que el caballero era su padre, porque fue como mirarse en un espejo, tan parecida a sus facciones se encontraba.

Doña Toda y Quiteria se miraron y no dijeron nada.

Y aquello que decía María, y que tan fuera de las leyes de la naturaleza parecía estar, era verdad. Doña Toda y Quiteria pudieron constatar, en efecto, el grandísimo parecido que guardaba María con Sansón, aquella frente limpia, recta y despejada, el óvalo de la cara, y aquellos labios gruesos color grana, y los ojos vivos y negros...

—Para certificarlo —siguió diciendo María—, antes de decirle nada le acerqué la vela al cuello a ver si tenía el lunar detrás de la oreja que tengo yo, pues he oído yo que estos lunares sacan mejor los linajes que las ejecutorias. ¿No me dijeron siempre, señoras, que yo tengo los tres de mi madre, este del labio, el de la mejilla y en la sien? Pues sepan vuesas mercedes que ahí está el otro que yo ya tengo por un sol, de parejo tamaño y en igual cuadrante que mi padre.

Se apartó su largos cabellos negros y lo señaló a bulto con el dedo, mostrándoselo a su abuela y al ama, que nada sabían de aquel sol, como acababa de llamarlo.

A la mañana siguiente y desde primera hora del día estaban las tres mujeres en el estrado, aguardando al bachiller Sansón Carrasco, tantos años después del terremoto. Las tres, sin haberse puesto de acuerdo, se habían vestido sus mejores galas, y María, además, perfumado con agua de rosas, y puesto en el pelo una de aquellas flores campanudas que gustaban a doña Toda, y que llevaba el día que llegaron su padre, su madre, Sancho, Quiteria, la negrilla, y en los brazos de ésta, ella, de dos meses. ¿Quién le inspiró a Mariquilla lo de la flor?

Apareció al fin Sansón Carrasco. Ya no llevaba sus ropas de camino, que había trocado por un jubón verde, gregüescos de tafetán, medias de seda y una camisa de cambray más blanca que la nieve del volcán. No traía espada ceñida, sino sólo la preciosa daga, y ni rastro de las pistolas. Por la riqueza y prestancia de su vestido, conocieron el buen estado de su hacienda, y por su continente y gravedad, el de quien mucho ha vivido y sufrido.

Le tenían reservada las mujeres la silla de brazos de don Suero para que todas pudieran mirarlo y oírlo a su sabor.

—Esperan vuesas mercedes el relato de mi vida —empezó diciendo, sentándose en ella—, tanto como las razones que me alejaron de mi casa, de mi hija, de la tumba de mi esposa y de nuestro leal criado, del ama, de la negrilla y, acaso lo más grave de todo, de quienes nos habían abierto su casa y dado todo lo que tenían, fruto del trabajo de su vida, mi buen tío don Suero y su esposa doña Toda. De lo primero no hay mucho que decir, sino que me empleé este tiempo en mil oficios, industrias y negocios que me trajeron a tener veinte mil pesos ensayados, que don Juan Lizaña, banquero de La Plata, tiene orden de traer a ésta, y conmigo vienen otros treinta mil ducados en barras de oro y plata y berilos de Nueva Granada. Ocasión habrá de contar por lo menudo dónde se ganaron estos dineros, que fue siempre de modo honrado. Y de las razones que me desgarraron de esta casa, ya sabéis las circunstancias. Recibí con la muerte de mi esposa y del buen Sancho tremenda cuchillada del destino, y sólo se me puso delante huir de aquellas muertes, en la ilusión de que cuanto más huyera de ellas, menos me acabarían. Ahora sé que fue mi gran locura. Si don Quijote luchó contra molinos de viento, yo los llevaba dentro, y allá donde iba venían conmigo: desesperación, temor, soberbia, escrúpulos, estrecheza de espíritu, curiosidad, quimeras, que nadie sabe cómo el hombre llega a encontrarse bizarrísimo y gallardo a los ojos de su locura. En fin, pasaron los años y sueños, y se fue templando el deseo de conocer nuevas tierras, y disipando el temor de volver donde recibí tal herida mortal que me ha tenido estos años más muerto que vivo. No sé si vencí o me vencieron mis demonios, pero al cabo puedo decir que ahora sí sé quién soy, y lo que soy, lo soy por haber vuelto. No hay mayor honra que cumplir la vida, y cumplida, no hay vida que sea menos que otra, ni quien cumpliéndola no sea rey de sí mismo. Y por saberlo, al fin he vuelto a pedir humildemente perdón a todas y cada una de vuesas mercedes.

Y al decir esto, dejó la silla y fue a prosternarse ante doña Toda, humillando la cabeza con gravedad y esperando su gracia.

No consintió doña Toda verlo de hinojos y le ordenó ponerse en pie, después de decir que ella le perdonaba, y que nadie tenía que contarle a ella nada en orden a ausencias y demoras, de las que el difunto don Suero tanto gustó en sus años mozos, y no tan mozos.

Habló Quiteria entonces y dijo que tampoco era ella nadie para perdonar a su señor, ni éste debía pedir perdón a una criada.

Ya sólo quedaba María. Se había puesto en pie y andaba el aposento de arriba abajo, a pasos largos, en silencio, con las manos a la espalda y la frente levantada, y un sí es no es nerviosa. Se detuvo en seco al fin, y se quedó mirándola Sansón, admirado, recordando que así solía pasear su tío don Quijote, a quien ella ni siquiera había conocido. Terminó de decir lo suyo Quiteria, y se plantó María frente a su padre. Esperó curiosa y atenta, a lo que éste fuese a hacer o decir, pero viendo que él no decía nada más, frunció la boca en una sonrisa maliciosa:

—A mí, padre, no ha de decirme vuesa merced ni pablo ni hablo, que con venir, ya está todo dicho. Y, ea, quede aquí para siempre cerrado este capítulo.

Luego de aquel coloquio y de satisfacer las dos mujeres la curiosidad del lunar, que buscaron en el cuello de un atónito bachiller que no sabía a qué venía ese escrutinio, y admirarse ellas aún más que Mariquilla y por razones que ésta ni sospechaba, le preguntó doña Toda a su sobrino cuál de los aposentos de la casa quería para sí, y pidió Sansón volver al que había tenido con Antonia, si nadie lo ocupaba.

Le llevaron a él, y lo halló Sansón poco más o menos como estaba cuando lo dejó, el lecho y traspontín donde durmió María siendo retoño, el bufete de palosanto donde componía sus romances, el contador en un rincón, uno de los velones de Lucena a los que era tan aficionada doña Toda, los libros...

Todos cuantos se hallaron presentes sintieron la emoción que embargaba a Sansón Carrasco. Allí estaba su vida. Se acercó a los pocos y escogidos libros que habían puesto en una leja. Se adelantó María diciéndole que no buscase la historia de don Quijote, que la tenía consigo.

Salió María, y volvió con ambos libros, y se los dio a su padre. Hojeó el primero. Cuántos recuerdos le trajo la letra de don Quijote. Los dejó sobre el bufete y buscó aquel otro que le había regalado el pirata inglés. Estaba tal cual, con aquel extraño título y las páginas en blanco que no pudo llenar en Cerro Rico. Le parecieron irreales aquellos tiempos; sus congojas de entonces, sólo una fantasía, conociendo ya tantas que el destino le tenía preparadas.

Ordenó Sansón a su criado trajera al aposento la arqueta donde venían sus pertenencias, y de ella sacó tres sartales, uno de perlas, que entregó a doña Toda, otro de corales que dio a Quiteria, y dejó última a su hija, a quien dio el más precioso de todos, de esmeraldas.

—Contad, señoras —dijo Sansón—, que vienen en cada uno de ellos ensartados mis arrepentimientos, y los deseos de repararos, en el hilo de mi amor, que siempre fue firme.

En fin, así quedó instalado el bachiller Sansón Carrasco como señor de aquella casa.

Y aunque prometiera ir contando de su vida pasada, guardó el incógnito y no pasó de vagas noticias, por las que fueron sabiendo las tres mujeres que Sansón había andado todas las Indias, de la Tierra de Fuego a la Nueva California, sin dejar sitio descubierto de ellas, si acaso no había descubierto él, solo o en corporación, muchas de aquellas partes.

La noticia de la vuelta del padre de doña María corrió como la pólvora no sólo por Arequipa, sino que llegó a

Cusco y Los Reyes, y a oídos de todos los caballeros que confiaban que el padre les diera lo que no quiso darles don Suero y venía negándoles con tanta firmeza la hija.

A todos hizo saber Sansón Carrasco que el comer y el casar había de ser a gusto propio, y un año después de la vuelta del bachiller se supo que María llevaba ya cuatro hablándose con cierto estudiante de leyes de su tiempo, biznieto de una princesa inca, lengua o intérprete que iba en la expedición de los Pizarro, como la famosa Malinche lo fue en la del capitán Cortés.

Y resultó aquello cosa nunca vista ni murmurada, pues siendo ordinarios los casamientos de criollo con india, mestiza o incluso negra, nadie recordaba en Arequipa uno de criolla tan principal con indio, aun de linaje de príncipes, pobre como una rata. Trataron al principio doña Toda y su padre de estorbárselo, desdiciéndose de la loa que hacían ellos del mestizaje y la libertad, pero María atajó razones diciendo que si era por el qué dirán, de Dios dijeron. Así que se licenció aquel mozo, de nombre Esteban, y se casaron en Santa Catalina, a pocos pasos de donde estaban enterrados la madre de la novia y Sancho Panza, y vivieron los desposados en la casa grande con todos.

Murió doña Toda habiendo conocido al primero de los hijos de María, a quien su madre dio el nombre de Suero, y finó un domingo, con un gran cigarro en la mano y echando humo, como solía las fiestas de guardar.

Por respeto a su tía y a la memoria de don Suero, dejó Sansón Carrasco pasar un tiempo, y luego deshizo la encomienda y emancipó a sus negros de Cerro Rico, algunos de los cuales se vendieron luego a sí mismos por quedarse en las minas.

El ama Quiteria vivió para asistir al sexto y último parto de Mariquilla, a quien jamás dejó de llamar así, como tampoco doña Toda, ni la llamó de otra manera la negrilla. Fue este parto de María Sancha doble, de varón y hembra. Al varón lo llamaron Sancho y a la hembra Quiteria, pero pidió el ama a su señora la merced de cambiárselo a la niña, y le buscó ella el de Galatea, aunque por ser nombre pagano hubo de ser María Galatea, y la propia Quiteria la sacó de pila. Murió de su muerte el ama y fue la suya no menos ejemplar que la de doña Toda, pues se quedó dormida en el estrado.

Pasó el bachiller Sansón Carrasco los años que siguieron en paz con todos y consigo, cuidando su hacienda y dedicado a sus libros, a trazar pantomimas para sus nietos y a volar halcones. No volvió él a casarse ni se supo nunca que lo hubiera estado, si lo estuvo, en todos los años que corrió mundo, y viudas ricas hubo, y doncellas de los mejores linajes de Arequipa que gastaron cien libras de cera pidiendo a Santa Margarita las llevara hasta su tálamo.

Al morir Quiteria, pasó a cuidarle Guiomar, la negrilla que vino de Cabo Verde llamándose Quintina del Soto, y que con Antonia nunca fue esclava. Y Guiomar fue también quien vertió un poco de aceite hirviendo en la oreja del ama, tal y como ésta le hizo prometer que haría, y una gota de la cera de una vela en cada uno de sus párpados, para cerciorarse de que iría muerta y bien muerta a la sepultura, tal y como ella había hecho con don Quijote. Durante todos aquellos años había tenido consigo Quiteria el fazoleto con las dos lágrimas de cera que se habían posado en los párpados cerrados del caballero. Lo encontró Guiomar en una arqueta de madera, cuando levantaron el aposento del ama. Junto al fazoleto halló una pluma de ganso. Aun sospechando que Quiteria guardaba aquella pluma por algo, no se le alcanzó la razón, porque nadie se la había dicho. Era aquella con la que su señor Alonso Quijano había rubricado sus últimas voluntades ante el escribano Alonso de Mal. Ese fue todo el acervo que dejó la enamorada ama Quiteria. Tiró Guiomar la pluma a la lumbre y mandó lavar el fazoleto, y las dos lágrimas de cera se perdieron. El cuerno de pólvora había quedado por un descuido del ama en el barco pirata, de lo que hubo Quiteria grandísima desazón y enojo entonces, pero a nadie lo dijo nunca.

Cuanto había hecho en aquella casa Quiteria lo hizo Guiomar. Al poco de llegar de sus aventuras Sansón Carrasco, la dotó de mil ducados. Casó entonces Guiomar con Marcelo, uno de los nietos de Melchorejo, compañero de leyes de Esteban y cuidador un tiempo con su abuelo de las piedras vivas. Para cuando volvió Sansón, éstas ya habían muerto de forma subitánea un año, de epidemia. Y cuando nadie pensaba que la negrilla estuviera en condición de concebir, dio a luz Guiomar los dos más hermosos lobeznos que cabe suponer, como parió la loba Luperca a Rómulo y Remo, y llamó a uno Alonso y a otro Sancho. Nunca dejó Guiomar la casa de su señor Sansón Carrasco, a pesar de que su esposo se lo pidió mil veces, y tenía ella hacienda de sobra para no vivir sirviendo. Y los hijos de la negrilla crecieron a la par de los mestizos de la criolla María Sancha.

A ésta tocó también cerrar los ojos de su padre el año veintidós de su vuelta.

Murió Sansón Carrasco rodeado de los suyos, y con la esperanza de reunirse en la otra vida con su esposa y los tan buenos amigos que tuvo en ésta. Se le enterró, como pidió, en el convento de Santa Catalina, en la sepultura donde reposaban los restos de Antonia y Sancho, con hábito de San Francisco.

De vuelta del entierro, ordenó su hija María no se tocara el aposento de su padre, como tampoco se había tocado el de su madre.

Pasado un tiempo, entró doña María con Guiomar y otras criadas a limpiarlo y adecentarlo, y poniendo orden en él encontró entre sus libros y papeles una *Historia del Reino de Nueva Granada, compuesta por el bachiller Sansón Carrasco*, lo que le hizo suponer que por allí anduvo los años que faltó de Arequipa, y unas *Vidas de don Quijote y Sancho*, trabajos de los que jamás había dado cuenta a nadie, sin que se supiera cómo, cuándo ni dónde fueron escritos.

De allí a unos meses, y con el alma asentada, leyó María Quijano estas *Vidas*.

Se contaba en ese libro la vida de don Quijote ya desde antes de dar en caballero andante, y acababa con la muerte y enterramiento de Sancho, sin que faltaran en el libro las vidas de Antonia, Quiteria, don Suero y doña Toda, y muchas otras incumbentes, trenzadas todas sin que pudiesen desliarse unos hilos de otros. Para la primera parte, o mocedades de don Quijote, se había servido el bachiller de informaciones habidas de Sancho Panza, Quiteria y otros que le conocieron en su aldea, así como de los coloquios que tuvo el mismo bachiller con el hidalgo, y para lo concerniente a Sancho Panza, de lo que éste le contó en el tiempo que lo tuvo de criado. Abrochaba el libro el relato del famoso terremoto, y se exhortaba a quien buscara la semilla de don Quijote y Sancho en las Indias, no mirara en los abolengos de los Quijanos, Panzas y Carrascos, sino en todos y cada uno de los criollos, mestizos, mulatos, moriscos, lobos, albarazados, barcinos, saltapatrás y notentiendos que pudiendo ponerse al lado del poderoso y del fuerte, lo hicieran del débil y necesitado, llevando por delante aquellas enseñas de «Quien puede, quiera; quien quiere, pueda» y «Nadie es más que otro, si no hace más que otro». Con sólo esas dos enseñanzas, cualquiera puede honrar y honrarse, y hacer más por este mundo y por sí que reyes, papas y generales.

Hondísima impresión causó su lectura en Marisancha. Cuando ella nació, única y legítima heredera de la estirpe de los Quijanos, ya había muerto su tío abuelo don Quijote, de quien tanto oyó hablar, no a su padre, que raramente hablaba del pasado, sino al ama Quiteria y a la abuela Toda. A una, porque conoció a don Quijote, y de él, aunque no lo confesara, anduvo prendada toda la vida; a la otra, porque lo conoció en el espíritu de la letra. A Quiteria no le hizo falta el libro donde se contó la historia de su locura, y sin el libro no lo hubiese conocido doña Toda. Desde que tuvo uso de razón y le hablaron por vez primera de don Quijote, sintió María Sancha también que parte de don Quijote corría por sus venas. Y aun de Sancho, quien la salvó de caer cautiva en manos de un mico artero. Y sintió siempre María que podía compartir a su ilustre pariente con todo el mundo. Supo, leyendo aquellas *Vidas*, que muerto don Quijote, Sancho fue para su padre el bachiller Carrasco un don Quijote por otros medios, y conoció también María el tierno corazón de su padre, quien no dejó de amar un solo día a su madre, y el corazón de su madre, que entró en el amor por la puerta del bachiller, y de la leal Quiteria, y de su tío Suero, del que apenas guardaba borrosas impresiones; incluso supo María de ella misma, de aquella Marisancha salvada de las garras de aquel mico rabioso que la hubiera robado de no haber sido por la bien templada espada del bachiller blandida por la mano previsora de Sancho Panza, guiado en aquel paso por el genio y el valor de don Quijote.

En un cajoncito del contador halló también María la cruz de azabache con herretes de oro de su madre, única reliquia que Sansón se llevó de ella, cuando salió de Arequipa el día en que la enterró; y esta carta, escrita al poco de volver:

De Sansón Carrasco a su padre Tomé Carrasco.

Mi muy señor padre:

Después de pasar a estas partes, hubiera debido escribir a v.m. de mis trabajos, que en aquel tiempo creo no eran pocos, pero, como entendería v.m. cuando de esa casa de v.m. me partí, el gran juramento que hice que no sabrían de mí, si era muerto ni vivo, y así, viéndome tan desfavorecido de v.m., como sabe, y no queriendo quedarme donde me conocieran y diesen señas de mí, acordé pasar a las Indias con mi esposa Antonia Quijano, pareciéndome que emplearía mi juventud mejor allá que en parte alguna, y por apartarme de la presencia de v.m. Aquí nos acogieron don Suero, mi tío, y su esposa doña Toda como a hijos, lo que no puedo encarecer. Y ahora, conociendo mi yerro y estando obligado a hacer, como los hijos somos obligados a los padres, me atrevo a suplicar a v.m. me sean perdonadas mis faltas.

Con hartísimos trabajos como no los puedo referir sin dolerme y enfermedades y tormentas que padecimos, llegamos a ésta el año diecisiete sanos y salvos, sino que venía ya una hija, habida por mi esposa en los mayores peligros. Pero llegados y cuando más gracias dábamos al cielo de la ventura, Dios fue servido de enviar a esta ciudad terrible terremoto que acabó en aquella tristísima jornada a mi esposa, a Sancho Panza y a más de dos mil, donde se hallaron el virrey del Perú y su señora esposa, y el que fue criado de v.m. Sancho Panza, para que lo diga a su esposa Teresa y a sus hijos, pero no Quiteria, que sigue buena, ni mi hija, ni mis señores tíos, todos vivos, sino mi tío que finó pasado un tiempo de aquel temblor.

Después de dar tierra a los muertos y temiendo dar en el pecado de la desesperación, me salí de ésta. Con más muestras de muerto que de vivo y sujeto de una enfermedad que reputé más del alma que del cuerpo y un cansancio largo, llegué a Panamá, donde estuvimos en mejores tiempos cuando aún mi esposa estaba con nosotros. Allí conocí a un rico mercader que me hizo más merced de la que yo le podré pagar, en cuyo servicio estuve ocho años, sirviéndome de mi pluma. Al cabo, el hombre me dio con qué tratar, y con el trato, el aprovechamiento de la pluma y el continuo trabajo, que sin él poco se alcanza, pasé la mayor parte de estas provincias, de las cuales habrá pocas de que yo no dé buena relación, y alcancé una hacienda de veinte mil pesos ensayados y otros treinta mil ducados en barras de oro y plata, que han de sumarse a los más de cien mil en que se tasa la de mi señor don Suero, que en la gloria de Dios esté, y mi señora doña Toda, que nunca ha dejado de bendecir a mi hija doña María Sancha, y a mí ahora como madre a un hijo pródigo que anduvo en los mayores denuedos y reveses y en muchas empresas peregrinas en que aventuré la vida.

Quiera el cielo que ésta llegue a tiempo de encontraros bueno, y no pasa día que no pida al cielo por su salud. Besa a v.m. humildemente las manos, y a mi querida madre, a quien se la deseo buena, su hijo y servidor Sansón Carrasco.

Supo María de su padre más por las *Vidas* y aquella carta, que por lo que le oyó contar a él y a otros, y aun así, hubo de conceder que no sabe nadie el alma de nadie.

Leído el libro, lo dejó junto a los otros dos, el anotado por mano de don Quijote, y aquel que regaló el librero Robles a Sancho, cuando éste y el bachiller fueron a la Corte a entregar unos socorros al señor Cervantes; y se propuso en su alma mandar aquella carta por el ordinario de las Indias, y conocer la suerte de sus parientes, aunque sabía por Quiteria, quien lo supo por Antonia, cuando las transportaciones y sin que nunca Quiteria revelara cómo llegó a saberlo, que su abuelo paterno había muerto en tiempos del terremoto. Buscó también María aquel otro libro con el extraño rubro de *El final de Sancho Panza*, que regaló a su padre el corsario inglés y que tantas veces había visto ella en la leja con sus hojas en blanco, por saber si las *Vidas* eran un traslado suyo u otro distinto. Pero por más que lo buscó y mandó buscarlo a Guiomar, y ésta a las criadas, no se halló.

Ediciones Destino es un sello de Editorial Planeta, S.A.
Diagonal, 662-664. 08034 Barcelona
www.edestino.es
www.planetadelibros.com

Primera edición: noviembre de 2015

Ilustración de sobrecubierta: Guillermo Trapiello

ISBN: 978-84-233-5019-3
Depósito legal: B. 24.448-2015
Impreso por Romanyà Valls, S.A.
Impreso en España-*Printed in Spain*

El papel utilizado para la impresión de este libro es cien por cien libre de cloro y está calificado como papel ecológico.

ESTE LIBRO ACABOSE DE IMPRIMIR
EL 29 DE OCTUBRE DE 2015
EN LA IMPRENTA ROMANYÀ VALLS DE BARCELONA
EN TIPOS DE LA FAMILIA MINION SOBRE OFFSET AHUESADO
DE 60 Y 120 GRAMOS PARA EL INTERIOR Y GUARDAS
RESPECTIVAMENTE, Y UN ESTUCADO DE 170 GRAMOS PARA
LA SOBRECUBIERTA. SE ENCUADERNÓ CON UNA TELA AZUL
CIALUX 1593 DE GUARRO CASAS Y LA CABECERA GRIS Y LA
CINTA SEÑALADORA AZUL LLEVAN EL MUY DISCRETO
NOMBRE DE CRISTAL